FOLIO SCIENCE-FICTION

Stephen R. Donaldson

L'APPEL DE MORDANT, II

Un cavalier passe

Traduit de l'américain
par Valérie Dayre

Gallimard

Titre original :

A MAN RIDES THROUGH

Né à Cleveland en 1947, Stephen R. Donaldson a passé son enfance en Inde, où son père soignait les lépreux. Objecteur de conscience lors de la guerre du Vietnam, il fait ses débuts littéraires en 1977 avec *Les chroniques de Thomas l'incrédule*, œuvre unanimement saluée par la critique, devenue depuis lors un classique de la *fantasy* contemporaine. Au travers d'œuvres aussi brillantes que *Le cycle des seuils* ou *L'appel de Mordant*, Donaldson cultive une *fantasy* intimiste et introspective qui le place au côté des plus grands maîtres du genre : Marion Zimmer Bradley, Ursula Le Guin ou Tad Williams.

1

Un dégel précoce

Quatre jours plus tard, le temps s'éclaircit.

Térisa avait eu le loisir de refouler la peine que lui avait causé le rejet implicite de Maître Erémis. Son existence allait son chemin, elle passait le plus de temps possible en compagnie de Géraden, à parler, à s'efforcer de comprendre. Savoir qu'elle n'avait rien de mieux à faire, rien de plus constructif à offrir lui était un fardeau constant. Elle ne pouvait se libérer de ce halo de grisaille dépressive qui auréolait la moindre de ses pensées ou de ses sensations ; sa vie ressemblait plus que jamais à celle qu'elle avait autrefois menée. Et ses conversations avec Géraden résonnaient du souvenir de ses innombrables entretiens avec le Révérend Thatcher. Mais c'était elle-même qu'elle jugeait à présent futile.

Elle avait en effet perdu le but fragile qu'elle avait si brièvement possédé, la sensation d'avoir une direction à prendre. Folles lui paraissaient à présent les conclusions qu'elle avait été tentée de tirer de l'apparition des cavaliers de son rêve dans l'augure du Congrégat. Elle n'avait nulle raison d'être ici et ne savait pas même s'en inventer une. Ce n'était pas tant pour éclairer d'une lumière incertaine les replis ombreux de sa situation qu'elle entretenait ces longues conversations avec Géraden, mais bien pour le garder près d'elle, pour qu'il ne disparaisse pas de sa vie comme l'avait fait Maître Erémis.

Aussi, tandis qu'une neige en éclats durs et brillants comme glace frappait sur ses vitres, qu'un vent désolé cernait la tour de ses mugissements, et qu'Orison semblait s'abîmer dans une sorte de sommeil, figé non dans la paix mais dans l'attente, Térisa ne se livra-t-elle à aucune activité, à l'exception du dormir et du manger, et de ses entretiens avec l'Aspirant lorsqu'il était libéré de ses devoirs quotidiens.

Il lui portait les nouvelles de tout Orison. Les Maîtres étaient lancés dans un débat violent et apparemment sans issue, s'efforçant de décider de ce qu'il fallait faire du champion... et comment secouer leur impuissance. Les hommes du Gouverneur Lebbick et tous les maçons que l'on avait pu trouver travaillaient à récupérer les roches des décombres pour ériger un nouveau mur à la place de la trouée béante au flanc du château. Argus et Ribuld s'efforçaient de garder un œil sur dame Eléga.

Géraden livrait une lutte sourde et sans relâche contre la tristesse prégnante de sa compagne. Comme s'il savait que le moindre signe de découragement de sa part la blesserait, il n'arborait que bonne humeur. Comme s'il savait qu'il ne fallait pas effleurer certains points endoloris de la jeune femme, il préservait, entre eux une distance émotionnelle toute de tact. Comme s'il savait qu'elle n'était pas assez forte, il ne la pressait en rien. Avec une gentillesse délicate, si fine, si attentive qu'elle lui avait fait oublier Géraden le maladroit, Géraden-au-pied-fol, il prenait soin d'elle.

Lui aussi aurait eu besoin que l'on prenne soin de lui, mais ce n'était pas le cas. Ses ennemis étaient aussi sauvages que ceux de Térisa et voulaient sa mort. Pourtant s'il avait peur, il n'en montrait rien.

— Avez-vous senti quelque chose au point de translation ? demanda-t-il un jour, doucement, à Térisa. Auriez-vous pu le localiser ?

Une sensation de froid, légère comme une plume, et tranchante comme une arête de métal. Elle ne souhaitait pas en parler, cela l'effrayait trop.

— Il faisait tellement froid là-bas, et j'avais si peur. Juste avant que ces... ces hommes apparaissent, j'ai simplement eu plus froid, et plus peur. C'est tout.

Les yeux de Géraden se firent durs avant qu'il détourne la tête.

— Et vous ? questionna-t-elle. Si vous possédiez ce talent étrange, que Maître Gilbur s'en soit aperçu tandis qu'il vous enseignait, nous saurions au moins pourquoi vous avez été attaqué.

Géraden regarda le plafond.

— Ce serait formidable. J'adorerais en effet avoir une explication. Mais je me souviens seulement avoir jugé mon idée idiote. Je vous entraînais, vous et Artagel, dans le froid et dans l'obscurité au nom d'une théorie vaine. Je n'ai même pas vu la translation commencer.

Térisa poussa un soupir morose. Maintes fois déjà, ils étaient revenus sur leur étrange rencontre avec l'Adepte Havelock.

— Qu'avait-il en tête, d'après vous ? s'enquit

Géraden. Qu'essayait-il de vous dire ? Pourquoi tous ces détails ?

Elle n'en avait pas la moindre idée.

— Il est fou. Peut-être sa « lucidité » ne tient-elle que dans sa capacité momentanée à aligner quelques phrases.

Cette explication ne les satisfaisait ni l'un ni l'autre. Par contre, l'ancienne résolution de Térisa ne lui parut plus utile et elle raconta à son compagnon sa première nuit à Orison. Elle lui narra l'irruption de l'Adepte dans sa chambre, la leçon d'histoire de Maître Quillon, et finit par lui avouer comment Havelock l'avait sauvée de l'homme en noir.

Il l'écouta avec surprise et perplexité tout à la fois.

— Donc, ils savaient, murmura-t-il lorsqu'elle eut achevé. Ils savaient dès votre arrivée que vous couriez un danger. Maître Quillon... Le Congrégat ne vous croirait pas si vous lui disiez cela. *Quillon* essayant d'influer sur le cours des choses ! Au moins, reprit-il plus sérieusement, nous savons qui sont mes ennemis : Maître Gilbur et l'ArchI-Mage Vagel.

Térisa hocha la tête ; elle avait le sentiment de s'enfoncer davantage dans sa dépression.

Évoquer ceux qui en voulaient à sa vie n'altéra pas la bonne humeur de Géraden. Il sourit.

— Maintenant, en tout cas, je devine ce que vous éprouvez. Vous ne comprenez rien de ce que chacun attend de vous. Et moi je ne comprends pas pourquoi de tels hommes m'accordent assez d'importance pour souhaiter m'éliminer.

Elle était trop abattue pour que ce résumé l'amuse.

— J'aimerais savoir de quel côté sont Maître Quillon et l'Adepte Havelock. Ils ne soutiennent ni le Roi, ni le Congrégat, ni Maître Gilbur.

Ni Maître Erémis, aurait-elle pu ajouter. Combien de clans se trouvaient ainsi en butte les uns aux autres ?

Cela les ramena à leur curieux entretien avec Havelock, et aux indices dont ils soupçonnaient la présence dans ses paroles. Finalement, Térisa se décida à livrer quelques autres de ses secrets. Non qu'elle sût très bien ce qu'elle faisait, mais parce que Géraden était son ami. Et parce que Maître Erémis ne voulait pas d'elle. Elle ne nuirait à personne en parlant de Myste.

Géraden l'écouta en silence. Ses yeux s'emplirent de larmes quand elle lui expliqua les raisons de Myste pour partir sur les traces du champion.

— Je l'ai toujours bien aimée, fit-il à l'issue d'un long silence. Certes, je connais mieux Eléga. Et Torrent est si douce qu'elle vous donne envie de vous coucher à terre pour qu'elle puisse marcher sans prendre froid aux pieds ! Le Roi Joyse n'a pas de fille sans qualité. Mais Myste...

Sa voix mourut. *Le suppliant de ne pas la tuer.* Térisa avait envie de pleurer elle aussi.

Tôt au matin du cinquième jour, elle fut tirée d'un sommeil agité par le tambourinement de la pluie. Encore endormie et très surprise, elle se leva et alla à la plus proche fenêtre.

Elle demeura un moment figée, stupéfaite de ne pas voir de pluie. Le ciel était sans nuage, d'un bleu vif, tirant presque sur le pourpre, et le soleil matinal jetait sur le sombre château une lumière merveilleuse. Les collines lointaines semblaient adoucies sous leur épais manteau de neige et Orison évoquait plus que jamais le décor d'un conte de fées.

Térisa comprit que le bruit d'eau n'était pas causé par la pluie mais par la fonte des neiges. L'eau dévalait prestement des hauteurs, des tours et des remparts, ruisselant des avant-toits comme une averse. Déjà, la cour était transformée en fondrières boueuses, aux multiples flaques de la taille de petits lacs. Les gardes, marchands et chalands qui la traversaient s'étaient enveloppés de grands manteaux et chaussés de hautes bottes mais, malgré l'eau, les manteaux s'entrouvraient à la chaleur nouvelle.

L'hiver cédait devant le redoux.

Un frisson de joie parcourut Térisa.

Elle se dépêcha d'aller se débarbouiller, se vêtir, et ne fut pas surprise de voir Géraden arriver chez elle avant Saddith. Son souffle accéléré et la rougeur de ses joues prouvaient qu'il avait couru. Il semblait la proie de la fièvre mais ses yeux brillaient d'une excitation plus complexe.

— Avez-vous vu ?

— Oui.

Ils gagnèrent ensemble la fenêtre, attirés par ce printemps qui venait crever le long et intense hiver.

— Verre et éclats ! souffla Géraden. C'est affreux.

— Affreux ? répéta Térisa, stupéfaite.

— N'est-ce pas idiot ? fit-il en riant. Je me sens ainsi à chaque printemps. Le monde entier reprend vie et la première fonte des neiges me donne envie d'aller jouer dehors comme un enfant. Mais il n'en demeure pas moins que c'est terrible, Térisa. Une *très* mauvaise nouvelle.

Il était partagé entre le rire et l'inquiétude.

— Heureusement que je vous connais, répliqua la jeune femme. Sinon, je croirais que vous avez perdu l'esprit. Expliquez-vous. Quelle mauvaise nouvelle ?

— Parce que le dégel arrive trop tôt, expliqua-t-il. Beaucoup trop tôt. L'hiver était notre seule protection. Que trop de neige fonde et plus rien n'empêchera Cadwal, ni même Alend, de marcher sur nous *aujourd'hui même.*

» Vous avez entendu le Perdon. Le Haut Roi Festten a déjà rassemblé ses armées. Il a pu le faire car ses terres subissent moins les neiges que les nôtres. Et soyez certaine que le Monarque d'Alend n'a pas envoyé son fils en mission aussi dangereuse qu'une ambassade à Orison sans se pourvoir d'une armée prête à intervenir pour le soutenir ou le secourir. Ou le venger.

» Nous sommes les seuls à n'être pas prêts. Oh, je ne doute pas que le Gouverneur Lebbick ait fait son possible. Mais nous n'étions pas prêts à la guerre à l'automne dernier car le Roi Joyse n'avait donné aucun ordre en ce sens... et nous ne sommes pas davantage prêts aujourd'hui puisqu'il ne s'en est pas préoccupé de tout l'hiver. Notre seul espoir était que la neige tienne jusqu'à ce qu'il revienne à la raison.

— S'ils se mettent en marche aujourd'hui, qui arrivera le premier ? interrogea Térisa.

Géraden ne put réprimer un furtif sourire.

— C'est compliqué. Cadwal est plus proche, surtout si les troupes pénètrent dans le Perdon par le sud-est. La route la plus sûre pour Alend traverse le Fief d'Armigite, mais elle est deux fois plus longue. Toutefois, la route sud du Perdon traverse une région vallonnée parfois très accidentée, avec beaucoup de hauts sommets. Armigite est une terre plate. Pour nous atteindre, les armées du Haut Roi devront franchir le fleuve Vertigon et la Rivière Vineuse. Celles d'Alend n'auront à traverser que le Pestil. Et le Perdon s'opposera pied à pied à l'avancée de Cadwal. D'un autre côté, l'Armigite... nous pourrons nous estimer heureux s'il lance quelques timides catapultes sur l'armée de Margonal lorsqu'elle passera.

L'air s'était considérablement réchauffé mais n'avait encore rien de printanier ; les paroles de Géraden laissaient de petits halos de condensation sur la vitre.

— La situation est plus complexe encore, reprit-il. Depuis combien de jours le Prince Kragen nous a-t-il quittés ? Six ? Je suppose qu'il cravache sa monture mais il n'avance pas vite. Pas plus aujourd'hui que les jours précédents. Il faudra un moment pour que fonde toute cette neige. Il est encore loin de sa terre. Le Monarque d'Alend agira-t-il sans lui ? Je ne sais.

» Pour vous donner mon ultime avis, grimaça-t-il, je dirais que tout peut arriver. Et avec la chance qui nous caractérise...

— « Tout » ! répéta Térisa. Mais c'est le cas depuis que je suis ici, non ?

Géraden s'inclina devant elle en riant.

— Ma dame, vous avez un goût prononcé pour la litote. Devrais-je préciser alors que si « tout » cessait de nous arriver, nous serions dans une terrible confusion ?

— Parlez pour vous. La confusion est mon état naturel. Du moins, je le *suppose*... conclut-elle en affectant un air ahuri.

Nous sommes logés à la même enseigne, s'exclama-t-il en riant. Rien d'étonnant à ce que je vous aime.

Son regard se reporta au-dehors et il soupira avec bonheur.

— C'est terrible, vraiment terrible.

Un peu plus tard, l'on frappa à la porte.

— Je suis désolée d'être en retard, ma dame, fit Saddith en pénétrant dans le salon avec un copieux petit déjeuner. Les gardes m'ont prévenue que l'Aspirant Géraden était avec vous... déjà. Aussi suis-je allée chercher davantage de nourriture.

Elle accompagna son explication d'un clin d'œil mutin. Tête légère et rendue gaie par l'amorce du printemps, Térisa s'enquit, sans réfléchir :

— Comment se porte Maître Erémis ce matin ?

Saddith baissa les yeux.

— Il a été très occupé. Du moins, la rumeur l'affirme. Mais il va bien.

Quand elle releva le visage, elle affichait une feinte affabilité, mais le semblant de sourire sur ses lèvres était crispé.

— Du moins, la rumeur l'affirme.

Térisa se découvrit soudain d'humeur moins riante.

Géraden la dévisagea d'un air quelque peu interrogateur mais se garda de tout commentaire. Il avait apparemment décidé de ne pas chercher à savoir ce qu'était présentement la relation de la jeune femme avec l'Imageur.

Saddith partie, elle s'efforça de puiser réconfort dans le petit déjeuner. Néanmoins, elle resta tourmentée. Elle brûlait d'agir, de partir loin de cette chambre — loin d'elle-même — aussi loin que possible.

— Allons-nous-en, aujourd'hui, suggéra-t-elle brusquement. Ce matin.

Devant l'air ébahi de son compagnon, elle précisa :

— Et si nous louions des chevaux ? Je ne sais pas monter mais vous m'apprendrez. Faisons n'importe quoi. J'ai besoin de prendre l'air.

— « Louions », répéta Géraden, interdit. Que signifie ce mot quand il s'agit de chevaux ?

Elle eut envie de hurler, sans autre raison que l'espoir d'apaiser un poids trop lourd en elle, de satisfaire un agacement latent.

Quelqu'un choisit fortuitement cet instant pour frapper à la porte.

— Entrez.

Un garde se montra pour annoncer dignement « Dame Eléga » puis s'inclina en livrant passage à la fille du Roi.

Elle était chaudement vêtue d'un manteau de fourrure au col montant et de ravissantes bottes en cuir repoussé. Géraden bondit sur ses pieds, Térisa l'imita.

— Pardonnez-moi cette intrusion, fit Eléga, d'un ton quelque peu moqueur. Je ne voulais pas vous effrayer.

— Secrets coupables, ma dame, rétorqua Géraden qui afficha un sourire aussi railleur que le sien. Vous n'ignorez pas que je complote toujours quelque chose.

La fille du Roi le détailla avant de reporter son attention sur Térisa.

— Quoi qu'il ourdisse, Térisa, j'espère que vous ne

vous laisserez pas entraîner. J'ignore ce qu'il a en tête mais je ne doute pas qu'il complote comme il fait le reste... Au vu et au su de tous.

— Vous êtes trop bonne, ma dame, fit Géraden en s'inclinant.

— Souhaitez-vous partager notre petit déjeuner ? offrit Térisa qui avait envie de hurler pour mettre terme à ces sous-entendus pénibles.

— Non merci, fit Eléga qui abandonna aisément cet échange scabreux. J'étais venue vous proposer de m'accompagner — si cela vous plaît — pour faire des courses.

Des courses ? L'expression sonnait curieusement dans ce monde, et dans la bouche d'Eléga.

Je conviens que la sortie ne sera pas de tout confort, à cause de la boue. Mais ce premier redoux est si merveilleux. Les boutiques étaient vides à la fin de cet hiver et les marchands vont se réapprovisionner grâce aux routes dégagées. Térisa, j'aimerais vous emmener choisir des tissus puis nous verrons un tailleur qui vous confectionnera des vêtements... à votre convenance.

— Des vêtements ? répéta Térisa, abasourdie.

— Évidemment, je vous conseillerai quant aux impératifs du temps et de la mode de chez nous. Mais je tiens à ce que vous soyez contente.

— Mais... fit Térisa, je n'ai pas d'argent.

Eléga haussa un sourcil délicat.

— Vous êtes l'amie d'une fille du Roi. Pourquoi auriez-vous besoin d'argent ?

Térisa se trouva à court d'arguments pour protester. Géraden était heureusement très sensible à sa forme d'ignorance.

— Dame Eléga a raison, fit-il avec plus de sérieux que la situation futile n'en exigeait. Tant que vous serez en sa compagnie, aucun marchand ou artisan de Mordant ne vous refusera ce que vous désirez. C'est l'un des privilèges de la famille royale.

» Ce n'est pas d'une grande justice, poursuivit-il, lui qui était plus proche des petites gens d'Orison que des Seigneurs et grandes dames. Mais le Roi Joyse a rendu le pays prospère, aussi ce privilège n'entame-t-il pas la richesse du petit commerce.

Il paraissait pousser Térisa à accepter l'invitation. D'ores et déjà, elle aurait dû être accoutumée aux surprises ; et, à dire vrai, l'escapade la tentait.

— Merci, fit-elle à l'adresse d'Eléga. Je vous accompagnerai avec plaisir. Je proposais justement à Géraden de sortir un peu de ces murs qui me donnent envie de hurler.

— Je vous comprends, acquiesça Eléga en souriant. J'ai connu ce sentiment pendant des années. Quand aimeriez-vous y aller ?

— Pourquoi pas tout de suite ? suggéra Térisa après un regard vers Géraden dont l'expression neutre ne lui souffla aucune réponse.

— Cela me convient à merveille, répliqua Eléga. Néanmoins, si vous acceptez de m'écouter, je vous conseille de vous changer. Les couturiers qui servent les dames d'Orison sont habitués... au style de notre monde, expliqua-t-elle après avoir réfléchi à l'expression juste et délicate. Une robe sera de meilleur ton, mais prenez vos vêtements qui pourraient servir de patron.

Au demeurant, Térisa n'était pas certaine de préférer se faire confectionner chemises et pantalons plutôt que de belles robes. Elle pria la fille du Roi de l'attendre une minute et fila dans la chambre pour se changer.

Elle passa une modeste robe grise, se couvrit du manteau en peau et des bottes que Géraden lui avait procurés. Elle prit ses propres habits et revint au salon, le cœur battant comme une petite fille.

— Viendrez-vous, Géraden ? s'enquit Eléga. Je doute que choisir des étoffes soit de votre goût, mais il n'est pas sage pour deux dames de courir les échoppes sans escorte. Malgré les efforts du Gouverneur Lebbick, expliqua-t-elle pour Térisa, le marché attire toutes sortes de gens peu recommandables : coupeurs de bourses, vagabonds, saltimbanques et rufians. Si les gardes maintiennent l'ordre, ils ne peuvent prévenir tous les larcins. Géraden, s'il vous plaît d'échapper à votre routine quotidienne, je me ferai un plaisir de prétendre que je vous ai ordonné de nous accompagner.

— Vous êtes à nouveau trop bonne, ma dame, fit Géraden avec une déférence où sourdait un rire. Les désirs de la fille du Roi sont des ordres. Je viens, bien sûr.

Eléga lui adressa un sourire comme on en dédie aux enfants aimables.

— Alors, allez donc prendre un manteau.

Il parut un instant la soupçonner d'avoir changé d'avis.

— Bonne idée, fit-il. Par quelle porte sortez-vous ? Je vous y rejoins.

Elle lui donna rendez-vous. Il s'inclina devant Térisa et sortit. Les deux jeunes femmes quittèrent à leur tour la chambre aux paons, et bavardèrent de tout, de rien, en se dirigeant vers l'angle nord-ouest du château. Térisa ne tarda pas à repérer Argus et Ribuld qui arpentaient les couloirs avec une distraction affectée, comme s'ils n'avaient rien trouvé de mieux pour meubler leur oisiveté.

Au fur et à mesure qu'elle s'approchait du but, Térisa éprouvait une hâte croissante à sortir. Sa fièvre printanière se muait en un désir fou de fuir les intrigues et les tensions d'Orison.

La lourde porte sur l'extérieur, toute bardée de ferrures, de serrures, était grande ouverte. Géraden les y attendait déjà, enveloppé d'un chaud manteau. Il sourit, apparemment soulagé de retrouver ses compagnes. Les gardes observaient paisiblement les allées et venues populeuses autour des échoppes et des tentes qui commençaient à s'aligner à la porte même.

Térisa inhala profondément l'air piquant qui fleurait bon la douceur du renouveau et planta bravement une première botte dans une fondrière boueuse.

Une fois de plus, elle fut surprise des proportions gigantesques de la cour. Noyée dans sa propre ombre, toute la partie est du château dressait sa noirceur sur le ciel bleu ; en face, tout l'édifice ouest était éclaboussé de soleil que buvaient les pierres brunes et grises pour rendre la cour plus chaude que la température réelle. Dans cette lumière, la haute forteresse paraissait un havre de paix. Les fenêtres étaient des lacs miroitants. Le linge étendu le long des multiples balcons se balançait sous la brise printanière et au sommet des tours claquaient fièrement les étendards.

Patauger dans la boue ne fut pas si terrible que Térisa l'avait imaginé. À dire vrai, la partie passante de la cour, celle où ne manœuvraient pas les soldats, avait été recouverte de gravillons qui la rendaient tout à fait praticable ; et qu'importait que la traîne des robes s'y trempe et s'y tache bien vite.

Pris sans doute eux aussi par la fièvre printanière, les marchands avaient ouvert grand la devanture de leurs boutiques, relevé la toile des tentes et tiré au-dehors des charrettes chargées de rafraîchissements dont nul n'aurait voulu dans le froid de la veille. Ils s'étaient vêtus des couleurs les plus vives pour faire de ce jour une fête spontanée. Térisa entendit pipeaux, luths et tambourins. L'on dansait quelque part. D'appétissants fumets épicés s'échappaient des braseros et des foyers de fortune installés dans les échoppes.

Sans autre raison que ce bien-être merveilleux qui l'envahissait, elle se mit à rire.

Géraden partageait sa gaieté. Et Eléga souriait, bien que son regard révélât des sentiments plus mitigés. Térisa sourit à ses deux compagnons et s'efforça de ralentir son pas trop avide.

Comme ils passaient entre des chariots débordant de mets préparés, Géraden se saisit d'un plat de longues lamelles de viande grillées. Sa qualité évidente *d'ami de la fille du Roi* lui valut maintes courbettes du marchand tandis qu'il s'éloignait avec son butin pour le porter à ses deux compagnes.

— Mon plat favori, expliqua-t-il. On l'appelle le « trésor de Domne ». Ce n'est que du mouton, mais arrosé de la sauce la plus délicieuse. Goûtez, ordonna-t-il en tendant une lamelle à chacune des deux jeunes femmes, et pleurez de n'être pas nées dans le Fief de Domne !

— Je pleurerais plutôt d'y être née, murmura Eléga sans malice aucune.

Un filet de jus coula sur le menton de Térisa comme elle croquait la viande tendre. Elle eut au palais un goût d'épices qu'elle ne sut nommer. Vieux coriandre ? Cumin mal conservé ? Afin de ne pas froisser Géraden, elle s'efforça de mâcher le morceau qu'elle avait croqué et chercha une excuse pour ne pas terminer. Heureusement, le jeune homme était si absorbé à savourer son mets préféré qu'il oublia un instant ses compagnes. Eléga jeta discrètement son morceau. Térisa l'imita après un instant d'hésitation et s'essuya soigneusement le menton.

Toutes deux continuèrent leur chemin. La foule était trop bruyante pour qu'elles puissent tenir une conversation paisible. Les gens riaient, s'échangeaient haut et fort plaisanteries et insultes. Les salutations fusaient, et les harangues des marchands. D'ailleurs, Térisa n'avait nulle envie de parler — elle voulait tout voir, et s'y noyer. Le brouhaha ne ressemblait en rien à l'activité frénétique des rues citadines auxquelles elle avait été accoutumée. Ces gens-là n'avaient pas à se battre pour faire fortune, ou garder leur emploi, ni contre les agressions ou contre ceux qui essayaient de les expulser de chez eux. Ils ne pensaient pas davantage à l'imminence d'une guerre avec Cadwal ou Alend, à l'éthique de l'Imagerie, ou à l'inexplicable déclin de leur souverain. Ils avaient autre chose en tête.

Géraden rejoignit ses compagnes, un sourire béat aux lèvres, et tous trois continuèrent à jouer des coudes pour fendre la foule, cherchant le chemin de moindre résistance.

Le marché n'avait pas été conçu sous les auspices de l'ordre ou d'une idée pratique ; on ne s'était soucié ni de faciliter l'accès aux échoppes ni de la salubrité. Le Gouverneur Lebbick ne supervisait apparemment pas cette excroissance commerçante qui avait poussé là, au hasard, pour les besoins d'Orison. Parfois bien hautes, les constructions de bois semblaient trop lourdes pour leurs fragiles fondations ; l'assemblage grossier des planches les dotait d'un aspect provisoire ; certaines ne tenaient debout que parce que deux autres les encadraient, quand ce n'était pas trois ou quatre, ce qui rendait aux chalands leur accès difficile sinon impossible. Les tentes plantées au petit bonheur achevaient d'emplir les derniers espaces vides. On ne se frayait plus chemin que courbé sous leurs étais. Les feux crépitaient dangereusement près des cloisons de bois et de la toile sèche. Térisa fut si souvent bousculée qu'elle se félicita de n'avoir pas d'argent sur elle.

Ils arrivèrent devant une espèce de bonimenteur qui vendait des remèdes de toutes sortes sur une charrette bariolée. Sa chemise était trop petite de plusieurs tailles ; ses pantalons bien trop grands ; le tout en lambeaux. Il avait cependant mis un point d'honneur à se parer, du cou aux chevilles, de rubans de toutes les couleurs, qui faisaient de ses loques un costume soigneusement étudié. Sa moustache était aussi emmêlée que sa chevelure qui était de surcroît couverte de cendre. Comme la peau bistre de son visage au milieu duquel roulaient fiévreusement d'énormes yeux.

Ses médecines étaient ordonnées dans de petites bouteilles de verre, des pots en grès, des corbeilles de jonc. Il se signalait par un cri aigu qui donnait à penser qu'il n'était qu'un simple d'esprit. Un panneau CHARLATAN à sa devanture ne l'eût pas rendu moins crédible qu'il ne l'était déjà. Nombre de badauds faisaient cercle autour de lui mais rares étaient ceux qui se laissaient convaincre de délier les cordons de leur bourse.

— D'où peut venir un tel homme ? questionna Térisa en s'adressant à la fille du Roi. Je ne puis croire qu'il vend suffisamment pour assurer sa subsistance.

— Vous n'avez jamais franchi les murailles d'Orison, fit Eléga, indifférente. Que votre séjour parmi nous ne vous induise pas en erreur. Que ce soit dans le reste du Demesne ou autour des principales cités de nos Fiefs, la population de Mordant ne compte pas ses idiots ni ses dupes. Des hommes comme celui-ci vivent mieux que vous ne l'imaginez.

Eléga ne montrait aucune curiosité pour le phénomène mais Térisa était fascinée. Sans trop savoir en expliquer la raison. Un rien dans la façon dont il roulait des yeux et lorgnait à l'entour fleurait le calcul, la mise en scène soigneusement élaborée. N'était-ce que tromperie ? Battait-il en brèche les soupçons en se rendant ouvertement douteux ?

Ses compagnons souhaitant continuer, elle finit par se laisser entraîner.

— Toutes les échoppes de tissu et de tailleurs sont là, fit Eléga au bout d'un moment. Quasiment empilées les unes sur les autres. Un endroit rarement calme. Je les crois plus affairés à se voler la clientèle qu'à attirer réellement le chaland. Mais ils se montreront courtois tant que je serai avec vous.

Ils passèrent devant un vendeur de beignets, un autre qui proposait tous les colifichets qu'un soldat achète pour sa belle. Dans un espace ouvert où nul encore n'avait érigé ni boutique ni tente, un jongleur en ample tunique noire faisait tourbillonner une kyrielle d'étoiles en métal argenté. Les pans de sa tunique volaient furieusement autour de ses jambes. Enfin, les promeneurs parvinrent devant les échoppes où se balançaient en devanture, tentantes, de belles pièces de tissus. Dedans, s'affairaient des hommes armés de règles et d'épingles.

Tout à coup, Géraden poussa un cri de surprise et de plaisir, puis se mit à courir dans la boue.

— Je vous jure, Térisa, fit Eléga en le regardant s'éloigner, il devient plus enfant d'année en année. J'espère qu'il ne sera pas discourtois au point de nous abandonner, ajouta-t-elle non sans une pointe d'inquiétude.

Térisa l'observait elle aussi. Il s'éclaboussait de boue, bousculait les passants. Elle retint son souffle dans l'attente de la chute inévitable. Il ne tomba pas. Au lieu de cela, il s'arrêta tout net.

— Allons voir ce qui se passe, décida Térisa.

Elle n'attendit pas l'acquiescement d'Eléga qui la suivit en soupirant.

Géraden n'était pas allé bien loin. Il était en compagnie d'un autre homme qui affichait à l'évidence moins de joie que lui.

— Térisa, je vous présente mon frère Nyle, fit-il dès que les jeunes femmes l'eurent rejoint.

Et il se lança dans un joyeux babillage.

— Artagel m'avait dit que tu étais ici mais je le croyais à peine. Je n'ai pas pu te trouver. Où donc te cachais-tu ? Je suis si content de te voir. Quelle raison t'amène ? La dernière fois que j'ai eu de tes nouvelles, tu t'apprêtais à passer l'hiver à Houseldon. Tu te débattais avec... oh, qu'importe. Tout le monde se porte bien là-bas ? Comment va Père ? Et Tholden ? Et...

— Laissez-le répondre, Géraden, enjoignit Eléga. Il n'est pas sorti de sa « cachette » comme vous l'en soupçonnez, pour que vous l'assommiez de questions.

Avec effort, Géraden se tut.

Térisa étudiait Nyle avec curiosité. Elle l'aurait reconnu pour le frère de Géraden en n'importe quelle circonstance. Légèrement plus petit, il avait les mêmes cheveux, la même stature. Et ses traits se seraient rapprochés de ceux de son frère s'ils n'avaient révélé une humeur soucieuse et sombre, fort différente du visage ouvert et clair de Géraden. Il apparaissait comme une version chagrine, insatisfaite, de son cadet, un homme dont la nature profonde s'était abîmée.

Il n'éprouvait de toute évidence aucune joie à rencontrer Géraden.

Il s'inclina un peu raidement devant les deux femmes.

— Dame Eléga, fit-il sans la regarder. Dame Térisa, je suis heureux de faire votre connaissance, poursuivit-il sans aucun plaisir, quand bien même mon frère n'a pas jugé utile de nous présenter comme il se doit l'un à l'autre.

L'intéressé commençant à s'excuser, il l'interrompit :

— Tu ne m'as pas trouvé car j'étais occupé à mes

affaires, expliqua-t-il d'un ton acide. Affaires personnelles et qui n'ont donc rien à voir avec toi.

— Mais, quoi, je... Je suis ton *frère*, protesta Géraden. Même Stead, fit-il en riant, n'a pas « d'affaire personnelle » quand il serait le plus susceptible d'agir en secret. La moitié des époux du Fief de Domne frémissent quand ils le voient. À quelle activité te livres-tu qui ne concernerait pas notre famille ?

Un muscle se crispa sur les traits de Nyle, bien qu'il conservât un masque impassible. Il se détourna de son frère.

— Mes dames, j'espère que vous appréciez votre sortie. Nous avons de la chance d'avoir si beau temps.

Après s'être incliné, les épaules raides, crispé, il s'éloigna entre les échoppes.

Térisa jeta un œil sur Géraden. Il était perplexe et blessé ; il faillit emboîter le pas à Nyle, marmonna quelque chose puis s'adressa à Eléga.

— Ma dame, est-ce là votre ceuvre ?

L'accusation ne surprit pas la fille du Roi.

— Peut-être, murmura-t-elle. Je dois lui parler. Excusez-moi.

Elle ramassa sa traîne et courut après le jeune homme.

Géraden hésitait à la suivre quand, instinctivement, Térisa posa la main sur son bras. N'avait-elle pas entendu le nom de Nyle dans la bouche d'Eléga lors de leur première rencontre ? *Nyle serait davantage à mon goût.* Géraden la regarda avec étonnement.

— Pourquoi Eléga serait-elle responsable ? s'enquit-elle.

Eléga avait rattrapé Nyle et l'avait arrêté, mais il

fut impossible de savoir, ou même de deviner, ce qu'ils se disaient, du fait de la distance comme de la foule.

— Il nourrit pour elle, depuis des années, une passion qu'il pense sans espoir, fit Géraden, lointain. Il... Il ne se trouve pas assez bien pour elle. Il n'a jamais rien fait d'exceptionnel, or il la sait ambitieuse. Je crois qu'il est blessé que j'aie été fiancé à elle... et que je l'aie laissée rompre. Il avait affirmé qu'il resterait à Houseldon tout l'hiver avant de se décider à demander sa main.

— Alors, il serait venu pour cela ?

Géraden hocha la tête, tristement.

— Je ne crois pas qu'il lui ait déjà fait sa demande. S'il l'avait fait et qu'elle l'eût refusé, il serait reparti aussitôt. Je pense qu'elle a dû lui infliger quelque blessure avant qu'il trouve le courage de lui parler. Il ne peut partir car il n'a pas mené à bien son projet, mais il souffre trop pour le faire.

» Certes, ce ne sont là que suppositions. Pourtant, observez-les. Eléga le tient dans le creux de sa main ; elle est ce qui le fait vivre.

Un regard de Térisa vers les deux jeunes gens confirma les dires de Géraden. Eléga parlait sans hésitation et Nyle, aussi brusque soit-il dans ses gestes, ses réponses, paraissait comprendre, admettre, approuver même.

Comme elle ne savait plus que dire pour dissiper le malaise de Géraden, Térisa changea de sujet.

— Que pensez-vous du bonimenteur avec ses loques et ses rubans ?

— Pardon ? Que dites-vous ? souffla Géraden qui continuait à observer son frère.

Térisa répéta sa question.

— Oh, je n'en pense rien de particulier. Pourquoi ?

— Simple curiosité. Quelque chose dans sa personne...

Géraden la regarda avec un intérêt sincère. C'était là une autre de ses qualités qu'elle aimait : l'aisance avec laquelle il se laissait entraîner dans ses lubies. Il sembla chercher dans sa mémoire :

— Je ne l'ai jamais vu auparavant, j'ignore pourquoi. Il ne semble pas assez jeune pour être à ses débuts.

— Il n'est pas non plus bien vieux. Il...

Soudain, elle entrevit la vérité.

— Il me dit quelque chose, murmura-t-elle en découvrant la cause de son trouble. Je l'ai déjà vu.

— Pardon ? fit Géraden, stupéfait.

— Je l'ai *vu* quelque part. J'en suis certaine. Mais non de cette façon. Il porte un déguisement.

— Où était-ce ? la pressa Géraden qui la crut sur l'instant. Serait-ce l'homme qui vous a attaquée ? Gart ?

— Non. Ce n'est pas lui.

Elle ferma les yeux, s'efforçant de rassembler les pièces du puzzle, d'apaiser son agitation. Plus elle se remémorait le harangueur, plus il lui semblait familier.

— Je ne me souviens pas.

— Ne vous acharnez pas, cela reviendra tout seul. Et, merci, ajouta Géraden.

— Pour quoi ?

Il tourna la tête vers Eléga et Nyle.

— J'avais besoin que vous me changiez les idées.

À ce moment, Nyle se noya dans la foule et Eléga revint vers ses compagnons. Son sourire secret, son regard voilé affichaient sa détermination à ne rien leur confier.

— Je suis désolée de vous avoir fait attendre. Les boutiques des tailleurs sont tout près. Allons-y.

Térisa et Géraden échangèrent un regard. Le jeune homme haussa les épaules, il avait pris depuis longtemps l'habitude de ne pas se laisser offenser par ses attitudes. Ils suivirent Eléga qui s'éloignait déjà.

Le vacarme atteignait un niveau sonore difficilement supportable aux alentours des échoppes de tissu. Les marchands se disputaient si agressivement leurs chalands que Térisa n'aurait osé s'approcher seule des étals. Insensible à ce brouhaha, souriante, Eléga vint au milieu des plaideurs.

— Bons sires, nul besoin de ce tapage. Il ne me persuadera en rien. Me ferez-vous la faveur d'un peu de modération ?

Le silence se fit dès que l'on reconnut la fille du Roi. Et si l'on s'empressa, ce fut cette fois avec sérieux et déférence.

Eléga choisit une boutique. L'échoppe était légèrement surélevée par un plancher qui la gardait de la boue. Son opulence et son confort inspiraient confiance. Les fenêtres n'avaient pas de vitres ; au centre de la pièce brûlait un brasero qui dispensait une chiche chaleur. Se plantant devant Eléga, le marchand commença à se répandre en obséquiosités.

Le plus surprenant pour Térisa fut de constater que l'échoppe était vide de tissu et de vêtements.

— Je crois que je suis venue au bon endroit, fit Eléga.

— Certes, ma dame, répondit avec esprit le boutiquier. Toutes mes marchandises de l'hiver sont vendues ; ne me restent que des échantillons.

— Ce qui me prouve la qualité de vos denrées.

Il s'inclina humblement.

— Je recevrai tout ce que vous pouvez souhaiter dès que les routes seront rouvertes.

— Fort bien. Voyons les échantillons. Dame Térisa de Morgan a besoin de se constituer une garde-robe.

— Tout de suite, ma dame.

De sous son comptoir, l'homme tira de multiples morceaux d'étoffes qu'il commença à déployer.

— Avec votre permission, ma dame, fit Géraden après s'être éclairci la gorge, je vais vous laisser un moment. Je ne vous serais pas d'une grande aide. Et s'il survenait quelque importun tandis que vous choisissez vos étoffes ou parlez avec les tailleurs, tous ces marchands voleraient à votre secours.

— Laissez Nyle tranquille, fit Eléga en guise d'assentiment. Il n'est pas d'humeur à se laisser ennuyer par sa famille aujourd'hui.

Sur ce, elle choisit deux ou trois pièces de tissu et les montra à Térisa.

— Que pensez-vous de celles-ci ?

Seule Térisa s'aperçut du départ de Géraden. D'un ton badin, elle en profita pour demander à Eléga :

— Saviez-vous que Nyle était à Orison ? Géraden fut surpris de l'apprendre.

— Non. Pourquoi ? répliqua Eléga avec un désintérêt parfait. J'aurais dû être plus étonnée que lui. J'ignorais la présence de Nyle avant de le voir tout à l'heure. Je crains fort d'avoir perdu la capacité de m'étonner des actes des fils du Domne.

— Vous m'aviez parlé de Nyle un jour. J'avais cru comprendre que vous l'appréciez.

— En effet, acquiesça Eléga avec une nonchalance autrement plus probante que celle de Térisa. Je le considère comme un ami. Et je le respecte. Il possède un...sérieux, une gravité dans ses *désirs* dont manquent totalement ses frères. Par exemple, il n'aurait jamais passé tant d'années comme Géraden à essayer en vain de devenir Imageur. Contrairement à Artagel, il n'aurait pas poussé l'étude des armes jusqu'à la perfection pour finir — comme l'a fait ce dernier — par refuser le haut commandement des armées du Roi.

» Il fut un temps, admit-elle, où s'il avait demandé ma main, j'aurais considéré sa demande avec le plus grand sérieux.

Elle parlait sans se soucier le moins du monde de la présence du boutiquier.

— Cela dit, j'ignore les raisons de sa présence à Orison. Ses « affaires personnelles », comme il les a appelées, ne sont pas de mon ressort.

— J'étais simplement curieuse, conclut Térisa avant de revenir aux échantillons.

Eléga fit preuve de goût. Elle choisit les draps les plus beaux, les étoffes les plus chaudes, les popelines les plus légères, pour porter tous les jours ; les soies les plus fines et les velours les plus riches pour les grandes occasions ; quant aux couleurs qu'elle conseilla à sa compagne, elles se mariaient à merveille avec son teint clair et ses cheveux roux.

— Cela suffira, décréta-t-elle enfin. Dès que les étoffes seront arrivées, dit-elle au marchand, envoyez-les au tailleur Mindlin.

— Certainement, ma dame. Avec plaisir.

La perspective d'offrir assez d'étoffes pour confectionner une dizaine de robes ne paraissait pas du tout le troubler.

— Venez, reprit Eléga, ravie de l'air heureux qu'elle voyait sur le visage de Térisa. Mindlin m'a toujours fait mes vêtements. Il sera charmé de vous servir.

— Nul doute, ma dame, commenta le marchand. Nul doute. Votre choix est judicieux. Le travail de Mindlin est superbe. Superbe.

Il resta courbé tandis que les deux jeunes femmes quittaient son échoppe. L'établissement du tailleur était tout proche, d'allure moins prétentieuse que la boutique de tissus. Mindlin était un homme grand au visage et aux manières austères, et s'exprimait avec une hauteur de ton qui formait un contraste étrange avec les paroles soumises et humbles qu'il prononçait. Si servile était son discours que même Eléga en fut embarrassée.

— Malheureusement, expliqua-t-elle à Térisa, devenir mon tailleur a rendu Mindlin célèbre et fortuné !

Cette demi-plaisanterie faite, Eléga revint aux choses sérieuses, elle avisa Midlin que telle et telle étoffe lui seraient livrées et par qui.

— Qu'aimeriez-vous ? demanda-t-elle ensuite à Térisa.

— Oh... Je ne me suis encore jamais fait faire de vêtements, balbutia-t-elle, l'imagination paralysée.

— L'expérience sera bonne pour vous, fit Eléga avec satisfaction.

Elle réfléchit brièvement puis décréta que Térisa

aurait besoin de deux tenues de cérémonie, de deux robes bien chaudes pour l'hiver, de deux autres plus légères pour le printemps et — elle prit les vieux habits de Térisa — de quatre costumes sur ce modèle inhabituel, deux pour l'hiver et deux pour les mois plus doux. Elle précisa également à Midlin les étoffes spécifiques à chaque ouvrage (exercice de mémoire auquel Térisa aurait lamentablement échoué).

— Vous devez quand même choisir les détails, dit-elle à Térisa, à moins de vous en remettre entièrement au goût de Midlin pour les parures. Rien ne presse au demeurant. Il vous portera son travail bien avant l'achèvement ; vous discuterez alors de la longueur des traînes, des lacets, des perles et des dentelles, ou encore... conclut-elle avec une tolérance narquoise, de la profondeur des décolletés. Mais vous pouvez avoir déjà des exigences.

Térisa fut aussi ravie qu'intimidée. Eléga se dirigeait déjà vers la porte.

— Vous me laissez seule ? souffla la jeune femme.

— J'ai quelques courses à faire, rétorqua la fille du Roi. Et je ne me suis que trop substituée à vous dans vos choix. Je reviens... très vite. Sinon, attendez-moi ici. Je ne tarderai pas.

Elle partit sans laisser à Térisa le temps de protester plus énergiquement. Celle-ci se sentit soudain fort seule, dans un monde hostile. Elle eut envie de courir derrière elle. Mindlin allait-il prendre ses mesures ? Devrait-elle se déshabiller au milieu de l'échoppe ? Pour comble, les manières du marchand changèrent dès le départ d'Eléga, se faisant moins austères ; il alla jusqu'à risquer un affreux sourire.

— Ma dame désire-t-elle vraiment de telles tenues ? s'enquit-il en désignant les habits personnels de Térisa qu'Eléga lui avait laissés.

Alarmée, la jeune femme perçut l'écho railleur, le sarcasme qui sourdait toujours dans la voix de son père. Elle se sentit toute petite fille, au bord des larmes. Non, bien sûr, non, si vous estimez que c'est une mauvaise idée. Que me conseillez-vous ? Heureusement, elle se reprit à temps, honteuse. N'avait-elle pas fait preuve de plus d'autorité face au Gouverneur Lebbick ? Allait-elle se laisser impressionner par un *tailleur* ?

Elle fit un effort pour lever les yeux vers les siens et questionna en souriant :

— Qu'est-ce qui ne va pas dans ces vêtements ?

— Ils ne sont pas flatteurs, ma dame, pas féminins.

— Vous trouvez ? Là d'où je viens, on les juge... fort seyants.

Elle se délecta du mot avec humour. C'en fut assez pour rabattre de sa superbe à Midlin, qui reprit ses manières humbles.

— Ce sera comme le souhaite ma dame. Je mettrai en œuvre toutes mes modestes capacités pour la satisfaire.

Térisa ne fut pas mécontente de la manœuvre mais se refusa à en abuser.

— Vous avez pourtant raison, fit-elle, le flattant juste assez pour qu'il crût l'avoir convaincue. Je n'ai pas besoin de quatre costumes de cette sorte. Deux suffiront. Si vous utilisiez le reste des étoffes pour me confectionner des tenues de cavalier ?

— De cavalier ? répéta le tailleur, au bord de l'apoplexie. Pour monter à cheval ?

— Quoi d'autre ? susurra-t-elle. Ignorez-vous la manière de les tailler ?

— Je n'ai pas l'habitude d'en faire pour les dames de rang. Mais il en sera selon vos désirs.

— Bien, acquiesça-t-elle, très fière d'elle-même.

— Si cela n'ennuie pas ma dame, je prendrai les mesures de ces... ces chemise et pantalon et les lui renverrai dès ce soir. Malheureusement, je dois attendre la livraison des étoffes pour me mettre au travail et, comme vous l'a dit ma bienfaitrice, nous pourrons discuter plus tard des détails, quand le travail sera prêt à être monté.

— Ce sera parfait.

Et comme elle ne s'imaginait pas rester dans l'atelier à garder cette contenance hautaine, elle se dirigea vers la porte et sortit dans la foule baignée de soleil.

Si Géraden avait été là, elle aurait ri avec lui. Mais il n'était nulle part en vue. Eléga non plus. Les harangues des commerçants frisaient la cacophonie. Si on l'avait appelée, elle ne l'aurait pas entendu. Elle se laissa entraîner par le flot populeux.

Avant d'avoir parcouru un long chemin, elle reconnut Nyle, non loin, qui se glissait dans la foule, sans hâte mais sans perdre de temps. Il disparut, reparut entre deux échoppes, suivant toujours la même direction.

Mue par une impulsion soudaine, Térisa le suivit.

Sans doute une curiosité instinctive la poussait-elle, plus que le désir de retrouver un visage connu dans la foule. Du peu qu'elle avait appris, elle déduisait que Nyle avait une conduite pour le moins étrange, qui troublait Géraden et non Eléga.

Savait-il que la fille du Roi complotait contre son père ?

Elle alla droit au lieu où elle l'avait aperçu. Elle se glissa dans un passage étroit, le revit, non loin.

Elle préférait ne pas courir et attirer ainsi l'attention ; elle ne voulait pas non plus le perdre.

Jouant des coudes, bousculée, malmenée, elle parvint à conserver une distance raisonnable entre elle et Nyle, même quand il vira au coin des éventaires de nourriture, tourna encore. Elle arriva juste à temps au virage suivant pour le voir se glisser sous des cordes, en enjamber d'autres et disparaître derrière une tente dressée bien trop à l'étroit entre deux constructions voisines.

Elle atteignit la tente à son tour, puis dut s'arrêter. Ses vêtements la rendraient maladroite à franchir les cordages. Il n'y avait apparemment pas de débouché derrière la tente sinon ses entrée et sortie. Si Nyle en connaissait un autre, elle l'avait d'ores et déjà perdu. S'il revenait par le même chemin, il tomberait sur elle.

Finalement, elle s'approcha de l'ouverture de la tente et attendit en surveillant les deux issues, essayant de se faire discrète.

La tente était vaste ; des tables y étaient installées en cercle, à même le sol boueux, autour desquelles se tenaient nombre d'hommes et de femmes, qui vendaient des perles, des paillettes, châles et bimbeloteries en tous genres. L'un des marchands invita Térisa à entrer ; elle l'ignora et resta à son poste.

Elle se sentit idiote au bout de quelques minutes, songea à renoncer, mais son entêtement ne tarda pas à se voir récompensé : Nyle revenait sur ses pas.

Le cœur battant, elle se dissimula dans l'entrée, l'observant d'un œil, la main crispée sur la toile.

Le visage du jeune homme était tendu, tourmenté. Sans voir Térisa il passa près d'elle et poursuivit son chemin.

Elle s'apprêtait à lui emboîter le pas quand la vibration des câbles l'alerta : quelqu'un d'autre arrivait.

Elle se renfonça dans l'entrée, juste à temps pour reconnaître l'homme qui venait du même endroit que Nyle. Il n'était autre que le charlatan, tout enrubanné et loqueteux.

Elle en resta pétrifiée de stupeur. Car il passa si près d'elle qu'elle sut enfin le reconnaître.

Sous ses vêtements extravagants, sous la cendre qui maculait son visage et ses cheveux, elle venait d'identifier le Prince Kragen, le Prétendant au trône d'Alend.

Impossible, se défendit-elle intérieurement. Elle l'avait vu *partir* à cheval avec toute son escorte !

Mais que faire d'autre si son intention était de revenir en secret ? Comment, autrement, aurait-il pu communiquer avec Eléga ? Comment auraient-ils ensemble élaboré leurs plans ?

Et Nyle était leur complice. Eléga avait menti, bien sûr. Elle était concernée par les « affaires personnelles » de Nyle... voilà qui expliquait que ce dernier ne souhaitât pas croiser Géraden.

Il complotait avec Eléga et le Prince Kragen contre le Roi de Mordant.

Quant à l'invitation d'Eléga à aller goûter les premiers bienfaits du printemps ! elle n'avait rien d'innocent. Rien à voir avec un désir de se rapprocher, de faire naître une amitié. Les vêtements n'étaient qu'une excuse. Eléga continuait à tendre ses filets pour la prendre.

Térisa était si bouleversée qu'elle ne remarqua point le jongleur aux étoiles d'argent, tout de noir vêtu, avant qu'il ne se mette à jongler devant elle, à quelques pas à peine.

Le noir intense de son costume attira l'attention de la jeune femme. Les étoiles commencèrent à danser dans ses mains, éclats de soleil qui traçaient dans l'air des arcs lumineux, volaient entre ses doigts. Des paillettes en jaillissaient et l'artiste en fut bientôt environné.

Il ne regardait pas ce qu'il faisait. Il n'en avait pas besoin, tant ses mains étaient adroites. Il n'avait d'yeux que pour Térisa.

Les étoiles tourbillonnantes la projetèrent dans un état second. Pour un instant, qui lui parut la caresse d'un rêve.

Nyle s'était fondu dans la foule. Le Prince Kragen avait pris une autre direction et n'allait pas tarder à se perdre lui aussi. Et comme dans un ballet réglé où une scène succède à l'autre, Térisa vit Eléga et Géraden approcher, venant de directions opposées de part et d'autre des étals de nourriture.

Sous la chaleur soudaine, les éventaires dégageaient leurs fortes odeurs : sucreries, huiles, noix, viandes épicées... tous les parfums se mêlaient à la danse tourbillonnante des étoiles d'argent.

Eléga avait l'air de chercher quelqu'un — Térisa peut-être. Géraden, de son côté, avait déjà avisé la jeune femme. Il agita le bras en marchant vers elle et lui sourit.

Le ciel était bleu comme dans les rêves, une perfection azurée pour toile de fond au tourbillon d'argent.

Mais le jongleur *avait un nez fin comme une lame de hache, des dents dénudées par un sourire barbare. Elle eut la sourde impression de discerner des cicatrices sur ses joues.* Les iris jaunes et flamboyants la fixaient...

L'instant de conscience prit fin et elle ne vit plus rien de ce qui se déroulait.

Tout à coup, les étoiles changèrent de direction. Dans les mains du jongleur, elles devinrent des armes de métal qu'il jetait à la tête de la victime.

Elle évita la première, la deuxième lui mordit la joue.

Les suivantes l'auraient atteinte si Géraden n'avait dévié leur course en fondant sur le jongleur pour lui retenir le bras.

L'homme en noir se débarrassa de lui d'un violent coup de coude, l'envoyant rouler sur la terre boueuse. Puis il écarta les pans de sa longue tunique, découvrant une épée qui brilla prestement à son poing.

Il bondit vers Térisa.

La jeune femme recula dans la tente.

Tout lui parut devenir obscur. Les gens hurlaient, couraient. Elle se cogna à l'une des tables et la renversa. Quelqu'un poussa un cri perçant, touché par la lame du jongleur. Térisa s'effondra en travers de la table, dans une cascade de colifichets, et heurta le mât de la tente.

Implacable, le jongleur marchait sur elle, faisant tournoyer habilement son épée pour écarter de sa route les marchands, les chalands terrifiés.

Térisa parvint à se redresser, mit le mât entre elle et son assaillant. Puis elle trébucha et retomba.

— Gart ! cria un homme.

Le jongleur se retourna.

— Décidément, railla Artagel en bondissant au-devant de lui, le Bras-Vif du Haut Roi ne s'attaque qu'aux femmes désarmées. Je t'avais déjà mis en garde.

— Te crois-tu de taille ? sursurra l'homme en noir d'une voix douce comme soie. Je sais déjà que tu ne l'es pas.

Artagel écarta une table et, dans le même élan, bondit à l'attaque.

Gart tourna sur lui-même et leva sa lame tranchante au-dessus de Térisa.

Mais Artagel eut le temps de prévenir le coup. Il fut en un éclair face à Gart et retint son épée de la sienne, évitant à Térisa d'être coupée en deux.

Puis il affronta directement le Bras-Vif.

La tente était désormais déserte, à l'exception de Térisa et des deux bretteurs. Leurs bottes claquaient dans la boue, leurs fers échauffés crachaient des étincelles, version de mort, version d'ombre de la danse des étoiles sous le soleil. Artagel soufflait bruyamment, comme s'il s'était mal remis de l'asphyxie de ses poumons. La respiration de Gart restait mesurée.

Attaque. Parade. Hurlements de la ferraille.

Artagel s'empêtrait dans les tables quand Gart semblait voler entre les nombreux obstacles.

Cramponnée au mât de la tente, Térisa était raide de terreur. Du sang coulait sur ses mains. D'où venait-il ? Sans doute de sa joue blessée. Artagel allait mourir à cause d'elle. Par sa faute. Oh, fuir !

Courir, et Gart la suivrait peut-être. Ce serait l'unique moyen de sauver Artagel. Mais le Bras-Vif restait près de l'ouverture de la tente et il lui était impossible de la franchir.

Inutile même de hurler. Le fracas des lames et le souffle rauque d'Artagel emplissaient l'espace.

Soudain, déboulant tels des taureaux furieux, Ribuld et Argus pénétrèrent dans l'ombre de la tente.

Térisa ne put voir comment Gart leur échappait, tant il fut prompt. Peut-être profita-t-il de la seconde où les deux soldats durent ajuster leur vue à la pénombre après le plein soleil du dehors. Toujours est-il qu'il parvint à séparer ses deux nouveaux adversaires pour les forcer à se battre chacun d'un côté.

Artagel fondit sur lui.

Trop vite, avec trop de désespoir. À la limite de l'équilibre.

Gart para aussi cet assaut-là, retenant l'épée d'Artagel au tranchant de la sienne, l'écartant sans peine, pour finir par percer de son fer le flanc de son adversaire, dont le sang se mit à sortir à gros bouillons d'entre ses côtes.

Il gémit et tomba sur un genou.

Il avait fallu tout ce temps à Ribuld et Argus pour se remettre de leur première attaque, repartir à l'assaut. Gart fut de nouveau plus habile qu'eux. Avant qu'ils puissent l'atteindre, il bondit vers le mât de la tente — évitant le coup que lui portait Artagel au passage — et de son épée trancha la corde qui retenait la toile au mât.

Puis il se baissa et roula jusqu'à l'ouverture, se glissant aussi vivement qu'un serpent entre Ribuld et Argus qui recevaient sur la tête le ciel de tente.

Le poids de la toile jeta Térisa dans la boue. Elle y resta couchée, gémissante. Elle n'avait à l'esprit que la blessure sanglante d'Artagel. Elle entendit à peine la clameur qui jaillit de la foule quand le Bras-Vif du Haut Roi s'échappa.

Alertés par le tumulte, bon nombre de gardes arrivèrent bientôt. Ils libérèrent Térisa et Artagel, Argus et Ribuld de leur prison de toile. On fabriqua une civière de fortune pour conduire vite Artagel à un médecin. On ramassa Géraden qui sortait à peine de son évanouissement. On lança des recherches. Bientôt, le Gouverneur Lebbick se montra, bardé de renforts, de son sens de l'organisation et de ses ordres sans appel. Le bazar en son entier fut fouillé.

On ne trouva point Gart.

2

Déchirements familiaux

Térisa aurait aimé suivre Artagel avec Géraden. Il était tombé en se battant pour la sauver. Mais même s'il ne s'était pas battu pour elle, sous ses yeux, même si elle ne l'avait pas connu, elle aurait eu le même élan. Encore étourdi par le coup de Gart, Géraden affichait une détresse à nu sur son visage, et son empressement douloureux auprès de son frère le rendait aveugle à tout le reste. Il se débattit furieusement contre les gardes qui l'avaient relevé, ne prêta pas l'oreille aux questions des témoins ébahis et se précipita derrière Artagel. Le voir dans cet état fit penser à Térisa qu'il avait besoin d'elle. Malgré sa peur et son émotion, elle voulut l'accompagner.

Eléga ne la laissa pas aller.

Elle était venue à ses côtés dès que les gardes s'étaient dispersés à la poursuite du Bras-Vif du Haut Roi. Tout en la soutenant et en essuyant le sang sur sa joue, elle lui prodigua des paroles de réconfort qui semblaient factices dans sa bouche. Térisa aurait dû la repousser avec véhémence pour s'échapper.

Elle n'en trouva pas la force. Pas maintenant, alors qu'elle n'était que tremblement, nausée, chagrin. Prisonnière, elle vit Géraden disparaître en trébuchant dans la foule, derrière la civière de fortune où gisait son frère.

Ému par quelque chose qui s'apparentait peut-être à de la pitié, le Gouverneur Lebbick l'avait laissé partir.

Il ne s'agissait plus de pitié néanmoins lorsqu'il se tourna vers Térisa pour l'interroger.

— Gouverneur, déclara fermement Eléga, vous n'êtes pas surpris d'apprendre que dame Térisa a un ennemi qui veut sa mort. Vous vous étonnez simplement que cet ennemi soit un homme aussi important et dangereux que le Bras-Vif du Haut Roi. Et vous vous étonnez aussi de la liberté d'action dont il jouit dans Orison, en dépit de votre responsabilité en ce domaine.

Les traits du Gouverneur se crispèrent.

— Vous conviendrez, je n'en doute pas, poursuivit-elle, que dame Térisa est la dernière personne susceptible de vous éclairer. Que sait-elle des secrets de Cadwal — ou de la défense d'Orison ? Si vous tenez à l'interroger, vous la trouverez dans ses appartements, plus tard, lorsqu'elle sera remise.

Pour toute réponse, Lebbick darda sur Térisa un regard d'une violence inouïe. Puis il s'inclina, commanda une escorte pour les deux femmes et tourna les talons.

Eléga entraîna Térisa vers la chambre aux paons.

Elle n'éprouva d'abord aucune douleur à la joue. Elle se crut anesthésiée par le choc puis se demanda, presque avec détachement, si les armes de Gart n'étaient pas empoisonnées.

Au bout d'un moment, la chaleur relative des couloirs du château et la fatigue de la marche ravivèrent la sensation de brûlure que lui avait infligée le tranchant du métal. Pourtant la plaie était trop superficielle pour la faire souffrir. Il ne s'agissait pas de douleur, non, mais d'une impression d'estafilade humide, comme la caresse d'une langue.

Elle avait dit un jour à Myste en parlant de son changement d'existence. *C'était comme mourir sans douleur...* pas de souffrance. Cette hypothèse la jeta dans un état de panique. Si sa joue l'avait fait souffrir, elle eût su ce qu'il fallait faire. Tout à coup, elle eut mal de n'avoir pas de miroir, pour savoir au moins si elle avait été défigurée.

Elle ne s'aperçut pas qu'Eléga lui parlait avant que celle-ci la prenne aux épaules.

— Térisa, je sais que vous avez peur. Mais vous devez m'écouter. Vous croyez que les ignorer rendra vos peurs plus sourdes, vous vous trompez. Vous ne vous mettrez à l'abri qu'en essayant de comprendre le danger et de réagir contre lui.

De toute évidence elle ne nourrissait pas une grande sympathie pour la peur. Les deux jeunes femmes se tenaient au milieu des escaliers qui menaient aux appartements de Térisa, et Eléga ne semblait pas se soucier des gardes qui les escortaient. Sans doute l'urgence la pressait-elle pour qu'elle oubliât la plus élémentaire prudence. Térisa n'avait nulle envie de parler. Pas devant ces inconnus. Quelque part dans Orison, un médecin essayait de sauver la vie d'Artagel. Géraden était auprès de lui...

— Que devrais-je faire à votre avis ? s'entendit-elle questionner avec colère.

— Oublier vos peurs et chercher la vérité, répliqua Eléga. Le Bras-Vif du Haut Roi a bien une raison pour risquer sa vie dans l'espoir de vous priver de la vôtre.

Térisa la regarda, réfléchit. Eléga la prenait encore pour une sorte d'Imageur ; voilà pourquoi elle la voulait pour alliée. Avec le Prince Kragen. Avec Nyle. Soudain, elle devina que les motivations de la fille du Roi étaient plus complexes ; sans doute la soupçonnait-elle de participer déjà à quelque machination ou intrigue grave et insidieuse pour que le Haut Roi l'interprète comme une menace directe à son encontre. Intrigue dont Eléga ignorait tout et qui aurait mis en péril ses propres desseins.

— Tenez-vous à parler ici ? fit Térisa avec une feinte lassitude.

Eléga haussa un sourcil, regarda à l'entour, rougit enfin, peut-être de son indiscrétion. Elle se remit brusquement à gravir l'escalier.

Térisa l'aurait volontiers dévalé pour voler dans la direction opposée. Elle n'en fit rien et la suivit.

À l'abri de la chambre aux paons, Eléga servit deux verres de vin. Elle avait retrouvé sa contenance. Elle but quelques gorgées, sans quitter Térisa des yeux, puis posa son verre d'un geste décidé.

— Vous devez me pardonner d'aborder ce sujet en un moment pareil. Je comprends que vous ayez été effrayée. Et je pense que vous vous faites du souci pour Artagel. Mais ce serait folie de votre part que d'ignorer ma question. Térisa, vous avez bien une idée de la raison qui a conduit Gart ici pour vous tuer. Il est inconcevable que vous soyez une menace pour le Haut Roi sans vous en douter !

Ses yeux violets brillaient dans son visage livide. Térisa soupira. Elle n'avait nulle envie de discuter avec Eléga. Seulement de s'allonger, de dormir quelques années. Ou de se rendre auprès d'Artagel. La sensation humide sur sa joue commençait à faire mal. Quelques gorgées de vin l'avivèrent. Elle porta une main prudente à sa plaie, la retira pour découvrir ses doigts maculés de sang séché.

— C'est grave ? demanda-t-elle, très inquiète.

Eléga réprima un soupir vexé avant de se décider à aller chercher un linge humide dans la salle de bains. Térisa s'allongea sur le petit divan et, précautionneusement, la fille du Roi nettoya sa plaie.

— C'est propre, fit-elle au bout d'un moment. Elle saigne encore un peu mais cela ne la nettoiera que mieux. Je ne crois pas que vous ayez besoin du médecin mais, si vous voulez, nous l'appellerons. La blessure est longue comme mon doigt, peu profonde et fine. Refermée, elle vous laissera une cicatrice légère et toute droite, que l'on ne verra qu'à la faveur de certains éclairages. Et jamais à moins d'être tout près de vous, ajouta-t-elle après s'être éloignée pour en juger. Beaucoup d'hommes estimeront qu'elle rehausse votre beauté au lieu de l'amoindrir, conclut-elle d'un ton neutre.

— J'aimerais voir, avoua Térisa. Là d'où je viens, c'est à cela que servent les miroirs. À nous regarder nous-mêmes.

— Pour cela, nous avons des femmes de chambre, rétorqua Eléga avec la même neutralité. Ainsi les femmes qui auraient tendance à trop s'apprêter ne deviennent pas folles de leur apparence.

Elle ne put cacher son véritable intérêt, et poursuivit, avide :

— Tous les miroirs sont donc plats dans votre monde ?

— Oui.

— Et ils ne vous translatent pas ?

— Non.

Eléga se leva du siège où elle avait pris place et serra ses bras sur sa poitrine face à la cheminée, comme si elle endiguait un flux d'émotions trop vives.

— Vous prétendez être une femme ordinaire. Peut-être est-ce vrai dans votre monde. Mais il demeure possible que vous ayez été translatée sans le savoir... sans vous en rendre compte. Ici, on affirme qu'un homme face à un miroir plat où il se verrait lui-même se perdrait dans une translation sans fin. Or, si vous... si tous les êtres de votre monde... possédiez un pouvoir dont nous manquons ? Le pouvoir de maîtriser la manifestation la plus dangereuse de l'Imagerie ? Vous pourriez fort bien l'ignorer... et cependant être assez puissante pour bouleverser toutes nos conceptions, tous nos préjugés.

— Non, nia Térisa comme elle avait tout nié dès le premier jour. Là d'où je viens, les miroirs ne sont que des... *choses*. Ils ne sont pas magiques.

Désireuse de briser là, elle fit face à Eléga.

— Je ne sais *réellement* pas pourquoi le Haut Roi en veut à ma vie.

— Impossible, souffla fiévreusement Eléga.

— Mais vrai, insista Térisa en retenant sa colère.

La fille du Roi faillit crier, s'en abstint, et une lueur calculatrice passa dans son regard.

— Alors... supputa-t-elle, il faut que quelqu'un

vous protège. Le Roi ne le fera pas. Il n'en comprend pas l'utilité. Le Gouverneur n'agira pas davantage, puisqu'il lui obéit. De surcroît, il est impuissant. Il a prouvé qu'il ne savait même pas interdire à Gart l'accès d'Orison.

» Les Seigneurs des Fiefs ne vous seront d'aucun secours. Le Tor est devenu un vieil ivrogne. La futilité de l'Armigite insulte à la mémoire de son père. Le Fayle ne sait plus à qui faire allégeance. Quant au Perdon et au Termigan, ils sont *absents*.

» Parlons du Congrégat, poursuivit-elle avec un geste dédaigneux. Les Maîtres sont trop divisés pour protéger quiconque. Ils sont tous à l'image de Maître Quillon, trop pusillanime pour prendre des risques... ou à celle de Maître Barsonage, trop soucieux de sa réputation pour agir... ou encore de Maître Erémis, trop absorbé par sa personne. Térisa...

Elle marqua une hésitation, peu conforme à sa personnalité, puis, distinctement, comme s'il s'était agi de l'aveu d'une foi, elle murmura :

— Vous devez me laisser vous protéger.

Stupéfaite, Térisa demeura sans mot dire.

— Pour l'heure, je l'admets, je ne puis que vous cacher. Mais je ne serai pas inefficace. Ma connaissance des secrets d'Orison est grande. Et bientôt, je serai en mesure de protéger qui j'aurai choisi... Je vous offre le salut, si vous vous en remettez à moi.

Le chaos régnait dans l'esprit de Térisa, quand il aurait fallu que ses idées s'ordonnent, se clarifient. Elle crut comprendre, mais feindre l'ignorance lui octroierait peut-être plus amples informations. Et puis, sa joue lui faisait mal. Et puis, elle s'inquiétait d'Artagel et de Géraden. Et les ruses d'Eléga l'inquiétaient. Et sa rage ne s'était pas apaisée.

— Comment ? parvint-elle à répondre. Je vous ai entendue vous plaindre du peu d'influence dont vous jouissiez. Comment me protégerez-vous ?

— Je vous mettrai à l'abri, assura fermement Eléga. Si vous vous *confiez* à moi. Térisa, rien d'autre ne me guide que mon amitié pour vous. Je ne cherche que votre bien-être, et la survie de Mordant... et la fin de tous les maux qui ont fondu sur le royaume. Mais si vous ne me faites pas confiance, je ne pourrai rien.

» *Vous avez bien une idée de la raison qui a conduit Gart ici pour vous tuer.*

C'en était trop.

— Où prendrez-vous ce pouvoir que vous espérez ? s'enquit durement Térisa. Je ne vois qu'une hypothèse. La place de votre père. Mais il ne vous la donnera pas. Vous vous apprêtez à le trahir. Vous sciez sous lui les assises de son trône. Vous et le Prince Kragen.

Elle évita de prononcer le nom de Nyle, de l'accuser d'avoir dressé celui-ci contre Géraden. L'expression d'Eléga lui fit comprendre qu'elle était déjà allée trop loin.

— Je refuse d'être mêlée à cela, conclut-elle.

— Et pourquoi ? répliqua Eléga gagnée par la rage. Avez-vous une alternative ? Êtes-vous pure au point de concevoir un moyen de sauver Mordant sans recourir à nulle trahison ?

— Le Roi est votre père. Cela devrait vous faire réfléchir.

Eléga se raidit, comme si elle essuyait courageusement une insulte.

— Cela me fait réfléchir, ma dame, croyez-moi, affirma-t-elle d'une voix austère. Je regrette que vous me compreniez si mal.

S'inclinant devant Térisa comme on lance un défi, elle quitta la chambre.

Térisa resta longtemps à contempler la porte close. Elle venait de commettre une grave erreur, de gâcher l'unique chance d'apprendre *comment* Eléga et le Prince avaient l'intention de prendre le pouvoir des mains de Joyse. Elle essaya de tempêter contre elle-même mais le cœur n'y était guère. Après tout, l'offre d'Eléga n'avait pas grand sens.

La cacher ? Pour combien de temps ? Jusqu'à ce que l'hiver s'achève ? Jusqu'à l'arrivée des armées d'Alend ?

Jusqu'à ce qu'Orison assiégé se rende ? Vingt, trente, quarante jours ?

Aucun sens.

Surtout, elle s'en moquait à cet instant. Elle voulait savoir ce qu'il advenait d'Artagel et de Géraden.

Sourdement, la question la harcelait de comprendre ce qui la rendait si précieuse au point de susciter la haine de Gart, de faire couler le sang d'Artagel, de pousser les gens à risquer leur vie pour elle.

Au-dehors, le soleil brillait de tous ses feux, comme immensément satisfait de lui-même.

Rester seule trop longtemps l'eût poussée à commettre quelque folie. Elle brûlait d'*agir*, tout en sachant pertinemment que ce qu'elle ferait ne serait pas raisonnable. Elle tournait en rond, incapable de se décider, quand Géraden arriva.

Joues fiévreuses, front soucieux, mains agitées de tremblements bien qu'il les tînt contre lui, il affichait tous les signes de la détresse. Et il était venu vers elle.

Térisa ne le prit pas dans ses bras comme elle l'aurait fait, pour leur bien à tous deux, si son enfance n'avait été ce grand désert sans amour ni réconfort. Au lieu de cela, elle l'invita vivement à entrer, ferma la porte avant de demander :

— Comment va-t-il ?

Géraden la regarda, tendit une main douce vers sa joue blessée qu'il caressa.

— Cela vous fait mal ? La blessure n'a pas l'air grave, j'en suis heureux.

— *Géraden. comment va-t-il ?*

Le contrôle du jeune homme céda d'un coup, son timide sourire disparut et les larmes emplirent ses yeux.

— Le médecin fait son possible, sans pouvoir augurer de rien. Artagel a perdu trop de sang. Il risque de mourir.

Ils demeurèrent silencieux face à face, perdus. Géraden paraissait prêt de tomber. Térisa posa simplement une main maladroite sur son épaule. Ils restèrent longtemps ainsi.

Finalement, il s'écarta, enfouit son visage dans ses mains.

— Je ne sais plus si je vous en ai parlé, murmura-t-il, mais ma mère est morte quand j'étais encore un petit enfant. Une fièvre mauvaise... J'avais cinq ans mais j'étais toujours resté son bébé, son petit. La regarder mourir me déchira et je *jurai...*

Il releva la tête, découvrant l'expression de toute sa douleur.

— J'avais cinq ans et je jurai que plus jamais je ne laisserais mourir un être que j'aimais.

Il soupira et son expression s'allégea un peu.

— J'espère qu'Artagel ne me fera pas trahir mon serment. Car je ne puis rien faire pour lui.

— Pardon, souffla Térisa qui ne savait que dire. C'est de ma faute. C'est moi que Gart voulait tuer, et je ne sais même pas pourquoi.

— Ne dites pas de bêtises. Gart est le seul responsable. Ou alors, *je* suis coupable puisque je n'ai pas su l'arrêter. Si vous allez par là, c'est aussi bien de la faute du Haut Roi. Gart n'est que son exécutant. Ou encore, c'est à cause du Roi Joyse, qui s'est assez détaché des choses de ce monde pour que le Haut Roi ose envoyer ici son Bras-Vif.

Il s'assombrissait au fur et à mesure qu'il s'efforçait de la rassurer.

— D'ailleurs, à bien y réfléchir, conclut-il avec un sourire maladroit, vous êtes la seule à être *hors de cause.*

Il ne l'avait pas comprise. Elle n'éprouvait pas de culpabilité mais un regret tranchant comme une lame. Elle renonça à s'expliquer sur ce point.

— Je n'en suis pas certaine. Je pense avoir fait quelque chose de complètement stupide.

— Quoi donc ? fit Géraden qui se mit à l'écouter avec attention. Vous voulez dire que Gart vous a attaquée car vous aviez commis un acte stupide ?

— Non. Eléga vient de me raccompagner. Elle m'a offert sa protection.

Les pupilles de Géraden se rétrécirent, sa mâchoire se crispa et si dure était son expression que Térisa s'aperçut pour la première fois qu'il pouvait inspirer la peur.

— Vous feriez mieux de tout me raconter, suggéra-t-il en réprimant une réplique plus violente.

Elle lui raconta sa conversation avec Eléga, le plus simplement possible.

— En prononçant le nom du Prince Kragen, j'ai ruiné toutes mes chances d'apprendre ses intentions. Elle ne me fera jamais confiance.

Géraden s'était détourné pour ne pas lui montrer la rage qui croissait en lui.

— Verre et éclats, murmura-t-il, les dents serrées. La voilà avertie ; elle n'en sera que plus prudente. Bientôt, elle aura remarqué Argus et Ribuld. Ils ne pourront plus la surveiller. Nous avons perdu avant même d'avoir commencé à nous battre.

Cette fois, Térisa aurait pu lui demander pardon sans risquer de fausse interprétation. Mais les excuses qu'elle aurait dû lui adresser n'étaient rien comparées à celles qu'il mériterait bientôt. Elle se sentit faiblir. Pourquoi ne pas lui celer ce secret-là ? Au moins le temps que son étrange colère s'apaise. Qui en souffrirait ?

La réponse ne tarda pas à jaillir dans son esprit. Géraden en souffrirait, quand il découvrirait la vérité. Et qu'elle la lui ait cachée nuierait à leur amitié.

Elle prit une profonde aspiration avant de commencer :

— Nous n'avons pas encore perdu.

Il lui fit face, plein de rage et à la fois si vulnérable.

— Eléga m'avait laissée avec le tailleur. J'en eus

fini avec lui avant son retour et je quittai la boutique. Et alors, je... j'ai vu Nyle.

La colère de Géraden s'envola à l'instant.

— Je l'ai suivi... je ne sais pourquoi. Sans doute espérais-je savoir pourquoi vous aviez essuyé cette rebuffade de sa part...

Le désespoir la gagnait. Géraden allait la haïr.

— Il a rencontré quelqu'un derrière cette tente. Il ne m'a pas vue, moi je l'ai vu. Et j'ai reconnu l'homme. C'était ce charlatan aux rubans. Celui dont nous avions parlé. Je l'ai identifié, j'en suis certaine... C'est le Prince Kragen, révéla-t-elle d'un ton saccadé. Il a parlé à Nyle derrière cette tente.

L'espace d'un instant, Géraden parut aussi surpris et blessé qu'elle l'avait craint. L'amour familial était chez lui passion souveraine... et elle venait d'accuser son frère d'ourdir une trahison. Elle ne supporta pas de voir la douleur, la déception intime qui explosèrent sur son visage.

Il se reprit, se redressa, raidit les épaules. Son expression se fit décidée, dure, et autoritaire la lueur dans ses yeux.

— Rien d'étonnant donc à ce qu'il ait préféré garder ses distances avec Artagel et moi.

Et il ajouta :

— Eléga l'a entraîné.

Térisa comprit que sa rage, pour être rentrée, n'en était pas moins vive, peut-être s'éveillait-elle seulement. Mais cette première réaction, si apaisante, la fit presque s'oublier et trouver l'élan de l'embrasser.

— Ainsi, nous n'avons pas forcément perdu, souffla-t-elle. Vous pouvez demander à Argus et Ribuld d'oublier Eléga pour surveiller Nyle.

Géraden ne parut pas l'avoir entendue, comme s'il suivait le fil de ses propres pensées.

— *S'ils* le trouvent, fit-il pourtant. Ce sera le plus difficile. Mais alors, nous pourrons peut-être l'arrêter avant qu'il commette un acte que même le Roi Joyse devra punir. Allons, ajouta-t-il à brûle-pourpoint. Dépêchons-nous d'aller en parler à qui de droit.

Il était déjà à la porte.

— À qui ? Pourquoi ? s'exclama Térisa.

— Non pas au Roi Joyse, il ne nous écouterait pas. Non plus au Gouverneur ; il agirait à tort et à travers. Le Tor nous sera peut-être de bon conseil.

Il tenait la porte ouverte, sans douter que la jeune femme lui obéirait.

— C'est tout ce qui est en notre pouvoir actuellement pour protéger Nyle. Si nous ne l'arrêtons pas et qu'il est pris sur le fait... il encourra moins d'être exécuté si ses actes n'apparaissent pas comme une surprise.

Sa conviction était si forte qu'elle le crut. Elle sortit avec lui, oubliant sa robe couverte de boue et sa blessure qui saignait encore.

Il courut jusqu'aux appartements du Roi sans trébucher une seule fois.

Les deux jeunes gens furent immédiatement admis dans la suite, car le Roi Joyse n'était pas là.

— Parti je ne sais où avec son Imageur, je suppose, fit le Tor en guise d'explication. Il reste le plus courtois des hommes mais il m'en dit le moins possible, juste ce qu'il faut pour je ne hurle pas.

La voix du Seigneur sourdait comme un murmure souterrain, qui émergeait d'un lieu fort lointain dans son gros corps, se frayant chemin dans des fleuves avinés. Après plusieurs jours d'usage, sa longue tunique verte était maculée de vin et de nourriture. Ses joues non rasées, ses cheveux graisseux trahissaient une certaine négligence de sa toilette.

— Je suis un homme patient, jeune Géraden, confia-t-il par-dessus sa carafe. Je ne suis pas né d'hier, et j'ai eu l'occasion d'apprendre que la graisse est plus endurante que la roche. Mais en vérité ma présence en ce lieu n'a pas servi le but escompté.

De sa main potelée, il désigna l'emplacement de la table de saute-contre. Le damier en avait été ôté.

— Il a simplement emporté son jeu ailleurs. Triste chose que d'être négligé à mon âge, conclut-il avec un soupir lugubre.

À l'entendre, Térisa désespérait d'obtenir quoi que ce soit de lui, mais Géraden n'avait rien à perdre.

— Vous vous êtes désigné vous-même comme chancelier, rappela-t-il au Tor. Vous prétendiez agir au nom du Roi. Ce devrait être encore plus aisé puisqu'il n'est pas là pour vous contredire.

— Vous êtes trop jeune pour comprendre, répliqua le vieil homme en lui jetant un vague regard. Si je préfère du mouton plutôt que du caneton pour mon souper, je n'ai qu'à parler. Si je décide d'un jour de congé qui laisse chaque grande dame d'Orison sans femme de chambre, je puis l'instituer sans élever la voix. Qui ici désire s'opposer aux volontés du vieil ami du Roi ?

Il serra le poing sous l'effet d'une colère croissante.

— Si je prends sur moi de déclarer la guerre demain, je ne doute pas d'être obéi. Mais le *Roi*, jeune Géraden ! Où est le *Roi* ? Où est l'homme qui devrait avoir honte de tous les ordres que je donne en son nom ? Parti jouer à *saute-contre* avec l'Adepte Havelock tandis que son royaume *s'écroule.*

» Quant au Gouverneur Lebbick, soupira-t-il plus calmement, il tient désormais le peu de pouvoir qui demeure en ce château. Il lui est difficile de m'ignorer mais il refuse de soumettre ses décisions à mon jugement, aussi m'évite-t-il. Je le soupçonne même de trier mes ordres avant de les laisser sortir d'ici...

» Il m'apparaît que j'ai choisi la plus absurde façon de pleurer mon fils.

Térisa quêta le regard de Géraden, pour lui intimer mentalement de ne point parler de Nyle et d'Eléga. Le vieux Seigneur lui rappelait par trop le Révérend Thatcher.

Géraden refusa de comprendre son message muet. Il fixait le Tor avec douceur, compassion, même si toute son attitude restait batailleuse, urgente.

— Je regrette, Seigneur, fit-il durement. Je n'ai pas le temps de partager votre peine.

Sous les plis de graisse, le visage du vieillard se crispa, mais Géraden poursuivit.

— Je dois parler au Roi Joyse. Puisqu'il n'est pas ici, c'est à vous que je m'adresse. Je ne puis me confier au Gouverneur ; je ne puis parler à personne qui ne soit un ami de mon père.

— Le Domne est mon ami, assura le Tor dont l'attention s'était éveillée. Et votre gentillesse passée compense votre rudesse de l'instant. Ce que vous avez besoin de dire au Roi m'intéresse.

Envolé le voile d'ivresse sur ses yeux, son regard était clair et attentif. Térisa eut soudain honte d'elle-même car elle vit bien que Géraden, par son attitude, aidait le Tor plus qu'il ne l'abattait. Cette constatation la troubla, elle qui n'avait jamais rien fait pour venir en aide au Révérend Thatcher. Elle l'avait écouté de longues heures sans jamais tenter de le secourir.

— Sans doute avez-vous eu vent des rumeurs comme quoi le Roi Joyse estimerait que dame Eléga a pris parti contre lui, commença Géraden avec une brutalité qui cristallisait toute sa détresse. Eh bien, il a raison.

Il conta au Tor tout ce qu'il savait d'Eléga, du Prince Kragen et de Nyle.

— Deux de mes amis, deux soldats, ajouta-t-il, la surveillent. Mais elle se méfie dorénavant. Sachant que nous la soupçonnons, elle sera plus prudente. Je vais prier mes amis d'avoir Nyle à l'œil. Peut-être nous conduira-t-il sur quelque piste.

Il s'efforça de prononcer le nom de son frère d'un ton neutre. Le Tor ne l'avait pas quitté des yeux et dans la graisse de son visage jaune, son regard brillait tel un éclat de verre.

— Bon nombre de rumeurs sont parvenues à mes oreilles, dit-il. Derrière cette porte, les gardes mènent une vie assez monotone pour se distraire en conversations. J'ai su que votre frère Artagel, la plus fine lame du royaume, était tombé sous les coups du Bras-Vif du Haut Roi... Est-il gravement blessé ?

— Oui, fit Géraden d'une voix rauque.

Le Tor l'observa un moment, sans un battement de paupières.

— J'ai perdu un fils. Je me refuse à dire au Domne que je me noyais dans le vin tandis que l'un des siens était tué par le Bras-Vif, et que l'autre se vendait au Monarque d'Alend. Qu'attendez-vous de moi ?

— Ne permettez pas au Gouverneur Lebbick de s'en mêler. Arrangez-vous pour qu'il laisse Nyle tranquille, énonça Géraden, soulagé de n'avoir plus à prononcer le nom d'Artagel. Et ordonnez-lui de m'assigner Argus et Ribuld. Dites-lui que j'ai besoin de leur aide pour vous rendre un service quelconque.

Il s'exprimait clairement, avec autorité, comme s'il avait toute sa vie évolué dans des situations aussi lourdes et douloureuses.

— La dernière fois qu'ils m'ont aidé, il les a amplement réprimandés. Ils feront un meilleur travail s'ils n'ont pas à déjouer sa surveillance.

Il semblait si sûr de lui que Térisa eut envie de l'applaudir. Le Tor l'étudia gravement, longuement, puis il se détourna pour pousser un barrissement qui fit sursauter Térisa et amena promptement les gardes devant lui.

— Oui, Seigneur Tor ? s'enquit l'un d'eux qui paraissait en bons termes avec le chancelier. Vous avez hurlé ?

— Bâtard ! renifla le Tor. Il ne s'agissait pas d'un hurlement, mais d'une courtoise convocation. Si vous aviez eu le malheur de m'entendre « hurler », vous ne me parleriez pas si paisiblement.

Son rire évoqua une cascade de rots.

— Mais puisque vous voilà, poursuivit-il en levant un regard contemplatif au plafond, je veux une sauce aux airelles avec le caneton que le cuisinier tarde tant à me faire porter. Je veux du vin. Je veux la paix ou la guerre avec nos ennemis, celle des deux qui les jettera dans la consternation. Je crois que je veux, fit-il en passant une grosse main sur ses joues, un barbier. Mais, par-dessus tout, je veux voir le Gouverneur.

Sa voix avait perdu le ton joueur pour se faire tranchante et claire.

— Soyez gentil de le prier de m'accorder un peu de son temps... immédiatement.

— À vos ordres, Seigneur Tor, acquiescèrent les gardes en riant sous cape.

Le chancelier improvisé regarda Géraden et haussa les épaules.

— Peut-être ne viendra-t-il pas mais je gronderai jusqu'à ce qu'il se montre.

— Merci, Seigneur, souffla le jeune homme.

Le Tor mit fin d'un geste à l'expression pressante de sa reconnaissance.

— Jeune Géraden, reprit-il d'une voix sévère, votre réputation de maladroit est mensongère. Vous m'avez démontré que notre Roi avait besoin de son chancelier pour d'autres raisons que celles que je soupçonnais. En fin de compte, je commence à m'imposer.

Il pointa un doigt potelé sur le jeune homme.

— En attendant, je vous conseille d'arrêter Nyle avant qu'il n'aille trop loin. L'union des Fiefs se fissure déjà. Une franche rupture qui surviendrait aujourd'hui entre le Roi Joyse et le Fief de Domne nuierait à tous.

Il acheva prestement de vider le contenu de sa carafe.

— Tandis que vous serez occupé ailleurs, fit-il d'une voix traînante et satisfaite, je me charge de faire peur à dame Eléga ; si elle se sait près d'être découverte...

Térisa eut presque envie de rire à l'idée d'une confrontation entre le vieil obèse et la princesse royale. Mais son amusement fut de courte durée, qui cessa dès qu'elle posa les yeux sur Géraden. Elle venait de reconnaître sur ses lèvres un sourire semblable, plus fiévreux simplement, à celui d'Artagel quand il livrait un combat.

— Il est temps que vous vous en alliez, jeune Géraden, conseilla le Tor qui lui aussi avait remarqué son étrange expression. À moins que vous n'ayez d'autre trahison à me révéler ? Je n'ai pas l'intention de partager mon caneton aux airelles avec qui que ce soit. Tenez-moi au courant de l'état d'Artagel.

Géraden le remercia et gagna la porte. Térisa se serait volontiers répandue en plus amples manifestations de reconnaissance mais elle ne trouva point les mots, et suivit l'Aspirant.

— Prenez soin de lui, ma dame, lui murmura le Tor qui l'avait devinée. Il a besoin de vous.

Elle lui sourit et s'empressa de rejoindre son compagnon dans les escaliers. Il avait ralenti pour l'attendre.

— Je suis trop longtemps resté loin d'Artagel, dit-il. M'excuserez-vous de vous quitter ? Je ne vous propose pas de venir, le médecin ne vous laissera pas entrer. J'ai quasiment dû le menacer de mort pour qu'il me laisse voir mon frère. Accepterez-vous de regagner seule votre chambre ?

— Géraden, souffla-t-elle en posant une main sur son bras pour le retenir, vous avez bien agi avec le Tor. Vous lui avez donné ce dont il avait besoin. Je suis fière de vous.

Elle n'était pas accoutumée à prononcer semblables paroles, se sentit terriblement guindée et s'en détesta. Mais Géraden l'avait entendue. Un vague sourire glissa sur ses lèvres.

— J'aime bien le Tor, expliqua-t-il sobrement.

— Allez vite auprès d'Artagel et faites-moi parvenir de ses nouvelles.

Il la quitta immédiatement. Elle rentra seule dans ses appartements et passa le reste du jour à s'efforcer de ne point penser.

Le lendemain matin, le médecin avança que son patient pourrait vivre.

Hagard d'épuisement, étourdi de soulagement, Géraden porta la nouvelle à Térisa avant d'aller se reposer dans sa propre chambre.

— Il ne s'agit plus maintenant que d'éviter l'infection.

Il réfléchît un instant avant d'ajouter :

— Le Tor est arrivé à ses fins. Argus et Ribuld travaillent désormais pour moi. Le Gouverneur Lebbick n'était nullement ravi, mais sans doute le Tor lui aura-t-il fait valoir que j'ai mon idée sur la façon de vous protéger de Gart. Pour l'instant, Nyle reste introuvable.

Térisa aurait aimé qu'il demeure auprès d'elle ; elle n'en pouvait plus de la solitude. Livrée à elle-même, il lui semblait que le Bras-Vif du Haut Roi, le Gouverneur Lebbick, Maître Erémis la pressaient de leurs menaces, guettant l'instant où elle serait le plus vulnérable. Il ne lui était guère plus bénéfique de songer à Eléga, à Nyle, au prétendant d'Alend, ou de se ronger les sangs pour Myste et le champion, ou encore d'essayer d'analyser les comportements de

Maître Quillon, de l'Adepte Havelock et du Roi, non plus que de s'interroger sur l'obscur talent pour l'Imagerie qu'elle ou Géraden possédaient sans le savoir. La moindre question s'avérait dangereuse.

L'épuisement physique et moral de Géraden lui fit pitié et elle l'envoya fermement se reposer, lui ordonnant de ne pas revenir sans avoir rattrapé son retard de sommeil.

À nouveau seule, elle se prépara à une journée aussi vide et angoissante que l'avaient trop souvent été ses soirées dans son appartement, avec pour seul but de retenir le fil ténu et nécessaire de sa propre existence.

Le paysage à la fenêtre l'intéressa un moment. Le dégel paraissait s'installer durablement. Le soleil se déversait sur la forteresse, faisant fondre toujours plus de neige, générant toujours plus de boue. La foule continuait à patauger dans le bazar. Charrettes et voitures à bras se pressaient aux portes d'Orison, avec derrière elles, striant la campagne, les sillons profonds, de neige et boue mêlées, de leurs passages multipliés. Térisa eut envie de sortir mais il était dangereux de s'aventurer seule au-dehors.

Et seule elle se sentait perdue.

Tôt dans la journée, Mindlin le tailleur lui rapporta lui-même ses vieux vêtements et lui annonça qu'il attendait ses tissus pour le lendemain, à moins que le temps ne s'aggrave soudain. En tant qu'amie de dame Eléga, elle recevrait tous ses soins et attentions, aussi pouvait-il lui promettre le premier essayage dans un délai de six jours.

Il en fallait plus que le plaisir futile d'une nouvelle

garde-robe pour distraire Térisa, enfermée dans de plus graves préoccupations.

Où était Maître Erémis ?

Que faisait-elle ici ?

Comment vivre sans miroir ?

Pourquoi ne savait-elle s'approcher de Géraden que lorsqu'il souffrait ? Pourquoi lui dissimulait-elle encore des secrets comme si elle ne lui faisait pas confiance ?

Elle deviendrait folle à ressasser ces interrogations, qui ne faisaient que creuser en elle le vide de ses manques. Dans ce vide s'oubliaient toutes les choses dont elle était riche : l'amitié de Géraden et d'Artagel, le respect du Tor ; peut-être la gratitude de Myste, si Myste était encore en vie. Elle entendit avec joie les coups frappés à la porte. Enfin, un visiteur ! Même le Gouverneur Lebbick l'aurait distraite.

C'était Maître Barsonage.

Sa venue était si surprenante qu'elle ne remarqua point au premier regard l'attitude malaisée, désespérée du médiateur.

— Entrez, Maître Barsonage.

— Merci, ma dame.

Il ne croisa pas son regard pour la saluer et pénétra dans le salon en ayant l'air d'ignorer ce qui l'y avait mené. Il paraissait défait, *dégonflé,* pensa Térisa sans trouver de terme plus approprié, et bien que sa formidable corpulence n'ait nullement diminué. Son teint, auparavant d'un jaune presque lumineux, s'était terni, mêlé d'une grisaille malade et la peau de ses grosses bajoues était molle et sillonnée de rides profondes. Autant pour la broussaille de ses sourcils qui avait perdu toute vigueur. Ses mouvements étaient à l'image de son visage, sans nerfs, sans squelette.

— Vous me faites un honneur, Maître, fit Térisa sans ironie. Que puis-je pour vous ?

— Je le sais à peine, ma dame, répondit-il en évitant toujours son regard.

— Asseyez-vous, invita-t-elle en se rendant compte qu'elle ne pouvait le laisser planté au milieu du salon. Puis-je vous offrir du vin ?

Il accepta le fauteuil, refusa la boisson.

— Vous avez été attaquée, ma dame, fit-il d'une voix sans timbre.

Oh, non, elle en avait assez de ce sujet de conversation.

— Pour la troisième fois, acquiesça-t-elle avec plus de rudesse qu'elle ne l'aurait voulu.

— La troisième ?

— Maître Erémis ne vous a-t-il pas parlé de ce qui s'était passé après la réunion avec les Seigneurs ? Le Prince Kragen et le Perdon ont failli y perdre la vie.

— Non... Maître Erémis n'en a pas fait mention. Il a quitté Orison. Pour rentrer à Esmerel, a-t-il dit. Hier... dès les prémices du dégel. J'ai dû lui rendre sa chasuble, bien sûr. Il n'existe aucune preuve contre lui. Il a refusé d'assister à nos débats, poursuivit le médiateur, inconscient des réactions de son hôtesse. Pourquoi vous a-t-on attaquée, ma dame ? s'enquit-il comme un enfant.

Le cœur de Térisa cognait dans sa poitrine. Voilà donc pourquoi Maître Erémis n'était pas venu la voir après la nouvelle tentative de Gart ; il était parti avant. Sans lui dire au revoir... Peinée, blessée, elle se força à plus d'attention envers son interlocuteur.

— Tout le monde me pose cette question, rétorqua-t-elle d'un ton qui lui aurait valu trois jours de remontrances maternelles. Vous, le Gouverneur Lebbick, Géraden, Artagel, le Prince Kragen, et aussi... (elle retint le nom d'Eléga) le Roi Joyse. Moi-même je me la pose ! En quoi cela vous importe-t-il, Maître Barsonage ?

Insensible à sa colère, il murmura simplement :

— J'y avais consacré ma vie. Le Congrégat est mort, ma dame.

— Que voulez-vous dire ?

— Nous nous sommes dissous. Le nom de Congrégat existe encore, certes, et nous feignons de continuer car le Roi ne serait pas d'accord. Mais cela n'a plus aucun sens. Nous en avons fini... fini avec les impossibles idéaux de notre Roi qui nous a abandonnés. Chacun d'entre nous ira son chemin.

» À moins que vous ne me disiez pourquoi l'on a attenté à votre vie.

Il sembla à Térisa que son cœur s'emprisonnait dans une gangue de sang glacé.

— Ma dame, nous avons débattu et débattu, jusqu'à en perdre la voix... jusqu'à perdre nos âmes. Je ne vous ennuierai pas avec le détail de nos discussions. Sans dessein, nous ne sommes plus rien. Que Maître Gilbur ait trahi ou non, nous ne pouvons rien faire. Il n'est plus ici. Que la translation du champion ait ou non été une erreur, nous ne pouvons rien faire. Nous ne possédons plus de miroir pour le rendre à son monde. Et nous ne savons l'atteindre pour le livrer à une autre translation.

» Que votre propre translation ait été ou non une

erreur, nous ne pouvons rien faire. À moins de savoir...

— Savoir ?

Il eut un geste vague.

— Nous pourrions vous servir, ma dame. Si vous aviez une raison d'être ici. Le Bras-Vif du Haut Roi risque sa vie pour vous priver de la vôtre. Et vous ne seriez pas une menace ? Vous ne seriez pas Imageur ? Alliez-vous à nous, ma dame. Confiez-nous vos desseins. Laissez-nous vous servir.

Elle se détourna de lui.

— Ne craignez-vous pas que je sois une ennemie ?

Il haussa ses lourdes épaules.

— Le Bras-Vif veut vous tuer, vous n'êtes donc pas l'alliée de Cadwal. Voilà notre seule certitude. Nous vous ferons confiance... si vous nous avouez votre rôle.

Il n'avait pas le droit de la rendre responsable du Congrégat... de tous les Maîtres qui l'avaient dédaignée, qui avaient méprisé Géraden. C'était là le même homme qui l'avait privée de toute réponse à ses questions lors de son arrivée.

— Vous avez baissé les bras car vous ne comprenez plus rien, répliqua-t-elle d'un ton amer. Avez-vous parlé de cela à Géraden ?

— Je n'en ai pas eu le courage, admit calmement Barsonage. Aucun des Aspirants n'a été averti. Ils continuent à entretenir les fours et le laborium, ainsi pourrons-nous immédiatement nous remettre au travail... si nous nous découvrons un but.

Un instant, Térisa songea à lui confier ce qu'elle avait tu à Géraden, comme à tous : qu'elle avait vu dans l'augure les trois cavaliers de son rêve. Mais la crainte de l'usage qu'il en ferait l'arrêta.

Il risquait de lui remettre entre les mains la responsabilité du Congrégat, de proférer des exigences qu'elle ne pourrait ni remplir ni refuser.

— Maître Barsonage, n'avez-vous pas l'impression de trop me demander ? Vous avez été à peine *courtois* avec moi depuis mon arrivée, votre attitude ne fut même pas *convenable*. Vous avez fait fi de mon ignorance et de ce qu'elle me coûtait. Vous continuez à tout me cacher, vous niez mon innocence. Je ne sais pas pourquoi Gart cherche à me tuer. Là d'où je viens, les miroirs reflètent, un point c'est tout. Ils ne *font* rien et *je ne suis pas Imageur.*

En dépit de la véhémence qu'elle déployait, Barsonage ne la regardait toujours pas. Il prit plusieurs aspirations saccadées et serra les poings.

— Ma dame, cela est faux. Le Congrégat est précieux, quoi qu'en pense aujourd'hui le Roi Joyse. Il se dresse entre nous et le chaos sanglant... entre Mordant et l'horreur. La guerre n'est que la guerre. Les hommes y meurent. Les femmes y sont maltraitées. Puis le combat cesse et la paix s'installe pour un moment. Mais sans le Congrégat pour contrôler l'Imagerie, celle-ci frappera tous les innocents...

» Cela sera, ma dame, n'en doutez point. Même si chaque Imageur est homme de cœur et de devoir, l'Imagerie aboutira à l'abomination. Car les Maîtres tomberont aux mains du Haut Roi Festten, ou du Monarque d'Alend... ou de quiconque prendra le pouvoir à Orison ; et ces nouveaux souverains se serviront de l'Imagerie comme d'une force de destruction. Ils le feront, car ils seront en guerre. Et ce ne seront pas eux qui en souffriront. Leurs soldats paieront un prix... et le reste sera versé par le sang des innocents.

» Il n'y a pas d'autre espoir, car Joyse a tourné le dos. Le Congrégat seul peut prévenir ces maux. S'il survit, s'il se renforce — et s'il a un but autour duquel s'unifier.

» Vous êtes la réponse, ma dame. Vous ne devez pas nous laisser nous détruire.

Ces paroles bouleversèrent Térisa, malgré sa rancœur, malgré son refus instinctif. Peut-être la croyance de Barsonage n'était-elle qu'illusion mais ses craintes étaient fondées, bien réelles.

— Maître Barsonage, fit-elle doucement, la vérité est que j'ignore ce qui se passe. Je n'y comprends rien. Mais je suis comme vous. Je ne pense pas que l'Imagerie devrait servir le chaos.

» Je vous dirai ce que je sais... dès que je l'aurai découvert. Si j'obtiens un semblant de réponse, cela nous aidera tous deux.

Elle n'aurait su dire comment le médiateur accueillit sa réponse, à peine s'il l'avait entendue. Il ne lui offrit qu'un visage fermé, inexpressif, un regard toujours fuyant.

Au bout d'un moment, il se leva et la laissa.

Voilà de nouveaux faits désespérants à conter à Géraden. Seul avantage de la situation présente, elle n'avait plus à se soucier de disparaître. Elle était trop inquiète pour lui pour risquer de s'effacer vers le néant.

Le jour suivant, vers midi, il vint la chercher pour la conduire au chevet d'Artagel.

Elle avait passé la nuit à rassembler son courage mais sans trouver de façon douce de lui annoncer ce qu'elle avait appris, aussi lui conta-t-elle simplement, par le menu, sa conversation avec le médiateur. Puis elle se mordit la lèvre et retint son souffle dans l'attente de sa réaction.

À sa grande surprise, Géraden se prit à rire. Si fort qu'il dut s'appuyer contre le mur. Mais son rire était silencieux, un spasme de tout son corps qui ne se traduisait par aucun son et se confondait avec des sanglots ; et des larmes coulèrent sur son visage. Il riait bel et bien pourtant, avec un amusement qui frisait l'hystérie, et frappait ses mains l'une contre l'autre, comme s'il applaudissait.

— Vous admettrez, fit-il entre deux hoquets, que c'est logique.

Elle ne savait que faire. Était-il réellement devenu hystérique ? Était-elle censée lui assener une bonne gifle ?

Elle devait encore lui parler des cavaliers de son rêve. Pétrie de crainte, elle s'en jugea incapable.

— Décidément, tous les chemins mènent à vous, reprit Géraden qui s'était calmé subitement. Même si vous êtes impuissante. Même si votre venue ici n'est que le résultat hasardeux d'un talent qui serait le mien et dont nul n'aurait jamais entendu parler. Il n'en demeure pas moins qu'il doit exister une raison. Une raison pour laquelle je vous ai translatée au lieu d'un autre. Ou alors, c'est un accident, sans signification, mais qui n'en soulève pas moins une question fondamentale pour l'Imagerie. Vous *êtes* la réponse.

Il ne la regardait pas dans les yeux, exactement comme Maître Barsonage.

— Dissous... Ma vie entière depuis que je suis venu à Orison... Oh, Térisa.

Il ne lui laissa pas le temps d'avoir un geste, un mot.

— C'est aussi bien, sans doute, conclut-il avec une gaieté factice et pitoyable. Dorénavant, je pourrai me concentrer sur des choses plus importantes.

Il insista pour escorter la jeune femme auprès d'Artagel.

En chemin, il marcha comme un homme brisé, démantelé et qui ignorait la profondeur de sa blessure.

Artagel demeurait dans une partie d'Orison que Térisa n'avait exploré qu'au cours de sa visite avec Géraden, un vaste enchevêtrement de chambres resserrées les unes autour ou au-dessus des autres, qui ne ressemblaient en rien à une caserne mais où pourtant étaient logés de nombreux gardes. Les soldats jouissaient d'une chambre pour eux seuls si elles étaient petites, et partageaient les plus grandes. Cependant, Artagel habitait une suite modeste, composée d'une chambre, d'un séjour, d'un placard et d'un cabinet de toilette, qui, en tout, n'était pas plus grande que la seule chambre à coucher de Térisa.

L'ameublement en était plus que dépouillé, sans fioriture aucune ; son occupant ne passait pas assez de temps au château pour s'en soucier. Ou peut-être n'appelait-il « maison » que la demeure familiale d'Houseldon. Il possédait en tout et pour tout un seul élément de décoration : un long râtelier qui courait sur deux murs, supportant une variété d'épées toutes tachées ou brisées.

— Voici les lames qui lui ont manqué, expliqua doucement Géraden devant la curiosité de sa compagne.

Artagel reposait là, dans un lit de bois sans parure. Nulle cheminée ne réchauffait la chambre. Et le blessé était nu jusqu'à la taille, à l'exception d'un large bandage qui lui enserrait le torse. Malgré le froid, la sueur perlait sur sa peau et des feux secrets couvaient dans ses yeux.

Géraden avait précisé qu'il était encore la proie de la fièvre mais Térisa fut bouleversée de voir qu'il souriait, de ce même sourire qu'il avait eu avant de tomber sous le fer de Gart.

Les paroles de reconnaissance et de remerciement qu'elle avait préparées ne franchirent pas ses lèvres. Les muscles se dessinaient sous la peau de son buste, et sous l'éclairage la transpiration soulignait ses cicatrices. Il avait été tailladé de toutes parts et il semblait qu'à un endroit de sa poitrine, une flèche l'eût transpercé sans qu'ensuite les tissus ne se renouvellent suffisamment pour combler la blessure. Et sous le pansement béait une autre plaie.

Les yeux de Térisa s'emplirent de larmes, lui brouillant la vue.

— Je suis désolée, balbutia-t-elle sourdement. Je ne sais pourquoi il veut me tuer. Je jure que je ne le sais pas.

Elle vit briller le regard d'Artagel et sa voix sortit aussi limpide que vive.

— Ma dame, votre blessure à la joue est guérie. Bien. Quand il vous a frappée, je n'ai pu me rendre compte de la gravité du coup. J'ai pensé que j'arrivais trop tard. Et puis cet idiot, fit-il en désignant Géraden, lui a sauté dessus au risque de se faire briser le cou. Je vous ai cru tous deux perdus. Je suis heureux que vous ayez d'aussi vifs réflexes.

» Maintenant que je connais la botte dont il s'est servi pour m'abattre, je crois que je saurai la parer.

— Si tu as l'occasion de l'affronter à nouveau, souligna Géraden d'un ton bourru. Je vais t'attacher à ce lit jusqu'à ce que tout soit terminé. Ainsi, nous n'aurons pas à nous demander s'il est capable de te vaincre trois fois de suite. L'histoire ne le dira pas et c'est dommage mais...

— Voilà bien un frère ! l'interrompit Artagel avec un sourire qui illumina son visage. Tu n'as aucune confiance en moi.

Térisa craignit un instant que Géraden ne perde sa façade contrôlée, presque badine. Il se débrouilla cependant pour rendre son sourire à son frère.

— Tais-toi, murmura-t-il comme on plaisante. Tu me fends le cœur.

— Vous l'avez entendu, ma dame, reprit Artagel qui sombrait déjà dans le sommeil. Si vous vous découvrez morte un matin en vous éveillant, et moi étendu à terre à vos côtés, vous saurez ce qui s'est passé. Manque de confiance.

Il ferma les paupières et toute tension le quitta.

Térisa et Géraden le laissèrent.

Rien ne se produisit au cours des deux journées suivantes. Le redoux persistait mais sans sa vigueur des premiers jours. Mindlin fit savoir à Térisa que ses étoffes étaient arrivées. Argus et Ribuld ne trouvaient pas Nyle. Pour passer le temps, Térisa se livra à de longues promenades sans but dans Orison. Elle se risqua même au bazar ; elle avait besoin de prendre l'air. Maintenant, lorsqu'elle quittait seule sa chambre, un garde l'accompagnait : le Gouverneur Lebbick avait donné des ordres plus stricts pour sa protection. Elle ne rencontra ni le Prince Kragen ni le Bras-Vif du Haut Roi.

Peu après le petit déjeuner, le troisième jour, Géraden vint chez elle, affichant une légèreté forcée.

— Je viens de parler au Tor. Il voulait me rendre compte de sa conversation avec Eléga.

— Alors ?

— Rien de bien probant. Je crois qu'il l'a sous-estimée, avoua Géraden à contrecœur. Vous vous souvenez qu'il prétendait lui « faire peur » ! Malheureusement, elle n'a guère paru intimidée. Elle l'a purement et simplement défié de fournir une seule preuve d'une relation entre le Prince Kragen et elle.

» C'est une nouvelle plutôt mauvaise. Quel que soit son plan, il est déjà en action. Et elle est certaine que nous ne pourrons nous mettre en travers de son chemin. Et puis... ajouta-t-il avec une grimace moqueuse, elle s'est montrée si convaincante que le Tor doute de nos affirmations.

Térisa sursauta.

— Il m'a adressé un petit discours à ce sujet. Il m'a conseillé de trouver un témoin ou deux avant de proférer plus amples accusations contre mon propre frère ou contre la fille du Roi, au lieu de ne brandir que des soupçons.

— J'ai *vu* le Prince Kragen et Nyle ensemble !

Géraden secoua la tête.

— Ils sont arrivés tous deux derrière la même

tente. Peut-être ont-ils eu en même temps un besoin pressant à soulager.

— Croyez-vous que je me trompe ?

— Non. Nyle s'est conduit trop étrangement. Il existe forcément une explication.

L'instant d'après, il conclut d'une voix peinée :

— Mais je ne veux pas que le Gouverneur Lebbick le jette au cachot pour des suspicions aussi peu étayées.

Ces derniers mots ne furent pas pour donner espoir à Térisa.

Géraden revint passer la soirée avec elle. Ils étaient ensemble quand un garde leur porta un message d'Argus et Ribuld, pour le moins sibyllin : « Tenons Nyle. Vois Artagel. »

Aussi Térisa et Géraden se rendirent-ils auprès d'Artagel.

Il était à moitié assis contre une montagne d'oreillers. Ses yeux étaient plus limpides, moins fiévreux, son sourire distant, légèrement triste.

— Il est venu me rendre visite, expliqua-t-il. Ils l'ont suivi quand il sortait.

— Je ne comprends pas, murmura Géraden. Il se cachait depuis des jours et voilà qu'il décide soudain de venir te voir.

Artagel essaya de bouger mais le mouvement lui arracha une grimace.

— Si *toi* tu ne comprends pas, ne t'attends pas à recevoir mes lumières, fit-il sans une once de raillerie. Je ne le comprends pas mieux que je ne te comprends.

— De quoi t'a-t-il parlé ?

— Il ne semblait pas heureux de me voir, dit Artagel avec une tristesse inaccoutumée chez lui. À cause de ma blessure, sans doute. Mais il m'a déjà vu blessé et je ne suis pas mort. S'il s'inquiétait de moi, n'aurait-il pas dû être content de constater que je me rétablissais ?

» Il m'a demandé des nouvelles de Houseldon ; je n'en avais pas de plus récentes que les siennes. Il m'a demandé... quand tu cesserais de gêner la famille et te retirerais définitivement à Houseldon où est ta place. Je n'ai même pas tenté de lui répondre.

Géraden reçut ces paroles sans trahir aucun sentiment.

— Puis, il m'a demandé comment Orison supporterait un siège maintenant que la muraille est éventrée. La dernière fois que je l'ai vu, le mur que rebâtissait Lebbick n'était guère impressionnant. Nyle voulait aussi se renseigner sur les autres défenses du château. Il m'a demandé si je pensais que le Roi Joyse déclarerait la guerre à *quelqu'un* avant longtemps. Il n'écoutait pas mes réponses. Enfin...

Artagel leva les yeux au plafond et les traits de son visage se creusèrent plus douloureusement encore.

— Il m'a dit combien il m'admirait, que j'étais son héros... que je l'avais *toujours* été. Son premier souvenir d'enfant était d'avoir souhaité me ressembler, mais il n'avait pas un bon équilibre, ni assez de réflexes, et ses muscles ne se développaient pas comme il aurait fallu pour faire un bretteur.

» Et tout le monde dans la famille semblait l'aimer comme il était, quand lui n'était pas à l'image qu'*il* rêvait. Voir ses parents et frères satisfaits de lui lui déchirait le cœur. Nul n'attendait qu'il fût *bon* à quoi que ce soit. On était fier de moi, ambitieux pour toi. On voulait te marier à Eléga et que tu deviennes un grand Imageur. Mais personne n'attendait rien de lui. Ni pour lui.

Artagel se tut.

— C'est tout ? s'enquit paisiblement Géraden.

— Je te le répète, n'attends pas mes explications, s'exclama le guerrier avec une colère qui n'était pas dirigée contre son frère. Le mieux que je pus faire fut de lui demander pourquoi il m'admirait quand je n'avais pas de logis, ni de femme, sans parler d'enfants, et que je gisais là, stupidement, avec un *trou* dans le torse après que le Bras-Vif m'eut deux fois vaincu.

— Ne t'inquiète pas, fit Géraden en posant une main sur son épaule. Rien de ce que tu aurais pu dire n'aurait servi. Nyle s'est déjà engagé dans une voie. Il essayait de s'excuser.

— S'excuser de quoi ?

— D'avoir choisi l'autre camp. Si les projets d'Eléga et du Prince Kragen ne rencontrent pas d'obstacles, et si toi et moi restons fidèles au Roi Joyse, il finira peut-être par être responsable de notre mort. Voilà pourquoi nous devons l'arrêter. Il ne survivra pas s'il a nos deux morts sur la conscience. En plus de tout le reste.

Les deux frères se dévisagèrent et Artagel finit par ébaucher un sourire douloureux.

— Eh bien, je ne te serai pas d'une grande aide. Le médecin jure qu'il m'assommera si j'essaie de quitter trop tôt le lit. Mais il n'est sans doute pas un seul garde dans Orison qui ignore que Ribuld et Argus se sont mis à tes ordres. Tu trouveras tous les renforts dont tu auras besoin.

— Toi seul me suffirait, fit Géraden en riant doucement. Mais sans doute dois-je me satisfaire d'un millier ou deux des meilleurs hommes du Gouverneur Lebbick. J'espère qu'il ne nous fera pas attendre trop longtemps, soupira-t-il. Je veux savoir ce qui va arriver.

Térisa éprouvait la même impatience.

De fait, Nyle ne les fit pas languir. Si Argus et Ribuld ne l'avaient pas trouvé à la porte de la chambre d'Artagel, ils auraient continué à le chercher en vain. Avant l'aube du jour suivant, tandis que Térisa était encore couchée, à se débattre dans des draps humides contre un jongleur d'étoiles cruel, elle fut éveillée par des coups frappés contre du bois et la voix de Géraden qui l'appelait avec insistance.

Elle se découvrit. Pourquoi l'Adepte Havelock ou Maître Quillon s'acharnaient-ils sur la porte du passage secret puisque celle-ci n'était plus barrée par la chaise ? Elle avait stupidement utilisé celle-ci pour y poser sa robe de chambre qu'elle passa pour se protéger du froid, en noua la ceinture et s'aperçut brutalement que les coups venaient de la grande porte d'entrée. Enfin elle reconnut la voix de Géraden et alla ouvrir d'un pas titubant. La lumière du corridor éclaira le visage tendu du jeune homme.

— Venez, dépêchons-nous. Il s'en va.

— Quoi ? Qui ? Quelle heure est-il ?

— L'aube ne va pas tarder, répondit-il d'une voix essoufflée. Nous tenons peut-être notre seule chance d'arrêter Nyle.

— Mais où va-t-il ? Où pourrait-il aller ?

— C'est ce que nous allons découvrir. *Préparez-*

vous. Il était déjà aux écuries. Il aura passé les portes d'Orison quand nous descendrons. *Vite !*

Tremblante de froid, de sommeil, du souvenir de ses cauchemars, elle chercha ses vieux vêtements, ses bottes, le chaud manteau en peau de mouton.

— Mais comment allons-nous le suivre ?

Géraden se permit un grognement d'exaspération.

— Argus nous attend. Ribuld suivra Nyle et nous indiquera la piste. *Venez !*

Elle se secoua enfin. Pourquoi était-elle gelée ?

— Il fait affreusement froid, cria-t-elle depuis la salle de bains où elle s'habillait.

— Le redoux est terminé — pour un moment tout au moins. Mais il n'y a pas eu de nouvelle chute de neige. Dommage pour nous. Il nous aurait été plus aisé de suivre Nyle.

Térisa finit par être prête, ou à peu près. Géraden lui prit la main et l'entraîna.

Ils coururent jusqu'aux écuries, empruntant un trajet qui parut très compliqué à la jeune femme. Et elle n'était jamais montée à cheval ! Devant la petite entrée des stalles, le garde hocha une tête ensommeillée.

— Argus vous attend. Pas de bruit, surtout. Personne ne devrait se trouver ici à une heure pareille.

Le plafond bas était supporté par de nombreux piliers ainsi que par des étais de bois qui séparaient les stalles innombrables. L'écurie avait été maintes fois agrandie et les différentes allées convergeaient en étoile vers la plus large.

Au cours de leur visite, Géraden avait simplement désigné à Térisa les profondeurs caverneuses qui s'échappaient dans toutes les directions.

On n'entendait que les bruits des chevaux, souffles, hennissements sourds, coups de sabots. Cette chaude présence animale, ces bruits apaisants et l'odeur domestique rassurèrent Térisa, comme si elle renouait avec quelque fibre primitive, une atmosphère douce de matrice à laquelle contribuaient encore les rares petites lanternes suspendues çà et là.

Géraden mit bien inutilement un doigt sur ses lèvres et l'entraîna plus avant. Elle était bien éveillée maintenant. L'excitation et la crainte se la disputaient. Enfin, elle allait *sortir.* Pour la première fois depuis le début de son étrange aventure, elle parcourrait les alentours d'Orison. Et qu'importait qu'une voix secrète lui soufflât que l'escapade pouvait mal tourner.

Géraden trouva Argus. Le garde se tenait à proximité d'une lampe, avec trois chevaux déjà sellés, qui reniflaient doucement en secouant leur harnachement, comme pour protester de se voir si tôt dérangés.

Térisa se préparait déjà à endurer le sens de l'humour un peu cru d'Argus.

Le soldat portait une cotte de mailles et des jambières sur ses vêtements de cuir, un manteau qui avait tout l'air d'être en ours. Son casque était fiché sur son crâne. À sa ceinture, une dague faisait pendant à son épée mais il avait laissé sa pique. Il sourit en voyant arriver les jeunes gens, découvrant les vides multiples de ses dents manquantes.

— J'ai les chevaux. Et même de l'eau-de-vie, ajouta-t-il en indiquant une petite flasque derrière sa selle. Toi, tu as une femme. Ce sera plus amusant que de rester en faction.

— Tu crois qu'il est déjà loin ? s'enquit Géraden en ignorant ses paroles.

— Elle est ma débitrice, non ? insistait le garde. J'ai risqué deux fois ma vie pour elle. Elle me doit un peu de reconnaissance.

Il tendit sa main crasseuse vers la joue de Térisa.

— Argus, fit Géraden en lui saisissant vivement le poignet avec une force étonnante. Ne joue pas à cela avec moi. Et réponds-moi : Nyle est-il loin ?

Argus tressaillit involontairement, comme surpris de se voir battre en retraite.

— Il avait son propre cheval et n'a pas eu besoin d'en demander un. Ni de vous attendre. Mais Ribuld le suit, nous l'aurons.

— Alors, en route, décréta Géraden. Quels chevaux prenons-nous ?

— Celui-là est pour moi, répondit le garde en assenant une tape sur la croupe d'un étalon rouan décharné. Tu prends la jument, fit-il en désignant un cheval à la robe brune. Elle est capricieuse, un peu dure mais tu la tiendras. La dame prend le hongre.

Térisa regarda l'animal aux yeux rances, à la robe mouchetée, et à l'expression d'une sublime stupidité.

Elle s'éclaircit la gorge et sa voix sortit, toute petite.

— Je ne sais pas monter à cheval.

Argus lui décocha un sourire terrifiant.

— Géraden me l'a dit. J'ignore pourquoi il veut vous emmener. Parce que si vous ne savez pas monter, et que vous vous jugez trop bien pour écarter les jambes pour l'homme qui vous a sauvé la vie, il n'y a pas de quoi succomber... Enfin, j'étais prévenu. Cette bête ne vous fera du mal que si elle vous marche dessus. Elle n'a pas assez de cervelle pour faire quoi que ce soit, à part suivre la seule chose qu'elle reconnaît... un de ses semblables. Tenez-vous simplement au pommeau de la selle et laissez-la aller.

Elle hésitait encore. Les deux hommes la regardaient. Finalement, Géraden l'accompagna près du flanc du cheval et tint l'étrier.

— Vous mettez votre pied gauche ici, vous vous accrochez à la selle pour vous hisser et vous passez votre jambe droite par-dessus. Ne touchez pas aux rênes. Nous ajusterons les étriers quand vous serez installée.

Elle lui jeta un coup d'œil, vit l'urgence qui assombrissait son regard. Ravalant sa panique, elle hocha la tête, mit pied à l'étrier. Argus l'attendait de l'autre côté et l'aida à se caler sur la selle. Le plafond était tout proche de son crâne. Les deux hommes réglèrent la longueur des étriers. Elle se cramponna au pommeau jusqu'à avoir mal aux mains.

— Mais pourquoi est-ce que je fais cela... murmura-t-elle.

— Parce que vous savez qu'une femme qui a passé plusieurs heures à cheval a désespérément besoin d'un homme, répondit Argus en lui décochant son sourire édenté.

Géraden était déjà à cheval.

— Si tu ne cesses pas de la harceler, murmura-t-il, j'attendrai d'être en rase campagne pour te briser toutes les pattes et te laisser rentrer par tes propres moyens.

Argus partit d'un rire énorme qui affola les bêtes dans les stalles et lui valut les injures d'un garçon d'écurie que Térisa n'avait pas remarqué jusqu'alors.

Riant plus bas, le garde prit les rênes du cheval hongre et l'entraîna derrière sa propre monture.

Ils parcoururent plusieurs allées avant d'atteindre la sortie. Les gardes à la porte principale de l'écurie leur ouvrirent sans souffler mot. Argus leur avait déjà parlé. Mais quand ils parvinrent à la porte donnant sur la cour, il dut s'arrêter plusieurs minutes pour parlementer avec les sentinelles. Tremblante de froid, Térisa le vit désigner Géraden, l'entendit prononcer le nom d'Artagel. Finalement, la porte s'ouvrit et les chevaux posèrent leurs sabots sur la boue gelée de la cour.

— Encore une porte, lui dit doucement Géraden, puis nous pourrons aller plus vite.

Le ciel était clair au-dessus des noires et hautes murailles d'Orison et les étoiles s'évanouissaient déjà, gommées par la grisaille du jour naissant. L'air vif, coupant, brûlait la gorge de Térisa. Vu du dos d'un cheval, la terre semblait bien lointaine et dangereuse. Le cuir de sa selle gémissait. Elle avait du mal à s'y maintenir en équilibre. Géraden semblait une ombre à son côté. Argus était à peine visible devant le mur sombre.

La cour s'animait. Les gens s'éveillaient. Plusieurs lanternes brillaient aux fenêtres, d'autres dans les cabanes du marché. Un ou deux feux crépitaient déjà.

La grande porte était fermée pour la nuit. Arrivé à proximité, Argus descendit de cheval pour aller voir les sentinelles. Parce qu'il tournait le dos à ses compagnons, le son de sa voix leur parvint comme un murmure inaudible. Mais rien ne leur échappa des réponses du garde en faction.

— Tu as perdu la tête, Argus... Bien sûr que nous devions le laisser sortir. Il est fils du Domne. Nous n'avions pas ordre de le retenir... Va donc expliquer cela au Gouverneur.

Géraden s'agitait sur sa monture. Enfin :

— D'accord. Il est aussi le fils du Domne. Et tu es à son service. Nous avons cru que ce n'était qu'une prostituée avec vous. Si tu ne nous rends pas la pareille un jour, je veillerai personnellement à ce que tu ne puisses de ta vie engendrer.

Un ordre sourd fut lancé. Géraden poussa un soupir de soulagement et Argus revint vers son cheval. Les semelles de ses bottes crissaient sur le sol glacé. Au bout d'un moment, Térisa perçut un puissant craquement et les treuils entrèrent en action.

La porte se leva sur la trouée béante et obscure de la route. Argus talonna son cheval ; Térisa faillit tomber et poussa un cri quand le sien se mit en marche brusquement.

Quand ils furent dehors, Géraden vint à la hauteur d'Argus.

— Bien joué, railla-t-il. Tu *tiens* à la faire tomber ?

— Ne sois pas si irritable. Je ne la savais pas criarde.

Térisa devina son sourire. Elle s'efforça de détendre ses muscles crispés, assouplit sa prise sur le pommeau de la selle et fit un effort pour trouver son équilibre sur le dos du cheval.

Le ciel pâlissant était incroyablement dégagé. Privées de végétation, les collines semblaient étirer à l'infini le tapis de leur doux et blanc vallonnement. En dépit de son perchoir précaire, Térisa se sentit gagnée par une sorte d'allégresse.

Le froid se faisait de plus en plus cruel. Les sabots des chevaux frappaient la boue glacée de la route ;

le bruit devenait un craquement sourd quand il leur arrivait de marcher là où les roues des charrettes avaient épargné un îlot de neige gelée à nouveau après le redoux. Le gris gagnait dans le ciel et permit bientôt à Térisa de distinguer les squelettes des arbres qui bordaient les routes après le carrefour. Une route, se souvint-elle, menait au sud ; l'autre au nord-ouest ; la troisième conduisait au nord-est, vers le Fief de Perdon : tous ces chemins filaient pour elle vers les facettes multiples de l'inconnu. Elle commençait à peine à découvrir ce monde.

Le soleil qui se levait resta caché derrière Orison jusqu'à ce que les cavaliers parviennent au croisement. Alors, soudain, les troncs torturés des arbres accrochèrent la lumière comme s'ils prenaient feu. Les tours et les murailles déjà lointaines se découpèrent derrière eux dans le contre-jour et Orison parut plus lugubre encore qu'il ne l'était... et plus immense, songea Térisa, comme si elle n'avait jamais pu en appréhender toute l'étendue de l'intérieur. Et la pierre grise le rendait solide, imprenable.

Au carrefour, elle tourna le visage vers l'astre naissant, espérant que le froid s'amoindrirait et lui laisserait goûter sur la peau de son visage les premiers rayons du soleil.

— Et maintenant ? s'enquit Géraden, tout tendu vers son but. Comment savoir la route qu'ils ont prise ?

— Ribuld aura laissé un signe, dit Argus qui scrutait les bas-côtés.

Il rendit ses rênes à Térisa et se mit à suivre le côté gauche, tandis que Géraden s'attachait au côté droit. En guise d'expérience, Térisa remua un peu les rênes de sa monture et essaya de la faire aller vers Géraden. Mais le cheval avança vers Argus.

Tout à coup, le garde partit d'un gros rire et désigna une marque dans la neige, un sillon de liquide jaune gelé en forme de flèche.

Nord-ouest.

Géraden s'approcha et sourit.

— C'est lui, c'est sûr.

— Oui, et nous ferions bien de presser l'allure. Mais prudence, ils pourraient s'écarter de la route.

Il regarda Térisa avec, au fond des yeux, une lueur de joyeuse anticipation.

Géraden talonna sa jument. Sans être le meilleur cavalier du monde, il avait de l'expérience et savait monter sans se concentrer constamment sur son cheval. Argus n'avait pas repris les rênes de Térisa.

— Venez. Il faut bien que vous commenciez à apprendre.

La surveillant par-dessus son épaule, il se mit en route, réglant son allure sur celle de Géraden. Térisa n'eut pas à se demander comment faire avancer son cheval, celui-ci partit de l'avant sur les pas de l'étalon.

Prise de peur, la jeune femme ne put que se cramponner au pommeau en lâchant les rênes, mais l'allure trop rapide eut bientôt raison d'elle et elle se sentit glisser de la selle.

Elle ne tomba pas, sans trop comprendre ce miracle. Mais aussitôt la douleur dans ses jambes lui fit constater qu'elle avait fermement serré les genoux sur les flancs du cheval hongre. Fort étonnée de la tournure de l'aventure, elle ne se tint plus que de la main gauche au pommeau et de l'autre reprit les rênes. Et tout à l'allégresse de cette nouveauté, elle pressa sa monture pour rattraper Argus.

Le soldat hocha la tête avec un air d'approbation déçue et reporta son attention sur la route.

Térisa était secouée de bas en haut. Le harnachement cliquetait si fort et ses jambes frappaient si rudement le cuir de la selle, qu'elle avait envie de crier pour supplier qu'on aille moins vite. Mais un résidu de bon sens lui fit comprendre que ses deux compagnons ralentissaient déjà considérablement l'allure par égard pour son inexpérience. Elle serra les lèvres pour mieux se taire.

Orison se trouvait déjà à une distance considérable quand elle tourna la tête. La lueur pourpre du levant ensanglantait à présent la tour du Roi. Et puis, la route franchit la crête d'une colline, redescendit dans un vallon, et Orison disparut.

Un peu plus loin, un embranchement filait vers le nord jusqu'à un village dont la silhouette se découpait avec netteté au cœur d'une petite gorge : vingt à trente maisonnettes de bois et quelques-unes, plus rares, bâties en pierre ; la neige avait fondu sur les toits ; des fumées s'échappaient des cheminées. Le soleil atteignait déjà les enclos des bêtes à flanc de vallon. Sans doute élevait-on là le bétail destiné au château.

En cas de guerre, de siège, les habitants se réfugieraient à Orison.

Apparemment, Ribuld n'avait pas pris le sentier qui menait au village et les trois cavaliers continuèrent leur chemin.

Térisa avait les mains rouges et glacées. Le froid la mordait si fort qu'il lui semblait que son visage allait se briser. La bise arrachait à ses yeux des larmes qui se figeaient sur ses joues. Peu à peu, elle comprit que la cavalcade lui serait plus facile si elle accélérait. Déjà Argus et Géraden galopaient à la recherche d'un autre signe de Ribuld.

Au sommet d'une nouvelle colline, ils tombèrent sur un chariot surchargé de barriques, arrêté sans raison sur le bord de la route. Térisa n'aurait su dire qui, du pauvre cheval aux traits ou bien du conducteur enfoui dans ses couvertures, lui parut le plus misérable.

— Argus ? appela-t-il d'une voix éraillée. L'un de vous s'appelle-t-il Argus ?

L'étalon s'arrêta près du chariot.

— Oui moi, fit Argus.

— Un homme vêtu comme toi m'a donné un double d'argent pour que je t'attende ici. Mais il fait trop froid pour un seul double... et pour vous dire ce que je dois vous dire.

— Allons ! le pressa rudement Argus.

— Trop froid pour la bête et moi. Ce n'est pas assez.

— Pourceau ! Ton chargement vendu à Orison ne te rapportera que quelques sous. Tu as déjà triplé ton gain. Ne provoque pas la chance.

Les couvertures s'agitèrent. L'homme riait et il claqua les rênes. Le cheval dressa les oreilles et se mit en route.

Géraden jura sourdement mais Argus ne s'émut guère de la situation.

— J'ai soif, tiens, fit-il en marchant à hauteur du chariot. Je crois bien que je vais faire quelques trous dans tes tonneaux. Des eaux grasses, sans doute, mais tu as peut-être quelque chose de buvable par-là.

Et il dégaina son épée.

Le conducteur arrêta aussitôt son véhicule, réfléchit.

— C'est un plaisir que de rendre service aux gardes du Roi, dit-il finalement. Un de tes camarades a quitté la route ici et m'a demandé de te l'indiquer.

— Quelle direction ? questionna Geraden.

— Nord.

L'Aspirant fit immédiatement aller sa monture hors de la route.

— Il y a des traces, cria-t-il rapidement. Deux cavaliers au moins sont passés.

Argus rengaina sa lame et donna une bonne bourrade au paysan.

— Je suis sûr que tu n'as là *que* des eaux grasses, railla-t-il en guise de remerciement.

Et il suivit Géraden, le cheval hongre lui emboîtant le pas.

Dès qu'ils eurent quitté la route, Térisa fut surprise du bruit terrible qu'ils faisaient. Les sabots des bêtes trouaient la neige glacée et frappaient la terre gelée en dessous avec un fracas de tonnerre. On devait entendre loin à la ronde ce vacarme qui évoquait du verre brisé mêlé à une sourde canonnade. Argus n'en pressait pas moins sa monture, attentif à guider l'étalon dans les traces déjà faites par Ribuld. Géraden bondit derrière lui et le cheval hongre troqua l'étalon contre la jument pour objet de son adoration. À suivre la piste déjà tracée, ils firent moins de bruit.

La sente courut le long d'une étroite vallée encaissée entre deux petites collines, passa un col puis commença à dévaler une pente ponctuée de bosquets fragiles et de noirs taillis. Devant eux, une forêt qui devenait de plus en plus dense au fur et à mesure qu'elle s'étirait à flanc de collines plus hautes et escarpées. Argus suivit la piste droit sur le bois.

Là, il lui fallut bien ralentir l'allure. Les branches des arbres étaient assez basses pour fouetter les cavaliers.

Au tout petit galop à présent, l'oreille agacée par le cliquetis du harnachement que les troncs multipliés des arbres semblaient prendre plaisir à répercuter sur les pentes qui enserraient la forêt, la respiration contrainte et difficile, Térisa suivit Géraden dans une ravine rocheuse où s'était oublié un filet d'eau vif sous une couche de glace, bordée d'arbres plus forts, plus serrés mais où le lit de la rivière laissait un passage suffisamment découvert. Les sabots des chevaux produisirent encore un autre son sur la pierre et dans l'eau qu'ils libéraient de son carcan figé.

Ses jambes lui faisaient mal. Ses mains étaient glacées.

Elle avait l'impression que le froid lui dépeçait le visage, tant était vive sa souffrance. Elle aurait dû être aussi malheureuse que le conducteur du chariot et son cheval de trait.

Il n'en était rien.

Térisa s'attendait secrètement à entendre le son du cor.

Enfin la gorge déboucha dans une vallée où le ru rejoignait une rivière plus large qui s'y était creusé un lit. La grande ravine courait d'est en ouest et sa rive nord pour être raide n'en était pas moins franchissable. Argus fit soudain un signe d'avertissement et désigna un point dans le lointain. Ils virent tous le cheval attaché sur le replat en contrebas, au point où les deux cours d'eau se rejoignaient.

Ribuld était tapi au sommet du flanc nord de la ravine, immobile, guettant. Son manteau le confondait avec la roche. Il vit les nouveaux arrivés et leur fit un signe de reconnaissance.

— Nous y voilà, murmura Géraden. La falaise arrête sans doute les sons mais soyons prudents.

Argus descendit de cheval et Térisa l'imita. Il attacha son étalon comme Ribuld l'avait fait, à un piquet de bois mort qu'il planta dans la neige. Térisa crut ne pas tenir sur ses jambes tant elles étaient courbaturées. Et ses pieds frigorifiés s'étonnaient de retrouver un sol dur, solide, qui ne cahotât pas comme le cheval.

Ses deux compagnons escaladaient déjà la pente rocheuse. Bien décidée à ne pas rester à la traîne, elle se secoua pour les suivre.

L'ascension fut plus aisée qu'elle ne s'y était attendue. Les roches saillantes étaient assez nombreuses pour s'y cramponner, et assez sûr sous la neige le tapis de feuilles écrasées depuis le dernier automne. Ses jambes retrouvaient leur raison d'être. Elle rejoignit Ribuld peu de temps après ses compagnons.

— Vous arrivez à point, chuchota le guetteur avec un sourire qui creusa la cicatrice qui lui coupait le visage en deux. Il est là depuis un moment. Les autres viennent d'arriver.

Agenouillée près de Géraden, Térisa se pencha pour découvrir une autre ravine semblable à celle qu'elle venait de quitter. Juste en dessous d'eux, un cheval tremblait de froid. À côté, un homme, dos à eux, se réchauffait devant un petit feu qui crépitait sans presque produire de fumée. Nyle, supputa-t-elle. L'image du feu était si délicieuse qu'elle crut en sentir la chaleur.

En face, tout au fond de la ravine, quatre hommes étaient occupés à attacher de nombreux chevaux. Trois d'entre eux paraissaient être des gardes du corps.

Le quatrième était le Prince Kragen.

3

Une intrigue enfin démasquée

— Nyle, dit le Prince.

Le frère de Géraden s'avança pour l'accueillir.

— Seigneur Prince.

Térisa les entendait parfaitement. Étonnant comme le froid et la falaise de la ravine portaient les sons.

— J'espère que vous ne nous attendiez pas depuis longtemps.

— Juste assez longtemps pour allumer un feu.

Comme ses hommes, le Prince Kragen était enveloppé dans un grand manteau blanc, chaussé de bottes de fourrure blanche, coiffé de même ; ils se dissimulaient sous la couleur de l'hiver. Le vêtement brun de Nyle, son manteau court, ses jambières semblaient de prime abord un mauvais choix. Pourtant, il ne se distinguait pas sur le fond de roches et de bois mort de la ravine. S'il avait été immobile on ne l'aurait pas vu.

— Quelles nouvelles d'Orison ?

— Quelles nouvelles d'Alend, Seigneur Prince ?

Une mèche de cheveux noirs s'échappait de la toque blanche du Prince, une mèche noire comme ses yeux. Il étudia Nyle un moment puis se tourna vers ses hommes et donna ses ordres d'un seul geste. Deux d'entre eux s'éloignèrent dans des directions opposées pour faire le guet aux deux accès de la ravine. Le troisième entreprit de délier les sacoches fixées aux selles des chevaux.

— Vous ne me faites toujours pas confiance, n'est-ce pas, Nyle ? fit le Prince d'un ton un peu triste.

— Oui et non, Seigneur Prince. Je me suis allié à vous mais les inimitiés passées sont difficiles à oublier.

Près de Térisa, Géraden s'était saisi d'une poignée de neige et se la pressait sur le visage pour apaiser un feu qui le brûlait.

— Je comprends. En l'occurrence, je cours un plus grand risque que vous ici. Vous pouvez rentrer à Orison et reprendre votre existence. Dès que nous nous séparerons, vous serez innocent. Si *je* suis fait prisonnier, le Gouverneur Lebbick me passera par les armes avant que quiconque n'ait le temps de lui expliquer qu'il est peu sage d'exécuter un prince étranger.

» Quelles nouvelles m'apportez-vous d'Orison ?

Argus s'agita. Ribuld lui intima silence ; il l'ignora et entreprit de redescendre la pente. La falaise entre les deux ravines fit heureusement obstacle au bruit qu'il faisait.

— Eléga a des ennuis, répondit Nyle de mauvaise grâce.

— Quels ennuis ?

— Je ne sais pour quelle raison... cette femme, Térisa de Morgan, a décidé qu'Eléga et vous complotiez contre le Roi. Elle en a convaincu mon frère Géraden. Et lui en a convaincu le Tor.

» Je vous ai dit que le Tor s'était de lui-même

investi d'une mission de chancelier. Il émet des ordres comme s'il jouissait de l'aval du Roi, et nul ne conteste son autorité. Il est le Tor, après tout, celui qui a aidé Joyse au début.

— C'est aussi un vieil ivrogne, renchérit le Prince.

— C'est probablement pour cela qu'il a cru Géraden. Il ne reste plus grand monde capable de faire preuve de tant d'optimisme.

À entendre cela, Géraden eut un sourire qui rappela à Térisa le rictus d'Artagel au combat.

— Et quels ennuis le vieux sac à vin a-t-il causés à dame Eléga ?

— Il lui a dit qu'il savait ce qu'elle préparait. Puis il s'est lancé dans une longue diatribe sur la loyauté des enfants vis-à-vis de leurs parents. Elle dit que ce n'est rien, qu'elle est parvenue à désamorcer ses soupçons et à l'intimider. Elle *affirme* également qu'il ne saura l'empêcher de faire ce qu'elle vous a promis de faire. Je ne partage pas sa confiance. Il suffit que le Tor lâche quelques bribes de ce qu'il sait à Lebbick et elle ne pourra plus avancer d'un pas sans être l'objet de la surveillance de la moitié des gardes d'Orison.

— Je vois, fit le Prince qui réfléchit un moment. Je déplore qu'elle soit en danger. Elle m'a assuré maintes fois que sa tâche était sans risque... et elle est femme à emporter les convictions. Nous devons croire qu'elle réussira, conclut-il fermement.

— J'attends toujours de savoir de quoi il s'agit, fit Nyle d'une voix tendue, étranglée.

Le Prince se raidit.

— Seigneur Prince, précisa-t-il avec hauteur.

— Seigneur Prince, répéta Nyle.

Kragen hocha la tête avec satisfaction, comme s'il avait ajouté un dédaigneux : « Ne l'oubliez pas, à l'avenir. »

— La sécurité de dame Eléga et le succès de l'entreprise dépendent du secret, répondit-il.

— Alors peut-être me donnerez-vous des nouvelles d'Alend... Seigneur Prince, reprit Nyle avec une colère évidente mais contrôlée. Peut-être me direz-vous pourquoi nous devions nous rencontrer aujourd'hui. Ni plus tard ni plus tôt. Je n'ai reçu jusqu'à présent qu'assurances verbales. Me direz-vous ce qui doit advenir ?

Géraden approuva du chef.

— Bien, murmura-t-il. Fais-le parler.

Ribuld roula des yeux menaçants vers l'Aspirant trop peu silencieux.

— Dans un moment, assura le Prince, je répondrai à vos questions. Auparavant, je préfère vous dire ce que j'attends de vous.

Nyle tournait toujours le dos aux espions tapis au sommet de la ravine. Térisa ne voyait pas son visage mais devinait à la raideur de ses épaules tout ce qu'il retenait en se faisant violence.

— Je vous ai demandé de venir ici aujourd'hui, fit le Prince, et de vous préparer à quitter Orison, car je veux que vous chevauchiez jusqu'au Fief de Perdon. Vous irez trouver le Perdon et lui offrirez le trône de Mordant.

Soufflant trop fort, Argus rejoignit ses compagnons à ce moment-là, portant sa flasque d'eau-de-vie. Les autres ne firent pas attention à lui. Géraden avait sursauté aux paroles du Prince. Térisa restait pétrifiée. Même Ribuld était trop intéressé, du moins temporairement, pour se soucier de boire.

— Pourquoi ? s'exclama Nyle avec stupeur.

— Pourquoi le Perdon ? s'enquit Kragen avec un sourire de vague amusement. Pourquoi le trône de Mordant ? Ou pourquoi vous ?

Nyle parut incapable d'articuler une seule syllabe.

— Le Perdon est le seul choix raisonnable pour moi. J'ai tiré des leçons de ma réunion avec les Seigneurs des Fiefs, quand bien même l'issue n'en fut pas celle que j'escomptais. Le Fayle est trop vieux — et trop loyal. Le Tor se noie dans le vin. Le Domne refuserait. L'Armigite... (le Prince émit un ricanement). Quant au Termigan, il est trop loin, et préoccupé, je crois, du seul devenir de sa terre. Je dois offrir le sceptre au Perdon pour preuve de ma bonne foi.

Furieux, Géraden murmura :

— Sans parler du fait que le Perdon est le seul à avoir une armée assez proche pour vous menacer... Seigneur Prince.

— En dépit de ce que croient le Roi Joyse et le Gouverneur Lebbick, poursuivait le Prince d'un ton posé, il n'a jamais été dans les intentions du Monarque d'Alend de conquérir Mordant pour lui-même. Sa priorité — son engagement premier — est de combler le vide du pouvoir de Mordant afin que le Congrégat des Imageurs ne tombe point entre les mains de Cadwal. Pour cela, nous devons conquérir Mordant car il n'y a pas d'alternative. Que pourrions-nous faire d'autre ? Le Roi a insulté à ma mission. Les Seigneurs ont refusé l'union que Maître Erémis et moi leur offrions.

» Mais nous ne gouvernerons pas Mordant si le Perdon peut se laisser persuader d'en devenir le souverain. Voilà votre tâche. Il risquerait de refuser d'entendre cette proposition venant de moi. Nous sommes, par tradition, ennemis, comme vous l'avez dit. Mais un fils du Domne — un ami de toujours de dame Eléga — le convaincra peut-être. Pour le bien de tous ceux qui s'opposent à Festten et à Cadwal. Le ferez-vous, Nyle ?

Nyle garda le silence un long moment. Quand il parla, il semblait à la fois étonné et soulagé.

— Oui, lâcha-t-il d'un ton où se mêlaient douceur et rudesse. Oui, Seigneur Prince, je le ferai.

Géraden enfouit la tête entre ses bras, maculant ses cheveux de neige.

— Bien, acquiesça Kragen en s'approchant du feu pour s'y réchauffer les mains. Alors, il faut que vous sachiez ce qui se prépare, pour être en mesure d'en informer le Perdon.

Argus glissa la flasque devant Térisa, qui s'aperçut alors qu'elle était gelée. Avec un frisson, elle ôta le bouchon et porta le goulot à ses lèvres. L'eau-de-vie coula brûlante dans sa gorge, et qu'importait son goût affreux puisqu'elle lui réchauffait le sang. Elle la passa à Géraden.

Au fond de la ravine, le Prince faisait signe à son troisième garde qui le rejoignit avec une plume et une petite table d'écriture. Debout près du feu, Kragen commença d'écrire.

— Est-ce là un message pour le Perdon, Seigneur Prince ? questionna Nyle avec impatience.

— Pour mon père. Le Monarque d'Alend doit

savoir que vous avez accepté d'intercéder pour nous auprès du Perdon.

— Que va-t-il faire ?

— Ce qu'il fait d'ores et déjà, répondit distraitement Kragen. Ce premier jour du dégel, au marché d'Orison, vous m'avez averti que dame Eléga avait trouvé le moyen d'exécuter sa partie dans notre plan. Vous n'avez pas manqué de remarquer, je suppose, combien cette nouvelle m'agréait.

» Car elle est le pivot du déroulement de notre campagne. Alors que nous parlions vous et moi, que nous décidions de nous rencontrer ici ce jour, mon père et ses armées franchissaient déjà le Pestil et pénétraient dans le Fief d'Armigite.

Argus, Ribuld et Géraden en demeurèrent paralysés. Pas un battement de paupières, pas un regard, à peine une respiration.

Ainsi donc, tout était mensonge, songea Térisa. Mensonge que sa mission *de paix*. Mensonge, la réunion avec les Seigneurs. Le Monarque d'Alend était en marche bien avant d'apprendre le résultat de l'ambassade de son fils. Il n'avait jamais eu d'autre intention que d'envahir Mordant.

Ce fut comme un écho de ses pensées lorsque Nyle articula doucement :

— Vous n'avez jamais voulu la paix. Vous n'avez jamais espéré que le Roi Joyse prendrait votre mission au sérieux. Vous êtes seulement venu chercher ceux qui vous aideraient à le trahir. Voilà donc ce que vous appelez la bonne foi ?

Il avait haussé le ton et ses bras avaient esquissé un mouvement violent. Aussitôt, une épée brillante jaillit d'un fourreau. Le garde du corps s'approcha et posa la pointe de sa lame sur la gorge de Nyle.

Ribuld porta la main à son arme.

Mais un geste vif du Prince arrêta l'homme de main. Celui-ci rengaina son fer.

— Je comprends votre colère, Nyle, fit calmement Kragen, mais d'un ton qui ne tolérait nulle rébellion. Cependant, vous ne me comprenez point. Sachant que j'ai passé près de trente jours au plus fort de l'hiver pour me rendre de Scarab à Orison, vous croyez que nous n'avons pas eu le loisir d'échanger des messages depuis mon arrivée sur cette terre. De là, vous concluez que je suis venu pour accomplir un plan prémédité avant mon départ.

Nyle ne bougeait pas.

— Les Barons d'Alend, poursuivit Kragen avec un sourire, ne sont préoccupés que d'acquérir des avantages les uns contre les autres. Au moins, pour une fois, leurs petites querelles internes nous ont-elles servi.

Un autre geste et le garde lui porta un paquet qui ressemblait à un vêtement jeté sur un objet rigide.

Le Prince roula le message qu'il venait de rédiger et le glissa dans une sorte de petit tuyau métallique. Cela fait, le garde du corps ôta le tissu, découvrant ainsi un oiseau dans une cage carrée.

— Un pigeon voyageur, souffla Térisa, étonnée. Ils utilisent les *pigeons voyageurs*.

Ses trois compagnons la dévisagèrent avec stupeur avant de reporter leur attention au fond de la ravine.

L'oiseau était bien un pigeon, sans doute possible. Il roucoula quand le garde le tira de la cage et le présenta au Prince de façon à ce que ce dernier fixe le message à sa patte.

— L'un des barons, expliqua Kragen, a découvert que ces oiseaux savaient retrouver leur route, quelle que soit la distance, jusqu'au lieu qu'ils ont appris à reconnaître pour leur demeure. Celui-ci a été dressé pour reconnaître une certaine plantation de tentes, de bannières et de chariots qui caractérisent le campement de mon père. Il volera jusque là-bas dès que nous le lâcherons.

» Comprenez-vous à présent ? fit-il d'une voix qui sonnait durement, presque menaçante, derrière ses manières aimables. J'ai apporté d'Alend bon nombre de ces volatiles. Ils portent à mon père mes messages en un jour, peut-être moins. De cette façon, je suis en mesure d'exécuter ses ordres.

» Je vins à Orison avec pour charge de résoudre le dilemme du Congrégat, de Cadwal, et de la guerre — comme de l'étrange faiblesse de votre Roi. Je suis le Prétendant d'Alend. Je souhaite gagner le trône. Pour cette raison, ma mission de paix était sincère, je vous l'assure. Lorsque le Roi la refusa, je me mis à penser à la guerre. J'envoyai des messages dans ce sens. Ce fut alors que, simultanément, Maître Erémis et dame Eléga me firent entrevoir des espérances préférables à la guerre. J'expédiai de nouveaux messages. Quand les Seigneurs des Fiefs refusèrent le pacte que leur suggérait Maître Erémis — plus encore, quand je me rendis compte de la vulnérabilité d'Orison, comme de celle du Congrégat, face à une attaque éventuelle de Cadwal — je décidai d'envisager les possibilités dont dame Eléga et moi avions parlé.

» Le Monarque d'Alend agit actuellement comme je le lui demande. Et j'estime n'agir que pour trouver la réponse la moins sanglante et la plus efficace à un danger intolérable. *Le Haut Roi Festten ne doit pas prendre le contrôle du Congrégat.* La brèche dans la muraille d'Orison est une opportunité que *je ne puis ignorer.*

» Quelle est votre réponse à présent ?

Nyle parut se débattre contre ce flot de nouvelles qui bouleversaient ses conceptions premières. Géraden digérait lui aussi ce qu'il venait d'apprendre. Argus et Ribuld dardaient un regard lourd sur le fond de la ravine.

— Sans doute devrais-je m'excuser, Seigneur Prince, commença Nyle sans assurance aucune. J'irai trouver le Perdon, bien sûr, et je le persuaderai d'accepter votre proposition.

Le Prince dévisagea le jeune homme puis hocha la tête.

Le garde du corps lâcha le pigeon.

Un éclat gris monta vers le ciel. Térisa regarda le battement puissant des ailes qui fendaient l'air glacé. Le volatile partait, messager du sang qui coulerait dans Orison. Après avoir tourné en hauteur, il prit la direction du nord.

— Vous saviez pour cet oiseau, glissa Ribuld à l'oreille de la jeune femme.

— Nous en avons là d'où je viens. Nous avons des chevaux aussi, ajouta-t-elle, sur la défensive, même si je n'étais jamais montée auparavant.

Géraden intima silence au soldat.

En bas, Nyle se débattait pour retrouver quelque prise sur la situation.

— Nous reste-t-il assez de temps ? demanda-t-il. Quand, à votre avis, le Monarque d'Alend atteindra-t-il Orison ? J'ignore où se trouve le Perdon. Il n'est certainement pas chez lui, à Scarping. Sans doute est-il occupé à combattre Cadwal sur le Vertigon.

— J'y ai pensé, fit le Prince comme s'il essayait de le rassurer. Il est important que vous ne trouviez pas trop tôt le Perdon. Si vous le rejoigniez sans parvenir à le convaincre, et qu'il tourne son armée contre nous, il pourrait nous barrer la route d'Orison. Voilà pourquoi nous ne devions nous rencontrer qu'aujourd'hui. J'ai calculé que si vous le trouviez immédiatement, qu'il repoussait notre offre et s'élançait comme un furieux contre nous, il n'atteindrait pas Orison avant que nous n'en soyons déjà devenus maîtres.

— Ce n'est pas aussi facile, souffla Géraden.

— Croyez-vous que ce sera tellement aisé ? fit Nyle à qui l'idée paraissait aussi insensée. Un siège risque de durer tout le printemps. Même avec cette brèche dans le mur. Vous ne pourrez...

— Nyle, l'interrompit Kragen. Je ne suis plus un enfant. Ne me donnez pas de leçons sur la façon d'assiéger un château. J'ai bien étudié la situation. Et je vous promets que nous nous rendrons vite maîtres d'Orison.

— Pourtant, Seigneur Prince, argua encore le jeune homme, il me semble que votre prise sur les événements est encore bien fragile. Si le temps se retournait contre vous ? Nous sommes quasiment certains d'essuyer d'autres tempêtes de neige.

Le Prince Kragen haussa les épaules, perdant patience.

— Alors le Perdon et vous serez aussi entravés que nous.

— Et l'Armigite ? insista Nyle tout à sa sourde colère. Va-t-il laisser passer vos armées, ou même les *approvisionner* tandis que vous traverserez ses terres, sans faire le moindre effort pour ralentir votre avance ?

Le prince Kragen eut un rire bref où perçait un mépris glacial.

— Je doute qu'il y ait à s'inquiéter de l'Armigite. De toute façon, j'ai pris les devants. Nous avons négocié un pacte lui et moi.

» Suant de peur, il m'a proposé de faire passer par son Fief autant d'hommes que je le souhaiterais. Contre quoi en échange ? La promesse que nulle violence ne serait faite à son peuple, à ses villes, à ses villages ? La promesse que nous ne toucherions ni à son bétail ni à ses réserves de grains ? Non ! Il a simplement demandé d'être tenu à l'écart et dans l'ignorance... L'*ignorance,* Nyle ! de ce qu'il adviendrait de Mordant.

Argus jura sourdement. Mais Térisa ne fut pas surprise, elle avait rencontré l'Armigite.

— Personnellement, poursuivit nonchalamment le Prince, je ne détesterais pas bousculer quelque peu cette ignorance. Son Fief mérite mieux de lui. Mais nous respecterons le pacte. Et nous ne toucherons ni à ses gens ni à ses bêtes ni à ses réserves. Notre seul but est de pallier la faiblesse de votre Roi — et de nous opposer à Cadwal —, non de réveiller la vieille inimitié entre Mordant et Alend.

» Vous ai-je éclairé, Nyle ? Êtes-vous satisfait ?

Le jeune homme demeurait tendu, raide. Térisa se

serait attendue à ce qu'il manifeste quelque reconnaissance envers ces explications rassurantes, apaisantes pour lui qui trahissait. Pourquoi cette colère encore, qui refusait de désarmer ? Sa voix était blanche quand il répondit :

— Oui, Seigneur Prince.

Le Prince l'observa, comme si lui non plus ne saisissait pas la raison de son humeur. Sans doute ce qu'il vit passer sur le visage pâle du jeune homme finit-il par le rassurer.

— Bien, conclut-il soudain avec gaieté. Le Perdon vous écoutera. Mettons-nous en route.

Il fit signe aux deux guetteurs qui rejoignirent leurs montures. Lentement, Nyle s'approcha lui aussi de son cheval. Térisa le vit pour la première fois de face. Ses traits étaient figés, implacables, comme si rien, pas même sa propre passion, ne pouvait le détourner de la route qu'il avait choisie.

Argus se releva brusquement et tira son épée.

— Nous leur sauterons dessus avant qu'ils quittent la ravine. Peut-être parviendrons-nous à les arrêter.

Il n'y avait nulle peur dans le sourire grimaçant qui découvrit sa bouche édentée. Combattre était son métier ; Ribuld et lui y avaient voué leur vie.

Mais Géraden l'arrêta :

— Ne soyez pas stupides. Ils sont quatre. Et le Prince a certainement d'autres hommes non loin. Toi, fit-il en désignant Argus, d'un index autoritaire, tu vas suivre le Prince. Trouve son cantonnement. Garde-le à l'œil. Et trace une piste.

» Ribuld, tu rentres à Orison. Raconte au Gouverneur Lebbick ce que tu as entendu et amène-le ici. Précise-lui que la capture du Prince nous fournirait un otage de choix. Il nous reste encore une chance de nous tirer de là. *File !*

Ribuld ne put qu'obéir à cette injonction et dévala la pente en courant jusqu'au fond de la ravine.

Le Prince Kragen et ses hommes se remettaient en selle. Nyle jetait des poignées de neige sur le feu pour l'éteindre.

— Grand merci, murmura Argus à Géraden, d'une voix pleine de sarcasme. C'est à *moi* que tu as confié la tâche la plus ardue. S'ils partent vers l'ouest, les deux ravines se rejoignant, je les suivrai à partir de là. Mais s'ils vont à l'est... Celle-là s'interrompt ; l'autre ouvre sur les collines. Mon cheval ne franchira pas la crête. Je devrai les suivre à pied.

— Je crois que tu as de la chance, rétorqua Géraden en lui désignant le fond de la ravine.

Nyle montait à cheval. Le fils du Domne et le fils du Monarque d'Alend se firent face un moment, et le Prince Kragen salua son allié. Ensemble, les hommes d'Alend se mirent en route le long de la rivière, vers l'ouest.

Argus pressa le bras de Géraden puis partit, bondissant le long de la pente jusqu'à son cheval.

Térisa continuait à observer Nyle. Elle entendit s'élancer la monture de Ribuld.

Nyle demeura immobile un moment ; peut-être réfléchissait-il à la meilleure route à prendre ; peut-être préparait-il ses arguments pour convaincre le Perdon... peut-être hésitait-il, tout simplement. Enfin, il talonna son cheval et partit à l'est.

Géraden se saisit soudain de la main de Térisa.

— Venez. Nous devons l'arrêter.

Il faillit la faire tomber en la tirant prestement vers

les chevaux. Lui-même chuta, une fois. Heureusement, il eut la présence d'esprit de lâcher Térisa pour ne pas l'entraîner. Il se rattrapa à temps à la roche dure. Il parvint néanmoins en bas bien avant sa compagne.

Ce fut avec hâte qu'il se mit en selle. Ribuld avait disparu dans la basse vallée, là où les rivières se rejoignaient, en direction d'Orison. Argus s'éloignait plus prudemment vers l'ouest, là où se rencontraient les deux ravines. Donnant de la botte contre les flancs de sa jument, Géraden partit au galop.

— Attendez ! supplia Térisa attentive à ne pas crier trop fort.

Il ne la vit ni ne l'entendit.

Arrivée au bas de la pente, elle avait décidé de suivre Ribuld à Orison. Gelée jusqu'au cœur, il lui semblait qu'elle n'endurerait pas le froid davantage. Tout ce qu'elle avait entendu l'effrayait.

Mais oubliant sa décision elle se surprit à courir vers le cheval hongre. Elle parvint sans trop savoir comment à mettre le pied à l'étrier, à enfourcher la selle, et maniant maladroitement les rênes dirigea la bête en direction de l'est.

Serrant les dents, elle donna de petits coups de talon.

La panique la gagna tandis que sa monture passait du petit trot au grand trot, puis au galop, avide de rattraper la jument de Géraden.

La vitesse devenait inquiétante. Et périlleux, traître le fond rocheux de la ravine. Il fallait qu'elle retrouve le contrôle du cheval, d'une façon ou d'une autre... qu'elle l'oblige à ralentir. Certes. Et tant qu'elle y était, autant défaire les armées d'Alend, se charger de régler leur compte à Maître Gilbur et à l'ArchI-Mage Vagel, et ramener la paix sur terre. À ses moments perdus, elle pourrait composer une symphonie. Non, au lieu de toutes ces grandes œuvres, elle ne s'attacha qu'à refouler sa terreur et à rester simplement en selle.

Le côté nord de la ravine devint moins raide, se mua en un vallonnement rocheux, tout ourlé à son sommet de buissons épais. Le flanc sud allait plus graduellement, ponctué par des arbres aux larges troncs noirs dont les racines, à fleur de terre et de roche, fournissaient fort à propos des sortes de marches qui permettaient l'ascension.

Tandis que peinait le cheval hongre, Térisa se promit, se jura encore, que si elle sortait vivante de l'aventure, plus jamais elle ne monterait à cheval. Plus jamais, de toute sa vie.

Quoi qu'il en soit, si le terrain avait eu jusqu'alors pitié d'elle, les deux flancs de la ravine finirent par se rejoindre, étranglant la course du ruisseau. Sans doute autrefois le couloir s'était-il ouvert à l'est mais les éboulements successifs avaient eu raison de cette échappée, forçant le cours d'eau à se creuser un autre lit. Les chevaux n'avaient nulle part où passer.

Géraden arrêta brutalement sa jument et mit pied à terre. Si violemment qu'il s'étala de tout son long dans la neige. Il avait l'air hagard quand il se releva et partit à l'assaut du versant nord.

Térisa n'avait plus assez de souffle pour l'appeler, aussi dut-elle envisager de se débrouiller seule pour arrêter le cheval hongre. Il lui facilita gentiment la tâche. Parvenu près de la jument, il parut découvrir là le but ultime de son existence, renifla sa semblable, histoire de s'en assurer, puis baissa la tête et s'enferma dans une gangue d'impénétrable stupidité.

Térisa était encore en un seul morceau. Et étonnée de l'être.

Elle serait volontiers restée là pour goûter le charme revivifié d'être en vie, mais Géraden escaladait frénétiquement le versant nord. Rien ne lui faisait peur et Térisa comprit qu'elle le perdrait bientôt de vue.

Elle descendit de cheval, s'assura un instant de la solidité de la terre sous ses pieds, puis partit au pas de course.

L'ascension était certes possible, grâce aux roches et aux racines protubérantes et Géraden avait déjà écarté une bonne quantité de neige. La jeune femme découvrit qu'à condition de ne pas courir — ou regarder en bas — elle effectuerait l'ascension assez facilement.

Ne pas penser à l'avance qu'avait pris Géraden. Ni à ce qu'il s'apprêtait à faire.

Aspirant profondément l'air glacé, elle atteignit la crête.

L'épine dorsale entre les deux ravines n'avait guère changé d'aspect entre leur précédent poste d'observation et le lieu où ils se trouvaient à présent, même si les falaises abruptes s'étaient muées en pentes plus douces, où croissait une végétation plus abondante. Là, vers l'est, venait mourir le cours d'eau qui avait occupé le fond de la ravine. Il se perdait dans une forêt épaisse à la lisière de laquelle se trouvait Térisa, pour s'étirer jusqu'à de nouvelles collines visibles dans le lointain. Cependant, Géraden n'était nulle part en vue.

Térisa n'eut pas le temps de s'affoler : elle venait d'apercevoir Nyle sur sa gauche, qui se dirigeait plein est.

Il allait au petit trot le long du lit de la rivière ; d'ici peu, il serait juste en-dessous d'elle. Si elle avait été adroite, elle aurait pu l'arrêter en lui lançant une pierre.

Plus machinalement que consciemment, elle finit pas identifier les empreintes de Géraden le long de la pente. La piste aboutissait à un buisson épais en surplomb du cours d'eau.

Elle ne devina la suite des événements qu'à l'instant où Géraden bondissait de sa cachette sur son frère.

Il avait l'avantage de par sa position. Il désarçonna Nyle et l'entraîna à terre où ils roulèrent ensemble. La neige n'étouffa pas d'affreux craquements qui firent craindre à Térisa quelques jambes et bras cassés.

Un cri étranglé dans la gorge, elle dévala la pente pour les rejoindre.

La grande expérience de Géraden en matière de chutes lui donnait l'avantage. Il fut prestement debout. Dans un tourbillon de neige, il courut au cheval de Nyle et lui fouetta furieusement l'arrière-train, le lançant dans un galop qui le fit bientôt disparaître. Puis il revint vers son frère.

Nyle levait seulement la tête. Il ne parut pas comprendre immédiatement que son aveuglement n'était causé que par la neige qui lui couvrait les yeux. Il s'essuya le visage, retrouva la vue.

— Tu vas bien ? lui demanda Géraden. Je n'avais pas l'intention de te faire mal, seulement de t'arrêter.

Le jeune homme se remit péniblement sur pied, éprouvant le bon fonctionnement de ses membres, secouant la neige qui maculait ses vêtements.

— Si tu crois m'avoir fait une plaisanterie, gronda-t-il les dents serrées, ce n'est pas drôle.

Térisa arrivait en vacillant sur ses jambes épuisées ; elle dut s'appuyer contre un arbre pour rassembler quelques forces.

— Ce n'est pas une plaisanterie, fit Géraden d'un ton qui démentait son apparence de petit garçon qui aurait cherché à se transformer en bonhomme de neige. Je ne te laisserai pas faire.

— Faire *quoi* ?, aboya Nyle. As-tu perdu l'esprit ? Je me *promenais*. Sur un *cheval*. « Cheval », cela te dit-il quelque chose ? À te voir on penserait que c'est un crime contre l'humanité !

— Nyle ! fit Géraden d'une voix paisible. Je t'ai entendu. J'étais là. Nous étions là, précisa-t-il en désignant Térisa. Nous avons assisté à ta rencontre avec le Prince Kragen.

Un instant, Nyle les dévisagea bouche bée. La jeune femme hocha la tête en guise de confirmation. Il raidit ses épaules et son visage se verrouilla immuablement.

— Aussi avez-vous décidé de m'arrêter. Forts de votre supériorité morale, vous avez décidé de m'arrêter sous prétexte que vous vous cramponnez à la certitude ridicule que le Roi Joyse, et le chaos, et la terrible Imagerie, et le réveil des guerres qui ont bu le sang de Mordant des générations durant, sont *préférables* à l'arrivée du Perdon sur le trône et à la paix qui épargnerait le royaume. Vous...

— Non, l'interrompit Géraden en endiguant sa violence. Rien ne se passera comme tu l'espères. Le Perdon n'acceptera jamais l'offre du Prince Kragen... et Kragen le sait. Il t'envoie pour brouiller les pistes, afin que le Perdon ne risque pas de se battre pour Orison quand Alend attaquera.

— Vous vous trompez, Géraden, intervint Térisa qui fut tout étonnée d'entendre le son de sa propre voix. Je suis désolée. J'ai rencontré le Perdon. Je les ai vus ensemble, le Prince Kragen et lui. Il est au désespoir. Il ne refusera pas.

Géraden lui jeta un regard consterné mais Nyle ne quitta pas son frère des yeux.

— Même si cela n'est pas vrai, fit-il, tu agis comme un enfant. Le Prince Kragen a raison. Le Monarque d'Alend a raison. Le *pire* qui pourrait nous arriver serait que le Haut Roi Festten fasse main basse sur le Congrégat.

» Nous sommes déjà manipulés par un Imageur que nul ne peut trouver ou arrêter. Cadwal nous décimera bientôt si le Congrégat tombe. Au nom de notre mère, Géraden, nous devons *supplier* Margonal de nous envahir.

» Au lieu de te jeter en travers de ma route, pourquoi ne prépares-tu pas ce que tu diras à toutes les familles qui seront bientôt déchirées — à tous les enfants bientôt orphelins — à tous les hommes et femmes qui seront mutilés, massacrés, quand le Roi Joyse se sera écroulé enfin et qu'il ne se trouvera personne d'assez fort pour prendre sa place à la tête du royaume ?

» Ôte-toi de mon chemin.

Passant entre Térisa et Géraden il partit dans la direction qu'avait prise son cheval. Un instant, Géraden parut accablé, incapable d'un mouvement. Térisa l'appela. Il revint à la vie et marcha à son tour derrière Nyle.

— C'est formidable ! merveilleux, hurlait-il comme un fou. Tu as raison, bien sûr. Tu es si raisonnable. Et notre père sera tellement fier de toi !

Nyle tressaillit mais continua de marcher.

— Un dernier détail ! Le mot « loyauté » a-t-il un sens pour toi ? Le Roi Joyse est l'*ami* de notre père. Et le respect de soi-même, cela te dit quelque chose ? Tu es en train de trahir ton *Roi*, l'homme qui de ses mains a tiré Mordant et la paix d'un charnier sanglant. As-tu l'intention de vivre le reste de tes jours en ayant oublié ce que ces mots voulaient dire : loyauté, respect de soi-même ?

— Loyauté envers *qui* ? cria Nyle en retour, sans cesser sa marche. Le Roi Joyse ? A-t-il jamais été loyal vis-à-vis de *moi* ?

» Il nous a tous rencontrés. Il aurait dû voir que je quêtais désespérément son attention, son approbation. Mais ce fut *toi* qu'il convia à Orison. Quand il décida de fiancer Eléga, ce fut encore *toi* qu'il choisit. Quel choix judicieux, n'est-ce pas ? Oseras-tu prétendre être le garant, la preuve de son bon sens ? Pardonne-moi, mais il m'est difficile d'éprouver quelque chaleur ou sentiment pour cet homme.

» Et il va tous nous faire *tuer* ! continuait-il à hurler dans la forêt. Ne comprends-tu pas cela ? Voilà le beau *respect de toi-même* qui te fera donner ta vie pour un homme qui ne te sacrifie que parce qu'il *ne se soucie plus* de régner sur son royaume ! Toi qui parles de respect de soi, interroge-toi sur le peu de cas que tu fais de ton propre sang. Je ne parle même pas du sang de tous ceux dont tu prétends te réclamer.

— Alors, pourquoi...

Géraden avait rejoint Nyle et lui prenait le bras. Nyle se dégagea d'un mouvement brutal. Les deux frères se firent face, le souffle court, furieux.

— Alors, pourquoi cette rage en toi ? reprit Géraden sans plus crier, presque dans un murmure. Puisque tu fais ce qui est bien, ne devrais-tu pas te sentir tranquille ? De surcroît, tu agis selon les désirs d'Eléga. Elle t'aimera pour cela ; elle ne pourra s'en empêcher. Cela ne te rend-il pas heureux ?

— Non, souffla Nyle comme s'il voulait que ni les arbres ni la neige ne l'entendent tant les mots le blessaient. Non, je ne suis pas heureux. L'amour m'a mené et l'amour me perd. Elle ne m'aime pas. Elle ne m'aimera jamais. Elle aime le Prince Kragen.

Autour d'eux, le bois était silencieux. Seul se faisait entendre le craquement des bottes de Térisa qui s'approchait. Le soleil pâle semblait n'avoir ni poids ni chaleureuse influence sur l'atmosphère glacée. Géraden tendit une main suppliante.

— Alors, abandonne, je t'en prie. Tout cela n'est que folie. Le Monarque d'Alend ne viendra pas à bout d'Orison sans un siège terrible — sans tuer bon nombre de gens. Je me moque de ce qu'affirme le Prince. Le Tor et le Gouverneur Lebbick ne se rendront pas. Les seules vies que tu épargneras seront celles d'Alend, non les nôtres. Ne va pas te perdre pour une femme qui trahit son propre père.

Térisa comprit aussitôt que Géraden avait commis une erreur. Il aurait dû laisser la douleur de Nyle le ronger, sans l'aiguillonner ni évoquer à nouveau

Eléga. Il était trop tard cependant, le mal était fait. Nyle reprit cet air buté et volontaire qui avait convaincu Kragen de lui accorder sa confiance. Son regard se fit lourd comme la pierre.

— Je te donne un conseil, articula-t-il, rentre à la maison tant que tu le peux. Et emmène Artagel avec toi. Il n'aimerait pas perdre sa fière et célèbre indépendance.

— *Nyle*, protesta Géraden.

Nyle jeta un coup d'œil par-dessus son épaule.

— J'aperçois mon cheval. Il me laissera l'approcher si tu ne l'as pas trop maltraité... Reste là le temps que je le rejoigne. Puis je partirai. Si ton esprit est aussi faible que ton talent pour l'Imagerie, raconte tout au Gouverneur Lebbick quand tu seras rentré à Orison. Cela ne sera d'aucune utilité mais il aura au moins de quoi occuper ses journées à venir. Par contre, s'il te reste un semblant de bon sens, tais-toi.

— Non, répliqua sourdement Géraden, d'une voix rauque, le regard fou. Non, Nyle, je ne te laisserai pas partir.

Son frère esquissa un sourire.

— Je savais que tu dirais cela, fit-il avec une indifférence affectée. Tu as toujours été si entêté.

Un cri de mise en garde s'étrangla dans la gorge de Térisa. Impuissante, elle vit Nyle décoller du sol comme s'il avait rebondi sur la neige et jeter l'un de ses pieds bottés à la tête de Géraden.

Géraden s'effondra. Il resta un moment courbé dans une ultime résistance puis tous ses muscles se détendirent comme si son cou s'était brisé.

Nyle s'agenouilla vivement près de lui puis, satisfait de son examen, se redressa devant Térisa. Il ne contenait plus sa fureur, toute concentrée dans ses poings qui se crispaient en spasmes violents.

— Prenez soin de lui. Si vous le laissez mourir ici, je viendrai vous étrangler de mes propres mains.

Il tourna les talons et courut vers son cheval, comme s'il avait une meute à ses trousses.

Térisa ne le vit pas partir. Elle posa ses doigts glacés, insensibles sur Géraden, espérant sentir palpiter la vie. Et elle pleura, de chagrin, de terreur. Enfin, elle devina le pouls qui battait dans sa gorge. Il n'était pas encore mort.

Un long moment s'écoula avant qu'elle ne remarque l'aspect familier des lieux.

Entre les lignes verticales des troncs noirs, elle distinguait la crête d'une colline. Elle l'avait vue tout à l'heure sans y prêter attention mais cette découpe tranchante sur le ciel hivernal agaçait maintenant son souvenir. Où... ? C'était légèrement différent... Différent de quoi ? La neige. La neige n'était pas la même. Elle se remémorait la neige volant en paillettes sèches, brûlantes, fouettées par le galop des chevaux. Elle se rappelait le gémissement du cuir des selles, le cliquetis des attaches métalliques. Et elle se souvenait...

Elle se souvint des cors.

Son rêve. Elle était au lieu exact du rêve qui avait précédé sa venue dans ce monde... le rêve qui l'avait préparée à l'arrivée de Géraden. Les arbres et le froid étaient les mêmes. La crête était la même. Et Géraden était là, le jeune homme de son rêve qui surgissait désarmé pour lui sauver la vie. Ne manquaient que les trois cavaliers défigurés par la haine et qui pressaient leurs montures vers elle pour la tailler en pièces, et le son des cors venant la chercher dans l'air froid et la forêt, comme l'appel que son cœur attendait.

Elle n'entendit rien. Mais si fort était son désir que résonnât le son formidable qu'elle crut pouvoir le projeter elle-même par la seule force de son souvenir.

Tout à coup elle perçut dans le lointain la course malaisée des chevaux dans la neige. Le froid renvoyait les sons depuis la crête de la colline jusque dans la vallée boisée, comme des piques de verre.

L'impression qu'elle était retournée errer dans son rêve rendait tout si distinct, si lent... elle eut le temps de tout discerner, le temps de détailler chaque bruit, bien qu'il manquât le son tant attendu des cors. Et ils apparurent, là où elle savait qu'ils apparaîtraient : trois cavaliers qui se frayaient chemin le long de la crête. Elle les distingua entre les troncs des arbres. Elle voyait la brume brillante jaillir furieusement des narines des montures. Chaque respiration, le bruit de chaque sabot qui s'enfonçait dans la neige glacée lui parvenaient.

Imprévu fut leur mouvement puisqu'il manquait le son du cor pour parfaire le rêve, quand, ensemble, ils tournèrent bride pour se diriger droit vers Térisa.

Elle ne détachait pas les yeux de leur progression, aussi ne se rendit-elle pas compte que Géraden était revenu à lui. Elle ne s'en aperçut que lorsqu'il se redressa et secoua sa tête endolorie.

Prisonnière du passé et du présent, du rêve et de la réalité qui se mêlaient, elle ne put articuler une syllabe, ni même accorder attention à son compagnon.

— Distinguez-vous qui ils sont ? lui demanda-t-il d'une voix un peu traînante.

Ils étaient encore trop loin mais elle connaissait déjà leur expression haineuse. Elle fit un signe négatif.

— Ils sont probablement après vous, reprit calmement Géraden, comme si rien ne le pressait. Il n'était pas impossible de nous retrouver. S'ils se sont renseignés aux écuries et s'ils ont rencontré le marchand de vin sur sa charrette... Inutile d'essayer de courir, ajouta-t-il. Nos chevaux sont trop loin.

Des épées apparurent aux poings des cavaliers — longues comme des sabres et courbes comme des cimeterres. Ils allaient la couper en deux, là où elle se trouvait. Il fallait bouger. Elle et Géraden devaient agir. Et pourtant, elle demeurait attentive à recoller les morceaux de son rêve : dans celui-ci, les épées étaient droites, non incurvées...

Géraden paraissait lui aussi hors de la réalité. Il était trop calme. Il recula tout à coup, vivement, donnant des coups de pied dans la neige. Et enfin, sa conduite parut prendre un sens. Il fouilla la neige pour en extraire des branches mortes, en choisit deux suffisamment longues et solides.

Non, cela n'allait pas. Ce n'était pas ainsi que cela s'était déroulé dans le rêve.

Mais le temps s'étirait, qui leur était donné. Il tendit une branche à la jeune femme, garda la seconde.

— Quand ils atteindront cet arbre, fit-il en désignant un tronc noueux, nous nous séparerons. Nous aurons ainsi plus de chances, s'ils se divisent eux aussi. Sinon, je les frapperai de côté quand ils vous attaqueront.

Térisa avait l'impression qu'elle aurait lu la terreur sur son visage si elle avait levé les yeux sur lui à cet instant. Mais sa voix était si calme...

— Ne vous inquiétez pas des cavaliers, continuait-il. Concentrez-vous sur les chevaux. Essayez d'en frapper un de face, à la tête. Avec un peu de chance, le cavalier sera désarçonné et se blessera.

Elle ne répondit pas, attentive aux seuls ennemis et guettant le son du cor.

Enfin ils furent assez proches et elle comprit qu'elle s'était trompée. Ce n'étaient pas les cavaliers de son rêve.

Ce n'étaient pas même des hommes.

Leurs yeux n'avaient pas la place habituelle. D'épais favoris auréolaient leurs orbites. Leur nez en forme de groin retombait sur leur bouche mais ne masquait pas les défenses qui l'encadraient. Elle distinguait bien ces têtes étranges car les capuches qui les couvraient avaient glissé dans la course. Les crânes étaient couverts d'une fourrure rouge tachetée.

Ils semblaient avoir plus de membres que nécessaire et brandir chacun deux épées.

Non, cela ne devait pas se passer ainsi.

La sensation de vivre un rêve devenait de plus en plus forte. Elle resta immobile, dans l'attente. L'air se fit plus froid, plus tranchant que mille esquilles.

Quand les cavaliers atteignirent l'arbre que Géraden avait indiqué, celui-ci cria :

— Maintenant !

Et il se prit à courir, comme s'il avait tout soudain opté pour la fuite. Il levait haut les genoux pour s'extirper de la neige glacée. Térisa, elle, ne bougea pas.

Sans hésitation aucune, les trois cavaliers tournèrent bride et foncèrent sur Géraden. Il n'y eut pas un seul de leurs étranges yeux pour s'attarder sur Térisa.

Alors, la peur, une peur terrible s'empara d'elle.

Géraden ? *Géraden ?*

Celui-ci faillit tomber tant il se retourna brutalement. Il vit le danger, lança un regard désespéré vers Térisa. Puis il leva son bâton. Les cavaliers étaient déjà sur lui.

Il assena un coup sur la tête du premier cheval. La bête hennit de douleur, tenta trop tard de virer. Départi de son équilibre, son cavalier tomba devant le deuxième.

Affolé, le deuxième cheval se cabra ; lui et son cavalier s'affalèrent dans la neige.

Géraden frappa de son bâton la chose qui n'était pas un homme puis se jeta derrière le cheval pour éviter le troisième assaillant — et chuta, tête la première dans une épaisse couche de neige.

Comme il tombait, le premier cavalier voulut le frapper. Mais la neige glacée entravait ses mouvements : le coup n'atteignit pas son but. Géraden et l'attaquant furent sur pied en même temps, au moment où le troisième tournait bride pour revenir à l'attaque.

Non sans prudence, Géraden s'approcha de celui qu'il avait assommé pour se saisir d'une de ses épées. Même s'il ne savait de toute évidence s'en servir. La tenant comme un gourdin, il fit face au troisième cavalier.

La créature émit une sorte de grognement et commença à frapper.

Géraden para le premier coup. Il n'avait aucun espoir d'éviter le deuxième.

Dans son rêve, Térisa avait vu un homme risquer sa vie pour la sauver. En dépit d'une totale inexpérience dans le maniement des armes, il avait jeté à bas le premier assaillant. Puis un autre. Elle avait regardé. Rien de plus. Elle avait vu le troisième arriver derrière son sauveur, l'épée prête à le tailler en pièces. Et elle n'avait fait aucun effort pour le secourir. Son cri d'avertissement l'avait réveillée.

Mais c'était Géraden qui était en péril, Géraden qui avait besoin de secours. Et elle tenait toujours le bâton qu'il lui avait donné. Il lui parut que la distance était trop grande, qu'elle ne la franchirait jamais ; pourtant, elle courut, plus vite qu'elle n'avait jamais couru de sa vie, et avant que le cavalier ne tue Géraden, elle assena un solide coup sur le côté de sa tête fourrée.

Tout alors se déroula simultanément. Et elle vit tout.

Elle vit la blessure s'ouvrir dans la fourrure rouge tachetée, elle vit couler le sang, doucement d'abord, puis en un jet écœurant. L'assaillant tomba et sa vie s'en alla en un ruisseau presque noir sur la neige glacée. Il ne bougerait plus jamais.

Géraden dévisageait Térisa avec stupeur.

Et elle vit une autre créature se dresser au-dessus du jeune homme, sabres brandis. Géraden avait oublié le danger. Il n'était plus temps ni de crier ni de bouger.

Mais elle aperçut un homme à cheval qui se précipitait sur la créature et lui plongeait un long poignard dans le dos. La chose cracha du sang sur les épaules de Géraden et s'effondra en le bousculant.

Nyle tira les rênes de son cheval et sauta à terre.

— Tu n'es pas blessé ?

Sans attendre de réponse, il retourna les cadavres fourrés.

— Où trouves-tu pareils ennemis ?

Quand il découvrit que le premier assaillant était encore en vie, il prit sous sa selle une longueur de corde et lia pieds et poings de la créature.

— Je les ai vus se diriger par ici. Ils se pressaient vers l'endroit où je venais de te laisser, j'en ai conclu qu'ils en avaient après toi.

Géraden et Térisa le regardaient comme s'il tombait de la lune.

— Aucun de vous n'est blessé ? répéta-t-il.

L'inquiétude se lisait dans ses yeux, où brillait aussi une lueur d'humour, une once de fierté ; à cet instant, il ressemblait tant à Artagel et à Géraden que Térisa en eut la gorge nouée d'émotion.

— J'ai l'impression que vous n'êtes habitués ni l'un ni l'autre à combattre ce genre d'ennemis.

— Merci, souffla Géraden. Merci d'être revenu.

Il contempla avec dégoût l'épée qu'il tenait encore et la jeta au loin, les traits bouleversés. Et sans à-coup, dans le même mouvement, il ramassa une branche solide à ses pieds et en assomma son frère qui tomba inconscient devant lui.

Le visage livide et glacé comme l'hiver, il resta un moment à regarder Nyle inanimé ; il respirait fort, rapidement, comme si son propre souffle lui déchirait la poitrine.

Térisa tendit l'oreille pour entendre le son du cor. Il n'existait que dans le souvenir de son rêve.

4

Où il est question d'être assiégé

Térisa et Géraden furent retrouvés par une escouade des hommes du Gouverneur Lebbick.

Entre-temps, Nyle et l'attaquant velu avaient repris conscience. Nyle ne goûtait pas particulièrement d'avoir été attaché avec sa propre corde ; mais au bout de quelques minutes de récriminations — qui n'eurent pas un instant raison de la froideur décidée de Géraden — il retomba dans le silence.

Le cavalier survivant grognait et grimaçait de temps en temps mais ne se livra à aucun effort, même futile, pour briser ses liens.

Les gardes ramenèrent la jument ainsi que le cheval hongre et ne furent pas avares de leur rude eau-de-vie qui rendit un peu de chaleur à Térisa — ni de leurs questions qui donnèrent grande envie de dormir à la jeune femme. Géraden décréta promptement que l'heure n'était pas aux interrogatoires : il fallait suivre la piste d'Argus derrière le prince Kragen.

Térisa n'aspirait qu'à se lover dans un endroit chaud, pour oublier les événements des dernières heures.

Malgré sa promesse de ne plus jamais monter à

cheval, elle se retrouva bientôt sur le dos du cheval hongre ; elle renonça à essayer de le conduire et, cramponnée au pommeau de la selle, le laissa aller où bon lui semblait.

Nyle et l'étrange cavalier furent attachés sur leurs montures, les gardes se remirent en selle et l'on repartit par où l'on était venu.

Devant, Géraden pressait sa jument.

— C'est inutile, lui dit l'un des soldats. Une douzaine d'hommes sont déjà sur sa piste. Ils le rattraperont avant nous.

Le regard que le jeune homme lança au garde n'échappa pas à Térisa ; un regard sauvage et dégoûté à la fois. Elle comprit pourquoi il pressait le pas. Ce n'était nullement pour participer à la capture du Prince Kragen ; il fuyait le méchant tour qu'il avait joué à son frère.

La petite troupe se dirigea plein est, et ne retrouva point la rivière avant qu'un affaissement de terrain dans le flanc sud de la ravine ne leur en livre l'accès. Malgré le long détour, ils allèrent ainsi beaucoup plus rapidement que Térisa et Géraden lorsqu'ils étaient passés à pied. De plus, ils se seraient sans doute perdus au retour, songea Térisa. Elle fut surprise de découvrir la sombre vallée où, tout à l'heure, ils s'étaient séparés d'Argus et de Ribuld, grouillante de soldats. Tous à cheval, ils semblaient simplement attendre.

Tous les regards étaient dirigés vers elle et Géraden. Nul ne parlait.

Ribuld se tenait bien droit sur sa monture, la tête haute.

Géraden arrêta sa jument. Les hommes de l'escouade se mirent au pas. Le cheval hongre alla cogner légèrement dans la croupe de la jument avant de s'immobiliser lui aussi.

— Qu'est-ce que... ? Pourquoi ne sont-ils pas... ? s'exclama le jeune homme.

Il n'acheva pas ses questions.

Près de Ribuld se tenait un cheval sans cavalier. Mais non sans fardeau : l'homme était couché sur le ventre, en travers de la selle ; ses poignets et ses chevilles étaient solidement liés au harnachement pour éviter qu'il ne tombe. Son dos était trempé. Stupéfaite, Térisa reconnut l'étalon d'Argus avant d'identifier Argus lui-même.

— Je regrette, fit un soldat qui portait au bras le bandeau pourpre de son grade de capitaine. Je sais qu'il était votre ami.

— Que... Que... ? balbutia encore Géraden.

Le capitaine était un petit homme trapu, d'âge moyen, au visage plus empreint de bienséance que d'intelligence.

— Nous l'avons trouvé un peu plus bas dans la ravine. Sans doute n'a-t-il pas été assez prudent. Il n'y a même pas eu combat. Il était couché à terre avec une blessure dans le dos. Une flèche, probablement.

Le capitaine lâcha un juron avant de poursuivre :

— Ensuite, la piste devient confuse. Quand ce boucher d'Alend s'est aperçu qu'il avait été suivi, il a su prendre des mesures. Lui et ses hommes ont fait du bon travail, je le reconnais. J'ai mis mes meilleurs traqueurs sur leurs traces mais sans grand espoir. Le temps que l'on retrouve la piste, il aura croisé une route ou un cours d'eau et aura disparu.

Géraden n'écoutait pas. Il regardait le corps couché sur l'étalon.

— Argus, murmura-t-il douloureusement, je t'ai fait tuer.

— Fort bien, lui cria Nyle. Merveilleux ! Le beau gâchis que tu as fait là ! Sans le Prince Kragen, tu ne peux arrêter les armées de Margonal. Mais tu t'es entêté à m'empêcher de partir. Ainsi, le Monarque d'Alend n'aura pas le choix. Et lorsqu'il aura investi Orison, il ne pourra que prendre le pouvoir.

Géraden tressaillit mais ne répondit pas à son frère. Éperonnant légèrement son cheval, il s'approcha de Ribuld.

— Je suis désolé. C'est de ma faute. J'aurais dû t'envoyer avec lui.

Ribuld baissa la tête. Un instant, Térisa craignit qu'il n'assomme Géraden ; il était assez brutal pour cela. Sans réfléchir, elle pressa le cheval hongre pour être près du jeune homme.

— Nyle a raison, poursuivait celui-ci. J'aurais dû le laisser aller. Nous n'aurions dû nous attacher qu'à capturer le Prince.

Ribuld serra convulsivement les poings.

— Ai-je l'air d'un homme qui obéirait sans réfléchir aux ordres d'un chiot sans expérience ? grogna-t-il. J'ai pensé qu'Argus était assez madré pour veiller à ses arrières.

Ce fut au tour de Géraden de baisser la tête. Il se taisait.

Seuls se faisaient entendre dans la vallée les fers impatients des chevaux et le cliquetis des harnachements. Soudain, un garde désigna la créature velue.

— Qu'est-ce que c'est que *cette chose* ?

L'Aspirant fit volte-face. Térisa le reconnut à peine : il avait l'air plus dangereux encore qu'Artagel.

— J'ai bien l'intention de le découvrir.

— En route, ordonna le capitaine à ses hommes. Le Gouverneur sera furieux quand il entendra toute l'histoire. Autant ne pas le faire attendre, ce serait pire. Formez les rangs.

Il s'occupa d'envoyer des renforts aux pisteurs, désignant des messagers de relais, tandis qu'auprès de la rivière, les gardes se rangeaient en ordre de marche. Térisa se retrouva près de Géraden entre deux files de cavaliers qui eurent très nettement l'air de se demander ce qu'elle faisait là.

Elle jeta un coup d'œil vers Nyle ; son visage était fermé, indéchiffrable. Toute ressemblance avec ses frères s'était évanouie quand Géraden l'avait frappé.

Son agresseur avait la face velue, les yeux torves et curieusement disposés, un groin et des défenses. Mais elle ne vit pas ces détails, elle ne vit que le sang qui poissait la fourrure rouge, le sang et la mort qui gouttaient sur la neige.

Dans un état second, épuisée, elle se laissa cahoter au rythme du cheval hongre qui suivait ses pareils.

Le retour à Orison se fit dans le froid et la tristesse ; il aurait aussi bien pu ne jamais se terminer. Des images de créatures velues brandissant sauvagement sur elle leurs cimeterres assaillaient Térisa, mais elle finit par se rendre compte qu'il ne s'agissait que d'hallucinations, le produit de trop de grise luminosité reflétée par trop de neige blanche. Orison n'était pas si éloigné que son épuisement pouvait le lui faire penser. La cohorte de cavaliers pénétra finalement dans la cour du château et s'immobilisa.

Elle se laissa glisser vers le sol boueux et y planta fermement les pieds, résolue mais tremblante.

Les soldats mirent pied à terre et il parut à la jeune femme que tout le monde s'empressait et murmurait dans la plus totale confusion. D'autres gardes arrivaient de l'extérieur en petits escadrons. La cour s'emplit de militaires qui couraient en tous sens. Paysans et marchands poussaient prestement leur charrette du passage. Elle ne savait que faire de son cheval. Un peu de chaleur lui venait enfin, rendue par les hautes murailles.

Enfin le capitaine cria un ordre pour requérir l'attention de son détachement. Le Gouverneur Lebbick arrivait.

Méprisant les rigueurs de l'hiver, il ne portait que sa cotte de mailles sur une tunique de cuir, son bandeau pourpre et son écharpe de même couleur nouée en travers de son buste. Le froid avait pâli ses joues mais il n'en avait cure, tout brûlé qu'il était du feu intérieur qui le dévorait sans cesse. Bien que plus petit que Térisa, il dominait tous les hommes, et même les chevaux, comme s'ils n'avaient été qu'insignifiante vermine. La rage flamboyait dans ses yeux.

Il rendit brusquement son salut au capitaine mais ne parla pas. Il observait les hommes. Quand il vit Ribuld près de la dépouille d'Argus, il alla droit sur lui.

Géraden posa une main sur le bras de Térisa pour la réconforter, mais ses traits tendus manquaient de confiance.

Un silence pesant était tombé sur les soldats. Rudement, Lebbick se saisit des cheveux d'Argus, leva la tête morte. Le regard qu'il jeta ensuite à Ribuld força le vétéran à baisser les yeux.

Lebbick observa encore Nyle, qui s'agitait, tout belliqueux, puis le cavalier inhumain. Un moment, les deux êtres se mesurèrent en silence.

— Est-ce son cheval ? s'enquit soudain Lebbick sans détourner la tête.

— Oui, répondit Géraden. Ils étaient trois. L'un fut tué. Térisa et moi serions morts si Nyle n'avait tué le deuxième.

Mais le Gouverneur ne s'intéressait aucunement au nombre des créatures à fourrure rouge.

— Il avait *ce* cheval ? insista-t-il. Avec *cette* sellerie ?

— Oui.

Le Gouverneur Lebbick s'approcha de Géraden et d'une voix sourde, qui pourtant parut porter jusqu'à la hauteur des remparts, il dit :

— Je n'aime pas perdre des hommes. Me comprenez-vous, enfant ? Je n'aime pas cela du tout.

Géraden n'essaya point de répondre. D'ailleurs, Lebbick se détournait sans attendre de réplique.

— Mettez Nyle et ce monstre d'Imagerie aux cachots, ordonna-t-il au capitaine. Je vous attends dans la salle des gardes sud, Géraden... ainsi que dame Térisa de Morgan, précisa-t-il en distillant toute son acidité sur ce nom.

Il partit à grands pas.

— Le cachot, gémit Géraden pour lui seul. Oh, Nyle, que t'ai-je fait !

— Ne t'inquiète pas, petit frère ! rétorqua Nyle d'une voix tranchante. Ce n'est jamais que ce que tu as fait toute ta vie. Et Lebbick n'a eu personne à torturer depuis un moment. Le pauvre homme manquait justement de distractions.

Les épaules de Géraden tremblèrent. Térisa jeta un regard lourd vers Nyle mais ce fut Ribuld qui se chargea de lui répondre :

— Je te conseille de la fermer, fit-il d'une voix où se cachait mal sa tension extrême. Personne ne se soucie de ce qui va t'arriver. Si tu n'étais pas fils du Domne — et si tes frères ne valaient pas autrement mieux que toi — on t'aurait laissé aller baisser ton froc devant le Perdon.

— Assez, Ribuld, intervint le capitaine.

Mais le soldat ne s'arrêta pas.

— Je jure que le Perdon aurait jugé très drôle de se voir offrir le royaume si nous n'avions capturé ce prince débauché, et toute l'armée d'Alend n'aurait rien pu contre nous. Géraden t'a fait une *faveur*.

Nyle évitait le regard du garde.

— *Argus* t'a fait une faveur, espèce de sale...

— Ribuld ! répéta le capitaine et sa voix claqua comme un fouet. J'ai dit assez !

L'homme d'épée roula des yeux formidables ; il ressemblait à un prédateur blessé. Le sang affluait à sa cicatrice. Il obéit néanmoins, tourna le dos à Nyle et s'occupa de détacher la dépouille d'Argus.

— Il n'avait aucune famille. Il faudra l'enterrer.

Portant le cadavre dans ses bras, il quitta la cour.

Térisa avait hâte de rentrer au château, sinon elle allait fondre en larmes.

Le capitaine donna des ordres. Nyle et la créature furent emmenés sans égards vers les cachots. Les autres soldats s'occupèrent des chevaux et le capitaine en personne escorta Térisa et Géraden vers la salle des gardes.

La jeune femme était comme à court d'émotions, de sensations. Plus rien n'avait de sens que la peur latente qu'elle avait de Lebbick. Comment avait-elle survécu au froid ? La chaleur d'Orison n'était peut-être qu'un mensonge. Elle avait si peur. Parce qu'elle avait menti au Gouverneur ?

Quand donc était-ce ? Elle avait tué l'un des assaillants de Géraden, et tous les secrets, les mensonges allaient la détruire.

Une porte s'ouvrit, se referma et quelque chose de pareil à un souffle lui effleura le visage. Elle était à l'intérieur du château. Elle avait encore froid, elle était glacée jusqu'aux os, et elle portait sa peur comme une gangue de glace ; mais l'air était chaud, chaud. Elle le respirait. Elle aurait pu le saisir entre ses doigts. Elle tenta de s'éclaircir la gorge et émit un bruit qui évoquait un sanglot.

Géraden l'arrêta et lui ouvrit son manteau pour que la chaleur la pénètre.

— Vous n'avez pas l'habitude. Pardon. Je ne me suis pas rendu compte de votre état.

Il frappa ses mains l'une contre l'autre, pas trop fort, puis lui frictionna les poignets. Elle se remit à trembler. Il l'enlaça et l'entraîna vers la salle des gardes.

C'était une longue pièce au plafond bas, au sol de dalles nues, aux murs nus également, sauf l'un d'eux qu'occupait un tableau en ardoise. La majeure partie de l'espace était meublée par des bancs qui faisaient face au tableau : c'était ici apparemment que le Gouverneur dispensait enseignements et ordres à ses hommes. La chaleur plus vive encore en ce lieu fit frissonner davantage Térisa.

Lebbick ne tarda pas. Il claqua la porte avant de faire face aux deux jeunes gens. Ses doigts étaient recroquevillés ; Térisa le crut d'abord très en colère avant de penser que l'habitude de tenir une lourde épée avait donné à ses mains cette torsion inaltérable.

Il détaillait la jeune femme et la chose la plus curieuse se produisit. Son expression s'adoucit ; la rage constante dont il était la proie déserta ses traits.

Aussi vivement qu'il était entré, il ressortit.

Abasourdis, Térisa et Géraden se tournèrent vers le capitaine. Celui-ci haussa les épaules et refoula son propre étonnement.

Ils attendirent. Géraden regardait le plafond. Térisa frissonnait.

Quand Lebbick revint, il était escorté d'une servante avec un plateau où se trouvaient trois timbales de cuivre. Leur contenu fumait d'une douce vapeur.

— Voilà du vin chaud épicé, annonça le Gouverneur sans oser croiser un seul regard tant il semblait avoir honte de lui-même. Vous paraissez en avoir besoin.

La servante distribua les verres à Térisa, à Géraden et au capitaine puis sortit.

Endiguant toujours sa stupeur, le capitaine avala d'un trait la boisson avant de tomber en contemplation devant le gobelet vide.

Géraden jeta sur le sien un regard soupçonneux, comme s'il redoutait l'ajout de quelque drogue.

Térisa n'eut pas autant de scrupules. Refermant les mains sur le chaud métal, elle absorba une gorgée du breuvage comme on se repaît d'un nectar.

Du vin chaud épicé. Elle en reprit. Elle n'en avait jamais goûté. C'était délicieux. Elle en avala une grande rasade. La boisson coula en elle aussi délicatement que l'eau-de-vie des soldats avait été rude à son ventre. Elle se détendit brutalement, comme si ses nerfs, ses muscles se dénouaient tout soudain. Elle eut chaud, merveilleusement chaud. Du vin chaud épicé. Son verre était quasiment vide mais elle en avala le contenu jusqu'à l'ultime goutte.

Tout à coup décidé, Géraden prit plusieurs longues gorgées de suite, avec tant de hâte que la saveur forte ainsi inhalée le fit tousser. Désireux de l'aider, le capitaine le tapota discrètement entre les omoplates.

— Merci à vous, dit Térisa au Gouverneur. Merci.

— Inutile de me remercier, aboya-t-il, le visage encore doux et honteux. Vous devriez avoir la même prudence que Géraden. Il pense que j'ai versé là-dedans de quoi vous délier la langue.

Sur ce, Lebbick fronça les sourcils et se tourna vers le capitaine.

— Votre rapport ?

Rappelé à ses fonctions, le capitaine retrouva son assurance d'homme d'armes. Sans perdre de temps, il exposa ce qu'il savait, ce qu'il avait fait, et ajouta — sans aucune nécessité — qu'il ignorait absolument ce qui était arrivé à Géraden et à dame Térisa après que Ribuld les avait quittés.

— Bien, fit le gouverneur. Envoyez une escouade au lieu où vos hommes les ont trouvés. Qu'ils remontent la piste de ces créatures. Aussi loin que possible. Je veux savoir d'où elles venaient, et comment des monstres d'Imagerie peuvent se retrouver sur des chevaux ainsi harnachés.

» Tant que vous y serez, prévoyez des vivres et des relais pour vos pisteurs. Le Prince Kragen ne risque pas de commettre d'erreur mais, le cas échéant, je veux qu'il en paie le prix. Et, conclut-il, trouvez-moi un fauconnier. J'en saurai davantage sur ces... pigeons voyageurs.

Il articula bien les mots en regardant Térisa.

Le capitaine se mit au garde-à-vous et quitta la salle, soulagé.

Pendant un long moment, Lebbick ne souffla mot, ni ne regarda les deux jeunes gens, perdu dans ses pensées. Puis il posa les yeux sur Térisa et Géraden, les scruta avec une agressivité croissante. Il attendait que l'un d'eux ouvrît la bouche et lui fournît de quoi attaquer. Sinon il risquait un nouvel accès de cette charité inhabituelle et dérangeante.

Géraden soutint son examen, sans se montrer particulièrement belliqueux, mais prudent et circonspect. Il ne parla point.

Térisa, de son côté, n'avait rien à déclarer, toute livrée au souvenir de la haine empreinte sur les faces étranges des monstres d'Imagerie.

Enfin, le Gouverneur prit une chaise, s'y assit et croisa les bras sur sa poitrine. Ses manières n'invitaient guère Térisa et Géraden à l'imiter.

— Alors, commença-t-il durement en fixant un point invisible entre les deux jeunes gens. Une fois de plus il s'est produit une chose étrange, et une fois de plus dame Térisa de Morgan y est mêlée. Cette fois pourtant, un détail se trouve éclairci. J'ignore avec qui elle complote. J'ignore pourquoi. Mais je sais enfin comment.

— Un complot ? intervint Géraden. Térisa ? De quoi parlez-vous ?

Le Gouverneur lui jeta un regard brillant.

— Je parle de ces pigeons voyageurs.

— Cela n'a pas de sens. Elle ne possède pas de pigeons. Où les garderait-elle ?

— Peut-être lui apportent-ils des messages et remportent-ils ses réponses. Elle n'a alors qu'à ouvrir sa fenêtre pour ourdir ses traîtrises avec qui elle veut.

— Non, insista Géraden. Cela n'est pas possible. Il aurait fallu que les oiseaux fussent entraînés. Quand aurait-elle eu l'occasion de le faire ?

— Nous ignorons le temps nécessaire au dressage, argua Lebbick, catégorique. Mais c'est sans importance. N'est-elle pas venue par un miroir ? Un miroir qui n'aurait dû avoir aucun lien avec elle ? Elle est Imageur, accusa-t-il, le visage plus fermé et plus dur que jamais. Comment sauriez-vous ce qu'elle a fait autrefois ? Elle peut être restée cachée ici des années durant, guettant l'instant opportun à sa trahison.

Térisa secoua la tête, lasse à l'avance de devoir argumenter.

— Vous ne comprenez pas. Les pigeons voyageurs ne vont que dans un sens. Vous les emmenez loin de là où ils ont été élevés, et ils y reviennent. C'est tout. Le Prince Kragen peut envoyer des messages à son père mais ne peut en recevoir.

Elle se tut ; conseiller au Gouverneur de surveiller plutôt Eléga était au-delà de ses forces.

— Voyez ! s'exclama Géraden. C'est insensé. Le Monarque d'Alend conduit en ce moment ses armées à travers l'Armigite, et vous gaspillez votre temps en accusations invraisemblables. Nous allons être *assiégés*. Comprenez-vous ?

Les muscles de Lebbick se tendirent violemment et le contrôle qu'il exerçait sur lui-même menaça de céder. Il continua d'observer Térisa comme si Géraden n'avait pas parlé.

— Un fauconnier me confirmera ou non vos dires. Si c'est vrai, j'en déduirai que quelqu'un a pris soin des pigeons pour vous, ici, dans Orison.

Géraden voulut parler mais il ne lui en laissa pas le temps.

— Comment communiquez-vous avec vos alliés quand vous êtes relativement bien surveillée par mes hommes ? Grâce au passage secret dans votre armoire. Un enfant en serait capable.

» Mais oublions cela pour le moment. Racontez-moi plutôt, ma dame, comment vous avez appris que Nyle devait rencontrer le Prince Kragen ce matin.

Térisa battit des paupières, et le cœur lui manqua soudain.

— Pour quelqu'un d'aussi innocent que vous, il est positivement admirable que vous vous soyez trouvée là au bon moment. Me permettez-vous d'en déduire que vos complices ne sont pas d'Alend ? Ou avez-vous exposé vos alliés pour mieux dissimuler vos véritables plans ?

Abattue par l'équipée matinale et étourdie par le vin chaud, elle ne parvint pas à soutenir son regard. Peut-être était-elle coupable comme il le soupçonnait. Cela semblait possible. Elle comprit tout le processus de l'accusation : elle était méritée car elle instillait chez l'accusé la culpabilité même qui la justifiait. Elle devenait coupable à cause de la dureté, de l'amertume du Gouverneur. Elle était sans défense.

Mais Géraden parlait déjà pour elle.

— Écoutez-moi, fit-il, menaçant, avec assez d'autorité pour que Lebbick daigne tourner le visage vers lui. J'ai quelques petites choses à vous expliquer.

» Le premier jour du redoux, Térisa et moi sortîmes au bazar avec dame Eléga. Vous le savez. Là, nous vîmes un bonimenteur que Térisa reconnut pour être le Prince Kragen déguisé. Grâce à un pur hasard, elle vit ensuite le bonimenteur et Nyle ensemble... sortir de derrière une tente comme s'ils y avaient tenu une conversation secrète. C'était avant que Gart ne l'attaque.

» Je décidai alors que le plus sage était de faire surveiller Nyle, aussi priai-je le Tor de dégager Argus et Ribuld de leurs obligations pour les mettre sur les traces de Nyle.

Un tic nerveux crispa la joue de Lebbick.

— C'est aussi simple que cela, poursuivit-il avec une force qui le faisait l'égal du Gouverneur en courage et détermination. Elle ne complote avec personne. Si elle s'était elle-même servie de pigeons voyageurs, il eût été stupide de sa part de nous faire savoir qu'elle connaissait leur utilité.

Térisa garda la tête droite et ne souffla mot.

— Très intéressant, enfant, commenta Lebbick d'une voix tranchante comme le fil d'une dague. Elle vous a dit ce qu'elle avait vu et vous avez décidé d'agir en conséquence. Mais vous oubliez que je suis le Gouverneur d'Orison. Ma tâche est de défendre le Roi contre tous ses ennemis. Si le moindre danger se profile dans le Demesne ou dans Orison, je dois en être averti. Pourquoi ne m'avez-vous rien dit ? s'écria-t-il.

— Parce que, bon Gouverneur, intervint une voix familière, vous êtes porté aux excès.

Térisa tourna un regard surpris vers le Tor qui se tenait sur le seuil de la salle des gardes.

Il arborait une humeur affable — un peu incertain sur ses jambes, certes, mais tout empli de bonne volonté. Il entra avec un large sourire qui ne faisait que rehausser la rondeur de ses bajoues. Sa démarche donnait à penser qu'il avait imbibé de vin le moindre de ses plis et replis avant de s'aventurer hors de la suite royale.

— Seigneur Tor, marmonna Lebbick sans se lever. Votre venue me surprend fort. Par un jour comme celui-ci, ceux qui n'ont rien de mieux à faire devraient se plaire à garder la chambre.

— Rien de plus vrai, répliqua aimablement le Seigneur. Et je suis bien chagrin que les dernières nouvelles de cette forteresse soient venues me chatouiller les oreilles. Je m'assoupissais mais la rumeur criarde me harcela de plus belle. J'ai même cru que le Roi Joyse s'en émouvrait !

» Las ! Notre souverain n'a pas paru prendre intérêt aux graves événements de ce jour. Voilà que le fardeau retombe sur les épaules de son chancelier.

Il se plia vers le banc le plus proche et s'y assit avec un profond soupir. La planche mise à rude épreuve gémit sous son poids.

— Voilà bien de la diligence de votre part, Seigneur Tor, rétorqua Lebbick. Au demeurant, tout à fait inutile. Je suis capable de faire face seul aux « graves événements du jour ».

— Certainement, vous l'êtes, admit le Tor, imperméable à tout sarcasme et à tout argument. Vous connaissez la guerre et les sièges comme d'autres connaissent leurs épouses. Je ne doute pas que vous ferez tout ce qui doit être fait pour accueillir le Monarque d'Alend. Quoi qu'il en soit, digne et bon Gouverneur, poursuivit-il avec sa gentillesse inouïe, je remarque que si vous n'en aviez pas été averti à l'instant, vous ignoreriez encore l'approche de Margonal. Comme je le disais, vous êtes un homme d'excès.

— En quoi, Seigneur Tor ? fit Lebbick, le regard flamboyant.

Le Tor croisa ses mains dodues sur son ventre non moins rebondi.

— Supposons que le jeune Géraden soit venu vous trouver pour vous faire part des soupçons qu'il nourrissait à l'endroit de son frère... qu'auriez-vous fait ? Vous auriez emprisonné Nyle, bien sûr. Alors, au lieu de le suivre à son rendez-vous et de surprendre ainsi les plans du Prince et d'Alend, vous auriez tenté de lui arracher ces révélations par la persuasion, sinon la force. Et s'il avait résisté à la persuasion comme à la force...

» Ou supposez encore que le jeune Géraden vous ait exposé ses *raisons* de douter de son frère. Supposez qu'il vous ait appris ce qui avait mené dame Térisa à soupçonner une alliance entre la fille du Roi, Eléga, et le Prince Kragen... poursuivit le Tor d'un air soudain moins bonhomme. Supposez qu'il vous ait révélé que les gardes Argus et Ribuld surveillaient Eléga... que c'était grâce à cette surveillance qu'ils avaient pu intervenir pour sauver la vie d'Artagel quand le Bras-Vif du Haut Roi attaqua dame Térisa... Supposez qu'il vous ait confié que dame Térisa avait rendus vains les efforts d'Eléga pour la gagner à la cause du Prince — et qu'alors, mise en garde par ce rejet, dame Eléga avait redoublé de prudence, rendant inutile la surveillance d'Argus et de Ribuld... Qu'auriez-vous fait alors, bon Gouverneur ?

Il n'était plus le vieil obèse assoiffé mais le Seigneur du Fief de Tor, le premier allié du Roi Joyse dans sa longue campagne pour unifier Mordant.

— Auriez-vous porté accusation contre dame Eléga ? L'auriez-vous fait arrêter pour l'accuser publiquement, devant son père, de trahison ?

Le Gouverneur était cramoisi.

— J'ai déjà donné des ordres en ce sens, répondit-il, les dents serrées.

Le Tor parut vouloir se lever, ou hurler. Au lieu de cela, il eut un sourire triste, doux.

— Ah oui. Et quel fut le résultat ?

— Nous ne la trouvons pas.

— Pour cause ! Elle se cache. Elle s'est suffisamment vantée, bon Gouverneur, de connaître assez les secrets d'Orison pour pouvoir rester cachée fort longtemps. Voilà ainsi gaspillée l'opportunité d'apprendre ses intentions — comme les intentions du Prince Kragen, qui prétend être en mesure de livrer Orison au Monarque d'Alend sans même avoir à l'assiéger.

» Bon Gouverneur, vous avez plus besoin de moi que vous ne le croyez.

Géraden faillit applaudir à cette démonstration.

Lebbick, le visage clos, parcourut la salle des yeux, comme s'il réfléchissait au moyen de se débarrasser du Tor.

— Géraden, dame Térisa, dit-il enfin, vous ne nous avez pas dit où vous aviez rencontré ces créatures d'Imagerie. Non plus comment vous aviez capturé Nyle. Il est votre frère, il vous connaît. Je doute qu'il vous ait laissé l'approcher et lui sauter simplement dessus. Vous avez été prolixe en récits auprès du Tor. Pourquoi ne pas lui narrer cette histoire-là ?

— Des créatures d'Imagerie ? fit le Seigneur avec un sourire charmé. Oui, oui, jeune Géraden. Racontez-nous.

L'Aspirant acquiesça.

Térisa se surprit à avoir trop chaud et écarta un peu son manteau de ses épaules.

— J'avais l'esprit plutôt confus, admit Géraden. Nyle n'était pas le véritable danger. J'aurais dû le laisser aller et m'attacher aux pas du Prince Kragen. Mais l'idée ne m'en a pas traversé l'esprit. Arrêter Nyle était tellement important... expliqua-t-il comme s'il quêtait la compréhension de ses auditeurs. Il est mon frère. Je ne pouvais le laisser devenir un traître.

Le Tor hocha la tête en un assentiment distrait. Son attention voguait apparemment vers d'autres eaux.

— Il était un peu tard pour cela, non ? marmonna Lebbick.

Géraden s'empourpra mais se refusa à réagir.

— J'ai encore échoué cette fois-là. Il partit, et nous nous sommes trouvés attaqués sans même nos chevaux pour espérer fuir. Les « créatures d'Imagerie » arrivèrent par l'est, mais cela aurait aussi bien pu être à cause des accidents du terrain. Je crus qu'elles en avaient après dame Térisa, et je ne me préparai pas à les voir fondre sur moi.

— Sur *vous* ! s'exclama Lebbick. Elles vous en voulaient à *vous* ?

Jusqu'alors, Térisa avait oublié que le Gouverneur ignorait probablement tout du récent attentat contre la vie de Géraden, lorsqu'il avait été sauvé par l'Adepte Havelock.

— C'est ce qu'il sembla, poursuivit Géraden en s'efforçant de conserver un ton neutre. Nous nous séparâmes. Elles ignorèrent dame Térisa et se ruèrent toutes trois sur moi.

Bien qu'il affectât une écoute lointaine, le Tor affichait une expression béate, comme si on lui portait d'excellentes nouvelles.

— Jeune Géraden, vous êtes un émerveillement incessant. Je vous ai déjà dit — vous l'ai-je dit ? — que vous vous sous-estimiez. Même dame Térisa de Morgan n'a pas de tels ennemis.

— Oh, oui, renchérit Lebbick d'un air de doute. Tout cela est d'autant plus plausible que vous avez survécu ! Vous étiez seul contre trois créatures. Que s'est-il passé, ont-elles eu un accident ?

— J'ai frappé leurs chevaux avec un bâton, fit prudemment Géraden. Deux furent désarçonnées. L'une fut tuée. L'autre est votre prisonnière.

— Non, souffla Térisa.

— Et la troisième ? s'enquit Lebbick.

— Nyle en vint à bout. Il les avait vues arriver vers nous, aussi revint-il sur ses pas. Térisa et moi serions morts sans son intervention. Tandis qu'il nous secourait, je l'ai assommé. Avec une branche. Voilà comment j'ai eu raison de lui.

— Non, répéta Térisa.

Elle ne pouvait retenir cette négation. Tout lui revenait, vivace comme un rêve devant ses yeux.

— Il se battait pour sa vie, murmura-t-elle. Je devais l'aider, n'est-ce pas ? Je ne puis passer toute mon existence assise à me demander quand je vais m'évaporer. Je ne peux pas. C'est pire que de mal agir, non ?

» Il en désarçonna deux. Il assomma l'une. La deuxième vint vers lui en brandissant son épée. Je devais l'aider. Je l'ai tuée... avec une sorte de gourdin. Je l'ai frappée par-derrière et lui ai brisé le crâne.

Elle frissonnait, comme si le froid l'avait reprise. En vérité, elle étouffait dans son manteau. Une petite tache de fourrure rouge était devenue toute mouillée et puis le sang avait jailli.

— Alors, Nyle arriva, Géraden n'a tué personne.

Elle retomba dans le silence.

Les hommes la dévisageaient.

— Chère dame Térisa, fit gentiment le Tor au bout d'un moment. Bien sûr, vous deviez l'aider. Vous ne vous seriez pas pardonné de ne pas intervenir. Et vous deux seriez peut-être morts à l'heure actuelle.

— Les femmes, gronda Lebbick en se détournant, le visage empreint d'amertume. Toujours les femmes. C'est indécent. Si j'avais été sauvé par une femme, je me supprimerais. Mais les chevaux ! s'exclama-t-il soudain. Voilà où le bât blesse. Les selles et les *harnais*, Seigneur Tor. Géraden, parlez-lui des montures et de leur *harnais*.

— Nos attaquants étaient d'évidence des créatures d'Imagerie, fit le jeune homme, incertain. Mais leurs chevaux me parurent normaux. Je n'ai rien remarqué d'autre.

— *Normaux !* s'écria Lebbick en bondissant sur ses pieds. Soit ils les avaient volés, soit ils ont été équipés par leurs translateurs. Équipés et dressés.

» Oui, Seigneur Tor, poursuivit le Gouverneur en dardant son regard brûlant sur le chancelier. Les chevaux étaient normaux, en effet. Leurs selles ne venaient pas de Cadwal — en Cadwal, ils utilisent des étriers à picots — mais elles auraient pu venir de n'importe où dans Mordant ou Alend.

— Et le harnais ? demanda obligeamment le Tor.

— Le harnais... répéta Lebbick en serrant les poings de rage. Le harnais comprend une forme de muserolle que vous ne verrez nulle part ni en Cadwal, ni en Alend, ni à Mordant... nulle part ailleurs que dans le Fief de Tor. Seul votre peuple l'utilise, Seigneur Tor, conclut-il, les yeux étincelants.

Le Tor l'observa comme s'il avait devant lui quelque curieux spécimen.

— Sans doute jugerez-vous que c'est là encore un de mes nombreux *excès*.

Térisa mit un moment avant de comprendre de quoi il retournait. Le Tor ? Ligué avec Vagel contre Géraden, contre le Roi Joyse, contre Mordant ? Ses jambes affaiblies ne la portaient plus. Aller à cheval n'était pas facile. Elle s'approcha du premier banc et s'y laissa tomber, à côté du Tor.

Géraden restait abasourdi.

— Vous ne pouvez pas avancer cela, protesta-t-il. Savez-vous seulement ce que vous dites ?

Le sourire du Gouverneur fut terrible.

— Oh, je suis certain que notre bon Gouverneur sait pertinemment ce qu'il avance, fit le Tor qui avait repris son aspect rond et lisse, imperméable à l'affront. L'un des problèmes majeurs de Mordant a toujours été ces viles attaques d'Imagerie qui fondent sur nous d'une source inconnue. Mon fils fut tué par un ennemi que pouvait indifféremment abriter Alend ou Cadwal — ou Mordant.

— Si votre fils fut réellement tué, l'interrompit le Gouverneur. Je n'en ai que votre parole pour assurance — et celle de vos hommes. Le corps que vous nous avez montré peut être celui de n'importe qui.

Géraden pâlit sous l'insulte faite au Seigneur. Le Tor demeura impassible.

— À présent nous avons fait un grand pas, fit-il. Nous savons où chercher.

— Dans le Fief de Tor, articula Lebbick d'un ton implacable. Dans votre domaine, mon Seigneur.

Le vieil homme s'octroya une furtive lueur coléreuse au fond des yeux.

— Étonnant, n'est-ce pas ?

— Indiscutable, conclut Lebbick avec plaisir.

— Malheureusement, reprit le Tor, toute colère envolée, une recherche est impossible à présent. Nous avons d'autres préoccupations. S'il vous plaît, dites-moi vos intentions pour préparer Orison à un siège. Il m'est arrivé aux oreilles que le Prince Kragen met une grande confiance dans la capacité du Monarque d'Alend à nous soumettre sans difficulté. Cela paraît absurde au premier abord — et cependant je doute que le Prince Kragen donne sa foi à quelque chose d'absurde. Dommage que nous ne puissions questionner — ou observer — dame Eléga. Enfin, c'est sans espoir maintenant. Nous devons être prêts très vite, bon Gouverneur.

— Je serai prêt, répliqua le Gouverneur Lebbick.

D'après mes estimations, nous avons encore quelques jours devant nous, mais j'ai envoyé des éclaireurs pour m'en assurer. Le fait que l'Armigite soit un traître offre néanmoins un avantage.

Au fur et à mesure qu'il parlait, il retrouvait inconsciemment le ton du vieux soldat qui fait son rapport.

— Nous pouvons supposer que Margonal empruntera les voies principales pour traverser l'Armigite, la route la plus praticable et la plus rapide pour lui. Aussi nous sera-t-il aisé de localiser son armée.

» J'ai également envoyé des messagers dans les Fiefs susceptibles de nous aider. Le Fayle. Le Perdon. Le Seigneur du Perdon n'ouïra point les propositions de votre cher frère, ajouta-t-il à l'adresse de Géraden. J'ai envoyé des hommes au Termigan mais il se trouve trop loin pour nous être de quelque secours.

» Je n'ai pas encore eu le temps de parler au Congrégat mais je le ferai bientôt. Peut-être saurai-je raviver quelque bon sens chez les Imageurs.

Apparemment, les Maîtres n'avaient encore fait savoir à personne leur intention de dissoudre le Congrégat.

— J'ai également fait revenir à Orison mes troupes en garnison à l'extérieur. La plupart des détachements qui traquaient le *champion* du Congrégat sont rentrés. Mes seuls hommes dehors en ce moment sont ceux qui, je l'espère, retrouveront le Prince Kragen avant qu'il ne rejoigne son père, et ceux qui remontent la piste des créatures. Toutes mes forces seront concentrées et organisées ici avant la prochaine aube.

Le Tor acquiesça d'un hochement de tête.

— Nous sommes à la fin de l'hiver, poursuivit Lebbick, et nos réserves sont maigres. C'est un problème.

Mais il se trouve bon nombre de commerçants et de villages que nous pouvons réquisitionner pour le ravitaillement. Cela ne leur causera nul préjudice : à l'imminence d'une guerre tous viendront chercher refuge à Orison, aussi verseront-ils volontiers l'écot de leur sécurité. Si Margonal nous laisse trois jours, nous serons aussi bien approvisionnés que possible.

» Cependant, l'écueil majeur est cette brèche dans le mur.

Le Tor acquiesça une nouvelle fois, mais ses paupières s'étaient fermées, comme s'il était sur le point de s'endormir.

— Sans cela, fit durement Lebbick, Orison tiendrait contre n'importe qui. Bien avant que nos réserves s'épuisent, un Seigneur au moins viendrait à notre secours. Or cette brèche change tout. Tous les maçons que j'ai pu trouver travaillent à la combler. Le trou sera bouché mais sans réelle efficacité. Margonal l'abattra facilement.

» Est-ce que je vous ennuie, Seigneur Tor ?

— Du tout, bon Gouverneur, fit le Tor en rouvrant un œil. Mon esprit se repose pour tenter d'imaginer ce qui donne pareille confiance au Prince Kragen.

À l'évocation du champion, Térisa avait désiré poser une question ; elle recouvrait toute sa présence d'esprit et son attention. Mais elle n'eut pas le loisir de parler.

— Jeune Géraden, reprit le Tor, sauriez-vous vous remémorer exactement les paroles de Nyle et du Prince ?

— À peu près. Le Prince Kragen s'inquiétait d'Eléga. Nyle lui parla de votre entretien avec elle. Cela prouve qu'elle se savait soupçonnée, et aussi qu'elle avait été en rapport avec Nyle avant son départ ce matin. Puis il ajouta qu'elle lui avait assuré que vous ne pourriez faire obstacle à la tâche qu'il lui revenait d'accomplir.

Le Gouverneur Lebbick émit un grognement. Le Tor haussa un sourcil.

— Nyle avait peine à croire cela. Mais... attendez que je me souvienne bien... pria Géraden en contemplant le plafond. Le Prince a dit : « Je déplore qu'elle soit en danger. Elle m'a assuré maintes fois que sa tâche était sans risque. Nous devons croire qu'elle réussira. »

— Rien d'autre ? interrogea le Gouverneur.

— Nyle n'était toujours pas convaincu. Mais le Prince ajouta : « La sécurité de dame Eléga et le succès de l'entreprise dépendent du secret. » Il se montrait très prudent. Je ne suis pas certain que Nyle se soit inquiété du nombre de ses questions demeurées sans réponse.

— Pauvre Nyle, railla le Gouverneur.

— Infortuné, ajouta le Tor, songeur. Que peut une femme cachée dans Orison pour assurer le succès — le succès *immédiat* — du siège par le Monarque d'Alend ? J'avoue que je suis dérouté. J'ai besoin de vin.

Avec effort, il se leva du banc qui retrouva son horizontalité.

— Bon Gouverneur, je suggère que vous interrogiez vos prisonniers. Mais tâchez de ne pas leur faire de mal. Réellement, vous devez refréner vos tendances excessives. Je pense que Nyle sera plus sensible à la persuasion qu'à la force. Peut-être parlera-t-il franchement si l'on s'arrange pour lui faire croire que dame Eléga a été prise — que le seul moyen pour lui de lui épargner des peines est de nous révéler tout ce qu'il sait. Quant à la créature d'Imagerie, je doute qu'elle nous soit d'une grande aide.

— Merci pour ce conseil, Seigneur Tor, fit Lebbick d'un ton narquois. Interroger les prisonniers, je n'y aurais jamais pensé. À quelle activité vous livrerez-vous de votre côté en attendant l'issue de mes interrogatoires ?

L'allusion à l'ivrognerie du vieil homme était claire.

Le Tor soupira. Un instant, les plis de son gros visage exprimèrent le chagrin.

— Bon Gouverneur, je vous accorde plus de confiance que vous ne le croyez. Je suis certain que vous faites tout ce qui est en votre pouvoir. Mais cela ne peut me satisfaire. Je vais tenter une fois encore d'intéresser le Roi Joyse à la destinée de son royaume.

Sur ces mots, il quitta la salle des gardes.

Aussitôt, Lebbick posa un regard dur sur les deux jeunes gens.

— *Merveilleux.* Je suis aux prises avec ces problèmes depuis des années, et voilà qu'un vieil homme obèse croit pouvoir les résoudre en hurlant à la porte du Roi !

À présent, il allait fondre sur eux, ne put s'empêcher de redouter Térisa.

Elle se trompait : le Gouverneur Lebbick avait davantage d'imagination. Il savoura à l'avance la malice de ce qu'il allait dire.

— Vous ne m'avez toujours pas dit ce que je voulais savoir. Mais je ne tiens pas à être accusé d'*excès.*

Et tout porte à croire que vous ne quitterez plus Orison avant longtemps. Vous aurez tout le loisir de vous convaincre mutuellement de me dire la vérité.

» D'ici là, je vous demanderai de m'aider à interroger les prisonniers. Cela vous plaira.

Géraden et Térisa se regardèrent avec alarme. Le froid se ressaisit de Térisa. *M'aider à interroger...* le Gouverneur espérait-il réellement se servir de Géraden contre son frère ? Après ce qu'il avait déjà fait ?

Mue par la certitude que le jeune homme avait besoin de son secours, Térisa se dressa devant Lebbick pour tenter de faire diversion.

— Vous faites rechercher Eléga, déclara-t-elle d'une voix tremblante. Pensez-vous qu'il y ait une chance de la trouver ?

Le Gouverneur parut démonté un instant, et répondit comme s'il y était contraint.

— Tout dépend du nombre de passages secrets qu'elle connaît. Je ne puis mobiliser suffisamment d'hommes pour les explorer tous à la fois.

Elle s'était attendue à cette réponse, qui d'ailleurs n'avait aucune importance. Seule la question suivante lui importait :

— Je comprends, fit-elle. Est-il vrai que vos hommes n'ont pas retrouvé le champion ?

Est-il vrai que vos hommes n'ont pas retrouvé Myste ?

— Ces fientes d'Imageurs ! Non, mes hommes n'ont pas retrouvé le *champion* ! Et cela n'a aucun sens. Il doit avoir laissé une piste. Il a besoin de manger, n'est-ce pas ? Il a dû rôder autour des villages pour trouver de la nourriture. Un fermier ou un éleveur n'oublient pas qu'on les a volés. Même s'il allait droit sur Cadwal, nous aurions dû pouvoir le suivre jusqu'à la frontière. Or mes hommes n'ont pas même entendu parler de son passage.

» Soit il gît mort sous une congère, soit Gilbur et Vagel l'ont retranslaté en un lieu sûr. Ou alors, il a des ailes et s'est envolé. Vous voulez peut-être me le dire ?

» Autant pour le chat de feu... Disparu ! Reparti sans doute là d'où il était venu.

Et Myste ? Qu'était-il advenu de Myste ?

Si l'homme pour lequel elle avait risqué sa vie avait disparu, où était-elle ?

— Gouverneur, fit Géraden à qui Térisa avait donné le temps de se ressaisir, si vous avez l'intention de mentir à Nyle au sujet d'Eléga, ma présence vous nuiera. Il me connaît trop et lira la vérité sur mon visage. Je ne saurai dissimuler.

Lebbick regarda l'Aspirant. Et pour la seconde fois, une étrange métamorphose s'opéra sur ses traits. Géraden avait touché une fibre secrète, sensible en lui.

— Je n'ai pas l'intention de mentir à qui que ce soit, répondit-il sans colère aucune. Je ne mens jamais.

— Pardonnez-moi, murmura Géraden, ébahi par ce changement. Je le sais. Mon esprit est un peu confus.

— Votre présence ne ferait aucune différence, reprit Lebbick d'un ton encore rude mais uniquement parce que sa voix ne savait plus exprimer la gentillesse. Qu'importe que le Tor vous croie important, vous n'êtes pas cause de tout ce gâchis. Le Prince Kragen n'a raconté que foutaises à votre frère. Je connais Margonal. Il ne se sera pas converti soudain à la bienveillance et à la paix. Il prévoyait d'envahir Mordant bien avant d'apprendre le résultat de l'ambassade de son fils auprès du Roi Joyse. Venez.

Écartant d'un geste les excuses de Géraden, et encore tout empreint de son étrange vulnérabilité, il se dirigea vers la porte.

La salle des gardes à l'entrée des cachots n'avait pas changé depuis la précédente visite de Térisa quand, accompagnée d'Artagel, elle était allée voir Maître Erémis. En dépit de son allure de taverne de bas étage, les préparatifs pour la défense y étaient évidents.

Le souvenir de Maître Erémis serra le cœur de la jeune femme. Il avait quitté Orison sans venir la trouver, sans tenir sa promesse. Un douloureux spasme de désir la traversa.

Si la salle n'avait pas changé, les hommes n'étaient pas les mêmes. Ils se montraient plus disciplinés, plus dispos aussi : ils furent tous debout quand le Gouverneur Lebbick s'annonça.

Celui-ci salua leur capitaine et passa devant les hommes sans un mot.

Géraden adressa un sourire amical aux gardes tandis que Térisa et lui suivaient le Gouverneur. Un ou deux soldats lui firent un signe de compassion, prouvant qu'ils savaient de quoi il retournait.

L'air des cachots était toujours aussi humide et âcre, à cause de la paille au sol à moitié décomposée et du souvenir des tortures, comme si le sang anciennement versé maculait les murailles pour s'y mêler à l'humidité suintante. Les rares lanternes semblaient susciter plus d'ombre que de lumière, et le couloir paraissait mener au plus noir de l'âme d'Orison. Le Gouverneur prit un virage, un second, et arriva aux cellules.

Devant eux, Térisa vit venir deux gardes, l'un derrière l'autre, comme s'ils portaient une lourde charge.

Une civière, comprit-elle un instant plus tard.

La panique se peignit sur le visage de Géraden.

S'agissait-il de Nyle ?

Cependant, alors que le Gouverneur Lebbick se rangeait sur un côté du couloir et que les gardes passaient de l'autre, Térisa vit que ce n'était pas Nyle.

— Artagel ! s'exclama Géraden, soulagé et consterné tout à la fois. Tu devrais être au lit.

Les gardes s'arrêtèrent et Artagel se redressa sur un coude.

— Que faites-vous ici ? gronda le Gouverneur. J'ai déjà perdu un homme aujourd'hui, et avec lui notre meilleure chance de mettre la main sur ce pourceau de fils de Margonal. Je ne tiens pas, en plus du reste, à ce que vos blessures se rouvrent et vous saignent à mort.

— Comment te sens-tu ? questionna Géraden.

Et il eut soudain tant à dire que tout se précipita sur ses lèvres.

— Je n'avais pas d'autre moyen de l'arrêter. Je n'ai pu lui faire entendre raison. Il nous a sauvés. Il aurait pu nous laisser tuer, il ne l'a pas fait. J'en suis malade, je l'ai frappé...

De tout son être, il quêtait le pardon d'Artagel. Mais celui-ci ne le regardait pas.

— Il est mon frère, fit-il d'une voix rauque à l'adresse de Lebbick. Je devais le voir.

La fièvre apparemment l'avait repris ; sa bouche avait perdu son pli d'humour et ses yeux brillaient comme des cailloux polis. L'un des gardes commença de faiblir sous le poids de la civière.

— Nous avons été obligés de lui obéir, Gouverneur. Sinon, il serait venu ici à pied.

— Que vous a-t-il dit ? s'enquit Lebbick en ignorant le soldat.

Avec une force surprenante, Artagel se redressa, saisit la ceinture de Lebbick pour l'approcher de lui.

— Il m'a dit la vérité. Tout est arrivé parce qu'il aime cette femme folle. Et parce qu'il pense qu'il agit bien. Quelqu'un doit sauver Mordant. Il croit que Margonal est notre seule chance.

Il ne souriait pas comme lorsqu'il était pris de colère ; à dire vrai, il était proche du désespoir.

— Elle lui a parlé de tout, excepté du rôle qu'elle devait jouer dans le plan de Kragen. Il ne sait ni où elle se trouve ni ce qu'elle s'apprête à faire.

— Espérez-vous que je vais croire cela ? s'écria Lebbick.

Artagel soutint le regard furieux du Gouverneur ; lentement, il le lâcha et se laissa aller sur la civière.

— Je me moque que vous me croyiez ou non. Je me moque même que vous le torturiez. Il est fils du Domne. Quoi que vous fassiez, mon père en mourra.

Géraden porta la main à sa bouche pour réprimer les folles paroles qui lui venaient. Le Gouverneur se redressa ; nulle compassion ne venait atténuer la dureté de ses traits.

— Très bien, fit-il néanmoins. Je m'efforcerai de le croire un moment et nous verrons ce qui adviendra.

Pour la première fois, Artagel tourna le visage vers Géraden, visage que la lumière avare emplissait d'ombres.

Géraden tressaillit. Jamais Térisa ne lui avait vu un air aussi enfantin, la triste mine d'un enfant qui a offensé un être cher et qui ne sait que faire. À défaut de pardon, il avait besoin de la compréhension de son frère.

Il ne l'obtint pas.

— Tu es le plus intelligent de la famille, lui dit Artagel de sa voix altérée et sèche. Trouve cette femme et empêche-la de nuire. Si tu échoues — et si elle nous trahit — je jure que les soldats de Margonal n'entreront pas ici, moi vivant, et même si l'on m'ordonne de me rendre.

Une douloureuse expression déforma les traits de Géraden.

— Oh, emmenez-le d'ici, grogna Lebbick. Remettez-le dans son lit. Attachez-le si besoin est. Et appelez le médecin. Cette atmosphère l'a rendu fou. Pour l'heure, il ne pourrait pas même combattre une infirme enceinte.

Les gardes obéirent immédiatement et emmenèrent le blessé. Térisa posa la main sur le bras de Géraden, sentit ses muscles noués et tendus. Sans la présence du Gouverneur, elle l'aurait enlacé.

— Géraden, il n'a pas voulu vous blâmer. Il a la fièvre.

Le jeune homme darda sur elle des yeux voilés mais ne lui répondit pas.

— Reste le monstre qui nous a attaqués, dit-il au Gouverneur d'une voix blanche. Qu'espérez-vous apprendre de lui ?

— Cela dépend. Vous qui étudiez l'Imagerie, vous allez me le dire : y a-t-il une chance qu'il parle une langue compréhensible ?

Géraden avait déjà abordé ce sujet avec Térisa ; il ne se livra pas cette fois à un exposé.

— Allons voir.

Comme ils repartaient, une ombre les dépassa, se précipitant vers les cellules.

— Personne ne me dit rien, murmura l'homme au passage.

Térisa reconnut aussitôt l'Adepte Havelock. Le Gouverneur avait déjà porté la main à son épée ; il la rengaina et s'élança derrière le vieux fou. Géraden suivait. Térisa les imita.

— Ne lui posez pas de questions, surtout ! cria-t-elle, voyant qu'elle ne les rattraperait pas à temps.

Lebbick fit brusquement volte-face ; Géraden se heurta à lui et alla rebondir contre les barreaux d'une cellule ; le Gouverneur avait déjà saisi Térisa au col.

— *Ne lui posez pas de questions ?*

— Oui, les questions le rendent encore plus fou, expliqua-t-elle, terrifiée par l'expression de Lebbick, par son souffle court, sec et bruyant. Il a peut-être quelque chose à nous dire, mais il se taira si nous le questionnons.

— Comment savez-vous cela, ma dame ?

— Il me l'a dit.

— Il vous l'a *dit* ?

— Il me l'a dit, répéta-t-elle pour ne pas s'aventurer sur des chemins qui l'auraient poussée à révéler ce qu'elle préférait taire. Je suppose qu'il voulait me parler. Mais je n'ai pas compris alors. Quand j'ai désobéi, il a failli avoir une crise.

Le Gouverneur resserra son étreinte. Ses yeux semblaient emplis de folie. Pourtant, un instant plus tard, il lâcha sa victime et repartit derrière l'Adepte.

Géraden l'avait déjà rattrapé. Ils se tenaient tous deux devant une cellule dans le halo chiche d'une lanterne.

Un grognement résonna dans le couloir. Quatre bras velus armés de griffes au bout des doigts jaillirent d'entre les barreaux pour agripper Géraden. Il s'esquiva à temps.

Avec véhémence, l'Adepte Havelock glissa deux doigts dans ses narines et agita les autres vers la créature, tel un enfant qui s'entraînerait à se rendre le plus affreux possible.

Le Gouverneur le saisit par le col de son manteau et le tira loin des barreaux. Quand Térisa rejoignit les trois hommes, le monstre était cramponné de ses quatre bras à la grille, le torse bombé, ses énormes favoris autour des yeux brandis tels des armes — empoisonnés ? se demanda Térisa. Malgré leur bizarrerie, ses traits exprimaient une violence inouïe.

Ramenée à la réalité par l'étrangeté de la créature et l'apparition inattendue de l'Adepte, elle décida d'essayer d'engager la conversation avec Havelock.

— Le temps tourne au grand froid aujourd'hui, fit-elle calmement.

L'Adepte ne la regarda pas. Il continuait à esquisser d'autres grimaces.

— J'ai entendu parler de ces créatures, dit-il, mais je n'en avais jamais vu.

Le Gouverneur était prêt à exploser. Géraden lui tapa légèrement la poitrine pour qu'il se taise. Térisa s'humecta les lèvres avant de poursuivre.

— Nous sommes sortis à cheval ce matin. J'ai failli mourir de froid.

Havelock expérimentait un autre visage monstrueux, sans grand effet sur la créature.

— Deux Imageurs de Vagel en avaient parlé, murmura-t-il. Pas Vagel lui-même. Mais il s'y intéressait. Elles n'avaient qu'un but, ne se livraient qu'à une seule activité : tuer. Et elles semblaient capables de trouver leur proie sans même la voir. Elles se déplaçaient en troupes. Mais elles possédaient une intelligence indéniable. Elles avaient des animaux domestiques dont elles se servaient pour monture. Vagel en voulait une armée entière.

Avide qu'il continue, Térisa prononça les premiers mots qui lui traversèrent l'esprit :

— Nous suivions Nyle, le frère de Géraden. Il a rencontré le Prince Kragen.

Géraden frémit.

— Fort bien, répliqua Havelock comme s'il acquiesçait. Festten s'interposa, poursuivit-il, les pouces dans les oreilles et les index tirant sur ses yeux. Si Vagel constituait sa propre armée, il n'aurait plus besoin du Haut Roi. Festten trouva le moyen d'interrompre la recherche avant que les deux Imageurs aient achevé leur tâche. L'un d'eux disparut. Je pense qu'il fut tué.

Térisa fit de son mieux pour rassembler ses pensées. Cela lui était difficile. Elle avait tué...

Qui étaient les deux Imageurs en question ? Qu'est-ce qui les avait empêchés de translater l'armée de monstres que réclamait l'ArchI-Mage ? Le langage ?

Signifiant discrètement ses excuses à l'Aspirant, elle poursuivit :

— Nous avons tenté d'arrêter Nyle. C'est alors qu'elles nous ont attaqués. Elles étaient après Géraden. Non après moi.

L'Adepte laissa échapper un rire suraigu. La lampe rendait ses yeux tout blancs, pareils à des yeux d'aveugle.

De sa manche, il tira le petit miroir grand comme la paume dont Térisa l'avait vu se servir à deux reprises.

Elle se tut, bouche bée, en le regardant murmurer au verre des paroles incompréhensibles, passer plusieurs fois la main dessus. Puis une sombre intuition l'avertit et elle se jeta en avant pour lui saisir le poignet.

Elle le manqua. Havelock s'était déjà retourné.

Indifférent à ceux qui l'entouraient, il dirigea son miroir vers la créature et un rayon lumineux terrible, brûlant, l'enflamma comme si elle n'avait été qu'un fagot de bois mort.

Dans un hurlement inarticulé, le Gouverneur écarta l'Adepte de la grille. Le rayon lumineux s'éteignit quand le vieux fou heurta le mur et se laissa aller à terre.

Le monstre flambait comme une torche. Sans un son, sans un cri ; sans se recroqueviller ni agiter les bras ni lâcher sa prise sur les barreaux. Lentement, lentement, il glissa le long de la grille.

Comme si tout se déroulait au ralenti, Térisa sentit la chaleur suffocante en même temps qu'une puanteur de chair et de poils brûlés qui emplit l'atmosphère.

Incapable de contrôler sa réaction, elle se recroquevilla vers le sol, où l'air était plus frais. Mais le parfum âcre de la paille pourrie lui fut aussi insupportable. L'Adepte Havelock s'approchait à quatre pattes pour regarder la créature. Quand il vit que la jeune femme l'observait, il lui adressa un clin d'œil complice.

Alors l'obscurité se fit en elle, la submergea, et elle défaillit comme si elle s'effaçait de l'intérieur.

5

Le désastre se précise

Elle eut l'impression d'être partie depuis fort longtemps.

Elle se souvenait d'un homme penché sur elle. Mais qui était-il ? Maître Erémis ? Cette hypothèse lui fit courir un frisson jusqu'au creux du ventre. Elle ne voulait pas être inconsciente. S'il devait la toucher, elle ne voulait rien en perdre.

Non, la silhouette était plutôt celle d'une femme. Peu à peu, elle prit conscience de n'être pas couchée sur le sol des cachots. D'abord, elle avait chaud, bien chaud, et la couche était douce à son dos, non raide et froide comme une dalle. Des couvertures...

Avec effort, elle souleva les paupières.

Au-dessus d'elle, elle reconnut le dais familier de son lit, décoré de plumes de paons.

Saddith croisa son regard voilé et appela doucement :

— Géraden, je crois qu'elle s'éveille.

Alors, Géraden s'approcha de son chevet. Il avait les traits creusés, las, soucieux, mais il sourit quand il vit Térisa, comme si elle avait don de recolorer pour lui le monde.

— Merci aux étoiles, murmura-t-il d'une voix rauque. Je suis heureux de vous voir de nouveau consciente.

Elle toussa ; sa gorge lui semblait bouchée avec du coton poisseux.

— Depuis combien de temps suis-je... ?

— Suffisamment longtemps.

— Ma dame, fit Saddith avec un rire léger, l'Aspirant se mourait d'inquiétude. Vous avez pris un repos plus que mérité. Après un bon repas et un bain, vous rirez de ses alarmes.

L'odeur âcre des cachots était encore violente à ses narines. Prise dans ses cheveux sans doute et... elle était tout habillée sous les couvertures. Elle les repoussa, laissa Saddith et Géraden l'aider à s'asseoir. Un beau feu crépitait dans la cheminée, et la créature avait brûlé...

— Que s'est-il passé ?

— Pas grand-chose, lui répondit Géraden. Vous vous êtes évanouie. L'Adepte Havelock est parti. Le Gouverneur a hurlé contre toût le monde. Un médecin et moi vous avons portée ici. Il affirmait que vous alliez bien mais je ne le croyais pas. Saddith m'a raconté sa vie, ajouta-t-il en détournant les yeux, afin de m'empêcher de crier tandis que vous dormiez.

— Pourquoi... ?

Térisa passa la main dans ses cheveux et l'odeur nauséabonde se fit plus forte. Il fallait cependant qu'elle respire profondément pour que cesse le martèlement sous son crâne.

— Pourquoi l'Adepte a-t-il tué ce pauvre... ?

— Il est fou, fit durement Géraden. Rien de ce qu'il fait n'a de sens.

— Moi, je comprends, prétendit Saddith d'un ton rieur. Si les bruits qui courent sont vrais, l'Adepte n'a pas eu de femme depuis son retour de Cadwal. Tous les hommes deviennent fous à rester trop longtemps sans femme, conclut-elle en envoyant un coup de coude dans les côtes de Géraden.

Géraden fut sur le point de rougir.

— Je ne comprends pas, fit Térisa, ignorant la saillie de la servante. Pourquoi ces Imageurs qui travaillaient avec Vagel n'ont-ils pas translaté l'armée de ces créatures ? Quelles recherches avaient-ils à terminer ?

— Je ne sais rien de sûr mais je peux le supposer, s'empressa de répondre Géraden, content d'être orienté vers des questions plus sérieuses. Nous avons évoqué le problème du langage. Quand la cabale de l'ArchI-Mage eut saisi dans un miroir une Image qui lui parut être l'idéal du guerrier, les Imageurs n'avaient aucun moyen de savoir s'ils pourraient ou non parler avec celui-ci. Ils ne croyaient pas que la question de la langue se résoudrait par la translation. Voilà ce qui exigeait des recherches.

Il émit un rire sourd.

— C'est drôle, en un sens. Le Haut Roi Festten, ou l'ArchI-Mage auraient pu avoir toute une armée de ces créatures s'ils avaient nourri la même certitude que le Roi Joyse. Ils auraient pu le vaincre alors. Cela dit, nous ne connaîtrons jamais la réponse, conclut-il amèrement.

Térisa lui sut gré de l'aider à chasser le souvenir épouvantable de la créature brûlée qu'entretenait l'odeur vivace sur elle. Saddith pour sa part ne goûta pas le tour que prenait la conversation.

— Ma dame, je n'ai ni repas ni eau chaude à vous proposer à l'instant, déclara-t-elle dès que l'Aspirant se fut tu. J'ignorais quand vous vous éveilleriez. Mais je cours m'en occuper, avec votre permission.

— Merci, fit Térisa.

Elle ne s'habituait décidément pas à la blouse à moitié ouverte de la soubrette ; assise ainsi dans son lit, elle avait l'impression de s'adresser à ses seins rebondis.

— Attention, souffla Saddith à l'oreille de Géraden. Je reviens vite, trop vite pour ce que vous désirez. Même la jeunesse la plus ardente a besoin d'un peu de temps.

Elle quitta la chambre en riant.

Térisa sortit du lit et se mit debout. Empressé pour l'aider, Géraden glissa, perdit l'équilibre, faillit s'effondrer sur le lit. Térisa le retint quand elle aurait dû être soutenue.

Pestant contre lui-même, il s'écarta. Son trouble n'était pas seulement causé par son déséquilibre. Il parut au bord des larmes.

Géraden ? Que se passe-t-il ? Elle n'était pas certaine de ce qu'elle lisait sur son visage. Ou pas assez sûre d'elle. Elle se sentit perdue, abandonnée. Où était le Géraden qui avait toujours pris soin d'elle comme si elle était la personne la plus précieuse au monde ?

Bêtement, elle prononça les premiers mots qui lui traversèrent l'esprit :

— J'ai cru vous avoir vu rougir tout à l'heure. Que faisiez-vous exactement tous deux pendant que je dormais ?

Géraden tressaillit et profita du fait de chercher

un siège pour fuir un instant la jeune femme. Ses traits s'étaient durcis, de façon presque factice, car ses yeux brillaient de peine.

— Je ne comprends pas cette femme, dit-il. Enfin, si, je comprends. Je ne suis pas si ignorant qu'elle le pense. Mais tout cela n'a pas de sens pour moi. Tout à l'heure, elle ne me racontait pas sa vie, en effet. Elle s'efforçait de me persuader de la prendre sur-le-champ, par terre.

Curieusement, Térisa ne trouva pas cela très amusant. Tout soudain son cœur se serra et lui fit mal.

— Elle prétendait n'avoir pas eu d'homme depuis longtemps. Elle en parle comme d'une sorte de subtile démangeaison. Il se trouve probablement deux cents hommes par ici qui seraient heureux de l'obliger. Mais elle ne veut rien faire qui risquerait de revenir aux oreilles de l'homme qui l'intéresse réellement. J'ai cru comprendre qu'il était absent. Je ne sais qui il est, précisa-t-il sans encore trouver le courage de regarder Térisa dans les yeux. Elle a dit que j'étais sauf puisque mon cœur était à vous. Et qu'elle me ferait une faveur en m'apprenant que faire de votre corps quand je le tiendrais enfin contre moi. Je n'ai pu lui faire entendre que ses bavardages me donnaient la nausée.

— Pourquoi ? s'enquit Térisa d'un ton qu'elle essayait de rendre neutre. Ne la trouvez-vous pas attirante ?

Il tourna un regard froid vers elle.

— Sûr, elle est attirante. Un mur serait attirant s'il était fait comme elle. Ce sont ses façons que je n'aime pas. Je n'envisage pas l'amour comme le simple apaisement d'une démangeaison.

» Dites-moi, poursuivit-il, en colère tout à coup. Il y a quelque temps — je crois que c'était le premier jour du redoux — j'étais ici avec vous et Saddith est entrée. Vous lui avez demandé comment se portait Maître Erémis.

Le cœur de Térisa se serra plus encore.

— Sur le coup, j'ai trouvé la question étrange, mais je n'ai pas voulu m'enquérir. Cependant, plus j'y ai pensé plus cela m'a paru curieux. Pourquoi le demander à Saddith ? Pourquoi l'aurait-elle su ?

Saddith avait tenté de séduire Géraden. Térisa dut s'asseoir sur le lit pour cacher qu'elle tremblait. Elle parla d'une toute petite voix, refoulant les émotions dont elle avait si peur.

— Elle a une liaison avec lui. Elle me l'a dit, précisa-t-elle, refusant d'avouer qu'elle l'avait constaté de ses propres yeux. Saddith croit qu'à coucher avec le plus d'hommes possible, elle finira reine de Mordant.

Géraden hocha la tête. Il n'était plus en colère. Il avait seulement l'air défait, et seul. Il se leva soudain.

— J'ai reçu un message tout à l'heure. Artagel a eu une rechute, temporaire d'après son médecin. Et sans gravité réelle. Je dois aller le voir. Saddith ne va pas tarder. À défaut de vous apporter la joie, elle vous portera de quoi vous restaurer et vous baigner.

Il tourna les talons, pressé d'emporter la détresse qu'il ne savait dissimuler.

— Géraden, attendez... Ne partez pas.

Il s'arrêta sur le seuil. Il semblait tout pétri de douleur.

— Je le dois, fit-il d'une voix qui s'étrangla dans sa gorge.

— Je vous en prie. J'ai été bien égoïste. Vous avez toujours été si bon pour moi que j'en oublie que vous avez vos propres problèmes. Dites-moi ce qui ne va pas.

Il ne se retourna pas. Simplement, sa main s'appuya doucement au chambranle.

— Térisa, tout ce gâchis est réellement de ma faute.

— Non ! Vous n'êtes pas le Prince Kragen. Vous n'êtes pas Eléga.

Il passa son autre main sur son visage.

— Nyle avait raison. Je ne commets que des bévues. Lui faisait ce qu'il estimait être juste, mais c'était également un acte qui, s'il avait mal tourné, n'aurait pas causé grand dommage, à personne. C'est l'important. Nous n'avions pas à nous inquiéter de lui. Il ne représentait pas une vraie menace. Nous aurions dû, vous et moi, revenir aussitôt à Orison, pour que Ribuld accompagne Argus. Nous aurions dû avertir tout de suite le Gouverneur Lebbick au sujet d'Eléga.

Au fur et à mesure qu'il parlait, sa voix s'était faite métallique, dure et tranchante comme des éclats de pierre.

— Vous ne seriez pas ici si j'avais correctement effectué la translation. Le champion serait à votre place. Ou bien il aurait refusé, auquel cas il n'aurait pas été translaté contre son gré. Les murailles d'Orison seraient intactes. Et Myste serait encore là. Elle aurait pu retenir Eléga.

Térisa s'approcha de lui, posa les mains sur son dos. Tous ses muscles étaient tendus à craquer. Son aspect enfantin avait disparu, perdu dans ce désespoir qui le déchirait, le privait de ce qu'il aimait, de tout ce qui avait fait sa vie.

— Géraden... Je vous en prie, Géraden.

Il fallait qu'elle le lui dise.

— Le Monarque d'Alend s'emparera d'Orison, quand bien même cela paraît impossible. Et c'est de ma faute. J'étais *fiancé* à cette femme. Sans doute n'avions-nous guère d'affinités mais je croyais assez bien la connaître. Nyle, d'abord. Elle ensuite. Tout ce que j'aimais... Artagel a raison. Notre père en mourra, acheva-t-il la gorge serrée.

Elle aurait dû le lui dire depuis longtemps.

— Géraden, cessez de vous torturer.

Il lui fit face, brutalement. Ses joues étaient trempées de larmes, bien qu'il n'eût pas l'air de pleurer ; il était hagard, éperdu de mépris pour lui-même.

— Artagel pense que c'est de ma faute, fit-il doucement. J'attendais cela de Nyle. Mais Artagel le pense également.

— *Géraden !* Vous ne vous êtes pas trompé, s'exclamat-elle en le secouant comme pour le réveiller. Je ne sais pourquoi ni comment mais vous ne vous êtes pas trompé.

» Vous rappelez-vous l'augure ? Vous souvenez-vous d'y avoir vu des cavaliers ?

Trois cavaliers. Pressant leurs montures de l'avant, droit dans le verre, ils donnaient aux flancs de leurs chevaux d'aussi sauvages coups qu'en promettaient leurs épées brandies vers le ciel, au tranchant aiguisé et brillant.

— Je les ai vus... J'ai rêvé d'eux avant de les reconnaître dans l'augure. Avant même de vous rencontrer, je fis un rêve qui était en tous points l'Image de l'augure.

Le dévisageant, elle vit la surprise, l'abattement battre en retraite devant la joie.

— Alors, il *existe* bien une raison, souffla-t-il, émerveillé. Je ne me suis pas trompé. Vous êtes le champion.

— Je ne sais pourquoi. Je ne sais comment, répéta-t-elle. Mais il existe une raison. Vous ne vous êtes pas trompé.

C'était l'unique don, l'unique consolation qu'elle avait à lui offrir. Géraden parut se consumer d'allégresse. Ses bras se refermèrent sur Térisa et sa bouche prit la sienne.

Elle l'enlaça ardemment à son tour et l'embrassa.

Ils s'étreignirent jusqu'au retour de Saddith, qui apportait un repas et s'était fait accompagner d'un porteur d'eau chaude pour le bain.

Le lendemain à midi, le Gouverneur Lebbick avait assigné une tâche et un poste à chacun des gardes d'Orison pour la défense du château. Les dortoirs et salles des gardes surchargés donnèrent l'occasion de remettre en service des parties abandonnées d'Orison. Aux cuisines, on se plaignit du surcroît de travail. Les hommes et femmes de service haussèrent le ton avec véhémence. Cahin-caha, malgré tout, Orison digéra l'arrivée des nouvelles troupes.

Le travail des maçons autour de la brèche se poursuivait.

Dans le même temps, les éclaireurs passaient du Demesne dans le Fief d'Armigite. Bien que n'escomptant pas tomber de sitôt nez à nez avec les armées de Margonal, ils redoublèrent de prudence.

Au milieu de la nuit, les hommes qui suivaient le Prince Kragen étaient rentrés au château. Le Prétendant au trône d'Alend avait semé ses poursuivants de la façon la plus simple — en empruntant une route passante, où sa trace ne se distinguait en rien d'autres traces. Ce résultat fit tourner les sangs du Gouverneur mais il n'y pouvait rien changer.

L'on fut sans nouvelles des gardes partis remonter la piste des étranges assaillants de Géraden.

Paysans, artisans et marchands des environs du château avaient d'ores et déjà commencé à vider resserres, magasins, prés, greniers pour acheminer leurs richesses vers Orison. De nombreux habitants des villages se souvinrent de ce qu'avait été la vie avant le Roi Joyse et la paix conquise par lui à la force de son épée. Ils rassemblèrent leurs familles et l'on se mit en route.

Les grand-mères et les troupeaux de chèvres n'avançaient pas très vite mais allèrent néanmoins leur chemin.

La cour grouilla d'une vie sans précédent, avec les murailles de la forteresse pour protéger et contenir l'incessant remue-ménage. Cette surpopulation pouvait aisément engendrer le désordre absolu, mais Lebbick connaissait sa tâche — et ses hommes exécutaient les ordres à la lettre. La population en transhumance trouva où se nicher sans savoir comme elle était étroitement surveillée. Et ceux qui s'en rendirent compte ne se doutèrent pas qu'il s'agissait davantage de filtrer les espions éventuels d'Alend que de préserver l'ordre.

Satisfait de la marche des préparatifs, le Gouverneur Lebbick rendit visite à Maître Barsonage.

L'issue de l'entretien ne sut cependant le satisfaire. Dans la mesure où les Maîtres avaient jugé bon d'interférer dans les affaires de Mordant en translatant leur champion, le Gouverneur argua qu'ils ne pouvaient dorénavant prétendre se détacher des événements présents et à venir. Il leur incombait, de surcroît, de participer à la défense d'Orison et de leur Roi.

Or, Maître Barsonage répliqua traîtreusement par l'annonce de la dissolution du Congrégat. Paralysé par les idéaux mêmes qui les avaient réunis et soudés, les Maîtres ne se reconnaissaient plus aucun terrain d'action, ni aucun dessein crédible. Le Gouverneur Lebbick était libre de contacter les Imageurs individuellement s'il le jugeait utile — contrairement à Maître Erémis, la plupart d'entre eux étaient demeurés à Orison — mais qu'il n'espère point une décision ou une action concertées. L'abandon du Congrégat par le Roi Joyse avait finalement abouti à sa conclusion logique.

Écumant de rage, le Gouverneur Lebbick s'en alla.

De son côté, le Tor parla au Roi Joyse. Plus précisément, il essaya de lui parler. Il cajola et exigea ; il murmura et hurla. Il se fit lugubre, il se fit noble. Il ne reçut rien en échange de sa peine, à l'exception d'un vague sourire, et d'une assertion, tout aussi vague, comme quoi le souverain ne doutait point que son vieil ami le Tor fît ce qui lui semblait le mieux. Le Roi Joyse était pour sa part trop occupé à résoudre le dernier problème de saute-contre que lui avait soumis l'Adepte Havelock pour se laisser distraire par l'imminence d'un siège de sa forteresse. Il entra même dans une terrible colère quand le Tor se risqua à nommer dame Eléga. Le Tor finit par abandonner et se réfugia auprès de sa carafe de vin.

Quant à Eléga, deux escadrons de gardes l'avaient cherchée dans les interminables passages secrets. Sans la trouver. Le Gouverneur les renvoya à leur point de départ, avec ordre de recommencer.

Dans la chambre aux paons, Géraden demandait à Térisa :

— Mais que peut-elle *faire* ?

Il posait cette question pour la énième fois mais sa compagne dut reconnaître qu'il avait la décence de ne point attendre de réponse.

— Réfléchissons, reprit-il. Elle a quasiment promis au Prince Kragen de lui livrer, seule, Orison. Et il l'a crue, tout en sachant ce qu'est un siège, tout en sachant quelle terrible forteresse est Orison. Qu'a-t-elle pu lui proposer pour emporter ainsi sa conviction ?

Térisa soupira et s'approcha de la fenêtre.

Comme promis, le tailleur Mindlin lui avait porté ses vêtements pour l'essayage. Elle avait pris quelques décisions arbitraires, accepté quelques suggestions de l'artisan ; il était reparti.

Face au paysage, elle goûta les premiers rayons du soleil printanier qui éclaboussaient les collines. Pourtant, elle espérait une tempête de neige.

Toute la population d'Orison attendait la neige. Le lendemain n'apporta ni nuages ni froid mais un vent chaud. Le temps se rangeait du côté de l'ennemi.

Le Gouverneur Lebbick ne se perdit pas en jurons contre le climat. Il avait d'autres chats à fouetter.

L'afflux des populations comme des vivres se déroulait plutôt bien. On se casait tant bien que mal dans la cour, dans les profondeurs humides du château. Il se trouva de la place pour chacun. Et les vivres ne manquaient pas pour nourrir toutes ces bouches.

La fureur de Lebbick avait d'autres causes.

Il était sans nouvelles de ses éclaireurs — donc, bonnes nouvelles. Il ignorait également tout des soldats qui remontaient la piste des étranges créatures. Cela équivalait à une mauvaise nouvelle, car la possibilité demeurait qu'une horde entière de ces monstres surgît de n'importe où pour fondre sur Orison au pire moment.

Et le Gouverneur avait encore d'autres soucis. Le Tor refusait de le laisser en paix. Ayant échoué à briser l'indifférence du Roi Joyse, le vieux seigneur obèse insistait à présent pour tout connaître de la défense d'Orison. Et il ne se satisfaisait pas de généralités : il exigeait les détails, le nom des officiers chargés de mission ; la quantité et la disposition de certaines provisions ; les trajets prévus pour l'acheminement des hommes, des armes (et l'eau ? Le Gouverneur était-il prêt en cas d'incendie ?) à travers le château. Le harcèlement du Seigneur aurait fait un barbare de l'homme le plus sage.

Deuxième préoccupation grave, le Roi Joyse n'avait pas pris au sérieux le rapport que Lebbick lui avait fait de son entretien avec Maître Barsonage : « Dissous ? Impossible. Barsonage n'a pas sa tête. Voyez Maître Quillon, avait suggéré le souverain en déplaçant une pièce sur son damier. Dites-lui qu'il est le nouveau médiateur. J'ai besoin de ces Imageurs. »

Le désespoir s'infiltrait insidieusement dans les veines de Lebbick.

Dame Eléga s'était envolée sans laisser de trace. Les gardes ne la trouvaient pas, ne récoltaient pas même le plus petit indice — ni vivres ni eau ni vêtements ni lanterne ou chandelle ; ni pigeons voyageurs. Les gardes, fort consciencieux, ne trouvèrent que l'Adepte Havelock, qui apparaissait de loin en loin, pour les bercer d'obscénités qui auraient fait rougir le pire débauché. Mais qui n'amusèrent point le Gouverneur.

Au-delà de sa colère qui ne désarmait pas, au-delà de l'attention de chaque instant que requérait son devoir, au-delà de sa certitude que ce ne serait pas une femme qui sauverait Orison et le Roi de ses ennemis, il commençait à avoir peur.

— Estimez-vous impensable, demanda Géraden à Térisa, qu'elle ait pu suborner des gardes ? Nous pouvons au moins imaginer qu'elle ait le moyen de faire ouvrir et refermer les portes à sa guise.

Il était plus calme aujourd'hui, et Térisa en était soulagée bien qu'il parût lui avoir transmis son obsession. Sans trop savoir pourquoi, elle ne connaissait plus un instant de repos ou de détente. Peut-être savait-elle quelque chose dont elle ne parvenait pas à se souvenir... Quelque chose qu'elle aurait dû comprendre, deviner...

Elle fronça les sourcils devant l'Aspirant comme si elle le blâmait de sa propre impuissance.

— Dites-moi. Pourquoi Alend ou Cadwal — ou les deux — n'ont-ils pas attaqué Mordant plus tôt ?

— Ils craignaient Joyse. Et ils craignaient qu'il se serve du Congrégat.

— D'accord. Et pourquoi Margonal n'a-t-il plus peur aujourd'hui ?

— Parce qu'il a su — par son fils et certainement par une douzaine d'autres sources sûres — que le Roi n'est plus le Roi.

— Non, fit Térisa. La raison n'est pas suffisante. Si le Roi se désintéresse du royaume, pourquoi Margonal ne continue-t-il pas à craindre le Congrégat ? Pourquoi suppose-t-il que les Maîtres ne décideront pas d'eux-mêmes de se défendre, quels que soient les ordres du Roi Joyse ?

— Parce qu'ils ont dissous le Congrégat ?

— Il l'ignore. *Elle* l'ignore, probablement.

À cette affirmation, le regard de Géraden se fit plus brillant tout à coup et son visage revêtit une beauté étrange.

— En ce cas, elle aura promis de faire quelque chose qui empêcherait les Maîtres eux-mêmes de combattre.

— Oui !

L'enthousiasme de Térisa retomba rapidement, comme si elle avait frôlé la vérité et l'avait perdue.

— Mais quoi, exactement ? Quel pouvoir a-t-elle sur le Congrégat ?

Géraden redevint morose lui aussi.

— Je vous avais dit que ce dégel précoce était dangereux, murmura-t-il sans raison particulière.

Le jour suivant fut brumeux et glacé, qui parut promettre le retour de l'hiver. Le Gouverneur Lebbick gardait un œil sur les cieux tout en supportant le harcèlement du Tor et en s'interrogeant sur le silence de ses éclaireurs dépêchés en Armigite.

Orison n'exigeait plus son attention et ses soins que de façon superficielle. Le château était surpeuplé, et ce phénomène engendrait maintes querelles. Les habitants du Demesne étaient fâchés d'avoir dû abandonner leurs demeures. Certains commerçants étaient fâchés d'avoir vu leurs marchandises réquisitionnées ; d'autres étaient fâchés de ne pouvoir exiger d'un nombre suffisant de chalands les prix exorbitants autorisés par la précarité. Les soldats étaient fâchés d'être maintenus dans un vain état d'effervescence qui les harassait. Les seigneurs et dames étaient fâchés parce que la fâcherie était à la mode. Tout le monde s'énervait car tout le monde avait peur. Et la peur faisait monter la colère.

Lebbick n'avait plus grand-chose à faire. Ses ordres donnés, tout tournait sans son assistance. Oui, le Gouverneur Lebbick n'avait rien de mieux à faire que de garder un œil sur le ciel.

Cette nuit-là, ce qui restait de l'escadron dépêché sur les traces des attaquants de Géraden rentra au château : deux vétérans agonisants, couverts de plaies encore saignantes, maintenues ouvertes par la longue course à cheval. L'escadron était tombé dans une embuscade tendue par bon nombre de créatures à fourrure rouge. Le combat avait eu lieu au sud de la Rivière Vineuse, non loin de la limite du Fief de Tor.

Pour l'occasion le Tor commanda une nouvelle barrique de vin. Lebbick ne s'occupait plus que de la neige. Si elle se mettait à tomber, les hommes qu'il avait envoyés au Perdon, au Fayle, et au Termigan, mettraient longtemps à arriver à destination.

Au matin, le temps se remit au beau.

Le soleil insolent éclaboussa d'or la noire forteresse. Une brise embaumée de senteurs printanières souffla dans la cour. Quelques taches de terre délivrée de neige apparurent sur les collines alentour, et quelques arbres dans le lointain parurent se dilater sous la montée de la sève. Des cohortes d'oiseaux vinrent tourner autour du château, se grouper sur les tours, les cheminées, et chanter.

Peu après midi, les éclaireurs revinrent enfin pour annoncer au Gouverneur que l'armée d'Alend était déjà dans le Demesne. À moins d'une catastrophe naturelle ou d'un sursis miraculeux, Orison serait assiégé le lendemain à midi.

Les observateurs rapportèrent que Margonal marchait avec dix mille hommes — deux mille cavaliers, huit mille fantassins — et suffisamment de machines de guerre pour défaire Orison pierre à pierre. Il se trouvait que ces machines étaient frappées au blason de l'Armigite ; de toute évidence, le marché conclu entre le Seigneur traître et le Prince Kragen n'était pas aussi simple que ce dernier l'avait affirmé à Nyle.

Ce ne fut pas l'unique mauvaise nouvelle.

Peu avant le coucher du soleil, le héraut annonça l'arrivée de cavaliers. Près d'une centaine de soldats s'avançaient sur la route du Fief de Perdon. Ils paraissaient vieux et hagards, comme s'ils avaient chevauché plus de temps qu'il n'est supportable. Ils portaient la bannière du Perdon, arboraient son blason, et avançaient très lentement. Tous étaient blessés, estropiés d'un membre, têtes ou poitrines sanglantes, sommairement pansées, visages tailladés. Plusieurs chevaux supportaient des civières où gisaient des cadavres.

Quand il les distingua mieux, le héraut fit entendre une sonnerie aux morts.

— Oh non, souffla Térisa qui de sa fenêtre voyait s'avancer la funèbre procession. Le Perdon avait dit qu'il le ferait.

— Cadwal est en route, rétorqua sombrement Géraden. Le Perdon ne viendra pas à notre secours. Il est déjà en guerre. Il faut arrêter Eléga. Si elle nous trahit, c'en est fini de tout espoir.

Le Gouverneur Lebbick et le Tor vinrent accueillir le sanglant cortège. Le Tor prononça quelques mots. Ne sachant exprimer ni peine ni compassion, le Gouverneur se tut.

Alors le chef des cavaliers déclara :

— Nous sommes mourants. Le Perdon nous a ordonné de venir.

Le coucher du soleil ce soir-là fut des plus magnifiques.

Térisa repoussa son dîner sans y avoir touché. Géraden émiettait distraitement un morceau de pain. L'humeur était aussi noire dans la chambre aux paons que la nuit derrière la fenêtre. Aucun des jeunes gens n'avait parlé depuis un moment.

— Ce n'est pas suffisant, murmura enfin Géraden.

— Hmmm ?

Ils avaient négligé d'allumer les lampes et seul le feu de cheminée les éclairait. Des lueurs orange dansaient sur le visage de l'Aspirant, sœurs des éclats que lançait son regard.

— Ce n'est pas suffisant, répéta-t-il. Supposons

qu'Eléga connaisse un moyen de neutraliser les Maîtres. Par exemple, elle posséderait — ce n'est qu'une supposition — une sorte d'acide qui dévore le verre des miroirs, et elle saurait comment s'introduire dans le laborium. *De plus* elle saurait où chaque Maître garde ses propres miroirs. Supposons qu'elle ait le temps de tous les détruire... C'est beaucoup, mais ce n'est pas assez.

Ce n'était pas le feu qui lui sculptait un visage si différent, se dit Térisa. Ce n'étaient pas les jeux d'ombres et de lumières qui creusaient ses joues, élargissaient sa mâchoire, rendaient son profil plus acéré. L'enfant était mort en lui au cours des jours passés. Ce n'était plus le jeune homme qui se prenait les pieds l'un dans l'autre et souriait de travers.

— Cela ne dicterait pas la défaite d'Orison. Le Gouverneur Lebbick ne se rendrait pas. Il y a autre chose.

Oui, acquiesça-t-elle intérieurement. Mais Térisa ne partageait pas cet apaisement de l'esprit dans lequel il se contraignait pour réfléchir. Elle était furieuse. Furieuse contre Artagel, et Lebbick, et Nyle. Furieuse contre le Roi. Furieuse contre les Maîtres et leur désertion. Elle avait aimé autrefois le côté enfantin de Géraden. Elle avait aimé cette capacité qu'il possédait d'agir selon son instinct sans avoir à souffrir de la destruction de tout ce qu'il adorait.

Pourquoi sommes-*nous* responsables pour Eléga ? Pourquoi est-ce de *notre* faute si elle s'apprête à trahir ?

À peine se posait-elle ces questions qu'un souvenir s'imposa à son esprit, souvenir aussi vif et précis que l'était le visage de Géraden devant elle à cet instant.

Assise dans cette même pièce, Myste lui avait expliqué pourquoi elle désirait partir sur les traces du champion. *J'ai toujours pensé que les problèmes devraient être résolus par ceux qui les comprennent. C'est d'autant plus vrai aux yeux d'une fille de Roi.*

Myste ! pensa-t-elle, douloureusement. Que vous est-il arrivé ? Où êtes-vous ?

Que faisait Eléga ?

— L'eau, s'entendit-elle articuler sans réfléchir.

— L'eau ? répéta Géraden.

— Où prenons-nous l'eau ?

— Je vous l'ai dit en vous faisant visiter Orison, fit-il perplexe. Le château est construit sur une source. Mais il s'est beaucoup agrandi, et les besoins en eau ont crû en proportion. Le Gouverneur Lebbick avait des idées très précises sur la salubrité. La source n'a plus suffi au bout d'un certain temps. Aussi fit-on une sorte de citerne pour récupérer les eaux de pluie et la neige fondue. Des gouttières et des tuyaux sur tous les toits acheminent les eaux jusqu'au réservoir — je vous l'ai montré.

— Et maintenant, fit lentement Térisa dont le cœur s'était mis à battre follement, il y a toute cette population en plus. Et la neige n'est pas retombée.

— C'est l'un des dangers du redoux précoce. Jusqu'aux premières pluies, nous n'aurons que la source comme surcroît d'alimentation en eau.

— Et s'il arrivait quelque chose au réservoir ? demanda-t-elle d'une voix tremblante.

Il ne comprenait toujours pas.

— Que pourrait-il arriver ?

— Est-il gardé ?

— Non. Pourquoi... ?

Elle bondit sur ses pieds, incapable d'endiguer plus longtemps sa fièvre et sa peur. Elle tira Géraden par les bras.

— Si elle l'*empoisonnait* ?

Il demeura pétrifié un instant.

— Il y aurait toujours la source, fit-il d'une voix étranglée.

— Qu'est-ce que cela changerait ? Nous serions déjà tous *empoisonnés*. Il n'y aura plus personne pour combattre. Même si nous ne mourons pas, même si nous ne sommes malades que quelques heures... Margonal prendra Orison sans bataille.

— C'est vrai. Il faut prévenir le Gouverneur Lebbick.

Elle faillit hurler tant il se montrait obtus. Mais aussi vite son humeur changea ; elle eut presque envie de rire, elle n'avait pas l'habitude de le devancer.

— Ne croyez-vous pas plus sage que nous l'*empêchions* d'agir ?

Le visage de Géraden passa par toutes les expressions possibles puis un rire dansa dans ses yeux.

— Excusez-moi, ma dame, je dois avoir de la cire dans les oreilles. Je crains de ne vous avoir point entendue.

Le feu était brûlant, qui crépitait maintenant de toute leur joie et de leur enthousiasme.

— Avez-vous bien suggéré que nous sauvions Orison tout seuls ? Vous et moi ?

Elle hocha la tête.

— Pourquoi avertir Lebbick de ce qui n'est qu'une supposition ? Il peut ne pas nous croire. Ou s'il nous croit, nous pouvons nous tromper. Or, si nous avons raison, nous tenons notre chance de prouver que vous êtes innocente — que vous ne complotez pas en secret pour la destruction d'Orison.

Elle acquiesça de nouveau, davantage à cause de la vie revenue sur le visage de Géraden que par confiance en la capacité de Lebbick à admettre une quelconque preuve de son innocence.

— Verre et éclats ! jura-t-il entre ses dents, souriant comme Artagel. Prenez votre pelisse. Il fera froid là-haut.

Il faisait froid là-haut.

Le réservoir avait été bâti au point le plus élevé du corps central d'Orison — l'eau se distribuait ainsi dans le château par la seule gravité, et non par pompage et pression. Les pompes étaient naturellement nécessaires pour l'alimentation des tours ; la source était acheminée de même jusqu'au réservoir. Mais c'était en fait une installation assez rudimentaire qui permettait d'approvisionner tout Orison.

Le lieu était sombre. Le seul éclairage était dispensé par les ouvertures grillagées qui livraient passage à la pluie, à la neige et à l'air de la nuit, tout en empêchant les oiseaux d'entrer ; et la lune ne jetait qu'une pâle lueur d'argent sur la surface dormante de l'eau. Térisa se souvint que le réservoir était construit comme une piscine, profond et rectangulaire, fermé sur ses quatre côtés par un mur de pierre lisse.

Autour, se dressaient de longs étais entrecroisés qui assuraient la tenue de l'assemblage des tuyaux charriant les eaux de pluie, la neige, et même la rosée depuis les multiples toits d'Orison. Les étais supportaient également l'échafaudage qui permettait de nettoyer ou de réparer les grilles au treillis serré. Cette architecture de poutres faisait ressembler le réservoir à une cathédrale, songea Térisa. Malgré le petit murmure humide, le chuintement discret de l'eau, le silence sous la voûte formidable imposait le respect. Et dans l'obscurité, la surface de l'eau semblait infinie.

Elle paraissait avoir absorbé la chaleur du jour passé. Il faisait assez froid pour que Térisa frissonnât malgré son manteau.

— Il nous faudrait une lampe, chuchota-t-elle d'une voix un peu tremblante.

— Elle nous verrait, lui glissa Géraden au creux de l'oreille.

— Où nous cacher ?

Il réfléchit.

— Croyez-vous que nous aurons longtemps à attendre ?

— Comment savoir ? Je ne me suis livrée qu'à des suppositions pour l'instant.

— Continuez à supposer.

— Bien. Quoi qu'elle jette dans l'eau, cela nécessitera un temps de dissolution — ou bien le temps que le produit se répande. Si elle agissait trop tôt, les gens seraient malades — ou mourraient — trop tôt. Le Gouverneur aurait le temps de comprendre ce qui se passe et de réagir. Avant que Margonal fût prêt.

» À sa place, j'attendrai que le siège ait commencé, donc demain midi. Nous risquons de passer la nuit ici.

— Non, la contra vivement Géraden. Car en ce cas, les troupes étant déjà au combat, elle n'atteindrait quasiment que le personnel du château, ce qui alerterait Lebbick. Il faut qu'elle agisse cette nuit, ainsi l'eau sera mauvaise à l'aube quand les soldats se lèveront.

Le raisonnement se tenait.

— Où nous cacher ? répéta Térisa.

Il la prit par le bras et l'entraîna doucement.

— Beaucoup de voies et de tuyaux arrivent jusqu'ici. Et beaucoup de passages secrets, certainement. Mais cela ne nous est pas d'un grand secours. Il faudrait nous placer de façon à surveiller un espace aussi vaste que possible... et nous en remettre à notre chance.

— Oui, nous n'en avons pas manqué jusqu'à présent, railla Térisa.

Géraden étouffa un rire.

Ils se frayèrent un chemin en tâchant de ne pas tomber dans l'eau qui affleurait au niveau du sol. Géraden s'arrêta en un endroit où deux étais touchaient le sol à peu de distance l'un de l'autre, qui offraient l'avantage de se trouver à mi-chemin des deux accès au réservoir, ainsi que celui de pouvoir accueillir deux personnes entre eux. Avec l'obscurité, les deux jeunes gens seraient invisibles tant qu'ils resteraient plaqués contre les poutres.

Ils se glissèrent dans l'espace étroit, épaule contre épaule, hanche contre hanche. D'abord, Térisa essaya de s'écarter pour que son compagnon ne sût pas qu'elle tremblait de froid. Et puis, elle eut envie de sa chaleur et se moqua de lui révéler qu'elle était gelée. Il tourna la tête vers elle, murmura son nom dans ses cheveux et l'enlaça amicalement. Presque instantanément, elle cessa d'avoir froid.

Elle fut vite fatiguée de scruter l'obscurité, de tendre l'oreille pour discerner les bruits d'eau et de pas éventuels. Elle se glissa un peu plus contre Géraden.

— Que ferons-nous si elle vient ? murmura-t-elle.

— Nous l'arrêterons.

— Je sais cela, idiot ! Mais *comment* ?

— Pas si fort, enjoignit-il. L'eau porte les sons.

Elle aurait aimé voir son visage. Il était tendu, lointain, tout pénétré encore de sa responsabilité dans les catastrophes qui fondaient sur Orison. Empêcher Eléga de nuire était pour lui aussi douloureux que d'avoir retenu Nyle : elle était la fille de son Roi, une amie d'enfance, et sa fiancée d'autrefois. Et parce que la situation lui était si pénible, il ne voulait pas faillir.

Presque malgré elle, Térisa prit la mesure de l'allégeance de Géraden envers son Roi, envers Mordant, et la comprit.

— Elle aura de la lumière, reprit-il. Elle ne s'attend pas à être surprise et elle aura besoin de voir ce qu'elle fait.

Térisa murmura un vague acquiescement mais son esprit était ailleurs. Sa tête reposait contre l'épaule de Géraden, et son manteau lui réchauffait la joue.

Avait-il raison de demeurer loyal aux êtres et aux idées qu'il avait chéris ? Cela valait-il mieux que de faire face à la vérité, que d'admettre que les êtres comme les idéaux se dérobaient ? Avait-il raison contre Nyle, contre Eléga... contre Maître Erémis ? *As-tu l'intention de vivre le restant de tes jours en ayant oublié ce que ces mots voulaient dire : loyauté, respect de soi-même ?* Bien sûr, il était préférable de regarder la vérité en face... Nyle, Eléga, Maître Erémis la regardaient en face et l'acceptaient. Mais elle ne savait se défaire du curieux sentiment que ce que tentait Géraden était plus difficile, plus valeureux.

Elle lui savait gré, secrètement, de n'avoir pu la renvoyer dans son monde. Peut-être ce sens poignant de l'irréalité dont elle avait toujours été victime tenait-il dans le fait qu'elle vivait dans le mauvais monde : peut-être en effet n'avait-elle pas vraiment existé avant de venir à Mordant. Ou encore, son évanescence d'autrefois était-elle le résultat d'une lutte sans objet — en dépit de ce qu'elle aurait dû apprendre du Révérend Thatcher — ou bien la conséquence pour n'avoir pas compris ce que Géraden comprenait si bien. Il était même possible...

De l'autre côté de l'eau, elle aperçut une lueur.

Géraden tressaillit.

C'était à peine la flamme d'une bougie, qui vacillait dans son déplacement, disparaissait derrière les étais, réapparaissait. Quand elle s'immobilisa et reprit sa force, elle s'avéra venir d'une petite lanterne.

La main qui la tenait la déposa sur la margelle du vaste bassin. Le halo éclaira une silhouette féminine, drapée dans un vêtement si sombre qu'on ne distinguait que la pâleur du visage et des mains.

Eléga.

La fille du Roi fit quelques pas autour du réservoir. Térisa eut peur mais la lumière n'allait pas jusqu'à effleurer les deux témoins dissimulés entre les étais. Presque aussitôt, Eléga se fondit dans l'obscurité.

— Allons-y, murmura Géraden en la tirant légèrement de leur abri. Passez de ce côté. Quand vous serez assez proche d'elle, trouvez un moyen de détourner son attention. J'arriverai par-derrière. Allez !

Elle le sentit disparaître plus qu'elle ne le vit.

Allez. Oui. Bonne idée. Mais comment ? Un faux pas et elle tombait à l'eau.

Prudemment, elle avança un peu, se guidant à la faveur des étais où tâtonnaient ses mains. Tous étaient à la même distance du plan d'eau. Et elle avait un autre repère, la lueur qui se reflétait dans l'eau. Elle progressa doucement.

Eléga demeurait invisible.

Géraden avait disparu.

Sans bruit, et plus rapidement qu'elle ne l'aurait cru, elle atteignit le premier coin du bassin. Encore un, et elle se dirigeait droit vers la lumière. Elle tremblait de froid mais ne s'en soucia pas.

Eléga revint dans la lumière.

Instinctivement, Térisa s'immobilisa.

La fille du Roi tenait un sac de la taille d'une grande bourse, qu'elle portait néanmoins à deux mains, comme s'il était très lourd. Par contraste, son attitude et sa démarche ne trahissaient aucun effort. Apparemment, elle craignait plutôt que le sac ne s'ouvre et que son contenu ne se répande. Ses soins furent encore plus évidents quand elle posa le précieux fardeau près de la lanterne.

Je vais arriver trop tard. Avec un surcroît de volonté, Térisa se remit en marche.

Elle n'était pas en retard. Au lieu d'ouvrir la bourse, Eléga disparut à nouveau dans le noir.

Le deuxième angle. Combien de temps Eléga resterait-elle absente cette fois ? À quelle distance portait la lumière ? Où était Géraden ?

Le halo jaune pâle rendait les ténèbres plus épaisses et impénétrables.

Elle s'aperçut qu'elle respirait trop fort maintenant

pour que les bruits d'eau étouffent son souffle. À présent, elle n'avait plus besoin des étais pour se guider. Elle allait droit vers la lampe. Mais il fallait surtout rester calme, *silencieuse*. Surtout, pas un bruit de pas, pas un bruit du cœur, pas la moindre manifestation intempestive d'une tension trop vive dans sa poitrine...

Combien de temps Eléga resterait-elle absente ?

Pas assez. Térisa était encore trop loin quand Eléga réapparut dans le halo de la lampe.

Elle portait des deux mains un second sac. Pareil au premier.

Térisa faillit s'immobiliser.

Non, elle se mit à courir.

À ce bruit de course, ce bruit de bottes, Eléga fit volte-face. La capuche qui lui couvrait à moitié la tête glissa, découvrant l'éclat violent de ses yeux violets, semblables à des améthystes.

— Térisa, *restez où vous êtes* !

Térisa marqua une halte.

— N'approchez pas davantage. Vous ne m'empêcherez pas de jeter ce sac dans l'eau. Ce n'est pas le meilleur moyen de répartir la poudre — mais cela suffira.

À cet instant, sa beauté était stupéfiante. Elle semblait une reine.

— Et un seul sac suffira, précisa-t-elle. Ne vous mettez pas en travers de mon chemin.

— Eléga, fit Térisa d'une voix enrouée. Ne faites pas cela, c'est une folie. Vous...

— Qui est avec vous ?

— Vous allez tuer des milliers de gens. Certains sont vos amis. Tous vous connaissent et vous respectent.

— *Térisa*, qui est avec vous ? Répondez !

— *Vous allez tuer votre père.*

Dans un geste délibéré, Eléga ajusta sa prise sur le sac de cuir souple et se mit à le balancer au-dessus de l'eau.

Géraden n'arrivait pas. Rien ne se profilait derrière Eléga que la nuit aux reflets argentins.

— Je suis seule ! cria Térisa. Seule ! Personne n'est avec moi.

— Comment puis-je vous croire ? dit Eléga, les yeux plus étincelants encore.

— Personne ne me fait confiance, répliqua amèrement Térisa. Qui m'aurait cru si j'avais prétendu avoir deviné vos intentions ?

— Géraden vous est tout acquis. Ensemble, vous avez persuadé le Tor de se méfier de moi.

— Je sais, mais vous avez balayé ses soupçons.

Où donc était Géraden ?

— Et Géraden ne croirait jamais *cela* de vous. Vous êtes la fille du Roi.

Eléga dévisagea longuement la jeune femme, se détendit quelque peu, mais ne reposa pas le sac.

— Alors, comment êtes-vous arrivée à cette conclusion ? Et comment avez-vous trouvé le chemin jusqu'ici ?

Térisa soutint du mieux qu'elle put l'examen des yeux violets.

— Nous avions parlé du réservoir. Je pense même vous avoir soufflé cette idée.

Si fragile était le contrôle qu'elle exerçait sur elle-même qu'il lui semblait qu'elle allait le perdre d'une seconde à l'autre, se mettre à bafouiller.

— Eléga, *pourquoi* ? Vous êtes chez vous. Le Roi est votre père. Vous allez tuer...

— Je vais tuer, l'interrompit impatiemment Eléga, quelques vieillards infirmes et séniles. C'est regrettable. Mon père comptera peut-être parmi eux, grimaça-t-elle. Cela sera également regrettable. Mais nul autre qui boira cette eau corrompue ne mourra. Ils seront simplement trop malades pour se battre.

» Orison tombera au prix d'un petit nombre de vies humaines, déclara-t-elle d'une voix plus forte, toute à sa passion. À ce coût minime pour le royaume, mon père sera destitué et un nouveau pouvoir prendra sa place. Alors Mordant sera *défendu* contre Cadwal et l'Imagerie, et renaîtront les rêves dans lesquels le Roi Joyse avait élevé ses filles ! Pour accomplir cela, que m'importe de causer quelques morts !

Elle aurait continué, livrée à l'ardeur de ses convictions. Elle n'en eut pas le loisir. Géraden avait jailli de l'obscurité et s'élançait promptement vers elle...

... si promptement qu'il heurta du pied la base d'un étai.

Le bruit alerta Eléga. Aussi vive qu'un oiseau, elle s'écarta à l'instant où le jeune homme s'écrasait contre la margelle où elle s'était trouvée une seconde plus tôt.

— Géraden !

Le choc l'avait un peu étourdi. Il parut s'être blessé et ne put se remettre debout malgré ses efforts.

Il avait au moins l'avantage d'être placé entre Eléga et l'eau.

Térisa vint près de lui, dans un élan pour le secourir s'il en était besoin. Mais elle ne sut détacher son regard d'Eléga.

Les deux femmes se mesurèrent, à trois mètres à peine l'une de l'autre. Le visage d'Eléga était sombre autour du violet lumineux de ses iris. Tenant le sac à deux mains, elle commença à avancer.

Le cœur palpitant, Térisa se prépara à lui bloquer l'accès au bassin.

La bouche de la princesse s'étira en un sourire narquois et, à haute voix, comme si elle s'adressait à une cérémonieuse assemblée, elle déclara :

— Ma dame Térisa, je regrette de n'avoir su vous persuader de vous joindre à moi. Je vous ai crue quand vous m'avez affirmé être seule. Je constate que vous êtes plus habile au jeu du mensonge que je ne l'avais supposé.

Rien dans son attitude ne donnait l'impression qu'elle fût prise ou vaincue.

Géraden, debout !

Brusquement, il se remit sur pied, tituba, retrouva son équilibre. Il respirait péniblement et son regard demeurait voilé.

— Soyez maudite, Eléga, fit-il, haletant. Ignorez-vous que nous avons arrêté Nyle ? Le Gouverneur Lebbick le tient. Je ne m'attends pas à ce que vous vous souciiez de ce qu'il adviendra d'un être aussi négligeable qu'un fils du Domne, mais vous ne resterez pas insensible si je vous annonce qu'il n'a pu joindre le Perdon.

» Votre discours fut beau, pour défendre le royaume et restaurer les rêves d'antan. Mais vous n'abuserez plus personne. Vous n'œuvrez pas pour Mordant. Vous agissez pour Alend.

Les yeux violets flamboyèrent.

— Ou encore pour le Prince Kragen, ce qui revient

au même. Quand vous aurez réussi, nous serons tous sous la férule du Monarque d'Alend. Alors, ce ne sera plus vous qui déciderez du devenir de vos rêves. Ce ne sera pas même votre cher Prince. Mais Margonal. Quand Orison sera tombé, vous ne serez rien d'autre que la fille aînée du pire ennemi du Monarque d'Alend.

» Abandonnez vos projets avant de vous y briser.

Eléga baissa les yeux, à croire qu'elle souffrait.

— Peut-être avez-vous raison, murmura-t-elle. Vous m'avez découverte. Folle je fus de croire en la parole d'un homme d'Alend.

Elle changea sa prise autour du sac.

Térisa poussa un cri d'alerte — trop tard, comme d'habitude — à l'instant où Eléga jetait le sac par-dessus la tête de Géraden.

La bourse décrivit un arc vers l'eau noire.

Géraden bondit.

Térisa également.

Les doigts du jeune homme effleurèrent seulement le cuir souple. Entrés en collision, les deux jeunes gens chutèrent ensemble, les membres emmêlés.

Le temps qu'ils démêlent le tien du mien, se remettent debout, le sac flottait tout près du rebord... si près qu'on aurait pu l'atteindre, le rattraper.

Mais il s'était ouvert en touchant l'eau, répandant une étrange poudre verte. Il était déjà vidé de son contenu.

Et soudain la lumière s'éteignit.

Le bruit parut formidable et désespérant quand le second sac atteignit l'eau.

Dans l'obscurité, Eléga lança :

— Le Prince Kragen est un homme plus fiable que vous, Géraden-au-pied-fol. Il ne me trompera pas.

De petites vagues continuèrent à clapoter sur les bords du réservoir bien après que la fille du Roi fut partie.

6

Le début de la fin

Plus avant dans la nuit, un petit groupe d'hommes à cheval lança contre les lourdes portes d'Orison une attaque que nul ne comprit sur le moment. Avec force bruits et hurlements, les cavaliers chargèrent, tirant des flèches enflammées contre le bois ou par-dessus les remparts puis ils brandirent leurs épées et défièrent les défenseurs de sortir les affronter au-dehors au lieu de s'abriter lâchement, tels des fillettes, derrière les murailles.

Leurs flèches ne firent pas grand mal au bois : plusieurs des hommes du Gouverneur Lebbick avaient passé les quatre derniers jours à mouiller les boiseries. Les assaillants, d'ailleurs, paraissaient plus ivres que dangereux. Ils firent néanmoins assez de tapage pour alerter tous les gardes en faction sur les chemins de ronde.

Lorsque le capitaine en service eut préparé une sortie, les cavaliers s'enfuirent. On put les entendre rire avec dérision tandis que la nuit protégeait leur retraite.

Quand l'incident fut rapporté au Gouverneur, ce dernier surprit ses hommes par la maigreur de son commentaire. Il était passé de son état de sourdes et permanentes fulminations à une retenue qui pouvait s'apparenter à de la sérénité. Il semblait vaquer gaiement à ses occupations, pour préparer Orison à soutenir le siège d'Alend avec des réserves d'eau douce tout à fait insuffisantes.

Un peu plus tôt, Térisa et Géraden s'étaient trouvés fort déconcertés par l'humeur quasi joyeuse avec laquelle il avait reçu le récit de leur rencontre avec dame Eléga.

Quand ils l'avaient approché, il leur était apparu comme un être harassé par le manque de sommeil. Ses yeux s'étaient creusés et maints de ses gestes semblaient involontaires, comme effectués dans un état d'inconscience. De par sa personnalité, cependant, tout harassement ou épuisement se muait en colère. Son problème était de n'avoir plus rien à faire : Orison se trouvait aussi prêt que possible à engager une lutte qu'il n'espérait pas remporter. Son incapacité à prendre du repos menaçait de le vider de toutes ses facultés avant même que débute l'épreuve de force.

Il n'avait jamais su se reposer. L'urgence inlassable qui bouillonnait en lui le gardait éveillé. Aussi, repos rimait avec sommeil — et le sommeil engendrait les rêves.

Ses rêves étaient hantés.

Jeune homme, il avait parfois eu des cauchemars de sa vengeance contre le commandant de la garnison d'Alend qui avait violé et torturé sa toute jeune épouse avec tant de cruauté et de raffinements. Or, les années passant, la douceur de leur union — et la valorisation qu'il tirait de son labeur au service du Roi — avaient émoussé l'aiguillon de ces rêves.

Mais aujourd'hui sa femme était morte. Il était seul —et de surcroît abandonné par le Roi Joyse. Et lorsqu'il rêvait, ce n'était plus de vengeance.

Il rêvait qu'il était commandant d'une garnison d'Alend, avec l'épouse nubile d'un pauvre bougre de Termigan solidement attachée devant lui. Il rêvait à tout ce qui la ferait hurler et qui rendrait son mari fou.

Il rêvait de plaisirs cruels.

Et il s'éveillait en tremblant — *lui*, le Gouverneur Lebbick, *tremblant*, un homme qui n'avait faibli devant aucune menace, aucun danger depuis le jour où le Roi Joyse l'avait libéré et lui avait permis de se venger.

À la vue de la sombre détermination empreinte sur le visage de Géraden, de l'inquiétude, à tout instant contrôlée, de cette femme Térisa — alarme qu'il cherchait instinctivement à justifier — quelque chose s'embrasa en lui, comme le feu se propage au buisson le plus sec.

Quand Géraden acheva de raconter ce que venait de faire Eléga, le Gouverneur Lebbick était en train de sourire.

— Félicitations, fit-il, d'un ton presque affable. Un nouveau triomphe à votre actif. Dame Térisa, poursuivit-il, s'exprimant comme si l'intéressée était absente, vous avait donné une chance d'agir utilement, pour une fois, et qu'en avez-vous fait ? Vous avez décidé de devenir un héros en sauvant seul Orison. Vous avez le droit d'être particulièrement fier de vous.

— Vous n'êtes pas juste, intervint la femme, contre toute attente.

Elle ne manquait pas de courage en dépit de ses craintes, de son regard baissé.

— Vous rendez impossible à quiconque de s'adresser à vous. Si je m'étais trompée — si Eléga avait commis un autre acte nuisible tandis que vous faisiez surveiller le réservoir, vous nous auriez accusés d'avoir conspiré pour vous détourner du véritable danger.

Oui, songeait le Gouverneur, c'est une femme intéressante. Et son heure approchait. Un jour, bientôt, il la tiendrait en son pouvoir. Alors, elle apprendrait ce que signifiait réellement une accusation. Il saurait le lui enseigner à la perfection.

Il lui était encore difficile de se méfier de l'Aspirant : fils du Domne, frère d'Artagel, Géraden avait encore du crédit dans la bonne opinion du Gouverneur Lebbick. Et il avait arrêté Nyle. Action peut-être stupide, mais certainement honorable.

La femme, par contre...

Curieux, n'est-ce pas, que ce fût elle qui ait commencé à soupçonner Eléga — que ce fût elle qui ait deviné les intentions de celle-ci. Tout ce que Lebbick savait d'elle était qu'elle devait être Imageur. Et qu'elle agissait comme une ennemie d'Alend. Et que le Haut Roi Festten voulait sa mort. Et qu'elle lui avait menti quand la vérité l'aurait aidé à servir son Roi. Tout le reste n'était que déduction, spéculation, rêve.

Le sourire qu'il lui adressa était glacial.

— Savez-vous ce que je vais devoir faire maintenant ? demanda-t-il à Géraden.

— Oui, Gouverneur, soupira Géraden comme s'il attendait d'être houspillé plus franchement. Vous allez devoir tenir le siège avec pour toute eau pure celle de la source.

— Exact. Notre population vient de doubler. Cette source ne fournit pas un dixième de nos besoins en eau. Il va falloir la rationner sérieusement. Les femmes enceintes, les vieillards, les enfants souffriront de la soif. Tout cela parce que vous avez trouvé amusant de vous faire passer pour un héros, histoire de changer un peu. Et ce n'est pas tout.

— Non, acquiesça Géraden.

Il fit face à Lebbick sans ciller. Cela plut au Gouverneur. Il n'y avait pas si longtemps, l'Aspirant n'aurait pas même pu le regarder.

— Il va également falloir purger et vider le réservoir, et toutes les conduites. Et le plus vite possible. Sinon, les gens auront tellement soif qu'ils ne pourront s'empêcher de boire. Les plus faibles mourront. Et cette purge de surcroît nécessitera de l'eau. Il n'en restera plus guère à rationner.

Le Gouverneur hocha la tête. L'Aspirant était loin d'être stupide, quelle que fût la stupidité de sa conduite. D'ailleurs, à considérer son intelligence, sa constance dans l'erreur et l'échec ne laissait pas de surprendre.

— Êtes-vous certain qu'elle a empoisonné l'eau ?

— Vous me demandez si je suis sûr qu'elle savait ce qu'elle faisait ? fit Géraden en fronçant les sourcils. Non. Et je n'ai pas goûté l'eau. Les sacs contenaient une poudre verte. Je ne connais qu'une sorte de poudre verte : une teinture dont se servent les Maîtres. On l'appelle « orticale » car elle fut utilisée pour la première fois par un Imageur du nom d'Ortic. Il s'en trouve beaucoup au laborium, poursuivit-il sans baisser les yeux. Ce produit peut vous rendre malade par le simple fait d'en avoir une trop grande quantité sur les mains.

— Existe-t-il un antidote ?

— Qui sait ? Les Imageurs n'*absorbent* pas la teinture. Et ils ne consacrent pas leur temps à chercher des remèdes pour ceux qui l'auraient avalée.

— Si je m'adressais à votre Maître Barsonage, saurait-il me dire s'il manque un sac ou deux de poudre orticale au laborium ?

— Non. Nul ne supervise le travail des Maîtres. Certains d'entre eux aiment garder le secret quant aux ingrédients dont ils usent. Mais un jeune Aspirant pourrait avoir remarqué l'absence d'une bonne quantité de teinture orticale sur les étagères.

Le Gouverneur hocha encore la tête. Et sans crier gare, il s'adressa pour la première fois à Térisa :

— Comment saviez-vous ce que s'apprêtait à faire dame Eléga ?

— Je l'ai supposé, fit-elle d'une toute petite voix.

— *Supposé ?*

— J'ai recoupé certains éléments, expliqua-t-elle avec une assurance croissante. Trop ténus pour fonder des soupçons mais... je les ai comparés et j'ai deviné.

— Ma dame, déclara Lebbick d'un ton satisfait, je ne vous crois pas.

Puis il congédia les deux jeunes gens.

Il n'avait pas besoin de réfléchir à la marche à suivre. Tout était clair pour lui, pas après pas. Il était Gouverneur d'Orison ; il savait comment servir son

Roi. Qu'importait, en fin de compte, que maints éléments fussent contre lui. Qu'Orison fût endommagé. Que le désordre régnât par la surpopulation. Que le Roi Joyse manquât à ses devoirs. Le Gouverneur Lebbick s'était lui-même forgé semblable à une épée, plus qu'à un homme — et une épée ne connaît pas la reddition.

En attendant, il avait quelque chose à espérer. Le tour de cette femme viendrait.

Géraden raccompagna Térisa dans la chambre aux paons puis se retira dans ses propres appartements pour se reposer. Mais ni l'un ni l'autre ne dormit beaucoup.

Personne dans Orison ne dormit beaucoup.

Bien sûr, nombre des habitants du château étaient trop tendus pour trouver le sommeil. Mais d'autres ne se faisaient nul souci. Il y avait les soldats qui avaient trop d'expérience ou trop de fatigue pour garder les yeux ouverts ; les parents éreintés par une progéniture surexcitée ; les marchands qui ne doutaient pas que leur survie —et même leurs profits — prendraient probablement grande valeur à l'issue du siège — quel que soit le vainqueur. Il y avait les domestiques surchargés de travail au point de s'endormir au milieu de leurs tâches ; les Maîtres en veine d'imagination ; les seigneurs qui ne comprenaient rien et les grandes dames qui se faisaient philosophes.

Tous ceux-là auraient longuement dormi si le Gouverneur Lebbick ne les avait tirés de leur sommeil réparateur.

Malgré sa promptitude à réagir, le Gouverneur

intervint trop tard pour épargner deux vieillards que l'âge avait contraints à une ardente fréquentation des lavabos au cours de la nuit, quelques gardes au retour de leur ronde qui s'étaient rafraîchis avant d'être prévenus du danger, et plusieurs enfants qui avaient exigé à boire en réveillant leurs géniteurs. Mais ces malheureux accidents servirent au moins à confirmer qu'Eléga avait bel et bien empoisonné le réservoir — et que les mesures draconiennes que Lebbick imposa au château étaient indispensables. Les enfants furent affreusement malades, mais personne ne mourut à l'exception de l'un des vieillards.

Et au matin, toute la population d'Orison se pressa aux fenêtres et sur les remparts pour guetter l'armée d'Alend.

Térisa et Géraden eurent la chance de se frayer chemin sans trop d'encombre jusqu'au faîte de la tour qu'occupait la jeune femme.

Au cours de la nuit, le temps s'était remis au froid. Le ciel enserrait Mordant d'une pesanteur grise qui gommait toutes les couleurs du paysage ; une bise tranchante comme une faux jetait à bas les prémices d'un printemps précoce. Les collines les plus proches avaient perdu tout relief, les plus lointaines apparaissaient plus hautes, plus dangereuses. Les arbres noirs agitaient leurs branches comme s'ils se tordaient de souffrance. Et souffrante aussi semblait la terre là où avait fondu la neige maculée. D'abord, Térisa ne distingua rien, mordue par le vent qui lui tira des larmes des yeux. Peu à peu elle put scruter l'horizon vers Armigite et Alend, que fouillaient déjà tous les regards de la population massée sur les remparts et les autres tours.

Il n'y avait rien à voir.

Pendant longtemps il n'y eut rien à voir. La foule commença à se disperser. À deux reprises, Térisa et Géraden interrompirent leur guet pour aller se réchauffer dans la chambre aux paons.

— Quand vont-ils arriver ? questionna Térisa.

— Comment le saurais-je ?

Il avait répondu avec une brusquerie inaccoutumée. Il acceptait mal d'avoir échoué à empêcher Eléga d'agir. Térisa le comprenait et ne l'en blâmait pas.

— Par où viendront-ils ?

— Par la route, fit-il en se repentant de son irritabilité. Le chemin est plus long mais plus aisé. Et le seul praticable pour l'intendance ou les « machines de guerre » dont nous avons entendu parler.

Lorsqu'ils ressortirent, ils furent alertés par une indéfinissable tension autour d'eux. Fermant à moitié les paupières sous l'agressivité du vent, Térisa vit s'avancer l'avant-garde de l'armée d'Alend.

Elle envahissait la route nord-ouest, venant du Fief d'Armigite.

Les bannières du Monarque d'Alend claquaient aux mains des porte-drapeaux, rendues noires par la lumière grise et la distance.

Lentement, l'armée progressait vers Orison — une masse d'hommes qui semblait impossible à dénombrer. Cavaliers. Fantassins. Douzaines de conducteurs de mules qui tiraient les chariots de vivres. Fourmillement de domestiques et paysans qui conduisaient les pesantes machines de guerre. Puis venait une seconde cohorte de toute l'engeance qui attache ses pas aux marches des armées.

Tous venaient arracher Orison au Roi de Mordant.

Saisie de crainte, Térisa s'efforça d'imaginer le flot de sang et de douleurs que les actes du Roi Joyse menaçaient de coûter à son peuple.

Peut-être Géraden eut-il le même sentiment, car il lui désigna du doigt la tour nord. Tournant le regard dans cette direction, elle vit le Roi Joyse debout près du Gouverneur Lebbick.

Il semblait petit au sommet d'Orison, malgré son lourd manteau de fourrure. Lui et son Gouverneur assistaient, immobiles, à l'avance d'Alend. Sans doute ne pouvaient-ils rien faire d'autre. Les étendards de Mordant avaient été dressés sur les remparts mais la bannière personnelle du Roi Joyse claquait douloureusement sur la tour, au sommet de sa hampe. Un triangle d'un beau rouge pourpre qui avait dû battre victorieusement sous les rayons brûlants des soleils passés, et que le vent, à présent, torturait.

Au bout d'un moment, les deux hommes quittèrent le sommet de la tour.

Sans en comprendre la raison, Térisa entendit le héraut souffler dans son cor. Peut-être appelait-il aux armes ; et pourtant cet appel semblait une sonnerie funèbre.

Avec une précision pondérée, inévitable, l'armée d'Alend entoura le château. Au pied des remparts, dix mille soldats présentèrent les armes. Les machines de guerre furent halées en position de combat. Et sur un signal, une partie des cavaliers se déploya autour du porte-étendard du Monarque d'Alend. Le porte-étendard ajouta le drapeau de la trêve à la bannière verte et rouge de Margonal. Ensemble, cavaliers et drapeaux s'avancèrent vers les portes d'Orison.

Les trompettes d'Orison retentirent. La porte se leva.

Avec une escorte de six hommes, le Gouverneur Lebbick sortit à cheval pour aller au-devant du détachement d'Alend.

Il ne fut pas surpris de constater que celui-ci était dirigé par le Prince Kragen. Pas davantage, après sa conversation avec le Roi Joyse, de découvrir dame Eléga parmi les cavaliers.

Les deux groupes s'arrêtèrent à courte distance l'un de l'autre et se mesurèrent du regard. Le Prince se tenait bien droit mais Eléga ne leva pas les yeux vers Lebbick.

— Salutations, Gouverneur, fit Kragen au bout d'un moment. La folie de votre Roi nous a conduits jusqu'ici.

Lebbick tenait trop serrée la bride de sa monture qui renâclait et piaffait.

— Dites ce que vous avez à dire et finissons-en, Seigneur Prince, déclara-t-il. Mon temps est précieux.

— Très bien, rétorqua le Prince, le regard plus sombre. Écoutez bien, Gouverneur. Margonal, Monarque d'Alend, et Souverain des Baronnies d'Alend, commença-t-il d'un ton formel, envoie son salut à Joyse, Seigneur du Demesne et Roi de Mordant. Le Monarque d'Alend demande à rencontrer le Roi Joyse sous le drapeau de la trêve, afin qu'ensemble ils trouvent le moyen d'éviter ce conflit. Le Roi Joyse a refusé d'entendre la requête de paix que lui portait l'ambassadeur d'Alend. Il n'en demeure pas moins vrai que c'est la paix que souhaite le Monarque d'Alend, et il s'en ouvrira loyalement au Roi Joyse si le Roi consent à le rencontrer.

— Joli discours, commenta le Gouverneur Lebbick sans hésiter. Au nom de quoi vous croirions-nous ?

— Je n'ai nul besoin de faire de « jolis discours », répliqua sèchement le Prince. Votre muraille est éventrée... et la brèche mal comblée, ai-je observé. Vous n'avez plus de réserves d'eau douce. Votre population est trop nombreuse. Vous ne pourrez endurer un siège, Gouverneur. Le Monarque d'Alend n'a nulle raison de vous offrir la paix — nulle raison hors la sincérité de son désir.

— « La sincérité de son désir », répéta Lebbick en refrénant sa monture. J'aime comme sonnent ces mots... dans la bouche d'un Alend !

» Très bien, recevez votre réponse. Le Roi Joyse m'a prié de vous rappeler — ainsi qu'à votre illustre père — qu'aucun de vous ne comprend le jeu de saute-contre. Sans aide, vous ne seriez pas arrivé jusqu'à l'impasse. Au lieu de brandir vers nous vos épées, souvenez-vous plutôt de ce qu'il advint la dernière fois que vous partîtes en guerre contre Mordant.

Le vent harcelait le flanc des chevaux.

— Par les étoiles, Lebbick ! s'écria Eléga. Est-il *encore* en train de jouer à saute-contre ? Dites-lui de se *rendre* !

Le Gouverneur ne quitta pas le Prince Kragen des yeux.

— L'attaque de la nuit passée était une diversion destinée à faire sortir la fille du Roi, fit-il.

Quand le Roi Joyse lui avait affirmé cela, Lebbick s'était maudit de n'avoir pas compris immédiatement.

— Que comptez-vous faire d'elle à présent ? Est-elle votre otage ?

Le Prince lâcha un juron avant de retrouver son contrôle.

— Le Monarque d'Alend est heureux d'accueillir dame Eléga comme une amie. Il n'a nulle intention de lui infliger souffrance, ou d'en infliger à son père par son intermédiaire. Cette nouvelle courtoisie devrait prouver son désir de paix.

— J'ai aussi une réponse à ce sujet, reprit le Gouverneur. Voici ce qu'a dit le Roi Joyse : « Je suis certain que ma fille Eléga a agi pour les meilleures raisons. Ma fierté l'accompagne où qu'elle aille. Pour elle comme pour moi, je souhaite que les meilleures raisons engendrent les plus heureux résultats ! »

Dame Eléga dévisagea le Gouverneur comme s'il venait de prononcer d'horribles paroles.

— Est-ce là une *réponse* ? questionna le Prince.

— Contentez-vous-en. Vous devriez apprécier qu'elle ne soit pas désavouée comme elle le mérite. Demandez-lui — voilà ce que le Roi Joyse lui avait formellement interdit de dire — si cela l'intéresse de savoir combien de gens sont morts ce matin.

Le Prince Kragen ignora ce coup.

— Vous refusez délibérément de me comprendre, Gouverneur. M'avez-vous transmis la réponse de votre Roi à l'offre du Monarque d'Alend de se rencontrer sous le signe de la trêve ? A-t-il à ce point perdu la raison ?

Fort du fait que le Roi Joyse lui avait bel et bien parlé — même si c'était d'une façon étrange — le Gouverneur Lebbick ne fut pas en peine d'une repartie :

— Je ne vous conseille pas de mettre sa raison à l'épreuve.

— Alors, écoutez-moi. Écoutez-moi bien, Gouverneur, s'exclama le Prince dans une colère soudaine. Voici mon dernier mot.

» Votre Roi ne nous laisse pas le choix. Nous *ne pouvons* nous satisfaire de cela. Cadwal est en marche. Vous le savez. Là où nous nous trouvons, nous sommes plus vulnérables que vous face à la force formidable du Haut Roi. Nous ne pouvons défendre ni votre peuple, ni le Congrégat...

— Ni vous-mêmes.

— ... ni *nous-mêmes* si nous ne nous emparons point d'Orison. Le Roi Joyse nous contraint tous à livrer une guerre qu'il ne peut gagner, sans se soucier de ce que cela coûtera. Il *doit* accepter la paix. Par la paix ou par le sang, nous *devons* prendre Orison.

— Est-ce là votre *dernier mot* ? s'enquit le Gouverneur en souriant.

— Oui !

— Alors, entendez le mien.

Lebbick savait ce qu'il avait à dire, quand bien même il n'en comprenait pas le sens.

— Le Roi Joyse fait dire au Monarque d'Alend qu'il a plus de choix que celui-ci ne le suppose. Le Roi Joyse suggère que vous vous retiriez dans l'ouest du Demesne pour attendre la suite des événements. Si vous faites cela, il sera heureux de rencontrer le Monarque d'Alend sous la bannière de la trêve pour lui soumettre d'autres suggestions. Sinon...

Le Gouverneur eut du mal à endiguer la surprise que lui causait encore la menace qu'il était chargé de délivrer :

— ... le Roi Joyse a l'intention de déchaîner contre vous la pleine puissance du Congrégat et de vous rayer de la surface terrestre !

Sur l'instant, il ne se souciait pas que la manœuvre de son souverain rencontrât ou non le succès. Il était simplement heureux d'avoir été autorisé à prononcer ces paroles.

Un silence choqué se fit parmi les cavaliers d'Alend. Malgré lui, le Prince ne put cacher sa fureur, sa consternation.

— Gouverneur Lebbick, vous mentez, murmura Eléga, livide sous la bise coupante. Mon père ne ferait jamais pareille chose.

Comme si elle venait de le lui commander, le Prince Kragen se fit apporter le drapeau de paix, en brisa la hampe sur son genou et jeta les morceaux à terre. Tournant bride, il battit en retraite vers les lignes d'Alend.

Le Gouverneur Lebbick et ses hommes regagnèrent Orison. Les portes se refermèrent derrière eux.

Le clairon d'Alend se fit entendre. Et tout autour du château se mirent à fourmiller suivants et domestiques qui commencèrent à défaire les chariots et à planter les tentes. Le siège d'Orison avait commencé.

— Il faut que j'aille voir Artagel, déclara Géraden sans enthousiasme aucun. Il voudra savoir ce qui se passe. S'il ne peut me pardonner d'avoir laissé partir le Prince Kragen, il ne pourra pas me blesser davantage quand il apprendra que j'ai laissé Eléga empoisonner le réservoir.

Devant son aspect misérable, Térisa offrit de l'accompagner, mais il refusa. Il préférait faire seul face à sa détresse. Il partit, et Térisa regagna sa chambre.

Elle avait grandement à réfléchir, besoin de décider en quoi, à quel point elle se trouvait en relation avec ce qui se déroulait autour d'elle. Elle avait besoin de définir ses propres loyautés. Elle devait décider jusqu'où elle souhaitait — ou pouvait — pousser l'engagement qu'elle avait apparemment pris vis-à-vis de Géraden en lui révélant le lien entre son rêve et l'augure.

Au lieu de cela, elle se surprit à penser au Révérend Thatcher.

Elle avait travaillé près d'un an avec lui, assez longtemps pour oublier ce qui, au départ, lui avait fait accepter cet emploi de secrétaire à l'hospice. Le temps passant, elle avait tendance à ne se souvenir que de sa constante inefficacité. Or, ce n'était pas ainsi qu'elle l'avait vu au début. Non, les premiers temps, elle avait désiré combattre la vacuité comme le confort matériel de son existence, son inutilité qui érodait sa conscience d'elle-même. Et elle avait accepté l'emploi que lui proposait le Révérend Thatcher à cause du dévouement dont il faisait preuve envers les démunis, les laissés-pour-compte.

À l'époque, elle ne s'était pas aperçue qu'il agissait sans effet. Aujourd'hui, elle commençait à se demander si sa perception avait été juste. À la place du Révérend, Géraden n'aurait-il pas agi de la même façon, exactement ? Géraden ne lui apprenait-il pas que l'on peut s'entêter sur une voie malgré les échecs ? N'avait-elle pas été, elle, victime d'un autre manque dans son travail à la mission, d'une sorte de sécheresse du cœur ?

Était-il impossible de vivre comme si elle entendait le son du cor ?

Ces pensées, sans rien résoudre, lui étaient nécessaires, et elle s'y attarda. Au moins, elle venait de comprendre qu'elle devait des excuses au Révérend Thatcher.

Plus tard, elle se découvrit assez fatiguée pour chercher le sommeil. L'idée d'une sieste lui sourit. Elle n'avait guère dormi la nuit passée. Elle chargea les cheminées en bois, se dévêtit et se glissa dans son lit.

Un moment, elle écouta le vent gémir à ses fenêtres, harceler la tour. Mais dès que les draps se furent réchauffés, elle s'endormit.

Noyée dans les rêves, elle eut bientôt la délicieuse sensation qu'on l'embrassait.

Une bouche prit la sienne. Une langue se glissa entre ses lèvres, au goût de clou de girofle.

Sous les couvertures, une main lui caressa le ventre, remonta vers ses seins, fraîche, assez, pour durcir ses mamelons.

Quand elle comprit qu'elle ne rêvait pas, elle ouvrit les yeux.

Maître Erémis était penché sur elle ; son regard pâle accrocha le sien. Son propre père avait des yeux semblables. Mais les pattes d'oie autour de ceux-là suggéraient un sourire.

Il la dévisageait avec une telle intensité qu'elle se saisit des couvertures et enfouit sa tête dessous.

S'écartant quelque peu, il cessa de la toucher. Les pans de sa chasuble se balançaient doucement sur le devant de son habituel manteau sombre, Il souriait bel et bien. Il semblait même de l'humeur la plus joyeuse.

— Je crains de vous avoir effrayée, ma dame, fit-il. Pardonnez-moi.

Le regardant enfin, dans la lumière grise que dispensaient les fenêtres, elle le trouva beaucoup plus laid que dans son souvenir : sa face était trop fuyante, ses cheveux plantés trop loin sur son crâne. Pourtant cela ne faisait que rendre plus irrésistible l'intelligence vive de son expression.

Elle serra étroitement les couvertures autour d'elle, battit des paupières, confuse.

— Comment... ?

— L'armoire, expliqua-t-il avec un sourire accru. J'explorais les passages secrets et j'eus le plaisir de découvrir votre chambre.

Térisa se redressa, l'esprit embrumé par un profond sommeil. Depuis quand avait-elle perdu l'excellente habitude de placer une chaise dans son armoire ?

— Où étiez-vous ? Je croyais que je vous verrais.

Maître Erémis s'assit sur le bord du lit, d'un doigt caressa le visage de la jeune femme, son oreille, descendit jusqu'à la courbe de l'épaule.

— Des affaires m'ont rappelé chez moi. Vous ai-je parlé d'Esmerel ? Mon grand-père l'appelait notre « siège ancestral » bien qu'Esmerel n'ait nullement les dimensions d'un château. Mon père, qui n'a pas tant de prétentions, ne l'appelle pas ainsi.

Sa caresse était comme une signature sur la peau de Térisa. Il s'approcha doucement du drap qu'elle tenait serré contre elle.

— Il a exigé ma présence, avec sa brusquerie coutumière. L'un de mes frères avait tué l'autre... bien qu'avec eux deux la vérité soit toujours difficile à découvrir. Mon père me voulait auprès de lui pour décider s'il déshéritait ou non le survivant en ma faveur. Esmerel se trouve dans le Fief de Tor... heureusement un voyage de deux jours seulement au-delà de la Rivière Vineuse. Je viens de rentrer.

Térisa avait peine à avaler sa salive. S'il s'entêtait à la regarder ainsi, elle allait oublier tout ce qui s'était passé en son absence. Ses doigts jouaient doucement sur le bord du drap qui la couvrait. Bientôt, il l'écarterait, et elle serait incapable de résister. Tiens, elle souhaitait donc résister ? Sa tête éclatait de rêves oubliés. Il lui était impossible de penser.

— Qu'a-t-il décidé ? demanda-t-elle avec effort.

— Mon père me hait, rétorqua l'Imageur en haussant les épaules pour montrer son désintérêt. Comme me haïssent — ou me haïssaient — mes deux frères. Aussi est-il remarquable qu'ils aient toujours fait ce que je souhaitais. Esmerel ne m'est pas utile pour le moment ; ce sera donc mon frère qui en héritera. Si mon père a le bon goût de mourir bientôt.

Il se pencha vers elle et reprit ses lèvres. La saveur de clou de girofle embrasa les sens de Térisa. Les mains du Maître écartèrent vivement le drap et sa langue réclama une réponse. Non, elle ne pouvait résister. Sa paume effleurait son sein jusqu'à la faire trembler sous la caresse ; puis elle se referma, possessive, pressante. Elle était sienne...

Néanmoins, elle le repoussa, les joues empourprées, le souffle court.

— Pourquoi votre famille vous hait-elle ?

Il ne souriait plus ; son regard brûlait d'une intensité qui bouleversait la jeune femme.

— Ma dame, je ne suis point venu ici pour parler de ma famille. Je suis venu vous prendre enfin.

Sans réfléchir, elle roula loin de lui et sortit du lit. Faisant fi de sa nudité, elle se dirigea vers la chaise pour y saisir sa robe de chambre. Ses mains tremblaient lorsqu'elle se recouvrit du lourd velours, referma le vêtement. Et sa voix n'était pas davantage assurée lorsqu'elle parla.

— Vous êtes parti longtemps. Je vous ai attendu. Je désirais vous aider. J'étais prête...

Prête à presque tout.

— Mais vous n'êtes pas venu. Et je suis restée sans nouvelles de vous.

Malgré sa résistance, elle frôlait la panique à l'idée qu'il pût s'offenser et partir, qu'en s'éloignant de lui elle perdait sa chance qu'il la touche, qu'il l'embrasse. Mais non, il ne parut pas se vexer. Il sourit de nouveau, d'un sourire trop vif pour être affectueux ; et une nouvelle ardeur brilla dans ses yeux, comme si la jeune femme était devenue un défi.

— Je regrette, ma dame, fit-il d'une voix songeuse, que vous n'ayez pas entendu parler de moi. Là n'était pas mon intention. Je vous ai envoyé plusieurs messages, mais sans doute auront-ils été interceptés.

Elle faillit lui demander qui aurait eu intérêt à les intercepter ; et puis ses derniers mots la retinrent ; il n'avait donc pas eu l'intention de partir sans lui dire au revoir. Cela changeait tout, non ?

— Vous m'avez fait porter des messages par Saddith, supputa-t-elle en bredouillant à moitié. Mais elle est votre amante. Elle vous veut pour elle seule, aussi ne m'a-t-elle rien dit.

Les yeux du Maître s'élargirent, il parut surpris, surprise que chassa prestement un furtif sourire, et son expression redevint franche, facétieuse mais avec prudence.

— Ma dame, vous ne pouvez décemment être jalouse d'une servante comme Saddith. Quasiment tous les hommes qu'elle a rencontrés lui sont passés entre les jambes. Je puis admettre qu'elle n'ait pas délivré mes messages. Mais je ne puis croire que le fait vous trouble que j'aie profité de ses charmes grossiers.

Les émotions de Térisa frôlaient une alarmante confusion. Son soulagement d'apprendre qu'il n'avait pas été dans l'intention de l'Imageur de la laisser sans nouvelles ne dura guère, suivi aussitôt par le sentiment que la rectification arrivait trop tard et ne changerait rien. Elle s'était engagée sans lui — au côté de Géraden. Et non par défaut de lui ni dépit ; non pas parce que l'Aspirant était présent et le Maître absent. Elle avait choisi Géraden car l'idée de se méfier de lui — de l'espionner, le trahir comme l'avait exigé l'Imageur — lui était intolérable. Si seulement Erémis était venu à elle plus tôt ! Elle se mordit la lèvre pour tenter de gommer la détresse qui risquait de se lire sur son visage.

Toujours souriant, Erémis l'observait de près.

— Saddith n'a aucune importance, fit-il au bout d'un moment. Je me passerai d'elle pour vous agréer. Vous me questionniez sur ma famille.

Elle acquiesça mollement, cramponnée à chaque mot qu'il prononçait tandis que son cœur avait mal.

— C'est une petite famille. Esmerel est une petite propriété, bien que très belle. Mon grand-père était d'une grande intelligence, et d'un plus grand raffinement encore. Il vouait un attachement exceptionnel au savoir et au plaisir, tout à la fois. Il se mêla d'Imagerie. Pour ne rien vous cacher, l'une des légendes voudrait qu'il eût été en relation avec l'ArchI-Mage Vagel. Cela, bien sûr, avant les guerres pour l'unification de Mordant, au cours desquelles l'ArchI-Mage entra au service du Haut Roi Festten.

» Malheureusement, mon grand-père n'avait qu'un fils unique, et ce fils était un rustre. Beauté, raffinement, voilà des mots qui ne lui parlaient pas plus qu'à un mur de pierres. Il ne comprenait que la violence — et les plaisirs d'icelle ! Quand il entra en possession d'Esmerel, il passa des années à débaucher ses beautés, comme à se débaucher lui-même. Puis il devint un petit brigand afin de préserver quelque semblant de richesse en son « siège ancestral ».

» Le résultat accidentel de ses débauches fut qu'il eut trois fils. Le premier était sa réplique exacte, par conséquent le plus aimé. Le deuxième était un peu plus petit, un peu moins musclé, et un peu plus rusé, par conséquent tolérable.

» J'étais le troisième.

La voix du Maître contribuait fort à son charme. À la façon dont il la regardait, Térisa s'attendit à ce qu'il s'approche d'elle. Il n'en fit rien et elle demeura immobile, hébétée, comme hypnotisée par la douleur qui lui taraudait le cœur.

— Heureusement, observa-t-il, j'étais plus fort que je n'en avais l'air. Selon toutes apparences, j'étais l'avorton de la portée, et mon père me détesta en conséquence. Ce fut aussi la raison pour laquelle mes frères progressèrent dans son estime en me tourmentant.

Il s'exprimait paisiblement mais la lueur dans ses yeux était coupante comme une lame.

— Une fois, par exemple, ils m'enfermèrent dans une remise à bois et y mirent le feu pour voir comment je réagirais.

— Qu'avez-vous fait ? souffla Térisa d'une voix rauque.

— Je les ai dupés, répondit-il en riant. Je n'étais pas l'héritier d'Esmerel mais l'héritier de mon grand-père quant à l'intelligence. Avant d'être assez âgé pour connaître la peur, j'étais assez fin pour savoir me protéger. Et j'appris bientôt que ma plus sûre protection était de les dresser l'un contre l'autre. J'en vins à convaincre chacun qu'il avait besoin de mon aide contre l'autre. À petits coups d'aiguillon judicieux, je parvins à les faire agir à ma guise.

Bouleversée par ce qu'il racontait — des faits qui auraient dû faire affreusement mal, qui lui rappelaient les placards noirs et le désir de s'effacer — elle avança d'un pas vers lui.

— À savoir ?

— Je fis d'eux tous de bons citoyens du Fief de Tor, fit-il, une lueur amusée dans le regard. Je domptai mes frères. Je privai mon père de ses débauches. Et je les contraignis à restaurer les sources de la connaissance qui avait autrefois fait la gloire d'Esmerel. Ainsi je pus revendiquer le véritable héritage de mon grand-père, ce furent ses recherches antérieures qui me poussèrent vers l'Imagerie.

» Lorsque je quittai Esmerel, j'avais accompli mon

possible pour éloigner ma famille de la bestialité. Mais un voyage de deux jours à cheval est long comme la traversée du monde à de pareils hommes. Je regrette de n'avoir pu prévenir l'altercation qui coûta à mon père son fils aîné.

Son ton comme ses manières suggéraient un regret plutôt superficiel. Térisa fit un nouveau pas vers lui. Le regard bleu pâle semblait la dévorer.

— Vous êtes venu me réclamer. Que voulez-vous que je fasse ?

Il ouvrit les mains, comme pour montrer leur puissance.

— Otez ce vêtement.

Elle porta la main à la ceinture, prête à acquiescer.

— Je veux dire, après, fit-elle en suspendant son geste. Que voulez-vous que je fasse pour Mordant ?

— Pourquoi doit-il y avoir un « après » ? protesta-t-il. Je comblerai votre féminité de manières dont vous n'avez pas même rêvé.

— Je veux vous aider, insista-t-elle d'une petite voix. Je veux aider Mordant.

— Très bien, admit-il, sans douter qu'elle connaissait déjà sa réponse et l'acceptait. Ensemble, nous persuaderons le Gouverneur Lebbick et le Congrégat que Géraden nous a trahis.

Le cœur manqua à Térisa et tout son courage s'évanouit. Géraden ? Il y revenait ? Allait-il encore prétendre que l'Aspirant était le complice de Gilbur et de Vagel ? Ou avait-il de nouvelles accusations à porter contre son seul ami ?

— Qu'a-t-il fait ? s'enquit-elle avec difficulté.

— Quoi ! Ne vous a-t-il pas encore convaincue que *je* suis le traître ?

Elle secoua la tête.

— Il est plus avisé que je ne le pensais. Vous auriez risqué de vous méfier de lui s'il avait tenté de vous retourner contre moi.

Le Maître la considéra un moment, avant d'ajouter :

— Et parce qu'il fut avisé, vous refuserez sans doute de croire qu'il s'est arrangé pour vous laisser seule dans le bazar pour que Gart vous attaque. Vous refuserez de croire que son échec à arrêter Eléga ne fut nullement accidentel.

Elle le dévisagea avec une franche horreur.

— Voilà qui est subtil de sa part. J'admets que je ne lui aurais pas prêté cette subtilité. Mais je vais vous dire quelque chose que vous devez croire. Cadwal est en marche. Vous êtes-vous demandé *pourquoi* Cadwal marchait contre nous ? Vous êtes-vous demandé pourquoi le Haut Roi Festten décidait d'attaquer *maintenant* ?

Consternée, déroutée, Térisa ne répondit pas. Une nouvelle accusation. De nouvelles raisons de croire que le seul homme qui s'était soucié d'elle, qui l'avait encouragée, accompagnée, était un traître.

— Selon le cours ordinaire des choses, poursuivait Erémis, les espions du Haut Roi l'auront avisé qu'Alend marchait sur Orison. Alors, que lui reste-t-il à faire ?

La voix de l'Imageur emplissait la chambre comme un vent âpre, et à la lumière du feu son visage se colorait de manière inhabituelle.

— D'un côté, le risque qu'Orison tombe, livrant le Congrégat aux mains d'Alend. Or avec le Gouverneur Lebbick — à défaut de notre bon Roi — pour défenseur du château, l'hypothèse est peu vraisemblable. De l'autre côté, la certitude que les forces du Perdon viendront soutenir Orison. Alend et Mordant peuvent aisément s'anéantir au cours de cette bataille... alors le Haut Roi Festten pourrait obtenir ce qu'il veut au prix minimum. Aussi *pourquoi* n'attend-il pas que ses ennemis se détruisent l'un l'autre ?

» Je vais vous le dire, ma dame, fit le Maître avec un geste brutal des deux mains. Il n'a pas attendu car il était au courant des intentions d'Eléga. Il savait qu'Orison courait un danger d'autant plus grave qu'il serait trahi de l'intérieur par les alliés du Prince Kragen.

» Réfléchissez, femme. Comment le Haut Roi Festten a-t-il su qu'Orison serait vendu à Alend ? Par l'Imagerie, son Bras-Vif peut entrer et sortir à sa guise du château, bien que le procédé demeure mystérieux. Or, l'accès à nos couloirs ne lui donne pas accès à nos secrets. Qui, sinon un traître, aurait avisé Gart qu'Eléga allait empoisonner le réservoir, nous privant d'eau et nous contraignant à une défaite imminente ?

— Non, murmura Térisa. Non.

Elle chercha une chaise où s'asseoir. Maître Erémis ignora sa protestation.

— Et qui, sinon Géraden, connaissait le danger ?

— Mais il a été attaqué, souligna-t-elle. Par l'Imagerie. À deux reprises. Ils ont tenté de le tuer... Gilbur, Vagel...

— Chiot de putain ! s'écria furieusement Erémis. Stratagèmes que cela, femme ! Cela prouve simplement que Gilbur et Vagel sont prêts à tout pour que vous ne vous retourniez pas contre leur complice. Ils font apparaître Géraden innocent en l'attaquant. La vérité est qu'ils feignent de vouloir sa mort pour la même raison qu'ils souhaitent réellement la vôtre : pour que vous ne le mettiez pas en péril.

» S'il n'avait pas été secouru, je vous assure qu'ils auraient rappelé leurs insectes avant qu'il ne soit déchiqueté.

Elle ne regardait plus l'Imageur ; elle ne voyait d'ailleurs plus rien. Les larmes coulaient sur ses joues.

— Comment aurais-je pu le mettre en péril ?

— Vous avez passé de nombreux jours avec lui. Vous l'avez observé, vous lui avez parlé. Et vous vous étiez rencontrés en tête à tête dans votre propre monde avant qu'il ne vous translate. Vous seule possédez la connaissance, l'expérience, qui persuadera le Congrégat de sa traîtrise.

— Non, répéta doucement Térisa.

Elle ne parlait pas à l'Imageur mais à elle-même. Elle entendait à peine ses paroles, seulement sa voix, sa colère, la menace de le perdre. Géraden n'était pas un traître. Bien sûr que non. Elle le savait, précisément, pour avoir passé tant de temps avec lui. Mais elle se retrouvait contrainte de choisir. Plus encore. Elle était obligée d'agir selon ce qu'elle croyait. Elle ne pouvait prendre le parti et la défense de Géraden sans tourner le dos à Maître Erémis et à tout ce qu'il représentait.

— Vous disiez vouloir aider Mordant, fit-il d'un ton impérieux qui lui rappela son père. Vous nous perdez en protégeant celui qui nous trahit.

Que faire ? Elle n'aurait su argumenter avec lui. Jamais elle n'avait été capable de discuter les affirmations paternelles. Elle ne pouvait que plier ou se cabrer.

— Qu'êtes-vous en train de faire de moi ? s'enquit-elle calmement.

— Otez votre vêtement, fit-il rudement. Votre corps, au moins, ne me décevra pas.

Désormais, elle comprenait la colère et le secret triomphe si souvent perçus dans la voix de son père, la volonté d'infliger une souffrance. Alors, ce qu'elle avait à faire lui parut évident, simple, clair... et si difficile que cela confinait à l'impossible.

Ses mains posées sur l'ouverture de sa robe de chambre resserrèrent les pans du tissu autour de son corps.

— Non, dit-elle au Maître.

Elle crut qu'il allait crier ou la frapper. Il la regarda et un rictus de violence déforma ses traits.

— Ma dame, murmura-t-il avec intensité, je vous ai voulue. Mes mains et mes baisers vous ont d'ores et déjà faite mienne.

Il était assez près pour la saisir aux épaules. Brillants des reflets du feu, ses yeux emprisonnaient ceux de Térisa.

— Chaque courbe de votre chair, chaque pulsation de votre féminité me désire, vous ne me repousserez pas.

Il l'approcha de lui et l'embrassa de force. Le vêtement de Térisa s'ouvrit, ne fut plus un obstacle entre eux. Elle le sentit dur comme métal contre son ventre sans expérience.

Elle ne se débattit point ; trop faible pour lutter. Mais son corps était devenu froid ; ses nerfs, son cœur douloureux ne lui répondaient plus. Son baiser n'était qu'une pression contre son visage, rien d'autre. Sa virilité avait perdu tout pouvoir de fascination.

Non, protestait-elle. J'ai dit *non.*

Quelqu'un frappa à la porte, si fortement que la serrure en trembla.

Jurant entre ses dents, Maître Erémis repoussa la jeune femme, mesura d'un regard la distance qui le séparait de l'armoire.

— Ne répondez pas ! ordonna-t-il.

Elle était au bord de l'évanouissement.

— J'ai oublié de fermer le verrou.

Sans attendre de réponse, Géraden fit irruption dans l'appartement et claqua la porte derrière lui.

Pourtant, lorsqu'il vit Térisa près du seuil de la chambre, vêtement ouvert, et Maître Erémis près d'elle, il se pétrifia.

D'un geste convulsif, Térisa referma sa robe de chambre. La surprise, la mortification la rendaient à moitié folle. Et folle elle parut bel et bien quand elle demanda :

— Comment se porte Artagel ?

Le Maître avait un regard furieux.

Géraden dévisagea la jeune femme comme s'il avait devant les yeux une vision effroyable.

— Je ne me suis pas rendu auprès de lui.

— Alors, qu'est-ce donc qui vous amène ici, enfant ? interrogea l'Imageur. La raison doit être grave pour que vous entriez de façon si cavalière dans la chambre d'une dame.

Avec le contre-jour de la cheminée derrière lui, le visage de Géraden demeurait dans la pénombre. Et pourtant, ses yeux brillaient.

— Térisa, dites-lui de sortir.

Maître Erémis lâcha une exclamation hautaine. Face au nouveau venu, Térisa ignora que l'Imageur avait bougé, jusqu'à ce qu'elle le sentît derrière elle. Il passa un bras autour de sa taille. De l'autre, il glissa la main dans l'échancrure de son décolleté et lui caressa le sein.

— Dame Térisa n'a pas envie que je parte, fit-il.

La honte embrasa la jeune femme de la tête aux pieds.

— Je vous en prie, murmura-t-elle à Erémis, à Géraden, au bord des larmes.

Ne me faites pas cela... Ce n'est pas ce que vous croyez.

— En vérité, dit Géraden, la raison de ma venue ne manque pas d'intérêt. J'ai eu une conversation avec Saddith.

Térisa sentit l'Imageur se raidir. Lentement, il retira sa main, sans pour autant lâcher la jeune femme.

— Voilà qui est curieux. Presque aussi curieux que l'importance que vous semblez y attacher. Vous sentez-vous bien, enfant ?

Avec effort, Térisa réprima sa détresse. Il lui semblait lutter pour sa vie.

— Que vous a-t-elle dit ? demanda-t-elle.

— Vos gardes m'ont affirmé que vous étiez seule, fit Géraden sans regarder l'Imageur. Comment est-il entré ?

Par la pression du bras d'Erémis, elle comprit qu'il ne voulait pas qu'elle réponde.

— L'armoire, avoua-t-elle avec un filet de voix. Le passage secret.

— Et comment savait-il qu'il aboutissait ici ? insista Géraden.

D'un ton las, comme s'il frôlait l'insupportable ennui, Erémis intervint :

— « Il » n'avait pas la moindre idée que le passage arrivait ici. « Il » explorait un passage inconnu de lui et tomba par chance sur la chambre de dame Térisa.

L'Aspirant posa un regard dur comme pierre sur le Maître. Les ombres découpaient son visage à la serpe.

— Je sais que c'est faux, déclara-t-il avant de revenir à Térisa. Comment Saddith est-elle devenue votre femme de chambre ?

Elle avait peine à respirer, comme si ses poumons étaient compressés.

— Le Roi Joyse lui a ordonné de s'occuper de moi.

— L'avait-il lui-même choisie ?

Étonnant comme le souvenir lui revint vif, précis. *Saddith sera à votre service*, avait dit le Roi. Il avait même accueilli la soubrette par ces mots : *Justement celle qu'il vous fallait*. Cependant, il n'avait nullement eu l'air content.

— Je ne le pense pas. Il ne l'a pas fait spécialement appeler. Il a simplement dit au garde que j'avais besoin d'une femme de chambre.

— Je commence à entrevoir ce qui vous a tant intéressé, intervint Erémis, riant pour lui-même. Les problèmes triviaux sont toujours passionnants pour ceux qui échouent partout ailleurs.

— Térisa, reprit Géraden avec une autorité par laquelle il parut grandi face à la dérision du Maître, vous souvenez-vous de ce dont nous avons parlé après que Gart a essayé de vous tuer la première fois ?

Elle secoua la tête, confuse. Elle n'arrivait pas à réfléchir. Ce souvenir-là s'était estompé, aussi sûr que le précédent lui était revenu intact en mémoire. La lumière grise que dispensaient les fenêtres se faisait de plus en plus avare.

— Nous nous étions demandé comment il vous avait trouvée.

Comment il m'avait trouvée...

— Il était évident qu'il avait eu un complice dans Orison. Quelqu'un lui avait dit où vous logeriez.

— Voilà qui est très bien, Géraden, railla Maître Erémis. Une prodigieuse démonstration de logique. Quelqu'un, en effet, a dû le lui révéler. Peut-être était-ce vous. Vous saviez où elle était logée. J'ai ouï dire que ses appartements avaient été gardés à votre demande.

Térisa ne quittait pas Géraden du regard et lui n'avait d'yeux que pour elle.

— Saddith ne m'a pas dit tout ce que je voulais savoir. Mais elle a suffisamment parlé pour que je devine le reste. Elle s'est portée volontaire pour être à votre service.

Volontaire ?

— Je me suis interrogé. Pourquoi se serait-elle proposée quand les seuls à connaître votre présence parmi nous — et à supputer votre importance — étaient le Roi Joyse et les Maîtres ? Il ne lui a fallu que quelques encouragements pour me le révéler. Elle a agi pour plaire à l'un de ses amants. Ou, tout au moins, à un homme qu'elle voulait pour amant. Un Maître. Il lui a demandé de veiller sur vous pour son compte, et elle l'a fait afin d'en obtenir reconnaissance.

Une bûche consumée s'écroula dans la cheminée ; les flammes crépitèrent de plus belle. Gentiment, Maître Erémis referma ses longs doigts sur la nuque de Térisa.

— C'est également ainsi qu'il a eu connaissance du passage secret jusqu'à votre chambre, poursuivit Géraden. Par Saddith. Le fait n'a pu échapper à votre femme de chambre que vous aviez placé une chaise dans votre armoire.

— Voilà qui est outrageant, enfant, tempêta le Maître en resserrant sa prise sur le cou de Térisa. Avez-vous perdu l'esprit ? Auriez-vous sérieusement l'intention de m'accuser, *moi !* d'être complice avec le Bras-Vif du Haut Roi ?

Derrière sa colère perçait une inflexion de mépris.

Géraden ne lui accorda pas un regard, les yeux toujours attachés à Térisa.

— Il était l'un des rares à savoir où vous vous trouviez au cours de cette première nuit. Il est l'un des rares à être au courant de l'existence du passage secret. Et il est le seul qui fut en mesure d'organiser cette embuscade à l'issue de la réunion entre les Seigneurs et le Prince Kragen. Il est le seul qui ait su que vous seriez présente... Il vous y avait *emmenée.*

» Il s'est arrangé pour vous placer juste en face du champion, vous risquiez ainsi d'être frappée. Vous étiez côte à côte mais *lui* s'échappa. Il aurait pu vous entraîner avec lui. Il aurait pu m'arrêter. Pourquoi n'en a-t-il rien fait ?

Les feux parurent sur le point de mourir. La pénombre envahissait la chambre.

Géraden, aide-moi. Il va me briser le cou.

— Géraden, rétorqua Erémis d'un ton insouciant, voilà qui est inexcusable. Vous avez dépassé les limites de l'insulte. Vous ne me ferez pas endosser vos propres crimes. Je ne le permettrai pas.

La pression de ses doigts commençait à provoquer une sorte d'étourdissement, d'éblouissement dans la tête de Térisa.

Géraden posa enfin les yeux sur l'Imageur.

— Tout ceci n'est que suppositions absurdes. *Vous* auriez pu organiser cette embuscade aussi bien que moi-même. Votre frère Artagel suivait Térisa. Vous avez toujours su où elle se trouvait. La chance seule a voulu que Gart n'intervînt pas alors que tous les Seigneurs étaient rassemblés. Certains d'entre eux seraient morts.

— Lâchez-la, articula l'Aspirant d'une voix tranchante. S'il vous faut un otage, prenez-moi. Je suis beaucoup plus dangereux qu'elle.

Le rire du Maître partit comme un jet d'acide.

— Oh ! Vous vous flattez, enfant ! Vous vous flattez.

Avant d'avoir pu se libérer, Térisa perçut soudain le bruit d'une présence dans l'armoire. Quelqu'un écartait les vêtements pour se frayer chemin. Les portes s'ouvrirent soudain tout grand, dans un déluge d'habits, et un homme bondit du passage secret.

Si noirs étaient son manteau et son bustier de cuir qu'il semblait l'incarnation même de l'obscurité dont il avait surgi ; il se déplaçait telle une ombre. Mais le fil de son épée accrochait la rare lumière du foyer. Entre ses yeux jaunes, son nez était pareil au tranchant d'une hachette.

Il sauta dans la chambre, prêt au carnage.

Il ne sut cependant masquer sa surprise de trouver Maître Erémis, Térisa et Géraden devant lui. Malgré lui, il refréna son élan. Sa lame oscilla.

— Gart ! s'écria Maître Erémis. Chien d'une chienne ! Votre à-propos tient du miracle !

Si vite que son mouvement la fit chanceler, il lâcha Térisa et se précipita vers le lit. Tandis que Gart se remettait en mouvement, Erémis tira à bas le dais en plumes de paons et le jeta à la tête du Bras-Vif.

Simultanément, Géraden saisit Térisa et l'entraîna dans le salon, si vite qu'elle faillit tomber dans la cheminée.

Gart taillait en pièces le ciel de lit que son épée découpait avec un bruit semblable à celui que provoque l'eau sur le métal brûlant. Les plumes de paons volèrent de tous côtés.

Maître Erémis bondit sur le lit. Son visage brillait d'une joie macabre quand il lança un oreiller sur Gart.

Le coussin parut exploser sur le fil de l'épée. Puis ses plumes redescendirent en une lente neige.

Un second oreiller suivit le premier. Celui-ci arriva sur le plat de l'épée, et Gart le renvoya derechef sur Erémis.

Le choc en retour fut assez fort pour projeter l'Imageur contre le mur.

Gart se tourna vers Térisa et Géraden.

— Gardes ! hurla Erémis avant que le Bras-Vif n'ait frappé. *Gardes !*

Pour la deuxième fois, l'assassin fut assez surpris pour hésiter. Il suspendit son coup — coup qui aurait décapité Géraden sans autre forme de procès. Il évalua la distance entre Géraden et Térisa ; il regarda le loquet de la porte qui se soulevait ; jeta un œil vers Erémis par-dessus son épaule.

De la main gauche, il tira un poignard redoutable de sa ceinture.

À l'instant où la porte s'ouvrait devant le premier garde, Gart leva le bras.

Un troisième oreiller le toucha à l'épaule à temps pour dévier le lancer du couteau. Il manqua Térisa.

Maître Erémis éclata de rire.

À présent, le Bras-Vif n'avait plus le droit d'hésiter. Virevoltant furieusement, il para le coup d'épée du premier garde et le frappa aux jambes. Tandis que le suivant s'empêtrait pour ne pas piétiner son camarade, Gart battit en retraite vers la chambre.

Sans un regard pour Maître Erémis, il sauta dans l'armoire.

— Rattrapez-le ! hurla Erémis aux gardes. Ce passage mène aux appartements de Havelock ! *Vite !* Je me charge d'appeler des renforts.

Térisa vit distinctement les soldats tressaillir avant que de se ruer dans l'armoire. Peut-être ne souhaitaient-ils pas se retrouver face à Gart en un lieu aussi exigu. Ou peut-être répugnaient-ils à faire irruption dans le domaine de l'Adepte Havelock — surtout si, comme Maître Erémis avait paru le suggérer, l'Adepte était complice du Bras-Vif.

À grandes enjambées, Maître Erémis descendit du lit et fit irruption dans le salon. Son visage était éclairé par l'éclat du feu, et par sa fureur. Jamais Térisa ne lui avait trouvé l'air si dangereux. Il s'approcha de Géraden et posa un doigt sur sa poitrine.

— Je vais demander à réunir le Congrégat, fit-il d'une voix âpre qui contrastait avec l'humour de son expression. Et vous me répondrez de tout cela devant les Maîtres.

— Non, répliqua Géraden d'un ton mal assuré. Le Congrégat s'est dissous de lui-même.

— Vous vous trompez encore, aboya Erémis. Quillon a repris les Maîtres sous son autorité, par ordre du roi.

Et il tourna les talons dans un impressionnant mouvement de chasuble. Les traits de Géraden se décomposèrent, comme s'il venait de recevoir un coup terrible.

Térisa s'assit, là, à même le sol. Le martèlement des bottes des gardes résonnait, lointain, dans le passage secret, mais elle n'entendit rien qui ressemblât à un croisement de fers.

7

Maître Erémis devient sérieux

— Vous sentez-vous bien ? s'enquit Géraden sans aucune compassion ou sympathie.

Assise jambes croisées sur le tapis, Térisa porta les mains à ses tempes comme pour empêcher son esprit de s'échapper. Elle ne comprenait rien ; rien n'avait de sens. Maître Erémis. Gart. À quoi jouaient-ils avec elle ?

— Térisa ?

Et pourquoi Géraden était-il tellement en colère contre elle ? Il était son ami. Pourquoi cet aveuglement soudain à sa souffrance ?

— Vous a-t-il blessée ?

Il était son ami. Il fallait qu'il eût une bonne raison pour tempêter contre elle comme si elle lui avait fait mal. Elle s'efforça de rassembler quelque peu ses idées. La pièce offrait un désastreux spectacle. Il lui fallait *réfléchir*.

De lourdes bottes martelèrent les dalles du couloir et trois gardes firent irruption dans le salon, épée au poing. Maître Erémis avait dû les rameuter. Une fois dans la chambre, pourtant, ils hésitèrent.

— Il y a un passage secret dans l'armoire, leur cria Géraden.

Ils repartirent alors au pas de charge et l'armoire résonna de leur bruyant passage.

Térisa souffrait de toutes parts. Elle recensa la douleur sourde à sa nuque, là où l'Imageur l'avait tenue ; le mal cuisant qui lui étreignait les confins les plus secrets du cœur ; l'élancement douloureux qui lui traversait la poitrine, de plus en plus vif chaque fois que Géraden s'adressait à elle de ce ton amer, brutal ; enfin, cette sensation accablante sous son crâne, comme si on lui avait aplati le cerveau à coups de gourdin.

Et ailleurs encore — un ailleurs indéfinissable — se dessinait une nouvelle certitude, pure comme une lame d'arme blanche. Peut-être était-ce ce qui lui faisait le plus mal, car elle ne savait lui donner nom.

— Au moins, fit-elle, légèrement hébétée, nous savons désormais que Gart et lui n'œuvrent pas ensemble.

— *Térisa.*

Son nom aurait pu sembler un cri si Géraden ne l'avait si doucement murmuré.

Avant qu'elle puisse répondre, une nouvelle voix intervint :

— Ne vous torturez pas, Géraden, conseilla le Gouverneur Lebbick depuis le seuil. Elle n'en vaut pas la peine.

Quatre autres gardes traversèrent la pièce en direction de l'armoire. Térisa se mit debout, ne supportant pas d'apparaître si défaite face au Gouverneur.

Géraden se tenait dos au mur, les bras croisés. Son visage était pareil à un masque de pierre, que toute joie avait déserté. Les reflets du feu allumaient dans ses prunelles des lueurs sèches comme la fièvre.

— Gardez vos insultes, Gouverneur, rétorqua-t-il calmement. Nous n'en avons pas besoin.

Lebbick haussa un sourcil surpris.

— Fort bien. Je me montrerai civil. Si vous acceptez de coopérer. Pour une fois. Que s'est-il passé ?

Géraden se contracta imperceptiblement.

— Nous avons été attaqués. Le Bras-Vif du Haut Roi a de nouveau attenté à la vie de dame Térisa.

Un sourire grimaçant découvrit les dents de Lebbick.

— Et vous êtes encore vivants. Comment cela se fait-il ?

— Maître Erémis nous a sauvés. Il a lutté contre Gart jusqu'à l'intervention des gardes.

— Maître Erémis ? Que faisait-il ici ?

Géraden ne dirigea pas son regard amer vers Térisa qui s'efforçait de soutenir l'examen narquois du Gouverneur.

— Il était venu me voir.

— Le recevez-vous toujours si légèrement vêtue ?

Honteuse, elle se mordit la lèvre. La honte était une autre source de souffrance.

— Il est entré tandis que je dormais, souffla-t-elle.

Le Gouverneur revint à Géraden.

— Maître Erémis était apparemment le bienvenu. En ce cas, que faisiez-*vous* ici ? Je doute que l'on vous ait convié.

— Lorsque je suis arrivé, fit durement le jeune homme, les gardes m'annoncèrent qu'elle était seule. N'avez-vous pas envie de savoir comment Erémis et Gart sont entrés ?

— Continuez. Dites-le-moi.

— Tous deux ont emprunté le passage secret derrière l'armoire.

À ces mots, Lebbick laissa échapper un formidable juron.

— Comment le connaissaient-ils ?

— Saddith et Maître Erémis sont amants. À dire vrai, Saddith devint la femme de chambre de Térisa pour plaire à l'Imageur. Elle a remarqué la chaise dans l'armoire et l'en a avisé. Je suppose qu'il l'aura dit à Gart.

— Un instant. Vous venez d'affirmer que Maître Erémis vous a sauvés. Et maintenant, vous prétendez qu'il serait le complice du Bras-Vif ?

— Comment, sinon, Gart aurait-il découvert le passage ? souligna l'Aspirant. Qui d'autre en saurait assez pour l'en aviser ? Seulement moi et Térisa. Saddith et Maître Erémis. Vous enfin, Gouverneur. Même Artagel en ignore l'existence.

Malgré elle, Térisa se rappela que Myste savait aussi.

— Fort bien, gronda Lebbick en serrant les poings sur ses hanches. Si Gart savait, pourquoi ne s'est-il pas servi plus tôt du passage pour venir la tuer ?

— D'abord il ne savait rien, répliqua Géraden. Saddith aura dit à Maître Erémis où se trouvaient les appartements de Térisa, mais elle ne savait rien de plus alors. J'ignore à quel moment elle a découvert le passage, et à quel moment elle en avisa son amant. J'ignore surtout l'emploi du temps de Gart ! Mais je crois que Maître Erémis a décidé de laisser Térisa en vie car il la voulait pour lui-même. Il n'aura pas soufflé mot du passage à Gart avant l'arrivée de l'armée d'Alend, avant que le temps ne les presse.

Lebbick se tourna brutalement vers Térisa.

— Est-ce vrai ? Vous êtes-vous débrouillée pour qu'il importe à Maître Erémis de vous garder en vie alors qu'en vérité il souhaitait votre mort ?

Son ton la fit frémir. Elle commençait à entrevoir ce qui avait blessé Géraden, et cela la consternait. Elle décida de faire face au Gouverneur.

— Il nous a sauvés.

Sa certitude eût été si précise, si elle avait pu mettre un nom dessus...

— Il a dit à Géraden qu'il l'obligerait à répondre de ses accusations devant le Congrégat.

— Garce !

L'insulte lâchée, le Gouverneur revint à Géraden.

— J'ai encore quelques points à éclaircir. J'aimerais comprendre comment vous vous trouvez tellement au fait de ce que Saddith révèle ou tait à ses amants. Et j'exige de savoir certaines choses que vous ne m'avez pas encore confiées.

» Cependant, vous n'êtes pas mon principal problème pour l'heure. J'ai à me soucier de tout ce qui se passe dans Orison. J'attendrai que le Congrégat se réunisse. Lorsque mes hommes reviendront bredouilles, envoyez-les-moi.

Il tourna brusquement les talons et sortit.

Térisa se réfugia près du feu, pour ne pas endurer le regard de Géraden. Elle en avait peur. Il était si blessé... et tout ce qu'il croyait d'elle, ou presque, était fondé. Il l'avait sauvée de sa propre faiblesse. Elle avait si peu, si mal résisté aux instances pressantes du Maître. Alors même qu'elle choisissait un parti contraire au sien, elle avait été incapable de lutter. La honte la submergeait ; comme l'accusait implacablement la douleur du jeune homme.

Mais sa lâcheté la dégoûta. Géraden n'avait jamais laissé la peur l'empêcher d'agir pour elle. Elle s'obligea à se tourner vers lui.

— Géraden, je...

Il n'avait pas bougé. La grise lumière du jour et les rougeurs chatoyantes du feu soulignaient les arêtes de son visage pareil à la pierre, ses pommettes anguleuses, son nez droit, son front dégagé. Pas un muscle ne bougeait. Non plus les boucles brillantes de ses cheveux.

Il avait les yeux fermés.

Toute cette douleur à cause d'elle. Parce qu'il l'avait trouvée presque nue avec Maître Erémis. Parce qu'il avait vu le Maître la toucher si intimement.

— Qu'allons-nous faire ? demanda-t-elle.

Ses paupières ne bougèrent pas. Peut-être la seule vue de la jeune femme lui était-elle intolérable. Quand il parla, il ne sut défaire sa voix de son timbre glacial.

— J'ai besoin de savoir au côté de qui vous êtes. Inutile de me dire autre chose. Vous devez faire votre choix. Je ne puis vous dire qui vous devez aimer. Mais je vais devoir affronter l'assemblée des Maîtres et leur dire tout ce que je pense. Ils ne voudront pas me croire. Pendant trop d'années, j'ai commis trop d'erreurs.

» Vous êtes mon unique témoin. Vous êtes la seule à pouvoir leur soutenir que je dis la vérité. Si votre intention est de me faire passer pour menteur...

Il ne put continuer. Térisa voulut répondre mais les mots s'étranglèrent dans sa gorge. Que dire ? Aucun mot ne convenait. Géraden venait de frôler le point mystérieux de sa certitude mais elle ne savait encore lui donner un nom.

Pourtant elle ne put supporter plus avant son silence rigide. Il fallait qu'elle parle, qu'elle réponde.

— Je n'ai pas invité Maître Erémis ici. Il est venu pendant que je dormais. Voilà pourquoi je ne suis pas habillée.

» Il voulait que je choisisse entre vous deux.

Un muscle se crispa douloureusement sur le visage de Géraden.

— Je crois qu'il est probablement le seul homme dans Orison qui ait une chance de sauver Mordant. Il a le don de provoquer les événements, fit-elle, allant jusqu'aux limites de son honnêteté. Mais c'est vous que j'ai choisi.

Les yeux de Géraden s'ouvrirent soudain. Une subtile altération des méplats et des lignes sur sa face lui donna une expression à la fois étonnée et soupçonneuse.

— Votre vêtement était ouvert, dit-il encore d'une voix tremblante.

— Il l'avait ouvert.

Pendant un long moment, il resta sans bouger... et cependant toute sa physionomie se transfigura. Jusqu'aux émotions qui brillaient dans ses yeux. Il ne sourit pas ; il n'y était pas encore prêt. Mais son expression d'antan restaurée promettait de futurs sourires.

Lentement, il décroisa les bras de sur sa poitrine. Lentement, il tendit la main vers Térisa, vers sa joue qu'il caressa, essuyant les larmes qu'elle n'avait pas versées.

Incapable de réprimer son élan, Térisa referma les bras autour de lui et le serra avec une ardeur désespérée, comme s'il tenait le remède à sa honte.

Géraden répondit par une étreinte aussi étroite et nécessaire que la sienne, aussi avide de consolation. Et ce fut peut-être parce qu'il voulait tant d'elle qu'il lui donna ce dont elle avait besoin.

Il s'écoula peu de temps avant qu'un petit peloton de neuf gardes émergeât du passage secret dans l'armoire. Ils revenaient évidemment bredouilles.

La grise après-midi se mua en crépuscule. Tout autour d'Orison, les feux de camp luttaient contre le vent. Partout les tentes se dressaient en petites protubérances sur la terre nue. Même les machines de guerre paraissaient minuscules avec la distance, dans cette pénombre d'entre chien et loup. Le vent gémissait sans relâche aux fenêtres de Térisa, qui portait tous les bruissements, toutes les amertumes et les menaces.

Cette heure noire amena un visiteur incongru dans la chambre aux paons : le tailleur Mindlin venait livrer les costumes. Il voulut procéder à un second essayage pour s'assurer de la satisfaction de sa cliente — peut-être jugeait-il prudent de recueillir ses éloges pour les lendemains incertains du siège — mais Térisa accepta les habits et le renvoya.

— Nous devons *faire* quelque chose, fit-elle pour la quatrième ou cinquième fois.

— Je sais, fit Géraden dans un soupir. Mais les idées ne se précipitent pas dans mon esprit.

Elle avait besoin de mettre en mots sa nouvelle certitude, que celle-ci lui fût bonne à quelque chose. La lumière viendrait si elle cessait de la solliciter, se dit-elle. Ou si elle s'y prenait mieux. Elle prit brusquement une résolution.

— Vous souhaitiez parler à Artagel mais vous n'en avez pas eu l'occasion. Pourquoi n'allez-vous pas le trouver maintenant ?

— Pourquoi ? fit Géraden, surpris de sa suggestion.

— Vous vous sentiriez mieux.

— Pensez-vous que nulle autre chance ne se présentera ? Prévoyez-vous qu'il me sera difficile d'obtenir le pardon de mon frère depuis le fond du cachot où l'on va me jeter pour trahison ?

— Je n'ai pas dit cela, fit Térisa sans pouvoir réprimer un sourire.

— C'était inutile, reprit-il gagné lui aussi par la bonne humeur. Je l'ai dit pour vous.

— D'accord. Si vous jugez l'idée mauvaise... poursuivit Térisa, souriant franchement, je crains de devoir m'excuser de l'avoir soulevée.

— Non, non. Tout mais pas cela. J'y vais de ce pas.

L'humeur joueuse du jeune homme s'évanouit aussitôt.

— Souhaitez-vous m'accompagner ?

Elle secoua la tête.

— Qu'allez-vous faire ?

— Je vais m'efforcer de trouver un sens à tout cela, déclara-t-elle fermement, affectant d'être sûre d'elle.

Géraden l'observa un moment puis, d'un ton volontairement sentencieux, assura :

— J'ai la certitude que vous y parviendrez, ma dame.

— Oh, sortez d'ici !

Néanmoins, elle espérait qu'il eût raison. Dès qu'il fut parti, elle revêtit sa nouvelle tenue de cavalière, ses bottes, car elle était lasse de s'empêtrer dans ses robes de grande dame, et alla trouver le Roi.

Elle n'avait à l'esprit aucun plan arrêté. Simplement, elle souhaitait que Joyse intervînt quant au sort de Géraden.

À mesure qu'elle grimpait les escaliers vers la suite royale, elle se souvint qu'elle avait menti au Roi lors de leur dernière entrevue, qu'il s'était douté qu'elle avait aidé Myste à quitter Orison... Parvenue devant la porte, elle faillit rebrousser chemin. Mais l'épreuve imminente qu'aurait à soutenir Géraden l'en dissuada.

Elle avait besoin d'obtenir réponse à quelques questions pour aider l'Aspirant. Si le Roi Joyse se refusait à l'aider, ou à aider le fils du Domne, ou Mordant, il pourrait toujours répondre à ses questions. L'enjeu valait le risque.

Et si le Roi refusait de la recevoir, elle parlerait au Tor.

Les gardes en faction la saluèrent. Elle demanda la permission d'être admise, et celle-ci lui fut bientôt accordée.

Le pouls battant fiévreusement de sa témérité, elle ne vit en entrant que les trois vieillards installés tels de parfaits et anciens compagnons devant la cheminée.

À moitié vautré dans un fauteuil, le Roi Joyse avait les jambes étendues sur un agenouilloir placé, près du feu. Son manteau d'intérieur de velours pourpre rutilait d'un récent nettoyage et ses joues étaient rasées de près. Si ce n'avait été sa posture abandonnée, il eût paru frais et dispos.

Le Tor, par contraste, affichait tous les symptômes de l'obèse que ne supporte plus un squelette affaibli. Comme ses chairs, sa robe de chambre, abondamment tachée de vin, débordait des accoudoirs de son siège. Trop dodu pour arborer un air hagard, il évoquait par son expression un linge humide. À croire qu'à s'être si fort attaché à veiller à la défense d'Orison, il avait négligé de prendre soin de lui.

Entre les deux vieux amis était assis le Fourbe du Roi, l'Adepte Havelock, plus grimaçant et fou que jamais dans son manteau éculé, avec ses touffes de cheveux parsemés et son regard au strabisme divergent affirmé.

Les trois hommes tenaient en main de grands et élégants verres à pied.

Tous tournèrent la tête vers Térisa quand elle fut annoncée. Le Tor l'accueillit avec un soupir d'épuisement aviné. L'Adepte Havelock lécha ses lèvres salaces. Le Roi Joyse hocha la tête mais ne sourit point.

Térisa aurait aimé qu'il lui sourît. Le ton formel avec lequel il la salua donnait à penser qu'il avait un tant soit peu abusé du vin.

— Venez vous joindre à nous, ma dame.

Ses joues étaient rouges à cause de l'alcool mais il semblait, sous cette coloration factice, terriblement pâle.

— Servez-vous à boire, suggéra-t-il en désignant une carafe et un verre posés sur un guéridon contre le mur lambrissé. Un bon vin... qui vient de...

Une ombre de perplexité passa sur son visage.

— D'où disais-tu qu'il venait ? demanda-t-il au Tor.

Le vieil obèse se secoua comme s'il avait frôlé le sommeil.

— Rostrum. Un petit village à la limite du Termigan et du Domne, là où les nouveau-nés sucent du vin et non du lait au sein maternel, où même les enfants savent tirer un breuvage exquis des grappes. Le vin de Rostrum.

— Le vin de Rostrum, répéta le Roi en hochant la tête. Servez-vous. Nous nous livrions à une célébration.

Térisa s'avança au centre du salon royal.

— Que célébrez-vous ?

L'Adepte Havelock pouffa.

— Ah bon, c'est une fête, marmonna le Tor. Je croyais que nous devions nous lamenter.

— Et pourquoi donc, mon vieil ami ? s'exclama Joyse avec un gentil regard pour son compagnon. C'est une célébration.

— Oh, bien sûr... Seigneur Roi, acquiesça le Tor en agitant vainement une main dodue. Une célébration. La langue m'a fourché, expliqua-t-il avec une grande lassitude. Orison est assiégé par le Monarque d'Alend. Votre fille a empoisonné notre eau. Tandis que nous restons assis ici, les hommes du Perdon tombent, se sacrifiant sans espoir contre Cadwal. Et l'Imageur royal, l'Adepte Havelock... conclut-il avec une courbette pour l'intéressé, a fait brûler vif le seul indice qui nous aurait permis de découvrir l'identité et la cachette de notre pire ennemi. Oui, autant nous réjouir, puisque nous ne savons rien faire dans la peine.

— Ridicule, répliqua le Roi avec une gravité qui ne l'empêchait nullement de paraître de bonne humeur. Les choses ne vont pas si mal que vous le pensez. Lebbick a un ou deux tours dans son sac pour soutenir un siège. Et nous avons encore beaucoup de vin de Rostrum. Alors, qu'avons-nous besoin d'eau ! Dès qu'il comprendra que nous ne sommes pas en mesure de lui envoyer des renforts, le Perdon baissera les armes et laissera passer Cadwal. Le carnage s'arrêtera.

Il semblait inconscient du fait que ses paroles étaient fort peu rassurantes.

— Et la mort du prisonnier ? articula lourdement le Tor.

Le Roi Joyse négligea la question.

— Nous avons une autre raison de nous réjouir. Dame Térisa est là. N'est-ce pas, ma dame ? fit-il avant de s'adresser de nouveau au Tor. Si je ne me trompe, elle vient nous dire qu'elle a trouvé une nouvelle solution à l'impasse.

Une fois de plus, l'Adepte se mit à pouffer.

Térisa resta pantoise. Une solution à l'impasse ? Le Roi Joyse croyait-il sincèrement que tout ceci n'était qu'une vaste partie de saute-contre ? Alors tout était perdu.

Pour ne pas céder à la panique, elle se raccrocha désespérément à la raison de sa venue. Géraden.

— Je ne connais rien aux impasses. Ni à leurs solutions, fit-elle, d'un ton un peu trop brutal qu'elle s'efforça d'apaiser. Seigneur Roi, je suis venue vous trouver car je m'inquiète pour Géraden. Maître Erémis a l'intention de le perdre devant le Congrégat.

— Le perdre, ma dame ? rétorqua poliment le souverain.

— Lui et Maître Erémis s'accusent mutuellement de trahir Mordant.

— Je vois. Et vous n'appelez pas cela une impasse ?

Elle s'y prenait mal.

— Non, Seigneur Roi. Le Congrégat croira Maître Erémis.

Et là, enfin, elle fut certaine...

— ... Mais il ment.

Le Tor pivota comme il put sur son siège pour l'observer. Dans un effort empressé, l'Adepte Havelock se saisit de sa chaise, la retourna, se rassit pour être face à la jeune femme.

Le Roi, lui, contemplait le feu.

— Maître Erémis mentirait ? fit-il comme s'il se désintéressait totalement de la question. Voilà qui serait risqué. Il pourrait être démasqué. Seuls les hommes innocents peuvent se permettre de proférer des mensonges.

— Ma dame, intervint calmement le Tor, de telles accusations sont sérieuses. Maître Erémis a fait ses preuves. Le Congrégat ne sera pas à blâmer de donner raison à l'un des siens contre un Aspirant maladroit. Comment savez-vous que Maître Erémis ment ?

Térisa ouvrit la bouche, la referma. Que dire ? La pièce à conviction s'était fichée dans son esprit mais refusait de se dévoiler. Une parole prononcée, ou sous-entendue par l'Imageur... Ou bien était-ce Géraden ?

— Je ne le sais pas encore, admit-elle.

— Je vois, ma dame, fit le vieux Seigneur en reportant son attention sur l'âtre. Vous faites confiance à Géraden, simplement. Ce qui est compréhensible. Moi aussi je lui fais confiance. Cependant, je ne puis vous venir en aide. Je ne suis plus le chancelier du Roi.

Pardon ?

L'Adepte Havelock sourit à la jeune femme.

Avec un soupir, le Roi se vautra un peu plus dans son fauteuil.

— Mon vieil ami marchait droit à la tombe à vouloir porter Orison. Il refuse de l'admettre mais il n'est plus un jeune homme. C'est là une triste vérité.

— Mon Seigneur Roi, expliqua l'intéressé, a donné des ordres pour que je ne sois plus obéi, en dehors de ce qui regarde mon confort personnel. Mes pouvoirs ont pris fin avec l'arrivée de l'armée d'Alend. Vous imaginez la satisfaction du Gouverneur Lebbick, tempêta-t-il, presque contre lui-même. Il n'appréciait pas que je me préoccupe de notre défense. Bien que mon Roi n'en souffle mot, je crois qu'il m'a destitué pour se protéger lui-même dans l'hypothèse où les soupçons du bon Gouverneur seraient fondés.

À ces mots, le Roi releva la tête, son pâle regard aiguisé soudain, la bouche crispée. Sans répondre au Tor, il dévisagea Térisa.

— Que désiriez-vous au juste, ma dame ?

Elle sursauta ; un instant, elle s'était oubliée dans sa compassion pour le vieux Seigneur.

— Géraden n'a aucune chance face aux Maîtres, déclara-t-elle avec conviction. Maître Erémis le brisera. Vous devez les arrêter. Ne les laissez pas faire.

— Mais si Maître Erémis dit la vérité, souligna le Roi d'un ton grinçant, Géraden aura mérité d'être pris et puni.

Elle ne pouvait le croire ; quelle folie !

— Non. Vous ne pensez pas cela.

Le Roi eut un regard encore plus perçant et ses paroles tombèrent telles des coups de masse.

— Là n'est pas la question, ma dame. Pour l'heure, je ne doute pas de lui. Mais de vous.

Térisa battit des paupières et son cœur reprit un rythme saccadé, douloureux.

— Pourquoi ?

— Vous m'avez sous-estimé. Je vous avais prévenue que ce jeu était dangereux. Après notre dernière conversation, je fis fouiller les appartements de Myste. Elle n'a emporté aucun effet personnel... pas le moindre souvenir d'enfance. Cela vous paraît-il normal ? Si elle était partie rejoindre sa mère, elle aurait pris tout ce dont elle pouvait se charger.

» Vous m'avez menti, ma dame. Vous m'avez menti au sujet de ma fille.

Une main glacée parut se refermer sur le cœur de Térisa. Le Tor et Havelock la regardaient de travers comme si elle était devenue pour eux un sujet de dégoût.

— Où est-elle réellement allée ?

Voilà ce qu'elle avait redouté : le Roi Joyse l'avait prise en défaut. Encore enfant, elle avait appris le danger de mentir. La dissimulation avait été si tentante alors pour elle, tant la terreur d'être punie lui faisait désirer échapper coûte que coûte à toute manifestation de l'irritation ou de la désapprobation parentale. Or, elle avait appris à ses dépens que la punition était pire quand on la prenait en flagrant délit de mensonge.

— Comment avez-vous su qu'elle était venue me trouver ? Faisiez-vous espionner votre propre fille ?

L'Adepte Havelock remit sa chaise face au feu, se rassit, et commença à jouer avec ses doigts.

Le Roi continuait de regarder Térisa ; il se détourna d'elle tout à coup.

— Vous étiez prévenue, marmotta-t-il. Souvenez-vous-en, vous étiez prévenue.

» Seigneur Tor, ayez l'amabilité de faire appeler les gardes. Je veux que l'on enferme cette femme au cachot jusqu'à ce qu'elle daigne me dire la vérité au sujet de ma fille.

— Non ! s'écria-t-elle sans retenue. Je vais vous la dire. Je vous dirai tout. Géraden a besoin de moi. Si je ne suis pas là, il devra affronter seul le Congrégat.

Aucun des trois hommes ne tourna les yeux vers elle. Le Tor vida son verre mais ne se soucia pas de le remplir.

Térisa aspira profondément, ferma les paupières un instant.

— Elle est partie à la recherche du champion. Elle pensait qu'il avait besoin d'aide. Je suis désolée...

À son grand étonnement, un sourire éclaira le rude profil du Roi. Sourire furtif ; presque aussitôt, son expression se teinta de chagrin et sa tête s'abandonna sur le dossier du fauteuil.

— Un peu de vin serait le bienvenu, non ? suggéra-t-il en direction du plafond.

Le Tor parut s'enfoncer davantage dans son siège.

Avec un étrange gloussement, l'Adepte jeta le fond de son verre dans le feu. L'alcool crépita dans les flammes et le vieux fou lança son verre derrière lui, manquant de peu Térisa.

— La fornication, énonça-t-il, est difficile pour l'homme seul.

— Ma dame, souffla le Roi comme s'il sombrait dans le sommeil, je ne *savais* pas que Myste était allée vous trouver. Ma *raison* me l'a fait deviner. Si vous étiez plus honnête, je vous aurais accordé plus de confiance. Vous devriez raisonner un peu par vous-même.

Térisa s'était attendue à ce qu'il soit surpris et pris de colère. Il ne l'était pas. Son propre étonnement fit voler en éclats l'ultime semblant de sens qu'elle aurait pu donner à la situation. Myste accomplissait ce qu'avait prédit l'augure du Roi Joyse sollicité par Havelock. Était-ce pour cette raison que son mensonge avait rendu le Roi furieux et que la vérité lui avait arraché un sourire ?

— Je ne comprends pas, murmura-t-elle faiblement. N'êtes-vous pas inquiet ?

D'une main maigre, le Roi poussa le coude de l'Adepte qui, à son tour, cogna le bras du Tor.

— J'ai dit, mon Seigneur, qu'un peu plus de vin serait le bienvenu.

Soupirant, le vieil obèse s'extirpa de son fauteuil et alla chercher la carafe.

— Vous me demandez de *raisonner*, fit Térisa d'une voix qu'elle s'efforçait de garder égale. Que diriez-vous alors de me fournir quelque information pour *raisonner* ? Myste est probablement morte. Si le froid ne l'a pas tuée, si le champion ne l'a pas tuée, le chat de feu n'y aura pas manqué. Vous réagissez comme si seul importait le fait qu'elle ne soit pas allée trouver sa mère !

— Non, répondit le Roi avec une tristesse dépourvue de rancœur. Je me soucie qu'elle ait décidé d'un acte dont je puisse être fier.

Térisa se souvint, comme en écho, des paroles du Roi que le Gouverneur Lebbick avait transmises au Prince Kragen : *Ma fierté l'accompagne où qu'elle aille. Pour elle comme pour moi, je souhaite que les meilleures raisons engendrent les plus heureux résultats.*

Elle eut envie de hurler, cela n'a aucun *sens* ! Eléga vous a trahi ! Myste est sans doute morte ! Les mots s'étranglèrent dans sa gorge, qui étaient sans espoir. L'idée qu'elle devrait soutenir Géraden sans rien d'autre que sa confusion croissante lui donnait la nausée.

Le Tor emplit le verre du Roi, le sien, puis se laissa retomber dans son fauteuil.

— Dame Térisa s'égare, remarqua-t-il, distant. Il serait gentil de votre part, Seigneur Roi, de lui donner ce qu'elle désire.

Le Roi leva la tête, comme s'il s'apprêtait à répliquer sèchement à son vieil ami. Il n'en fit rien.

— Oh, très bien, marmonna-t-il avant de s'adresser à la jeune femme par-dessus son épaule. La raison pour laquelle j'avais interdit à Géraden de vous parler est la même que celle qui m'a fait ne pas intervenir lorsque les Maîtres décidèrent de translater leur champion. La même raison, encore, m'enjoint de ne pas intervenir présentement. Je m'efforce de vous protéger. Tous les deux.

— Nous protéger ! s'exclama Térisa. Me garder

dans l'ignorance serait me protéger ? Laisser faire la translation du champion devait nous protéger ? Nous avons été ensevelis vivants.

J'ai failli devenir folle.

— Géraden sera-t-il protégé si Maître Erémis le détruit ? Tous vos actes nous rendent fous.

Le Roi tourna la tête et esquissa un geste de ses mains fragiles.

— Voyez, fit-il à l'adresse du Tor. Elle ne fait preuve d'aucune raison. Vous êtes toujours vivants, n'est-ce pas ? poursuivit-il d'un ton amer. Vous rendez-vous compte combien il était peu probable que vous surviviez quand vous êtes arrivée parmi nous ? De plus brillants cerveaux que le vôtre ne vous donnaient pas trois jours de sursis. Un peu de folie est un bien faible prix à payer pour vos vies.

Térisa demeura bouche bée.

— De plus brillants cerveaux ! répéta l'Adepte Havelock comme s'il s'adressait à une foule d'admirateurs. Il parle de moi. *Il parle de moi.*

— Si je vous avais accueillie à bras ouverts, reprit le Roi, mes ennemis en eussent tiré une plus haute estimation du danger que vous représentiez. Ils auraient mis plus d'ardeur à vous supprimer.

Il s'exprimait d'un ton dolent, sénile, très peu conforme au plan qu'il prétendait avoir établi.

— Aussi longtemps qu'ils pouvaient penser que je ne m'intéressais pas à vous — que j'étais trop stupide ou gâteux pour m'intéresser à vous — ils demeuraient patients. Attendre et voir venir. Gart vous attaqua la première nuit car mes ennemis n'avaient pas eu le temps d'apprendre que je vous avais mal reçue. Or dès que le fait fut notoire que je ne vous traitais pas en alliée, Gart se tint tranquille un moment.

» Êtes-vous satisfaite ?

La question prit Térisa de court.

— Voulez-vous dire que vous refusez d'aider Géraden aujourd'hui pour que vos ennemis n'attentent pas à sa vie ?

— Je veux dire plus que cela, fit-il sèchement. Si je lui avais donné l'autorisation de vous révéler ce que vous désiriez savoir, je vous aurais tous deux condamnés. Mes ennemis en auraient conclu que vous étiez de mon côté.

» *Maintenant*, êtes-vous satisfaite ?

— Mais que... ?

Pour le coup, elle en apprenait trop à la fois, et sa confusion s'accentuait. L'énigme devenait trop élaborée.

— Qui *sont* vos ennemis ? Comment se fait-il que vous ne puissiez protéger personne dans votre propre château ?

Les images de Géraden, de Myste et d'Eléga, de la Reine Madin et de Maître Barsonage et même du Gouverneur Lebbick lui traversèrent l'esprit ; tous perdus et blessés.

— *Pourquoi faut-il que vous laissiez croire à tous ceux qui vous sont restés fidèles que vous ne vous souciez plus de leur sort* ?

— Ma dame, répondit le Roi d'une voix à présent glaciale, si je souhaitais répondre à de telles questions, je l'aurais fait plus tôt. Par courtoisie devant votre détresse, je vous en ai déjà dit plus qu'il n'était sage.

Comme Géraden, il adoptait un ton plus formel au fur et à mesure qu'il prenait de l'autorité.

— Je vous enjoins à la raison et au *silence*, ma dame. Vous ne prolongerez guère vos jours en parlant de ce que vous venez d'entendre. Vous pouvez disposer, conclut-il sans lui accorder un regard.

Mais... ? Mais... ? Elle aurait dû se montrer plus forte, elle le savait. Elle aurait dû exiger plus ample explication. Or ses idées n'étaient pas assez claires et fortes pour qu'elle y prît appui. Le Roi Joyse savait ce qu'il faisait... il le savait bel et bien. Il se montrait passif et obtus à dessein... blessait ceux qui l'aimaient à dessein. Mais quel dessein ? Il était inconcevable qu'il...

— Vous pouvez disposer, ma dame, répéta-t-il.

— Ma dame, intervint le Tor d'une voix lointaine, triste, il est mal avisé de ne point se plier à la volonté d'un roi.

Avec effort, Térisa ravala sa colère, sa stupeur.

— Merci, Seigneur Tor, dit-elle d'un ton un peu raide. Seigneur Roi, je suis désolée. Je vous ai menti au sujet de Myste car elle m'avait fait confiance. Elle craignait que l'on essayât de la rattraper. Elle m'a demandé de la protéger. Je vous ai menti car j'ignorais que vous l'auriez laissée partir.

Aucun des trois hommes ne la regarda. Ils avaient les yeux perdus vers l'âtre, comme s'ils avaient épuisé toutes leurs paroles, toutes leurs pensées. Le Roi Joyse laissa la jeune femme parvenir à la porte avant de murmurer :

— Merci, ma dame.

Elle sortit comme on s'enfuit.

Géraden la rejoignit dans ses appartements pour le dîner.

Il affichait un soulagement mêlé de crainte. Sa conversation avec Artagel lui avait rendu une humeur plus légère. La réunion imminente du Congrégat lui pesait, telle une chape de plomb sur ses épaules. La bonne nouvelle, apprit-il à Térisa, était qu'Artagel se rétablissait bien après sa rechute. Et Artagel restait son ami. La mauvaise nouvelle était que le bretteur n'était point encore assez solide sur ses jambes pour venir défendre son frère devant les Maîtres.

— Quand l'assemblée doit-elle avoir lieu ?

— J'ignore quel médiateur fait Maître Quillon. Je ne le croyais pas assez autoritaire pour décider d'une réunion. Mais maintenant...

Il écouta ensuite avec ferveur le récit que lui fit Térisa de son entretien avec le Roi Joyse, le Tor et l'Adepte. Malheureusement, rien ne s'en trouvait changé.

— Tout cela serait plus clair si nous savions en quoi, pourquoi nous sommes tellement importants, fit-il au bout d'un moment.

— Je ne sais pas, protesta Térisa qui ne se résignait pas aisément. Cela ne me donne guère courage de savoir que le Roi Joyse est notre ami mais qu'il ne peut pour autant agir en notre faveur. Quel bien font des amis qui vous traitent comme si vous étiez leur ennemi ?

Géraden hocha la tête sans tomber d'accord avec elle.

— L'important est de garder espoir. Il semble qu'il ait des raisons d'agir ainsi. Nous devons *espérer* que ces raisons sont les bonnes...

Son optimisme croissait à mesure que s'affaiblissait celui de Térisa.

— Mais considérez la façon dont il traite le Tor !

Le jeune homme fronça les sourcils.

— Vous avez entendu le Roi Joyse dire qu'il « défie les prédictions ». Sans doute risquait-il de mettre en péril les plans du Roi, aussi ce dernier aura-t-il décidé de l'avoir à l'œil. Je n'aime pas que l'on blesse le Tor, conclut-il plus sombrement.

— Moi non plus, fit Térisa.

— Il est regrettable que nul ne se soucie de ce que nous pensons ou aimons ! ajouta-t-il soudain avec humour.

Allez au diable, Géraden, pensa Térisa, vous voilà de nouveau gai comme un pinson. Je n'y comprends rien.

Malgré son humeur allègre, il ne sourit pas quand l'un des plus jeunes Aspirants vint le prévenir que le Congrégat requérait sa présence. Au mot « immédiatement », une lueur hagarde passa dans les yeux de Géraden.

— Voilà qui est rapide, murmura-t-il pour Térisa. Maître Erémis n'aime pas perdre de temps.

Le jeune Aspirant évitait de le regarder.

— Dame Térisa n'est pas invitée.

— Dame Térisa vient de toute façon, rétorqua l'intéressée.

L'Aspirant ne la regarda pas non plus.

Géraden essaya d'arborer le sourire combatif d'Artagel mais ne parvint qu'à une caricature, une grimace maladive.

— Allons, déclara-t-il.

Ensemble, ils suivirent le jeune Aspirant jusqu'au laborium. Bien que chaudement vêtue, Térisa sentit le froid la saisir au fur et à mesure qu'elle approchait du domaine des Maîtres. La réparation hâtive de la brèche ordonnée par le Gouverneur, si elle offrait une défehse contre l'ennemi, laissait passage au vent glacé. La jeune femme regretta de n'avoir pas pris sa pelisse.

Géraden se sentit de plus en plus tendu à parcourir les couloirs, les salles, dans lesquels il avait passé toute sa vie d'adulte, et une bonne part de son adolescence, à tenter de se faire une place ; aujourd'hui son échec était si criant qu'il risquait d'être convaincu de trahison.

La rage de Térisa croissait à chaque pas.

Le jeune Aspirant les guida vers une partie du laborium que Térisa ne connaissait pas : la salle où se réunissaient les Maîtres depuis que le champion avait dévasté la chambre de l'assemblée.

Cette pièce-là était petite en comparaison de l'autre, mais vaste cependant. C'était un long rectangle ; quelque chose dans la couleur ou l'érosion des pierres grises et froides, dans le sol inégal, dans la multiplication d'anneaux scellés dans la muraille, donnait l'impression que la salle avait autrefois servi d'entrepôt pour les instruments de torture. La pièce respirait bien l'atmosphère sinistre des lieux où la douleur attend son heure et se refait. Sans doute étaient-ce les allées et venues des chevalets de torture qui avaient creusé ces sillons sur le sol ; les instruments les pires avaient dû être suspendus à ces crochets. Certains d'entre eux avaient été transformés en porte-lampes mais les autres restaient vides et pendaient sinistrement.

Les Maîtres étaient déjà tous assemblés.

Ils étaient assis sur deux rangées de chaises chevillées les unes aux autres d'un bout à l'autre des deux murs les plus longs ; à chaque extrémité néanmoins, bon nombre de places demeuraient vides, les Imageurs n'étant pas assez nombreux pour les occuper toutes.

Deux gardes veillaient à la porte, qui reprirent leur faction après le passage de Térisa et de Géraden. Aucun des hommes présents ne répondit au salut de la tête que fit Géraden.

Au premier regard, Térisa ne reconnut que Maître Barsonage. Depuis la dernière fois qu'elle l'avait vu, il avait pris un curieux tic : ses épais sourcils tressautaient sans relâche. Les erreurs et l'indécision du Congrégat lui avaient rendu le teint bilieux. Nul espoir de ce côté-là.

Cherchant Maître Quillon, elle découvrit le Gouverneur Lebbick.

Sa gorge devint subitement sèche.

Il avait amené Nyle avec lui.

Le frère de Géraden était assis près du Gouverneur, à l'extrémité de l'une des rangées de sièges. Il portait un manteau marron sous lequel on devinait ses bras serrés sur sa poitrine. Il ne regarda ni Térisa ni Géraden.

Ce dernier resta pétrifié sous le choc. Toute expression déserta son visage. L'étincelle qui animait toujours ses traits s'était éteinte et il parut plus petit, comme s'il se ramassait en lui-même. Il resta à dévisager Nyle et deux taches rouges apparurent progressivement sur ses joues. Jamais Térisa ne l'avait vu si perdu.

— Dame Térisa n'était *pas* invitée, déclara l'un des Maîtres à voix haute.

— Mais elle *est* la bienvenue, rétorqua le Gouverneur Lebbick. N'est-ce pas, Maître Quillon ?

Le nouveau médiateur se leva, dardant un regard brillant sur tous et personne, le nez frémissant.

— Aussi bienvenue que vous, Gouverneur.

Lebbick eut un sourire carnassier.

Maître Erémis était assis de l'autre côté du Gouverneur.

— Oh, j'insiste, intervint-il. Si le Gouverneur Lebbick et Nyle sont conviés, il n'est que justice d'admettre dame Térisa parmi nous.

Son expression, bien qu'indéchiffrable, trahissait une certaine satisfaction.

— Pourquoi est-il ici ? s'enquit Géraden qui affichait tous les symptômes d'un somnambule.

Chacun comprit de qui il parlait. Maître Quillon allait répondre mais Lebbick le devança.

— Maître Erémis affirme qu'il a à témoigner contre vous, expliqua-t-il, toujours souriant.

— Nyle ! s'écria doucement Térisa.

Tous les Maîtres la regardèrent mais elle ne vit pas leurs visages. Elle ne savait plus qui ils étaient.

Géraden s'approcha du siège le plus proche et s'y laissa tomber, comme s'il s'effondrait.

Les mains de Nyle se resserrèrent sous son manteau. Il ne leva pas la tête.

— Gouverneur Lebbick, fit Maître Quillon comme s'il pensait à autre chose, vous assistez ici à une réunion du Congrégat. Vous n'y avez aucune autorité.

Vous n'avez été admis que parce que vous refusiez de laisser Nyle y comparaître seul. Alors restez tranquille, je vous prie.

Le Gouverneur reçut cette remontrance sans protester ni acquiescer.

— Ma dame, poursuivit le médiateur du même ton, asseyez-vous que nous commencions.

Térisa réprima son envie de crier contre eux tous et alla prendre place près de Géraden.

— Que dira Nyle contre vous ? murmura-t-elle au jeune homme qui demeurait hébété.

Il ne répondit pas.

Maître Erémis posait sur lui un regard curieux, comme s'il s'intéressait aux pensées de l'Aspirant.

— Très bien, fit Quillon en arpentant l'espace vide entre les deux rangs de sièges. Commençons.

Les chaises étaient vieilles ; peut-être dataient-elles du temps où seigneurs et grandes dames aimaient à assister à la question. Le bois sec et poreux avait bu beaucoup de sang.

— Nous nous sommes réunis pour un problème que je n'ai pas l'intention d'amoindrir.

Le nouveau médiateur gardait une voix ferme quand ses manières donnaient à penser qu'il cherchait un trou de souris où disparaître.

— Comme vous le savez tous, Maître Erémis affirme que l'Aspirant Géraden est un traître — traître au Congrégat, à Orison, au Roi Joyse et à Mordant. Il a ajouté que l'Aspirant portait la même accusation contre lui. Nous les entendrons tous deux. Ils exposeront leurs griefs, leurs raisons, fourniront dans la mesure du possible de quoi corroborer leurs dires. Et nous essaierons de découvrir la vérité.

— Et quand la vérité éclatera, ajouta Lebbick, ce sera à mon tour d'agir.

Maître Quillon ignora son intervention.

— Ce problème doit être promptement réglé. L'honneur du Congrégat s'est déjà vu entaché, et nous laverons cette tache. Orison subit un siège à cause de nous... car nous sommes le butin que convoitent les ennemis du Roi. Et nous n'inspirons plus la confiance que nous avons pu susciter en des temps meilleurs. Aussi est-il urgent de découvrir la vérité — et de livrer le traître au Gouverneur.

» Aspirant Géraden, parlerez-vous le premier ?

Tous les regards se dirigèrent vers Géraden, à l'exception de celui de Nyle qui s'alanguissait sur son siège.

Térisa faillit crier. Non, que Maître Erémis parle le premier ! Mais les mots ne lui vinrent pas. Comme les Imageurs, elle dévisagea le jeune homme quand il se leva.

Les taches sur ses joues avaient viré à un pourpre fiévreux. Ses mouvements étaient raides, embarrassés. Son torse se soulevait sous l'action d'une respiration qui paraissait ne pas lui octroyer le moindre oxygène. Il ne regardait personne. Il venait de recevoir un choc qu'il ne savait parer.

Nyle se venge de Géraden, songea Térisa.

— Maîtres... commença l'Aspirant.

Les mots avaient du mal à franchir sa gorge sèche. Sa voix tremblait. L'ambition de toute sa vie avait été d'appartenir au Congrégat. Il avait passé des années à obéir à ces hommes, à les respecter, les honorer.

— Nous avons tous été trahis. Et je ne puis rien prouver.

Oh, Géraden.

Maître Erémis parut réprimer un rire.

— Faites un effort, enjoignit le médiateur d'un ton moins sévère que ses paroles. Maître Erémis est prêt à fournir des preuves. Parlez-vous de Maître Gilbur, d'un autre ?

Géraden hocha lentement la tête, son regard se fixa au sol. Il ne dit rien. À le voir ainsi, Térisa se sentit chavirer. Il avait trop souffert, trop enduré. Et maintenant son frère lui portait ce coup fatal, délibérément.

— C'est très simple, en vérité, s'entendit-elle déclarer. Il *doit* y avoir un traître. En plus de Maître Gilbur.

Maître Quillon se tourna vers elle. Son nez frétillait quand le reste de son visage restait impassible.

— C'est très simple, en vérité, répéta Géraden d'une voix d'outre-tombe, il *doit* y avoir un traître. En plus de Maître Gilbur.

Il releva la tête.

— Et ce traître est parmi nous.

Térisa retint sa respiration, formant des vœux pour qu'il continue.

— Dame Térisa a été quatre fois attaquée par Gart, poursuivit-il, presque bredouillant. La troisième fois, cela se passait dehors, au bazar. Cela ne prouve rien. Mais la quatrième fois, Gart arriva dans sa chambre par un passage secret. Quelqu'un lui aura fait connaître ce passage.

Il s'arrêta. Le voile qui avait obscurci ses yeux semblait se dissiper.

— C'est vrai, intervint Erémis. Quelqu'un le lui aura révélé. J'étais présent au moment de l'attaque. Il est possible, d'ailleurs, que ce soit à ma vie qu'il en ait voulu.

— Maître Erémis, déclara le médiateur avec une vigueur inattendue, vous aurez tout le temps de vous exprimer. Puis de vous défendre. L'Aspirant doit avoir la parole.

Un Maître ventru et sans sourcils s'interposa :

— Vous étiez présent, Maître Erémis ? Comment avez-vous survécu ? Comment avez-vous tous survécu ?

Souriant, Erémis eut un geste déférent pour justifier son silence.

— Continuez, Aspirant, invita promptement Quillon. Qui connaissait ce passage secret ?

— Le Gouverneur, bien sûr, répondit aussitôt Géraden. Le Roi Joyse. Ses filles. Térisa. Sa femme de chambre. Et Maître Erémis.

Térisa poussa un discret soupir de soulagement : il avait eu la prudence de ne mentionner ni Maître Quillon ni l'Adepte Havelock. Le médiateur ne montra point qu'il avait remarqué l'omission.

— Et qu'est-ce que cela, prouve ?

— Tous ceux qui connaissaient ce passage le connaissaient depuis longtemps. Seul Maître Erémis l'a récemment découvert. Et Gart l'emprunta peu après.

— Cela ne veut rien dire ! protesta Erémis. Quelle occasion aurais-je eu de rencontrer le Bras-Vif du Haut Roi ? J'étais parti, comme vous le savez tous, à Esmerel.

Géraden se redressa.

— Là n'est pas le point crucial, reprit-il avec plus de force. La deuxième tentative est plus probante. Gart attaqua juste après que Maître Erémis et Maître Gilbur se furent réunis avec le Prince Kragen et les Seigneurs des Fiefs.

Le Gouverneur Lebbick bondit à entendre confirmer ses soupçons.

— Ils se sont *réunis*... !

Géraden passa outre son intervention.

— Cela écarte tout autre suspect. Tous ceux qui ignoraient cette réunion. Or Maître Erémis y emmena dame Térisa. Quand ils se séparèrent, il la laissa avec le Prince Kragen. Gart surgit d'un miroir avec quatre de ses hommes pour les assaillir. Le Perdon et Artagel les sauvèrent. Seul Maître Erémis peut avoir préparé cette embuscade. Il est le seul à avoir su où se trouvait Térisa. Il est le seul à avoir pu en décider.

Une expression d'horreur narquoise passa dans les yeux d'Erémis et sa bouche se crispa.

— Aussi, insista Géraden, il est peut-être le seul Maître qui ait su où elle était cette première nuit, quand Gart fit irruption dans sa chambre pour la tuer. Il est l'amant de Saddith. Saddith s'est proposée pour être la femme de chambre de l'invitée du Château, car son amant le lui avait demandé.

» Maître Erémis est le seul homme dans Orison qui ait pu indiquer à Gart où et quand il devrait attaquer Térisa.

Comme s'il avait du mal à garder son équilibre, l'Aspirant se rassit et croisa les mains sur ses genoux.

Le Gouverneur Lebbick était debout, dangereusement calme.

— Je m'en doutais. Parlez-moi de cette réunion.

— Est-ce *tout*, Aspirant ? s'enquit un Imageur rubicond aux dents abîmées. Espérez-vous nous faire *croire* cela ?

— Asseyez-vous, Gouverneur, enjoignit le médiateur. Cela ne vous regarde pas.

— Quelle est la version d'Artagel ? questionna quelqu'un.

— Je ne comprends toujours pas pourquoi le Bras-Vif du Haut Roi voudrait tuer dame Térisa, fit un autre. Quelle menace représente-t-elle pour Cadwal ?

— Pourquoi ne nous a-t-on pas parlé de la deuxième attaque ?

— Il n'a rien fait de bien depuis que je le connais. Nous aurions raison de présumer qu'il se trompe aussi dans ses affirmations.

— Couilles et souillures de porc ! explosa Lebbick par-dessus le brouhaha. *Parlez-moi de cette réunion !*

Le silence se fit.

— Vous tirez des conclusions hâtives, Gouverneur, répondit maître Erémis sans se lever de son siège. Le Perdon suggéra que les Seigneurs des Fiefs et le Congrégat se concertent sur leur problème commun : l'inaction de notre bon Roi. Il arrangea la venue des Seigneurs à Orison. Maître Gilbur et moi-même fûmes choisis pour représenter le Congrégat ; moi, parce que j'avais favorisé la réunion, Gilbur car il s'y opposait. Je pris sur moi d'y convier le Prince Kragen, convaincu que sa mission de paix était sincère.

Il haussa les épaules avec grandiloquence.

— Rien n'en sortit. Le Fayle et le Termigan ne voulurent rien entendre, le Tor était ivre, l'Armigite trop lâche. Seuls le Perdon et le Prince Kragen firent preuve d'une compréhension mutuelle.

» J'ajoute que si Alend a pu me faire confiance, il est peu probable que je serve Cadwal. N'êtes-vous pas d'accord ?

» Je crois, conclut-il, que le sang que vous avez trouvé sur les lieux appartenait aux hommes de Gart. Leurs corps repartirent comme ils étaient venus — par Imagerie. Nous pouvons seulement supposer que Maître Gilbur s'enfuit par le même moyen, en tant qu'allié de l'ArchI-Mage Vagel.

Son explication frôlait de si près la vérité que Térisa s'en trouva au supplice. L'air lui parut de plus en plus froid. Comme si elle devait ne plus jamais avoir chaud.

— Trahison, gronda Lebbick, les dents serrées. Vous fomentiez une trahison.

— Rien de tel, soupira Maître Barsonage, prenant pour la première fois la parole. La vérité est que nous espérions que les Seigneurs nous donneraient des raisons convaincantes de ne pas translater notre champion. Nous n'avons pris le risque de cette translation que parce que les Seigneurs nous révélèrent qu'ils n'avaient aucun remède au triste état de Mordant.

— En tout cas, fit plus durement Erémis, la réunion ne déboucha sur rien. Inutile de vous emballer, Gouverneur, nul mal ne fut commis. Rétrospectivement, il apparaît que le plus grave danger résidait dans la présence simultanée en un même lieu des Seigneurs et du Prince Kragen. Si le champion avait choisi de s'enfuir par un autre chemin... nous aurions risqué qu'Orison s'effondrât sur tant de nobles et précieuses têtes !

Il roulait des yeux malicieux mais sa voix restait coupante. Le Gouverneur marmonna quelques jurons.

— Pouvons-nous continuer ? proposa Térisa, de cette même voix claire qui la stupéfiait. Je veux savoir pourquoi Nyle soupçonne Géraden de trahison.

— Ma dame, ce que vous voulez ne nous importe guère, aboya l'Imageur pansu.

D'un geste, Maître Quillon exigea le silence.

— Gouverneur, pouvons-nous continuer ? s'enquit-il acidement. Ou avez-vous l'intention de nous injurier sous le prétexte que nos points de vue sur les circonstances et le péril de Mordant ne sont point les mêmes ?

Le Gouverneur lâcha un autre juron avant de se taire et de retourner s'asseoir.

Le médiateur se gratta le nez, pour l'empêcher de frétiller.

— Aspirant Géraden, avez-vous terminé ?

Géraden opina abruptement du chef.

— Avez-vous quelque chose à nous montrer ou à ajouter pour corroborer vos assertions ?

Il fit un signe négatif.

Une étrange pensée traversa l'esprit de Térisa. Elle comprit que Géraden venait de faire exactement ce que le Roi avait requis d'elle : utiliser sa raison. Son accusation contre Erémis reposait bien davantage sur le raisonnement que sur des preuves.

Malheureusement, c'étaient des preuves qu'exigeaient les Maîtres.

— Maître Erémis était le seul à savoir que je serais présente à cette réunion, dit-elle. J'y fus bel et bien. Tous les participants furent surpris de m'y voir.

— Non, ma dame, contra aussitôt Maître Erémis. Voilà une affirmation incorrecte. Rien ne vous dit que je n'avais pas soumis mon intention à Maître Gilbur — ou même au Prince Kragen. Rien ne vous dit que cette surprise n'avait pas une autre cause.

» Et quand bien même cela serait vrai, quelle conclusion en tirer ? Maître Gilbur et moi-même quittâmes la réunion de conserve pour, comme vous le savez, aller référer de son déroulement à nos pairs. Or, il se trouve qu'il me quitta presque à l'instant, arguant d'une tâche urgente dans ses appartements. Fort à présent de la certitude que *lui*, au moins, est un traître, comment ne pas penser qu'il aurait profité de l'occasion — imprévue — de translater Gart contre vous ?

— Pour la bonne raison, souligna quelqu'un que Térisa n'avait pas remarqué, qu'une embuscade de cette sorte ne peut se dérouler sans préparation. Le miroir indispensable à l'opération ne peut avoir été fait par caprice ou lubie. De fait, le lieu de la réunion aura été déterminé par la proximité du miroir. N'est-ce pas vous, Maître Erémis, qui aviez choisi ce lieu ?

L'assemblée se figea tout à coup dans une concentration, une attente tendues. Géraden aspira profondément et la couleur factice s'effaça quelque peu de ses joues.

Maître Erémis ne se montra aucunement intimidé.

— Bien sûr que oui ! s'exclama-t-il. J'en avais la responsabilité puisque ni le Perdon ni le Prince Kragen ne connaissaient suffisamment Orison pour choisir eux-mêmes. Mais vous supposez que le miroir fut créé pour l'attentat de Gart contre dame Térisa. Or, il ne s'est écoulé que six jours entre le projet de la réunion et la réunion elle-même. Pensez-vous qu'un tel miroir puisse se concevoir, s'élaborer et se fabriquer en six jours ? N'est-il pas plus plausible qu'il ait été créé dans un dessein totalement différent — par exemple, permettre à Gart de venir à Orison quand il le souhaitait — et que l'occasion d'attaquer dame Térisa se soit fortuitement présentée, un concours de circonstances que Maître Gilbur s'empressa d'utiliser à son avantage ?

Plusieurs des Maîtres traînèrent distraitement les pieds au sol ; peu d'entre eux soutinrent le regard d'Erémis. L'aisance avec laquelle il venait d'écarter l'accusation paralysa les réflexions de Térisa.

— Très bien, Maître Erémis, murmura le médiateur à l'issue d'un long silence. Je présume que Géraden n'a rien à ajouter. Puisque vous avez commencé votre plaidoirie, continuez, je vous en prie.

— Merci, Maître Quillon, fit l'Imageur en dissimulant un mépris certain. Je vous exposerai mes raisons. Je n'appellerai Nyle pour appuyer mes dires que si elles ne suffisent pas à vous persuader. Nous comprenons tous qu'il lui répugne de condamner son frère.

Cela devait être vrai ; Nyle avait l'air d'être là à regret, l'air de vivre à regret.

— Ma curiosité à l'endroit de l'Aspirant Géraden fut éveillée dès l'instant où il amena dame Térisa par un miroir qui n'eût pas dû permettre pareille translation.

Le Maître s'assit avec nonchalance, les jambes étendues devant lui. Tandis qu'il parlait, ses doigts jouaient avec l'extrémité de sa chasuble. Si négligentes se voulaient ses manières que Térisa dut l'observer scrupuleusement avant de remarquer qu'il guettait la moinde réaction dans l'assistance.

— D'abord curieux de son lien avec Maître Gilbur, j'en devins soupçonneux. Lorsque Maître Gilbur finit par faire éclater sa traîtrise, mes pires doutes se virent confirmés.

Nul ne l'interrompit tandis qu'il exposait les arguments qu'il avait déjà soumis à Térisa. Celle-ci dut admettre qu'ils semblaient plausibles, presque imparables. C'était Maître Gilbur qui avait façonné le premier miroir où était apparu le champion, Maître Gilbur qui avait guidé chaque étape du travail de Géraden pour fabriquer un miroir semblable. De ce fait, si Géraden avait alors déployé des talents extraordinaires, lui permettant de faire un miroir d'un genre nouveau, inconnu jusqu'alors, Maître Gilbur avait dû en être le témoin. Ou alors Gilbur lui-même était responsable des mystères de ce miroir et avait guidé Géraden vers un achèvement auquel l'Aspirant ne serait parvenu sans son aide. Dans les deux hypothèses, le Maître et l'apprenti étaient complices. Les difficultés de Géraden relevaient davantage d'un manque de talent que d'une carence dans ses connaissances : Maître Gilbur n'aurait pu le manipuler sans qu'il s'en aperçût.

— Non, murmura Géraden. Je n'en avais pas la moindre idée.

Mais nul ne lui accorda d'attention.

Maître Erémis exposa également sa théorie quant

aux raisons de la marche des armées de Cadwal. Sur cette base, plaida-t-il, le reste coulait de source. Qui était le seul homme à avoir toujours su exactement où se trouvait dame Térisa ? L'Aspirant Géraden, évidemment, qui s'était d'abord arrangé pour faire garder ses appartements, puis avait persuadé son frère Artagel de la suivre. Qui était le plus apte à aider Maître Gilbur à translater Gart à l'issue de la réunion des Seigneurs ? L'Aspirant Géraden, évidemment, le complice de Maître Gilbur. Pourquoi tous ses déploiements de loyauté et de fidélité à son Roi n'aboutissaient-ils à rien ? Car tout cela n'était que l'habile déguisement qui lui permettait de frapper ceux qui lui faisaient le plus confiance. Il était allié à Gart et au Haut Roi Festten.

Écouter ce réquisitoire rendit Térisa malade.

Les yeux fous de douleur, Géraden se taisait.

Quand Maître Erémis eut terminé, les assistants furent longs à réagir. Quelques-uns paraissaient choqués. La plupart étaient soulagés, à croire qu'ils venaient d'échapper à l'affreuse obligation de regarder l'un des leurs comme traître. Quelques autres, enfin, se délectaient visiblement à la perspective de se débarrasser une fois pour toutes de Géraden.

Au bout d'un moment, cependant, un jeune Maître qui louchait déclara :

— Mais tout cela est incohérent, Maître Erémis. Si je regarde tout ce qui s'est passé, c'est Géraden qui a sauvé la vie de dame Térisa en lui fournissant des défenseurs.

— Ridicule, aboya Erémis. Les gardes qu'il lui trouva n'étaient pas de taille à se mesurer au Bras-Vif du Haut Roi. Et sa duplicité était plus grave que vous ne l'entrevoyez. Il plaça Artagel auprès de dame Térisa, afin que la plus fine lame de Mordant puisse également perdre la vie, libérant par là Cadwal de deux ennemis importants, faisant d'une pierre deux coups.

— Vous n'allez pas croire cela ! protesta Géraden dans une sorte de gémissement.

— Non, Géraden, fit Maître Barsonage.

Son regard s'attarda un moment, tristement, sur Térisa.

— Je ne crois pas cela. En vérité je ne crois pas un mot de ce que je viens d'entendre ici. Vous et Maître Erémis vous dénoncez l'un l'autre, forts de l'étrange postulat que vos dires ne pourraient être mis en doute, mais vous ne répondez pas à la question la plus importante. Vous n'expliquez pas *pourquoi*.

» Pourquoi le Bras-Vif du Haut Roi déploie-t-il tant d'efforts contre dame Térisa ? *Pourquoi* Maître Erémis souhaite qu'elle meure ? Maître Erémis, interrogea-t-il pardessus son épaule, *pourquoi* Géraden souhaiterait-il qu'elle mourût ? Rien de ce que ces deux hommes ont dit, conclut-il à l'adresse du Congrégat, n'aura de sens tant qu'ils ne répondront pas à ce *pourquoi*.

Avant que quiconque pût intervenir, Térisa s'était levée.

— Je vais vous dire pourquoi, déclara-t-elle, la voix vibrante de colère, forte de sa certitude.

La conviction sur laquelle elle n'avait su poser de nom était claire à présent. *S'il n'avait pas été secouru...* Elle ne savait répondre à la question de Maître Barsonage mais celle-ci lui fournissait un tremplin pour ce qu'elle avait à dire.

— Je vais vous expliquer exactement pourquoi. Géraden n'a aucune raison de vouloir ma mort. Il a passé suffisamment de temps auprès de moi pour savoir que je ne représente aucune menace, pour personne. S'il avait été complice de Gart, je n'aurais pas été attaquée. Il n'aurait pas lancé le Bras-Vif du Haut Roi contre quelqu'un comme moi.

» Mais Maître Erémis a une raison.

Le Maître se redressa sur son siège, abasourdi.

— Ma dame, je vous ai sauvé la vie, fit-il. J'ai fait tout ce qu'un homme peut faire pour gagner votre amour. Comment pouvez-vous croire que je vous veux du mal ?

— Parce que je sais que vous mentez, répondit-elle au bord de la nausée.

À cette affirmation, l'expression de l'Imageur s'assombrit. Elle perçut un souffle retenu chez les auditeurs quand il se leva, lentement, dangereusement :

— Soyez certaine de ce que vous avancez, ma dame, murmura-t-il d'un ton d'avertissement.

— J'en suis certaine, lui rétorqua-t-elle.

La pression montait dans sa voix. Elle se refusait à hurler mais la passion lui était nécessaire pour faire reculer sa peur, se garder bien droite et solide tandis qu'elle défiait quelqu'un pour la première fois de sa vie, ce dont elle ne se serait jamais crue capable, encore moins lorsqu'il s'agissait de Maître Erémis, trop fort pour elle, trop semblable à son père.

— Vous savez tout de l'attaque qui eut lieu après la réunion. Je vous l'ai racontée. J'ai commis beaucoup d'erreurs. Or, vous êtes parti sans me revoir...

S'il n'avait pas été secouru...

— Je n'ai pas eu l'occasion de vous parler des attaques contre Géraden. Qui vous l'a dit ? Vous pouviez savoir pour ces étranges cavaliers dans la forêt, car tout le monde l'a appris. N'importe qui a pu vous le narrer. Mais vous saviez aussi pour la première fois...

... *secouru, je vous assure...*

Maître Erémis la dévisagea comme si elle l'avait bel et bien pris au dépourvu.

— Nul n'en a eu connaissance, à l'exception d'Artagel, de Géraden et de moi-même. Ainsi que de l'Adepte Havelock. *Lui* ne vous a rien dit.

Pressé par les accusations de Géraden, Maître Erémis avait commis une erreur.

— Aucun de nous ne vous l'a dit. Vous n'étiez pas *là*. Or, vous avez prétendu que cette attaque était factice, une ruse. Vous en connaissiez tous les détails. Vous avez dit : « S'il n'avait pas été secouru, je vous assure qu'ils auraient rappelé leurs insectes avant qu'il ne soit déchiqueté. »

» Oui, vous avez dit « leurs insectes ». Comment saviez-vous qu'il avait été attaqué par des insectes ?

Une lueur d'étonnement, de reconnaissance, passa dans les yeux de Géraden.

— Vous essayez d'accuser Géraden pour la même raison que vous souhaitez ma mort, conclut-elle. Parce que nous sommes dangereux pour vous. Nous savons que vous êtes le traître.

Encore un instant, Maître Erémis demeura bouche bée, puis il se prit à rire, sans que son hilarité parût bien gaie.

— Ma dame, vous passez les limites. Vous m'avez vous-même raconté cet incident...

— Mensonge, encore ! s'écria-t-elle.

— Non, ma dame. *Vous* mentez. Je cueillis toute l'histoire sur vos lèvres entre nos baisers.

— Je ne le pense pas, Maître Erémis.

Géraden se dressa au côté de Térisa dont l'audace l'avait revigoré ; il était prêt à la lutte et ses yeux flamboyaient.

— Elle n'a aucune raison de mentir. Elle n'a rien à gagner ici.

— Vraiment ? fit l'Imageur avec dédain. Vous êtes naïf, enfant... ou idiot. Vous êtes le but auquel elle tend. C'est vous qu'elle veut gagner.

L'affirmation laissa Térisa pantoise, telle une douche froide. C'était vrai... Assez vrai pour lui donner l'air atterré.

Au demeurant, l'Imageur avait mal calculé sa parade. Avant qu'il puisse poursuivre, plusieurs Maîtres éclatèrent de rire.

— Quand l'on connaît *vos* exploits avec les femmes ! s'exclama le Maître aux dents gâtées. Nous demandez-vous de croire qu'elle vous préférerait Géraden-au-pied-fol ?

— Nulle autre preuve ne m'aurait convaincu, fit un autre, mais celle-ci est criante. Si Maître Erémis en est réduit à prétendre qu'il n'a su prendre une femme à l'Aspirant, alors il n'y a pas une once de vérité en lui.

— Au contraire, argua un autre à grands éclats de rire. Si Maître Erémis en est réduit à admettre qu'il n'a su prendre une femme à l'Aspirant, c'est justement qu'il est sincère.

— *Assez !* tonna Erémis en exigeant le silence. J'en ai *assez* enduré !

Les murs résonnèrent de son cri. La fureur de son ton, le feu de son regard eurent raison du tumulte.

— Il est intolérable que mes années au service de Mordant et du Congrégat se heurtent à pareille méfiance. *Intolérable* qu'un seul d'entre vous prête l'oreille aux accusations d'un enfant malingre. Aussi me vois-je contraint de prouver mes dires. Je demande à Nyle de s'exprimer.

Les Maîtres écarquillèrent les yeux. Géraden ouvrit la bouche, la referma ; toute couleur déserta son visage. Au plus profond d'elle-même, Térisa trembla de plus belle.

Maître Quillon parut dresser l'oreille. Au bout d'un moment, il risqua, d'un ton presque menaçant :

— Dans l'intérêt de tous ici, Maître Erémis, j'espère que vous êtes sûr de ce qu'il va dire.

— Sûr et certain, déclara l'Imageur d'un ton absolu.

Tout le monde regardait Nyle.

Le frère de Géraden paraissait inconscient de ce qui se passait. Son attitude recroquevillée n'avait pas changé : il ne leva pas la tête. La grimace qui déformait ses traits s'attachait à lui comme le désespoir.

Brusquement, il se retourna et murmura quelques mots dans l'oreille du Gouverneur Lebbick. Celui-ci écouta, fronça le sourcil...

— Maîtres, dit-il ensuite, Nyle désire s'entretenir seul avec Géraden.

Le regard de Nyle était revenu à terre.

Nul ne bougea. Le cœur de Térisa battait jusque dans sa gorge. Géraden serra les poings et garda la tête haute, malgré une crispation visible de sa joue. Maître Erémis posa un regard mesuré sur Nyle, mais ne souffla mot de ses pensées. Les Imageurs guettaient mutuellement, avec incertitude, leurs réactions, celle du Gouverneur, celle de Maître Quillon.

— Pourquoi ? demanda enfin le médiateur.

— Peut-être espère-t-il convaincre Géraden d'avouer, suggéra Lebbick en haussant les épaules.

— Y voyez-vous une objection ?

— La salle est gardée, répondit Lebbick en secouant la tête.

Puis il ajouta, sarcastique :

— Quoi que Géraden ait à confesser, cela promet d'être passionnant.

Une fois encore, Maître Quillon parut souhaiter disparaître sous terre.

— Alors, rasseyons-nous tous, ordonna-t-il. Nyle et Géraden iront s'entretenir à l'autre bout de la salle.

Maître Erémis haussa les épaules avant de s'exécuter. Les autres Maîtres reprirent leurs sièges.

Térisa se tourna vers Géraden. Qu'est-ce que Nyle veut vous dire ? Oh, Géraden, que se passe-t-il ?

Mais il ne la regarda pas. Tout son être était tendu vers son frère — ce frère auquel il avait tenté d'épargner la trahison ; ce frère qu'il avait humilié jusqu'en son tréfonds.

— Soyez prudent, murmura Térisa. Je vous en prie...

Il lui semblait voir le désastre planer sur le jeune homme, qu'elle n'avait nul moyen d'empêcher.

Elle s'assit ; l'attente lui était douloureuse.

Géraden s'approcha raidement de son frère.

Lorsqu'il vit les bottes de Géraden près des siennes, Nyle se leva et, sans relâcher sa prise étroite sur son manteau, se dirigea vers le fond de la pièce, aussi loin des Maîtres et de Térisa qu'il le put.

Là, il attendit que Géraden le rejoigne.

Les Imageurs observaient sans bouger. Le Gouverneur Lebbick ruminait d'indigestes pensées ; son regard perçant ne quittait pas les deux frères.

Géraden tournait le dos aux témoins. Térisa voyait le visage de Nyle ; visage figé, sauvage, plus implacable — plus désespéré — que celui qu'il avait eu en partant à cheval pour trahir Orison. Il paraissait à la fois épouvanté et meurtrier, comme s'il se retrouvait impliqué dans un crime qui le dégoûtait.

Dans un murmure, il dit quelque chose à Géraden.

Certainement des paroles blessantes car Géraden réagit comme si l'on venait de le frapper. Il vacilla ; il se précipita en avant. À le voir de dos, on eût cru qu'il s'était saisi du manteau de Nyle,

Un poignard tomba sur le sol, entre les deux frères, avec un bruit métallique sur la pierre.

La dague était couverte de sang.

Nyle alla heurter la muraille. Ses yeux se fermèrent. Puis ses genoux cédèrent. Géraden essaya de le retenir mais Nyle tomba sur le dos. De son manteau ouvert jaillissait un flot sanglant sur son ventre.

Et comme la dague, les mains de Géraden étaient rouges de sang.

8

Fratricide

Dans le silence atterré de son esprit, Térisa commença à hurler. Hurlement qui, heureusement, resta muet.

Un moment, personne ne parla. Personne n'agit. Tout le monde demeurait pétrifié devant Géraden et Nyle.

Puis Géraden poussa un gémissement étranglé, pareil à un sanglot, et le Congrégat éclata.

Les Maîtres bondirent de leurs sièges et se mirent à s'agiter dans toutes les directions. Telle une force destructrice lancée à toute allure, le Gouverneur Lebbick se rua sur Géraden. Celui-ci battit en retraite contre le mur.

Par-delà le chaos, Térisa cria :

— Géraden ! *Courez !*

Il se précipita vers la porte.

Il arriva trop tard, ou fut trop lent : en état de choc, il ne pouvait se mesurer au Gouverneur. Mais quelques Maîtres se ruaient également vers lui, peut-être pour le capturer, peut-être dans l'espoir d'aider Nyle. Maître Quillon était parmi eux.

Vif comme un lapin, il plongea sur Géraden — et trébucha.

Il tomba juste devant le Gouverneur Lebbick... provoquant sa chute. Lebbick s'affala sur les dalles.

Géraden atteignit la porte et l'ouvrit.

— *Arrêtez-le !* hurla le Gouverneur aux gardes en faction. *Arrêtez Géraden !*

La porte se referma à temps pour étouffer son ordre.

Maître Barsonage resta seul immobile au milieu de cette confusion. Tandis que les Imageurs criaient pour tenter de décider dans quelle direction il leur fallait courir, il frappa ses grosses mains l'une contre l'autre et demeura bouche bée, les yeux perdus dans le vide. Même son tic s'était arrêté.

Grondant sans relâche, Lebbick se releva, poussa les Maîtres qui le gênaient et se rua vers la porte.

Maître Erémis ne fut pas le premier à arriver près de Nyle. Cependant, il écarta tous les autres, souleva le corps sanglant dans ses bras et se dirigea à son tour vers la sortie.

— Un médecin ! fit-il bien que personne ne lui prêtât attention. Il lui faut un médecin !

Térisa suivit l'Imageur et le blessé.

Soudain, quelqu'un lui saisit le bras. Contrainte à se retourner, elle se trouva face à Maître Quillon.

Ses petits yeux brillaient et son nez frétillait avec extravagance.

— Par ici ! souffla-t-il d'une voix qui n'admettait pas de réplique. Nous devons l'aider !

Il l'entraîna vers la porte que venait de franchir Maître Erémis.

Les deux gardes en faction ne savaient où donner

de la tête ou du muscle. Quillon passa devant eux ; ils tentèrent de retenir Térisa puis la laissèrent aller : le tumulte des Maîtres dans la salle exigeait leur intervention.

Sa robe grise claquant contre ses cuisses, Maître Quillon se mit à courir.

Elle n'avait aucune idée de ses intentions ; elle le suivit simplement parce qu'il avait employé le mot *aider*. Or, tout à coup, elle reconnut la partie du laborium vers laquelle le médiateur l'entraînait à travers les couloirs. Ils parvinrent devant une petite porte, assez solide pour être l'huis d'une cellule.

Elle était également gardée.

— Vite ! cria Maître Quillon aux gardes. Quelqu'un a été tué !

Il désigna la direction d'où Térisa et lui avaient surgi.

— Le Gouverneur a besoin de vous !

Il était si convaincant que les deux soldats quittèrent leur poste sans hésiter et, tirant leur épée, partirent au pas de course.

Aussitôt, le médiateur ouvrit la petite porte, fit passer Térisa et la referma.

Ils entraient dans l'antichambre du lacis d'anciennes cellules qui avaient été reconverties en chambres des miroirs.

— Va-t-il venir ici ? questionna Térisa, haletante.

— Il n'a nulle part où aller, fit le Maître avec une brusquerie involontaire.

La prenant par le bras, il la poussa par l'huis le plus proche dans le labyrinthe des salles.

Mais il ne l'accompagna point.

— Allez ! ordonna-t-il. Aidez-le ! Je gagnerai le

plus de temps possible. On me croira quand j'affirmerai qu'il n'est pas venu ici, au moins une minute ou deux.

Térisa le dévisagea. *L'aider ?*

— Allez, vous dis-je ! insista-t-il en la poussant.

Elle faillit perdre l'équilibre, se redressa et se mit en marche.

L'aider ? Géraden ?

Nyle était mort. Transpercé par un couteau.

Pourquoi ?

Ainsi il ne parlerait plus au Congrégat, ne soutiendrait plus les accusations d'Erémis.

Géraden !

Dès qu'elle eut trouvé la salle où était le miroir qui l'avait conduite à Orison, elle repéra Géraden. Il essaya de se dissimuler dans l'embrasure d'une porte mais ne fut pas assez prompt pour éviter l'œil de la jeune femme.

Le miroir original de Maître Gilbur avait été détruit par le champion, bien sûr : celui-ci était donc la copie effectuée par Géraden. Il était couvert, aussi ne put-elle voir la scène qu'il représentait.

— Géraden ! appela-t-elle dans un murmure. C'est moi, Térisa.

Au bout d'un moment, il sortit de sa cachette.

Il était devenu un autre être. Son visage était de marbre, ses yeux d'acier. Il parla comme s'il était prêt à tout instant à jouer de son autorité contre elle.

— Venez-vous me convaincre de me rendre ?

— Non, fit-elle difficilement. Maître Quillon m'a dit de vous aider.

Quelque chose s'était brisé en elle.

— Il aurait mieux fait de venir lui-même.

L'écho d'un bruit de porte se fit entendre dans les couloirs. Térisa perçut un brouhaha de voix.

— Si vous êtes Imageur, ma dame, vous pourrez m'aider, reprit Géraden. Sinon, je n'ai nul moyen de fuir.

Oh, mon amour !

— Vous savez que je ne suis pas Imageur. Qu'est-ce que Nyle voulait dire contre vous ?

Il paraissait intouchable, trop dur et trop inhumain pour être touché. Cependant, quelque chose dans la voix ou dans l'expression de Térisa dut l'atteindre. Sa cuirasse se craquela.

— Rien, fit-il, comme prêt à fondre en larmes. Rien du tout. C'était un piège, ourdi contre moi par Maître Erémis.

» Térisa, je n'ai pas tué mon frère.

Elle entendit clairement le Gouverneur Lebbick :

— Fouillez tout ! Il est forcément ici. Je le veux vivant.

— Je ne suis pas Imageur ! Je ne puis vous aider !

Désespérée, elle se jeta au cou de Géraden. Il l'étreignit jusqu'à ce que le brutal bruit des bottes résonnât dans la pièce voisine. Alors, ils se séparèrent.

Géraden était redevenu de fer.

Sans hésitation, il se tourna vers le miroir et le découvrit.

L'Image montrait la terre étrangère froide et nue où le champion et ses hommes s'étaient battus.

— Non, Géraden ! supplia Térisa. Vous serez perdu ! Vous ne reviendrez jamais.

Il n'y prit garde.

— Dès que je me serai translaté, ma dame, fit-il comme s'il s'adressait à une parfaite étrangère, modifiez l'angle de vue du miroir. S'ils me voient dans l'Image, ils me poursuivront.

Il ajouta quelque chose qu'elle ne comprit pas. Ses doigts caressèrent le cadre de bois puis sa main fit un geste d'adieu.

Ensuite, il passa à travers le verre et la laissa seule.

Mais il n'apparut pas dans l'Image.

Fiévreusement, Térisa la fouilla du regard : nul signe de celui qu'elle cherchait. Une fois de plus, son miroir venait d'effectuer une impossible translation. Il l'avait emmené en un lieu que le verre ne révélait point.

Cette fois pourtant, nul ne le retenait par le pied. Il n'avait aucun moyen de revenir. Il était perdu, complètement.

Le Gouverneur Lebbick surgit près de Térisa, si soudainement qu'elle aurait crié si elle ne s'était trouvée dans cet état de profonde stupeur.

Il parcourut des yeux toute la pièce, scruta le miroir. Puis il saisit les bras de la jeune femme, enfonçant ses doigts dans sa chair tendre. Un triomphe féroce illuminait son visage.

— Vous l'avez fait, femme, fit-il presque gaiement. Vous avez commis un acte assez vil pour que nul n'aille vous protéger. Vous avez aidé un meurtrier à s'enfuir.

Elle aurait pu parler pour sa défense. Nier n'aurait causé aucun mal à Géraden. Le mal ne pouvait plus l'atteindre. Mais elle ne put que garder la tête haute et soutenir, du mieux qu'elle le put, avec sa détresse et son silence, le regard brutal du Gouverneur.

— Maintenant, fit-il les dents serrées, vous êtes *mienne*.

9

Le Prince installe le siège

Le lendemain, à l'aube, le siège d'Orison commença.

La formidable masse de la forteresse trônait sur la terre nue que l'herbe disputait sans vigueur à la boue lourde et figée par l'hiver, trônait aussi au cœur du déploiement de l'armée d'Alend, multipliée par ses hordes de serviteurs et d'accompagnateurs divers. Du point de vue du Prince Kragen, le château semblait trop solide — et trop maigres les forces qui le cernaient — pour que le siège fût un succès. Mais il avait pallié cette insuffisance. Lui était assez fort pour prendre Orison.

Il ne risquerait la vie d'aucun homme. Le temps le pressait, certes : il humait presque dans l'air l'avancée des forces de Cadwal contre lui, sensation aussi mordante que le picotement d'une bise glacée. Et l'armée du Haut Roi était puissante, nombreuse — le Prince le savait pour avoir capturé quelques-uns des blessés du Perdon qui se rendaient à Orison et qui avaient parlé. À moitié composées de mercenaires, à moitié de ses propres soldats, les troupes du Haut Roi comptaient quelque vingt mille hommes. L'armée du Monarque d'Alend n'atteignait pas les dix mille.

Aussi Kragen devait-il se dépêcher. Il lui fallait s'emparer d'Orison et le fortifier avant que les vingt mille de Cadwal ne franchissent la Rivière Vineuse pour pénétrer dans le Demesne. Autrement, il n'aurait qu'à battre honteusement en retraite devant le Haut Roi. À moins qu'il souhaitât gaspiller toute sa force pour aider Joyse à soustraire le Congrégat à la convoitise de Cadwal. Le plan de dame Eléga pour paralyser Orison de l'intérieur avait échoué, et à présent le temps ne jouait plus pour le Prétendant d'Alend.

Malgré tout cela, il se refusait à risquer des vies. Il aurait besoin de tous ses hommes très bientôt.

Il ordonna donc de placer les catapultes de manière à rouvrir la brèche mal colmatée de la muraille.

Il avait compris l'avantage de cette faille dans la forteresse le jour même où le champion fou du Congrégat l'avait faite pour s'enfuir, le jour où, ambassadeur du Monarque d'Alend, il avait officiellement quitté le château : la trouée d'où s'échappait alors une épaisse poussière avait eu un air de mort comme une blessure dans la pierre, plus vive à voir sur le fond de froid et de neige. Une entaille fatale dans un corps encore chaud. Ce spectacle avait fait battre le cœur du Prince Kragen, à la fois de joie et de frayeur, qui promettait la prise d'Orison et signait l'arrêt de mort du pouvoir qui avait unifié Mordant par-dessus l'ancestral conflit entre Alend et Cadwal. Toutefois, le Fief de Joyse paraissait à présent encore plus vulnérable. Même un enfant aurait constaté la faiblesse du colmatage de fortune. Au vu des circonstances, le Gouverneur Lebbick avait fait tout ce qui était en son pouvoir. Mais nulle circonstance atténuante ne savait soutenir un mur contre des catapultes. Le capitaine responsable des machines de guerre prenait discrètement les paris : le mur tomberait-il au premier ou au deuxième coup ?

Cependant, la question qui tourmentait le Prince n'était pas de savoir s'il réussirait à entrer dans Orison mais bien quelle serait l'ardeur avec laquelle ses occupants se défendraient. Dame Eléga n'avait pas pu empoisonner les soldats de Lebbick mais elle avait bel et bien empoisonné le réservoir, contraignant la population trop nombreuse à un sévère rationnement. Quant au Roi Joyse... Il n'était pas simplement le souverain de son peuple ; il était son héros, l'homme qui lui avait donné une identité et des idéaux. Aujourd'hui, il avait perdu l'esprit. Sans chef, désespérés, les combattants de Mordant se battraient-ils férocement ?

Peut-être puiseraient-ils en eux-mêmes bravoure et endurance, si Joyse tenait parole. Il avait vraiment perdu la tête, nul doute là-dessus. Il le fallait pour qu'il ait accueilli la demande de capitulation d'Alend par la seule menace capable de donner du cœur au ventre de ses sujets : *Le Roi Joyse a l'intention de déchaîner contre vous la pleine puissance du Congrégat et de vous rayer de la surface terrestre !*

Eléga ne croyait pas un mot de cela mais le Prince ne partageait pas sa conviction. Si Joyse avait réellement l'intention de *déchaîner le Congrégat*, que pouvait-il arriver de pire à l'armée d'Alend que d'être rayée de la surface de la terre ?

Le Prince tenait donc ses troupes à distance raisonnable des murailles. Le casque enfoncé sur ses boucles brunes, la moustache aussi brillante que les prunelles, son épée et sa cuirasse arborées avec la même élégance négligente avec laquelle il portait un manteau de fourrure blanche, il offrait, en apprêtant ses forces, l'image même de l'assurance et de la vitalité. Rien ne transparaissait de ses doutes tandis qu'il conférait avec les soldats du poids et de la trajectoire des projectiles. Il ne risquerait pas un homme avant d'y être contraint. Il craignait d'avoir très prochainement besoin d'eux tous.

Le terrain était idéal pour une attaque aux catapultes. L'espace dégagé, à part les quelques arbres en bordure des routes, le sol égal où l'herbe printanière avait du mal à percer du fait du froid et de l'absence de pluie. Et même les routes ne gênaient pas : elles se réunissaient au nord-est du château et la brèche était plutôt située dans le flanc nord-ouest de celui-ci... Les environs immédiats d'Orison descendaient doucement vers la forteresse, aussi l'armée d'Alend se trouvait-elle légèrement en hauteur par rapport à sa cible. Les conseillers et professeurs de stratégie militaire du Prince Kragen lui avaient enseigné des années durant qu'il était difficile de projeter des pierres vers le sommet d'une colline. En cette occurrence, l'utilisation des machines de guerre se présentait comme un jeu d'enfants.

Dame Eléga rejoignit le Prince à l'instant où l'on chargeait la plus puissante des catapultes. Kragen était préoccupé mais elle avait le pouvoir de forcer son attention et il l'accueillit avec un sourire plus chaleureux que les paroles distraites qui franchirent ses lèvres.

— Nous sommes prêts, ma dame.

Serrant son manteau autour d'elle, elle posa un regard dur sur Orison.

— Que va-t-il se passer, Seigneur Prince ? murmura-t-elle comme si elle n'attendait pas de réponse. La réparation de la brèche va-t-elle tenir ? Le Gouverneur est un vétéran. Il a certainement fait de son mieux.

Le Prince Kragen la dévisagea alors qu'elle scrutait le château. Parce qu'il l'aimait, l'admirait aussi — et parce qu'il lui répugnait d'admettre qu'il ne se fiait pas parfaitement à une femme qui avait mis tant d'ardeur à trahir son propre père — il lui fut difficile de reconnaître qu'elle n'était pas à son avantage à cette heure, en ce jour. Le froid et le vent lui avaient volé l'étincelle vive de ses yeux, les rendant ternes, bouffis ; la lumière crue lui donnait un teint blême, exsangue, comme si n'existait plus en elle la palpitation d'un cœur. Elle n'était adorable que toutes portes closes, à la lueur des chandelles et des intrigues. Or son absence de beauté en cet instant fit que le Prince l'aima davantage. Il savait qu'elle possédait un cœur. Pâles étaient les doigts qui se crispaient avec angoisse sur son vêtement. Chacun de ses mots, chacune de ses attitudes trahissaient son affliction.

— Oh, le mur tombera, répondit-il du même ton distrait. Nous l'aurons abattu avant le coucher du soleil, peut-être avant midi. Nous allons voir ce que valent l'expérience et la ruse de Lebbick, ajouta-t-il en homme qui n'aimait guère le Gouverneur. Il a fait réparer la brèche en hiver, il n'aura pas eu de mortier. Il faudrait qu'il ait pris tout le sable du Congrégat — égorgé tous les Imageurs pour mêler leur sang au sable — afin de sceller ces pierres assez solidement pour qu'elles nous résistent.

— Et quand il sera tombé ? fit Eléga avec un imperceptible tressaillement.

— Alors, nous ne pourrons plus revenir en arrière, répondit le Prince d'une voix dure. Alend et Mordant seront en guerre. Et nous n'attendrons pas que la soif et la peur fassent leur œuvre à notre place. Le Perdon est tout ce qui se dresse entre nous et le Haut Roi Festten. Nous agrandirons la brèche autant que possible puis nous entrerons.

Un instant plus tard, il fut pris de pitié pour elle.

— Nous proposerons bien sûr à Orison de se rendre. Je ne veux pas le carnage. Nous aurons besoin de chaque homme, femme et enfant contre Cadwal.

Eléga lui accorda un regard de muette gratitude puis, après réflexion, hocha la tête.

— Le Gouverneur Lebbick ne baissera jamais les armes. Mon père ne s'est jamais rendu de toute sa vie.

— Ce sera la première fois, fit Kragen d'un ton sec.

Il le croyait. Il croyait que le mur ne tiendrait pas. À moins d'une intervention d'Imagerie, Orison n'avait pas de quoi résister à son assaut. Malgré cette certitude, un doute sans nom le harcelait quand il ordonna au capitaine de lancer le premier projectile.

Deux hommes musculeux défirent le système d'encliquetage qui retenait le bras horizontal ; celui-ci se souleva prestement au rythme du déroulement du câble, alla cogner son heurtoir ; un gros caillou, aussi lourd qu'un homme, jaillit du cuilleron. Un seul cri d'anticipation parcourut toute l'armée, mais le Prince Kragen assista à ce premier tir d'un air sinistre. Le choc mou sur le matelas du heurtoir, les gémissements de la ferraille, le grincement des câbles, la protestation des roues, c'était dans sa poitrine qu'il les entendait résonner, tels des coups contre lui dirigés — comme s'il pouvait dire à ce seul son que le projectile allait manquer sa cible.

Il la manqua.

Pas tout à fait, certes : Orison était trop vaste pour cela. Mais la pierre tapa trop haut et trop à gauche de la brèche réparée.

L'impact laissa une cicatrice sur la muraille, insignifiante. Le projectile éclata. La lueur pourpre, flamboyante, de la bannière du Roi continuait à claquer au sommet de la tour, intouchable, indifférente.

À voix basse Kragen s'en prit au vent, bien qu'il sût que celui-ci n'était pas responsable de l'échec. Au demeurant, l'échec était normal : le succès de ce premier lancer eût été extraordinaire. Le capitaine ne réglerait bien sa machine qu'au bout de quelques tirs. Cela n'empêchait pas le Prince d'éprouver un tourment irrationnel, comme si cet échec était un présage.

Peut-être en était-ce un. Avant que les hommes aient commencé à retordre les câbles pour abaisser le levier, l'armée assiégeante en son entier entendit le cri d'une trompette.

Elle ne sonnait pas quelque fanfare familière, qui annonçât un messager ou une attaque. C'était une seule note, tenue, aiguë, comme si le héraut n'avait reçu d'autre ordre que d'attirer l'attention.

Kragen regarda dame Eléga, quêtant une explication. Celle-ci eut l'air de ne pouvoir lui répondre.

De la position où il se trouvait, le Prince n'avait pas vue sur les portes d'Orison. Sans doute s'étaient-elles ouvertes, cependant, car un homme à cheval ne tarda pas à tourner le coin du château pour galoper en direction de la catapulte.

C'était un homme petit, trop petit pour sa monture, estima machinalement le Prince. Et piètre cavalier, à en juger par sa tenue précaire sur la selle. Cachait-il des armes, une armure sous son épais manteau ?

Sur ses épaules, hors de son vêtement, battait au vent la chasuble jaune d'un Maître.

Le Prince Kragen haussa un sourcil noir mais ne laissa rien paraître de sa perplexité. Conscient que ce qu'il dirait serait entendu et rapporté dans toute l'armée, il murmura calmement :

— Intéressant. Un Imageur. Un Maître du Congrégat. Le connaissez-vous, ma dame ?

— Quillon, Seigneur Prince, répondit Eléga après avoir bien observé le cavalier. Pourquoi lui ? il n'a jamais été bien important, ni pour le Congrégat ni pour mon père.

Le Prince sourit à l'approche du Maître.

— Nous n'allons pas tarder à le savoir, assura-t-il de façon à n'être entendu que de la jeune femme.

Le visage rouge, risible sur son énorme monture, Quillon avançait. Ses yeux pleuraient bien que nulle peine ne chiffonnât ses traits. Son nez frémissait comme celui d'un lapin ; ses lèvres découvraient de grandes dents. Mais quand ce personnage comique s'arrêta devant le Prince Kragen et dame Eléga, quand il faillit tomber en mettant pied à terre, comme si le vent l'avait chassé de sa selle, le Prince n'eut cependant nulle envie de rire. Il avait affaire à un Imageur. Pour peu qu'il ait avec lui un miroir, cet être puissant pouvait faire grand mal avant d'être fait prisonnier ou tué.

— Seigneur Prince, déclara-t-il sans préambule, sans un regard pour la fille du Roi, je viens vous mettre en garde.

Les hommes autour du Prince se raidirent ; le capitaine porta la main à son épée. Mais l'attitude de leur chef resta courtoise.

— En garde, Maître Quillon ? Voilà bien des égards. J'ai très clairement entendu le Gouverneur Lebbick nous menacer de « déchaîner le Congrégat » contre nous. Aurais-je mal interprété les intentions de votre Roi ? Ne m'a-t-on pas déjà mis en garde ? Ou bien... s'agit-il d'une autre sorte d'avertissement ? Votre présence ici signifie-t-elle que le Congrégat ne se soumet plus à l'autorité de Joyse ?

— Non, Seigneur Prince, répondit Quillon d'un ton inquiétant malgré son attitude frileuse. Vous volez hâtivement aux conclusions. Faiblesse dangereuse pour un meneur d'hommes... si vous tenez à survivre à cette guerre, il vous faudra vous montrer plus prudent.

— Vraiment ? fit Kragen d'une voix toujours suave. Je vous prie de m'excuser. C'est vous qui m'avez induit en erreur. Votre propre imprudence à venir me parler aura engendré mes hasardeuses spéculations. Si votre intention est de me répéter les menaces du Gouverneur Lebbick, vous auriez pu vous épargner cette inconfortable chevauchée.

— Je n'ai nullement cette intention. Je suis venu vous avertir que nous allons détruire cette catapulte. Si vous restiez à proximité, vous risqueriez d'être blessé... tué, qui sait. Le Roi Joyse ne souhaite pas votre mort. Cette guerre n'est pas de son fait et il n'a nul intérêt à vous faire tuer.

Un froid frisson, inhabituel, courut sous les cheveux et sur la nuque de Kragen. *Nous allons détruire...* Comme tous, il craignait les Imageurs, il redoutait leur étrange pouvoir de créer des atrocités, à partir du verre et de leur talent. C'était à cause de cette peur qu'il avait déployé ses troupes loin du carrefour des routes, car il savait par Eléga que le Perdon avait en ce lieu été attaqué par l'Imagerie. Et les manières de Quillon teintaient ses paroles de quelque chose de fou, d'imprévisible, et de périlleux. *Le Roi Joyse ne souhaite pas votre mort...*

Pourtant, le fils de Margonal prétendait au trône : il occupait une position, portait une responsabilité, auxquelles nul ne l'avait contraint. En d'autres contrées, d'autres princes devenaient roi, qu'ils l'aient ou non mérité ; or le trône du Monarque d'Alend à Scarab ne pouvait qu'être gagné, jamais hérité. Et Kragen voulait ce trône, car il avait confiance en son père et confiance en lui-même. Plus qu'aucun autre des prétendants à la souveraineté d'Alend, il croyait dans le bien-fondé des actions de son père. Et il ne doutait pas que tous ses adversaires fussent moins qualifiés que lui pour cette tâche.

Aussi n'y eut-il aucune peur dans le regard qu'il posa sur Quillon, ni dans son attitude, ni dans la façon dont il parla. Seulement de la vigilance — et un amusement superficiel qui n'était pas destiné à abuser qui que ce soit.

— Quoi, n'a-t-il réellement nul intérêt à ma mort ? s'enquit-il avec aisance. Alors que je lui ai pris sa fille et que j'ai déployé toutes les troupes du Monarque d'Alend sous les remparts d'Orison ? Pardonnez-moi d'être sceptique, Maître Quillon. Le souci de votre Roi pour ma vie me paraît... non vexant, mais... quelque peu déplacé.

Comme s'il saluait, il inclina la tête ; ses hommes comprirent et firent cercle autour de Quillon, lui bloquant la retraite.

— Et vous avez risqué gros à me transmettre ses égards.

Les yeux de l'Imageur allèrent de droite à gauche.

— Pas grand-chose, assura-t-il en dissimulant son anxiété. Seulement ma vie. Je préfère vivre, certes, mais ma mort n'empêchera rien. Cette catapulte sera de toute façon détruite. Comme toutes les machines que vous actionnerez contre nous. Je vous le répète, le Roi Joyse n'a aucun intérêt à votre disparition, mais si vous tenez à mourir, il ne vous l'interdira pas. Que j'aie risqué ma vie vous garantit que je dis vrai.

— Fascinant, souffla le Prince avec nonchalance. Vous détruiriez mes machines à cette distance ? Quelle nouvelle horreur le Congrégat a-t-il imaginée, pour que vous envisagiez de frapper si loin de vos miroirs ?

Le Maître ne répondit pas à cette question.

— Écartez-vous ou non, à votre guise. Tuez-moi ou non. Mais ne commettez pas l'erreur de croire que vous serez autorisé à investir Orison. Plutôt que de vous livrer son trône et ses forces, le Roi Joyse vous laissera écraser entre le marteau de Cadwal et l'enclume du Congrégat.

Dame Eléga ne put se taire davantage.

— Quillon, tout ceci est absurde, fit-elle non sans colère. Vous êtes un Imageur mineur, un membre du Congrégat sans importance. Comme l'est votre vie, selon vos propres mots. Cependant vous avez le front de menacer le Monarque d'Alend et son fils. Seriez-vous monté en grade pour prétendre parler au nom de mon père ?

Maître Quillon la regarda pour la première fois. Son visage se ferma tout à coup, et une note féroce incongrue résonna dans sa voix.

— Ma dame, je suis « monté en grade » par ordre du Roi, Je suis le médiateur du Congrégat, déclara-t-il, la défiant comme s'il était plus grand, plus fort. Je ne l'ai pas trahi, contrairement à sa fille.

Loyaux à leur Prince, plusieurs des soldats d'Alend furent prêts à sortir leur épée. Mais Eléga accueillit ce discours sans ciller. Elle tenait de son père autant de fierté que de conscience.

— C'est injuste, dit-elle. Il a trahi tout Mordant. Vous ne devez pas vous aveugler devant la vérité. Vous ne...

Délibérément, Maître Quilion cessa de la regarder, comme si elle n'existait plus. La protestation d'Eléga mourut dans un silence. Dans la fraîche brise printanière, elle parut au bord des larmes.

Le Prince refoula non sans mal sa colère. L'attitude de l'Imageur, qu'il comprenait trop bien, le rendait furieux. Et il avait grande envie d'assommer ce petit homme.

— Vous risquez plus que vous ne le croyez, murmura-t-il, les dents serrées. Si la mort ne vous effraie pas, je vous promets que vous serez plus sensible à la douleur.

Eléga sursauta et une lueur affolée passa dans ses yeux violets. Le Prince et le Maître se faisaient face, ignorant sa réaction bouleversée.

Maître Quilion battit des paupières, son nez frémit de plus belle. Sans doute frôlait-il la panique. Il sut n'en rien révéler quand il prit la parole.

— Est-ce là votre réponse à ce que vous ne comprenez pas, Seigneur Prince ? La torture ? Ou la faites-vous subir par pur plaisir ? Soyez une nouvelle fois mis en garde, fils du Monarque d'Alend, l'on vous éprouve ici, aussi sûrement que l'on a pris votre mesure à Orison, au jeu de saute-contre... et ailleurs. Je ne vous conseille pas de vous laisser aller à l'indignité.

Sans attendre la permission du Prince, il tourna les talons, remonta tant bien que mal à cheval, se saisit gauchement des rênes. Il était cerné par les soldats, ce qui ne l'empêcha pas de faire avancer sa monture en direction d'Orison. Les guerriers s'écartèrent, lui ouvrant involontairement le passage, sans ordres ni de leur capitaine ni de leur Prince, mais subjugués qu'ils étaient par l'étrange dignité de l'Imageur.

Un peu ridicule, valeureux surtout, il s'éloigna sur son grand cheval. Il tourna bientôt l'angle des remparts et disparut.

Se mordant nerveusement la lèvre, Kragen se tourna vers Eléga. *L'on vous éprouve ici...* Il souhaitait demander une explication à la jeune femme mais son regard noir l'arrêta.

— Eléga ? fit-il doucement.

— « Torture », Seigneur Prince ? souffla-t-elle.

Son évidente indignation faillit le faire crier. Nous

sommes en *guerre*, ma dame ! Croyez-vous que l'on fasse la guerre sans infliger souffrance à personne ? Il ravala ses paroles car il éprouvait un peu de honte pour avoir menacé Maître Quillon.

Certes, autrefois, au cours de l'incessante lutte entre Alend et Cadwal, aucun combattant d'Alend n'eût hésité à arracher quelques hurlements à un ennemi, qu'il fût de Mordant ou de Cadwal. Et les barons avaient gardé des méthodes assez barbares. Mais depuis sa défaite devant Joyse, Margonal n'avait pu manquer de remarquer que son adversaire régnait plus aisément sur Mordant en gagnant la loyauté de ses sujets qu'en les opprimant. Nullement stupide, le Monarque d'Alend avait opté pour ces méthodes qui oubliaient la peur, la violence, la douleur, et se trouvait content des résultats. Jusqu'aux barons qui devenaient plus faciles à dominer.

C'était l'une des conquêtes de Margonal en laquelle croyait son fils. Il souhaitait pousser l'expérience.

Alors, malgré sa colère, son alarme, ses doutes, il sut rabattre un peu de sa superbe pour faire preuve devant Eléga d'une difficile honnêteté.

— Mes paroles ont dépassé ma pensée et mes intentions. L'Imageur vous a insultée, ma dame. Je n'aime pas que l'on vous insulte.

Cette explication apaisa la jeune femme dont les traits s'adoucirent.

— On ne m'offense pas si aisément, répliqua-t-elle. Et je dois admettre que ceux qui restent fidèles à mon père ne peuvent me faire confiance. Au demeurant, je vous remercie de votre colère, Seigneur

Prince. C'est un réconfort de voir que vous avez à cœur de me défendre.

Ses yeux brillaient maintenant d'amoureuses promesses. Le Prince hésita entre la faim qu'il avait d'elle et ses devoirs de l'heure. Il finit par s'incliner et se détourna.

Le vent devenait plus froid. Le printemps précoce ne garantissait pas l'impossibilité d'un regain hivernal. Voilà qui serait dur pour l'armée, songea amèrement le Prince. Camper sous les remparts d'Orison avec le froid, la faim, le désœuvrement...

Il refoula sa bile et s'adressa sèchement au capitaine des catapultes.

— Nous tiendrons compte de l'avertissement de l'Imageur. Écartez tous les hommes inactifs et préparez les autres à se retirer. Puis nous reprendrons l'assaut.

Le capitaine le salua, commença à donner ses ordres. Les soldats lui obéirent avec une promptitude nerveuse. Emmenant Eléga avec lui, le Prince marcha vers les tentes de son père. À une centaine de mètres de la catapulte, il se retourna.

Il n'eut guère à attendre la mise à exécution de la menace de Quillon. Le médiateur du Congrégat avait dû donner le signal dès son retour au château. Alors que le Prince scrutait la masse grise, une forme brune, aussi imprécise qu'un nuage de fumée, s'éleva au-dessus des remparts du mur nord-ouest.

Elle ne se dissipait pas, contrairement à une fumée. Cela ne paraissait pas plus gros qu'un grand chien, ou deux busards ; et pourtant dans sa façon de s'élever dans le ciel, la forme évoquait une tornade. Un peu de fumée brune... Comme ses dix mille hommes, le Prince Kragen se tordait le cou pour suivre la chose étrange parmi les nuages.

Si haute qu'elle n'était même plus à portée de flèche, ni même à portée des arbalètes, la forme brune vola au-dessus de la catapulte, la dépassa, revint. Le Prince crut entendre un faible cri, comme la plainte d'un oiseau de mer.

Alors du nuage tomba une pierre aussi grosse que celle que la catapulte avait lancée sur Orison.

Avec toute la force de sa chute, le roc s'abattit sur la machine de guerre, faisant voler en éclats le solide bâti de charpente. Tasseaux et pièces métalliques s'éparpillèrent dans toutes les directions, touchant deux des hommes qui couraient loin du désastre, blessant l'un à la jambe, l'autre à la tête. Les autres furent plus chanceux.

La vague fumée brune avait déjà disparu derrière les remparts du château.

Un cri s'éleva de l'armée, un cri de rage et de peur, un appel au sang. Le Prince demeura impassible. Seule la blancheur livide de ses lèvres dissimulées sous sa moustache trahissait ses sentiments.

— Ma dame, fit-il à Eléga, affectant une souriante nonchalance, vous avez vécu des années près des Imageurs. Orison doit bruire de rumeurs sur le Congrégat. Avez-vous déjà entendu parler d'un tel phénomène ?

Elle secoua la tête, contemplant avec stupeur la catapulte écrasée.

— Il n'est pas impossible, lui murmura Kragen, que durant la longue paix du Roi Joyse nous ayons négligé de nous souvenir des abominations de l'Imagerie. Il est clair que les Maîtres ne sont pas restés inactifs tout ce temps.

» Ma dame, poursuivit-il, fermant un instant les yeux comme s'il se permettait une seconde de peur, le Congrégat *ne doit pas* tomber aux mains du Haut Roi Festten.

Il se ressaisit et quitta sa compagne. Il ordonna d'abord au capitaine de haler une autre machine de guerre puis de recommencer l'assaut, en prenant toutes les précautions pour protéger les hommes. Ensuite, il alla trouver son père.

Les tentes du Monarque d'Alend affichaient une somptuosité que Margonal se faisait fort de conserver même en campagne. Il jugeait ce déploiement de fastes bon pour le moral. Au demeurant le Haut Roi Festten aurait trouvé que les quartiers du Monarque ressemblaient à un taudis. Alend ne jouissait pas de l'affluence de richesses que connaissait Cadwal grâce à ses ports. Comparé à Festten, Margonal n'était pas plus riche que le dernier de ses barons. Si Mordant ne s'était pas trouvé entre Alend et Cadwal — et si les Fiefs ne s'étaient pas montrés si batailleurs, si difficiles à diriger (qualité qui faisait d'eux un véritable frein à ses convoitises) —, le Haut Roi, avec les forces mercenaires que lui gagnait sa fortune, aurait depuis longtemps croqué l'ancestral ennemi.

Le Prince Kragen était conscient de cela, non qu'il fût jaloux des richesses du Haut Roi, mais parce qu'il sentait sa vulnérabilité face à Cadwal. C'était à sa faiblesse qu'il songeait quand il écarta la porte de toile qui lui donna accès aux quartiers de son père.

Il percevait le péril d'Alend jusque dans la brise froide qui s'enroulait autour de son cou, tel un garrot.

Le Monarque d'Alend était assis dans la partie avant de la tente, où il tenait ses conseils. Le Prince le distinguait assez bien dans la lueur des braseros qui dansait autour des sièges disposés en cercle. Il n'y avait pas d'autre lumière. Les coutures des toiles de tente étaient masquées avec des rabats, et Margonal n'admettait nulle lampe ou torche ou bougie en sa présence. Intérieurement, le Prince voyait cette interdiction arbitraire comme un vestige de tyrannie, mais s'y pliait. Quiconque eût regardé le Monarque d'Alend en pleine lumière se fût aperçu qu'il était complètement aveugle.

Nulle vision n'aurait pu franchir le voile blanc qui couvrait ses yeux.

De toute évidence, ses guerres contre Joyse n'avaient pas été les seules pertes de son existence. C'était en perdant progressivement la vue qu'il s'était occupé de trouver des manières de régner plus sûres, afin de conserver son trône, pour lui et son successeur. Comme il en rebattait les oreilles de ses proches : « Perdre est un excellent enseignement. » Secrètement, et sans irrévérence aucune, le Prince substituait au mot *perdre* le verbe *craindre*. Un homme incapable de voir ses ennemis ne peut les frapper. Il avait dû donc recourir à d'autres moyens pour se protéger. Kragen comprenait la peur de son père et la respectait. Un homme moins solide que Margonal se fût réfugié dans la terreur et la violence.

Vieux, affaibli, le Monarque d'Alend était affalé dans le siège le plus confortable et tourna la tête en entendant entrer son fils. Parce qu'il était pointilleux en matière de protocole, il ne parla point avant que le Prétendant au trône n'ait été annoncé et l'eût salué selon l'étiquette. Alors, il se permit un soupir de grande fatigue.

— Bien, mon fils. Mes gardes sont déjà venus me murmurer à l'oreille de sinistres récits qu'ils n'ont su m'expliquer. Peut-être serez-vous plus compréhensible.

— Majesté, fit Kragen, je crains d'accentuer votre incompréhension.

Il relata succinctement la visite de Maître Quillon et la destruction de la catapulte. Cela exposé, il livra ses pensées à son père.

— Les manières de l'Imageur étaient étranges, obscurs ses motifs. Mais le grand mystère pour moi est que le Roi Joyse semble se conduire comme s'il n'était pas sénile — comme si nous n'étions rien de plus qu'un petit incident qui vient agacer une souveraineté invulnérable. Et il est capable d'ordonner à des hommes tels que le Gouverneur Lebbick ou Maître Quillon d'entretenir cette illusion.

» Car nous savons que *c'est* une illusion. Cadwal marche contre lui. Orison est éventré, avec quelques hommes seulement pour le défendre, la soif guette ses habitants. Bien qu'il contrôle le Congrégat, les Imageurs qui servent ses ennemis sont plus puissants. Ils peuvent le frapper à volonté, dans Mordant ou Orison, traverser les miroirs plats comme s'ils étaient immunisés contre la folie. De surcroît, certains Maîtres l'abandonneront à la première occasion. Des hommes comme Erémis sont peut-être fidèles à Mordant mais ne se reconnaissent plus aucune allégeance envers leur Roi.

» Ses Seigneurs ne l'aideront point. L'Armigite est un lâche. Le Termigan ne se soucie que de son Fief. Et le Perdon résiste à Cadwal non pour le Roi Joyse mais pour sa propre survie. De tous les Fiefs, seuls le Domne, le Tor et le Fayle demeurent sincèrement loyaux. Le Domne ne prend pas les armes pour autant. Le Tor est vieux, imbibé de vin — et il est *ici*, donc nullement à même de rassembler des troupes. Quant au Fayle, il ne peut accourir à la rescousse d'Orison puisque nous nous dressons en travers de sa route.

» Et *malgré cela*, le Roi Joyse nous menace comme s'il était invincible.

Plus il y songeait, plus le Prince perdait ses certitudes.

— En vérité, Majesté, je ne puis décider si son audace relève de la divagation ou d'une fine politique.

Le Monarque d'Alend soupira de nouveau.

— J'ai passé une nuit désagréable, murmura-t-il sans lien apparent avec les propos de son fils. La perte de la vue a eu le don d'aiguiser mes souvenirs. Au lieu de dormir, je me suis remémoré toutes les ruses, tous les subterfuges dont il avait usé contre moi. Pareils souvenirs glaceraient les sangs d'un jeune souverain à la vision parfaite. À moi, ils sont fatals.

Il fit face à son fils comme s'il pouvait le voir.

— Pouvez-vous imaginer un motif... n'importe lequel, demanda-t-il d'une voix rauque, pour lequel un roi tel que Joyse aurait intérêt à feindre la sénilité... jusqu'à laisser des Imageurs harceler ses sujets d'atrocités... jusqu'à nous permettre d'arriver sous ses remparts alors que ses défenses sont si faibles ?

— Non, répondit le Prince. C'est de la folie. Forcément de la folie.

— Qu'en dit dame Eléga ? Elle est sa fille. Elle le connaît mieux que vous, mieux que moi. A-t-elle réfléchi à ce qui pourrait le conduire ?

— Non, répéta le Prince.

Il s'en remettait entièrement à Eléga. Il croyait ce qu'elle croyait au sujet de Joyse. N'avait-il pas raison ?

— Alors, il est fou, s'exclama Margonal d'une voix plus forte. *Fou.* Il devra nous laisser la place, et payer pour tout cela. M'entendez-vous ? C'est insupportable !

Inconsciemment, il frappa de ses poings serrés les accoudoirs de son siège.

— Je comprends qu'il ait voulu nous arracher Mordant et ensuite régner sur les Fiefs qu'il nous reprit. Il en avait la stature, il le fit. Et je comprends qu'il se soit assuré la totalité des puissances d'Imagerie. Encore une fois, il en avait la stature, et il le fit. Je comprends peut-être aussi que, une fois le Congrégat créé, il se soit refusé à utiliser ses pouvoirs pour ses conquêtes. Festten ne l'aurait pas fait. *Je* ne l'aurais pas fait. Mais sans doute fut-il plus sage que nous.

» Mais *cela...* ! Avoir créé tout ce qu'il a créé pour l'abandonner au chaos ! poursuivait le Monarque qui à présent criait. Avoir forgé une arme telle que le Congrégat, pour ensuite prêter le flanc aux assauts, négliger ses responsabilités, ses devoirs, tourner le dos à ceux qui le servent et se fient à lui, au point que ses ennemis n'ont d'autre choix que de tenter de lui arracher son arme pour leur propre survie ! Je dis que c'est *insupportable* ! Que cela doit *cesser* !

Margonal s'était à moitié levé, comme s'il demandait à Joyse en personne de lui rendre raison. Aussi vite qu'elle était venue, sa passion s'étouffa. Se rasseyant, il se couvrit le visage de ses mains.

— Mon fils, murmura-t-il d'une voix enrouée, quand je reçus votre message nous enjoignant de nous mettre en marche, le froid s'insinua en mon cœur. Je ne puis plus le réchauffer. Je *connais* cet homme. Il m'a trop souvent vaincu. Je crains qu'il nous ait attirés ici pour nous détruire, que sa faiblesse ne soit qu'un artifice destiné à nous conduire à lui, avec Cadwal, afin qu'il puisse nous écraser à son gré, au lieu de livrer un combat honnête. Vous dites que cela ne se peut pas. Dame Eléga dit que cela ne se peut pas. Ma propre raison me dit que cela ne se peut pas... ne serait-ce que parce qu'en cinquante ans, il n'a jamais montré le désir de nous écraser. Pourtant, c'est ce dont j'ai peur.

» Il m'a piégé. Nous sommes venus ici à la rencontre de notre destin.

Le Prince Kragen écouta son père en s'efforçant de ne pas frémir. La peur enseigne maintes choses, pensa-t-il. Avons-nous tous été aveugles ? Pourquoi n'avons-nous jamais cru que Joyse pût feindre ?

— Majesté, fit-il doucement, un mot de vous et nous battrons en retraite. Vous êtes Monarque d'Alend et je me fie à votre sagesse. Nous...

— Non ! cria Margonal, presque douloureusement. Non... il s'est joué de moi, ai-je dit. Je suis certain d'une seule chose : je ne puis prendre de décision à son sujet.

» Non, mon fils, ce siège est le vôtre. Vous êtes le Prétendant au trône d'Alend. J'ai remis notre destin entre vos mains. Si vous choisissez la retraite, fit-il après un silence, d'un ton d'avertissement, soyez certain que vous devrez répondre de votre décision devant les autres prétendants.

Muet, le Prince hocha la tête. Il avait connu beaucoup plus tôt le même frisson que Margonal : bien avant cette conversation, le froid du vent l'avait mordu au cœur. Mais le Monarque d'Alend avait nommé pour lui son doute ; et ce nom rendait le doute plus palpable, plus obsédant. *Nous sommes venus ici à la rencontre de notre destin.*

— Que vas-tu faire ? demanda sourdement son père.

— Je ne sais.

— Décide-toi vite, reprit Margonal avec cette même dureté dont lui avait fait preuve vis-à-vis d'Eléga. Festten ne montrera pas de patience devant tes incertitudes.

— Sans doute que non, Majesté. Mais notre destin sera celui de Cadwal aussi bien. À moins que tout soit déjà joué, je ferai de mon mieux pour apprendre au Haut Roi à faire meilleur usage de son impatience.

Lentement, le Monarque se détendit, sourit.

— Festten a beaucoup de fils, ai-je ouï dire. Je n'en ai qu'un. Je tends cependant à penser que je suis déjà un père plus heureux que lui.

Car il ne sut que faire, le Prince s'inclina respectueusement. Puis il sortit de la tente pour aller regarder une vague forme brune s'élever au-dessus des remparts d'Orison et venir pulvériser une autre de ses meilleures catapultes.

Heureusement, ses hommes s'en tirèrent cette fois sans dommage.

Le Prince affichait une grande confiance au moment de consulter ses capitaines.

10

Rude journée

Debout sur les remparts du mur nord-ouest, au côté des trois Imageurs, le Gouverneur Lebbick regarda la forme brune translatée par l'Adepte Havelock qui pulvérisait la deuxième catapulte d'Alend. À l'abri du parapet, il jouissait d'une bonne visibilité.

À en juger par la persistance de son perpétuel froncement de sourcils, le creux nerveux de ses joues, l'éclat morne de son regard, il n'était guère impressionné.

Il aurait dû l'être. Il n'avait pas la moindre idée qu'un tel miroir existât — ou qu'une créature résumée à une dense fumée pût être translatée et *contrôlée*, pût transporter des pierres aussi lourdes qu'un homme partout où l'Adepte l'ordonnait. Et ce n'était pas tout. Jamais il n'aurait pensé que Havelock fût assez sain d'esprit pour participer à la défense d'Orison. Probablement l'âme guerrière du Gouverneur était-elle secrètement impressionnée.

Mais il n'en avait pas conscience. En vérité, seul un rude effort de sa volonté pouvait contraindre son esprit à se préoccuper un tant soit peu de la situation présente.

— Bien joué, commenta Maître Quillon au moment où la fumée brune rentrait dans le miroir de l'Adepte. Vous vous surpassez.

Et d'un geste de grande amitié, il pétrit l'épaule du vieux fou — ce qui aurait stupéfait Lebbick en d'autres circonstances ; que Havelock se fût trouvé un autre être pour le supporter en sus du Roi Joyse... qui lui-même ne se montrait pas particulièrement sain d'esprit ces temps-ci... voilà qui dépassait l'entendement.

— Fornication, lâcha nonchalamment l'Adepte, comme s'il effectuait tous les jours ce genre de manipulation d'Imagerie. Je pisse sur la sagouine.

En dépit de ses paroles, il se concentrait si fort que ses yeux divergents saillaient douloureusement de leur orbite.

— Bien sûr, murmura Maître Erémis. Exactement ce que je pense.

Il était le troisième homme près du miroir ; les gardes et quelques Aspirants étaient groupés un peu plus loin.

— Il me semble, Adepte Havelock, que vous fûtes un peu trop timide avec vos talents.

Officiellement, Erémis se trouvait là pour l'unique raison que le Gouverneur n'en avait pas terminé avec lui. Trop de questions demeuraient sans réponse. En attendant, l'Imageur ne manquait rien des gestes de l'Adepte et paraissait s'émerveiller.

— Si le Congrégat avait soupçonné vos ressources, nous aurions pris des décisions fort différentes.

— Vraiment ? fit Quillon en jetant un bref regard vers son cadet. De quel genre ?

Erémis sourit avec ostentation au Gouverneur.

— Nous aurions choisi de défendre Mordant nous-mêmes, au lieu d'attendre poliment que notre Roi adoré chutât de la corniche précaire de sa raison.

Lebbick aurait dû bondir à ces mots ; Erémis le provoquait — et la provocation était le bois dont il faisait son feu. Ainsi pouvait-il continuer à servir son Roi quand bien même son bon sens se rebellait, quand bien même son instinct fidèle s'assoupissait. De surcroît, il lui fallait tirer quelques explications du Maître. Or, cette fois, le sarcasme ne le toucha pas. Son cœur était ailleurs, et sans lui il ne savait penser clairement.

Son cœur était aux cachots, où il avait laissé la femme.

Qu'elle soit maudite, elle qui était la source de tous les soucis, de tout le mal. Lebbick commençait même à penser qu'elle était à l'origine de la faiblesse du Roi Joyse, même si le souverain avait pris ce chemin d'abandon des années plus tôt. Quoi qu'il en soit, il lui arracherait la vérité. Quitte à lui écarteler les membres, quitte à broyer entre ses mains sa chair douce...

Il ferait d'elle tout ce qu'il voudrait. Il en avait obtenu la permission.

Vous l'avez fait, femme. Vous avez commis un acte assez vil pour que nul n'aille vous protéger. C'était vrai. Le Tor avait essayé de venir à son secours... avait échoué. *Vous avez aidé un meurtrier à s'enfuir.*

Maintenant vous êtes mienne.

Mienne.

Si au moins il était capable de contrôler le tremblement qui l'agitait lorsqu'il pensait à elle.

Il ne répondit à Erémis que pour masquer son état, déguiser le tressaillement de ses muscles.

Mais il ne pensait pas à ce qu'il disait. Il ne le pouvait, trop plein du souvenir de la chair tendre des bras quand il y avait enfoncé ses doigts. « Non », avait-elle murmuré. Sa protestation était pareille à l'horreur qui hantait ses doux yeux bruns, pareille au tremblement de son délicat menton. Elle avait peur de lui, profondément peur. Sa rage la touchait à vif, au cœur de sa faiblesse, même si elle s'était dressée fièrement devant lui auparavant, même si elle lui avait menti, l'avait contraint à ravaler maintes fois la passion qu'il nourrissait contre elle. Elle le craignait comme si elle méritait d'être terrifiée, comme si elle avait toujours su que tout ce qu'il lui ferait serait justifié. « Non », avait-elle murmuré. Ce n'était pas son accusation qu'elle niait ; c'était *lui*, le Gouverneur en personne, sa violence et son autorité.

— Oui, avait-il répliqué, lui souriant sauvagement, comme si elle lui donnait le premier bonheur de son existence.

La serrant aussi fort qu'il le désirait, sans égard pour sa douleur — ni pour la façon dont les soldats, les Maîtres le dévisageaient, malgré le chaos déclenché par le meurtre de Nyle, la disparition de Géraden — il l'avait lui-même conduite aux cachots.

— Non, vous ne comprenez pas, bredouillait-elle en chemin. C'est un piège. Géraden n'a pas tué Nyle. S'il vous plaît, écoutez-moi, *écoutez*-moi. Erémis a tout manigancé, c'est un *piège.*

Il aimait cela. Il aimait sa peur. Il la voulait prostrée devant lui. En même temps, sa réaction le troublait. Quelque chose en elle lui rappelait sa femme.

Rien de tangible ; son épouse n'avait jamais discuté, jamais redouté rien ni personne depuis le jour où le Roi Joyse l'avait arrachée aux violences du commandant de garnison d'Alend, depuis que Lebbick lui-même avait mis l'ordure à mort.

Mais avant tout cela elle avait connu la peur. Oui, il s'en souvenait. Elle avait bafouillé, hurlé. Oui. Il l'avait entendue, vue — avait été forcé de la regarder — sans pouvoir rien faire, rien. Il l'avait entendue et vue recourir à tous les moyens désespérés pour faire que ces hommes s'arrêtent.

Le Gouverneur Lebbick n'arrêterait pas. Jamais. Qu'elle babille à loisir, qu'elle pleure, qu'elle hurle. Elle était *sienne.*

Mais il en était troublé.

Lorsqu'il la jeta dans la cellule, si rudement qu'elle alla cogner le mur, il n'avait nulle intention de s'arrêter. Or il ne commença pas immédiatement. Il repoussa la grille sans se soucier de la verrouiller, croisa les bras pour les empêcher de trembler, et lui fit face dans la lumière de l'unique lampe. La mèche avait besoin d'être coupée ; la flamme trop grande jetait un reflet sauvage, qui projetait des ombres dansantes sur son pâle visage empreint de peur.

— Comment ? demanda Lebbick, souriant toujours.

— Je ne sais pas, bredouilla-t-elle. Il l'a fait pour se débarrasser de Géraden. Car Géraden est le seul à ne pas lui faire confiance. Erémis et Gilbur travaillent ensemble. Avec Vagel. Il a menti au Congrégat.

Elle était terrifiée. Elle essayait de distraire ses pensées.

— Erémis a fait venir Nyle devant le Congrégat en

affirmant qu'il prouverait la culpabilité de Géraden, mais c'était un mensonge. Ils ont tout arrangé, tout préparé. Ce fut un piège, un piège évident. Une mascarade, Nyle est toujours vivant, insista-t-elle pour conclure son laborieux plaidoyer.

À l'observer, le Gouverneur eut envie de hurler de joie. Ses mâchoires tremblaient du désir qu'il avait de planter ses dents dans sa chair.

— Non, femme. Dites-moi donc *comment* il s'est échappé. Comment l'avez-vous aidé à s'enfuir ?

Térisa reprit difficilement un semblant d'empire sur elle-même, endigua sa panique. Des ombres dansaient dans ses yeux et autour ; il la trouva aussi désirable qu'une immolation.

— *Il n'est pas* Imageur, reprit-il. Or il n'a pu quitter ces salles que grâce à l'Imagerie. Donc, *vous* avez agi. Vous l'avez translaté quelque part. Où est-il, femme ? Je le veux.

Elle le regardait, et sa stupeur se muait en une sorte de calme ; la peur la paralysait.

— Vous êtes devenu fou, murmura-t-elle.

Le visage de Lebbick paraissait se décomposer sous l'effet de la retenue qu'il s'imposait.

— Je ne lui ferai pas de mal. Ce n'est pas de sa faute. Vous l'avez entraîné. Jusqu'à votre venue, il n'était qu'un fils du Domne parmi ses frères, bien trop maladroit pour réussir mais un brave garçon. Tout le monde l'appréciait, quand bien même il ne savait rien faire correctement. Vous avez tout changé. Vous l'avez poussé à trahir. Je ne le punirai même pas quand je le tiendrai. Je veux seulement qu'il dise la vérité. *Où* EST-*il* ? hurla-t-il tout à coup.

Elle tressaillit. Un instant, il crut qu'elle allait répondre, mais quelque chose en elle se cabra. Elle leva la tête, fit face.

— Allez vous faire pendre.

Il éclata de rire, un rire irrépressible ; il riait comme si son cœur se brisait.

— Petite garce, n'essayez pas de me défier. Vous n'êtes pas assez forte.

Puis il adopta un ton plus formel, tapant froidement chaque mot, chaque syllabe, les enfonçant dans sa peur comme des clous dans le couvercle d'un cercueil.

— Je vais commencer par vous déshabiller. Je peux le faire gentiment, juste pour m'amuser. Les femmes sont particulièrement vulnérables sans vêtements.

Il fit un pas vers elle mais sans décroiser les bras.

— Puis je commencerai à vous faire mal, juste un peu au début. Un sein ou l'autre. Ou peut-être quelques fines entailles au couteau sur votre ventre. Un rude morceau de bois entre vos jambes. Histoire d'attirer votre attention.

Il aurait voulu qu'elle vît ce que lui voyait : sa femme écartelée dans la boue, souillée par les Alends, les membres accrochés à des piquets, et tous les raffinements qu'avait ordonnés le commandant, avec des couteaux.

— Ensuite, je passerai aux choses sérieuses. Vous me supplierez d'arrêter. Vous me direz tout ce que je veux et vous me supplierez d'arrêter. Mais il sera trop tard. Votre chance sera passée. Quand j'aurai commencé à vous faire mal, je ne cesserai plus. Je ne cesserai jamais.

Elle était si évidemment terrorisée qu'il perdit son

contrôle. Il la saisit aux épaules, la tira vers lui, couvrit sa bouche de la sienne et l'embrassa comme s'il la frappait, souffrant du désir de la consumer de sa passion avant que celle-ci ne le mette en pièces. Puis il la serra, l'étouffa avec une telle urgence qu'il lui sembla que les muscles de ses épaules se faisaient de fer.

— Dites-moi la vérité, souffla-t-il fiévreusement. Ne me laissez pas vous faire du mal.

Térisa avait levé les bras, mis ses mains sur le torse de Lebbick, mais elle ne se débattait pas : elle se rendait, comme si cette étreinte avait annihilé toute sa résistance. S'il la lâchait sans crier gare, elle tomberait.

— S'il vous plaît, ne faites pas cela, put-elle seulement articuler. Je vous en prie. Je vous supplie maintenant si c'est ce que vous souhaitez. S'il vous plaît, ne me faites pas de mal.

Elle avait la bouche pressée contre son épaule mais il l'entendait néanmoins.

Un moment, l'ombre se fit plus noire dans la cellule, comme un crépuscule qui aurait recouvert Lebbick. Il lui sembla qu'un torrent obscur grondait dans ses tympans. Puis le vacarme s'apaisa, et le dos de sa main lui fit mal. La femme s'était effondrée à terre. Le mur seul la retenait en position assise. Du sang coulait au coin de sa bouche. Ses yeux étaient voilés, comme si elle avait à moitié perdu conscience.

— Dame Térisa est trop polie, fit une voix. Je ne vous parlerai pas si courtoisement. Frappez-la encore et ce sera la dernière fois que vous levez la main sur quiconque. Je n'aurai de cesse que de vous voir au bout d'une corde.

Stupéfait, le Gouverneur se retourna pour découvrir le Tor sur le seuil de la cellule.

— Seigneur Tor... fit-il d'une voix qui grinça affreusement. Cela ne vous concerne pas. Les crimes commis dans Orison relèvent de ma responsabilité.

Le vieux Seigneur évoquait une énorme dinde à tête de beignet. Pourtant, ses petits yeux lançaient de meurtriers éclats dans la pénombre. Sous son obésité couvait une force peu commune.

— Alors vous devez être encore plus responsable des crimes que vous-même commettez. Et si elle était innocente ?

— *Innocente ?*

Lebbick eut honte d'entendre le mot jaillir de sa gorge pareil aux prémices d'un sanglot. Il recouvra son contrôle par un effort violent.

— Innocente ? répéta-t-il d'une voix plus franche. Vous n'étiez pas là, Seigneur. Vous n'avez pas vu Géraden tuer son frère. Je l'ai surprise en train de l'aider à s'enfuir — d'aider à s'enfuir un *assassin*, Seigneur Tor. Votre idée de l'innocence est curieuse.

— Vous, vos conceptions de la culpabilité vous ont coûté la *raison*. Gouverneur, rétorqua le Tor d'une voix glacée. Vous l'accusez d'avoir aidé un meurtrier à *s'échapper*, non d'avoir elle-même versé le sang. J'eus du mal à en croire mes oreilles quand j'appris que vous l'aviez conduite ici. Vous n'avez ni droit ni *raison* de la punir avant que le Roi Joyse n'ait jugé en personne de sa culpabilité et ne vous ait donné son consentement.

— Croyez-vous qu'il me le refusera ? le défia Lebbick. *Maintenant*, quand Orison est assiégé, quand tous ses ennemis conspirent contre lui ? Vous le jugez mal, Seigneur. Il me laissera régler seul *ce* problème, conclut-il en désignant Térisa.

— Allons le lui demander, répliqua le Tor.

Le Gouverneur n'avait pas le choix. Malgré ses os douloureux, ses nerfs à vif, cette faiblesse fébrile qui lui donnait l'impression d'une mort imminente, il tourna le dos à la femme et suivit le Tor chez le Roi.

Quand Lebbick demanda audience, le Roi se présenta en chemise de nuit. Mais au lieu de les admettre dans ses appartements, il les reçut dans l'entrebâillement de sa porte. Il resta debout entre ses gardes, battant des paupières, et ses vieux yeux dans la lueur des lampes semblaient se diluer de crainte, comme s'il ne se sentait plus à l'abri dans son propre château au beau milieu de la nuit. Il n'était pas endormi quand les deux hommes avaient demandé à le voir ; il était trop promptement arrivé pour cela. Il avait négligé ou oublié de fermer la porte derrière lui ; le Gouverneur put constater qu'il avait déjà de la compagnie.

Deux hommes étaient assis devant la cheminée et regardaient par-dessus leur épaule.

L'Adepte Havelock. Évidemment. Et Maître Quillon, le médiateur récemment nommé au Congrégat.

Maître Quillon qui avait *accidentellement* contribué à la fuite de Géraden en retenant Lebbick. Maître Quillon qui avait *par erreur* donné à la femme le temps d'aider Géraden, en expédiant les gardes dans la direction opposée aux salles des miroirs.

Le Gouverneur gronda entre ses dents.

Le Roi regarda Lebbick puis le Tor avec une expression de folie sur son vieux visage. Sa barbe était en désordre ; ses mèches de cheveux blancs jaillissaient en tous sens de sous son vieux bonnet de nuit — couvre-chef que Lebbick connaissait ; la Reine Madin l'avait offert à son époux voilà près de vingt ans. Ses doigts étaient tordus par l'arthrite, son dos ployé pour la même raison. Il avait l'air minuscule et un peu fou, trop diminué, au mental comme au physique, pour entretenir encore une crédibilité de chef.

Pourtant Lebbick l'aimait. À l'observer en cet instant, le Gouverneur se surprit à constater que ce n'était pas le héros, le roi d'autrefois qui lui manquait le plus. C'était la Reine ; la brusque, belle et pragmatique Madin. Elle avait fait tout ce qui était en son pouvoir pour empêcher Joyse de décliner. Elle n'aurait jamais voulu que quiconque le vît dans cet état.

Ce sentiment emmena Lebbick loin du discours qu'il avait préparé. Au lieu de débiter sèchement sa requête à Joyse, il se surprit à murmurer, presque avec gentillesse :

— Pardonnez cette intrusion tardive, Seigneur Roi. Ne pouviez-vous trouver le sommeil ?

— Non, répondit Joyse d'un ton vague. Je réfléchissais à ce que je vous ai fait dire à Kragen. Je veux utiliser le Congrégat mais je ne sais comment. Voilà ce qui m'empêchait de dormir. Aussi ai-je envoyé chercher Quillon. À leur place, que feriez-vous demain ? s'enquit-il comme s'il croyait que c'était là ce qui avait conduit Lebbick chez lui.

Le Gouverneur échangea involontairement un regard d'incompréhension avec le Tor.

— De qui parlez-vous, Seigneur Roi ? Des Maîtres ?

— D'Alend. Du Prince Kragen. Que va-t-il faire demain ?

— Il essaiera de percer la partie fragile du mur avec ses catapultes, répondit aussitôt Lebbick.

Joyse hocha la tête.

— C'est bien ce que je pensais. Quillon et Havelock s'en occuperont. Ils auront besoin de conseils, ajouta-t-il après une réflexion quelque peu ensommeillée. Et vous devrez vous mettre au courant de leur décision. Voyez Quillon à l'aube. Bonne nuit.

Il tourna le dos.

— Seigneur Roi, le rappela le Tor.

— Il y a autre chose ? demanda le souverain en haussant un sourcil las.

— Oui, fit brusquement le Tor sans laisser à Lebbick le temps d'intervenir. Lebbick a mis dame Térisa de Morgan au cachot. Il l'a frappée. Il a l'intention de la torturer. Et... poursuivit-il sans réprimer sa colère, peut-être a-t-il encore d'autres intentions. Il faut l'en empêcher.

Le Gouverneur s'apprêtait à protester mais se tut devant l'air de dégoût que le Roi arborait en dévisageant le Tor.

— En quoi cela vous importe-t-il, Seigneur Tor ? Nyle a été *tué*. Peut-être ne l'avez-vous pas encore compris. Le fils du Domne, Seigneur Tor — le fils d'un *ami*, précisa-t-il, comme s'il avait oublié la raison initiale de la venue du Seigneur en son château. Lebbick ne fait que son travail.

Le Tor fut au bord de la nausée ; sa bouche s'ouvrit et se referma stupidement. Il était si atterré qu'il en oublia un instant de respirer. Puis il reprit la parole, de l'air d'un homme qui lutte contre une crise d'apoplexie.

— Est-ce que je vous comprends bien, Seigneur Roi ? questionna-t-il en découvrant ses dents teintées par le vin. Le Gouverneur Lebbick a-t-il votre autorisation de torturer et de violer dame Térisa de Morgan ?

Un muscle se crispa sur le visage de Joyse. Soudain ses yeux n'eurent plus rien de délavé, d'assoupi. Ils brillaient de tous leurs feux.

— C'en est assez ! s'écria-t-il. Espèce de sot, énorme, vieux et inutile, vous m'avez assez gêné. Je n'en peux mais de votre vertu. J'en ai assez d'être jugé. Le Gouverneur Lebbick a mon autorisation de *faire son travail.*

Derrière sa crispation, son cœur verrouillé, Lebbick fut tout ragaillardi.

Le visage du Tor était devenu cramoisi ; ses yeux saillaient de leur orbite. Ses poings se dressèrent en tremblant, comme s'il frôlait le point de rupture, comme s'il allait frapper son Roi. Il lui en coûta de les rabaisser. Et le sang qui déserta son visage lui fit un teint cireux.

— Je ne vous crois pas, fit-il d'une voix rauque, étranglée, le regard perdu. Vous êtes mon Roi. Mon ami. J'ai aussi perdu un fils. Je ne puis vous croire.

» Soyez averti, Gouverneur. Vous le paierez si vous le croyez.

Toutes ses chairs brimbalèrent lourdement sur son squelette tandis qu'il s'en allait vers les escaliers, pareil à un homme qui aurait vieilli d'un seul coup et s'en retrouverait tout fragile, brisé.

— Seigneur Roi, murmura Lebbick, assez bas pour ne pas trahir sa jubilation.

Le Roi Joyse se tourna vers lui ; ses yeux, toujours flamboyants, étaient soulignés de rouge maintenant.

— Il faut contraindre cette femme à se dévoiler... fit-il sourdement, à se découvrir. Soyez prêt à répondre de tous vos actes, conclut-il en dardant un index recroquevillé vers Lebbick.

Il entra dans sa chambre et claqua la porte.

Lebbick baissa la tête devant les gardes en faction pour voiler son contentement. Il n'oubliait pas pour autant ses autres devoirs : Maître Quillon, Maître Erémis, Nyle ; l'organisation et la défense d'Orison. Mais tout cela ne lui coûtait nulle émotion ; il traiterait ces questions simplement et s'en débarrasserait. Le Roi Joyse lui avait donné son aval. Son Roi se fiait à lui pour traquer les secrets de cette femme.

La confiance de son Roi était la seule réponse dont il eût besoin. La réponse à tout.

Différant délibérément le plaisir auquel il aspirait plus que tout, il ne retourna pas aux cachots. Non, il alla voir Maître Erémis... et le corps de Nyle. *Nyle est toujours vivant.* Il avait le temps avant l'aube de s'offrir le luxe de constater les mensonges de cette femme.

Il trouva l'Imageur dans le couloir qui venait des quartiers privés des Maîtres. Quand il l'aperçut, Erémis alla droit au Gouverneur et déclara sans préambule :

— Nyle est vivant.

Lebbick s'arrêta net, serra les poings et dévisagea sauvagement l'Imageur. À présent il se souvenait pourquoi il haïssait tant cet homme grand et mince. Il haïssait la supériorité vivace et narquoise qui brillait sans relâche dans ses yeux, ce mélange de finesse et de ridicule dans ses manières. Par-dessus tout, il haïssait son succès auprès des femmes. Toutes, qui affichaient leur mépris pour le Gouverneur, écartaient les jambes au premier signe d'Erémis. Il n'était pas surprenant que cette coureuse de Saddith brûlât d'atteindre au prestige que lui donnerait un Maître. Mais les nerfs de Lebbick étaient à vif au simple souvenir du désir muet qu'il avait déchiffré dans l'expression de ses prisonnières à la seule mention du nom d'Erémis.

Le Gouverneur aurait été tenté de tuer n'importe quelle femme qui eût accepté d'être à lui sans être son épouse.

L'heure cependant n'était pas à la haine. Aux paroles du Maître, un abîme venait de s'ouvrir sous ses pieds.

— Vivant ? aboya-t-il. De quoi parlez-vous ?

— Je l'espérais, répondit Erémis comme s'il avait été questionné le plus poliment du monde. Voilà pourquoi j'ai si vite emmené Nyle chez moi. Je n'ai jamais vu Géraden faire quoi que ce soit correctement, aussi espérais-je qu'il n'aurait su tuer bel et bien son frère. Apparemment, la lame n'a pas touché le cœur.

Aussitôt, Lebbick éprouva du soulagement. La femme *mentait*. Elle restait en son pouvoir. Un moment il fut si perturbé qu'il ne put ordonner ses pensées et parler.

— Underwell est avec lui, continua Erémis. Il sauvera Nyle si cela est possible.

Underwell était le meilleur médecin du château. Le Gouverneur Lebbick n'en aurait pas choisi d'autre.

— Je me suis de plus permis de donner quelques ordres à vos gardes, poursuivait l'Imageur avec malice, comme s'il devinait le trouble de son interlocuteur. Si Géraden tient à tuer son frère, il pourrait recommencer. Il paraît clair qu'il est le complice de Gilbur, de Gart, et peut-être de l'ArchI-Mage Vagel. Rappelez-vous qu'ils vont et viennent dans Orison à leur guise. Aussi ai-je insisté pour enrôler quatre de vos hommes. Deux sont avec Underwell et Nyle. Deux autres gardent la porte.

» Approuvez-vous mes décisions, bon Gouverneur ? interrogea-t-il avec une amabilité outrée.

Non sans difficulté, Lebbick apaisa la tempête qui faisait rage sous son crâne. Oui, il approuvait, bien sûr. Tout était parfait. Non, mieux... tellement parfait que les accusations de la femme contre le Maître devenaient grotesques. Il se demanda fugitivement si Erémis l'avait négligée, et si, de ce fait, sa conduite ne s'expliquait pas par la jalousie. Mais de telles spéculations le rejetaient dans le tumulte de ses incertitudes. Il fallait qu'il oublie cette femme un moment.

— Cela ira pour l'instant, répliqua-t-il d'un ton rude. Pour l'heure, je voudrais que vous veniez avec moi. Je veux entendre vos réponses à certaines questions mais je n'ai pas le temps de m'attarder ici.

Maître Erémis fronça les sourcils.

— Mon temps est également précieux, Gouverneur, fit-il avec une pointe d'acidité. Notre valeureux Roi a bien menacé l'armée d'Alend de se servir du Congrégat contre elle, n'est-ce pas ? Or, nous n'avons encore mis sur pied aucun plan. Il est probable que notre nouveau médiateur réunira encore le Congrégat avant la fin de la nuit. Si c'est le cas, je dois assister à cette réunion.

— Je ne pense pas qu'elle aura lieu, fit Lebbick avec colère. Il n'y en aura pas le temps. Je dois rencontrer Quillon à l'aube. Vous pourrez lui parler alors.

» Venez.

Il espérait presque un refus. Il ne lui aurait pas déplu de lier les mains de l'insolent Imageur et de le tirer derrière lui. Tout bien réfléchi, non, il avait trop de préoccupations et ne saurait accorder à la situation toute l'attention qu'elle méritait. Il attendit donc que Maître Erémis acquiesçât ; puis il partit à grands pas.

Ses questions étaient les mêmes que celles qui avaient surgi au cours de la fatale réunion du Congrégat, au début de la soirée. Comment Erémis expliquait-il qu'il fût le seul homme dans Orison à avoir su où se trouvait dame Térisa quand le Bras-Vif du Haut Roi l'avait attaquée ? Et pourquoi Gart essayait-il de la tuer, si lui et Géraden étaient complices et que Géraden l'aimait ? Et que s'étaient dit les Seigneurs des Fiefs et le Prince Kragen lorsqu'ils s'étaient traîtreusement rencontrés à l'instigation d'Erémis ? Et qu'était-ce que cette histoire d'attaque d'Imagerie contre Géraden, ces insectes translatés qui avaient tenté de le tuer ? L'Imageur l'avait-il ou non su avant ?

Certes, Maître Erémis avait répondu à toutes ces questions devant le Congrégat mais ses réponses n'avaient pas eu l'heur de satisfaire le Gouverneur

Lebbick. Considérées dans leur ensemble, elles comportaient un défaut fatal : toutes présupposaient que Géraden n'était qu'un traître roué, de longue date ; qu'il s'était de lui-même allié à Gart et à Cadwal bien avant la translation de la femme ; que ses maladresses, son apparence de chiot tout fou relevaient de la simulation.

Lebbick jugeait cette idée inacceptable.

Il croyait, oui, que Géraden avait essayé de tuer Nyle : ne l'avait-il pas vu de ses propres yeux ? Mais de là à l'imaginer complotant contre Mordant... Le frère d'Artagel allié à Gart ? Le fils du Domne poussant une femme à des crimes qu'elle n'aurait jamais commis autrement ? Le Gouverneur ne croyait pas un mot de tout cela. Non, les crimes, les complots, la séduction, étaient de son fait à elle, non pas de celui de Géraden.

Erémis était un idiot de l'accuser. À moins qu'il n'ait pas dit l'entière vérité...

Aussi, tandis qu'il préparait Orison au siège qui commencerait à l'aube, le Gouverneur Lebbick fit-il répéter au Maître toutes ses explications, avec plus de soin, plus de détails.

Après une journée sans eau, le château souffrait déjà de cette carence. Le strict rationnement engendrait épreuves et privations. Il fallait endiguer les fraudes, les tricheries. Pourtant, le plus dur restait à venir. La sévérité était le seul espoir d'Orison. Lebbick ne manqua pas d'en faire preuve partout où il se rendit. Erémis l'observait, répondait à ses questions, ne trahissait rien.

Sans doute fut-ce la raison pour laquelle le Gouverneur ne put trouver de réplique adéquate lorsque l'Imageur se moqua du Roi, sur les remparts d'Orison, après que l'Adepte Havelock eut fait une démonstration de son arme contre les catapultes. Le Maître ne s'était trahi en rien. *Nous aurions choisi de défendre Mordant nous-mêmes, au lieu d'attendre que notre Roi adoré chutât de la corniche précaire de sa raison.* Il fallait répondre, Lebbick le savait. Or il ne parvenait pas à tirer son âme languissante de l'ombre du cachot.

— Prouvez que vous en êtes capable. Trouvez-moi de l'eau, fit-il sans accorder grande attention à ce qu'il disait.

Il ne supportait plus la vue d'Erémis. Le sourire du grand Maître lui devenait intolérable ; il était trop énigmatique, trop secrètement triomphant. Il s'efforça donc de s'intéresser de plus près aux actes de Havelock et de Quillon.

Apparemment, l'Adepte se trouvait dans un état inhabituel de pleine possession de ses moyens, malgré les obscénités murmurées sans relâche, qui lui auraient gagné les acclamations d'un escadron. Lebbick n'était pas accoutumé à voir le vieux fou faire ce qu'on lui demandait. Le dément qui se livrait à ses farces devant toute la cour assemblée — ou qui incinérait un prisonnier avant que celui-ci ait pu être interrogé — voilà l'Adepte Havelock qu'il connaissait. L'homme qui travaillait en cet instant avec Maître Quillon était quasiment un étranger. Il renouait avec l'Imageur puissant, ingénieux qui avait aidé le Roi Joyse à unir Mordant et à en assurer les fondations. Seule son apparence demeurait inchangée. Il ne portait, à même la peau, que son vieux manteau sale. Ce qui lui restait de cheveux jaillissait de son crâne en touffes rares et brouillonnes. Entre ses yeux fous et divergents, son nez étroit surplombait des lèvres charnues.

Un examen plus attentif révélait ce que ce contrôle révélait à l'Adepte.

Il transpirait malgré la grande fraîcheur du vent. Tout son corps tremblait comme s'il était la proie de la fièvre — comme s'il se tenait debout et œuvrait en Imagerie par un acte de volonté si violent que tout son être de chair et de sang se rebellait. Avec un serrement de cœur inattendu, Lebbick remarqua que du sang coulait sur le menton de l'Adepte. Havelock s'était déchiré la lèvre à force de la mordre.

Il représentait l'unique défense d'Orison contre les catapultes. Maître Quillon avait bien précisé que le Congrégat ne possédait pas d'autre miroir qui pût répondre à cette nécessité. Tout ce qui était cher, précieux au Gouverneur dépendait en cet instant de Havelock...

— Pisse de chien ! souffla tout à coup Lebbick en saisissant le bras de Quillon pour exiger son attention. Combien de temps peut-il tenir ?

Avant que le médiateur ait répondu, l'Adepte s'éloigna de son miroir pour crier d'un ton dément :

— Assez longtemps ! Hé, hé ! *Assez longtemps !*

Il brandit sa bouche sanglante devant Lebbick mais aucun de ses yeux ne daigna se fixer sur lui. Sa voix monta encore, frisant l'hystérie.

— Ils sont en train de lui jeter des *pierres*, pierres pierres pierres pierres ! *Et nous sommes* les seuls amis qu'il lui reste ! *Les seuls amis qu'il lui reste !*

Trop vif pour être retenu, il se barbouilla les mains

au sang de son menton et en couvrit les joues de Lebbick, maculant de rouge vif les favoris gris du Gouverneur.

— Et *vous* avez perdu *l'esprit* !

Furieux soudain, Lebbick repoussa les bras de l'Adepte, porta machinalement la main à son épée. Il manqua de peu de la tirer et de tailler Havelock en pièces. Tremblant aussi fort que le vieux fou, il abandonna sa lame et croisa les bras sur sa poitrine.

— Fils de salope, murmura-t-il les dents serrées. On aurait dû vous enfermer depuis longtemps.

Un moment l'Adepte continua à lui dédier son sourire sanglant, puis il revint vers Maître Quillon, désigna Lebbick du pouce et feignit de parler assez bas pour n'être entendu que du médiateur :

— Avez-vous connu sa femme ? demanda-t-il, appuyant de façon suggestive sur le mot *connu.* Moi oui. Elle était meilleure que lui ne sera jamais, conclut-il dans un rire saccadé.

Riant toujours, il regagna son miroir.

Maître Erémis riait lui aussi et ses yeux brillaient de gaieté.

— Maître Quillon, s'exclama-t-il devant l'expression douloureusement consternée du médiateur, soyons heureux qu'un seul des derniers amis du Roi ait perdu la tête.

Les forces d'Alend mettaient en place une troisième catapulte. L'Adepte Havelock, le Fourbe du Roi, la détruisit comme les autres. Après cela, plus aucun projectile ne fut lancé contre le château. Sans doute le Prince Kragen avait-il décidé de reconsidérer la situation.

Lebbick ne resta pas sur les remparts. L'évocation

de sa femme l'avait jeté dans une rage qu'il contenait difficilement ; d'ailleurs, ses hommes sauraient lui faire un rapport précis de la suite des événements. Tandis que le sang séchait sur ses joues, il descendit à grands pas vers les cachots, emmenant Maître Erémis avec lui.

Très vite cependant, il se rendit compte qu'il ne tenait nullement à se trouver avec l'Imageur débauché pour se confronter une nouvelle fois à la femme. Il sut heureusement dévier ses pas avant qu'Erémis ait pu deviner l'endroit où il avait eu l'intention de se rendre. Écartant un instant son obsession, il conduisit le Maître à ses quartiers.

— Une bonne idée, commenta Erémis quand il comprit où on l'emmenait. J'ai hâte de prendre des nouvelles de Nyle.

— Et comment, renchérit le Gouverneur. Il est celui qui prouvera votre innocence. Il allait faire condamner son frère pour trahison... n'est-ce pas ?

— Absolument, rétorqua Erémis avec une hauteur dénuée de crainte. Vous jugez impossible que je me soucie de sa santé pour lui-même. Je vous comprends très bien. Au vu de votre attitude à mon égard, je me considère comme flatté que vous daigniez croire que mon souci de lui tient au moins dans mon propre intérêt. Comme je l'ai dit, il est la preuve que je suis innocent des accusations de Géraden contre moi.

Le sarcasme de ces paroles recelait une hilarité retenue. Comme si Erémis venait de se permettre une bonne plaisanterie. Lebbick continua à marcher et répliqua sans se soucier d'être entendu ou non.

— Riez à présent, bâtard en rut. Un jour, je saurai toute la vérité sur vous. Alors je tiendrai une raison de vous faire bouffer vos couilles.

Renfermé sur lui-même, sur ses obsédantes pensées, il n'attendait pas de réponse. Quand Maître Erémis eut parlé, il ne fut pas certain de l'avoir bien entendu.

— Essayez donc.

Derrière son large sourire, Erémis vibrait de violence.

Grinçant des dents, le Gouverneur continua vers les quartiers du Maître.

Ils arrivèrent dans un sorte de cul-de-sac qui desservait deux portes de service de part et d'autre, et l'entrée principale au fond. Le bois de rose ostentatoire de la porte du Maître, sculpté à son image, fit ricaner Lebbick, tant le sentiment de supériorité de l'Imageur s'étalait là clairement. Deux gardes étaient en faction devant la porte close.

Ils saluèrent les arrivants et Lebbick leur demanda un rapport.

— Underwell et deux d'entre nous ont passé toute la nuit dans la chambre, lui répondit le plus âgé des soldats. Nyle doit être encore en vie, sinon Underwell serait sorti nous prévenir. Nous n'avons entendu aucun bruit.

— Bien, commenta Erémis.

Lebbick le précéda pour ouvrir la porte.

Alors, il demeura pétrifié, hébété devant le spectacle qui s'offrit à ses yeux, s'efforçant, comme si le bon sens et la raison l'avaient abandonné, de comprendre pourquoi les gardes n'avaient rien entendu. Pareil carnage n'avait pu s'effectuer en silence.

Derrière lui, ses hommes jurèrent.

— Excrément de porc ! murmura Erémis.

Trois hommes se trouvaient dans l'appartement d'Erémis, les deux soldats et Nyle. Tous trois avaient été massacrés.

Non pas exactement taillés en pièces, constata Lebbick en recouvrant un semblant de raison. Nulle arme humaine, nul bras humain ne pouvait avoir effectué semblable mise à mort. Non, on aurait dit que des prédateurs s'étaient repus de ces trois carcasses. D'énormes prédateurs, aux mâchoires formidables pour trancher ainsi la chair de ses hommes, *ses hommes*. Les cadavres baignaient dans une mare de sang, d'entrailles et d'os brisés.

Quant à Nyle...

Il était en meilleur état ; ou pire... selon le point de vue. Il n'avait pas été réduit en bouillie comme les deux autres victimes. Les deux bras lui avaient été arrachés, l'un au coude, l'autre à l'épaule. Et son crâne avait été fendu jusqu'au cerveau : son visage entier avait disparu. Il n'était reconnaissable que par sa taille, sa silhouette, et sa place sur le somptueux divan d'Erémis.

Le Gouverneur commença à sourire. Il avait envie de rire. Il ne pouvait s'en empêcher : le désespoir était la seule plaisanterie qu'il comprît.

— Vous ne séduirez plus aucune femme en ce lieu pour un moment, fit-il presque avec gaieté. Tout ce sang sera difficile à effacer. Il vous faudra tout remplacer.

— Underwell ? Underwell ? murmurait Erémis qui ne parut pas l'avoir entendu.

Oui, il aurait dû se trouver *quatre* hommes dans la chambre, Lebbick ne l'ignorait pas. Ses deux gardes. Nyle. Et Underwell. Avec un sourire sinistre, il envoya un soldat fouiller la pièce voisine. Mais il était certain que le médecin était parti. Pourquoi serait-il resté, pourquoi se serait-il laissé arrêter après avoir commis pareille traîtrise ?

Curieusement, le fait que ce carnage aurait dû être impossible ne troubla pas Lebbick.

— Gouverneur, déclara d'une voix étranglée le garde le plus âgé, nul n'est entré ou sorti. Je le jure.

— Imagerie, articula Lebbick, goûtant la blessure que lui infligeait ce mot. Ce fut trop violent, trop rapide. Peut-être est-ce le chat de feu. Ou ces choses à grandes mâchoires dont parlait le Perdon.

Son envie de rire devenait insupportable.

— Ils n'ont pas même eu le temps de se battre. Imagerie.

— Je le crains, acquiesça Erémis. Nos ennemis ont su faire semblables choses depuis que dame Térisa de Morgan est parmi nous.

Son ton était tout en demi-teinte mais ses yeux brillaient comme des éclats de verre.

— Et cela dans votre appartement, renchérit Lebbick. À vos bons soins. Malgré vos arrangements.

— Êtes-vous sérieux ? souffla le Maître, stupéfait. Me blâmez-vous pour cela ?

— C'est l'œuvre de l'Imagerie. Vous êtes Imageur. Et il s'agit de vos quartiers.

— Il était vivant lorsque je l'ai quitté, protesta Erémis. Demandez à vos hommes. Et j'ai passé tout le reste de la nuit avec vous.

Il était inquiet pour la première fois, nota Lebbick. Son argument raisonnable n'ébranla pas le Gouverneur.

— Vous êtes Imageur, répéta-t-il. Un bon Imageur, pensez-vous. Espérez-vous que je vais croire que « nos ennemis » posséderaient un miroir plat qui montrerait votre chambre sans que vous le sachiez ? Ils l'auraient fait et ne s'en seraient jamais servi, ne vous auraient jamais donné le moindre soupçon de l'existence de ce miroir ? Un bon Imageur comme vous ? Vous n'êtes pas sérieux.

À son grand étonnement, Lebbick s'aperçut qu'il était quasiment en larmes. Ses hommes n'avaient pas eu une chance de se défendre et il ne pouvait plus leur venir en aide à présent, ni les ramener à la vie. Souriant le plus qu'il le pouvait, il ajouta, d'une voix plus posée :

— Je n'aime pas voir mes hommes réduits en bouillie.

— Sentiment qui vous honore, fit Erémis dans le regard duquel le souci s'était mué en colère. Mais voilà qui ne rend pas vos constatations pertinentes. *Nos* ennemis semblent posséder un miroir plat qui les mène où ils veulent. Si j'en connaissais le secret, j'en fabriquerais un pareil. Mais cela n'est pas plus pertinent. Nyle était vivant lorsque je l'ai quitté. Un aveugle verrait que j'étais avec vous quand il fut tué. Je ne suis pas à blâmer.

— Prouvez-le, le défia Lebbick. Je sais que vous n'avez pas agi vous-même. Ce sont vos alliés, les traîtres. Mais *vous* avez tout organisé. Votre rôle se limita à emmener Nyle chez vous afin qu'il soit à portée de Gart, de Gilbur et de vos autres complices.

Il résistait difficilement au désir de frapper le Maître, au désir de hurler : *Votre rôle s'est limité à faire mettre mes hommes à mort !* Les mots s'étranglèrent dans sa gorge.

— Gouverneur Lebbick ! Gouverneur Lebbick ! appela Erémis comme s'il devait l'arracher au délire. Écoutez-moi. Cela n'a aucun sens.

» Si vous me croyez responsable de la mort de Nyle, vous pensez donc qu'il n'aurait pas témoigné en ma faveur face aux accusations de Géraden. Donc, que je n'avais nulle raison de le faire venir devant le Congrégat. Quoi ! N'aurait-il pas parlé alors contre moi ? Cela n'a pas de sens.

» Et si vous m'estimez responsable de sa mort, sans doute croyez-vous également que j'ai le moyen de quitter Orison quand je le souhaite, par le même miroir qui permit à Gilbur de s'enfuir. En ce cas, pourquoi resterais-je ? Pourquoi aurais-je comparu face à Géraden devant le Congrégat, quand j'aurais pu fuir si aisément ses accusations ? Pourquoi m'exposerais-je dans ce château assiégé ? Gouverneur, cela n'a *aucun sens.*

» Je ne suis pas un traître. Je sers Mordant et Orison. Je ne suis pas à blâmer pour la mort de Nyle.

— Prouvez-le, répéta Lebbick, incapable d'ordonner ses pensées.

Les arguments d'Erémis étaient trop persuasifs ; il ne savait en toucher la faille.

— Parler ne sert à rien. Vous pouvez dire tout ce que vous souhaitez. Apportez-moi des preuves.

Il devait bien y avoir quelque chose qui n'allait pas. Il le *fallait*, au moins pour qu'il use de son désespoir.

Malheureusement, l'Imageur avait recouvré sa propre confiance. À nouveau, ses yeux celaient mille secrets — faits et intentions cachés qui le faisaient rire intérieurement et lui restituaient son air d'immuable supériorité.

— Vous avez déjà dit cela, susurra-t-il d'une voix haineuse. Sur les remparts, vous souvenez-vous ?

— Oui, aboya Lebbick, furieux d'être si cavalièrement traité. D'ailleurs, vous n'avez rien fait.

— Non, acquiesça le Maître. Mais une possibilité m'est venue à l'esprit. Je m'apprêtais à vous en faire part quand l'Adepte s'est livré à l'un de ses accès. Cela m'a distrait et j'ai oublié mon idée un moment.

» Vous parliez de l'eau.

Involontairement, le Gouverneur se figea. L'eau ! Son cœur se comprimait de toutes parts ; il respirait à peine.

— Je peux en fournir.

Orison en avait un besoin désespéré. Et Lebbick se sentait responsable des souffrances qu'entraînait le manque d'eau, comme s'il était le coupable.

Pourtant, il aurait préféré se faire étriper par des putains plutôt que d'accepter une aide vitale de Maître Erémis.

— J'ai un miroir, reprit celui-ci, qui montre une chute de pluie incessante, torrentielle. Je puis porter ce miroir au réservoir et translater cette pluie pour constituer une nouvelle réserve d'eau. Il faudra un certain temps. Mais j'allégerai certainement le rationnement et peut-être, d'ici quelques jours, aurai-je rempli le réservoir.

Il sourit, délibérément, à croire qu'il devinait le désarroi qu'il causait au Gouverneur.

— Cela prouvera-t-il ma loyauté, bon Gouverneur ? Démontrerai-je suffisamment la sincérité de mon désir de servir Orison comme Mordant ?

Lebbick émit un bruit de gargouille. La proposition d'Erérnis lui était si amère qu'il avait failli s'en étrangler. Mais il savait qu'il ne pouvait la refuser. Voilà ce que le Roi Joyse avait toujours requis du Congrégat, de l'Imagerie : cette capacité à panser les blessures, à résoudre les problèmes, à compenser les pertes sans commettre d'injustice — ni réelle, ni théorique — aux Images elles-mêmes. Et c'était ce dont Orison avait besoin.

Avec suffisamment d'eau, les défenseurs du château repousseraient Alend, même si les catapultes de ce bâtard de Kragen finissaient par avoir raison de la muraille.

Il fallait accepter l'offre mais Lebbick ne se sentit pas d'assumer sur le coup pareille mortification. Au lieu de répondre à l'Imageur, il se tourna vers l'aîné des soldats, si sauvagement que le vétéran tressaillit.

— Écoutez-moi bien, cria-t-il sans raison. Vous étiez censé protéger ces gens et vous avez fait du beau travail. Voilà l'occasion de vous racheter.

» Conduisez cet Imageur au Roi. Qu'il lui raconte ce qui s'est passé ici. Veillez à ce qu'il répète mot pour mot ce qu'il m'a dit. Extorquez-lui les faits s'il le faut. Ensuite, conduisez-le à son miroir, puis au réservoir. Qu'il fasse ce qu'il a promis.

» Prenez autant d'hommes que nécessaire. Il est sous votre responsabilité jusqu'à ce que le réservoir soit rempli.

» Exécution.

— Oui, Gouverneur, acquiesça le garde.

Plein de zèle sous le coup de la peur et de la colère, il fut heureux de refermer la main sur le bras d'Erémis.

— Venez-vous ou dois-je vous y forcer ?

Pour réponse, le Maître eut une expression de pur bonheur. Il possédait plus de force que Lebbick ne l'avait soupçonné et plus d'habileté. Une torsion lui libéra le bras, un coup de coude envoya valser le garde, et un coup de genou bien placé le plia en deux. Avec une élégance narquoise, l'Imageur réajusta son manteau noir et sa chasuble.

— Bon Gouverneur, fit-il d'un ton excessivement poli. Je crains que vos hommes ne soient pas bien entraînés pour ce siège.

Avant que Lebbick pût trouver les mots de sa fureur, le Maître se tournait vers le soldat :

— Y allons-nous ? J'ai cru comprendre que le Gouverneur souhaitait que je parle au Roi Joyse.

Il s'éloigna d'un pas noble dans le couloir.

Paralysé par la douleur et la consternation, le garde ne bougea pas, jusqu'à ce que le regard meurtrier du Gouverneur l'expédiât avec son compagnon sur les talons d'Erémis.

Lebbick resta seul. Il ne regarda ni le corps mutilé de Nyle ni ceux de ses hommes. Lentement, très raide, inconscient de ce qu'il faisait, il se frappa le front contre le mur, jusqu'à ce qu'il ait retrouvé le calme suffisant pour appeler des renforts sans hurler. Alors, il fit enlever les cadavres et donna des ordres pour sceller les portes de ces pièces, afin que Géraden ou ses complices ne pussent pénétrer dans Orison par ce chemin.

Géraden n'était pas seulement un assassin. Il était un boucher, fou de haine pour son propre frère. Et plus rien n'avait de sens.

Jusqu'à la fin du jour, le Gouverneur trouva de quoi s'occuper afin de ne pas se rendre aux cachots. L'innocence d'Erémis l'avait affaibli d'une façon qu'il ne parvenait à s'expliquer, tranchant net les racines de sa rage. Il avait peur à présent, s'il revoyait la femme, de finir par la supplier de lui pardonner.

Se garder occupé lui fut aisé tant ses devoirs étaient nombreux. Tandis qu'il écoutait les rapports sur la progression du siège, arbitrait les querelles d'une population trop nombreuse, ou discutait des alternatives tactiques au cas où l'Adepte Havelock ne serait plus en mesure d'anéantir les catapultes d'Alend, il ne souffla mot de l'eau à âme qui vive. Il ne tenait pas à susciter l'espoir avant que Maître Erémis ait fait ses preuves. Quoi qu'il en soit, il envoya bon nombre d'hommes vérifier les valves du système d'eau et essuya les outrages d'une centaine de gosiers assoiffés, mécontents du rationnement draconien qui leur partageait la faible quantité d'eau produite par la source.

Quand un garde vint lui annoncer que l'Imageur était au travail, il se rendit au réservoir.

Erémis tenait parole. Sous la voûte immense du réservoir, il se trouvait debout sur la margelle du bassin sans eau, tenant son miroir incliné vers le vide. Le miroir était presque aussi grand que lui, enchâssé dans un cadre ouvragé, et fort lourd. Même un homme doué de la force étonnante du Maître n'aurait pu supporter ce poids bien longtemps. Erémis avait résolu le problème en s'accompagnant de deux Aspirants. L'un tenait le bas de l'objet pour le garder immobile, l'autre retenait le haut au moyen d'une corde jetée par-dessus une poutre du boisage qui soutenait les tuyaux d'approvisionnement. Cette aide des Aspirants permettait à l'Imageur de se dédier exclusivement à la translation.

Comme il caressait le cadre et murmurait les invocations qui uniraient son talent au verre, la pluie commença à tomber de la surface inégale du miroir.

Il avait dit vrai ; le processus prendrait longtemps. Bien que torrentielle, la quantité de pluie qui passait par translation était ridicule comparée à la taille du bassin et aux besoins d'Orison. Quoi qu'il en soit, Lebbick dut reconnaître que ce système fournissait plus d'eau que la source. Si Maître Erémis était capable de continuer... et si l'eau était potable.

Le Gouverneur s'en assura en enjoignant à l'Imageur de boire lui-même deux tasses de son eau de pluie — ce que fit Maître Erémis sans hésitation visible. Mais un examen attentif du visage de l'Imageur accrut un autre souci pour Lebbick.

Maître Erémis transpirait dans l'atmosphère froide du réservoir. Il respirait laborieusement et ses traits étaient livides. Contrairement à son habitude, son expression ne dissimulait aucun secret ; sa tâche exigeait une telle concentration qu'il n'avait plus une parcelle de lui-même à consacrer aux intrigues.

Il n'était au travail que depuis peu et déjà l'épuisement le guettait. Continuer la translation nécessiterait davantage que son étonnante force. Il lui faudrait une résistance inhumaine.

Le Gouverneur Lebbick oublia de jurer. En lui quelque chose se fissurait : l'Imageur était en train de le vaincre. Voilà qui était parfait. Erémis allait sauver Orison — mais ce n'était pas assez pour lui, oh non, pas assez du tout. Il allait sauver Orison *héroïquement*, en s'épuisant dans une translation qui ne laisserait plus l'ombre d'un doute dans l'esprit de quiconque quant à sa loyauté.

Une étrange faiblesse s'insinua dans les muscles de Lebbick. Il avait du mal à garder le dos droit. Ses joues lui paraissaient raides ; quand il les toucha, il trouva du sang séché sur ses doigts. Peut-être Havelock avait-il raison à son sujet. Peut-être avait-il perdu l'esprit. Deux de ses hommes et Nyle avaient été massacrés, et c'était de sa faute, non parce qu'il s'était fié à Erémis qu'il haïssait, mais parce qu'il avait refusé de croire que l'intelligent, le maladroit, l'aimable Géraden fût la proie d'une folie mauvaise. Géraden avait translaté d'atroces choses pour étriper son frère. Ou quelqu'un d'autre l'avait fait pour lui.

Le Gouverneur souffrait de l'absence de sa femme. Il aurait voulu enfouir son visage contre son épaule, sentir ses bras autour de lui. Mais elle était morte et plus personne ne le consolerait jamais.

Maître Erémis avait chaud pour l'heure, mais le froid le saisirait dès qu'il prendrait un peu de repos. Se mortifiant davantage, le Gouverneur Lebbick fit quérir un couchage, de la nourriture, des vêtements chauds, un brasero, de l'eau-de-vie. Puis, quand il eut fait tout ce qu'il pouvait pour le sauveur d'Orison, il retourna à ses devoirs.

Dans l'après-midi, Alend envoya un nouveau projectile à l'aide d'un catapulte, cette fois contre les portes du château — la seule partie susceptible de ne pas résister à un assaut prolongé. Maître Quillon alla tirer l'Adepte Havelock d'un lourd sommeil, et les deux Imageurs portèrent le miroir de l'Adepte jusqu'à la façade nord-est afin de protéger les portes. Cependant, le Gouverneur Lebbick demeura tapi au-dessus de la partie vulnérable de la muraille. Et quand plusieurs centaines d'Alends se ruèrent soudainement vers la brèche, avec force échelles, le Gouverneur était prêt à les accueillir. Ses archers contraignirent les troupes ennemies à battre en retraite.

Ce succès atténua un peu sa faiblesse. Mais ce n'était pas assez. Rien ne lui suffisait plus. Pour échapper au naufrage, il se rabattit sur l'unique ordre compréhensible qu'il avait reçu de son Roi.

Faire son travail.

Il faut contraindre cette femme...

Après la tombée de la nuit, quand l'obscurité eut écarté toute menace de tir des catapultes, relâchant la tension des veilleurs, le Gouverneur Lebbick retourna aux cachots afin d'exécuter l'ordre de son Roi.

11

Térisa reçoit des visiteurs

Après que le Gouverneur l'eut frappée et fut parti, Térisa Morgan resta longtemps recroquevillée contre le mur.

C'est un piège. Elle le lui avait bien dit, n'est-ce pas ? *Erémis a tout manigancé.* Oui, elle l'avait dit. *Pour se débarrasser de Géraden.* Elle avait même essayé de le supplier, rappelant cette fibre d'elle qui avait bredouillé, plaidé aux oreilles de ses parents, de son père, Non, je n'ai pas fait cela, ce n'est pas de ma faute, je ne recommencerai pas, *S'il vous plaît, ne faites pas cela.* Ne m'enfermez pas dans le placard. C'est là où je disparais. Il y fait noir, et le noir m'efface, et je cesse d'exister. *Nyle est toujours vivant.*

Mais le Gouverneur ne l'avait pas écoutée. Il l'avait prise aux épaules et embrassée avec violence. Puis il l'avait frappée ; elle était allée heurter le mur, elle était tombée. C'était la seconde fois qu'il levait la main sur elle. La première fois, elle avait été pleine d'audace ; elle lui avait dit que sa femme aurait eu honte de lui. Elle aurait pu prévoir le coup. Mais cette fois, elle l'avait supplié. *S'il vous plaît, ne me faites pas de mal.* Et il l'avait giflée. Comme son père, il ne s'était pas arrêté.

La troisième fois sonnerait sa fin. Elle n'en doutait pas. Il avait promis de lui faire mal ; il tiendrait sa promesse. *Juste un peu au début. Un sein ou l'autre. Ou peut-être quelques fines entailles au couteau sur votre ventre. Un rude morceau de bois entre vos jambes.* Il allait la battre et la blesser jusqu'à la briser.

Elle n'avait pas compris pourquoi il l'avait embrassée. Elle refusait de comprendre. *Allez vous faire pendre.* Elle n'aspirait qu'à s'effacer. La cellule était froide et la lampe brûlait d'une flamme sinistre, vacillante, promettant de s'éteindre à tout instant et de la plonger dans l'obscurité. Enfant, la perspective de disparaître l'avait terrorisée. C'était encore le cas. Mais les séjours successifs dans le placard noir lui avaient appris que l'obscurité pouvait s'avérer refuge ; elle pourrait, en se dissolvant, fuir la solitude, le manque d'amour. Finir d'exister serait finir de souffrir.

Finir d'exister serait finir de souffrir.

Allez vous faire pendre.

Or, maintenant qu'elle y aspirait si violemment, elle ne le pouvait plus. Elle ne s'effaçait pas ; elle avait perdu le chemin. Le Gouverneur allait la torturer. Rien de comparable à la violence passive que représentait l'emprisonnement dans un placard. Ce n'était pas comme de se retrouver seule et de devoir s'échapper ou devenir folle. Ce serait une douleur nouvelle...

Et Géraden...

Oh, Géraden !

Il fallait qu'elle s'efface, il le *fallait*, pour protéger Géraden, s'il était encore vivant, s'il avait encore réussi une impossible translation. S'effacer était son unique défense, pour ne pas céder jusqu'à le trahir. Si elle partait, elle ne pourrait dire au Gouverneur où il se trouvait.

Or il était aussi celui qui l'empêchait de partir. Elle avait trop peur pour lui. Elle ne parvenait à oublier la dernière image qu'il lui avait donnée, ce mélange poignant d'angoisse et de détermination sur son visage, l'autorité fatale qui imprégnait sa voix, ses gestes. Le jeune homme doux, au cœur à nu, qu'elle aimait, s'en était allé. Non. Cela eût été terrible mais ce qui lui était arrivé était pire encore. Il s'était fait de fer, de métal sans perdre sa vulnérabilité, si bien que la force ou le désespoir qui l'avaient poussé à se précipiter dans le miroir n'étaient en rien la mesure de la dureté qui était devenue sienne, mais plutôt celle de la souffrance où il se perdait.

Elle avait crié, *Je ne suis pas Imageur ! Je ne puis vous aider !* Et il s'était détourné d'elle car il n'avait nul autre choix. Elle n'était pas la réponse qu'il lui fallait. Il était entré dans le verre et avait disparu, intouchable, disparu au-delà de l'espoir ou de toute atteinte au point de ne pas même apparaître dans l'Image du miroir. Même un Adepte n'aurait pu le faire revenir.

Voilà comment elle savait où il se trouvait.

S'il était toujours vivant. Et si la translation ne lui avait pas coûté l'esprit.

Elle aurait dû partir avec lui.

Oui. Elle aurait dû. C'était l'autre raison pour laquelle elle ne pouvait s'effacer ; elle ne savait oublier qu'il n'avait pu compter sur elle. En même temps, elle avait failli à elle-même. Elle l'aimait, n'est-ce pas ? N'était-ce pas ce qu'elle avait compris dans cette dernière journée passée avec lui ?... qu'il était plus important, plus précieux que l'étrange pouvoir que Maître Erémis exerçait sur son corps ? qu'elle le croyait, se fiait à lui malgré toutes les évidences retenues contre lui ? qu'elle lui était trop attachée pour se ranger d'un autre côté que le sien parmi les machinations et les trahisons qui déchiraient Mordant ? Alors que faisait-elle *ici* ? Pourquoi était-elle restée immobile à le voir risquer sa vie, son esprit, sans faire le moindre effort pour l'accompagner ?

Elle aurait dû partir.

Elle se trouvait empêchée de fuir, au plus secret de son être, par sa peur du Gouverneur. Par sa crainte pour Géraden. Et par la honte.

Au bout d'un moment, elle sentit la meurtrissure que le mur infligeait à son dos. Les rugosités rendaient douloureuses sa colonne vertébrale, ses omoplates. Le froid montait du sol pour l'envahir, et ce malgré la chaleur des vêtements que lui avait confectionnés Mindlin, malgré ses bottes. Mais elle n'avait ni le cœur ni la force de bouger.

Maintenant vous êtes mienne.

Géraden, pardonnez-moi.

— Ma dame.

Elle ne distingua pas celui qui parlait mais la voix ne la terrifia point. Elle leva la tête. Le Tor se tenait devant sa cellule.

— Ma dame, murmura-t-il encore d'une voix tremblante.

Ses gros poings s'agrippaient aux barreaux comme s'il était, lui, prisonnier et qu'elle était libre. Térisa remarqua les larmes sur ses joues.

— Ma dame, aidez-moi.

Sa supplique la bouleversa. Le Tor était son ami, l'un des rares habitants d'Orison à lui souhaiter du bien. Il l'avait sauvée du Gouverneur. À plus d'une reprise. Elle se mit difficilement, lentement debout.

Titubant, redoutant de tomber, elle s'approcha de la grille.

— Ma dame, vous devez m'aider, répéta le Tor, d'une voix rauque car il luttait contre la douleur. Le Roi Joyse a donné à Lebbick la permission de faire de vous ce qu'il voudra.

Elle ne comprit pas. C'était aussi incompréhensible que le baiser du Gouverneur. Elle ne sut comment elle se retrouvait assise au sol, penchée en avant, ses cheveux tombant en rideau devant son visage. *Permission de faire ce qu'il voudra.* Le Roi Joyse lui avait souri, et son sourire était merveilleux, un lever de soleil sur la nuit de son existence. Elle avait aimé ce sourire comme elle aimait Géraden. Et ce n'était que mensonge... *Faire de vous tout ce qu'il voudra.* Mensonge. Il ne restait aucun espoir.

— Je vous en prie, ma dame, souffla le Tor d'un ton suppliant. Térisa. Au nom de tout ce que vous respectez, de tout ce que vous auriez jugé bon et valeureux en lui s'il n'était pas tombé si bas... Dites-nous où est allé Géraden.

Involontairement, elle renversa la tête en arrière. Ses yeux étaient hantés d'ombres. Vous aussi ? La nausée lui tordit le ventre. Vous voilà contre lui, vous aussi ? Elle ne put articuler un son, un mot. Elle allait éclater en sanglots. Ou vomir. Pas *vous.*

— Vous ne lui causerez aucun mal, ma dame, suppliait le Tor.

Il était vieux et portait chacune de ses livres de chair à la façon d'une bête de somme.

— Je ne vous parle pas de ses fautes. S'il est vivant, il est loin d'ici, loin des violences de Lebbick. Nous sommes assiégés. Lebbick ne le poursuivra pas. Et nul autre que lui ne peut utiliser le miroir. Il ne lui en coûtera rien si vous parlez. Mais le Roi Joyse... articula-t-il, d'une voix étranglée. Joyse s'est trop longtemps fié au Gouverneur. Et il n'est plus lui-même. Il ne comprend pas le sens de l'autorisation qu'il a donnée. Il ignore que Lebbick est fou.

» Ma dame, il est mon ami. Je l'ai servi avec ma vie, avec toutes les vies de mon Fief, durant des décennies. Aujourd'hui il n'est plus ce qu'il était, je le reconnais. Autrefois il était le héros de Mordant.

» À présent, il est diminué, ma dame. Pas moins bon. Il cherche à bien faire. Je vous jure qu'il cherche à bien faire.

» Si vous bravez Lebbick, celui-ci vous infligera le pire mal. Et quand il comprendra ce que sa permission vous a causé, Joyse perdra le peu de lui-même qui lui reste.

» Aidez-moi, ma dame. Sauvez-le. Dites-nous où est parti Géraden, alors Lebbick n'aura pas d'excuse pour vous blesser.

Térisa ne parvenait pas à fixer le gros homme. Elle ne voyait que la lumière dansant sur ses joues. Il lui demandait de se secourir elle-même. Il avait raison, au fond : le Gouverneur n'aurait aucun prétexte pour la torturer si elle parlait ; et Joyse serait sauvé d'un acte de cruauté. Et le Tor — le seul parmi ces trois hommes qui comptait pour elle — cesserait peut-être de pleurer.

Avec plus de force qu'elle ne s'en soupçonnait, elle se remit debout. Elle se sentait sèche au fond du cœur, dépourvue d'émotion.

— Le Roi Joyse est votre ami. Géraden est le mien. Je suis désolée, murmura-t-elle pour atténuer sa dureté.

— Désolée ? répéta le vieil homme d'une voix brisée. Pourquoi ? Vous allez souffrir... vous mourrez peut-être... pour un homme qui a tué son propre frère, et cela ne lui sera d'aucun secours. Peut-être ne saura-t-il jamais ce que vous avez fait. Vous endurerez en vain les pires tortures. Vous n'avez aucune raison d'être désolée, s'écria-t-il, se cramponnant de plus belle à la grille. Dans tout Orison, vous seule paierez le prix fort de votre loyauté, vous paierez plus cher que Joyse.

» Non, ma dame, laissez-moi la désolation, fit-il, au bord de la rupture. Elle est pour *moi*. Vous irez héroïquement à votre agonie, vous parlerez ou vous vous tairez, selon ce dont vous serez capable. Moi je resterai pour voir mon ami saccager tout ce qu'il chérit.

» Je ne suis pas venu tout de suite vous trouver pour vous faire cette demande, ne croyez pas cela. Depuis que Joyse a donné ses ordres, le tourment me déchire, fouaille mon cœur à la recherche d'un moyen de le persuader... de le faire changer d'avis... de le comprendre. J'ai pleuré à sa porte. J'ai rudoyé les serviteurs, les gardes. Ne croyez pas que je vous porte ma peine de gaieté de cœur.

» Je n'ai nulle part ailleurs où me tourner.

» Ma dame, votre fidélité est trop coûteuse.

» Quoi que j'aie fait, je l'ai fait au nom de mon Roi. Il est tout ce qu'il me reste. Alors je vous supplie... ne le laissez pas se détruire.

N'en pouvant supporter davantage, Térisa se détourna de la souffrance du Tor.

— Non, dit-elle. Géraden est innocent. Erémis a tout orchestré, énonça-t-elle comme on récite une litanie. Il a simulé la mort de Nyle pour noircir Géraden, car il savait que Nyle ne corroborerait jamais ses accusations contre celui-ci. Si le Roi me laisse souffrir... ajouta-t-elle en fouettant une soudaine faiblesse, il faudra qu'il vive avec les conséquences de son acte. Géraden est innocent.

— Non, ma dame, assura le Tor, cette fois avec une note nouvelle dans la voix, une note qui ressemblait à de l'horreur. En cela vous vous trompez. La culpabilité de Géraden ne m'intéresse pas. Je ne me préoccupe que de mon Roi. Mais vous avez placé votre confiance en un être mauvais.

Elle resta immobile, les oreilles bourdonnantes, les nerfs à vif.

— Nyle est mort, indiscutablement. J'ai vu son corps.

Mort, indiscutablement. D'un pas incertain, elle se dirigea vers le grabat au fond de la cellule. Il sentait la paille pourrie et l'humidité rance, mais ce fut avec gratitude qu'elle s'y assit. Elle ferma les yeux, elle avait besoin d'un peu de repos. D'ici une minute ou deux, quand son cœur cesserait son vacarme, elle répondrait au Tor. Oui, elle allait bien trouver une réponse... Géraden était *forcément* innocent...

Tout à coup l'idée que Nyle pût être réellement mort la saisit et la tourmente se déchaîna en elle. Elle laissa son buste tomber sur la couche et se couvrit le visage de ses mains.

Alors le Tor abandonna et partit ; elle ne l'entendit pas s'éloigner.

À midi, les gardes lui apportèrent un repas — pain dur et ragoût aqueux. Elle trembla à leur approche, craignant qu'il ne s'agisse du Gouverneur ; son soulagement était tel quand elle comprit sa méprise qu'elle fut trop faible pour se lever du grabat.

Elle était aussi trop faible pour se restaurer, pour prendre soin d'elle. Dès que le Gouverneur Lebbick viendrait, elle lui dirait tout ce qu'il voudrait. Mais cela ne l'arrêterait pas. Il avait la permission de Joyse...

Où étaient ceux qui lui avaient montré de la gentillesse, de l'intérêt ? Eléga était partie avec le prince Kragen.

Myste avait quitté Orison pour quelque absurde quête. L'Adepte Havelock était fou. Maître Quillon était devenu médiateur du Congrégat... Saddith ? Elle n'était qu'une servante, quelles que soient ses ambitions. Peut-être avait-elle par inadvertance trahi sa maîtresse pour Erémis. Cela n'incluait pas qu'elle agirait pour redresser la situation. Ribuld, le grossier vétéran qui s'était plus d'une fois battu pour elle ? Il n'était que simple soldat — pas même capitaine.

Elle ne pouvait porter à elle seule le désespoir de Mordant. Elle était à peine capable de soulever la tête de sa couche sale et nauséabonde. Le Tor avait vu le corps de Nyle. Le frère de Géraden était *mort, indiscutablement.*

Pourquoi manger ? Peut-être, à endurer la faim, retrouverait-elle la capacité de s'effacer de sa propre vie.

Elle essaya de dormir, de chasser la tension et la réalité qui lui nouaient les muscles, quand un autre bruit de bottes résonna dans le couloir. Quelqu'un venait vers elle, seul. D'un pas lent, hésitant. Elle ferma les yeux délibérément. Elle refusait de voir.

On l'appelait par son nom... Mauvais présage.

— Térisa.

Étonnée, elle souleva ses paupières pour voir le frère de Géraden devant la grille.

— Artagel ?

Il portait une chemise de nuit et de longues culottes, et ces vêtements si différents de sa tenue habituelle de bretteur accentuaient de façon criante sa ressemblance avec Géraden et Nyle. La raideur de son torse révélait qu'il aurait dû garder davantage le lit. Il était trop faible hier encore pour se lever — n'était-ce qu'hier ? — pour venir soutenir Géraden devant le Congrégat. Il n'aurait pas dû venir seul jusqu'aux cachots.

Néanmoins, il était là.

Oui, décidément, c'était mauvais signe qu'il l'ait appelée *Térisa.*

Oublieuse de sa propre faiblesse, elle alla vite à lui.

— Oh, Artagel, je suis si heureuse de vous voir. J'ai besoin de vous, j'ai besoin d'un ami, Artagel, ils croient tous que Géraden a tué Nyle, ils...

L'extrême pâleur de son visiteur l'arrêta, comme les filets de sueur sur son front, le tremblement douloureux de sa bouche. Ses yeux se voilaient comme s'il allait s'évanouir. La blessure que lui avait infligée Gart était bien trop grave pour qu'il se lève déjà. Le fait que Gart l'ait vaincu ; l'alliance traîtresse de Nyle avec le Prince Kragen et dame Eléga ; les accusations contre Géraden : voilà ce qui tourmentait le plus fameux fils du Domne, l'obligeait à combattre sa faiblesse — et à mettre en péril sa guérison.

— Vous ne devriez pas être ici, Artagel. Il vous faut garder la chambre. Vous allez rechuter.

— *Non*, fit-il d'une voix qui ressemblait à un gargouillement. Non.

D'un bras, il pressait son autre main sur son flanc. Il était trop faible pour tenir debout et dut s'appuyer à la grille, le front contre les barreaux. L'opacité de son regard donnait l'impression qu'il était aveugle.

— Voilà votre œuvre.

La peine transperça Térisa. Non, pas cela. Artagel était son meilleur ami avec Géraden. Elle se serait fiée à lui les yeux fermés. Quoi... il la jugeait responsable... ?

— Artagel ? Vous ne pensez pas cela... Vous ne pouvez pas.

— Je ne suis pas venu pour vous le dire, fit-il entre deux respirations difficiles. Ce n'est pas la raison. Lebbick va s'occuper de vous. Je veux seulement savoir où est Géraden.

» Je le pourchasserai pour lui arracher le cœur.

Térisa eut envie d'éclater en sanglots. Pleurer lui eût fait du bien. Mais elle se retint. C'était trop grave, trop important. Elle aspira l'air raréfié de la cellule.

— Non. Erémis a tout fait. C'est un piège. Je vous le jure, un *piège*. Le Tor affirme qu'il a vu le corps et que Nyle est véritablement mort mais je n'en crois rien. Géraden n'y est pour rien.

Artagel poussa un cri furieux et blessé. À présent ses yeux brillaient.

— Ne me mentez pas. Ne me mentez plus. J'ai vu le corps de mes yeux.

Elle fut prise de vertige tandis qu'il continuait :

— Après que Géraden l'eut poignardé, il était encore vivant. Cela est vrai. Erémis s'empressa de l'emmener chez lui et de faire venir un médecin. C'était sa seule chance de survivre. Erémis lui donna cette chance. Puis il plaça des gardes pour sa protection, dans et hors de la chambre. Au cas où Géraden ferait une nouvelle tentative.

» En vain... Lebbick les découvrit... les gardes étaient morts. Une sorte de bête les avait dévorés. Géraden doit avoir translaté quelque monstre dans la chambre... une créature contre laquelle ils ne pouvaient lutter.

» Nyle fut tué. La chose lui a écrasé le visage.

L'image atroce assaillit Térisa qui vacilla. Oh, Nyle ! Oh, mon Dieu ! Une répulsion viscérale lui monta dans la gorge et elle se couvrit la bouche de ses deux mains. Géraden, non !

Elle aurait dû aller avec lui. Pour empêcher cela.

Alors elle revit son visage déterminé et angoissé. Elle le connaissait, elle l'aimait. *Térisa, je n'ai pas tué Nyle.*

La colère s'empara d'elle sans crier gare. Les années d'offense, d'outrage dont le souvenir gisait en son cœur éclatèrent en elle, à la brûler.

— Répétez-le, souffla-t-elle, pantelante. Répétez ce que vous venez de dire.

Artagel était au-delà de la surprise. Il répéta, les mâchoires serrées.

— Nyle fut tué. La chose lui a écrasé le visage.

Et vous croyez que *Géraden* aurait fait cela ? Avez-vous perdu la tête ? Tout le monde ici est-il devenu fou ?

Artagel battit des paupières, parut la regarder autrement, un instant. Mais, très vite, son sentiment d'horreur lui revint. Les jambes lui manquaient. Il commença à glisser le long des barreaux.

— J'ai vu son corps. Je l'ai tenu. Mes vêtements sont encore tachés de son sang.

Il disait vrai. L'éclairage avare suffisait pour distinguer les traînées brunâtres, séchées sur sa chemise.

— Que m'importe, protesta Térisa, sans égard pour sa douleur. Géraden est votre frère. Vous le connaissez depuis toujours. Vous le connaissez mieux que cela.

Artagel continuait à glisser. Sa blessure lui faisait trop mal ; apparemment il ne pouvait utiliser ses mains pour agripper les barres de fer. Térisa passa les bras entre les barreaux et le retint comme elle le put par sa chemise. Mais il était trop lourd pour elle. Il finit par tomber à genoux.

— Je vous dis que j'ai vu son corps.

Il l'avait entraînée avec lui et elle se retrouva à genoux elle aussi.

— Que m'importe, répéta-t-elle en le dévisageant d'un regard éperdu. Géraden n'a pas commis ce crime.

— Et je vous dis que j'ai vu son corps.

En dépit de sa faiblesse, de sa fièvre, il la regarda avec cette passion inaltérée qui l'avait deux fois poussé à se jeter au-devant du Bras-Vif du Haut Roi.

— Vous le niez, mais je persiste. Un Imageur a fait cela. Par translation seulement une créature a pu entrer et sortir de cette pièce. Ce n'est pas Erémis ; il était avec Lebbick.

» En ce moment, il est au réservoir, à translater une nouvelle provision d'eau. Il est aujourd'hui notre unique espoir. Et j'ai pris le parti de Géraden contre lui... je me suis trompé. Il est en train de nous *sauver.*

» Géraden a tué Nyle. Je n'aurai de cesse de l'avoir trouvé, que vous me disiez ou non où il est parti. Ce ne sera qu'une question de temps.

— Alors, vous lui arracherez le cœur, murmura Térisa.

Elle ne le supportait plus. Dans un effort de volonté, elle lâcha la chemise d'Artagel, s'écarta de lui.

— Allez-vous-en, souffla-t-elle. Je refuse d'entendre vos paroles. Partez.

L'image de Nyle mort, défiguré, la hantait. Mais simultanément, la vue d'Artagel farouchement recroquevillé sur sa douleur, les genoux pris entre les barreaux, l'émut et elle s'adoucit un peu.

— Vous devriez regagner votre lit. Vous ne pourchasserez personne dans cet état. Si le Gouverneur ne m'arrache pas la vérité — et s'il me laisse en vie — je vous promets de tout vous dire quand vous serez rétabli.

Artagel mit longtemps à relever la tête. Quand il le fit, toute lueur avait déserté son regard.

Péniblement, tel un vieillard invalide, il se tira le long de la grille et se remit sur pied.

— Je lui ai toujours fait confiance, murmura-t-il pour lui seul, sourd et aveugle à la présence de Térisa. Plus qu'à Nyle ou aucun des autres. Il était si gauche et si bon. Et plus intelligent que moi. Je ne puis me figurer...

« Vous êtes venue et j'ai pensé que c'était un bienfait qu'il ait quelqu'un pour qui se battre. Cela lui donnait une raison de ne plus laisser les Maîtres l'humilier. Alors, quand il a tué Nyle, tué... répéta-t-il en frissonnant... vous êtes la seule explication que je puisse entrevoir. Vous devez être néfaste à un point que je ne comprends pas. Mais vous m'enjoignez de me fier encore à lui... Je ne comprends rien.

» J'ai vu son corps.

Il se détourna et partit en titubant dans le couloir

— Je l'ai soulevé, serré contre moi.

Passant rudement ses mains sur le sang séché de sa chemise, il disparut de la vue de Térisa. Elle entendit longtemps ses bottes traîner sur le sol.

Elle resta inerte face au couloir vide. Artagel affirmait comme le Tor que Nyle était mort. Il ne pouvait pas se tromper. Il était capable d'identifier la dépouille de son propre frère. Malgré tout, elle ne se rétractait pas. Une rage immense la soutenait envers et contre tout. Une rage qui datait du début même de sa vie, née en une enfance de punitions, de négligence. Elle avait beaucoup appris de sa vie passée, et le voile sur cet enseignement commençait seulement à se soulever.

Ses mains tremblaient. Elle s'efforça de croquer son pain dur et d'avaler le médiocre ragoût, tout en arpentant sa cellule. Elle avait besoin de prendre des forces, de concentrer tous ses moyens. Le Roi Joyse l'avait encouragée à réfléchir, à *raisonner*. Réfléchir, ordonner ses pensées s'avérait nécessaire maintenant plus que jamais.

Dans la mesure de ce qui était possible à un être de chair et de sang, elle s'apprêtait à braver le Gouverneur.

Quand il vint enfin — plusieurs heures et un repas plus tard — elle fut presque heureuse de le voir. Mais si l'attente était sans nul doute plus facile à supporter que le viol ou la torture, la solitude avait rongé son courage. Elle avait faibli plusieurs fois au cours de ces heures et sa résolution l'avait parfois abandonnée. À un moment, elle fut prise d'une telle panique qu'elle se retrouva, sans savoir comment, ramassée dans un angle de sa cellule, les genoux serrés contre elle.

Mais elle résista à cette faiblesse nerveuse. Elle connaissait le moyen de survivre à l'attente dans une cellule froide et obscure. Elle avait recouvré sa capacité à obturer le noir et la peur. De façon paradoxale, la décision de faire face au danger lui avait restitué le moyen de s'échapper. Et quand elle se rendit à l'effacement qui la gagnait, elle redécouvrit le refuge rassurant que recelait cette forme de disparition, et se sentit mieux.

Pour cela, elle n'avait nul besoin d'un miroir. Les miroirs l'avaient seulement aidée à lutter contre cette érosion de l'existence ; ils ne lui étaient pas nécessaires si elle choisissait de se laisser partir. C'était cet abandon, lorsqu'elle renonçait à se cramponner désespérément, qui l'avait gardée saine d'esprit quand ses parents l'enfermaient dans le placard.

Malgré tout, le temps et l'attente, le froid et la nourriture médiocre exigeaient leur prix. Les limites étaient proches qui cernaient sa détermination. Elle fut presque heureuse d'entendre le martèlement des bottes du Gouverneur Lebbick, presque heureuse de le voir se détacher sur la muraille grise du couloir devant la cellule.

Maintenant il allait lui faire mal autant qu'il le pourrait. Et elle prendrait la mesure de son endurance.

Pourtant l'apparence de Lebbick la troubla. Elle s'était attendue à le voir bardé de sa rage, de sa violence, à reconnaître la haine dans ses yeux brûlants, dans la tension nouée de ses traits, le meurtre étroitement lové dans ses muscles, dans sa chair. Elle n'était pas préparée à découvrir un homme distrait, dont on remarquait la petite taille, qui entra dans la cellule les épaules basses et sans nulle autorité sur le visage.

Le Gouverneur ressemblait à un être qui vient de subir une grave défaite.

Il ne prit pas le soin de refermer la grille derrière lui. Sa seule présence était un obstacle suffisant à toute tentative d'évasion. Et si elle fuyait, où irait-elle ? Elle aurait beau courir dans les couloirs tel un rat traqué, elle aboutirait toujours à la salle des gardes. Lebbick n'avait nul besoin de verrouiller la grille.

Un moment il ne croisa pas son regard, détailla la cellule, considéra la silhouette de sa prisonnière sans arriver à son visage.

— Vous avez l'air d'aller mieux, murmura-t-il enfin. La dernière fois que je vous ai vue, vous étiez prête à vous effondrer. Maintenant vous avez l'air de vouloir vous battre. Je ne me doutais pas que le séjour au cachot vous ferait du bien, ajouta-t-il sans sarcasme aucun.

Térisa l'observait, elle haussa les épaules :

— J'ai eu le temps de réfléchir.

Il leva enfin les yeux sur elle. La flamme qui y brillait d'ordinaire s'était éteinte — ou altérée. Il semblait presque calme, presque stable — presque perdu.

— Cela signifie-t-il que vous allez me dire où il est parti ? questionna-t-il paisiblement.

Elle secoua la tête.

— Allez-vous m'avouer vos complots ? reprit-il du même ton. Allez-vous me révéler ses motifs ?

Une nouvelle fois, elle secoua la tête. Sa gorge était sèche. L'attitude étrange de Lebbick commençait à l'effrayer.

— Voilà qui n'a rien pour me surprendre.

Il ne se moquait point. Il se détourna et se mit à marcher distraitement le long de la grille, comme on flâne au-dehors.

— Le Roi Joyse m'a dit de vous bousculer un peu. Il réclame vos aveux. N'êtes-vous pas étonnée ? Vous devriez l'être. Le procédé ne lui ressemble pas. Il a toujours su obtenir ce qu'il voulait sans avoir à maltraiter une femme. Je me suis interrogé toute la journée. Mais à présent...

Il ouvrit les mains comme s'il quêtait de l'aide.

— Tout est sens dessus dessous. Le droit, le gentil, le *loyal* Géraden s'est corrompu. Ce fou d'Adepte Havelock passe la majeure partie de sa journée à nous protéger des tirs de catapultes. Maître Erémis s'attache à remplir le réservoir. Et le Roi Joyse veut que je vous torture. Il me demande de découvrir qui vous êtes, ce que vous êtes.

Apparemment, il ignorait qu'elle avait eu la visite du Tor et d'Artagel qui lui avaient communiqué ces nouvelles. Une note de faiblesse, de supplique, de désir tout à la fois se fit entendre dans la voix du Gouverneur.

— Parfois — voilà longtemps — il me laissait agir à ma guise avec ses ennemis. Parfois. Des hommes comme ce commandant de garnison... Mais il ne m'a jamais autorisé à torturer un être tel que vous.

Soudain, il fit face à Térisa, mais il resta distant, perdu.

— Il doit avoir peur de vous. Il vous craint plus qu'il n'a jamais craint Margonal ou Festten ou Gart ou même Vagel. Pourquoi ? Qui êtes-vous ?

Soutenant son regard indéchiffrable, Térisa avala péniblement sa salive. Elle ne comprenait pas ce qui était arrivé à Lebbick, ce qui l'avait privé de son feu, de sa haine ; mais elle tenait son unique chance de le détourner de ses intentions, de le désarmer.

— Je ne sais pas, fit-elle aussi fermement que possible. Vous posez les mauvaises questions.

— Les mauvaises questions ?

— Je ne peux pas vous dire pourquoi le Roi Joyse me redoute. *S'il* me redoute. Et je ne vous dirai pas où est Géraden. Car il n'est pas coupable. Je ne le trahirai pas. Mais je vous dirai tout le reste.

— Tout le reste ? répéta le Gouverneur, modérément intéressé. Quoi, par exemple ?

Ses manières décidément faisaient peur à Térisa.

Elle craignait de ne plus pouvoir l'atteindre, qu'il soit parvenu au point de non-retour où nul ne pourrait plus lui parler, discuter avec lui, prévoir ses actes à venir. Elle aspira profondément pour rassembler son courage.

— Par exemple, comment j'ai survécu quand Gart m'a attaquée la première nuit. Pourquoi j'ai emprunté une fois le passage secret de ma chambre. Ce qui s'est réellement produit la nuit où Erémis organisa la réunion avec les Seigneurs et le Prince Kragen. Ce qui se passa la première fois que Géraden fut attaqué.

Sa propre passion allait à l'assaut de l'indifférence de Lebbick.

— Comment je sais qu'Erémis ment.

À ces mots, une étincelle s'alluma dans le regard du Gouverneur.

— Dites-le-moi, fit-il, tendu.

Le Roi Joyse lui avait conseillé de *raisonner* et la *raison* devenait sa seule arme.

— Tout se tient, répondit-elle. Je peux même vous dire pourquoi ils craignent Géraden — Vagel, Erémis et Gilbur —, pourquoi ils s'efforcent désespérément de l'écarter de leur route.

— Dites-le-moi, répéta Lebbick sans ciller.

Elle s'exécuta. Aussi clairement qu'elle le put, elle lui raconta comment l'Adepte Havelock l'avait sauvée du Bras-Vif, comment Havelock et Maître Quillon s'étaient servis du passage secret dans l'armoire. Elle lui narra tous les détails dont elle se souvenait quant à la réunion clandestine d'Erémis avec les Seigneurs des Fiefs, sans oublier de préciser qu'Artagel lui avait sauvé la vie. Puis, elle exposa ses conclusions :

— La première fois que Gart essaya de me tuer, il ignorait de toute évidence l'existence du passage secret. La dernière fois, il la connaissait. Comment ? Vous-même en saviez l'existence. Comme Myste et Eléga, précisa-t-elle sans faire réagir son interlocuteur. Comme Quillon et Havelock, bien sûr. Géraden. Et comme Saddith, ma femme de chambre. Or, Myste, Eléga, Havelock et Quillon étaient au courant bien avant mon arrivée. Ils auraient pu en aviser Gart pour sa première tentative. Ils sont donc hors de cause. Géraden ? Il ne savait rien au moment où l'on m'installa dans la chambre aux paons. Vous le pensez complice de Gart. Eh bien, il se trouve que je lui parlai du passage secret le lendemain de ma première nuit dans cette chambre. Après vous avoir vu. Pourquoi aurait-il attendu tout ce temps avant de signaler à Gart le moyen le plus sûr de me tuer ?

Elle était décidée à ne rien omettre qui pût jouer en sa faveur.

— Saddith et Erémis sont amants, poursuivit-elle. Elle aura pu le mettre au courant de l'existence du passage... mais seulement au bout d'un certain temps. Par contre elle a pu lui dire dès la première nuit où j'étais logée.

— Je sais tout cela, murmura le Gouverneur d'une voix atone. Dites-moi quelque chose que j'ignore. Expliquez-moi pourquoi Erémis vous a secourue. Gart a surgi par le passage et Erémis tenait alors l'occasion de se débarrasser simultanément de vous deux. Comment expliquez-vous cela ?

Car elle se bornait à supposer, elle fit de son mieux pour avoir l'air crédible :

— Il y avait des témoins. Si Gart m'avait tuée, moi seule, Géraden aurait vu qu'Erémis laissait faire. Et si Gart s'était attaqué à nous deux, les gardes auraient pu le prendre sur le fait. Il leur suffisait de pousser la porte. Dans les deux cas, tout le monde aurait su qu'Erémis était un traître.

» Ce qu'il avait prévu en venant, reprit-elle, s'obligeant à dire toute la vérité, c'était de me faire l'amour. Une fois endormie, ou distraite, j'aurais été sans défense devant l'irruption de Gart. Et nul n'aurait jamais su qu'Erémis était venu chez moi.

» Il ne s'attendait pas à l'arrivée de Géraden.

Le Gouverneur s'entêtait à ne rien trahir de ses pensées.

— Continuez.

— Erémis orchestra tous les détails de cette réunion avec les Seigneurs. Il choisit le lieu, le jour et l'heure, les participants. Il décida de l'endroit où je me trouverais ensuite. Géraden ignorait tout cela. La seule chose qu'il n'avait pas prévue fut l'intervention d'Artagel. Je ne devais pas réchapper à ce piège.

» Gart sortit d'un miroir, c'est l'évidence. Je ne sais comment il peut passer par le verre sans perdre l'esprit... Toujours est-il qu'Artagel et moi comprîmes où se trouvait le point de translation, le lieu montré par l'Image. Lui, Géraden et moi retournâmes sur les lieux, et le même miroir translata les énormes cafards. Artagel vous l'a raconté. Ils manquèrent de peu de nous tuer tous trois.

» Erémis prétend à une feinte, une simulation destinée à faire paraître Géraden innocent, mais cela n'a pas de sens. Il serait mort si Havelock ne l'avait pas secouru. Et nul n'aurait pu prévoir que l'Adepte surgirait là pour nous sauver. Et Erémis savait tout sans avoir été là, sans que personne l'ait averti. Sans doute avait-il tout vu, de l'autre côté du miroir.

Lebbick commençait à froncer les sourcils. Ses yeux brillaient d'éclats noirs. Pour le meilleur ou pour le pire, Térisa avait ravivé sa flamme. S'il s'agissait d'une erreur, elle était en train de sceller son tombeau. Cette perspective ne l'empêcha pas de s'enhardir :

— Ils veulent la mort ou la perte de Géraden car il est réellement Imageur... une sorte d'Imageur comme il n'en a encore jamais existé.

L'idée la traversa qu'elle aurait pu penser à cela plus tôt. Mais elle ne s'était pas obligée à réfléchir. C'était de sa faute si Géraden en payait le prix maintenant. Sur l'instant, néanmoins, elle ne connut pas de regret, trop absorbée qu'elle était à se défendre devant le Gouverneur.

— Voilà pourquoi il ne peut comprendre de lui-même ce qu'il est. Il est capable d'effectuer des translations sans relation avec l'Image présente dans le miroir. Il me trouva derrière un verre qui montrait le champion choisi par le Congrégat. Et Erémis savait ce qui allait se produire. Ou Gilbur, au moins, le savait. Il avait appris à Géraden à fabriquer ce miroir. Il a dû s'apercevoir que Géraden ne faisait pas ce qu'il fallait. Une fois le miroir fallacieusement façonné, mais montrant cependant l'Image du champion, Gilbur a dû entrevoir les talents exceptionnels de Géraden.

» S'il parvenait à comprendre son don, à s'en servir, il serait l'Imageur le plus fort de tous les temps. Et il est fidèle au Roi Joyse. Quand bien même il en a le cœur brisé. Gilbur, Vagel et Erémis devaient se débarrasser de lui avant qu'il comprenne comment les vaincre.

» Voilà pourquoi ils le firent attaquer, tentèrent de le tuer. Voilà pourquoi ils organisèrent le faux assassinat de Nyle. Ils ont peur de lui. Et lui risque de les démasquer. Il leur faut l'écarter tout en préservant leur façade innocente.

» Nyle n'est pas réellement mort. C'est impossible. Erémis n'aurait pu l'utiliser ainsi sans son accord... et il n'aurait pas coopéré s'il pensait qu'il allait être tué.

— Merde de porc, jura distinctement Lebbick, les traits crispés. Mes hommes sont morts et j'ai vu son corps. Son visage avait été arraché, écrasé. Erémis se préoccupe en ce moment de *nous sauver*. Il est le héros d'Orison. Nul ne croira un mot de ce que vous avancez.

Elle était parvenue à réveiller sa colère. Il leva les poings devant elle.

— Ce fils de putain, ce médecin nous a trahis, et *deux de mes hommes sont morts.*

Ce fut au tour de Térisa d'être surprise.

— Quel médecin ?

— *Underwell*, espèce de garce ! Le meilleur praticien d'Orison. Erémis a parfaitement agi. Il emmena promptement Nyle dans ses appartements, fit chercher Underwell, plaça des gardes. Tandis que vous aidiez Géraden à fuir et que ce pisseux de Quillon se mettait en travers de mon chemin, Erémis s'efforçait réellement de *sauver Nyle.*

Elle aurait dû redouter cette rage ravivée ; il n'en était rien.

— Un médecin ? répéta-t-elle, stupéfaite par la clarté qui se faisait dans son esprit. Qu'est-il devenu ? N'a-t-il pas vu la créature qui massacrait vos hommes et Nyle ?

— *Il a fui !* gronda Lebbick. À quoi pensez-vous ? Croyez-vous qu'il serait resté pour se faire prendre ? Il a été emmené par translation tout comme avait été amenée la créature meurtrière de Géraden.

— Mais pourquoi ?

— Comment le saurais-je ? Je ne suis pas dans sa peau. Peut-être haïssait-il Nyle. Peut-être Festten lui aura-t-il offert des monceaux de richesses. Peut-être Gart a-t-il pris sa famille en otage. Je l'ignore et je m'en moque. Tout ce qui m'importe est qu'il l'ait fait !

— Non, ce n'est pas ce que je voulais dire, précisa Térisa comme si elle n'avait rien a redouter. Pourquoi l'a-t-il fait de cette façon ? Pourquoi les gardes ont-ils été tués ? Pourquoi... ?

Pourquoi infliger cette horrible défiguration à la dépouille de Nyle ?

— Ils auraient pu être interrompus, surpris. Et le bruit ? Un monstre qui se livre à pareil massacre ne ferait-il pas suffisamment de bruit pour alerter les autres gardes en faction au-dehors ? Pourquoi courir un tel risque ?

Fulminant, Lebbick commença à lui assener une explication. Mais elle ne voulait plus rien entendre contre Géraden et elle l'ignora.

— Il est médecin, résuma-t-elle. Le meilleur médecin d'Orison. Il n'avait besoin de l'aide de personne pour se débarrasser de Nyle. Il n'avait pas davantage besoin de se faire apparaître comme un traître. Ne comprenez-vous pas ?

La lenteur d'esprit du Gouverneur la stupéfiait presque autant que sa propre certitude.

— Il suffisait qu'il *échoue* dans ses soins. Qu'il laisse Nyle mourir. Qu'il mette quelque poison sur sa plaie et le recouvre d'un pansement. Nul n'en aurait rien su. Nul ne l'aurait soupçonné.

» Pourquoi courir le risque, le risque stupide de tout ce carnage ?

Le Gouverneur la dévisagea comme si elle lui devenait nocive.

— Peut-être n'y est-il pour rien, admit-il.

— Alors où est-il ? rétorqua-t-elle à brûle-pourpoint. Il n'aurait pas laissé tuer Nyle sans essayer de le défendre... ou d'appeler à l'aide. Peut-être l'ont-ils tué lui aussi et ont-ils emporté son corps. Pourquoi ? Pour créer l'illusion qu'ils avaient joui d'une complicité dans la place ? Une complicité dont ils n'avaient nul besoin ? Pour vous faire croire qu'Underwell est coupable alors qu'il ne l'est pas ? Dans quel but ?

— *En effet !* s'écria Lebbick, les poings toujours serrés. *Dans quel but ?*

Elle demeurait étrangère à toute peur. *Son visage avait été arraché, écrasé...*

— À quoi ressemblait Underwell ? s'enquit-elle calmement.

Lebbick émit un son étranglé.

— Je veux dire, comparé à Nyle ? Étaient-ils de la même corpulence ? Du même poids ? Avaient-ils la même couleur de cheveux ?

— NON ! hurla-t-il.

Elle avait dépassé les limites. Il allait la frapper. Pourtant il suspendit son geste de violence.

— Oui, les deux hommes étaient à peu près semblables, fit-il d'une voix sourde.

Alors, paisible, comme si elle n'était nullement impliquée personnellement, Térisa poursuivit son raisonnement :

— Si vous passiez les vêtements de Nyle à Underwell, seriez-vous capable de reconnaître le médecin ? Si vous ouvriez sur son corps les blessures que Nyle est censé avoir... et si vous le défiguriez... si vous le maculiez de sang... seriez-vous encore capable de les distinguer ?

Le Gouverneur Lebbick frôlait l'apoplexie.

— Je crois que Nyle est en vie, conclut-elle.

Elle ne doutait pas que Lebbick l'ait enfin comprise mais il lui fallait meubler le lourd silence, prévenir peut-être quelque débordement du Gouverneur.

— Je crains que le pauvre homme massacré ne soit autre qu'Underwell.

— Tout cela... souffla Lebbick, vous pensez tout cela alors que vous n'avez pas mis le pied hors de cette cellule. Brebis en rut ! Comment faites-vous ? Quelles sont vos raisons ? Quelles sont vos preuves ?

Maintenant qu'elle était parvenue à la fin de sa démonstration, revenait sa vulnérabilité. De nouveau il commençait à l'effrayer.

— Je vous l'ai déjà expliqué, répondit-elle en essayant de dominer le tremblement de sa voix. Erémis cherche à tout faire endosser à Géraden. En partie pour l'écarter, afin qu'il ne puisse pas deviner son talent et s'en servir. En partie parce qu'Erémis n'est pas encore prêt pour son ultime trahison. Peut-être le déroulement de son plan n'est-il pas achevé. S'il fait jouer son piège immédiatement, le Prince Kragen investira Orison. Et Alend tiendra le Congrégat, n'est-ce pas ? Or Erémis est allié à Gart, au Haut Roi Festten et à Cadwal. Il veut nous protéger jusqu'à l'arrivée des armées de Cadwal — jusqu'à ce qu'Alend ait baissé les armes.

» Si Géraden était le complice de Gart — s'il servait réellement Cadwal — il n'aurait pas agi comme il a agi. Il n'aurait pas couru le risque d'accuser Erémis, il n'aurait rien fait pour mettre en péril Orison de l'intérieur. Rien avant la venue de Cadwal. Il ne se serait pas discrédité et banni en tuant son frère.

Il fallait qu'elle continue, qu'elle dresse entre Lebbick et elle une muraille de mots. Mais il l'interrompit.

— Assez ! Bavardages que tout cela. Vous n'avancez ni raisons ni *preuves*. Vous avez été enfermée tout le jour dans ce cachot. Comment osez-vous prétendre savoir ce qui s'est passé ? Vous affirmez qu'Erémis agit ainsi parce qu'il est coupable, or il agirait pareillement s'il était innocent. Je veux une *preuve*. Si vous espérez faire arrêter le « héros d'Orison », fournissez-moi une *preuve*.

Térisa faillit s'effondrer. Une preuve. Son cerveau s'obscurcit ; une chape s'abattit sur son courage. Quelle preuve s'avérerait-elle patente en ce monde ?

Si Underwell avait été dévêtu et mis nu devant elle, elle n'aurait su dire s'il existait une différence entre lui et Nyle. Elle ne connaissait pas les hommes. Seules les plus évidentes caractéristiques physiques lui eussent permis de distinguer Nyle de, disons, Erémis. Ou Barsonage.

Tout soudain, la réponse lui vint, lumineuse.

— Demandez à Artagel.

— Artagel ? gronda Lebbick d'un ton soupçonneux. Le frère de *Géraden* !

— Et aussi le frère de Nyle. Qu'il examine le corps. Il doit être capable de reconnaître le corps de son frère.

Le Gouverneur parut trouver l'idée choquante. L'un de ses yeux se plissa, lui donnant l'air d'un maniaque. Elle était allée trop loin, avait dit ce qu'il ne fallait pas, ou l'avait accidentellement convaincu de la fausseté de ses arguments. Il allait lui faire mal.

— Fort bien, déclara-t-il contre toute attente. Je vais ssayer. Dommage qu'Underwell n'ait pas sa famille ici. Il eût été plus probant de vérifier de part et d'autre. Mais je vais demander à Artagel.

Térisa fut prise de faiblesse. Elle avait besoin de s'asseoir mais le Gouverneur la gardait épinglée sous son regard noir. Il ne fit pas mine de partir.

— Quand vous serez seule, dit-il au bout d'un moment, rappelez-vous ceci. Quand bien même il s'agirait du corps d'Underwell, cela ne prouverait pas que Nyle est en vie. Cela ne prouverait rien pour ou contre Géraden, ou Erémis. Nous saurions seulement que d'autres intrigues se préparent. Si vous tenez à ce que j'arrête ce séducteur de putains, ce « héros d'Orison », ne me démontrez pas qu'Underwell est mort. Prouvez-moi que Nyle est vivant.

Enfin, il s'en alla. La grille grinça ; la clef gémit dans la serrure ; ses bottes résonnèrent dans le couloir. Térisa s'assit sur son grabat, dos appuyé au mur, et s'autorisa à s'effacer un moment.

12

Des choix singuliers

Les barreaux de la cellule faits de vieux et dur métal, grossièrement forgés, tachés de rouille, restaient solides, intacts malgré les épreuves du temps et malgré l'humidité, comme si les peurs et les sueurs humaines les avaient scellés à jamais dans la pierre. Depuis que cette prison existait, des dizaines ou des centaines d'hommes, de femmes, d'enfants peut-être s'y étaient cramponnés, car que faire d'autre dans le séjour d'un cachot ? Aujourd'hui, la couche de sueur et de saleté qu'avaient laissée leurs mains serrées, douloureuses, condamnées, protégeait le métal contre l'érosion du temps. En frottant avec sa manche, Térisa pouvait même lui rendre son éclat originel.

C'était vrai, il avait raison, songeait-elle. Rien ne prouvait que Nyle était en vie. Elle en convenait.

Donc, le Gouverneur allait bientôt revenir.

Elle se demanda fugitivement si les lieux où d'autres êtres avaient souffert s'imprégnaient toujours de leur douleur. Et — ce n'était pas la première fois qu'elle se posait la question — combien de douleurs différentes il était possible d'éprouver.

Quand il reviendrait, elle n'aurait plus d'arme devant lui. Elle les avait toutes usées. Elle n'était pas Saddith, et elle ne saurait utiliser son corps pour protéger son âme, quand bien même Lebbick semblait la désirer. Et si elle en avait eu la velléité, elle manquait de talent, d'expérience en la matière. De plus, le Gouverneur Lebbick avait perdu sa route, s'était égaré entre deux paroxysmes : l'amour et la violence. Peut-être même ne savait-il plus les distinguer l'un de l'autre.

Elle aurait dû partir avec Géraden.

Elle aurait dû comprendre beaucoup plus tôt.

Elle aurait dû poignarder Erémis quand elle en avait l'occasion. Si jamais elle l'avait eue.

Le Gouverneur allait revenir.

Quel espoir lui restait-il à présent ? Un seul : qu'Artagel examine le corps et s'aperçoive qu'il ne s'agissait pas de Nyle. S'il s'avérait qu'elle avait eu raison sur ce point, Lebbick refrénerait peut-être sa rage pour se faire plus circonspect. Peut-être. Il fallait bien qu'elle se cramponne à cet espoir, l'ultime pour elle.

Elle devait espérer que le talent de Géraden serait assez fort pour le sauver. Il avait mystérieusement dévié son miroir de l'Image initiale pour surgir dans son appartement et la translater à Orison. C'était une chose. Mais de là à faire fonctionner ce même miroir comme s'il s'agissait d'un miroir plat... c'en était une autre. Une tentative ô combien plus hasardeuse. Cependant elle ne doutait pas qu'il en possédât le don. C'était avec ce même miroir, encore, qu'il l'avait à moitié projetée dans un paysage sans nulle ressemblance avec l'Image présente dans le verre, un endroit qu'il avait appelé « le Poing Fermé » dans le Fief de Domne, et elle n'était pas devenue folle. S'il pouvait faire cela pour elle, il devait être parvenu à le faire pour lui... certainement.

Certainement.

Oh, Géraden.

En vérité ses certitudes étaient si maigres... Elle n'était pas coutumière de la confiance qu'elle avait affichée devant le Gouverneur Lebbick : il était plus facile d'oublier que de tenir. Par malheur, son interprétation des derniers événements n'avait rien de sûr, d'imparable. Pareillement à sa capacité d'aimer, c'était une chose purement théorique. Elle croyait entendre le rire d'Erémis si quelqu'un lui rapportait ses paroles. Au fond, sa défense ne reposait entièrement et exclusivement que sur la conviction de l'innocence de Géraden. Si elle se trompait...

Les implications lui étaient insupportables à envisager, aussi s'efforça-t-elle de repousser dans son esprit cette éventualité redoutable. Pour se distraire, et parce qu'elle ignorait quand reviendrait le Gouverneur, elle entreprit de compter les blocs de granit qui formaient le mur de sa cellule.

Les deux murs latéraux faits de pierres grossières, sans forme, empilées n'importe comment, auraient laissé quelque espoir de percer une brèche surtout près du plafond, si le temps et l'usure ne s'étaient chargés de fondre et d'adoucir les angles en une masse rendue uniforme par les années et l'humidité et que rien ne pouvait entamer. Par contraste, la muraille du fond était faite de pierre lisse, d'énormes blocs proprement taillés. Nul doute que le travail avait été effectué par les esclaves nés à Mordant, descendants des prisonniers venus d'Alend ou de Cadwal, au cours des longues années de conflit entre les deux puissances.

Aujourd'hui, elle était prisonnière du même conflit. D'une certaine façon, les cachots ne rendaient jamais leurs victimes. Les visages et les corps changeaient — la mort les emportait, les dépouilles disparaissaient — mais la vieille pierre restait scellée sur son œuvre, et l'angoisse des hommes et des femmes qu'elle enfermait ne changeait jamais. Le Roi Joyse n'était pas allé assez loin lorsqu'il avait altéré Orison pour en faire un havre de paix. Une bonne partie des prisons avait été donnée au Congrégat pour qu'il y installât son laborium — c'était bien, mais pas assez. Toute la prison aurait dû être destinée à un autre usage. Peut-être alors le Gouverneur Lebbick n'eût-il pas songé des années durant aux multiples moyens de faire souffrir ceux qui l'avaient offensé.

Que lui dirait-elle quand il reviendrait ?

Elle n'avait pas davantage su ce qu'elle dirait à son père. Jusqu'ici d'ailleurs elle avait eu plus de chance avec le Gouverneur. Chance qui s'achevait. Elle avait tout fait, tout tenté. À présent, elle se retrouvait à la merci d'événements qu'elle ne pouvait contrôler, d'hommes qui avaient perdu l'esprit, d'hommes pleins de haine, d'hommes qui...

— Vous voilà perdue dans vos pensées, ma dame, fit Maître Erémis. Cela vous rend tout à fait adorable.

Le cœur battant à tout rompre, elle se tourna et découvrit l'Imageur devant sa cellule. D'une main, il jouait négligemment avec l'extrémité de sa chasuble. Son attitude détendue donnait à croire qu'il était là depuis plusieurs minutes à observer la prisonnière.

— Vous êtes décidément remarquable, reprit-il. D'ordinaire, réfléchir rend les femmes si affreuses ! Pensiez-vous à moi ?

Elle ouvrit la bouche mais son cœur battait trop fort, jusque dans sa gorge, pour qu'elle puisse prononcer une syllabe. Le dévisageant, étourdie, elle recula involontairement d'un pas.

— Cela expliquerait cette beauté accrue... si vous songiez à moi. Quant à moi je songeais bel et bien à vous.

Il la détaillait en souriant, comme si elle avait été nue face à lui.

— Comment... demanda-t-elle d'une petite voix, comment êtes-vous venu ici ?

Il se mit à rire.

— Grâce à mes jambes, ma dame. J'ai marché.

Elle secoua la tête. Son alarme s'estompait.

— Non. Vous êtes censé être au réservoir. Occupé à sauver Orison. Le Gouverneur Lebbick ne vous aurait pas laissé venir jusqu'ici.

— J'en conviens, malheureusement, acquiesça-t-il. J'ai dû recourir à une petite ruse : un peu de poivre dans mon vin pour produire de la sueur ; aussi Lebbick était-il très impressionné devant mon épuisement provoqué par l'effort ; une gentille potion dans l'eau-de-vie que j'offris aux gardes qu'il avait désignés pour me surveiller, et les voilà endormis. Enfin, un passage que j'avais secrètement ménagé entre mon atelier dans le laborium et une partie inutilisée des cachots... Merveilleuse précaution de ma part, ne trouvez-vous pas ? Si l'on considère le fait que je n'aurais jamais pensé que Lebbick pût vous emprisonner.

Térisa ne s'attarda ni sur le poivre ni sur la potion, mais le passage secret qui partait des cellules... Un moyen de fuir ! Elle dut faire un violent effort pour calmer son fol et soudain espoir.

— Vous vous êtes donné beaucoup de mal, fit-elle d'une voix malgré tout tremblante. Que voulez-vous ? Espérez-vous que je vais vous révéler où est Géraden ?

Le Maître se reprit à rire. Elle commençait à détester son rire.

— Oh, non, ma dame. Vous me l'avez dit depuis longtemps.

À l'entendre, Térisa fut prise de panique, une crainte fort différente de ses autres frayeurs et alarmes. Elle oublia le passage secret ; détail secondaire. Non, jamais, faillit-elle hurler, je ne vous l'ai jamais dit ! Mais elle savait que c'était faux, elle l'avait dit.

Elle s'était tue devant le Tor, devant Artagel et le Gouverneur, mais Erémis savait.

— Et alors ? s'enquit-elle, belliqueuse. Êtes-vous venu pour me tuer ? Pour m'empêcher de parler au Gouverneur Lebbick ? Vous arrivez trop tard. Je lui ai déjà tout dit.

— Tout ? questionna Erémis qui n'avait plus l'air, tout à coup, de s'amuser. Quel « tout », ma dame ? Lui avez-vous raconté que j'avais tenu vos doux seins dans mes mains ? Que je les avais goûtés de ma bouche et de ma langue ?

Ce souvenir lui noua le ventre.

— Je lui ai dit que vous aviez simulé la mort de Nyle, s'écria-t-elle en colère. Comme vous aviez, Nyle et vous, simulé l'assassinat par Géraden. Parce qu'ainsi nul ne croirait ce qu'il avançait pour vous accuser.

» Je lui ai dit que Nyle est encore en vie. Vous avez tendu un piège à Underwell et aux gardes pour que tous pensent que Géraden était revenu assassiner son frère, mais il n'est pas mort. Vous le cachez quelque part. Vous l'avez, d'une façon ou d'une autre, convaincu de se ranger de votre côté... peut-être hait-il Géraden depuis que celui-ci l'a empêché d'aider Eléga et le Prince Kragen... Vous l'avez mis en sûreté quelque part.

» Voilà ce que j'ai révélé au Gouverneur.

Dans la lumière incertaine, le sourire d'Erémis parut plus dur, plus mauvais.

— Alors je me félicite de n'avoir pas eu l'intention de vous causer de mal. Si je vous faisais violence à présent, chacun en déduirait que vos accusations sont fondées.

» Non, voyez-vous, je n'ai pas de rancune contre vous. Je démontrerai la fausseté de ces accusations, affirma-t-il d'une voix calme.

— Comment ? Quel nouveau mensonge allez-vous inventer ?

Elle criait, espérant raviver son courage — s'efforçant d'oublier qu'elle avait livré Géraden à l'Imageur.

Le sourire d'Erémis brilla comme une lame.

— Aucun mensonge, ma dame. Je ne vous mentirai jamais plus. Voyez !

Il plongea une main dans sa manche et en sortit une longue clef.

— Je suis venu vous délivrer.

Elle en resta pantoise ; le choc lui donnait envie de s'allonger, de fermer les yeux. Il avait une clef de la cellule. Il voulait la sortir de là, l'aider à s'évader...

la soustraire au Gouverneur. Son esprit confus lui refusait toute réflexion. Recommence. Il a la clef. Il veut... Cela n'avait pas de sens.

— Pourquoi ? murmura-t-elle, davantage pour elle-même que pour le Maître.

— Parce que votre corps m'appartient, répondit-il distinctement. Je l'ai réclamé et j'ai l'intention de le prendre. Je ne permets pas que mes désirs soient frustrés ou interdits. D'autres femmes ont une peau, des reins, des seins pareils aux vôtres... mais elles ne me préfèrent pas un Aspirant dégingandé, stupide, inepte, après que je me suis offert à elles. Lorsque je conçois un désir, ma dame, je le satisfais.

— Non, non.

Elle n'avait pas l'intention de discuter avec lui ; elle profitait de ce temps de protestation pour réfléchir.

— Vous n'auriez pas pris le risque que l'on vous trouve ici. Vous voulez vous servir de moi.

L'idée lui vint enfin.

— Géraden vous effraie-t-il à ce point ?

Le sourire de l'Imageur se fit grimace puis s'évanouit et ses yeux brûlèrent de tous leurs feux.

— Avez-vous perdu tout bon sens, ma dame ? *M'effrayer ? Géraden ?* Pardonnez ma brutalité... mais si vous croyez que Géraden-au-pied-fol me ferait peur de quelque façon, vous avez sombré dans la démence. Lebbick et ses cachots vous auront ravie à la raison.

— Je ne le crois pas.

Curieusement, elle eut un geste pareil à celui de Lebbick. Ses poings serrés martelèrent ses hanches comme pour accentuer le rythme de ses pensées, leur cours inévitable.

— Je ne le crois pas. Vous savez de quoi il est capable. Vous prétendez que non, mais le savez plus doué que personne — plus doué qu'il ne s'en doute. Gilbur l'a vu fabriquer le miroir. Vous saviez que l'imprévu allait surgir quand le Congrégat le désigna pour tenter de translater le champion. Voilà pourquoi vous vous êtes prononcé contre. Vous vouliez l'empêcher de découvrir qui il est.

» Vous n'avez tenté de le faire admettre au Congrégat que pour détourner son attention, l'abuser... l'entraîner sur de fausses voies.

» Quand Gilbur translata le champion — elle frappait ses poings de plus en plus durement — vous nous avez laissés tous deux *exactement* devant le miroir. Sans doute avez-vous poussé Géraden. Vous espériez que le champion le tuerait.

Nous tuerait tous deux. Le Maître avait depuis longtemps fomenté de la priver de sa vie, mais c'était là le seul flou parmi ses certitudes, un détail qu'elle ne comprenait pas : pourquoi qui que ce soit aurait-il souhaité l'éliminer ?

— Il n'y a aucun doute. Vous avez peur de lui.

L'éclat de rire d'Erémis fut parfaitement dépourvu d'amusement.

— Vous me jugez mal, ma dame. Très mal.

Elle ne s'arrêta pas. Trop tard pour reculer.

— Voilà pourquoi vous êtes ici, s'entêta-t-elle à scander. Pourquoi vous voulez me faire évader. Je serais ainsi votre prisonnière et vous savez que je lui suis chère...

Chère. Oh, Géraden !

— Vous comptez vous servir de moi contre lui. Vous pensez que si vous me menacez, il exécutera tous vos ordres.

— Une fois de plus, vous me jugez mal. Il ne s'agit pas de peur. J'aurais peur de ce chiot ? Je préférerais encore perdre ma virilité.

Elle l'entendit mais ne s'apaisa pas.

— La seule chose, mentit-elle, la seule chose que je ne comprends pas, c'est pourquoi vous n'avez pas envoyé Gart tuer les Seigneurs des Fiefs et le Prince Kragen. Pour quelle autre raison les aviez-vous réunis ? Vous ne souhaitiez aucune alliance, vous saviez que la réunion échouerait. Vous tentiez seulement d'affaiblir d'un seul coup tous les ennemis de Cadwal.

» Pourquoi n'avoir pas achevé le travail ? Une fois les Seigneurs et le Prince morts, Alend, Mordant et même Orison auraient connu le chaos. De quoi avez-vous eu peur ?

Soudain, Maître Erémis brandit les poings à son tour et frappa si fort la grille que celle-ci trembla.

— *Ce n'était pas de la peur. Êtes-vous sourde ?* Auriez-vous l'insolence de ne pas m'écouter ? Il ne s'agissait pas de *peur* ! *Mais de stratégie.*

— Oh... souffla Térisa en le scrutant.

— Je n'ai pas dépêché Gart contre les Seigneurs et Kragen, fit-il durement, car je n'étais pas certain qu'il réussirait. Le Termigan, le Perdon, Kragen sont de fines lames. Kragen avait ses gardes du corps. Et celui qui abattrait le Tor pourrait bien se noyer dans son sang. De plus il était trop tôt pour courir le risque de dévoiler mes intentions. J'ai parié sur une voie plus sûre.

» Quand Gilbur effectua sa translation, le champion prit d'abord la direction que nous avions souhaité qu'il prît — vers les parties les plus peuplées d'Orison, les chambres, les tours où ses ravages auraient pu mettre en danger les vies des Seigneurs et de Kragen. Voilà pourquoi je voulais qu'il soit translaté ; ce fut ma seule raison de ne pas m'y opposer.

» Bien sûr, poursuivit-il en effectuant une digression, il fallait, une fois translaté, le protéger de Lebbick. Je ne pouvais risquer que quelque événement fortuit le conduisît à s'allier avec Orison et Mordant. Laissons-le œuvrer, semer tout le mal possible, sans amis, sans communication d'aucune sorte. Cela aussi sert mes buts. Mais mon principal motif était plus immédiat.

» Je souhaitais qu'il saccage Orison, qu'il détruise d'un seul coup mes pires ennemis. S'il avait continué dans cette direction — si vous ne l'aviez pas détourné, ma dame — mon pari aurait porté tous ses fruits.

» *Stratégie*, ma dame. Si ce plan avait réussi, j'aurais immédiatement tout gagné. L'échec m'obligea simplement à poursuivre mon but par d'autres moyens.

» Il en est de même pour tout ce que je fais vis-à-vis de Géraden. Il s'agit de *stratégie*, non de *peur*. Il est mon ennemi — et semble doué d'un étrange talent. Je le détruirai. Mais je le détruirai de façon à servir mon dessein, non à le mettre en péril. Je n'ai pas *peur*, conclut-il avec véhémence, les dents serrées, de cet ignorant, de cet insensé fils de lâche.

Ainsi, il l'admettait. Elle avait raison — elle avait deviné la vérité. Cette découverte la soulagea et la terrifia tout à la fois. Elle avait raison à son sujet, *raison.* Géraden était innocent et elle était arrivée seule, sans aide aucune, à la juste conclusion. Ce lui était un soulagement intense de constater qu'il n'était jamais parvenu à ses fins avec elle : il n'avait pas réussi à la faire tuer... ni à l'attirer dans son lit ; qu'il ne lui avait pas assez embrouillé les idées pour la faire se retourner contre Géraden.

Malheureusement, nul témoin ne l'avait entendu. Elle était seule à savoir — seule avec lui.

Et il avait la clef de sa cellule.

Sans en avoir conscience, elle avait perdu la seule protection possible, une apparence d'incompréhension qui avait conduit l'Imageur à croire qu'elle ne représentait aucune menace pour lui, qu'il pourrait la mener où il voulait, faire d'elle ce qu'il voulait.

Prise d'une panique soudaine, elle improvisa une parade.

— Prouvez-le, le défia-t-elle d'une voix tremblante. Laissez-moi ici, retournez au réservoir et sauvez Orison d'Alend. Si vous n'avez pas peur de lui, vous n'avez pas besoin de moi.

Son inquiétude était par trop visible, qui rendit au Maître son humour, son égalité d'humeur. Il eut un sourire vorace.

— Bah ! ma dame, rétorqua-t-il d'un air dépréciateur, vous n'êtes pas sincère. Vous n'oublierez jamais mes caresses. Nul homme mieux que moi ne jouira du trésor de l'ardeur de vos reins, de la supplique de vos seins... encore moins cet idiot de Géraden, dont la maladresse vous rendrait misérables ses caresses. Consultez votre cœur et vous me suivrez avec joie.

» Même si vous m'étiez utile, en quoi cela vous blesserait-il ? Vous serez toujours ma dame. Et vous serez récompensée. Je vais *gagner* la partie. Le Roi Joyse la regarde comme un simple jeu, un problème de saute-contre, et c'est l'une des principales raisons pour lesquelles Mordant sera vaincu. Alend sera vaincu, et Cadwal s'épuisera. Quand j'aurai réussi, il ne sera plus de pouvoir en ce monde qui ne sera *à moi.* Alors la femme qui se tiendra à mon côté possédera toutes les richesses et tous les plaisirs, au-delà de ses vœux les plus fous.

» Vous seriez bien à cette place, ma dame. Si vous m'accompagnez de votre plein gré, elle sera vôtre.

Térisa le scrutait. Elle ne l'avait pas écouté ; son offre ne signifiait rien pour elle. Mais le fait qu'il l'ait faite avait un sens. *Un sens.* Elle réfléchissait.

— Prenez Saddith, murmura-t-elle. Elle en rêve. Je continue à me demander pourquoi vous vous souciez de me séduire. Vous avez la clef. Vous êtes plus fort que moi. Il vous suffirait d'entrer, de me violer, de m'assommer, puis de laisser Gilbur ou Vagel me translater dans un autre cachot où vous useriez de moi à loisir, sans avoir à déployer des trésors de persuasion.

L'Imageur s'était remis de sa désagréable surprise pour redevenir très sûr de lui.

— Parce que ce n'est pas ce que vous souhaitez réellement, ma dame. Votre désir profond n'est pas de me braver mais de vous ouvrir afin que je puisse vous enseigner les joies de votre corps, de nos deux corps.

Ne l'écoutant que d'une oreille, elle secoua la tête. Toutes les explications qu'il donnait étaient fausses. Elle ne répliqua que pour gagner encore le temps de la réflexion.

— Vous n’avez pas seulement peur de Géraden. Mais de *moi* aussi, énonça-t-elle, envahie par une stupeur incrédule. Vous tentez de m’abuser pour la même raison que vous avez essayé de me faire tuer. Vous avez *peur* de moi.

Cette fois, l’amusement du Maître fut sans ambiguïté.

— Oh, ma dame, vous êtes merveilleuse. Vous vous flattez au-delà du possible. Vous voilà ivre d’orgueil. Quoi qu’il en soit, je vais suivre vos conseils. Peut-être désirez-vous une petite épreuve de force. Cela ajoutera du piment à votre reddition. Puisque vous l’avez suggéré...

Avec un rire sourd, il glissa la clef dans la serrure.

— Gardes ! hurla aussitôt Térisa, de toute la force de ses poumons.

Maître Erémis s’immobilisa, jeta un œil dans le couloir, et entra dans une rage instantanée.

— *Gardes !* cria-t-elle à nouveau.

Une porte claqua dans le lointain. On s’approcha au pas de course. Erémis jura entre ses dents.

— Très bien, ma dame, fit-il sauvagement. C’était votre dernière chance et vous l’avez laissée passer.

Il fit volte-face dans le tourbillon de son manteau noir.

— Désormais, vous supporterez les conséquences de votre folie. Quand Lebbick en aura terminé avec vous, conclut-il en s’éloignant, attendez-vous au pire de ma part.

Il avait disparu.

Si abrupt avait été son départ — et l’approche des gardes semblait si menaçante — qu’elle pensa un instant avoir commis une erreur.

Son souci ne dura pas, balayé par la conscience vive, brûlante qu'elle préférait encore être à la merci du Gouverneur. Il était imprévisible et violent, capable de n'importe quelle atrocité quand ses affections étaient en jeu, mais il était profondément *loyal* — ô combien plus fiable que les êtres en lesquels il plaçait sa foi, c'était d'ailleurs ce qui le conduisait à la folie. Elle préférait lutter contre un homme tel que lui, fidèle à son Roi, plutôt que de se laisser séduire par un homme tel que Maître Erémis, insincère et menteur à tous.

Les gardes arrivèrent, exigèrent sans ménagement une explication, car le Gouverneur Lebbick ne leur pardonnerait rien qui la concernât. Un instant, elle fut tentée de leur dire la vérité. Maître Erémis est venu, par une entrée secrète dans les cachots. C'est un traître. Mais l'instinct lui fit ravaler son aveu. Elle aurait besoin de ces révélations plus tard, quand Lebbick reviendrait. Tout ce qu'elle pouvait avoir à lui dire était précieux.

Hardie, elle fit face aux soldats.

— Je veux le voir, déclara-t-elle.

Ils en restèrent bouche bée.

— Qui ? questionna stupidement l'un d'eux. Le Gouverneur ?

Elle acquiesça.

— Un effort inutile, railla l'autre. La dernière fois qu'une femme a voulu le *voir*, il l'a déshabillée, fouettée, et jetée hors d'Orison. De jolis tétons, je me souviens. Elle aurait mieux fait de s'adresser à moi.

Térisa ferma les yeux pour endiguer son dégoût.

— Faites-le-lui savoir, dit-elle. C'est tout.

Les gardes s'interrogèrent du regard.

— Il n'aimera pas cela, affirma le premier.

L'autre haussa les épaules et ils s'en allèrent.

Térisa s'assit sur sa paillasse et s'efforça de se convaincre qu'elle savait ce qu'elle faisait.

Elle n'eut guère le temps de se préparer. Peu de temps après le départ des gardes, elle entendit retentir dans le couloir la colère de Lebbick.

— Je me fous comme d'une auge de crottin de cheval de qui elle veut voir ! Espèce de moutons irresponsables, vous serez de corvée de nettoyage des latrines à l'aube ! Vous serez de corvée de latrines jusqu'à ce que tout ce que vous mangiez ait goût de pisse, et que vos femmes et même vos enfants puent autant que vous ! Qui vous a donné la permission de la laisser recevoir des *visiteurs* ?

Puis la porte de la salle des gardes claqua et les grilles des cellules tremblèrent sinistrement ; un martèlement de bottes, dur comme la haine, résonna dans le couloir humide.

Au bord de la panique, Térisa se surprit à murmurer, oh ! non ! Oh ! non ! Oh ! non !

Le Gouverneur se planta devant sa cellule avec l'air d'un meurtrier en puissance. L'éclat sauvage de ses yeux suffit à dissiper le peu de courage qui restait à la jeune femme ; ses joues étaient contractées par la violence. Comme on donne un coup, il enfonça la clef dans la serrure, la tourna, poussa la porte qui alla furieusement claquer contre la grille.

— Espèce de *salope* ! cria-t-il en se ruant vers elle. Je m'arrache toute la journée les cheveux à cause de vous, et, pendant ce temps-là, vous recevez des *visites* !

Elle recula involontairement sur le grabat, se réfugia contre le mur.

— Le Tor ! lança-t-elle en essayant de l'empêcher de la frapper. Artagel ! Ils sont venus, c'est vrai. Je n'avais pas demandé à les voir.

— C'était *superflu* !

Il la saisit au col, la tira vers lui si brutalement que la couture d'une épaule céda ; le tissu se déchira dans une sorte de gémissement.

— Artagel est encore trop mal pour quitter le lit, et le Roi Joyse a personnellement signifié au Tor de me laisser faire mon travail avec vous. Au lieu de cela, ils rappliquent tous les deux !

» Que complotez-vous ? Vous ont-ils soufflé ce qu'il fallait me dire ? Sans doute. J'ai bien failli croire cette pisse de chien d'histoire au sujet d'Erémis et de Gart. Vous ne l'auriez pas inventée toute seule — vous n'en savez pas assez. Non, vous l'avez fomentée ensemble. Ces créatures à fourrure rouge venaient du Fief de Tor. Artagel est le frère de Géraden. *Que complotez-vous encore ?*

Il la secoua avec une rage convulsive. L'épaule de sa chemise acheva de se déchirer. Elle aurait dû résister, résister. Elle ne le pouvait plus. La fureur qu'il lui crachait à la face la giflait, l'aveuglait... C'était trop de haine.

— Rien ! Rien... Je ne complote rien !

— Vous *mentez* ! hurla-t-il d'une voix étranglée, congestionnée. *Vous me mentez* ! Vous avez des amis, des alliés. Même en vous enfermant au cachot, je ne peux pas vous empêcher de comploter. Vous allez nous *détruire* ! Vous allez *me* détruire !

Elle sentit qu'il rassemblait ses forces pour l'anéantir ; elle ne voyait plus rien. Un spasme de son étreinte sauvage faillit lui démettre l'épaule. Puis il referma les bras sur elle et l'embrassa comme s'il était affamé d'elle depuis si longtemps que la pression de ce besoin avait jeté bas tout contrôle.

Elle glissa au cœur de cet embrassement, glissa dans l'obscurité. Elle se fit toute molle pour moins sentir la violence des baisers, l'écrasement de sa poitrine contre le plastron de métal. L'obscurité l'emmenait au loin, loin d'elle-même, loin de la vie — hors du danger. L'emmenait en un lieu où il ne pourrait plus la toucher, où elle serait sauve...

Non. S'effacer n'était pas la bonne solution. Une solution vaine, qui la garderait sauve et qui préserverait son esprit caché dans les secrets de son cœur... mais son corps serait mis à mal. Et il ne resterait plus personne pour venir en aide à Géraden. Personne pour arrêter Maître Erémis. Personne pour se faire le champion d'Orison contre le véritable ennemi, contre Maître Erémis et sa redoutable alliance avec Maître Gilbur, avec l'ArchI-Mage Vagel, avec Gart et Cadwal. Elle se souvint : Myste avait dit, *Les problèmes devraient être résolus par ceux qui les comprennent.* Il n'y avait personne d'autre qu'elle.

Elle était terrifiée, mais l'idée d'être capable de fuir ainsi la fortifia. Elle resta abandonnée, sans vie, jusqu'à ce que le Gouverneur relâchât son étreinte, glissât ses mains vers sa taille, l'inclinât vers la paillasse. Alors elle ouvrit les yeux.

Elle le distinguait clairement à présent, elle voyait la détresse creuser ses joues de rides, pâlir ses pommettes ; la folie assombrissait son regard. Il la terrorisait jusqu'au fond de l'âme, où gisait, vive, brûlante encore, la peur de son père. Elle parvint néanmoins à saisir les poignets de Lebbick, à les repousser le plus fort qu'elle put.

— Vous ne leur avez pas demandé pourquoi ils étaient venus me voir, fit-elle comme si ses baisers l'avaient rendue lucide, âpre, insensible à la peur. Que vous importe, n'est-ce pas ? Vous n'avez pas demandé à Artagel de regarder le corps de Nyle. Vous n'avez même pas *essayé* de connaître la vérité. Vous tenez seulement, plus que tout au monde, à me faire mal. Ils vous ont fourni une belle excuse.

Grondant presque en silence du fond de sa poitrine oppressée, il la lâcha, leva le bras. Il s'apprêtait à la frapper assez fort pour lui éclater le crâne contre la muraille. Elle reprit, détachée du danger, de la réalité qui la menaçait :

— Ils sont venus car ils voulaient que je vous dise où est Géraden.

Le bras levé, ses dents carnassières découvertes, il se figea. La surprise, ou le doute, ou le dégoût de soi-même parurent avoir tétanisé ses muscles.

— Vous mentez, souffla-t-il d'une voix rauque. Vous mentez encore.

Elle secoua doucement la tête. Quelle folie que d'être si calme.

— Non. Est-il exact que vous n'avez pas demandé à Artagel d'examiner le corps de Nyle ?

Il allait la frapper. Ou s'effondrer lui-même. En équilibre précaire entre ces deux extrêmes, il répondit :

— Je le lui ai demandé. La fièvre l'avait repris. Trop malade pour comprendre ma requête.

Digne, sans peur, elle s'efforça de ne manifester

qu'une déception triviale. Il lui faudrait incessamment consoler Lebbick !

— Tant pis, murmura-t-elle. J'ai reçu un autre visiteur. Vous n'êtes pas au courant... Maître Erémis était ici. Je puis maintenant prouver qu'il est un traître.

La lueur de la lampe brilla dans les prunelles du Gouverneur. Il se redressa et resta immobile comme s'il était de pierre ; il se faisait une telle violence pour s'arracher à son désir de sang qu'il avait peine à respirer.

— Comment ?

Alors une discussion s'amorça entre Térisa et le Gouverneur, inhabituelle par son calme, son absence de sauvagerie.

— Il a mis du poivre dans son vin pour se faire transpirer, ainsi vous le croiriez épuisé.

— Vous ne prouverez jamais cela.

— Il a donné une potion à vos gardes pour les endormir, et il a pu partir.

— Si je les trouve éveillés tout à l'heure, vous ne le prouverez pas davantage.

— Il a un passage secret pour arriver aux cachots, qui part de son atelier dans le laborium. Vous devriez le découvrir sans grand mal.

Quand elle eut dit cela, le Gouverneur Lebbick secoua sa raide torpeur. Il se dominait toujours de toutes ses forces mais ses yeux révélaient une immense accumulation de peine.

— S'il est venu, fit-il, le souffle encore court et bruyant, pourquoi n'êtes-vous pas partie avec lui ? Pourquoi n'avoir pas fui ?

Curieusement, cette question eut raison du calme de Térisa. Elle se sentit frémir, trembler et, sans transition, passa de la lucidité paisible à un état proche de l'hystérie. Son cœur ahanait, la voix lui manquait.

— Parce que... Parce qu'il veut se servir de moi contre Géraden. De la même façon qu'il a utilisé Nyle.

Un muscle tressauta sur la joue droite du Gouverneur et tout son visage se crispa en un spasme. Il ne se dominait plus. Pour la première fois depuis qu'elle le connaissait, Térisa songea qu'il était capable de pleurer.

— Alors, si vous dites la vérité, fit-il, Géraden est resté loyal envers le Roi Joyse. Et *fidèle*, quand personne ne l'est plus. Et vous êtes fidèle à Géraden. Et j'ai blessé mon Roi en me méfiant de vous... en essayant de le protéger de vous.

La tête bourdonnante, Térisa acquiesça. Sans crier gare, Lebbick tourna les talons.

— Je vais m'assurer moi-même de l'existence de ce « passage secret ».

La porte claqua de nouveau contre la grille ; une poussière de rouille tomba de la hauteur des barreaux. Il s'éloigna, se mit bientôt à courir. Ses bottes frappant les dalles, il cria, comme un adieu :

— Je suis loyal envers mon Roi !

Étourdie, difficilement consciente de ce qui lui arrivait, Térisa referma comme elle le put le col de sa chemise déchirée. La souffrance menaçait de l'envahir : la sienne ; celle du Gouverneur ; les douleurs, les peines de tous ceux qui devaient supporter le déclin du Roi Joyse. Non, *déclin* n'était pas le terme exact. Il savait encore ce qu'il faisait. Il avait délibérément conduit Orison à cette déchirure. Oh, que Lebbick et elle avaient été proches de se détruire l'un l'autre...

À l'instant où elle relevait la tête, renonçant à donner une forme décente à sa chemise — ou à se garder du froid — elle eut la surprise de voir Maître Quillon debout devant la grille.

— Voilà qui était hardiment joué, ma dame, dit-il d'un ton distant. Malheureusement, vous avez commis une erreur.

Elle ouvrit la bouche mais ne souffla mot.

— Maître Erémis vous a menti. Il n'y a pas de passage entre son atelier et les cachots. Il est venu à vous par translation.

» Quand le Gouverneur découvrira que ce passage n'existe pas, il ne croira plus un seul mot qui sortira de votre bouche. Sa fureur sera telle que je crains qu'il ne se domine plus et vous tue.

C'en était trop. La peur, la solitude gonflèrent la poitrine de Térisa, et elle se mit à pleurer.

13

Saute-contre

Au bout d'un moment, Térisa sentit une main se poser sur son épaule.

Elle pleurait violemment mais la surprise que lui causa ce contact l'arrêta net. Elle leva la tête et vit Maître Quillon près d'elle. Son nez frémissait, et ses yeux étaient emplis de bonté.

— Ma dame, murmura-t-il d'un ton de réconfort, c'est douloureux pour vous, je le sais. Et cela vous paraît injuste. Vous n'avez rien demandé ; et bien que nous ne vous ayons pas choisie, nous n'avons pas hésité à nous servir de vous. Je vous aiderai dans toute la mesure de mes moyens.

L'aider... Il était trop tard, songea-t-elle. Le Gouverneur était trop fort. Il avait trop de pouvoir. Elle ne trouverait aucune preuve contre Maître Erémis. Personne n'était capable de l'aider.

Or Maître Quillon était là, à son côté, une main sur son épaule. Dans sa cellule. Elle s'aperçut que la porte était ouverte. L'Imageur suivit son regard et haussa les épaules.

— Par chance, le Gouverneur était dans une telle indignation qu'il a oublié de verrouiller la grille. Je doute fort que l'un des gardes eût accepté de nous rendre ce petit service.

Progressivement Térisa revenait à la situation présente. La pression des sanglots s'apaisait dans sa poitrine ; sa respiration se calmait.

— Est-ce encore Havelock qui vous a envoyé cette fois ? souffla-t-elle sans regarder le Maître.

— Indirectement. Je suis ici pour son bien — et pour celui du Roi. Pour sauver Mordant. Mais d'abord, ajouta-t-il, les doigts légèrement resserrés sur l'épaule de Térisa, pour vous sortir de cette prison.

Me sortir de... ? elle chercha le regard de l'Imageur, incapable de contrôler son fol espoir. Ses lèvres formaient des sons que sa voix se refusait à prononcer : Vous allez me *libérer* ?

Non sans brusquerie, Maître Quillon ôta la main de son épaule et s'assit près d'elle sur le grabat. Son regard se détacha de celui de la jeune femme et s'abaissa vers le sol.

— Votre stupeur m'est douloureuse, ma dame, fit-il. Et plus douloureux encore m'est le fait de savoir que nous méritons votre incrédulité. Certaines des choses que nous vous avons fait subir ne me plaisent pas. Et je n'ai pas le talent du Roi Joyse à prendre des risques. Nous méritons toutes les récriminations que vous pourriez nous adresser.

» En vérité, nous mériterions d'être trahis, poursuivit-il d'un ton plus sarcastique. Par vous, par Géraden, plus que par d'autres. Mais un aveugle verrait aujourd'hui à quel point vous lui êtes fidèle, et que donc vous ne nous trahirez pas. En cela, notre chance est inouïe. Peut-être cette bonne fortune est-elle à la mesure du péril que nous courons.

Parce qu'elle était en trop grande confusion pour l'entendre, elle demanda :

— Allez-vous me faire une autre leçon d'histoire ?

Il tressaillit, jugeant peut-être qu'elle se moquait.

— Pas si vous ne le souhaitez pas, ma dame. Si vous préférez que je me taise, je m'en tiendrai à vous emmener d'ici et à vous laisser agir à votre guise, sans discussion — sans explication.

Il la regarda et la peine se lisait sur son visage.

— Mais sachez que vous me blesserez profondément si vous ne me permettez pas de vous expliquer certaines choses. Et je pense que, le cas échéant, faire des choix ou prendre des décisions vous serait alors plus difficile.

Térisa n'en croyait pas ses oreilles. On allait l'aider, lui offrir des explications, lui offrir la *liberté*... ! Loin d'en vouloir au Maître, comme il s'y attendait apparemment, elle réprima des sanglots de gratitude.

Non, elle devait se dominer mieux que *cela*. Sinon, elle gâcherait tout et commettrait des erreurs. Aussi ne s'empressa-t-elle pas d'accepter son offre ; elle choisit de *réfléchir* d'abord, de contraindre son cerveau à travailler. Avide d'avoir une première réponse, elle demanda :

— Comment savez-vous que Maître Erémis n'est pas venu par un passage secret ? Comment savez-vous ce qu'il m'a dit ?

— Je l'ai *entendu*, répondit Maître Quillon avec une soudaine passion. Je me trouvais secrètement ici depuis midi, depuis que les tirs de catapultes du Prince Kragen ont cessé. J'ai entendu vos conversations avec le Gouverneur et Erémis — puis avec le Gouverneur encore. Voilà comment je fus certain de votre loyauté envers Géraden, ajouta-t-il plus doucement.

Et comme s'il estimait qu'elle ne posait pas les bonnes questions, qu'elle posait des questions trop futiles pour lui, il enchaîna :

— Vous allez me demander pourquoi je ne suis pas intervenu quand le Gouverneur vous a menacée. Je vous en prie, ma dame, croyez que je l'aurais fait. Cependant, vous avez trouvé à répondre vous-même à sa brutalité. Je vous ai laissée vous débrouiller seule dans la mesure où je pouvais me priver d'intervenir, car il ne doit pas connaître mon rôle dans tout ceci.

— Vous m'expliquerez tout cela plus tard, fit Térisa qui avait des questions plus urgentes. Il a dit qu'il avait ménagé un passage secret entre son atelier et la prison. Comment êtes-vous certain que ce n'était pas vrai ?

Le Maître se frotta le nez pour l'empêcher de remuer.

— Il serait impossible d'effectuer pareil travail en secret, avec tous les Aspirants présents en permanence au laborium. Même sans cela, je sais qu'il n'est pas venu de cette façon. Je l'ai vu arriver et repartir. Il était translaté.

— Vous voulez dire...

Lui aussi pouvait passer dans un miroir plat sans perdre l'esprit ? *Tout le monde* en était donc capable ?

— ... Il posséderait un miroir qui montre le cachot ?

Comment lutter avec succès contre des hommes qui traversaient les miroirs plats sans devenir fous ?

— Je le crains, ma dame. Je soupçonne qu'il s'agit du même miroir qui translata les insectes contre Géraden. La topographie d'Orison est confuse, je le reconnais, mais en vérité nous ne sommes pas loin du point de translation d'où surgirent les insectes — et Gart, quand il vous attaqua, vous et le Prince. Il y a une bonne épaisseur de pierre entre votre cellule et ce couloir, mais bien sûr la roche n'est pas un obstacle pour une Image si sa mise au point peut se faire jusqu'à une telle profondeur.

» D'ailleurs, l'on peut se demander pourquoi vos ennemis n'envoient pas leurs monstres contre vous tant que vous vous trouvez seule ici et sans secours possible. L'Adepte pense qu'il faut donner à ces cafards l'odeur de leur victime avant de les lancer sur sa piste. Il était aisé pour n'importe qui au Congrégat d'obtenir un objet appartenant à Géraden. Mais les possibilités d'atteindre vos appartements ou vos armoires se sont faites rarissimes. Sans votre odeur, ces insectes ne feraient rien contre vous.

Térisa frissonna involontairement. Elle ne voulait pas penser à ces hideuses...

— Considérant que Maître Erémis vous veut, poursuivit l'Imageur — soit comme otage, soit comme amante — vous veut assez pour courir le risque de venir ici, il est intéressant de se demander pourquoi il ne s'est pas servi de son miroir pour vous enlever par translation. Vous seriez déjà en son pouvoir. Je soupçonne donc que la profondeur de son miroir a été poussée à son maximum.

» Il a dû juger exaspérant que la solution idéale à son dilemme échouât sur le simple fait que vous vous soyez trouvée dans *cette* cellule, et non huit cellules plus loin dans le couloir. Oui vraiment, nous avons eu plus de chance que nous n'en méritions.

Une fois encore, le Maître avait détourné Térisa de ses principales préoccupations. Une violente frustration s'empara d'elle.

— Alors pourquoi ne l'arrêtez-vous pas ? questionna-t-elle, pressante. Dites au Gouverneur de l'arrêter. Qu'on l'enferme en lieu sûr. Il s'apprête à trahir *tout le monde.* Il faut *l'arrêter.*

— Il est trop tôt, ma dame.

La voix de Maître Quillon était douce, et doux aussi ses yeux qui observaient Térisa comme s'il mesurait le poids de vérité qu'elle saurait endurer.

Trop *tôt* ? Trop *tôt* ? Elle se trouva incapable d'articuler un mot.

— Nous ignorons où il concentre sa force. Nous ignorons le procédé de cette translation. Nous ignorons jusqu'où s'étendent ses intelligences, ou combien de puissances il est prêt à déchaîner contre nous par ses miroirs. Nous ignorons ses plans... comment il a l'intention de nous détruire. Nous n'avons aucun moyen efficace de le frapper avant que son piège ne se déclenche.

— « Nous » ? fit Térisa d'une toute petite voix, prise de vertige.

Le Maître eut un sourire doux-amer.

— Oui, ma dame. Le Roi Joyse, surtout. Et l'Adepte Havelock, lorsqu'il en est capable. Je suis leurs instructions.

Il s'interrompit. Térisa était devenue livide.

— Une ligue peu impressionnante, admit-il. Il n'y a personne d'autre.

Sans doute eut-il pitié de l'air hébété de son interlocutrice, car il ajouta :

— Nous ne pouvons nous permettre d'avoir des alliés. L'essentiel de la stratégie du Roi repose sur son apparente faiblesse. Ne connaissant plus ses devoirs, incapable de prendre une décision, oublieux de son royaume, voilà la façade qu'il s'est donnée, qu'il ne pourrait conserver si ses intentions étaient connues. Si la reine Madin avait su la vérité, aurait-elle quitté son époux au moment le plus criant du péril ? Si le Tor avait su la vérité, aurait-il bien joué le rôle de l'ami désespéré et impérieux ? Si le Gouverneur Lebbick savait la vérité... Non, ce serait désastreux. Il ne connaît pas le subterfuge. Et nul n'aurait cru que le Roi Joyse avait perdu esprit et volonté si Lebbick était resté confiant.

Nous, murmura Térisa pour elle seule, le Roi Joyse... comme si les mots n'avaient aucun sens, nous ne pouvons nous permettre d'avoir des alliés. Tout était délibéré.

— Le fait est, poursuivit Quillon, que tous ceux qui aiment le Roi se seraient comportés différemment s'ils l'avaient compris. Et rien n'en serait sorti. Je fus mis dans le secret pour la raison que je passe pour normal à Orison et au-dehors... et parce que le Roi Joyse devait avoir *un* ami qui fût Imageur, et un peu plus fiable que l'Adepte.

— Mais *pourquoi* ? s'écria soudain Térisa. *Pourquoi* ? Mordant meurt ! Orison est assiégé ! Tous ceux qui l'aiment ou lui sont restés fidèles ont souffert !

Tout cela délibérément. Bien sûr. Elle le savait. Mais la *raison*... !

— Il mène le monde à la ruine, le monde qu'*il* a créé. Pourquoi faire tout ce mal ?

L'Imageur fut debout brusquement, en colère, indigné. Et ce fut d'une voix vibrante mais pourtant sourde, qu'il répondit :

— Pour qu'il porte ses coups ici.

Que... ?

— Nous ignorions son identité, ma dame. Ne l'oubliez pas. Nous ignorions qui il était jusqu'à la nuit dernière, lorsqu'il commit l'erreur d'essayer de nous faire croire que Géraden avait tué Nyle. Avant cela, nous n'avions que des soupçons — aucune preuve. *Nous ignorions qui il était*, répéta-t-il, les joues en feu. Nous savions seulement qu'il était puissant... qu'il avait le pouvoir, sans précédent dans l'histoire de l'Imagerie, d'effectuer ses translations où il le désirait. Nous n'avions aucun moyen de le découvrir, ni de le combattre. Aucun moyen de protéger Mordant de ses coups.

» Mais pire que le danger qui pesait sur Mordant était la menace contre Alend et Cadwal, qui n'avaient pas d'Imageurs pour se défendre. Grâce à son idéal, Joyse avait forgé le Congrégat, forgé la paix, mais Cadwal et Alend possédaient moins d'armes contre l'ennemi. Il s'en estimait responsable. Ses victoires passées avaient laissé Alend et Cadwal à la merci de ces nouveaux adversaires.

» Alors, continua Quillon en s'efforçant de baisser la voix, le Roi Joyse se mit en devoir de sauver le monde.

» Sa faiblesse est un piège. Destiné à attirer l'ennemi *ici* plutôt qu'ailleurs — à lui faire porter ses coups ici plutôt que sur les populations qu'il a rendues vulnérables — à le pousser à attaquer Mordant et Orison au lieu de ne faire d'abord qu'une bouchée de Cadwal et d'Alend pour, ensuite, devenir trop fort pour être vaincu. Nous ignorions qu'il était.

Le Maître haussa violemment les épaules pour réprimer sa colère.

— Voilà la raison de tous les actes de Joyse. Voilà la raison de l'augure du Congrégat, et de l'étrange translation de Géraden qui vous a conduite ici. Quand vous vîntes parmi nous, votre importance ne fut évidente à personne. Il était vital de vous faire comprendre le monde où vous arriviez afin que vous soyez en mesure de choisir votre rôle dans la quête de Mordant. Un être bon peut faire des ravages à cause de son ignorance, mais seul un être destructeur peut faire le mal à partir de la connaissance. L'augure exposait clairement qu'il nous faudrait nous fier à vous ou mourir.

» Mais Géraden représentait également un risque... et l'importance de son rôle éclatait dans l'augure. Sa seule protection reposait sur la faiblesse du Roi Joyse. Si Géraden avait eu l'air de savoir susciter des actes intelligents, décisifs de la part de son Roi, l'ennemi l'aurait tué. De surcroît, vous faire passer pour ignorante était une façon de vous protéger. Aussi était-il vital de mettre à mal la loyauté de Géraden... comme de vous faire secrètement connaître l'histoire de Mordant.

» Ma dame, je me suis élevé contre cette décision, je l'avoue. Au début, je jugeai difficile de vous faire confiance... une femme si passive... Quel espoir représentiez-vous pour nous ? Or le Roi Joyse insista. Voilà pourquoi l'Adepte Havelock et moi-même vînmes vous parler, vous livrant en secret le savoir que le Congrégat comme le Roi vous avaient publiquement refusé.

Oh, évidemment, je comprends maintenant. Térisa faillit sourire de l'étendue de sa stupidité. Avait-elle réellement passé sa vie ainsi : inutile, passive, incapable de penser ?

— La translation du champion, reprit Quillon, présentait un problème similaire sous une apparence différente. L'importance du champion éclatait également dans l'augure. Mais le Roi Joyse devait s'opposer à cette translation, afin de paraître déjà soumis à sa défaite. Il devait aussi se rendre trop faible pour s'opposer avec succès à cette translation. Je courais là un risque, en plus de Géraden et de vous-même. Mes intelligences devaient rester cachées. Aussi le Roi Joyse n'eut-il d'autre choix que de refuser d'écouter les mises en garde du Fayle — et de s'assurer que Lebbick n'apprendrait rien avant qu'il ne soit trop tard pour interrompre fa translation. Ma dame...

Maître Quillon faisait maintenant franchement face à Térisa, qui s'aperçut qu'une part de sa colère était dirigée contre elle.

— Il vous serait aisé de vous estimer offensée, outragée de ce que nous avons fait. Vous avez déjà souligné que tous ceux qui aiment le Roi ou lui sont restés fidèles ont été blessés — et vous avez raison. Sa stratégie est dangereuse. Or, le seul moyen qu'il a de sauver ceux qu'il aime est de les éloigner, de les faire partir loin du cœur du péril qu'il a choisi d'affronter. Il a réussi avec la Reine Madin. Mais son échec avec des hommes tels que le Tor et Géraden ne laisse pas de le désespérer. S'il leur arrivait du mal, il en porterait seul la faute, bien qu'ils aient choisi de faire ce qu'ils font.

» Comprenez-le, ma dame, avant de vous ériger contre lui : il se risque en personne pour que des milliers d'hommes et de femmes, depuis les montagnes d'Alend jusqu'aux côtes de Cadwal, soient épargnés. Il se déchire le cœur pour que ceux qu'il aime soient épargnés. Il offre de ses mains au danger le royaume qu'il a créé afin que ses ennemis d'antan soient épargnés.

» Si vous ne pouvez lui faire confiance ou le servir, ma dame, vous lui devez au moins le respect. Il s'est précipité au-devant d'un dilemme dont il accepte les conséquences. Il fait ce qu'il est *capable* de faire, pour que le mal infligé par ses ennemis soit enduré par quelques-uns et non par la multitude.

Devant l'irritation de l'Imageur — devant sa propre colère qu'elle ne savait dissimuler — Térisa se détourna. La lumière faiblissait ; la lampe n'avait peut-être plus d'huile. L'obscurité envahissait tous les recoins, qui pénétrait la cellule à travers les barreaux de la grille. *Vous lui devez au moins le respect.* Un homme dont la sage politique consistait à planter un couteau au cœur de ses amis et à laisser indemnes ses ennemis. Certes, voilà de quoi engendrer le respect.

Elle entendait encore le Gouverneur Lebbick crier comme un adieu : *Je suis loyal envers mon Roi !*

— Et le Gouverneur ? s'enquit-elle, avec plus

d'amertume et d'indignation qu'elle n'en avait jamais éprouvé.

— Quoi donc ? rétorqua Maître Quillon, sans doute trop furieux pour la comprendre.

— Le Tor et Géraden ont peut-être fait leur choix. Ils sont plus stables que lui. Quel choix *lui* avez-vous donné ? S'il décidait d'abandonner son poste, le Roi Joyse devrait l'en empêcher. Cette... *stratégie*, fit-elle en prononçant le mot avec dégoût, repose sur le Gouverneur. S'il ne restait pas fidèle — s'il ne faisait pas de son mieux pour fortifier Orison à mesure que son Roi décline — tout s'effondrerait. Quand le Roi Joyse décidera finalement de livrer combat, il pourrait bien n'avoir plus son soldat ! À moins que le Gouverneur lui reste fidèle envers et contre tout.

— Exact, acquiesça Quillon. Où voulez-vous en venir ?

— Il n'a aucun choix, et cela est en train de *le tuer*.

Une soudaine pitié se mêlait à son amertume. Sans doute autrefois Lebbick ne l'aurait-il traitée qu'avec une ironie distante, qui sait : peut-être avec gentillesse. Or, tout le poids de la *stratégie* de Joyse était retombé sur ses épaules, et aujourd'hui il se retenait difficilement de la violer, de la tuer.

— Ne le voyez-vous pas ? Ce piège coûte cher et il en paie tout le prix. Vous et votre Roi chéri êtes en train de le détruire.

Sans crier gare, elle se remit à pleurer, tant sa détresse et celle du Gouverneur s'étaient intimement épousées.

Elle s'attendait aux hurlements de Quillon. Elle y était prête, elle se moquait de sa colère, de ce qu'il dirait. Elle était au-delà des outrages ; sa propre fureur était trop violente, qu'elle ne dissimulait plus. Si son père était à l'instant apparu devant elle pour hurler, elle aurait su lui répondre.

Non, l'Imageur n'éleva pas la voix. Lentement il se dirigea vers la porte de la cellule. Peut-être eut-il l'intention de s'en aller, de la laisser : elle ne le sut pas, et n'en eut cure. Il n'en fit rien cependant. Il attendit qu'elle le regarde à nouveau derrière son rideau de larmes.

— Nous ne savions pas que cela se produirait, fit-il alors calmement. Nous l'avions cru plus solide.

Un instant, elle faillit cesser de pleurer pour se mettre à rire. Le tableau était joli : un vieux Roi, un fou et un Imageur d'importance mineure décidaient de concert de sauver le monde... et leur meilleure stratégie conduisait à la folie le seul homme d'Orison qui eût été capable de se battre pour eux. Très drôle, franchement. Il ne lui restait qu'un détail à comprendre : au nom de quoi espéraient-ils le succès ? Comment pouvaient-ils sincèrement croire... ?

Le bruit d'une porte résonna dans le couloir ; bruit de ferraille contre la pierre à l'écho sinistre, comme si l'huis avait eu ses gonds brisés sous le choc.

— *Putain menteuse !* hurla le Gouverneur. Je vais vous étriper !

Ses bottes approchèrent depuis la salle des gardes.

Térisa se pétrifia. Le Gouverneur Lebbick venait pour en finir avec elle. Maître Quillon prononça des paroles qu'elle n'entendit pas. Elle voyait le couloir : un virage, un autre, puis le long alignement des cellules. Le Gouverneur marchait vite mais ne courait pas. Pas encore. Il arrivait au premier tournant. Il serait là dans trente secondes. Elle n'avait plus que trente secondes à vivre. Pas davantage.

— Êtes-vous sourde ? souffla Quillon en l'entraînant par le poignet. J'ai dit, *venez*.

Elle n'eut le loisir ni de penser ni de choisir. Il la tira dans le couloir. Mais son élan avait été trop vif ; elle chancela jusqu'au mur le plus éloigné, tomba ; son poids dans la chute lui libéra le poignet de la main de Quillon.

Comme elle se remettait sur pied, elle vit le Gouverneur Lebbick au détour du second virage.

Lui aussi la vit. L'espace d'un instant, leurs regards se croisèrent, comme étonnés tous deux.

Puis Lebbick poussa un grognement furieux... et elle partit dans la direction opposée, ses bottes glissant sur la paille humide.

Elle l'entendait courir après elle. C'était impossible ; ses pas précipités et son souffle et les cris de Maître Quillon produisaient trop de bruit. Toutefois, sa perception aiguë de la rage débordante du Gouverneur, de son besoin de destruction, amplifiaient dans sa tête l'approche de son poursuivant. Elle pouvait sentir l'élan, la course de sa haine...

Et devant elle, l'Imageur perdait du terrain. Il ralentit, prit le temps de se retourner, et s'affola.

Une seconde plus tard, il poussa la porte d'une autre cellule, s'y rua.

Elle le suivit sans réfléchir. Elle n'avait pas le temps de penser. Dans l'élan violent de sa panique, elle pénétra dans le cachot plus vite que le Maître et faillit lui tomber dessus lorsqu'il s'arrêta.

Vivement, il ouvrit une porte dans le mur latéral.

Une porte bien dissimulée : le ressort qui la faisait

jouer était si ingénieusement caché que Térisa ne l'aurait jamais découvert par elle-même ; elle n'aurait même pas vu la porte s'il n'avait suscité le mécanisme. L'huis s'ouvrit doucement, pivotant sur ses gonds. Sans doute le passage datait-il de la même époque que la cellule elle-même.

Voilà comment Maître Quillon avait eu accès aux cachots, comment il avait pu entendre ses conversations avec Erémis et Lebbick. Un autre passage secret. Mais Térisa n'eut pas le temps de s'en étonner. Dès que la porte fut ouverte, Quillon lui prit le bras et la poussa de l'avant dans le trou obscur.

Il la suivit aussitôt. Elle lui fit de la place, se plaquant le dos contre un mur. Il n'était qu'une silhouette incertaine dans l'avare lueur des lampes de la prison. Très vite, il fit de nouveau jouer le mécanisme... et la porte se referma...

... et le Gouverneur Lebbick fit irruption dans la cellule.

Il arrivait trop tard : il ne pourrait empêcher l'huis de se sceller tout à fait. Celui-ci fermé, il devrait chercher le mécanisme secret.

Il fut prompt cependant, l'épée déjà à la main. Bondissant sauvagement pour tenter d'embrocher Térisa dans l'entrebâillement de la porte, il se rua, la lame en avant.

Le poids de l'huis le déporta de côté. Sa lame manqua la jeune femme de plusieurs centimètres.

Puis le fer resta coincé dans la fente. Le métal ne céda pas, et l'arme se retrouva comme une cale entre la pierre et le bois qui, de ce fait, ne se scelleraient plus.

Lebbick se précipita contre l'huis secret pour tenter de l'ouvrir de sa seule force. Ce fut en vain.

Un instant plus tard, sa voix parvint étouffée aux deux fuyards :

— Gardes ! *Gardes !*

— Venez, souffla Maître Quillon. Qu'il soit maudit ! Dès que ses hommes arriveront, ils parviendront à ouvrir la porte. Il nous faut fuir *tout de suite.*

Il reprit le poignet de Térisa, l'entraîna loin de la minuscule fente lumineuse.

Titubante, elle suivit son sauveur dans un passage noir.

La pierre froide et dure semblait venir à sa rencontre, la harceler comme un vol de chauves-souris. Il n'y avait pas la moindre lumière — nulle lueur d'aucune sorte. À l'exception de sa main solidement refermée sur elle, Maître Quillon n'existait plus. Elle se cognait sans cesse aux parois rocheuses ; chaque pas lui donnait l'impression de tomber dans le vide.

— Ralentissez ! fit-elle, haletante. Je ne vois rien.

— Vous n'avez pas besoin de voir, aboya Quillon, mais de courir.

— Combien de temps encore ? protesta-t-elle.

Maître Quillon s'arrêta subitement. Elle entra en collision avec lui, alla de nouveau cogner le mur, se protégea la tête des bras.

— Pas longtemps, murmura-t-il d'un ton aigre. Ce passage fut ménagé au moment de la reconstruction des cachots qui devaient céder de la place au laborium. Autrement dit, il est assez récent. Aussi ne rejoint-il pas le vaste réseau des autres passages.

Invisible près d'elle, il fit jouer un autre mécanisme, et le mur où Térisa s'était cognée s'ouvrit ;

l'air froid l'assaillit. Sa chemise déchirée lui était une faible protection.

L'espace où ils pénétrèrent alors était sombre sans être tout à fait noir ; une fois ses yeux accoutumés, Térisa distingua un petit passage qui menait à un plus large couloir. Les lanternes que l'on devinait de part et d'autre de ce couloir fournissaient tout juste la lumière nécessaire à colorer les ténèbres.

Elle retint sa respiration, tendit l'oreille et perçut le murmure régulier d'un ruissellement d'eau ténu.

Froid et humidité. Et un couloir de traverse trop court pour avoir eu droit à une lampe sur sa muraille. Passage qui semblait ne mener nulle part dans la mesure où la porte qu'ils venaient de franchir était fermée et dérobée...

Malgré la peur accumulée, la fatigue, la surprise, les sangs de Térisa se glacèrent comme si elle était déjà venue ici.

— Maintenant, ma dame, souffla Maître Quillon, nous devons être rapides et silencieux. Il s'agit du réseau de couloirs désaffectés creusés dans les fondations d'Orison, où vous fûtes attaquée deux fois. Ils sont réutilisés à présent que la population du château a décuplé, mais là n'est pas notre souci. Les gens dormiront... en tout cas ne nous gêneront pas. Non, la difficulté est que ces couloirs sont maintenant surveillés — des patrouilles les arpentent pour veiller au bon ordre. Nous devons à tout prix éviter les hommes du Gouverneur.

Non, pensa-t-elle confusément Ce n'est pas cela... Son cerveau était pareil à une pierre, imperméable à la compréhension. Elle n'avait jamais vu l'entrelacs des couloirs de ce côté-ci, mais il paraissait bien le même ; ses cheveux se dressèrent sur sa tête... Elle arrêta l'Imageur à l'instant où il repartait.

— Non, murmura-t-elle d'une voix cassée. C'est ici. J'en suis certaine.

Il se figea, la scruta. L'air parut plus froid à Térisa.

— Ici ? Quoi donc ?

— Le point de translation. Où les insectes surgirent pour se ruer sur Géraden. Où Gart...

Elle tremblait ; de longs tressaillements naissaient jusque dans ses os.

— Ici, exactement ? fit Quillon, surpris.

Elle hocha la tête.

— Nous l'ignorions, souffla-t-il. Nous savions que c'était par là, certes, précisa-t-il en détaillant le lieu. Mais l'Adepte n'avait pas assisté à la translation. Et nous pouvions difficilement révéler notre intérêt en vous demandant, à vous ou à Artagel, de nous montrer l'endroit exact. Térisa ne l'écoutait pas ; quelle importance ? Elle était tout près du miroir qui translatait ceux qui voulaient la tuer.

— Nous ne pouvons pas avancer, fit-elle, toute frémissante. Je ne peux pas. Ils nous verront.

Il vont se ruer sur nous.

— Très juste, ma dame, rétorqua l'Imageur qui agitait son nez comme s'il flairait le moyen de fuir. S'ils nous aperçoivent dans l'Image... et s'ils sont prêts...

Un grognement, des protestations étouffées se firent entendre derrière eux, venus des cachots. Le Maître et Térisa se figèrent.

— Poussez donc, lécheurs de merde, criait la voix de Lebbick, lointaine mais parfaitement reconnaissable. Ouvrez-moi cette porte avant que nous les perdions définitivement.

Térisa trembla de plus belle.

— Verre et éclats ! s'exclama Quillon. Nous voilà en mauvaise passe. Ma dame, écoutez-moi, ajouta-t-il en secouant Terisa par les épaules. L'Image du miroir a dû changer. J'ai vu Erémis translaté dans la prison. Je l'ai vu partir. Sans doute a-t-il utilisé le même miroir que vos ennemis. Comment sinon aurais-je pu l'espionner... l'entendre révéler ses intentions ? Or, ses alliés m'ont-ils vu emprunter le passage ? Nenni, ils m'auraient eu à leur disposition, ils ne m'ont pas aperçu. J'en déduis que le point de translation du miroir a été déplacé.

— Ils peuvent le remettre à sa première place.

— Peut-être nous observent-ils en ce moment même, renchérit le Maître. Mais si c'était le cas, serions-nous encore en vie ?

Des bruits inquiétants de cordes et de gonds forcés et gémissants leur parvinrent dans la pénombre. Un homme cria.

— Nous y sommes ! fit Lebbick.

— Nous devons courir le risque, assura Quillon.

Térisa acquiesça mais ne put bouger, paralysée par la peur. Gart était là, tout près, le Bras-Vif du Haut Roi... Et de ce point de translation avaient surgi les quatre assaillants au pas pesant, qui eux-mêmes avaient été dévorés vivants, de l'intérieur, par le plus terrible...

— Passez la première, il le faut, ce sera plus sûr, pressa Quillon. Il leur faudra un moment pour réagir s'ils nous voient. *Allez.*

Il la poussa, elle avança.

Deux pas hésitants en direction du grand couloir. Trois. Quatre. Elle n'avait plus aucune force dans les jambes. Elle se croyait dans un cauchemar, avide de courir, mais incapable d'autre chose que de se glacer de terreur devant l'approche des ennemis.

Maître Quillon la rejoignit et la poussa encore.

Pour la seconde fois, *une sensation de froid, légère comme une plume, et tranchante comme une arête de métal, la toucha droit au ventre.*

Courant maintenant, sans en avoir conscience, sans avoir conscience de rien, elle atteignit le grand couloir éclairé. Elle se retourna à temps pour voir Maître Quillon qui la suivait. Et, derrière lui, une silhouette noire au visage plein de haine allègre... qui levait sur l'Imageur un long poignard.

Non, Quillon ! *Quillon !*

La silhouette s'approchait de lui... Térisa n'eut pas le temps de lui lancer un avertissement : les bras noirs se levèrent et s'abattirent vicieusement, plongeant la lame entre les deux épaules de Quillon, avec une telle sauvagerie que le sang jaillit de sa bouche, que la lame ressortit par le devant de sa poitrine, et qu'il fut projeté à terre.

— *Je t'ai eu*, insipide rongeur ! clama Gilbur de sa voix gutturale triomphante. Voilà la dernière fois que tu te mêles de nos affaires !

Lorsqu'il tira son poignard du corps de Maître Quillon, le sang courut sur ses mains comme un ruisseau.

Oh, Quillon.

Térisa se souvenait des mains de Maître Gilbur ; elles semblaient assez fortes pour tordre des barres de fer, assez fortes pour broyer des os. Leur dos était couvert de poils noirs — pilosité qui contrastait singulièrement avec sa barbe blanche. Son dos bossu ne faisait qu'accroître l'impression de force physique qu'il dégageait ; les chairs de son visage étaient nouées, sillonnées par la joie du meurtre.

Il leva un regard brûlant vers Térisa.

— Ma dame, quelle rencontre fortuite. Je n'espérais pas avoir le plaisir de vous tuer. Cela devait revenir à Gart quand Erémis en aurait eu fini avec vous. Mais ma vigilance se voit récompensée. Ni le chien de Festten ni l'outrecuidant Erémis n'étaient avec moi quand je vous ai trouvés dans l'Image.

Elle le regardait comme s'il était un serpent prêt à la mordre. En enjambant le cadavre, il laissa tomber un crachat entre ses lèvres épaisses.

— C'est un délice que de rayer Quillon du monde des vivants, mais plonger ma dague dans votre douce chair sera le comble de l'extase.

Le poignard en avant, les mains sanglantes, il se rua vers elle.

Térisa se tourna et se mit à courir.

Elle courut de toutes ses forces cette fois. En dépit de son infirmité, Gilbur était rapide ; son premier coup faillit l'atteindre. Elle accrut sa vitesse mais ne prit guère plus d'une enjambée d'avance ; puis deux ; puis trois et un peu plus. Instinctivement, elle avait pris sur la gauche, la même direction qu'elle et Géraden avaient empruntée lorsqu'ils étaient poursuivis par les hordes de cafards géants.

Les bras noirs se levèrent et s'abattirent...

À cet instant, elle eût été heureuse — folle de soulagement — de rencontrer un garde. Un vieillard insomniaque qui se dépêchât vers les toilettes. Un domestique. N'importe qui qui pût voir Gilbur, détourner son attention. Mais le couloir demeurait désert. Maître Gilbur jurait tout en courant. Elle était jeune, elle courait pour sa vie ; lentement, elle accroissait la distance entre eux. Mais l'air se faisait de feu dans ses poumons quand son poursuivant ne semblait pas se fatiguer. *Plongeant la lame...*

Elle n'avait aucune idée de là où elle allait. Elle ne connaissait pas les couloirs, pour n'y être jamais venue sans guide. Sa seule idée était de trouver du secours. Avant de trop faiblir. Ses forces s'amoindrissaient déjà. Toutefois, elle se fiait, sourdement mais sans hésiter, à son sens de l'orientation. Fuir l'Imageur sauvage éveillait en elle des ressources qu'elle ignorait posséder.

Elle allait vers les appartements de l'Adepte Havelock.

Là : le passage latéral. L'épaisse porte de bois, l'entrée d'un cellier apparemment. Oui, c'était cela. Elle la poussa, pénétra dans la réserve qui n'avait pas été mise à contribution depuis le début du siège. Elle referma la porte. Y avait-il une serrure ? Il le fallait... absolument... mais elle ne la trouva pas, ne la vit pas dans l'obscurité que ne ponctuaient que les fins rais de lumière autour de l'huis.

La masse imposante de Gilbur les obstrua bientôt...

... et les doigts tâtonnants de Térisa trouvèrent enfin la clef, la tournèrent à l'instant où son poursuivant se ruait de toute sa force contre le bois.

La serrure cliqueta, gémit mais tint bon.

Elle ne tiendrait pas longtemps. Gilbur se rua une deuxième fois, pestant contre l'obstacle et contre la jeune femme. Celle-ci entendait le métal grincer et ses fixations s'arracher peu à peu de leur support de bois. La serrure allait sauter, ce n'était qu'une question de temps.

Sans prendre une seconde de repos, elle se précipita vers la porte au fond du cellier — l'entrée dans les quartiers secrets de l'Adepte.

Toute livrée à son instinct, elle n'envisagea pas que la porte dérobée pût être verrouillée avant de la trouver ouverte. Maître Quillon l'avait probablement laissée ainsi ; sans doute était-ce en ce lieu qu'il avait eu l'intention de la conduire. Étourdie de soulagement, elle s'engouffra dans le couloir éclairé qui menait au domaine de Havelock.

La première pièce où elle arriva était encombrée de miroirs.

Rien n'avait changé depuis sa dernière visite en ce lieu. Le désordre se composait de grands miroirs tellement irréguliers dans leurs formes et leurs couleurs que leurs Images en perdaient tout sens aux yeux de Térisa ; de morceaux de verre plats assez petits pour tenir dans une poche ; de miroirs dont la taille aurait convenu à une table de toilette mais empilés les uns sur les autres en tas dispersés comme pour empêcher quiconque de voir ce qu'ils représentaient. Tous avaient été glanés par le Roi Joyse au cours de ses guerres et n'avaient jamais été restitués au Congrégat ; tous étaient enchâssés dans des cadres richement, amoureusement ouvragés qui accentuaient l'impression de négligence, d'abandon où on les tenait aujourd'hui. Et tous étaient inutiles. Les Imageurs qui les avaient façonnés étaient morts.

Ils n'étaient d'aucun secours à Térisa qui passa son chemin.

Le couloir qu'elle emprunta offrait deux ou trois

carrefours mais elle ne s'y trompa point. Elle atteignit bientôt une autre porte. Il lui semblait entendre encore les coups de Gilbur contre la porte du cellier — ou peut-être n'était-ce que les battements affolés de son cœur — aussi ouvrit-elle prestement la porte ; et elle entra dans la grande pièce carrée dont l'Adepte Havelock se servait comme salle d'étude, et qui lui livrait accès au réseau des passages secrets d'Orison.

L'air sentait le renfermé, le moisi — la ventilation s'était déréglée. Trop de monde habitait le château. La fumée des lampes aux mèches trop longues cernait de volutes paresseuses le pilier central de la chambre.

L'Adepte était là, tapi, telle une araignée, dans sa folie.

Maître Quillon avait demandé à Térisa de croire au rôle de Havelock dans les plans du Roi Joyse. Quillon avait eu à cœur qu'elle crût que la folie du vieil Adepte ne l'empêchait ni d'être sage ni d'être rusé. Et peut-être son sauveur décédé avait-il raison... Peut-être que seul un fou tel que Havelock pouvait concevoir une stratégie dont l'unique chance de succès reposait sur la stabilité du Gouverneur Lebbick.

De toute façon, elle n'avait nulle part ailleurs où se tourner. Quillon l'aurait certainement conduite ici s'il avait été en vie. L'Adepte devait l'aider. Il l'avait aidée auparavant. Il avait tenté de répondre à ses questions. Et Maître Gilbur risquait de la rattraper à tout moment. Il pouvait aussi bien tuer l'Adepte s'il en trouvait l'occasion. Et le Gouverneur la pourchassait toujours...

— Havelock ! suffoqua-t-elle. Gilbur a tué Maître Quillon. Il est après moi. J'ai besoin d'aide. Vous devez m'aider.

Oui... Dès qu'elle avait cessé de courir, elle avait su qu'elle ne tiendrait plus longtemps debout.

L'Adepte était penché au-dessus de la table de saute-contre, comme s'il étudiait une partie ; le damier était vide. Quand Térisa eut parlé, il leva la tête et sourit aimablement. La fumée des lampes l'enveloppait de son manteau opaque et dansant. Un œil observait la jeune femme ; l'autre promenait un regard scrutateur sur le mur.

— Ma dame Térisa de Morgan, fit-il avec une affabilité quelque peu éthérée. Quelle plaisante surprise. Vous butiner entre les yeux. Je gage que vous allez bien.

— *Havelock*, écoutez-moi, insista-t-elle. J'ai besoin d'aide. Gilbur a tué Maître Quillon. Il arrive !

Le sourire de l'Adepte découvrit ses dents.

— Je suis heureux de l'entendre, rétorqua-t-il comme s'il répondait à une agréable civilité. Vous avez *l'air* bien. Le repos et la paix exercent de merveilleux effets sur la complexion de la femelle. À présent, dites-moi ce que vous voulez savoir. Aujourd'hui je suis corps et âme à votre service.

Une horreur difficilement contrôlable s'empara de Térisa. L'effort qu'il avait produit pour défendre Orison avait eu raison de lui. Cette fois, sa santé d'esprit avait définitivement battu en retraite. L'air âcre et épais ne l'aidait pas à se remettre de l'essoufflement de sa course et de sa peur. Quillon avait été assassiné, elle allait être assassinée, et l'Adepte aussi, probablement. Elle ne savait comment l'atteindre.

— Ne comprenez-vous pas ? s'écria-t-elle, au bord des larmes. Ne m'entendez-vous pas ? *Gilbur a tué Quillon. Il vient ici !*

Les yeux de Havelock changèrent subitement de direction et celui qui s'était attaché à la muraille se fixa sur la jeune femme. Son nez parut s'effiler davantage, mais son sourire béat ne disparaissait pas.

— Ma dame Térisa de Morgan, reprit-il, ce serait pour moi un immense plaisir que d'arracher le reste de vos vêtements et de vous culbuter dans une porcherie. Aujourd'hui, je puis répondre aux questions. Demandez-moi ce que vous voulez. Mais, précisa-t-il comme s'il s'agissait d'un détail trivial, je ne peux vous aider. Pas ce jour.

Elle le dévisagea, hagarde. Je ne peux vous aider. Pas ce jour. Oh, Quillon !

— Presque tout le monde, continua-t-il de ce ton de bonne humeur, tient à savoir pourquoi j'ai brûlé cette créature d'Imagerie qui s'en était prise à Géraden. Question de temps, voilà la réponse. Le moment opportun. Qu'importe à quoi l'on ressemble. Qu'importe notre odeur. N'importe qui vous léchera le cul si vous avez su profiter de l'opportunité. Nous n'étions pas prêts. Si Lebbick avait découvert par cette créature qui sont nos ennemis, tout aurait échoué. Nous n'aurions pas été assez faibles pour nous défendre.

— *Havelock !* hurla Térisa qui brûlait d'envie de le battre, de l'injurier. Maître Quillon était votre *ami* ! Gilbur vient de l'assassiner. Cela ne vous fait donc rien ?

Sans transition, l'Adepte passa de son état de folie douce à une fureur sauvage. Grondant, il brandit sa main droite, aux doigts refermés comme s'ils tenaient un objet, une pièce.

— Salope ! Regardez, vous voici !

Il se rua vers le damier et fit mine de manipuler des jetons imaginaires ; ensuite, il feignit d'envoyer valser celui qu'il tenait à l'autre bout de la pièce.

— Parti ! Me comprenez-vous ? *Parti !*

» N'avez-vous jamais pensé que je *voulais* être sain d'esprit, que je *voulais* aider ? Il était le seul à savoir comment *me* venir en aide. Maïs j'ai tout épuisé ! ce matin... contre les catapultes ! *J'ai tout épuisé !*

Étourdie par le choc, Térisa demeura bouche bée. L'Adepte était hors d'atteinte.

Un instant plus tard, toutefois, sa rage disparut aussi subitement qu'elle était venue. Ses deux yeux se voilèrent de chagrin et il se détourna lentement.

— Je ne peux pas vous aider aujourd'hui, murmura-t-il devant le damier vide. Débrouillez-vous toute seule avec Gilbur.

Il se laissa tomber sur une chaise près de la petite table. Ses épaules se mirent à s'agiter, des cris sourds sortirent de sa gorge. Térisa comprit qu'il pleurait.

Perdue et transie, elle le laissa là seul et quitta la pièce par là où elle était venue, s'apprêtant à affronter Gilbur.

Au paroxysme de la terreur, de l'effarement et de la peine, elle ne tressaillit même pas lorsqu'elle entendit l'Adepte verrouiller la porte derrière elle, lui coupant toute possibilité de retraite.

Pareille à une somnambule — pareille à une femme qui essaierait de se situer elle-même, de découvrir qui elle est, dans un verre fait du pur sable des rêves — elle retourna dans la pièce où Havelock entreposait tous ses miroirs.

Maître Gilbur était déjà là.

Il ne la remarqua pas, tout à l'émerveillement de

ce qu'il avait trouvé : des miroirs, par douzaines, dont il n'avait jamais soupçonné l'existence ; trésor sans prix pour n'importe quel Imageur doué du talent de s'en servir, pour un Adepte. Elle aurait pu essayer de se cacher. Ou de passer furtivement devant lui, tant il était absorbé par ce qu'il voyait...

Dans un geste désespéré, elle se saisit de l'un des plus petits miroirs sur une table à tréteaux près d'elle et le fit tomber au sol où il se brisa en mille morceaux.

Un nuage de poussière monta du parterre de dalles, adoucissant le bruit du choc. Toute la pièce était emplie de poussière ; les miroirs n'avaient pas été nettoyés depuis des décennies.

Le bruit attira néanmoins l'attention de Gilbur. Il bondit au-devant de Térisa, leva ses poings massifs sur elle.

— Vous osez ! aboya-t-il avec fureur. Vous osez détruire tant de richesse, tant de puissance ! Pour cela, je ne me contenterai pas de vous tuer. Je vous étriperai.

— Vous n'en ferez rien.

Sa voix était étonnamment ferme. Sans doute était-elle au-delà de la peur. Comme si elle n'avait fait que cela de toute sa vie, elle eut soin de mettre la table entre eux pour l'opposer comme obstacle à Gilbur.

— Un pas vers moi et je briserai un autre miroir, affirma-t-elle. Le moindre geste qui me menacera et je briserai un autre miroir. Peut-être les briserai-je tous avant que vous n'ayez mis la main sur moi.

Cette étrange torpeur qui l'avait saisie était sans doute un bon début. Elle n'était plus très loin de l'effacement. Elle pouvait demeurer là, a affronter Gilbur de toute sa haine, telle une femme pleine de courage — et en même temps, elle pourrait s'en aller, s'évaporer. Renoncer à l'existence et partir en brume, en fumée, vers le refuge. Quand il l'atteindrait — car elle savait qu'il finirait par l'atteindre — elle serait partie.

D'ici là, il fallait le garder à distance...

— Non ! protesta Gilbur, momentanément détourné de sa rage meurtrière.

Térisa se saisit d'un autre miroir et mesura la distance jusqu'à la tête du Maître.

— Essayez, vous verrez bien.

Engourdissement. Effacement.

Temps.

— Non, ma dame.

Ses traits avaient repris leur expression mauvaise. Il respirait difficilement comme si son dos le faisait souffrir.

— *Vous*, essayez donc. Ces objets sont sans prix... dans l'absolu. Pratiquement, ils sont inutiles. Un miroir ne peut être utilisé que par celui qui l'a fabriqué. Il est pourtant de nouveaux dons en ce monde, et j'en possède un. Je puis façonner des miroirs avec une promptitude et une précision qui stupéfieraient le Congrégat, si seulement ces pitres prétentieux et pompeux le savaient. Mais seul un Adepte possède le talent d'effectuer des translations avec un miroir qu'il n'a pas fait lui-même.

» Vous êtes stupide ou folle d'espérer que je ne vous tuerai pas.

Il fit un pas vers elle.

Elle lui lança le miroir et se saisit d'un autre.

Le délicat fracas du verre brisé amorti par la poussière emplit la pièce.

Il s'arrêta.

— Personne sans doute n'a ce talent à l'exception de Havelock, dit-elle, mais vous pensez que vous pourriez l'acquérir. En espérant qu'il s'agisse d'une technique et non d'un don. Vous n'avez jamais eu l'occasion de découvrir la vérité car les autres Imageurs ne vous ont pas laissé vous livrer à vos expériences avec leurs miroirs. Ceux-là vous permettraient de vous exercer à loisir. Vous apprendriez tout ce qui doit s'apprendre.

Effacement. Temps. Elle repéra dans son champ de vision le miroir qu'elle voulait, un miroir plat au cadre en bois de rose, presque aussi grand qu'elle. Sous sa couche de poussière, le verre révélait l'Image d'une dune de sable, rien d'autre. Quelque part en Cadwal, supputa Térisa. L'un des lieux les moins hospitaliers du pays du Haut Roi Festten. Dans l'Image, le vent soufflait assez fortement pour faire s'envoler le sable qui formait sur la dune une sorte de vapeur.

Prudemment, Térisa s'en approcha.

— Mais je ne vous laisserai pas les prendre, continua-t-elle. Pas si vous tentez quoi que ce soit contre moi.

Maître Gilbur brûlait de se jeter à sa gorge. L'une de ses mains serrait le poignard ; l'autre se crispait à l'avance du plaisir du sang. Cependant, il se retenait.

— Voilà un argument intelligent, gronda-t-il. Vous êtes plus intelligente que je ne le croyais. Mais tout cela est bien vain. Vous ne sortirez pas de cette pièce sans passer à ma portée... ou sans vous éloigner des miroirs. Dans les deux cas, je vous trancherai net la gorge. Qu'espérez-vous gagner ?

Du temps. Comme il était curieux qu'elle éprouvât

si peu de crainte. L'essence de son être s'en allait devant Gilbur qui n'y voyait que du feu. Elle se réfugierait dans les ténèbres, quand elle le souhaiterait, et il ne pourrait plus rien faire qui la blessât. Rien qui importât. Elle n'avait besoin que de temps.

Elle fit un petit pas de plus vers la glace qu'elle avait choisie.

Alors, elle s'immobilisa, croyant avoir entendu un bruit de bottes.

— Je ne suis pas cupide.

Voilà que sa voix se mettait à trembler ; elle ne la laissa pas faire et parla plus haut, plus fort pour capter l'attention du Maître.

— Je ne veux pas grand-chose. Seulement vous priver. Erémis et vous êtes tellement arrogants... Vous manipulez, vous tuez. Vous n'éprouvez pas le moindre intérêt pour ceux que vous broyez dans votre course. Vous êtes *malades* de prétention. Cela vaut la peine de briser quelques miroirs, juste pour vous déranger.

Soudain, elle distingua un mouvement dans le couloir derrière Gilbur.

S'efforçant de gagner tout le temps possible — et d'infliger quelque mal à son ennemi — au nom de Maître Quillon, de Géraden, et en son propre nom, elle jeta le miroir qu'elle tenait à la tête de l'Imageur.

Il évita sans peine le projectile.

Même ce geste se retourna contre elle. En se projetant de côté, Gilbur pivota et s'élança vers la table près de laquelle elle se trouvait. Alors le premier garde qui chargea dans la pièce le manqua.

Avant que le soldat ait pu de nouveau assurer son équilibre, Gilbur l'assomma d'un féroce coup de poing.

Celui qui le suivait interrompit un instant le mouvement de son épée pour éviter son compagnon. Il n'eut qu'un instant d'inattention... Mais cette seconde suffit à Gilbur pour lui planter son couteau dans la gorge.

Le Gouverneur Lebbick pénétra dans la pièce après ses hommes, seul.

Il tenait son épée en garde, la faisant prudemment aller et venir. Il jeta un regard à Térisa avant de revenir au Maître. Il était prêt au combat, prêt et dangereux. Jamais Térisa ne l'avait vu si calme. Voilà ce dont il avait besoin : une occasion de se battre pour Orison et pour le Roi Joyse.

— Nous y voici, enfin, articula-t-il d'une voix nette. La vérité éclate. La séductrice de Géraden et un Imageur renégat, ensemble. Et ce pauvre Quillon mort dans le couloir. A-t-il essayé de s'interposer ? J'avais cru que c'était lui qui l'avait aidée à s'évader, mais sans doute m'étais-je trompé. La lumière est si avare.

» Vous avez de la chance d'être vivant. Si elle ne vous avait pas jeté ce miroir, mes hommes vous auraient tranché la gorge.

Un rire déforma les traits de Gilbur.

Térisa ne se souciait guère de ce que pensait le Gouverneur. Elle fit un autre pas vers le miroir qu'elle convoitait. Malgré la poussière, le sable de l'Image lui paraissait bien réel, plus tangible qu'elle ne l'était.

— Lâchez ce couteau de boucher, ordonna Lebbick à Gilbur. Il ne vous sera pas d'un grand secours. Couchez-vous. Face contre terre. Je vais vous attacher. Je ferais mieux de vous tuer mais le Roi Joyse préférera vous avoir vivant. Peut-être me laissera-t-il vous mettre à la question.

» Dépêchez-vous avant que je ne change d'avis.

Gilbur laissa échapper une rude exclamation comme s'il n'en pouvait supporter davantage.

— Ma dame, fit-il d'une voix de tonnerre, fronçant furieusement les sourcils, expliquez donc à Lebbick pourquoi nous n'allons pas nous laisser emprisonner.

Elle commença à répliquer. L'insinuation qu'elle fût sa complice faillit lui faire lâcher sa prise fragile, ténue, sur son effacement. La colère croissant, elle eut envie de dépecer Gilbur.

Malheureusement, la suggestion mensongère avait déjà accompli son œuvre. Le Gouverneur Lebbick tourna les yeux vers Térisa.

Ce fut de ce bref regard que profita Maître Gilbur pour jeter une poignée de poussière au visage du Gouverneur.

Jurant, celui-ci recula ; il balança son épée en défense. Son équilibre et ses réflexes faillirent le sauver. Mais, privé de vue, il ne pouvait concurrencer la promptitude de Gilbur ; il ne put empêcher le Maître de ramasser l'épée de l'un des gardes et de le frapper du plat de la lame, le laissant inanimé.

Térisa s'arrêta devant le miroir qu'elle avait choisi. Son seul espoir raisonnable avait fui. Plus rien désormais ne la protégeait de l'Imageur. Elle aurait dû être terrifiée, elle ne l'était pas. Sa capacité à renoncer la protégeait. Ce n'était pas un espoir pour elle-même qu'elle avait placé dans le Gouverneur, mais un espoir contre Gilbur. Elle n'avait donc rien perdu de crucial. À l'intérieur d'elle-même, elle frôlait le point d'extinction, et Maître Gilbur n'avait aucun moyen de l'arrêter dans sa fuite intérieure.

— Pourquoi ne le tuez-vous pas ? demanda-t-elle lorsqu'il leva les yeux du corps de Lebbick.

— J'ai une meilleure idée, grogna-t-il avec un sourire cruel. Je vous emmène avec moi. Quand il reviendra à lui, il témoignera que nous sommes complices. Joyse et ses valets stupides ne comprendront pas le véritable danger avant que nous les détruisions.

Il avait raison, évidemment. Le Gouverneur serait cru. Maître Quillon était mort — son unique témoin de l'aveu de culpabilité de Maître Erémis. Et Quillon n'avait eu le temps de confier ce qu'il avait appris à âme qui vive. Gilbur allait lui bondir dessus. Elle le ralentirait en cassant encore quelques miroirs mais cela ne ferait que différer l'inéluctable. Il avait gagné. S'il appelait cela gagner.

— Quelqu'un vous arrêtera, dit-elle tout en continuant à s'évaporer vers le néant.

Elle paraissait brave, hardie, accoutumée à défier.

— Si Géraden ne le fait pas, je m'en chargerai.

Géraden ? explosa Gilbur. *Vous ?*

Il était vraiment rapide et souple. Il plongea sous la table avec la vicacité d'un éclair et ressortit, le couteau en avant, une expression meurtrière sur le visage.

— Comment *vous* y prendrez-vous ?

Comment ? Comme ceci.

Elle n'eut pas besoin de le dire à voix haute. Il fondait sur elle avec ses mains sanguinolentes quand il se pétrifia soudain. La stupeur gomma toute violence sur ses traits : ses yeux s'élargirent démesurément tandis qu'il assistait à ce qui se produisait dans le miroir derrière Térisa.

— Par les couilles de Vagel, marmonna-t-il. Comment avez-vous fait *cela* ?

Elle ne regarda pas. La dernière fois, elle l'avait fait tout à fait par accident, sans savoir ; elle ne tenta pas cette fois d'endiguer le phénomène. Sur le moment, elle ne se souciait pas de vivre ou de mourir. Elle n'avait à cœur que de fuir.

Étonné encore mais recouvrant ses esprits, Maître Gilbur voulut la saisir.

Doucement, Térisa ferma les yeux et se laissa aller en arrière dans les ténèbres.

14

L'avantage des fils

Elle demeura étendue, inerte un long moment. En vérité, elle s'était endormie. Deux nuits auparavant, dame Eléga avait empoisonné le réservoir d'Orison. La nuit dernière, Géraden avait affronté le Congrégat, et elle, Térisa, était devenue la prisonnière du Gouverneur. Et cette nuit... elle était épuisée. Maître Gilbur avait failli l'atteindre. Bien qu'elle eût les yeux clos, elle savait que la lumière s'en était allée. Et comme la lumière s'estompait, elle s'était sentie passer dans la zone de transition, où temps et distance se contredisaient l'un l'autre. Cela marchait : elle était translatée. Quelque part.

C'était suffisant. La sensation de faire le grand plongeon dans l'éternité, l'absence de temps, lui ravit les dernières bribes d'elle-même, couronna son auto-effacement ; et elle s'endormit.

Ce ne fut pas le froid qui la réveilla. Le cachot aussi était froid. Non, ce fut le parfum léger, humide de l'herbe, et la brise qui s'engouffrait gentiment dans la déchirure de sa chemise, et le cri lointain des oiseaux, et l'impression d'espace. Quand ses paupières se soulevèrent, elle se découvrit, d'un horizon à l'autre, couchée sous le dôme du plein ciel. L'aurore y avait abandonné quelques écharpes pourpres, mais déjà les oiseaux le parcouraient, ardents et vifs comme leurs chants qui striaient les cieux.

Puis Térisa perçut le murmure joyeux d'un cours d'eau.

Elle leva la tête et vit, en contrebas de l'endroit où elle se trouvait, la pente douce d'une colline qui dévalait vers une rivière. La fonte des neiges avait gonflé les flots qui remplissaient le lit et cascadaient avec plus de force vers le terme de cette course en plaine. En aval, l'eau galopait vers une vallée encore baignée des ombres de la nuit ; en amont, le torrent dévalait d'une sombre et haute silhouette découpée sur le ciel pourpre : la montagne.

L'air était aussi froid que dans les cachots, mais non putréfié, ni oppressant ; ici, la vie n'était pas étouffée par la masse formidable d'Orison. Térisa aspira profondément, posa ses mains dans l'herbe fraîche et se mit debout.

Presque au même instant, les montagnes s'embrasèrent au loin. Le soleil se levait. Sans autre raison que la venue de l'aube, que l'air était pur et qu'elle était vivante, son cœur émit un chant pareil à celui des oiseaux, et elle sut ce qu'elle allait reconnaître avant que le soleil n'atteigne le creux ombreux d'où jaillissait le torrent.

Le Poing Fermé.

Ici.

Les rayons du levant dorèrent d'abord le pilier ouest, obstacle naturel qui montait la garde à l'entrée de la gorge d'où éructait la rivière. Puis ils caressèrent de leur douce lueur le pilier est, et le défilé se dessina nettement entre eux deux, la faille étroite, secrète qui livrait passage à la Rivière Vineuse avant de la laisser courir vers le cœur du Fief de Domne.

Le Poing Fermé. Géraden avait joué ici, enfant. L'enchevêtrement des roches à l'intérieur du défilé avait dû être source de jeux inlassables et émerveillés, ponctués d'escalades, de courses, de cachettes.

Et elle était parvenue à se projeter ici. Contre toutes les prévisions. En dépit de son ignorance totale de l'Imagerie — en dépit des efforts de Maître Erémis pour l'abuser, l'embrouiller. Elle s'était elle-même translatée au seul lieu qui lui offrît un refuge, grâce à un miroir plat. Et elle n'avait pas perdu l'esprit.

Soudain ses yeux s'emplirent de larmes et elle eut envie de hurler son soulagement, sa joie.

— Térisa.

Elle entendit un pas de course fouler l'herbe. À travers ses larmes, elle distingua une silhouette floue, celle d'un homme ? Elle se tourna vers lui, face au soleil éblouissant, et dans la caresse de la lumière nouvelle, dorée, elle se retrouva dans les bras de Géraden.

— *Térisa.*

Oh, Géraden. Mon amour !

— Merci aux étoiles ! Je croyais ne plus jamais vous revoir.

Tu es là. Tu l'as fait. Tu y es arrivée.

— Laissez-moi vous regarder, fit-il en l'éloignant de lui.

Elle battit des paupières pour dissiper ses larmes. Géraden la dévorait du regard.

— Je vous ai guettée, attendue, depuis mon arrivée ici. C'était mon seul espoir. Je suis brièvement allé à

Houseldon pour avertir ma famille de ce qui se passait. Ils ne voulaient pas que je revienne seul mais j'ai insisté. Je n'aurais pas supporté que quelqu'un me vît dans cette attente. Je vous avais laissée là-bas... avec Erémis, avec Lebbick... et je pensais ne jamais vous revoir.

Croyiez-vous qu'ils me retiendraient ? eut-elle envie de questionner. Le soleil et la joie que lui procurait la vue de Géraden la baignaient tout à la fois. Géraden était le même que celui qu'il avait toujours été — franc, le cœur à nu, vulnérable, cher. Il pleurait et ses larmes lui donnaient l'air d'un enfant. Ses boucles châtain partaient en tous sens, inventant toutes les figures sur son front ; son regard brillant et son visage empreint de bonté étaient pareils au chant des oiseaux dans l'air printanier. Pour vous j'ai bravé Erémis et le gouverneur et Maître Gilbur. Croyez-vous qu'ils auraient pu me retenir ?

Mais ce fut à cet instant que Géraden remarqua sa chemise déchirée, son aspect abattu, les cernes d'épuisement qui creusaient ses yeux ; et son expression se modifia.

Les os de son visage parurent se faire de métal ; de métal aussi ses yeux. Aussi parfaitement que s'il avait été translaté, l'enfant s'en était allé, et se tenait à sa place un homme qu'elle ne connaissait pas, qui ressemblait davantage à Nyle qu'à Artagel — à Nyle lorsqu'il se contraignait à commettre un acte qui à la fois l'humiliait et blessait ceux qui lui étaient chers. Ce métal où se trempait le caractère de Géraden se voyait refroidi par l'amertume, poli par la désolation. Quand il parla de nouveau, sa voix était lourde de force contenue et de menaces voilées.

— Pourquoi Erémis ne vous a-t-il pas tuée ? On dirait qu'il a essayé.

Térisa tendit les bras vers lui ; elle aspirait a se presser contre lui, à l'étreindre, à ramener le Géraden qu'elle avait appris à aimer. Le Géraden qui l'avait soulagée volontairement de tant de peines. Mais il retint ses mains, les immobilisa, exigeant qu'elle se tienne devant lui avec toutes ses souffrances mises à nu.

Elle devait donc admettre que la partie se jouât sur son terrain. Elle secoua la tête, non pour le contredire mais pour refouler son désir de réconfort.

— Oh, il a essayé, dit-elle. Plus exactement, Maître Gilbur a essayé. Mais c'est le Gouverneur qui a fait cela.

— Lebbick, articula Géraden d'une voix cassante. Racontez-moi.

La menace de sa voix, la dureté de ses traits ne lui étaient pas adressées, mais involontairement elle se sentit faiblir. Elle aurait voulu être l'égale de Géraden, valoir autant que lui, mais elle n'en était pas capable. Des larmes emplirent de nouveau ses yeux.

— Il y a tellement de...

— Térisa.

On pouvait donc encore l'atteindre. Il l'enlaça et la laissa se cramponner désespérément à lui.

— Vous avez froid, murmura-t-il. Et faim, certainement.

Il ne s'était pas adouci, il se retenait simplement. Il entraîna Térisa par la taille, vers le sommet de la colline, en direction des piliers.

— Mon campement est par là.

Elle acquiesça, incapable de parler, incapable de séparer la joie et la souffrance qu'elle éprouvait à le revoir.

— Quand je suis passé par le miroir, expliqua-t-il d'une voix distante, et quand j'ai découvert que j'étais encore vivant, j'ai décidé de me cacher là-haut. Je ne voulais pas mettre Houseldon en danger, si Erémis se lançait après moi. Et je vous avais déjà perdue. Je pensais que je deviendrais fou si un autre être était blessé en tentant de me protéger.

» Mais j'ai finalement compris les mobiles de Nyle. Je n'avais aucun moyen de laisser ma famille hors de tout danger. Aussi était-il inutile de me cacher. Je suis seulement revenu ici parce qu'il le fallait — au cas où vous vous échapperiez et ne sauriez trouver Houseldon —, et autant valait que ce soit moi puisque j'allais de toute façon passer mon temps à vous attendre.

Le soleil était monté dans le ciel. En contrebas du Poing Fermé, la vallée resterait encore un moment dans l'ombre ; mais il y avait d'ores et déjà assez de lumière pour distinguer deux chevaux près des roches, devant eux.

L'une des bêtes leva la tête vers Térisa et Géraden. L'autre broutait tranquillement l'herbe, indifférente. Térisa s'éclaircit la gorge avec effort.

— Il semble que vous ayez compris beaucoup de choses.

Il eut un rire bref, amer.

— À l'issue de la dernière journée que nous avons passée ensemble, je savais qu'Erémis était un traître. Lorsque je me rendis compte enfin que j'avais un don d'Imagerie — un don sans précédent — il ne me fut pas difficile de commencer à tirer des conclusions.

Tout ce qu'il me restait à espérer était que vous ayez également un don, que vous le découvririez, et que vous sauriez vous servir d'un miroir.

» En fait, il me semblait plus probable qu'Erémis tombe raide mort et nous sauve ainsi de ses trahisons, mais je n'avais d'autre choix que cette folle espérance.

Il se trouvait quelques paquets sur le sol près des chevaux, ainsi qu'un petit tas de couvertures — le lit de Géraden. Comme Térisa et lui pénétraient dans l'ombre des rochers, il courut prendre l'une des couvertures dont il drapa les épaules de la jeune femme.

— Je n'ai pas fait de feu, murmura-t-il. Je ne tenais pas à m'exposer au cas où quelqu'un de mal intentionné m'aurait cherché.

Térisa acquiesça. La couverture suffisait à la réchauffer.

— Qu'avez-vous compris au sujet de Nyle ? s'enquit-elle.

Tout ce qu'elle aurait à lui raconter sur Nyle la terrifiait. Sans la regarder, Géraden entreprit de tirer des vivres de ses sacoches, un pichet, quelques fruits. Sa voix était dure lorsqu'il répondit.

— Tomber amoureux d'Eléga et la laisser l'entraîner à trahir Mordant pour le bénéfice du Prince Kragen était déjà grave... mais cela avait un sens. Quiss, la femme de Tholden, affirme que Nyle a été assez malheureux des années durant pour en arriver à cette extrémité. Tout le monde n'est pas d'accord avec elle... Moi si. Et le Domne aussi.

» Mais feindre son propre meurtre pour me perdre et aider Maître Erémis, juste après avoir entendu les preuves qui font d'Erémis le seul homme dans Orison à avoir pu se faire le complice du Bras-Vif du Haut Roi... Voilà qui n'a aucun sens. Et qui ne lui ressemble pas. Il est revenu et m'a sauvé la vie, souvenez-vous. Alors même qu'il partait pour trahir Mordant. Aider un traître démasqué... il ne le ferait pas de sa propre volonté.

» On a dû l'y contraindre.

Géraden disposa du fromage, des pommes séchées, et un morceau de mouton sur une tranche de pain. Térisa l'accepta et s'assit dans l'herbe pour manger. Toute son attention était rivée sur le jeune homme.

— Comment l'y a-t-on contraint ? poursuivit-il. Par quelle menace, quelle corruption ? À quoi accorde-t-il de la valeur, qu'Erémis pourrait lui donner — ou lui prendre ?

Géraden eut une grimace sombre. Il s'était également préparé de quoi manger mais n'y touchait pas.

— Sa famille. Quoi d'autre ? Erémis doit posséder un miroir qui lui donne accès au Fief de Domne... à Houseldon. Il peut y envoyer les insectes monstrueux... ou ces créatures à fourrure rouge et avec trop de bras... ou même Gart. Il a dû menacer Nyle de quelque chose dans ce genre.

Térisa reçut un coup au cœur et faillit lâcher ses aliments. Elle dévisagea Géraden dans l'ombre.

— Alors, ils sont encore en danger. Votre maison... toute votre famille... Il peut attaquer à tout moment. Surtout maintenant... maintenant que je me suis enfuie. Il sait où vous êtes...

Elle l'avait elle-même dit à Erémis.

Géraden redressa brusquement la tête.

— Il devinera que je suis ici, continua-t-elle. Il a assisté au changement du miroir... le jour où vous avez tenté de me faire repartir chez moi. Maître Gilbur a vu ce que je faisais. Comment peuvent-ils se protéger ?

Un voile obscurcit le regard de Géraden.

— Ils feront tout ce qu'ils pourront, répliqua-t-il.

Son ton mesuré endigua la panique de Térisa. Mais elle avait encore peur... et tant à dire à Géraden qui le blesserait. Elle ravala sa honte et se lança :

— Il sait réellement où vous êtes. Je suis désolée... c'est de ma faute. Je ne vous ai jamais dit...

Le regard du jeune homme rendait l'aveu difficile mais elle continua :

— Ce jour où vous avez tenté de me reconduire chez moi. Quand vous m'avez translatée dans votre propre miroir. Vous ne m'avez jamais demandé où j'étais allée. Je n'étais pas allée vers le champion... ni chez moi. Je suis venue ici, avoua-t-elle comme si elle confessait une grave infidélité. Je ne vous l'ai jamais dit, mais je l'ai dit à Erémis.

— Pourquoi ? interrogea-t-il d'un ton contenu, neutre.

Malgré sa retenue, il avait touché la plaie secrète. Elle aurait pu se trouver des excuses. Il m'avait hypnotisée. Il était le premier homme à avoir envie de moi. Mais Géraden méritait mieux que cela. Et elle était responsable de ce qui s'était passé. Seule responsable.

— Je me trompais, dit-elle. Je croyais le désirer.

Géraden garda le silence jusqu'à ce qu'elle lève les yeux vers lui. Elle fut incapable de déchiffrer son expression mais il n'avait pas l'air en colère. Sa voix fut simplement triste quand il murmura :

— Dommage que vous ne m'ayez pas dit que le

miroir ne vous avait pas conduite vers le champion. Les choses eussent été plus faciles pour moi. Je n'aurais pas eu l'impression de me précipiter dans le néant.

Elle ressentit toute la douleur qu'il n'exprimait pas avec plus d'acuité que le regret qu'il lui montrait.

— Mais Nyle est encore vivant, fit-elle dans un effort pour s'amender. J'en suis certaine. Erémis l'a admis.

Elle lui raconta, de la façon la plus cohérente possible, ce qu'il était advenu du médecin et des gardes qui étaient censés soigner et protéger Nyle. La pensée des dépouilles à moitié dévorées, défigurées, lui serra le ventre ; elle se concentra sur son raisonnement.

Géraden l'écouta sans manifester aucune réaction. Il était trop tendu pour réagir.

— Pauvre Nyle, fit-il d'une voix absente quand elle eut terminé. Sans doute regrette-t-il en ce moment de n'être pas mort. Être utilisé de la sorte doit être horrible pour lui. Tant qu'Erémis le tiendra, il souffrira. On peut encore se servir de lui contre nous.

» C'est de ma faute, bien sûr. Si je ne l'avais pas empêché d'aller trouver le Perdon... si je n'avais pas décidé à sa place, il ne se serait pas trouvé en cette position de faiblesse. Il ne serait pas passé par les cachots où Erémis a pu l'atteindre. Je ne sais jusqu'à quel point il le supportera.

Géraden soupira, comme si les reproches qu'il s'adressait contribuaient à sa force nouvelle. Cela devait être horrible, oui, songea Térisa. Elle connaissait ce sentiment, quand bien même elle avait parcouru le chemin qui lui permettait de ne plus craindre d'être utilisée contre ceux qui lui étaient chers.

— Que ferez-vous, demanda-t-elle doucement, quand vous l'affronterez, qu'il vous enjoindra de vous rendre, menaçant sinon de tuer Nyle ?

— Je ne l'affronterai pas, grogna-t-il.

Il aurait ri s'il n'avait été la proie de la colère.

Térisa le dévisagea avec stupéfaction. Il ne se battrait pas ? Le monde fourmillait de mille peines différentes, de mille blessures... plus qu'elle n'en avait soupçonné. La sensation douloureuse qu'elle éprouva était nouvelle pour elle. Je ne l'affronterai pas. Un bref moment, elle eut envie de crier toute sa rage, toute sa révolte contre son attitude.

Toutefois, Géraden n'avait pas détourné les yeux. Il lui faisait face, tel un mur. Tout ce qu'elle pourrait lui lancer s'y heurterait et retomberait à terre. Il avait été profondément atteint lui-même : elle crut voir ses maintes plaies ouvertes saignant dans l'ombre du campement. Il avait connu le désespoir qui l'avait fait se translater loin d'Orison sans espoir sûr de sa destination — sans espoir de retour. Il avait souffert de ce qu'il avait découvert au sujet d'Erémis, de ce que nul dans Orison ne se fiât suffisamment à lui, ou ne lui accordât assez d'importance pour le croire — aucun des Maîtres, ni le Gouverneur Lebbick, ni même le Roi Joyse.

Il souffrait de la menace qui pesait sur sa famille.

Et il avait échoué dans toutes ses tentatives pour faire de sa vie quelque chose. Il était même responsable de la situation de Nyle. Au nom de quoi avait-elle le droit d'être irritée contre lui ?

Elle ravala sa gluante sensation de chagrin avant d'être capable de parler.

— Qu'allez-vous *faire* ?

Son calme parut soulager le jeune homme, dont l'attitude fut un peu moins raide ; ses traits se détendirent légèrement.

— D'abord, je vais vous obliger à me raconter ce qui vous est arrivé, fit-il avec, dans la voix, un faible écho de son humour d'autrefois. Ensuite, je vous emmènerai à Houseldon où vous trouverez une chemise plus décente.

Involontairement, elle tressaillit.

— Vous savez que je ne parle pas de cela.

— D'accord, acquiesça-t-il, à nouveau de sa voix métallique. Je vais fabriquer un miroir. N'importe lequel, du moment qu'il n'est pas plat, et de taille respectable. Dorénavant, je suis Imageur. Je sais comment m'y prendre. Je me trompais toujours, avant, car je me servais mal de mon talent.

» Je vais fabriquer un miroir. Et je tuerai n'importe quel fils de putain qui viendra ici pour nuire à mes proches.

Térisa retint sa respiration pour ne pas exploser.

— Est-ce ce que vous souhaitiez entendre ? fit-il, rigide.

Oh, Géraden. Elle ne savait que faire pour lui, mais elle devait agir. Elle ne supportait pas de le voir ainsi. Il fallait qu'il trouve de meilleurs remèdes à ce qu'il avait enduré. Cette constatation lui donna la force de s'exprimer à son tour.

— Vous m'avez demandé ce qui m'était arrivé. Je ferais mieux de vous le dire.

Ce fut plus facile qu'elle ne l'aurait cru : elle put taire l'inadmissible. Entre autres, elle passa discrètement sous silence les injonctions du Tor et d'Artagel à le trahir. Il n'avait pas besoin de cette nouvelle souffrance. Et elle put parler comme si la fureur du Gouverneur et sa propre terreur ne l'avaient pas bouleversée. En tout état de cause, elle ne connaissait pas les mots qui auraient exprimé cette tempête d'émotions, ou la façon dont elle s'en était trouvée changée. Elle insista surtout sur Maître Erémis.

— Il les a tous abusés, Géraden.

Elle avait déjà décrit son séjour au cachot, les visites du Gouverneur, d'Erémis, de Maître Quillon, sa fuite avec le médiateur... puis l'apparition de Gilbur, le meurtre de Quillon, la folie de Havelock.

— Ce qu'il a fait à Nyle n'est qu'un exemple. Underwell, le médecin, est mort, et tout le monde pense que vous êtes un boucher, et le seul dans tout Orison à paraître innocent est Maître Erémis. Il joue les héros en remplissant le réservoir d'eau... mais ce n'est qu'un prétexte ; il peut se glisser furtivement n'importe où tandis qu'on le croit occupé. Il est d'intelligence avec Gart et Cadwal, et n'attend que l'heure où son plan sera prêt à fonctionner.

Stratégie, ma dame. Si ce plan avait réussi, j'aurais immédiatement tout gagné. L'échec m'obligea simplement à poursuivre mon but par d'autres moyens. En dépit de sa détermination à rester détachée, ce souvenir la fit frémir.

— Il prépare quelque terrible piège, et nul ne sait qu'il en est l'instigateur. Maître Quillon était mon unique témoin et il est mort. Depuis qu'il m'a vue avec Gilbur, le Gouverneur pense que *j'ai* tué Quillon.

Sa colère revenait au fur et à mesure qu'elle racontait. Elle avait essuyé tant d'offenses. Elle ne voulait pas ajouter du poids aux soucis de Géraden mais le convaincre. Simplement, elle ne parvenait pas à penser à Erémis sans trembler.

— Géraden, il va *tous les détruire*, et nul ne sait qu'il s'agit de lui. Ce que tente le Roi Joyse est de toute façon une folie, mais une folie sans espoir puisque personne ne connaît l'ennemi. Tout ce pour quoi il s'est battu, tout ce qu'il a créé, Mordant et le Congrégat, tous ses idéaux...

Tout ce qui fait que vous l'aimez.

— Erémis va tout détruire.

Dans l'ombre de la montagne, elle vit Géraden faire un geste pour lui intimer silence. Son visage était de pierre.

— Erémis va tout détruire. Bien sûr. Et vous voulez que je l'en empêche. Vous pensez que je peux l'en empêcher.

— Quelqu'un doit les avertir, insista-t-elle en s'efforçant de garder une voix calme et douce. Sinon, ils n'ont aucune chance.

Que devenait pour lui l'augure ? Le péril de Mordant ?

Il bondit brusquement sur ses pieds, partit à grands pas comme s'il avait l'intention de ne jamais revenir ; mais il fit vivement demi-tour et revint affronter Térisa sur le champ d'herbe nouvelle et au milieu de leur repas négligé.

— Vous voulez que je les avertisse, gronda-t-il. *Croyez-vous que je n'y ai pas déjà pensé ?* Parlons clairement. Savez-vous à quelle distance se trouve Orison ? Savez-vous le temps qu'il me faudrait pour m'y rendre ? Le siège a commencé. Cadwal est en marche. Tout ce qu'il veut détruire sera réduit en poussière avant que j'aie fait la moitié du chemin.

J'arriverai, brave garçon haletant et désespéré, réclamant quelque chose à sauver ! Il rira bien de moi.

» Il se *contentera* de rire de moi !

» Térisa, fit-il en contrôlant son désir de hurler, je suis las, infiniment las d'être l'objet des rires.

Elle souffrait en le regardant ; il la rendait si triste que sa colère s'envola, temporairement du moins. Elle ne savait que dire. Elle comprenait, bien sûr. Il était vaincu, abattu et s'efforçait d'admettre sa défaite. Mais ce qu'elle comprenait ou pas ne changeait rien. Cela n'aidait ni Géraden ni Mordant. Il fallait qu'elle lui propose quelque chose. Sinon, elle allait se remettre à pleurer.

— Que voulez-vous que je fasse ? demanda-t-elle.

Il avait déjà envisagé la question.

— Vous êtes un ArchI-Mage, déclara-t-il avec promptitude. Comme Vagel. Vous venez de le prouver. Vous pouvez passer à travers un miroir sans changer de monde. Et sans devenir folle. Mais vous êtes aussi plus que cela. Vous êtes capable de changer les Images elles-mêmes. Ce que je fais avec un miroir ordinaire, vous savez le faire avec un miroir plat. Ensemble, nous sommes les êtres les plus puissants dans tout Mordant. Nous n'avons besoin que de nous exercer. Et de miroirs. Je veux que vous restiez ici et que vous m'aidiez à défendre la dernière cause qui vaille qu'on se batte pour elle.

— Possédez-vous un miroir ?

— Non, pas encore. Mais nous disposons d'un peu de matériel et de poudre que mon père confisqua à un Imageur sans importance aux premiers jours de la paix de Mordant. Nous ne nous en sommes jamais servis.

» J'étais inquiet quand vous vous trouviez encore à Orison, où Erémis pouvait vous nuire... ou vous contraindre en s'en prenant à moi. Mais après ce que vous venez de me dire, je ne pense plus qu'il faille nous presser. Nous ne sommes guère menaçants pour lui en ce moment. Il nous a chassés d'Orison et brille là-bas de tous les feux de l'innocence. D'ici, nous ne pouvons rien contre lui. Et il a d'autres préoccupations à l'esprit. Il est en train de tendre ses filets... quels qu'ils soient. Je pense qu'il va nous laisser tranquilles jusqu'à ce qu'il en ait terminé avec Orison. Il ne s'inquiétera que plus tard des problèmes mineurs.

— Nous sommes donc « les êtres les plus puissants dans tout Mordant » mais seulement un « problème mineur », soupira Térisa.

— Nous n'avons besoin que de nous entraîner, répéta-t-il pour la rassurer. Quand il s'occupera de nous, nous serons prêts. S'il ose s'attaquer au Domne, nous lui arracherons les mains des poignets. Il n'y a rien d'autre à faire, conclut-il comme une profession de foi.

Peut-être était-ce vrai — elle n'en savait rien. Elle n'était pas capable d'avancer plus loin pour l'instant. Géraden supposait qu'elle agirait comme il le voulait : c'était suffisant. Cela lui donnerait le temps de réfléchir. Le temps de se *reposer.* Elle en avait grand besoin. Malgré toutes les questions qui demeuraient sans réponse, sans solution.

— À propos du Domne, fit-elle, je pense que vous devriez m'emmener à Houseldon. J'aimerais connaître votre famille.

Elle n'en fut pas certaine à cause de l'ombre des rochers mais elle crut bien le voir esquisser un sourire.

Cependant l'acquiescement de Géraden à ses propositions et l'idée de retourner chez lui ne modifièrent pas son état d'esprit. Si son amertume s'était apaisée, l'humeur sévère et grave qui l'avait remplacée demeurait de fer, d'intransigeance.

Avec une précision adroite, fort différente des manières confuses et heurtées, causes de catastrophes, dont Térisa se souvenait, il rangea son campement, fit boire les chevaux et les sella.

— Vous monterez la jument baie, décida-t-il. Quiss l'a entraînée à porter des femmes enceintes. Quiss est souvent enceinte. Je soupçonne Tholden de vouloir sept fils, lui aussi. Mais il n'a encore que cinq enfants, dont deux filles.

Son ton semblait doux lorsqu'il parlait de ce genre de choses mais d'une tendresse davantage issue du sens de ses paroles que de la façon dont il les prononçait.

Bien que l'air se fût réchauffé, Térisa garda la couverture sur ses épaules pour monter à cheval. Ce n'était que sa seconde expérience et la selle lui parut dangereusement haut perchée. La couverture lui faisait un vêtement peu seyant mais plus décent que sa chemise déchirée. Elle n'avait aucune envie de se montrer à Houseldon la poitrine à moitié nue.

Quand elle fut en selle, Géraden ajusta ses étriers. Puis il enfourcha sa propre monture, un appaloosa dont les yeux brillaient d'une lueur de folie douce ; il partit le premier.

La colline descendait doucement sur quelque distance depuis le Poing Fermé, puis le terrain paraissait se chiffonner, comme une étoffe froissée. À présent, la lumière était suffisante, même dans l'ombre des montagnes, pour que Térisa aperçoive les fleurs sauvages qui parsemaient l'herbe grasse ; mais elle ne vit pas combien elles étaient brillantes — tellement plus brillantes que dans ses souvenirs — avant que Géraden et elle n'atteignent le plein soleil. Alors la couleur explosa partout où elle posait les yeux : le bleu et le lavande ; le mauve ; le jaune soutenu d'orange ; le rouge riche, si riche des coquelicots. Quelques arbres flanquaient le flanc de la colline, mais la plupart s'étaient rassemblés dans les replis du terrain, le long de la rivière. Les montagnes aux crêtes encore enneigées fermaient le nord, l'est et le sud, si bien que Térisa et Géraden avaient l'air de sortir de leurs bras. Aussi loin qu'elle pût voir en direction du nord-est, vers le Fief de Domne, les douces collines étaient couvertes de prairies d'herbe nouvelle et de fleurs sauvages.

Géraden avait dit vrai : la jument baie était facile à monter ; son allure inspirait confiance. Les deux cavaliers parvinrent bientôt aux plus basses collines, et Térisa se sentit assez sûre en selle pour tenter un trot. Tout ce qu'elle ressentait — le cheval, le soleil du matin, la présence de Géraden à son côté — était tellement plus plaisant que sa première chevauchée dans la neige avec lui et Argus qu'elle ne put retenir un sourire.

— Oui, entendit-elle son compagnon murmurer. Le Fief de Domne est magnifique. Il est toujours beau, quoi qu'il arrive, quoi qu'il survienne à Mordant. Qu'importe qui y vit, qui y meurt, qu'importe ce qui change. Certaines choses... certaines choses demeurent.

Il contempla les alentours pour tout embrasser d'un regard.

— Peut-être est-ce la raison pour laquelle le Domne n'a jamais souhaité se battre, fit-il après un silence. Et pour laquelle le Roi Joyse l'aime malgré tout.

— Je ne comprends pas.

— D'une certaine façon, mon père *est* le Fief de Domne. Il n'est pas besoin de se battre pour ce à quoi il accorde le plus de valeur, car cette chose-là ne peut être abîmée.

Térisa s'attacha à guider sa monture tandis que les chevaux gravissaient une colline plus accidentée. Ensuite, le sol parut s'adoucir sous la caresse du soleil. Non qu'il fût plat, mais les vallonnements étaient longs et paisibles, et l'herbe formait un tapis ininterrompu jusqu'à l'horizon.

Sans doute aurait-elle dû songer à son étrange talent pour l'Imagerie. Après moult dénégations, elle avait découvert que son don était réel. Cela modifiait certainement sa situation, ses responsabilités. Or, rien n'avait changé pour elle. Elle avait déjà choisi à qui et à quoi se vouer au milieu de la tempête de Mordant. Et sans verre, elle ne pouvait ni explorer ni définir ses capacités.

À cet instant, elle ne s'intéressait pas à elle-même mais à Géraden.

— Parlez-moi de votre famille, invita-t-elle. Vous l'avez déjà évoquée mais cela me paraît si loin. J'aimerais savoir qui je vais rencontrer.

— Vous ne verrez pas Wester, répondit Géraden d'un ton absent, à croire que sa famille était loin de ses pensées. Il est en tournée dans les fermes. C'est aussi bien. Il est le plus beau. Les femmes tombent sans cesse amoureuses de lui. Mais il vous briserait le cœur. Il ne se soucie que de la laine. Si la laine était du verre, il serait le plus grand Imageur de tous les temps. Nous ne sommes même pas certains qu'il sache que les femmes existent.

» Tholden est le plus âgé, l'héritier ; il deviendra le Domne quand notre père mourra, et il prend son rôle d'aîné très au sérieux. Il veut lui aussi *être* le Fief, comme l'est notre père. Il y parvient assez bien mais il manque de confiance en lui.

» Tholden et le Domne peuvent être fort drôles parfois. Tholden a une obsession : la fertilisation. Il voudrait que tout ce qui a des racines pousse comme du chiendent. Aussi court-il partout pour pelleter le fumier sur les plantes. Et mon père le suit avec une serpette, maugréant contre le gaspillage, et taille tout ce que Tholden vient de nourrir d'engrais.

Dans le lointain, Térisa aperçut un troupeau de moutons qui ondulait paisiblement pareil à de l'écume sur l'océan vert de l'herbe. Deux petits chiens et un berger gardaient les bêtes groupées sans trop de difficultés : rien ne troublait le ciel et les moutons étaient placides. Géraden et le berger se saluèrent de la main mais ne prirent pas le risque d'affoler le bétail par des cris.

— Les moutons vivent au-dehors, commenta Géraden. Nous pourrions sans doute les faire rentrer à Houseldon, mais à quoi bon ? Ils sont probablement plus en sécurité ici.

Il chevaucha un moment en silence avant de revenir à la question de sa compagne.

— Vous rencontrerez l'épouse de Tholden, Quiss. Ainsi que leurs enfants. Quiss vous mettra à l'aise dans Houseldon, ou se pliera en quatre pour le faire.

» Minick est le deuxième fils. Lui aussi est marié, mais sans doute ne verrez-vous pas sa femme. Elle se montre rarement. C'est dommage, je l'aime bien. Elle est tellement timide qu'elle rougit au moindre sourire qu'on lui adresse. Elle a gâché un jour sa plus belle robe en faisant une révérence au Domne dans une flaque de boue.

» J'aime bien Minick également, bien qu'il soit un peu effacé. Il est le seul homme que je connaisse qui trouve amusant de tondre les moutons. Lui et sa femme sont parfaits l'un pour l'autre.

» Reste Stead, le vaurien de la famille. Actuellement, il est au lit avec une clavicule brisée et quelques côtes fêlées. Il serrait d'un peu trop près la femme d'un étameur ambulant, et celui-ci lui a exprimé sa désapprobation à coups de manche de fourche.

» Le plus étrange est que Stead s'efforce de bien faire. Il travaille dur. Il est généreux. Chaque jour lui est une joie nouvelle. Simplement, il adore les femmes... et ne peut comprendre que tous les hommes ne fassent pas l'amour avec toutes les femmes. Il les juge trop précieuses pour admettre qu'elles appartiennent à quelqu'un. *Lui* n'est pas jaloux pour un sou des maris qu'il trompe. Alors pourquoi *eux* seraient-ils jaloux de lui ?

» En dehors de cela, Houseldon ne compte que trois cents habitants. C'est le siège du Domne. C'est là que se tiennent les instances qui font office de gouvernement. Partout ailleurs, Houseldon ne serait qu'un petit village, mais on y trouve le marché du Fief, la cour des comptes et la cour de justice.

» Également le camp militaire. Le Domne y maintient six archers entraînés, principalement en cas d'apparition d'un ours ou d'une meute de loups qui descendraient des montagnes pour massacrer les troupeaux. Mais d'autres tâches leur incombent, comme de sauver Stead des mains de cet étameur, ou de calmer ceux qui deviendraient belliqueux après avoir absorbé un peu trop d'ale. En de rares occasions, lorsque le Domne décide qu'il doit infliger une amende à quelqu'un, ils vont la collecter.

» Voilà ce que nous avons pour nous défendre, conclut Géraden comme si c'était là la question de Térisa. Six archers, plus quelques fermiers avec leur houe et bergers avec leur houlette ! Voilà pourquoi Houseldon a besoin de nous.

La façon dont il avait changé de sujet troubla Térisa. Elle avait toujours aimé l'entendre parler de ses parents. Parfois, le contraste flagrant avec sa propre famille l'avait attristée ; aujourd'hui, c'était un plaisir. Elle avait hâte de rencontrer le Domne et ses fils. Elle n'était pas encore prête à réfléchir sur les graves événements qui l'avaient conduite ici.

Et ce que sous-entendait Géraden ne lui ressemblait pas. Abandonner tout ce à quoi il avait aspiré afin simplement de se battre pour la demeure familiale... non, cela ne lui ressemblait pas. Comme Artagel, comme Nyle, chacun à leur façon, il n'avait jamais été capable de rester à Houseldon ; il rêvait trop au reste du monde ; le Domne était trop étroit pour lui. Non que Térisa doutât de son amour pour Houseldon, pour le Fief, pour son père et ses frères, mais elle avait la conviction qu'il n'était pas fait pour la tâche qu'il s'assignait, qui lui était autant dictée par l'amertume que par l'amour.

Elle vit un autre troupeau de moutons. Puis le terrain devint plus plat ; des champs apparurent, irrigués par des fossés creusés depuis la rivière et striés des pousses au vert délicat du maïs en herbe ; les chevaux atteignirent la route. Celle-ci était déserte, mais Térisa ne s'en étonna pas. Tout le monde sans doute, à l'exception des bergers, était occupé à préparer la défense de Houseldon.

Enfin, elle distingua le village.

Elle avait oublié le détail des descriptions de Géraden.

Toute l'agglomération était entourée par une palissade en bois plus haute qu'elle ; du haut de sa monture, elle voyait à peine dépasser les toits de chaume. Les bois d'œuvre avaient été plantés dans la terre et liés les uns aux autres. Rien là de bien impressionnant pour Térisa qui avait grandi dans le béton et l'acier. Mais lorsqu'elle vit de plus près la construction, elle la trouva étonnamment robuste. De simples hommes à cheval n'auraient pu en avoir raison. Des créatures à fourrure rouge, armées de cimeterres et de haine n'auraient pu l'abattre. Seul une catapulte ou un bélier saurait en venir à bout.

Ou le feu.

À cette idée, Térisa frissonna et resserra la couverture autour de ses épaules.

La porte, volet massif de troncs consolidés par des barres de fer, était ouverte. Les hommes qui la gardaient saluèrent Géraden d'une façon qui suggérait qu'ils savaient où il s'était rendu et pourquoi. Houseldon n'était pas un lieu pour ceux qui souhaitaient garder des secrets.

— Où est le Domne ? s'enquit Géraden.

L'un des gardes haussa les épaules avec incertitude.

— Chez lui ? Avec sa jambe, il ne sort plus aussi aisément qu'autrefois.

Géraden hocha la tête et précéda Térisa dans la principale rue du village.

Elle aurait voulu demander ce que le Domne avait à la jambe, mais elle était trop occupée à détailler les alentours. La rue sale était à peine plus large qu'un sentier, qui livrait pourtant passage aux charrettes et au bétail. Ce matin-là, la circulation n'était pas dense mais les deux cavaliers provoquèrent l'affluence des badauds. Les gens sortaient des maisons pour voir Géraden — et pour voir l'étrangère.

Contrairement à la rue, les bâtiments de part et d'autre arboraient des façades aussi solides que vastes. Ils possédaient des fondations en pierre, de profonds porches, des fenêtres protégées par des peaux de mouton huilées. Avec de rudes madriers et du torchis, les habitants de Houseldon avaient construit pour longtemps leurs maisons et leurs échoppes ; et le chaume caractéristique des toits ajoutait à cette impression de robustesse, davantage dictée par des impératifs de confort plutôt que d'économie — il dispensait la fraîcheur en été, la chaleur en hiver, et se remplaçait aisément. Les demeures ressemblaient en cela à leurs occupants, qui étaient sobrement vêtus de tissus résistants, à la coupe simple, prévus pour durer.

Les badauds regardaient Géraden et détaillaient Térisa avec une curiosité dépourvue de vergogne. Un esprit chahuteur — que Térisa ne vit pas — cria soudain :

— On dirait que tu as fait le bon choix, Géraden.

L'interpellé ne réagit pas. Il n'en avait pas besoin. Plusieurs voix s'élevèrent contre le plaisantin.

— Tiens donc ta langue, espèce de chiot, fit clairement un vieil homme. Si tu avais autant de soucis que lui, tu te serais déjà jeté dans la Rivière Vineuse.

Fugitivement, la sombre expression de Géraden s'éclaira, et une lueur passa dans ses yeux.

Térisa fut interdite de constater qu'elle rougissait.

Pendant quelques minutes, Géraden la guida à travers plusieurs intersections et rues de traverse ; ils dépassèrent le lavoir, un ou deux greniers à grain, une boutique où l'on vendait de l'épicerie et quelques outils, aux moins six échoppes de négociants en laines et peaux, et une taverne reconnaissable par son enseigne succincte autant que claire : TAVERNE. Puis Géraden s'arrêta devant une demeure et descendit de cheval.

La maison était un peu plus grande que ses voisines. Hors sa taille, son seul signe distinctif consistait en la présence d'une bannière brune et rousse qui flottait au sommet d'un piquet planté dans le chaume du toit. Géraden noua ses rênes à la traverse du porche et se tourna vers Térisa pour l'aider à descendre.

— Nous y sommes, murmura-t-il.

Une femme se tenait sous le porche, en train de battre un grand tapis, tissé de laines dépareillées, suspendu à une corde, comme en témoignaient le petit fléau qu'elle tenait en main et le nuage de poussière qui l'auréolait. Térisa fut frappée par le doré soyeux de sa chevelure, par ses yeux bleu azur, par la rougeur de l'effort sur ses pommettes et par la force de ses mains. Elle avait le bassin d'une généreuse génitrice, les épaules d'un tailleur de pierre ; elle planta ses deux poings sur ses hanches pour accueillir Géraden, comme si elle n'était pas tout à fait prête à le laisser entrer.

Une enfant qui marchait tout juste jaillit de derrière ses jupes et s'y engouffra derechef pour s'y cacher.

— Tu en as mis un temps, lança-t-elle d'une voix qui contredisait la sévérité de ses manières. Pa se tracassait.

— Quiss, rétorqua Géraden, pareil à un homme qui aurait oublié comment l'on rit et qui refuserait qu'on l'irrite, voici Térisa. Dame Térisa de Morgan. Elle est ArchI-Mage, précisa-t-il comme s'il craignait qu'on ne prît pas son invitée au sérieux. Elle est l'Imageur le plus puissant du pays après Vagel.

Quiss posa ses yeux bleus sur Térisa. Elle ne sourit pas mais son regard était aussi chaleureux qu'un rayon de soleil. Térisa se départit aussitôt de sa réserve.

— Elle est également fatiguée, elle a froid, faim sans doute, dit Quiss, et elle n'est pas habituée à monter à cheval. Qu'attends-tu pour la faire entrer ?

Térisa sourit. Géraden lui tendit la main. Ses yeux se refusaient à toute expression : il s'était trop durci pour se laisser toucher par les façons de sa belle-sœur. Le sourire de Térisa s'évanouit soudain car une souffrance vive l'avait traversée à l'évocation du Géraden qui aurait ri et plaisanté gaiement avec la femme de Tholden. Comme il ne répondait ni à sa joie ni à sa peine, elle prit une profonde aspiration et le laissa l'aider à quitter le dos de la jument baie.

Ses jambes se mirent à trembler dès qu'elle eut posé pied à terre mais, après un pas ou deux, furent plus assurées. Elle ne demanda pas son avis à Géraden et garda solidement sa main dans la sienne pour gravir les marches jusqu'au porche.

Toujours sans sourire, Quiss l'accueillit en la prenant aux épaules et en lui plantant un baiser sur la joue.

— Bienvenue Térisa de Morgan. Je ne connais rien à l'Imagerie... mais je connais Géraden. Nous sommes heureux de vous avoir ici.

Térisa connut un instant affreux à essayer d'exprimer combien elle était heureuse elle aussi, quand l'enfant jaillit de nouveau des jupes de sa mère pour briser le silence :

— Man, la dame sent pas bon.

— « Ne sent pas », Ruesha, corrigea Quiss, et non « sent pas ». D'ailleurs, ce n'est pas une façon de parler à une dame.

— Viens ici, gronda Géraden en roulant de gros yeux. Je vais te fesser si fort que tu ne pourras plus en marcher pendant une semaine.

Hurlant pour le simple plaisir, avec un évident manque de peur, l'enfant courut dans la maison. Géraden la suivit, claquant ses bottes sur le parquet pour imiter le bruit d'une course.

Cette fois, Quiss se dérida, sourire à moitié d'excuse, à moitié de plaisir.

— Ruesha dit ce qu'elle pense, comme un trop grand nombre de ses oncles. Remarquez, c'est vrai, ajouta-t-elle en remuant son nez avec humour. Vous ne sentez pas bon. Ils n'ont pas dû bien vous traiter après le départ de Géraden.

Térisa souriait elle aussi ; un trille mélodieux lui gonflait le cœur. Il restait un espoir pour Géraden. Un moment seulement, il avait été abattu par sa défaite. Ce fut avec une joie tout à fait incongrue qu'elle répliqua.

— Ils m'ont mise au cachot.

— Cachot qu'ils n'avaient pas nettoyé depuis des siècles, supputa Quiss, de l'air froissé d'une bonne ménagère. Venez, je vais vous conduire au Domne. Puis nous vous donnerons un bain, et des vêtements propres. Cela laissera le temps à son père de raisonner un peu Géraden.

Elle enlaça Térisa d'un bras vigoureux autant qu'amical et l'entraîna dans la maison.

La pièce où elles pénétrèrent était si sombre que Térisa n'y vit rien, hors la lueur des braises dans la cheminée ; le jour filtrait difficilement par les protections en peau huilée des fenêtres et par l'embrasure de la porte. Peu à peu, ses yeux s'accoutumant, elle distingua le four près de l'âtre, plusieurs portes qui donnaient accès à d'autres pièces, une longue table en bois rectangulaire, assez grande pour recevoir dix ou douze convives.

En bout de table était assis un homme, la jambe soutenue par un tabouret.

— Avez-vous vu Géraden, Pa ? demanda Quiss.

— Il est passé, répondit une voix chaude. Il était trop occupé à courir après ta petite pour parler à son humble père. Enfin... il est revenu entier... avec une femme. J'en déduis que tout s'est passé au mieux.

Certainement, acquiesça Quiss. Pa, voici Térisa — dame Térisa de Morgan. Dès que vous lui aurez souhaité la bienvenue, je l'emmènerai prendre un bain et se restaurer. Pendant ce temps... enfin, maintenant qu'elle est ici, ajouta-t-elle après réflexion, peut-être se détendra-t-il assez pour vous dire ce qui se passe.

» Ma dame Térisa de Morgan, voici le Domne.

Dans la pénombre, Térisa vit que le Domne était un homme grand, fin et courbé comme le manche d'une hache. Il avait le visage de Géraden, d'Artagel, et de Nyle, mais aussi autre chose qui faisait de ses fils des répliques infidèles bien que séduisantes. Ses cheveux étaient drus ; il ne portait pas la barbe. Les fils d'argent sur ses tempes étaient les seuls signes évidents de l'âge. Peut-être la faible lumière était-elle cause qu'on le croyait deux fois moins âgé que le Roi Joyse.

Des bandages entouraient sa jambe posée sur le tabouret. Une paire de cannes demeurait à sa portée mais il ne tenta pas de se lever lorsque Quiss lui présenta l'invitée.

— Ma dame, fit-il de sa voix chaude comme une étreinte, soyez la bienvenue à Houseldon, et sous mon toit. J'aurais aimé donner une fête en votre honneur, célébrer votre arrivée, mais je crains que nous soyons trop occupés. Géraden paraît croire que nous risquons d'être attaqués. Cela n'arrive pas tous les jours et il nous faut nous fortifier.

» Mais ne vous souciez pas de cela. J'attendais depuis longtemps qu'il amenât une femme à la maison. C'est là l'avantage des fils. Lorsqu'ils se marient — ou tombent seulement amoureux — ils mènent leur femme sous le toit familial. Quiss est un bon exemple. Si elle avait été ma fille, et Tholden le fils d'un autre, elle serait partie avec son époux, et nous eussions été perdus sans elle.

Quiss émit un grognement affectueux.

— Les fils, n'est-ce pas ? Est-ce pour cela que vous traitez Ruesha comme si elle valait le poids de ses trois frères en la plus suave eau-de-vie ?

Le Domne ne daigna pas relever la plaisanterie.

— Un accident de chasse, expliqua-t-il en suivant le regard de Térisa. Je crains de devoir admettre enfin que je ne suis plus un jeune homme. De temps à autre, des troupeaux de cochons sauvages traversent le Domne, venus du Termigan. Je les laisserais volontiers flâner à leur guise s'ils ne saccageaient en passant des champs entiers de maïs, aussi sommes-nous contraints de les chasser. Cette fois, l'un de mes fils eut le mauvais goût de suggérer que j'étais peut-être trop vieux pour chasser le cochon sauvage. Ne nous cachons pas la vérité, Quiss, il s'agissait de Tholden. Naturellement, j'insistai pour conduire la chasse.

» Quand le verrat chargea, mon cheval trois fois maudit fut pris de panique et me jeta à terre. Voilà comment je dus admettre que quelques années avaient passé depuis ma jeunesse. Je ne fus pas assez prompt pour empêcher l'animal de me planter sa défense dans la jambe.

» Je guéris lentement, hélas. Autre symptôme de l'âge.

Térisa se prit immédiatement d'affection pour le Domne. Sa façon de parler, très simple, la mit à l'aise mieux que ne l'auraient fait tous les discours, toutes les fêtes. Elle se sentit chez elle.

— Seigneur, fit-elle impulsivement, je suis très heureuse d'être ici.

— Seigneur ? répéta le Domne avec humour. Surtout pas. La dernière fois qu'une femme s'entêta à m'appeler Seigneur, je fus obligé de l'épouser afin qu'elle cesse.

— Comment dois-je vous appeler ? s'enquit Térisa.

— Pa, répondit-il sans hésiter. Sans doute est-ce présomptueux de ma part, mais j'aime ce nom. Mes fils me le refusent, évidemment. Un autre avantage des fils... ils me conservent mon humilité. Au nom de ma dignité ! Comme si j'avais de la dignité ! J'en doute, sinon je ne resterais pas assis ici, à moitié estropié parce que je n'ai pas su me tirer du chemin d'un cochon. Mais le reste de la famille ne me donne pas d'autre nom.

— Pa, murmura Térisa en guise d'expérience.

Cela sonnait bien. Elle n'avait jamais appelé son propre géniteur autrement que *Père.*

— Merci, fit le Domne, comme si elle lui faisait une faveur.

— Venez, Térisa, invita Quiss en la prenant par les épaules. Si je ne vous emmène pas, il restera à bavarder jusqu'à l'heure du déjeuner. C'est un autre « avantage des fils » qu'il n'a pas mentionné. Lorsqu'ils étaient petits, il s'en trouvait toujours un pour l'écouter. Il leur a donné de mauvaises habitudes. N'importe quelle fille avec un peu de bon sens se serait conduite plus finement.

— Nous parlerons plus tard, Térisa, suggéra gravement le Domne. Quand vous vous serez reposée et rafraîchie.

» Si tu trouves, Géraden, ajouta-t-il à l'adresse de Quiss, dis-lui que je veux le voir. Je refuse tout net d'être ignoré tout au long de la matinée simplement parce que Ruesha a envie de jouer.

— Bien, Pa, acquiesça Quiss avec une obéissance mutine.

Elle emmena Térisa hors de la pièce. Elles croisèrent aussitôt une servante, à qui la maîtresse de maison ordonna d'apporter de l'eau chaude pour un bain puis de quérir Géraden que son père réclamait.

La demeure était grande, plus grande que Térisa ne l'avait cru. Derrière sa façade, elle s'étirait sur une distance considérable. Hors de la pièce où se tenait le Domne, toutes les fenêtres étaient ouvertes et la lumière vive, l'air frais printanier pénétraient dans les couloirs. Térisa découvrit les parquets de bois grossier parfaitement poli, les lambris bien cirés. Ce ne fut qu'alors qu'elle sentit la forte odeur du cachot sur elle, car tout à l'entour fleurait bon le savon, la cire d'abeille, la vieille résine. Dans le large couloir ciré, les passages incessants au fil des années avaient tracé sur le bois un chemin plus clair, destiné, semblait-il, à ce que nul ne se perde.

En passant devant une porte entrebâillée, elles entendirent une voix plaintive :

— Quiss ! Au nom de la bienséance, appelait-on d'un ton aussi lugubre que drôle. Je me meurs.

— Ce n'est pas trop tôt, murmura Quiss sans s'arrêter.

— Qui est-ce ? questionna Térisa, surprise.

Elle fut plus étonnée encore de la rougeur qui empourpra le visage de Quiss.

— Stead. L'un de ces rejetons auxquels Pa accorde

si grande valeur. Il n'a pas eu de femme depuis qu'un chaudronnier lui a brisé la clavicule, et il aimerait que je me dévoue. Dès qu'il apprendra que vous êtes ici, il nourrira la même idée à votre endroit.

» Écoutez mon conseil : gardez vos distances avec lui. Il est le seul des fils du Domne à n'avoir aucun jugement. Je ne laisse même pas les servantes entrer dans sa chambre. Un valet et l'un des tondeurs prennent soin de lui.

Térisa réprima un rire.

— Qu'espère-t-il faire... avec une clavicule brisée ?

Quiss s'arrêta, la scruta de ses brillants yeux bleus.

— Vous ne devez pas avoir beaucoup d'expérience avec les hommes, souffla-t-elle. Il ne s'agit pas de ce qu'il espère faire. Mais de ce qu'il espère que vous feriez.

Son expression, toutefois, révélait que ses pensées avaient pris une autre direction. Elle était devenue grave, presque sombre. Ses sourcils trahissaient sa perplexité.

— Jusqu'à hier, murmura-t-elle, nul d'entre nous ne connaissait votre existence. Puis Géraden surgit de nulle part, parlant d'une attaque possible contre Houseldon, et agissant tout à la fois comme si son cœur et son espoir lui avaient été ravis. Il déclara qu'il avait laissé une femme à Orison, que l'on torturait probablement car elle était son amie. Maintenant que je vous vois, je m'étonne qu'il nous ait en fait si peu parlé de vous.

» Il n'a pas précisé que vous étiez belle au point d'avoir tous les hommes que vous vouliez.

Est-ce sincèrement ce que vous pensez ? faillit demander Térisa. Elle souhaitait croire qu'elle était jolie ; et il fallait de toute évidence faire grand cas de l'opinion de Quiss. Mais en fait l'épouse de Tholden semblait vouloir être rassurée, et non pas rassurer. Elle voulait être sûre que Géraden ne souffrirait plus jamais. Délibérément, Térisa renonça à la questionner.

— Ils m'ont mise au cachot parce que je refusais de leur dire où était Géraden, expliqua-t-elle. Il m'a sauvée d'une ancienne vie qui ne menait nulle part. Il a pris maintes fois des risques pour moi. Il a même un jour tenté de s'opposer au Bras-Vif du Haut Roi.

Quiss était impressionnée mais elle ne s'arrêta pas.

— C'est grâce à lui que je suis en vie... grâce à lui que je suis ici. Même si je l'aimais moins que je ne l'aime, personne d'autre ne m'intéresserait.

Et certainement pas Stead, qu'elle soupçonnait de ressembler à Maître Erémis.

C'était là ce que Quiss souhaitait entendre. Elle ne sourit pas, car elle souriait rarement, mais une grande chaleur émana de son visage.

— Bien, alors je ne m'inquiète plus et je vous le laisse. Si quelqu'un peut le sortir de la soue à cochons où il patauge, c'est vous.

Elle repartit promptement, entraînant son invitée.

Trois virages, deux portes, un autre long couloir, enfin, les conduisirent à une chambre où se trouvait un lit bas et long qui contrastait singulièrement avec le reste de l'ameublement : de lourds fauteuils, une table de toilette massive.

— La chambre d'Artagel, précisa Quiss. Le confort y est plutôt sommaire mais je peux vous trouver un lit plus douillet si celui-ci est trop dur. Je ne sais pas comment il dort là-dessus. Parfois je me demande s'il n'est pas vraiment aussi endurci qu'il le croit.

— Je l'essaierai, fit Térisa.

Elle dormait dans son appartement d'autrefois sur le plus dur matelas qu'elle avait pu trouver.

— L'avantage est que vous aurez votre propre salle de bains, continua Quiss en lui désignant une autre porte. Commencez donc à vous dévêtir. L'eau chaude ne va pas tarder. Je vais vous chercher des vêtements.

Térisa s'exécuta avec reconnaissance. Quiss partie, elle se débarrassa de ses bottes et pénétra dans la salle d'eau.

Il n'y avait pas l'eau courante. Apparemment, le Fief de Domne négligeait le système de plomberie en usage à Orison. Cependant, des canalisations en argile dans le sol étaient là pour charrier les eaux usées. Voilà qui expliquait l'absence d'eau, sans parler d'eaux d'égouts, dans les rigoles le long des rues du village : évacuation souterraine. Cette constatation fit doucement rire Térisa. Son séjour à Orison, les mésaventures avec Eléga et l'empoisonnement du réservoir, lui avaient enseigné de bien étranges leçons. La femme qu'elle était autrefois ne se serait jamais intéressée à la plomberie, à moins de pâtir d'une de ses déficiences.

Un bac était déjà rempli d'eau, froide, près de la baignoire en bois. Mais Térisa ne s'occupa pas immédiatement de son bain ; elle retourna dans la chambre, s'assit sur la couche dure d'Artagel, ferma les yeux, savourant le fait d'être là, saine et sauve. Enfin, elle goûtait à nouveau les rayons du soleil qui réchauffaient jusqu'aux lambris le long du lit, elle goûtait l'existence de gens qui se dévouaient aux choses simples, comme la famille, l'amitié, la laine, et non la trahison, l'ambition ou la vengeance. Elle resta assise ainsi, baignée de la paix de cette demeure, jusqu'à ce que deux servantes arrivent chargées de quatre lourds seaux d'eau chaude. Alors, elle prit ce qui lui parut le bain le plus luxueux de son existence.

Propre, séchée, les cheveux de nouveau lustrés, elle vida la baignoire et essaya les vêtements que Quiss lui avait laissés dans la chambre.

Les sous-vêtements étaient de lin fin ; la jupe et la chemise en peau de mouton sans doublure, souple et délicate sur la peau nue, semblaient pourtant remarquablement robustes. La longue jupe était ample au niveau de l'ourlet et avait été fendue devant comme derrière, jusqu'à hauteur des genoux, afin de permettre de monter à cheval ; pour seule décoration elle portait des boutons qui semblaient d'obsidienne polie. L'ensemble de la tenue allait parfaitement avec les bottes d'hiver de Térisa.

Ne lui manquaient plus que des boucles d'oreilles en obsidienne pour rappeler les boutons, et un miroir afin qu'elle puisse se coiffer.

En réalité, elle ne désirait pas de miroir pour sa seule vanité ; elle aurait aimé voir à quoi elle ressemblait, pour commencer à croire en elle-même... croire qu'elle plairait assez à Géraden, qu'elle lui serait assez chère pour qu'il la laissât l'approcher.

Le sortir de la soue à cochons...

Aucune des conclusions auxquelles il était parvenu ne la satisfaisait. Pas plus que l'état où elle le voyait s'entêter ; cela lui devenait insupportable.

Lorsque Quiss revint la chercher pour l'amener au

Domne, elle se sentit à la fois hésitante et pressée, peu sûre d'elle-même, et certaine néanmoins que ce qu'elle avait arrêté était pour le mieux.

— Pa aime déjeuner tôt, expliqua Quiss, mais il n'admettra pas qu'il est trop impatient pour attendre que vous vous soyez restaurée, aussi vous prie-t-il de déjeuner avec lui. Tholden sera là également et je ne doute pas qu'il vous questionne. Si cela ne vous ennuie pas.

— Du tout, répliqua Térisa qui avait grand hâte de revoir le Domne.

Les fenêtres avaient été démasquées dans la grande pièce qu'éclairait maintenant la lumière oblique du soleil. Deux hommes étaient assis à la table.

— Ah, Térisa, lança le Domne de sa voix chaude et mélodieuse. Je suis heureux que vous vous joigniez à nous. J'avais envie de partager mon repas et Tholden, de son côté, souhaitait vous rencontrer.

Il désigna le colosse installé à son côté.

— Térisa, je vous présente Tholden, mon aîné. Un autre avantage des fils est que l'un d'eux sera toujours à même de remplacer le père. Tholden est l'aîné qu'il me fallait.

» Une chance, ajouta le Domne avec un doux rire, qu'il soit aussi le seul de mes fils qui veuille assumer cette responsabilité.

Tholden se leva au côté de son père, pareil à un ours. Ses cheveux frôlaient presque les poutres du plafond. Sa longue barbe touffue rendait plus large encore un torse qui n'en avait nul besoin. Lorsqu'il s'inclina devant Térisa, celle-ci vit les cals sur ses grandes mains rugueuses.

Elle remarqua aussi des brins de paille, quelques brindilles dans sa barbe. Elle sourit involontairement puis reprit bien vite un air plus grave.

— Je suis heureuse de vous rencontrer. Géraden parle beaucoup de vous.

Tholden grimaça un sourire qui leva un peu sa barbe mais qui n'adoucit pas son expression.

— Je n'en doute pas, rétorqua-t-il d'une voix étonnamment claire et aimable : Quiss et moi eûmes le plaisir douteux de l'élever après la mort de notre mère. Sans doute se souvient-il de toutes les fessées qu'il a méritées.

Quiss s'activait entre le four et la table.

— Non, rien de cet ordre, fit poliment Térisa. Il a de vous une plus grande opinion que vous ne le croyez. À propos, où est-il ?

— Il était ici, répondit le Domne. Nous avons parlé un moment...

— Je l'ai envoyé aider Minick, déclara Tholden, plus sombre. Minick tente d'expliquer à un bataillon de fermiers, de bergers, de négociants et de serviteurs comment il leur faudra défendre les murs. Il est l'homme le plus méticuleux de Houseldon, et réellement très consciencieux, mais il peut se montrer un peu lent et ses explications ont tendance à embrouiller les idées de ses auditeurs. Géraden en obtiendra davantage en moins de temps, même s'il a perdu son sens de l'humour.

Térisa regarda le Domne, puis à nouveau Tholden.

— En d'autres termes, vous vouliez me parler à moi seule.

Le Domne se mit à rire.

— Je vous avais prévenu que les subtilités étaient inutiles, lança Quiss depuis le four.

Et ce n'était pas de Térisa qu'elle riait.

— Silence, femme parvenue, répliqua Tholden qui s'arrangea pour assener une claque sur l'arrière-train de son épouse. Et pas d'effronterie. Les femmes devraient être regardées mais non entendues, ou le moins possible.

Plutôt que de répondre, Quiss roula vers Térisa des yeux au désespoir narquois. Térisa ne trouvait pas cela très drôle mais conserva un ton neutre.

— Quel est le problème ? demanda-t-elle. Ne lui faites-vous pas confiance ?

Tholden ouvrit la bouche ; le Domne lui fit signe de se taire.

— Térisa, fit-il d'une voix qui cette fois trahissait les années, je vendrais mon âme sur un mot de n'importe lequel de mes fils. Même Nyle, qui semble avoir oublié qui il est. Mais ce Géraden qui est arrivé tel une bourrasque à Houseldon, hier seulement, prédisant notre destruction imminente... qui est-il ? Ce n'est pas le Géraden qui nous a quittés pour Orison, avec plus d'espoir dans le cœur que toute sa chair et son sang n'en peuvent contenir. Il n'est pas seulement devenu plus dur. Je le connais mieux que cela, Térisa. Il s'est refermé. Il parle de défendre sa cité comme si l'idée seule en était terrifiante.

» Un changement de cette sorte... peut tout signifier.

— Et vous attendez que je vous l'explique, fit Térisa.

Le Seigneur et Tholden hochèrent la tête. Quiss observait en silence.

— Je vendrais mon âme pour lui à l'instant, si je le devais, murmura le Domne, sans un mot de plus de votre part — ou de la sienne. Mais je préférerais comprendre à qui, à quoi je me remets.

Ce n'est pas de votre fait, eut envie de dire Térisa. Il est tellement blessé... Il estime vous avoir fait défaut, à vous, à Artagel et à Nyle, à Orison et au Roi Joyse... et maintenant qu'il est trop tard pour faire quelque bien, il découvre qu'il est réellement Imageur. Il aurait pu peser d'un grand poids sur les récents événements. Il a enduré toutes ces années d'humiliation, et aujourd'hui il est trop tard.

Mais les mots refusèrent de franchir ses lèvres, qui ne lui appartenaient pas à elle, mais à Géraden seul. Elle comprit qu'elle ne pouvait rien expliquer sans risquer d'élever un mur entre Géraden et les siens... mur de pitié d'un côté, de solitude de l'autre. Plus ils en sauraient sur sa douleur, plus il leur serait difficile de s'y confronter, de la défier. Elle-même était presque paralysée de trop en savoir. S'il ne parlait pas de son propre chef, il ne se retrouverait jamais.

— Je suis désolée, dit-elle alors. C'est entre vous et lui. Il devra vous parler lui-même. Mais je lui fais confiance, ajouta-t-elle.

Tholden fronçait les sourcils. Quiss se prit d'un intérêt soudain pour ses pots et ses casseroles comme si elle rabrouait les commentaires qui se pressaient sur ses lèvres. Mais le Domne sourit à Térisa, un soleil au fond des yeux.

— Vous considérez-vous comme son amie ? interrogea distinctement Tholden.

Sans interrompre ses préparations, Quiss envoya un grand coup d'épaule dans les côtes de son époux puis, ignorant son exclamation étouffée, son regard noir, déposa deux assiettes appétissantes sur la table.

— Asseyez-vous, Térisa, et mangez.

Elle plaça une assiette devant le Domne, l'autre devant la chaise la plus proche de l'invitée.

— Ne vous inquiétez pas si vous en avez trop. J'ai l'habitude de cuisiner pour ce grand bœuf et les fermiers avec lesquels il travaille.

Une douce expression sur le visage, elle tira la chaise devant Térisa.

Sur la grande assiette fumaient des ignames frits, des légumes verts, une appétissante viande en sauce et ce qui ressemblait à des beignets aux pommes, le tout accompagné de pain. Si elle mangeait tout cela, elle ne bougerait plus de deux jours.

— Pardonnez-moi, fit Tholden en lui désignant la chaise. Je vous en prie, asseyez-vous et mangez.

» Je ne doute pas de votre intégrité, précisa-t-il. J'ai simplement peur. Je n'aime pas la façon dont Géraden a changé. Je n'aime pas les nouvelles d'Orison. Je n'aime pas ce qui se prépare. Houseldon n'a jamais été bien doué pour se défendre.

— Suffisamment doué quand même, rectifia gentiment le Domne.

— En tout cas, reprit Tholden, je ne veux pas voir ceux avec lesquels j'ai grandi et travaillé se faire tuer parce qu'il est arrivé une chose horrible à Géraden.

— Térisa, *asseyez-vous*, insista le Domne. Je n'ai pas entendu Tholden s'excuser depuis près de vingt ans. Encore une minute debout et vous le vexerez.

Térisa s'assit.

— Je suis désolée, s'excusa-t-elle à son tour. J'ai peur, moi aussi. Et je tâtonne. Quiss dit que Géraden ne vous a guère parlé de moi. Il ne vous a pas dit que tout est nouveau pour moi. Que je ne suis jamais venue dans un endroit comme celui-ci. Que je n'ai jamais rencontré des gens tels que vous.

Avant je ne comptais pas, je n'existais pas.

— Et que je ne suis pas habituée à avoir des ennemis. Je veux aider. Je ferai tout ce que je pourrai. Seulement, je ne tiens pas à parler de ce que Géraden doit vous dire en personne.

Tholden la considéra un moment puis eut un sourire — différent du premier, un sourire qui éclaira tout son visage. Brusquement, il tira une chaise à son tour et s'assit face à Térisa.

— Quand vous aurez terminé, passez-moi donc votre assiette. Un petit en-cas me dirait assez.

Quiss lança un regard heureux vers Térisa puis, essuyant ses mains sur son tablier, se tourna vers le Domne.

— Pa, des bruits courent comme quoi certaines femmes s'affolent. Elles ne savent où se cacher, où cacher leurs filles. Avec votre permission, j'irai essayer de les ramener à la raison.

— Bien sûr, acquiesça le Domne.

— Dis-leur de venir ici en cas d'attaque, intervint Tholden. Cette maison sera le dernier bastion à tenir, si tout le reste s'effondre. Nous mettrons les femmes et les enfants dans la cave à bière et nous les protégerons aussi longtemps que nous pourrons.

Quiss posa une main tendre sur l'épaule de son mari et, après un signe à Térisa, quitta la pièce et la maison.

Calmement, comme si tout était parfaitement normal, le Domne se saisit de sa fourchette, de son couteau et commença à manger.

Térisa avait une faim modérée et ne pouvait se décider à attaquer cette masse de nourriture. Ces gens envisageaient sérieusement la nécessité de cacher les femmes et les enfants dans une cave tandis que Houseldon serait détruit.

— Demandez-moi quelque chose, fit-elle à l'adresse de Tholden. Je veux vous aider.

Tholden la regarda bien en face.

— Quand Géraden est arrivé hier, il pensait que nous allions immédiatement être attaqués. Maintenant, il affirme que nous avons le temps de nous organiser. Tant que vous serez ici, il estime que Maître Erémis n'a pas de raison de précipiter l'agression. Qu'en pensez-vous ?

— Je crois qu'il se trompe, répondit-elle sans hésiter.

— Pourquoi ? fit le Domne en croquant ses ignames.

— Je ne pense pas qu'il se rende compte à quel point il est dangereux. Ou à quel point Erémis le croit dangereux. Erémis a longtemps œuvré pour lui laisser ignorer son don. Et il a tenté de le faire tuer. À mon avis, Erémis ne se sentira en sécurité qu'une fois Géraden mort.

— Simple spéculation, commenta Tholden.

— Nullement. Erémis ignore tout des sentiments actuels de Géraden. Comme il ignore qu'il n'y a aucun miroir ici. Maintenant que Géraden connaît son talent, Erémis peut craindre d être attaqué à son tour.

» Et ce n'est pas tout. Dans l'idée de Géraden, Erémis attendra d'en avoir fini avec Orison avant de s'en prendre à Houseldon. Or, il est en ce moment occupé à remplir le réservoir d'eau d'Orison. Voilà qui ne ressemble pas à l'activité d'un homme prêt à faire fonctionner son piège. Tout me porte à croire qu'Erémis veut aider Orison à tenir tête au Prince Kragen jusqu'à ce que les armées de Cadwal soient en position d'attaque.

» Si j'ai raison, Erémis a le temps de vous frapper tout de suite. Et il sait que je suis ici, précisa-t-elle bien que l'aveu lui fût difficile. Maître Gilbur a vu le miroir se métamorphoser. Il sait que j'ai découvert mon don, moi aussi. Il sait que je puis me rendre n'importe où dans Mordant — ou Cadwal, ou Alend, qu'importe — si seulement je sais à quoi ressemble l'endroit où je souhaite aller. Si je suis capable de le visualiser. Je pourrais apparaître chez lui une nuit tandis qu'il dort et le frapper dans son lit.

» Il ne craint pas seulement Géraden, il me craint moi aussi !

Il faut qu'il ait peur de moi. Il faut que je lui inspire la peur, d'une façon ou d'une autre.

Le Domne continuait son repas sans souci apparent, tandis que Tholden dévisageait Térisa avec un chagrin croissant.

— Crotte de mouton, murmura-t-il pour lui-même. Je ne suis guère accoutumé à tout cela, moi non plus. Je ne suis pas Artagel... Je n'ai jamais voulu être un soldat. Que suis-je censé faire ?

— Qu'es-tu *en train* de faire ? questionna le Domne en reposant ses couverts.

— Tu le sais, répondit Tholden avec un geste las. Wester envoie tous les fermiers et leurs familles ici dans la mesure du possible. Tous les tonneaux que nous avons pu trouver ont été remplis d'eau et placés sur la palissade, en cas d'incendie. Toutes les fourches, les faux, les haches de Houseldon ont été aiguisées, énonça-t-il le regard de plus en plus brillant, les poings serrés mais la voix égale. Les archers connaissent leur place. Minick — et Géraden, je l'espère — préparent les chemins de retraite, expliquent à tous ceux qui se battront comment se mettre à couvert de leurs demeures, comment dresser une embuscade.

» Mais à quoi tout cela nous servira-t-il contre l'Imagerie ?

À l'entendre, Térisa comprenait fort bien ce qu'il éprouvait. Le Domne, pour sa part, ne perdait pas sa placidité.

— Qui le sait ? Moi pas. Je ne lis pas dans le futur.

» Pourtant je sais que tu es l'homme qu'il faut à Houseldon. Tu as déjà pensé à des choses qui ne me seraient pas venues à l'esprit. Tu prendras d'autres précautions encore. Si Artagel était avec nous, il n'aurait pas mieux fait.

Tholden n'était pas convaincu.

— Est-ce là ce que tu appelles vendre ton âme sur un seul mot de l'un de tes fils ?

Le Domne se redressa sur sa chaise et ses yeux brillèrent.

— Tholden, je sais que tu estimes être un homme mûr, mais tu n'es pas encore trop vieux pour être puni pour cause d'irrespect. Je ne suis peut-être que ton père, et à moitié invalide, mais je suis encore assez viril pour te réduire en compote. Réfléchis-y avant de te risquer à une nouvelle impertinence.

Un sourire échappa à Tholden mais qui ne s'attarda pas et ses yeux demeurèrent pleins d'inquiétude. Trop soucieux pour rester assis, il quitta la table.

— Excusez-moi, Térisa. Je crains que vous ne deviez achever votre repas sans mon aide. J'ai perdu tout appétit.

Avec le dos un peu voûté d'un homme accoutumé à se baisser pour passer les portes, il quitta la grande salle. Le Domne le regarda s'en aller et soupira.

— Vous ne pouvez pas le savoir, Térisa, mais voilà les mots les plus tristes qui aient été prononcés sous mon toit depuis bien longtemps. « J'ai perdu tout appétit. » J'espère que vous n'allez pas me dire la même chose.

Térisa aurait volontiers dit « si ». Cette assiette débordant de nourriture l'intimidait. La nature et les conséquences du danger que Géraden et elle avaient porté à Houseldon l'intimidaient. Mais le Domne posait un regard si chaleureux, si amical sur elle, si désireux de l'accepter pour ce qu'elle était, que lorsqu'elle ouvrit la bouche, la syllabe qui en sortit fut un « non ».

Son hôte sourit quand elle piqua sa fourchette dans ses aliments. Elle goûta à tout durant quelques minutes. Le Domne regardait par la fenêtre. Elle eut l'impression qu'il attendait qu'elle ait fini, sans s'impatienter. Il semblait content d'observer la rue, de saluer les passants. Si la guerre guettait Houseldon, rien ne transparaissait sur le visage de son Seigneur. Géraden avait dit de lui, *Il n'est pas besoin de se battre pour ce à quoi il accorde le plus de valeur, car cette chose-là ne peut être abîmée*. Pourtant, Térisa en doutait. Derrière son air de contentement paisible, elle devinait qu'il aimait maintes choses qui pourraient bien souffrir ou mourir.

Il tourna les yeux vers elle quand elle reposa ses

couverts, puis revint au spectacle de la rue. Tranquillement, comme s'il continuait une conversation antérieure, il demanda :

— Quelle a été votre impression de Nyle ?

L'estomac de Térisa se serra.

— Que vous a dit Géraden ? questionna-t-elle prudemment.

Les manières simples du Domne avaient le don de défaire l'anxiété.

— Que vous pensiez que Nyle est encore vivant, que Maître Erémis voudra encore l'utiliser contre nous. Ce n'est pas ce que je veux savoir. Qu'avez-vous pensé de lui ? Comment est-il ?

— Malheureux, fit-elle brièvement, car la question était douloureuse.

— Ah, soupira le Domne qui avait attendu et craint cette réponse.

— Je ne le blâme pas, reprit-elle. Tout ce qui l'a entraîné — tout ce qui concerne le Roy Joyse et Orison, Eléga et le Prince Kragen — tout était plausible. Le Roi Joyse œuvre depuis des années pour être trahi. Nyle a simplement eu assez de malchance pour tomber dans le piège... le même piège qui a happé Eléga. Il a cru ce que son Roi voulait qu'il croie.

» Il n'est qu'une victime, poursuivit-elle sans se préoccuper de la célèbre amitié du Roi avec son interlocuteur. Erémis n'aurait certainement pas fait main basse sur Nyle si Nyle n'avait été enfermé au cachot, sans nul espoir vers lequel se tourner.

Offensait-elle le Domne ? Il n'en montrait rien.

— Les familles, murmura-t-il. Elles présentent un intérêt illimité. Eléga et son père. Géraden et Nyle. Il m'arrive de penser que le destin du monde dépend des sentiments que nourrissent certains êtres à l'égard de leur famille.

» De quel genre de famille venez-vous, Térisa ? Avez-vous des sœurs ? *Six* sœurs, par extraordinaire ?

Elle faillit rire tant l'hypothèse lui parut saugrenue.

— Non, Pa, J'étais enfant unique.

Le Domne lui jeta un regard plus perçant.

Voulez-vous dire qu'après vous avoir eue, vos parents furent capables de restreindre leur enthousiasme pour les enfants ? Étiez-vous si méchante ? Ou si bonne que tout autre enfant eût été une déception pour eux ?

— Non, fit-elle avec toute la candeur possible. J'étais un accident. Mon père n'avait pas de temps à consacrer aux enfants. Et il ne voulait pas que ma mère s'en occupe.

— Pas de temps ?

Brusquement, le Seigneur ôta sa jambe du tabouret et, avec une grimace, déplaça celui-ci pour mieux faire face à son invitée, puis y remit sa jambe blessée. Les coudes sur la table, il s'enquit :

— À quelle tâche vitale et prenante se consacrait donc votre père au point de n'avoir pas de temps pour les enfants ?

Peu sûre du sens de la discussion, et mal à l'aise d'aborder ce sujet, Térisa répondit brièvement :

— Il gagnait de l'argent.

Étrange, le Domne et elle évoquaient son père au passé. D'ailleurs, elle pensait à lui au passé : un temps révolu.

— Dans quel but ? interrogea le Seigneur.

— Gagner encore plus d'argent, fit-elle en haussant les épaules. Je ne crois pas qu'il ait eu d'autre raison. Il se livrait à cette activité parce que cela lui réussissait.

Elle se souvenait des conversations entendues dans la salle à manger, quand elle restait assise sur les marches de l'escalier et que ses parents la croyaient couchée.

— L'argent était pour lui le moyen d'obtenir ce qu'il n'avait pas encore. Un rang social. Une influence politique.

Puis elle se rappela les serviteurs congédiés.

— Il pensait que tout s'achetait.

— Très étrange, murmura le Domne. Il aurait fait fortune en Cadwal.

» Et que faisait votre mère tandis que votre père gagnait de l'argent ?

— Je pense qu'elle s'exerçait, fit Térisa avec une véhémence qui l'étonna elle-même.

— À quoi donc ?

— À être un ornement. Ainsi, mon père pouvait la produire à tout moment.

— « Les femmes devraient être regardées mais non entendues » ? fit le Domne sans pouvoir retenir un éclat de rire. Voilà qui m'explique d'où vous tenez votre beauté, Térisa. Je ne sais comment vous le dire... mais je crois que vous avez déjà rencontré le Haut Roi Festten. Même si vous ne sauriez le reconnaître en le croisant.

Térisa essaya de sourire, sans succès.

Le Domne l'observait, les yeux pleins de soleil.

— Cela nous amène à une question passionnante. Comment êtes-vous passée de là-bas jusqu'ici ? Comment la fille de tels parents devient-elle le genre de femme pour laquelle mon plus jeune fils — mon meilleur fils, peut-être — serait capable de tuer ?

Elle souhaitait lui répondre, et espérait tout à la fois voir cesser cette conversation sur ses parents. D'un ton brusque, elle lui confia ce qu'elle n'avait jamais dit à personne dans Mordant, pas même à Géraden.

— Quand j'avais fait quelque chose qui ne lui plaisait pas, mon père m'enfermait dans un placard jusqu'à ce que la terreur me gagne et me fasse cesser de pleurer.

Un long moment, le Domne la regarda, sans expression. Puis lentement, prudemment, il se détourna. Il souleva de nouveau sa jambe pour remettre le tabouret à sa place initiale, vers la fenêtre. Il se réinstalla, le dos confortablement appuyé au dossier de sa chaise, prêt à faire la sieste aurait-on dit.

Et puis, il se saisit de ses cannes et les lança en direction de la fenêtre. La première passa, la seconde heurta le cadre avant de chuter au-dehors.

— Qu'es-tu en train de me faire, Joyse ? murmura-t-il fiévreusement. Tous ceux qui valent quelque chose dans ton royaume sont en train de souffrir, et je suis assis là, invalide. *Que fais-tu donc ?*

Térisa ne pouvait rien dire. Géraden avait certainement fait part à son père des intentions du Roi, telles qu'elle les lui avait rapportées.

Le Domne passa vivement ses mains sur son visage et ses épaules se serrèrent. Aussitôt, il se frotta énergiquement les joues, comme pour gommer toute passion de ses traits. Il laissa la colère le quitter dans une longue et lente expiration.

— Ne trouvez-vous pas remarquable que nous

soyons si bons amis, le Roi Joyse et moi ? murmura-t-il. Notre amitié est célèbre car j'ai refusé de me battre dans toutes ses guerres. J'ai refusé qu'il fasse de moi l'un de ses soldats. Les gens jugent cela étrange. Trouverais-je que Mordant ne vaut pas la peine que l'on prenne les armes pour lui ? Non, bien sûr. Estimerais-je douteux son idéal d'un Congrégat qui transforme l'Imagerie en quelque chose de bénin ? Non, bien sûr. Alors pourquoi est-ce que je ne me bats pas ?

» Je pense que notre amitié est plus remarquable que tout ce que j'ai fait ou refusé de faire dans mon existence.

— Que voulez-vous dire ?

— Eh bien... reprit-il en se croisant les mains, nous n'avions à l'origine rien en commun. D'abord, il manquait d'humour. Non qu'il soit incapable de voir l'aspect drôle des choses mais il est plus attiré par leur aspect héroïque. Pour lui tout est sérieux. Tout est une question de vie ou de mort. Il est vrai que l'on n'a guère de temps à consacrer au rire lorsque l'on s'occupe de sauver le monde.

» Térisa, il ne *me* serait jamais venu à l'esprit de sauver le monde. Je ne dis pas qu'il ne faut pas le sauver. Même, je trouve qu'il doit l'être. Seulement, je ne me suis jamais senti concerné.

» Un grand peuplier se dresse au bord de la rivière, qui a perdu une branche sous une lourde chute de neige cet hiver, et maintenant la sève commence à s'écouler par la blessure. Si nul ne s'en occupe, taille le tronçon et le recouvre de poix, cet arbre va mourir. La rouille ou les parasites se mettront dans la plaie.

» *Voilà* qui me concerne.

» L'un de nos bergers a une brebis qui abandonne ses agneaux nouveau-nés. *Voilà* qui me concerne. Il se trouve une femme dans une ferme éloignée qui souffre d'une fièvre étrange, et le seul remède qui la soulage est une décoction de l'écorce d'un arbre qui ne grandit pas dans le Domne. On ne le connaît qu'en Armigite. *Voilà* qui me concerne.

» Si vous me demandiez de sauver le monde, je ne saurais pas m'y prendre.

» Le Roi Joyse sait, lui, ou du moins croit savoir.

Térisa pensa que Joyse et son vieil ami avaient peut-être plus en commun que le Domne ne semblait le croire. *Les problèmes devraient être résolus par ceux qui les comprennent.* Or elle préférait les méthodes du Domne. Réprimant la colère qui la gagnait chaque fois qu'elle pensait au Roi, elle demanda :

— Alors, *pourquoi* êtes-vous amis ?

— Je doute de savoir l'expliquer, fit-il rêveusement. Nous avons besoin l'un de l'autre.

» La première fois que je l'ai rencontré, quand il traquait le petit prince de Cadwal qui avait élu notre Fief pour sa terre vassale et nous tenait sous sa coupe depuis dix ans, et quand enfin il nous libéra, je n'aurais rien su lui refuser alors. J'avais autant de feu dans les veines que tout autre jeune homme qui se retrouvait soulagé d'une servitude haïe, et je crois me souvenir que j'allais jusqu'à souhaiter d'apprendre à manier l'épée.

» Pourtant, quand je rencontrai Joyse...

» Térisa, son sourire m'alla droit au cœur. Comme s'il était descendu du ciel, je compris que je l'aimais. Et je sus que le Fief de Domne ne serait jamais comme je le voulais sans sa protection. Et je sus qu'il avait besoin de quelque chose de moi en retour.. quelque chose que nul autre ne saurait lui donner.

— Quoi donc ?

— *Un pôle d'équilibre,* répondit distinctement le Domne. Un contrepoids. Il voulait sauver le monde. Savez-vous combien cette aspiration est dangereuse ? Les hommes qui brûlent de sauver le monde — et qui commettent quelques erreurs — deviennent des tyrans. Tout ce qu'ils désirent et aiment le plus leur glisse des doigts, et ils finissent par se cramponner au pouvoir, qui est tout ce qui leur reste. Partout était écrit que Joyse pourrait connaître ce destin. Il était l'homme le plus brillant et le plus enthousiaste que j'aie jamais rencontré... ce genre d'homme pour lequel il vous paraît naturel de vous coucher dans la poussière... et je ne pus supporter l'idée qu'il risquait d'aller trop loin et de dévier de sa route.

» Tout cela me vint comme dans une explosion, comme un lever de soleil. Et cela me terrifia, car si je lui refusais ce qu'il me demandait, il repartirait et laisserait le Fief de Domne se défendre seul. Cela nous était nécessaire. Nous avions besoin l'un de l'autre.

» Il entra dans Houseldon à cheval, libérateur superbe comme un nouveau jour, et je restai debout sur ma terre, fort de mon droit. “Eh bien, Seigneur Domne”, me dit-il avec ce sourire, me faisant éclater le cœur car avant sa venue je n'aurais jamais espéré devenir le Seigneur de ma terre, “vous voilà libre. Du moins pour un moment. Combien d'hommes pouvez-vous me donner ?”

» “Aucun, Seigneur Roi”, fis-je.

» "Vraiment, aucun ?" Il cessa de sourire. Je crois me souvenir qu'il porta la main à son épée.

» J'étais terrifié mais je dis : "Voici la saison de l'agnelage. J'ai besoin de tous les hommes."

» Il était furieux. Mais perplexe aussi. "J'essaie de comprendre", fit-il, "le Domne a été dépouillé, déchiré entre Alend et Cadwal depuis des générations. Vous avez été un vassal toute votre vie, jusqu'à ce jour. Et vous pensez seulement à vos *moutons* ?"

» Je vous le jure, Térisa, sa colère faillit m'aveugler. Et j'avais un torticolis à force de le regarder. "Je ne dis pas cela, Seigneur Roi", répliquai-je. "Vous me demandez combien d'hommes je puis expédier pour mourir dans vos guerres. La réponse est, aucun. J'ai besoin de tous les bras ici."

» Il a vraiment un sens de l'humour très limité. Mais il possède merveilleusement la joie. Du moins, la possédait. Au lieu de me faire trancher la tête, il se mit à rire.

» Cette nuit-là, nous eûmes l'une des plus belles fêtes auxquelles j'aie assisté. Je finis par penser qu'il allait rire des jours durant. "Les moutons, *les moutons*", répétait-il, et de tomber de sa chaise.

» Depuis, nous sommes amis.

Térisa sentit ses yeux la brûler ; elle avait envie de pleurer. Elle connaissait le sourire du Roi Joyse. Dès le début, elle avait souhaité l'aimer, lui plaire, le servir. Le Domne ravivait ce sentiment — et en ravivait l'impossibilité. Le Roi Joyse lui-même avait rendu cela impossible.

— Et maintenant ? s'enquit-elle d'une voix douce. Êtes-vous toujours amis ?

Après ce qu'il a fait subir à Géraden et à Nyle, et à ses propres filles ? Au Congrégat, à Mordant ?

Lentement, le Domne détacha son regard de la fenêtre pour le poser sur la jeune femme. Ses yeux parurent aveugles en renonçant à la lumière crue de la croisée.

— Il n'est pas responsable des choix de Nyle. Ni même de la santé mentale du Gouverneur Lebbick. Tous deux auraient pu lui garder leur confiance. Il s'est aussi donné beaucoup de mal pour vous protéger, Géraden et vous, autant qu'il le pouvait.

» Il reste mon ami, Térisa. Nous avons besoin l'un de l'autre. Désirez-vous réellement que je lui tourne le dos ?

— Non, souffla-t-elle après un silence.

Malgré son ressentiment, elle-même n'avait nullement l'intention de tourner le dos au Roi.

15

La paix à Houseldon

Térisa était déterminée à faire quelque chose pour Géraden. Malheureusement, elle ne savait quoi.

Sa conversation avec le Domne avait eu le don singulier de cristalliser sa résolution. En même temps, ce qu'il lui avait révélé sur sa famille et le Roi Joyse ne lui avait fourni aucune lumière. Donc, elle voulait aider Géraden. Bien, et après ? Que lui dirait-elle lorsqu'elle le verrait ? Cela ne vaut pas la peine de tant souffrir ? Aucun sens. Assez, vous vous lamentez sur votre sort ? Ridicule. Je suis certaine que vous pouvez vaincre Erémis si vous vous y attelez ? Parfait.

Penser à Géraden lui déchirait le cœur, mais elle ne savait que faire.

Bientôt, le Domne s'abîma dans une sieste soudaine, les bras croisés sur la poitrine, le visage tourné vers la fenêtre. Il était finalement plus vieux qu'il ne le paraissait. Térisa s'assura qu'il ne risquait pas de tomber de sa chaise puis se leva pour aller dehors.

À peine atteignait-elle la porte qu'un homme apparut sous le porche.

Il était brun de peau, ce fut la première chose qu'elle vit. Des années de travail au grand air avaient coloré son épiderme de la même teinte que le cuir de son gilet et de ses culottes. Ses cheveux étaient de la couleur de la boue qui collait à ses vieilles bottes. Et aussi sombres ses yeux, perdus dans cette dominante brune qui gommait les détails de son visage comme de son expression.

Mais lorsqu'il sourit, timidement, presque avec déférence, ses traits se recomposèrent et il apparut d'évidence qu'il était l'un des frères de Géraden.

Il jeta un œil dans la grande pièce, vit son père endormi. Il prit le bras de Térisa et l'entraîna dans le couloir. Sous le porche, il la lâcha, comme s'il estimait présomptueux ce geste qu'il ne s'était permis que pour ne pas risquer de déranger le Domne. Il recula d'un pas ou deux.

— Bonjour, Térisa, fit-il gravement, la regardant à peine. Je suis Minick. Géraden m'a envoyé vous chercher.

— Bonjour, Minick, je suis heureuse de faire votre connaissance.

— Vrai ? s'enquit-il, surpris.

— Oui, je suis heureuse de rencontrer la famille de Géraden, d'être à Houseldon, dans le Fief de Domne. Je brûlais depuis longtemps de vous connaître tous.

Minick parut comprendre qu'elle souffrait de la pauvreté des mots pour exprimer son sentiment.

— Eh bien, je suis heureux moi aussi, fit-il. Je n'en étais pas certain jusqu'à présent. Je n'aime pas voir Géraden malheureux. Mais je suis content maintenant.

— Pourquoi ? demanda Térisa, légèrement déroutée.

— Vous étiez avec le Domne et voilà qu'il sommeille. C'est qu'il vous fait confiance. J'en déduis que vous n'êtes pas la raison du malheur de Géraden.

— C'est plus compliqué que cela, se crut-elle obligée de préciser, jugeant injustifiée la confiance de Minick. Parfois, il me semble que je suis la raison de son malheur... d'une certaine façon. J'ai été liée à beaucoup de choses qui l'ont blessé.

— Non, assura Minick en secouant la tête. Cela n'a rien de compliqué. Vous êtes comme lui. Il croit toujours que tout est compliqué. Mais c'est faux. Les choses importantes sont simples. Il a besoin que quelqu'un l'aime. Voilà qui est simple. Je peux donc être heureux de vous rencontrer.

— Vous devez avoir raison, acquiesça-t-elle, plus détendue.

Minick était de ces êtres qui avaient le don de gommer les difficultés.

— Allons retrouver Géraden, dit-elle.

— Oh, non, fit Minick, soudain sérieux. Il est trop occupé. Et quand il est comme cela, il hurle après tout le monde. Il voudrait que les gens aillent aussi vite que lui. Mais ce ne sont que des fermiers, des bergers. Ils sont comme moi. Ils ont besoin qu'on leur explique tout.

L'idée de Géraden perdant patience était si incongrue que Térisa faillit en rire. Elle se contrôla pour ne pas froisser Minick.

— Je ne comprends pas. Je croyais qu'il vous avait envoyé me chercher.

— Oui. J'ai pensé que c'était un prétexte pour se débarrasser de moi. Mais j'ai dû me tromper, puisque vous êtes heureuse d'être parmi nous.

» Il m'a envoyé pour vous faire visiter Houseldon. Le Domne ne marche pas bien, Tholden est trop occupé, et Quiss préfère rester à la maison avec Ruesha. Géraden m'a dit : "Elle aime bien se promener. Faire le tour de Houseldon devrait lui faire plaisir." Voilà.

Térisa accepta l'invitation, malgré l'état d'esprit chagrin qu'elle devinait chez Géraden. Elle comprit cependant ce qu'il éprouvait. Et elle souhaitait en effet découvrir Houseldon quand bien même elle était certaine, sans critique aucune, qu'il n'y avait pas grand-chose à voir. D'ailleurs, mieux valait connaître le village, au cas où Maître Erémis lancerait bientôt son attaque.

Dédiant à Minick un sourire qui eût stupéfait le Révérend Thatcher — et son père — elle partit en sa compagnie.

Houseldon présentait en fait plus de sujets de curiosité et d'intérêt qu'elle ne l'avait cru. C'était d'ailleurs l'avis de Minick, qui se montra un guide très amoureux du détail. Par exemple, Houseldon ne comptait pas moins de trois relais de chevaux pour les besoins des nombreux cavaliers qui parcouraient le Fief aussi bien que tout Mordant. Les voyageurs y laissaient leur monture et l'on en prenait soin tandis que les maîtres vaquaient à leurs affaires, visitaient leurs parents, réclamaient en justice, contractaient avec les artisans ou recrutaient des apprentis. Aux yeux de Minick, les trois écuries valaient la visite ; chacune présentait des avantages et des inconvénients qu'il se faisait un devoir d'analyser ; chacune prospérait ou déclinait au gré de facteurs qu'il avait à cœur de comprendre.

Et il s'avéra une source inépuisable d'informations. Il savait exactement où se trouvaient les canalisations de drainage, quand elles avaient été installées, combien de mètres cubes de terre il avait fallu creuser. Il savait qui était le premier à avoir conçu *cette* façon particulière de lier les bottes de chaume sur les toits, technique supérieure à toute autre. Il savait d'où venait le suif des chandelles et combien de temps elles duraient. Et il connaissait chaque enfant par son nom, sa parenté et ses facéties préférées.

Très vite, Térisa comprit qu'elle n'avait qu'une alternative : soit interrompre sur-le-champ la visite, avant que son guide la rende folle ; soit se détendre et se laisser conduire où il le désirait. Pas de moyen terme.

C'était de mise dans la famille. À leur façon, Géraden, Artagel et Nyle nourrissaient tous trois une allergie à la voie médiane. Wester lui avait été décrit comme un obsédé de la laine. Stead était fou des femmes. Et Géraden avait mentionné la passion de Tholden pour la fertilisation. Le Domne lui-même ne s'était guère montré enclin au compromis lors de sa première rencontre avec le Roi Joyse. Minick n'était pas différent.

Elle envisagea brièvement de l'arrêter pour lui dire qu'elle en avait assez, qu'elle préférait aller seule. Or, elle s'aperçut que son sourire ne s'était pas lassé en compagnie de Minick, soit qu'il l'amusât, soit qu'il l'émût. Il distinguait précisément le bel ouvrage du médiocre, la sage économie rurale de la dispendieuse, la prévoyance ou son absence ; mais ces constatations ne l'empêchaient pas d'aimer tout le monde autour de lui, quand bien même il se montrait critique pour mieux édifier son invitée. Plus il parlait, plus il apparaissait gentil et de bonne compagnie. Et plus Térisa l'écoutait, plus elle sentait les tensions et les peurs s'assoupir en elle.

Aussi continua-t-elle à se laisser guider jusqu'au bout de la visite.

Et la journée fila, comme les complexités s'étaient évaporées sous le jugement franc de Minick. Il l'avait emmenée un peu avant midi ; puis les ombres de la fin de journée s'allongèrent, et Térisa eut mal aux jambes à force de marcher, de rester debout, ses bottes lui meurtrirent les pieds, et son cœur se fit paisible pour la première fois depuis bien longtemps, si longtemps qu'elle ne s'en souvenait pas. Minick n'était pas seulement drôle, aimable et méticuleux : il était un guérisseur. Elle savait que Houseldon se préparait au combat mais les manifestations de ces préparatifs n'effleuraient même pas son guide ; comme s'il portait la paix avec lui, où qu'il allât. À présent, pensait Térisa, elle n'avait besoin que d'une bonne nuit de sommeil, et ensuite elle se remettrait à réfléchir.

Lorsque Minick la raccompagna au domicile du Domne et commença à lui dire au revoir, elle n'eut aucune envie de le laisser partir.

— Où allez-vous ?

Il eut cette fois un sourire d'une timidité différente, car il n'avait pas une fois parlé de lui de toute l'après-midi.

— J'aime rentrer chez moi avant le dîner, murmura-t-il, et jouer un moment avec les enfants. Cela donne à leur mère le temps de cuisiner. Et ils sont un peu plus calmes ensuite quand vient l'heure d'aller au lit.

L'idée de cet homme taciturne et sombre en train de jouer avec ses enfants ravit la jeune femme, autant que sa pudeur. Peut-être jugeait-il déplacé le fait de parler de lui-même. Mue par une impulsion toute d'affection et de gratitude, Térisa lui déposa un baiser sur la joue.

Il ouvrit grand les yeux, la dévisagea un moment, puis baissa la tête pour masquer sa confusion.

— Je crois que je ne raconterai pas cela à mon épouse, dit-il doucement, avec une joie retenue. Cela ne lui plairait sans doute pas et j'aime lui faire plaisir. Elle est la seule femme à avoir été patiente avec moi. Au revoir, Térisa.

Lorsqu'il fut parti, Térisa gravit les marches et pénétra sous le porche. D'agréables fumets l'avertirent que Quiss s'activait pour le dîner. Ses joues lui faisaient mal à force d'avoir souri ; à croire que ces muscles-là avaient grand besoin d'exercice...

La vue de la grande salle l'arrêta net sur le seuil.

Quiss avait préparé un pot-au-feu qui semblait destiné à nourrir la moitié de Houseldon. Ses joues étaient rouges, et de fatigue et de la chaleur des fourneaux ; des mèches de cheveux mouillées de sueur collaient à ses tempes. Auprès d'elle, plusieurs servantes bavardes s'occupaient de dresser la table, apportant de l'arrière-cuisine assiettes, couverts, brocs et soupières. Le Domne et Tholden étaient assis côte à côte en bout de table, et devaient pour se parler élever la voix afin de se faire entendre malgré le caquetage des servantes. Dans un angle de la pièce, un garçon d'une quinzaine d'années et une fille un peu plus jeune discutaient fiévreusement ; mais les bribes qu'en saisit Térisa se résumaient à : Tu l'as fait ! Non ! Si ! Non ! Si ! Un autre garçon, celui-ci de huit ou neuf ans, était installé près de Tholden, s'efforçant d'affûter une épée en bois avec une pierre à aiguiser. Un troisième enfant, encore plus jeune, étudiait à coups de bâton les possibilités de résonance d'une cuvette en étain.

Un moment, le niveau sonore parut si éprouvant à la nouvelle venue, si choquant pour la paix de son cœur, qu'elle faillit tourner les talons. Rien dans son existence d'enfant puis dans sa vie solitaire ne l'avait préparée à un séjour en une demeure où l'on se conduisait de la sorte.

Puis Quiss leva la tête, vit Térisa et lui sourit.

Son évident plaisir modifia du tout au tout le vacarme, ou du moins la façon dont Térisa le percevait. Tout ce bruit, toute cette activité n'étaient pas le fruit de la colère, ni de la détresse, ni de l'inquiétude, ni de la douleur : c'était la vie, qui se faisait entendre haut et fort. Au sourire de Quiss, elle comprit que la femme de Tholden était là dans son élément, épanouie justement parce qu'il régnait dans sa famille, son foyer, cette saine agitation, ce chahut ; parce que chacun existait à part entière, pour lui-même autant que pour les autres. Et alors Térisa comprit que ce tumulte n'était qu'une autre manifestation de paix — vive, frénétique, certes guère reposante pour une novice comme elle, mais dépourvue de toute angoisse.

Rendant son sourire à Quiss, elle s'avança dans le bruit.

— J'ai su que vous étiez avec Minick, dut crier la

cuisinière pour se faire entendre. Tout l'après-midi ? Il vous a tout montré ?

Térisa acquiesça d'un signe de tête.

— Très bien. Décidément, vous méritez qu'on vous aime. Désormais, Minick est votre ami pour la vie. La plupart des gens refusent de l'écouter si longtemps.

— Ils devraient essayer, cria Térisa. Il est si gentil.

Quiss hocha la tête à son tour.

— Heureusement, ses nièces et neveux sont fous de lui, fit-elle en désignant les enfants à l'autre bout de la grande pièce. Je veux dire, heureusement pour eux.

» Il serait avec nous ce soir si sa femme n'était pas si timide. Je sais qu'il s'attriste parfois de ne pas passer davantage de temps ici mais je crois que sa pauvre épouse ne met pas le pied hors de sa demeure sans trembler de peur, précisa-t-elle en riant. Je me demande comment il lui a fait sa cour !

Térisa lui renvoya un nouveau sourire qui la contraignit à frotter ses mandibules douloureuses.

Une servante se planta alors devant elle, avec une chope mousseuse posée sur un plateau.

— Aimez-vous l'ale ? Mon mari a brassé celle-ci pour le Domne. Vous n'en trouverez pas de meilleure dans tout le Fief.

— Merci, fit Térisa.

Elle n'avait jamais pris cette boisson mais elle avait grand soif ; elle accepta la chope et goûta le breuvage. La servante l'observait. Ce n'était ni tout à fait aigre, ni tout à fait amer, peut-être les deux. À la seconde gorgée, la saveur lui parut bien meilleure... et délicieuse au troisième essai. Elle manifesta son approbation et la servante s'éloigna avec une joyeuse fierté.

— Térisa ! appela Tholden. Venez vous asseoir. Je tiens à vous rendre compte de nos préparatifs. Peut-être me rappellerez-vous quelque chose auquel je n'ai pas pensé.

Il lui offrit une chaise sur laquelle elle s'installa. Le Domne avait l'air sceptique ; sans doute avait-il perçu combien leur univers désorientait Térisa. Quoi qu'il en soit, il hocha la tête comme s'il souhaitait lui aussi entendre l'avis de son invitée. Aussitôt, Tholden se mit à exposer les dispositions qu'il avait prises dans la perspective d'une bataille.

Elle n'y comprit goutte. En vérité, elle entendait un mot sur trois ; le reste se perdait dans les clameurs adressées au chef de famille : Pa, c'est de sa faute ! Non, c'est de la sienne ! C'est elle qui a commencé. C'est *lui* ! Et elle ne put s'empêcher de remarquer que même le Domne avait l'air plus intéressé par la querelle des enfants que par l'exposé de son fils.

— Peut-être serons-nous plus au calme pour en parler après le dîner, suggéra-t-elle, sans se sentir coupable de sa légèreté.

Sur ce, elle avala une nouvelle gorgée d'ale et ne prêta plus du tout l'oreille.

Le désordre qui présidait au repas semblait avoir atteint son paroxysme quand l'une des portes latérales s'ouvrit avec fracas pour laisser une nouvelle couvée d'enfants criards envahir les lieux. Ils avaient tous l'âge et la taille de Ruesha — donc trop proches les uns des autres pour être frères et sœurs. Il eût déjà été surprenant qu'ils appartinssent à trois ou même quatre familles différentes. Tous étaient tout nus, hurlant de joie, et tout mouillés. Et Géraden les suivait dégoulinant d'eau. Il avait deux serviettes en main, mais déjà trop trempées pour être de quelque utilité.

— Revenez ici, petits monstres ! grondait-il. Je vais vous sécher d'importance ! que les têtes vous en tomberont !

Avec force hurlements de joie, les petits corps nus s'éparpillèrent dans toutes les directions.

Térisa n'avait pas vu Géraden depuis le matin. Un examen attentif lui suffit pour constater qu'il demeurait crispé et austère, refermé sur lui-même. Peut-être avait-il refoulé sa dureté pour le bien des enfants, ou peut-être était-ce eux par leur allégresse et leurs rires qui le tiraient de ses humeurs noires.

Térisa se détendit. Elle pouvait attendre une meilleure opportunité pour lui parler. Elle lui dédia son plus beau sourire, sans vraiment se soucier qu'il le remarque ou non ; elle laissa la gaie clameur l'envahir, grandir en elle, forme bruyante et assourdissante de contentement.

Quiss, Tholden et les servantes attrapèrent au passage les bambins scintillants de gouttelettes d'eau et très vite, toutes les victimes de Géraden se retrouvèrent prisonnières entre les bras des grandes personnes.

— Ce sont vos garçons les coupables, déclara Quiss, rieuse, à l'une des servantes.

— Je vous demande pardon, protesta joyeusement celle-ci. Je gage que Ruesha est cause de ce tapage. Elle est la plus célèbre chipie de Houseldon. Tout le monde vous le dira.

— Ce sont tous de petits monstres ! décréta Géraden d'une grosse voix. Ils ne savent pas ce qu'ils vont souffrir quand je les tiendrai !

Grondant et dansant comme une bête sauvage, il s'approcha des enfants.

Il fallut l'aide de trois ou quatre servantes pour l'aider à reconduire le petit monde au bain interrompu.

S'il n'avait pas été si occupé — et si elle n'avait pas été si bien devant sa chope d'ale — Térisa lui aurait couru après, tout à l'immense désir qu'elle avait de l'embrasser autrement plus sérieusement qu'elle n'avait embrassé Minick.

Il revint au bout d'un moment dans la grande pièce. Entre-temps, une demi-douzaine d'autres hommes étaient arrivés pour le souper : tous dirigeaient l'une des équipes auxquelles avait été assignée une tâche dans la défense du village. Dès le dîner terminé, la table débarrassée, la conversation s'orienta vers le sujet que tous avaient à l'esprit, à l'exception de Térisa : quel genre d'attaque allait-on subir, quand, et comment se défendrait-on.

Géraden décrivit quelques-unes des manifestations d'Imagerie que Maître Erémis avait déjà fait subir en Mordant ; et les hommes perdirent vite l'assurance qu'ils avaient arborée en pénétrant dans la demeure du Domne.

— Es-tu en mesure de faire quelque chose ? s'enquit finalement l'un d'eux, timidement.

— Pas avant d'avoir fabriqué un miroir, répondit Géraden.

— Mais comment tiendrons-nous tête à de pareilles monstruosités ? questionna un autre. Que faire ?

— Ce qui est à faire a déjà été fait, fit paisiblement le Domne. Tout est prêt.

— Souhaitons seulement que dame Térisa se trompe, précisa Géraden sans regarder la jeune femme. Espérons qu'il nous laissera du temps. Demain, je préparerai le four et je commencerai à mêler le sable.

À la surprise générale, comme à la sienne propre, Térisa se leva et quitta la pièce.

Elle refusait d'entendre cela, purement et simplement. Elle s'était depuis trop peu de temps arrachée à Orison, à la méfiance du Gouverneur, aux ruses d'Erémis, à la violence de Gilbur. Et elle n'avait pas dormi depuis, à part ce bref et inattendu repos sur l'herbe moelleuse du Poing fermé. La sensation de paix en elle était fragile, qui mourrait si elle se laissait gagner par l'anxiété des défenseurs de Houseldon, si elle se laissait gagner par ses propres inquiétudes pour Géraden. Dormir, voilà ce dont elle avait besoin, et non pas de tous ces bavardages. Demain matin elle serait plus à même d'y songer — peut-être serait-elle plus brave.

Saluant les servantes qu'elle rencontra en chemin, elle se réfugia dans la chambre d'Artagel.

Il y faisait nuit. Un instant, elle songea à quérir de l'aide mais aussitôt elle se souvint d'avoir vu une lampe sur la petite table à la tête du lit. Elle se guida grâce à la lumière qui filtrait dans l'entrebâillement de la porte, prit la lampe, alla l'allumer à la torche du couloir. Cela fait, elle rentra dans la chambre et ferma la porte.

Une deuxième lampe allumée à la première et la chambre brilla bientôt d'une chaude lueur. La fraîcheur de la nuit printanière la saisit lorsqu'elle se dévêtit dans la salle de bains. Elle fut bientôt au lit, entre les draps frais, sous les douces couvertures.

À peine sa tête se fut-elle posée sur l'oreiller que la quiétude crût en elle, qui colora différemment tout l'univers qu'elle sentait bruire autour d'elle. La paix gagna toute la maison ; gagna Géraden et les hommes qui préparaient la survie de Houseldon ; gagna la profondeur des gorges comme les hauteurs montagneuses du Fief de Domne.

Le silence, le repos qui tombaient doucement, comme une neige, emportèrent loin la jeune femme.

Elle sombra dans le sommeil avec un tel contentement qu'elle en oublia d'éteindre la lampe qui brûlait à son chevet.

Ce fut cette lampe qui la sauva de la honte et l'empêcha d'alerter en pleine nuit toute la maisonnée. Dans l'obscurité, elle aurait sans doute perdu la tête, se serait mise à hurler.

Pour la seconde fois de sa vie, elle fut tirée du sommeil par une pluie de baisers.

Une bouche ferme se posa sur la sienne ; une langue joueuse s'insinua entre ses lèvres, cherchant la sienne. Une main juste assez fraîche pour attirer l'attention trouva sa hanche sous les couvertures, remonta en une longue caresse sur son ventre, vers ses seins, se mit à les taquiner tandis que la bouche se faisait plus avide.

Elle ouvrit les yeux et découvrit les cheveux bouclés, le regard intense des yeux bruns de l'homme qui s'était agenouillé près du lit bas pour l'étreindre ; elle reconnut qu'il ne s'agissait ni de Maître Erémis, ni du Gouverneur Lebbick, ni de Gilbur, ni de quiconque qui l'aurait terrifiée. Alors elle ne hurla pas. Non, elle repoussa l'homme de toute la force de ses bras.

Son épaule heurta violemment la clavicule de l'inconnu.

Avec un cri étouffé, il tomba à terre et le choc, bien qu'il ait tenté de protéger de ses bras son torse et son épaule serrés par les bandages, résonna douloureusement dans ses os fracturés. Un moment, il demeura cambré sous le coup d'une réelle douleur. Puis il commença à se mouvoir péniblement sur le parquet.

— Térisa, souffla-t-il d'une voix douloureuse en levant vers elle un regard déchirant, que me faites-vous subir ? Je veux simplement vous faire l'amour. Inutile de me faire mal.

À présent qu'elle voyait son visage, elle ne pouvait se méprendre sur sa ressemblance avec les autres fils du Domne. Il s'agissait de Stead, à n'en pas douter.

Dardant sur lui un œil furieux, elle prononça les premières paroles qui lui traversèrent l'esprit :

— Je vous croyais cloué au lit par vos multiples fractures.

— Certes, acquiesça-t-il avec un sourire qui mêlait savamment douleur et séduction, mais c'était avant de vous avoir vue dans le couloir, depuis ma chambre. Aussi ai-je attendu que tout le monde soit endormi avant de me risquer à marcher. Un homme peut toujours tenir debout s'il en a la volonté. M'aiderez-vous à me relever ? ajouta-t-il comme elle se taisait. Je souffre réellement et le sol est un peu dur.

Il portait heureusement une sorte de long caleçon de coton en sus de ses bandages. S'il avait été nu, Térisa aurait eu grand-peine à garder une contenance. En l'occurrence, elle se trouva assez forte pour le regarder droit dans les yeux :

— Essayez de vous relever et je vous battrai jusqu'à ce que vous le regrettiez.

Aussitôt, elle faillit se mettre à rire. Elle avait un jour menacé Géraden de le frapper, et elle était passée à l'acte pour qu'il cesse de s'excuser.

— Ce n'est pas gentil, fit Stead.

Il conserva un moment une expression lugubre puis une idée plaisante parut lui traverser l'esprit.

— Cela vaudrait le coup, peut-être. Pour me battre, il vous faudra sortir de ce lit... donc vous montrer à moi. Votre démarche me donne à penser que vous avez un corps superbe. Aucune femme ne m'a jamais repoussé après m'avoir laissé jeter un œil... ne serait-ce que dans son décolleté, ajouta-t-il avec un sourire gourmand.

— Bon, je ne vous battrai pas, décréta Térisa qui avait de plus en plus envie de rire. Je ne quitterai pas mon lit.

Stead ressembla alors étonnamment à Géraden, lorsque ce dernier essayait d'imiter Maître Erémis — sans grand succès. Serrant précautionneusement les couvertures contre elle, Térisa s'assit dans le lit et désigna la lampe de chevet.

— Je me contenterai de vous asperger d'huile brûlante.

— Non, vous ne ferez pas cela, rétorqua le jeune homme sans prendre sa menace au sérieux.

— Qu'est-ce qui vous le fait croire ?

— Vous ne souhaitez pas réellement me faire du mal, expliqua-t-il sans arrogance aucune. Vous avez besoin d'un homme.

— Hein ?

— Comme toutes les femmes. C'est ce pour quoi les hommes et les femmes existent. D'abord ils se désirent. Ensuite, ils s'unissent et jouissent l'un de l'autre.

Voilà qui paraissait dangereusement plausible.

— Que devient Géraden dans tout cela ? Il est votre frère après tout. Et je suis venue avec lui. Ne le considérez-vous pas comme un homme ?

— Ah, Géraden, fit Stead avec un sourire affectueux. Bien sûr que je le considère comme un homme. Si vous voulez mon opinion, il est le meilleur de nous tous. Certes, il ne connaît pas la terre comme Tholden, ni les bêtes comme Wester, ni le métier des armes comme Artagel. Et il ne connaît rien aux femmes. Il est néanmoins le meilleur.

Étonnant comme il s'exprimait sans aucune arrogance, ni aucun sentiment de supériorité. Il ne dépréciait personne.

— Mais quelle importance ? L'important est que *vous* ne le considérez pas comme un homme.

Térisa demeura bouche bée. La situation n'était plus du tout drôle, tout soudain.

— *Moi, je...* ?

— Vous êtes venue ici avec lui. Il vous adore. Si vous pensiez à lui comme à un homme, vous seriez dans sa chambre en ce moment.

Rien dans l'intonation de Stead ne suggérait l'once d'une critique, ni à l'égard de Géraden, ni à l'égard de Térisa.

— Vous devez désirer quelqu'un d'autre.

Soutenant le regard de la jeune femme, il commença à se relever. Il souffrait, de toute évidence, mais sa douleur ne faisait que rehausser l'éclat séducteur de ses yeux.

— Je pense que vous avez envie de moi, murmura-t-il. *Moi*, je vous veux.

Quelque chose lui rappelait Maître Erémis dans l'intensité de cet intérêt masculin, intensité qui hypnotisait Térisa. Et Stead avait l'avantage de ne pas chercher à l'avilir ni à exercer des cruautés.

— J'ai commencé à vous désirer à l'instant où je vous ai vue, reprit-il, prêt à se mettre debout. Vos lèvres réclament les baisers. Vos seins aspirent à la félicité des caresses. Le lieu brûlant entre vos jambes se languit d'être pénétré. Térisa, je vous veux. Je veux vous donner du plaisir jusqu'à ce que votre jouissance soit aussi forte que la mienne.

Debout maintenant, malgré la douleur que lui infligeaient ses côtes, sa clavicule, il s'approcha doucement d'elle.

Il émanait de lui un magnétisme proche de celui d'Erémis. Et son désir était moins menaçant que celui du Maître.

Si vous pensiez à lui comme à un homme...

Elle laissa tomber les couvertures. Les yeux de Stead brillèrent davantage, il s'approcha encore mais elle le dédaigna. Évitant ses bras, elle sortit de son lit et traversa la chambre pour aller prendre ses vêtements.

— Térisa ?

La chemise et la jupe que lui avait données Quiss n'étaient pas assez chaudes pour la fraîcheur nocturne. Elle les enfila néanmoins sans hésiter ; elle n'avait pas le temps de chercher autre chose. Et les bottes lui tiendraient au moins chaud aux pieds.

Stead vint derrière elle, posa les mains sur ses épaules.

— Térisa ?

Elle se tourna vers lui.

— Conduisez-moi à la chambre de Géraden.

— La chambre de Géraden ? répéta-t-il en fronçant les sourcils. Pourquoi ? Il n'a pas envie de vous. Il le croit, mais il se trompe. S'il vous désirait vraiment, il serait déjà ici.

Térisa secoua la tête ; elle connaissait, mieux Géraden que cela.

— Stead, fit-elle calmement, je ne vais pas vous menacer, ni de vous battre ni de vous brûler. Simplement, je ne veux pas de vous. Emmenez-moi chez Géraden.

— Vous n'êtes pas sérieuse.

Elle passa devant lui et gagna la porte. Le couloir était plongé dans l'obscurité. Elle revint prendre sa lampe de chevet.

— Faites comme chez vous, dit-elle. Vous pouvez aussi bien dormir ici, je ne reviendrai pas.

Elle refermait déjà la porte lorsqu'elle entendit le pas de Stead.

— Attendez, Térisa...

Ses blessures l'empêchaient de marcher rapidement. Il la rejoignit laborieusement, s'appuya au chambranle de la porte afin de se reposer de ses efforts. Son expression était énigmatique pour Térisa : derrière la fatigue, il paraissait tout à la fois triste et étonnamment heureux.

— Quiss me repousse toujours, souffla-t-il. Je ne comprends pas cela. J'ai essayé de lui dire combien j'avais envie d'elle. Mais elle refuse.

» Je dois admettre, ajouta-t-il tandis que la joie gagnait sur son visage, qu'elle me fait penser grand bien de Tholden.

» La chambre de Géraden est par là.

Désormais, il était facile à Térisa de lui sourire. Elle glissa son bras sous le sien pour l'aider à marcher. Ce geste parut le troubler mais Stead n'avait aucune raison de savoir comme il sortait grandi de la comparaison avec Maître Erémis... Toujours est-il qu'il se laissa soutenir et ils partirent ensemble, tels de vieux amis.

Le couloir présenta deux virages, s'étira en longueur avant que Stead ne s'immobilise devant une porte close.

— Voilà, murmura-t-il.

Puis il enlaça Térisa à la taille et la serra contre lui.

— Êtes-vous certaine de ne pas préférer venir avec moi ? lui chuchota-t-il à l'oreille. Même s'il vous adore il ne peut pas vous désirer plus que moi.

— Allez-vous-en, chuchota-t-elle doucement, gentiment, en le repoussant. C'est trop important.

Il soupira ; acquiesça ; secoua la tête en signe de défaite. Mais il ne discuta pas. Morose, il tourna les talons et s'éloigna d'un pas lent dans le couloir, les bras serrés contre ses côtes meurtries.

Térisa attendit qu'il eut disparu. Avant que ses nerfs ne la lâchent, elle souleva le loquet et se glissa dans la chambre.

À la lueur de la lampe, elle vit que Stead l'avait conduite là où elle le voulait. Géraden était endormi sur un grand lit contre le mur du fond, parmi des couvertures avec lesquelles il avait apparemment livré un ardent combat. Il gisait, défait, vaincu, sur le champ de bataille.

Dans le sommeil, son visage n'avait plus son amère dureté, le masque de fer du désespoir. Il paraissait jeune et vulnérable, et aimable au-delà de toute expression. Térisa eut envie d'aller à lui, pour le prendre dans ses bras, le tenir contre son cœur, et chasser tout ce qui lui faisait mal. En même temps, elle aspirait à le laisser dormir, se reposer, rêver, afin que sa détresse s'en aille. Elle referma la porte, sans bruit pour ne pas le déranger.

Mais la lumière l'éveilla. Il ne tressaillit ni ne se jeta hors de sa couche ; il ouvrit simplement les yeux et le reflet doré de la lampe éclaira ses prunelles. Sans transition aucune, il n'eut plus ce visage de jeunesse et de fragilité ; il parut prêt à fondre, pareil à un prédateur blessé.

Maître Erémis avait depuis longtemps compris combien Géraden était dangereux. Tout à coup, la *stratégie* de l'Imageur vis-à-vis de l'Aspirant prit un sens pour Térisa.

— Géraden, murmura-t-elle, emplie d'une soudaine confusion. Je regrette, je n'avais pas l'intention de vous réveiller. Du moins, je le crois. Je ne sais pourquoi je suis là. Je ne pouvais pas rester loin de vous.

Heureusement, il bougea, s'assit, et ce changement d'attitude effaça la lueur mortelle de son regard. Il redevint le Géraden qu'elle connaissait : durci, blessé, fermé comme un poing sur les sources de sa douleur ; mais humain, sans ambiguïté, et cher à Térisa.

Elle prit une longue aspiration.

— Nous avons à parler de tant de choses...

Il portait, comme Stead, un pantalon de fin coton blanc ; il était apparemment insensible au froid, contrairement à la jeune femme. Il ne quitta pas son lit, n'invita pas Térisa à s'approcher. Quand il parla, sa voix avait cet accent de gentillesse, de compassion qu'elle lui connaissait, qu'elle savait capable de comprendre la peine aussi bien que l'espoir.

— Après le dîner — après votre départ — je suis allé voir Minick. Je voulais m'excuser de m'être mis en colère. Personne ne devrait se mettre en colère contre Minick, même s'il n'en conçoit jamais de rancune.

» Savez-vous ce qu'il m'a dit ? “J'ai passé l'après-midi avec Térisa. Elle est gentille. Si tu la rends malheureuse, tu ne seras plus jamais le bienvenu sous mon toit.” Minick m'a dit cela, mon frère si doux, qui n'élève jamais la voix...

Géraden haussa les épaules.

— Je me suis gardé de lui dire que je vous avais d'ores et déjà rendue malheureuse.

— Non, protesta-t-elle aussitôt. Ce n'est pas vrai. Comment pouvez-vous dire cela ?

Il demeura impassible.

— Je vous regarde, Térisa, et je vois comment vous me regardez.

— Et que voyez-vous ?

Il soutint son regard mais ne répondit pas.

— J'aime beaucoup votre famille, protesta-t-elle encore. Je me sens bien à Houseldon. Depuis que vous m'avez poussée à quitter mon ancienne vie, vous avez fait plus pour me rendre heureuse que qui que ce soit. Comment pouvez-vous... ?

Elle s'interrompit. Elle aurait aimé qu'un feu brillât dans la chambre, pour s'y réchauffer L'obscurité, hors le halo de la lampe, semblait lourde de chagrin.

— Géraden, reprit-elle, faisant un effort pour s'exprimer calmement, je crois que ce miroir aurait pu me translater n'importe où — en n'importe quel lieu assez précis dans mon esprit.

Et je viens de quitter Stead. Il a caressé mes seins. Il avait envie de me faire l'amour.

— Pourquoi croyez-vous que je suis ici ?

Il ne cilla pas.

— Parce que vous estimez que je me trompe. Vous pensez que j'aurais dû rester à Orison et m'y battre. Vous persistez à croire que j'aurais quelque pouvoir contre Erémis.

Tandis qu'il parlait, Térisa comprit qu'il lui faudrait être très attentive à lui, prudente. Peut-être était-il réellement devenu de fer. Mais le fer était fragile, et pouvait se casser. Géraden se harcelait de reproches... Oh, Géraden, eut-elle envie de crier, n'allez pas vous blâmer pour Maître Erémis et Gilbur ! Pour le Gouverneur ! Pour Nyle et Quillon ! Vous sentez-vous *coupable* du fait que les plus brillants esprits de votre entourage aient lutté si âprement pour vous empêcher de découvrir votre talent ? Non, elle ne pouvait prononcer ces mots-là. Il se détournerait. Plus que jamais, elle ne pouvait supporter l'idée même qu'il en vienne à la laisser.

— Qu'est-ce qui vous fait dire que je pense que vous vous trompez ? s'enquit-elle doucement.

— Je le lis dans vos yeux, répondit-il, toute gentillesse disparue de sa voix.

— *Que* voyez-vous ? insista-t-elle. *Que* voyez-vous dans mes yeux ?

Il hésita un instant.

— La souffrance, dit-il durement.

Elle l'aurait volontiers battu. Ou étreint. Elle resta le dos plaqué à la porte, sa lanterne à la main.

— C'est pour cela que je sais que je suis réelle. Maître Erémis dit que j'ai été créée par votre miroir, mais cela ne se peut pas. Si je n'existais pas, rien ne me blesserait.

— Térisa...

Il eut du mal à poursuivre. Elle l'avait touché ; il lui semblait voir la peine s'esquisser derrière les lignes rigides de son visage.

— Personne ne prétend que vous n'existez pas. Pas même Maître Erémis. Vous êtes là. Vous êtes réelle. Tout ce que vous faites a des conséquences. La question est de savoir si vous étiez réelle avant que je vous translate.

Avez-vous changé d'avis ? voulut-elle demander. Ne pensez-vous plus que j'existais... là-bas, où vous m'avez trouvée ? Mais elle écarta cette question.

Le Roi Joyse lui avait conseillé de *raisonner*.

— Je l'étais forcément. Si le lieu d'où je suis venue n'était que la création de votre miroir, alors il en serait de même pour toutes les Images, de tous les miroirs. Cela voudrait dire que lorsque vous regardez dans un miroir plat, vous ne voyez pas un lieu réel, mais la copie d'un lieu réel. Cela signifierait donc que lorsque je me suis translatée au Poing Fermé, je ne suis pas arrivée dans un endroit réel. Je serais arrivée dans une copie — copie différente de celle où vous-même étiez parvenu. J'aurais, de ce fait, dû cesser moi-même d'être réelle jusqu'à ce que quelqu'un me translate à nouveau pour me ramener.

» N'est-ce pas juste ?

L'éclairage était imprécis mais il lui sembla voir l'ombre d'un sourire aux coins de la bouche de Géraden. Cette vue lui fit battre le cœur.

— Bien raisonné, fit le jeune homme. Je regrette de n'avoir pas trouvé cet argument moi-même. Mais je ne crois pas qu'il soit suffisant. Erémis vous dirait que c'est justement la raison pour laquelle les translations à travers un miroir plat causent la folie. La seule translation sans danger se produit entre le monde réel et une Image créée. La réalité est trop puissante pour tolérer les manipulations de l'Imagerie.

Plus il parlait, plus il se départissait de son carcan de métal, s'intéressant sincèrement à la discussion.

— Aussi plus une Image est proche de la réalité, plus elle devient dangereuse. Et lorsque l'Image prétend copier absolument la réalité, celle-ci exerce sa préséance. Elle décale, fait dévier la translation de l'Image, et c'est la force de cette distorsion qui provoque la folie.

Son changement d'attitude et de ton avait éveillé l'espoir en Térisa. Mais il se referma brusquement sur lui-même.

— Térisa, vous n'êtes pas venue ici au beau milieu de la nuit pour débattre des vertus de l'Imagerie.

— Ah, parce qu'il ne s'agit que d'un débat pour vous ? s'enflamma-t-elle. Pour moi, c'est ma vie. Je ne pourrai donner un sens à qui je suis, à ce que je suis, tant que je ne connaîtrai pas la vérité.

Ces mots sitôt prononcés, elle comprit qu'elle avait commis une erreur. Le regard de Géraden la quitta et ses yeux s'emplirent d'ombre. Il n'avait pas besoin qu'on lui rappelle que d'autres êtres souffraient ; il y était déjà sensible ; il estimait déjà l'avoir rendue malheureuse. Elle se refusa néanmoins à faire marche arrière. Elle était allée trop loin, aussi opta-t-elle pour un changement de tactique.

— Si je n'étais pas réelle avant que vous ne m'ameniez ici grâce à votre miroir, comment suis-je devenue ArchI-Mage ?

Géraden ne leva pas la tête.

— Vous savez que je ne pense pas cela, souffla-t-il. Erémis le pense, pas moi.

— Réveillez-vous, s'exclama-t-elle, subitement en colère. De quoi parlons-nous, à votre avis ?

Elle se débarrassa de la lampe en la posant sur une table proche, comme si elle était prête à lutter à mains nues avec lui.

— Pourquoi croyez-vous qu'il m'importe de savoir qui je suis et d'où je viens ?

» Dites-moi comment je suis devenue ArchI-Mage.

Géraden la regardait à présent. Il la scrutait, absolument immobile, à croire qu'il craignait une réaction de sa part s'il bougeait.

— Je vous ai créée, répondit-il. Je vous ai faite en façonnant mon miroir.

Son souffle se suspendit, sous le coup de la surprise, d'une compréhension lumineuse ; il resta abasourdi face aux implications de ce qu'il venait d'affirmer.

— J'ai le pouvoir de créer des ArchI-Mages.

— Pas seulement des ArchI-Mages, corrigea-t-elle. Des ArchI-Mages capables comme vous de modifier les Images, d'effectuer des translations sans rapport avec l'Image présente dans le verre.

— Je pourrais créer toute une armée... Une armée d'ArchI-Mages aussi puissants que Vagel. Il n'aurait plus une chance... Nul doute qu'Erémis veuille ma mort, murmura-t-il en dévisageant Térisa.

— Et ce n'est pas tout, ajouta-t-elle en rassemblant son courage. Comment sait-il que vous n'avez pas de miroir ici ?

— Que... ? balbutia-t-il stupéfait.

— Qu'en sait-il ? Sait-il que vous n'êtes pas justement occupé à créer cette armée d'ArchI-Mages, en ce moment même ?

Elle s'était forcée à aller jusqu'au bout de son idée, quand bien même l'expression du jeune homme lui donnait l'impression de provoquer l'opposé de ce qu'elle avait voulu : elle l'horrifiait ! Alors qu'elle était venue l'aider, réconforter ou encourager le Géraden éperdu, le Géraden à la carapace de fer. Un moment, l'horreur le rendit livide. Puis il se détendit tout soudain, bondit de son lit, se rua vers Térisa et la saisit aux épaules.

— Il faut que je parte d'ici, gronda-t-il les dents serrées, comme dans un gémissement. Il va envoyer toutes ses forces contre moi. S'il me sait ici, il réduira Houseldon en poussière pour m'écraser.

Il fallait donc qu'elle le lui dise ; elle était déjà allée trop loin. Et après tout, n'était-ce pas la raison pour laquelle elle avait abordé ce sujet ?

— Il agira quoi que vous fassiez, énonça-t-elle distinctement. Il sait que vous êtes ici. Mais il ne saura pas que vous partez. À moins qu'il possède un miroir qui vous dévoile à lui ici. Si vous fuyez, il ne le saura pas avant d'avoir détruit Houseldon pour vous rechercher.

» Cela, à cause de *moi*, poursuivit-elle, des larmes plein les yeux. Voilà *mon* œuvre. J'ai causé votre perte le jour où je lui ai confié avoir vu le Poing Fermé dans votre miroir.

» Vous ignoriez que vous viendriez ici. Je le lui ai dit, et je vous l'ai tu. Vous tentiez simplement de fuir... en espérant tomber en un lieu d'où vous pourriez revenir. Il doit détruire Houseldon pour vous arrêter, et j'en suis la coupable.

Géraden, ce n'est pas votre *faute*. Rien de tout cela n'est votre *faute*.

Leurs visages étaient tout proches, et il la serrait fort aux épaules, mais elle ne savait lire son expression. La passion s'y était gravée à jamais, définitive sur l'ossature de son visage. Mais sa chair était si tendue, si crispée qu'elle ne déchiffrait plus les subtilités de ses traits.

Quand il parla, elle eut l'impression qu'il la jetait contre le mur, tant il était dur, sévère, autoritaire.

— Térisa, ceux que je connais et que j'aime depuis toujours vont mourir parce que je suis venu ici.

Je jurai que plus jamais je ne laisserais mourir un être que j'aimais.

Or il ne pouvait rien faire. Houseldon était aussi prêt que possible pour se défendre. Il ne pouvait sauver rien ni personne. Elle ne pleura ni ne s'excusa ni ne se justifia, car il avait un trop grand besoin d'elle.

— Je crois que je me sentirais mieux si vous me

donniez une gifle, fit-elle en se plantant fièrement devant lui.

— Pourquoi ne me l'avez-vous pas *dit* ?

Elle secoua lentement la tête. Au moins, elle avait ouvert une faille en lui ; il n'était plus fermé, verrouillé. Et la fureur était préférable à son isolation austère, à sa souffrance muette.

— Peu importe, répliqua-t-elle. J'ai commis une erreur. Je ne savais pas combien c'était important.

Et par la suite, sa soumission à Maître Erémis lui avait fait trop honte pour qu'elle pût parler à Géraden.

— L'important est que *j'avais* un choix.

Étrange comme elle s'exprimait calmement quand le désespoir déchirait Géraden. Étrange de préférer sa colère.

— J'aurais pu aller n'importe où.

Parallèlement, sa propre détresse se métamorphosait, se muait en autre chose, une autre chose qui ressemblait, de façon folle et stupéfiante, à la joie. Elle savait le toucher... le rendre furieux. Alors, tout était possible.

— J'ai *choisi* de venir ici.

» Géraden, écoutez-moi. Pourquoi croyez-vous que j'ai choisi de venir ici ?

Il était dans une telle rage, si inquiet pour son foyer, sa famille, ses amis, qu'il se retenait difficilement de hurler. Involontairement, il montrait les dents. Cependant, il restait Géraden, il restait celui qui avait toujours fait tout son possible pour elle.

— Dites-le moi, maugréa-t-il en faisant un effort pour se contenir.

— Non. Réfléchissez. Pourquoi suis-je venue ici ?

— Pour vous enfuir. Vous n'aviez nulle part ailleurs où aller, supputa-t-il sombrement.

— *Non. Réfléchissez.* J'aurais pu me rendre en un autre lieu. Le Prince Kragen eût été heureux de m'accueillir. Il me suffisait de me translater hors d'Orison. N'importe où à l'extérieur des murs.

À présent, elle l'avait atteint. Étrange encore ce pouvoir qu'elle exerçait sur lui. Ses bévues risquaient d'entraîner la destruction de sa demeure, des siens : il avait toutes les raisons d'être furieux après elle. Pourtant, il se dominait, se contenait pour tenter de la comprendre.

Il ne la lâcha pas mais ses doigts se firent moins blessants dans la chair de ses bras.

— Vous espériez m'avertir, suggéra-t-il avec moins de colère.

— *Oui.* Vous avertir.

L'inexplicable joie chantait en son cœur.

— Et pourquoi me souciais-je de vous prévenir ? À votre avis, pourquoi me souciais-je de ce qui se passerait ici ? Je ne connaissais pas votre famille. Je n'étais jamais venue. Pourquoi me fallait-il venir ici et vous affronter quand je savais que vous étiez en danger par ma faute... que vous auriez toutes les raisons du monde d'être fou de colère contre moi, ou de me haïr, que je savais ne rien pouvoir faire contre cela ?

Oui, elle l'avait enfin atteint. Elle brûlait de hurler sa joie. Il n'était plus de fer, il n'était plus fermé, il n'était plus amer. Sa fureur battait en retraite. Il la scrutait d'un regard intense : incrédule, presque abasourdi ; profondément bouleversé par elle ; effleuré par l'espoir.

— *Réfléchissez,* supplia-t-elle encore.

Il ouvrit la bouche mais aucun mot n'en sortit.

— Idiot. Je l'ai fait parce que je vous aime.

Elle passa les bras autour de son cou et se haussa pour l'embrasser.

Géraden mit un instant à se remettre de sa surprise. Pas trop longtemps, heureusement. Avant que le désenchantement ne menace Térisa, il la pressa contre lui et lui rendit en un baiser la réponse ardente jaillie du fond de son âme.

En dépit de son inexpérience, elle ne put ignorer combien il la désirait. Ils s'étreignirent, s'embrassèrent longuement puis Térisa se détacha de lui et commença à déboutonner sa chemise.

Les yeux de Géraden s'ourlèrent d'ombres nouvelles que projetait le feu de ses prunelles. Il la regarda ôter maladroitement ses bottes. Lorsqu'elle fit glisser la chemise de ses épaules, défit l'attache de sa jupe, il suspendit son souffle. Même ses cheveux paraissaient embrasés de désir.

Il se dévêtit à son tour et emmena Térisa sur le lit. Il y avait presque de la dévotion dans la façon dont il l'embrassait, la touchait ; il était déchiré entre l'émerveillement et l'alarme, comme s'il la voulait trop violemment pour se fier à lui-même. Aussi fut-il hésitant quand elle l'aurait voulu sûr de lui. Maître Erémis avait raison. *Quand vous penserez à un autre homme... rappelez-vous ma bouche sur votre corps,* lui avait-il dit. Oui, les caresses de Géraden ravivaient le souvenir de celles de l'Imageur... son assurance, ses audaces possessives.

Et pourtant Géraden brûlait d'une intensité qui la bouleversait jusqu'au tréfonds d'elle-même. Elle eut le sentiment d'avoir passé la majeure partie de sa vie à attendre cette heure qui les unirait. Nul besoin d'expérience, d'assurance. Ils apprendraient ensemble ce qu'il lui fallait savoir.

Mais l'acte d'amour fut impossible à Géraden, à l'instar de tout ce qui allait mal pour lui. Il avait découvert trop tard son talent pour l'Imagerie, quand il n'était plus en mesure de s'en servir. Maintenant il découvrait l'amour de Térisa, trop tard encore ; il la tenait trop tard dans ses bras. Peut-être sa propre inexpérience lui faisait-elle peur. Peut-être ne pouvait-il oublier la menace qui pesait sur Houseldon, sur sa famille. Térisa n'en sut rien, et à dire vrai ne se soucia pas de la raison. Elle souffrit seulement qu'il s'éloigne d'elle et reste couché sur le dos, les poings serrés contre ses cuisses, les muscles noués, s'efforçant de réintégrer sa carapace de métal.

Elle le regarda s'enfermer, se fermer à elle, et sa joie s'éteignit. Elle crut qu'elle allait pleurer. Non, il y avait mieux à faire.

Elle promena un doigt sur la ligne dure de la joue de Géraden.

— Devinez, fit-elle paisiblement, comme on poursuit une conversation badine. Je viens de trouver une raison de croire que je suis réellement... réelle.

— J'en suis déjà certain, marmonna-t-il depuis l'autre bout du monde. Vous le savez bien.

— Mais vous ignorez pourquoi, rétorqua-t-elle, joueuse. C'est le problème avec vous : vous n'avez jamais suffisamment de raisons, seulement vos « certitudes »... Vous agissez toujours par foi.

» Alors, je vais vous donner une raison.

» Les gens comme Erémis prétendent que je suis

une créature d'Imagerie, que je suis née de vous et de votre don lorsque vous avez fabriqué votre miroir. Mais si c'était vrai, ne croyez-vous pas que vous auriez au moins créé une femme avec laquelle il vous eût été facile de faire l'amour ?

Surpris, Géraden ne put se retenir d'éclater de rire. Un rire qui détendit brutalement ses muscles et ses nerfs.

— Voilà qui est parfait ! s'exclama-t-il. Je nage dans une telle confusion que je ne puis me servir de mon talent. Ni aider ma famille. Ou mon Roi. Ou la femme que j'aime. Mais ce n'est encore pas assez pour moi. Je ne m'en satisfais pas !

Un instant, Térisa craignit pour lui la folie. Non, au contraire, le rire balayait les chagrins, l'apaisait.

— Mieux, en créant une femme à aimer, je me suis débrouillé pour la faire si perverse qu'elle me trahit par accident ! Puis lui vient l'envie de moi à l'heure où je suis trop effrayé pour penser ou me laisser aller.

» Je n'ai pas besoin d'ennemis. Dès que j'aurai cessé de rire, j'irai me tuer.

» Oh, Térisa.

Il prononça son nom comme s'il lui faisait mal. Revenant vers elle, il prit le visage de la jeune femme entre ses mains et se mit à l'embrasser.

Certes, ses baisers manquaient de l'assurance savante de ceux d'Erémis. Mais ils étaient doux, irrésistibles, pareils au souvenir des cors. Et quand elle se rappela leur chant, leur appel, la musique puissante l'envahit toute.

Cette fois ils purent s'aimer.

Ils s'aimèrent jusqu'aux prémices du jour. Térisa s'endormit étroitement enlacée à Géraden, comme la promesse qu'elle ne le laisserait jamais partir.

L'aurore venue, la maisonnée commença à s'agiter autour d'eux mais les amants continuèrent à sommeiller.

Houseldon ne comptait heureusement pas sur eux pour faire le guet. Quand l'attaque survint, les hommes de veille donnèrent l'alarme sur-le-champ.

Des cris se firent écho, pareils à des lamentations, des maisons jusqu'aux tavernes, des étables aux greniers. Le temps de sauter de leur lit, les hommes se retrouvèrent dehors, armés de fourches, de faux, de haches, de houlettes taillées pour ressembler à des piques, de marteaux, couteaux et scies, de simples bâtons, d'épées qui n'avaient jamais servi, d'arcs jusque-là destinés à la chasse. Les six archers entraînés du Domne gagnèrent promptement leurs postes sur le périmètre de la palissade. Tempêtant contre ses cannes, le Domne lui-même surgit en vêtements de nuit.

Tholden avait précédé son père. La vérité est qu'il n'avait pu dormir. Après avoir tenté sans succès de se reposer, il s'était levé et habillé dès minuit. Si Quiss ne l'en avait pas dissuadé, il serait sorti faire une ronde. Mais son épouse l'avait contraint, quasiment par force, à s'asseoir devant une carafe de vin. Elle lui avait massé la nuque, les épaules, le dos, jusqu'à ce que les mains lui fassent mal ; elle lui avait fait l'amour. Alors, il avait feint de dormir jusqu'à ce qu'elle-même s'abandonne au sommeil. Puis il était ressorti du lit.

Il allumait le feu dans la grande salle quand l'alerte avait été donnée. Grondant de sa voix qui d'ordinaire ne portait ni colère ni violence, il s'était rué hors de la maison. Il demeura incertain un moment quant à la source des cris des guetteurs. Ensuite il se mit à courir, sa barbe volant dans la brise de l'aube.

Térisa s'éveilla, non pas à cause des cris mais de la soudaineté avec laquelle Géraden bondit du lit pour sauter dans ses vêtements. Elle le suivit à tâtons, mais il ouvrait déjà la porte quand elle avait à peine commencé à passer sa chemise.

Elle parvint cependant à le rejoindre. Dans le couloir, il se cogna à Stead et dut s'arrêter un instant pour relever son frère blessé tombé au sol. Stead se cramponna à lui un instant.

— Trouve-moi un couteau, fit-il. Je ne peux aller nulle part mais je me battrai ici s'il le faut.

— Je le dirai à Quiss, répliqua Géraden en l'écartant.

Térisa sur ses talons, il courut vers la sortie de la maison, jetant au passage à Quiss le message de Stead.

— Où est-ce ? demanda-t-il au premier homme qu'il rencontra.

— À l'ouest, fit celui-ci, l'air terrifié.

— À l'ouest, répéta sourdement Géraden. Ce ne sont donc pas des soldats. Les soldats viendraient du nord-est.

Térisa comprit ce qu'il voulait dire mais sa gorge était trop serrée pour qu'elle pût parler.

— Erémis envoie l'Imagerie contre nous.

Elle acquiesça. Ils traversèrent le village en courant, vers l'ouest.

Tout le monde courait vers l'ouest. Les instructions de Tholden aux villageois avaient été précises : les femmes et les enfants devaient rester à la maison, comme tous ceux qui étaient trop jeunes, ou trop faibles, ou trop malades pour se battre. Par dommage, le peuple du Domne avait perdu l'habitude d'obéir aux ordres. Les rues se retrouvèrent encombrées de tous ceux qui n'auraient point dû s'y trouver. Les hommes prêts au combat avaient du mal à se frayer un chemin dans la foule.

Tholden, qui avait précédé le flot inquiet, ignorait qu'il n'était guère obéi. Il atteignit le poste de garde et monta sur la plate-forme d'où le guetteur avait vu venir l'attaque.

Ils avançaient quasiment sans bruit, sans autre rumeur que la hâte de leurs pattes et le rauque murmure de leur souffle : d'étranges loups au dos rond couronné d'une crête d'épines, à double rangée de crocs sur chacune de leur mâchoire, et avec une lueur qui ressemblait à de l'intelligence dans leurs yeux sauvages. Ils n'étaient que quelques douzaines, constata Tholden. Assez pour ravager un troupeau de moutons. Ou pour terroriser une ferme. Pas assez pour menacer Houseldon. Ils ne parviendraient pas à franchir la palissade.

Ce fut alors que le chef de la meute bondit.

Le loup parut fondre sur Tholden. À une hauteur de huit pieds au moins dans les airs, il projeta ses pattes avant par-dessus la palissade. Tandis que ses pattes arrière prenaient appui sur le bois, ses mâchoires redoutables s'ouvrirent vers Tholden.

Celui-ci, durant un instant plus horrible que tout ce qu'il avait imaginé, ne put bouger. Il était homme de la terre, non pas soldat. Dans le secret de son cœur, il avait toujours pensé que quelque folie habitait les êtres comme Artagel, qui allaient au combat avec une joie âpre. Les hommes près de lui sur la plate-forme s'étaient recroquevillés sur eux-mêmes. L'un des archers tendait sa corde. Tholden ne bougeait toujours pas.

Puis une bave chaude lui éclaboussa le visage, et les crocs s'approchèrent encore, alors quelque chose se déclencha en lui. Sa force, la force prodigieuse à laquelle il ne recourait jamais, vint à son secours. Il saisit le loup à la gorge et le poussa dans le vide.

L'animal tomba sur la meute, brisant la charge, empêchant les autres de s'élancer. La meute éclata en grognements — un grondement rauque, carnassier, avide de sang. Les mâchoires claquèrent. Et les loups tournèrent un moment pour reconstituer leur force avant l'assaut.

— Archers ! cria désespérément le fils du Domne, lancez quelques flèches à ces choses ! S'ils franchissent la ligne de défense... !

La contre-attaque ne fut pas assez prompte. Trois loups déjà s'élançaient, quatre, six. Et au lieu d'assaillir directement le poste de garde, voilà qu'ils se ruaient vers un point de la palissade où ne se dressait nul défenseur.

Tholden fut atterré de comprendre que les bêtes savaient ce qu'elles faisaient. S'étant découvertes vulnérables, elles cherchaient à fuir les armes des hommes.

Une flèche se planta dans le poitrail de l'animal le plus proche, qui tomba dans une éructation de sang. Tandis que l'archer apprêtait une nouvelle fois son arc, quelqu'un sous la plate-forme lança une hachette qui alla se ficher entre deux yeux étincelants et sauvages. Un autre essaya d'user de sa fourche comme d'un javelot ; il manqua sa cible mais la bête fut forcée de battre en retraite.

Trois hors de combat.

Les trois autres passaient la palissade.

Tholden vit un fermier balancer sa hache et... le vit tomber, la gorge ouverte par le coup de mâchoire presque indolent d'un loup. Par chance, un autre homme parvint à frapper d'un coup de bâton le monstre qui chancela. Alors qu'il titubait encore sur ses pattes, la longue lame d'une faux l'éventra.

Les combattants arrivaient aussi vite que le leur permettait la foule se pressant dans les rues étroites. Le deuxième loup sur la palissade plongea entre deux palefreniers — qui faillirent s'assommer mutuellement en tentant de l'atteindre — éventra le meilleur boulanger de Houseldon, avant que celui-ci ait eu le temps de faire un geste, puis se rua vers un groupe de garçonnets qui avaient échappé à leurs mères. Il n'alla pas loin. Un vieillard qui se souvenait des guerres d'antan abattit l'ancienne lame d'une épée entre les épines de sa colonne vertébrale.

Le troisième loup reçut dans l'arrière-train une flèche tirée par un jeune archer débutant et terrifié. Blessé, il tua le jeune homme, trancha d'un coup de dents la main d'un autre homme qui tentait de le poignarder, puis se fraya une route vers le cœur de Houseldon.

Simultanément, d'autres loups montaient à l'assaut.

Seulement quelques douzaines, se dit Tholden qui avait envie de s'arracher les cheveux.

Un deuxième archer arriva en courant du poste de

garde. Comme son camarade, il commença à tirer ses flèches sur les loups qui franchissaient la ligne de défense, aussi rapidement que le lui permettait la manipulation de son arme. Mais ils n'étaient que deux et chaque fois que l'un préparait son trait, trois ou quatre bêtes pénétraient dans Houseldon.

Appelant fiévreusement à l'aide, Tholden quitta la plate-forme.

Les autres archers arrivaient mais la foule les retenait. Et les défenseurs présents sur le lieu du drame ne savaient combattre pareil ennemi. Ils y parvenaient cahin-caha. Les loups finiraient par être tous tués mais il suffisait qu'ils se répandent en assez grand nombre dans les rues pour commettre un affreux carnage avant d'être décimés.

Et s'ils égorgeaient les archers...

Les loups gagneraient peut-être, finalement.

Tholden arracha une hache des mains d'un homme qui, d'évidence, ne savait qu'en faire, et se planta au beau milieu du passage des loups. Il en tailla quelques-uns en pièces comme s'ils n'étaient que tronçons de bois. Il ne savait que faire d'autre.

Aussi ne vit-il pas ce que devenaient les bêtes qui l'avaient dépassé. Pas plus qu'il n'assista à l'arrivée tardive des archers, ni aux efforts qu'ils fournirent pour refouler l'ennemi ; il ne vit pas derrière lui le mur humain formé par les défenseurs trembler et voler en éclats, la fuite des gens pris de panique, même la fuite de ceux qui tenaient des armes et savaient s'en servir.

Mais il fut l'un des rares à voir que les loups n'étaient que l'avant-garde de l'offensive.

Nul autre ne s'en préoccupa. Nul autre ne le devina. Les loups étaient déjà terribles. Maudissant la folie qui les avait poussées hors de leur demeure, les femmes s'empressèrent de regagner leur foyer, ramassant les enfants au passage. Les hommes couraient se cacher. Des flopées de poulets s'éparpillaient dans des nuages de plumes, couraient ou battaient lourdement des ailes pour parvenir jusqu'aux toits. Toute la partie ouest de Houseldon connaissait la panique ; et plus personne ne pensait aux ordres, à la défense.

Soudain, la rue s'éclaircit devant Térisa et Géraden, et les deux jeunes gens se retrouvèrent face à une bête au museau sanglant, une flèche plantée dans l'arrière-train.

Les épines qui crénelaient son dos le faisaient ressembler à un hérisson de taille monstrueuse. Et le double rang de crocs évoquait la mâchoire redoutable d'un requin.

Térisa se souvint des cavaliers à la fourrure rouge et aux bras multiples.

Le loup s'immobilisa, huma l'air. Ses yeux luisaient d'une possible intelligence.

— Il nous cherche, dit Térisa.

Du moins crut-elle le dire ; elle ne sut si sa voix avait eu ou non un timbre.

— À mon signal, murmura Géraden, cours vers cette maison, fit-il en désignant la bâtisse la plus proche. Rentre. Ferme la porte. Essaie de la verrouiller.

Le loup commença à émettre un long et lointain grognement — pareil au tonnerre qui roule.

— Que vas-tu faire ?

— La même chose. Dans la direction opposée.

Elle acquiesça, par automatisme, trop effrayée pour songer à un autre moyen de fuir.

Son signe de tête parut faire réagir le loup ; il bondit vers eux, ivre de meurtre.

Géraden poussa Térisa si violemment qu'elle perdit l'équilibre et chuta.

Au moins tomba-t-elle hors de la route de la bête. Elle se ramassa vivement, courut vers le porche de la maison...

... se retourna pour voir ce qu'il advenait de Géraden.

Il n'avait pas tenté de fuir. Après l'avoir poussée, il avait simplement esquivé l'assaut. Le temps que le loup achève son bond, le manque, revienne sur lui, debout, il faisait face à la créature, comme s'il s'apprêtait à l'étriper à mains nues.

— Géraden !

— *Va dans la maison !*

Si vite qu'elle distingua à peine ce qui se passait, il bondit de côté. Le loup le manqua de nouveau. Elle entendit le heurt brutal des mâchoires qui se refermaient, tout près de Géraden. La manche de son pourpoint se déchira en lambeaux.

Mais il n'y avait pas de sang. Pas encore.

Plus vite cette fois, car la seconde charge avait été plus brève, le loup tourna, se rua vers sa victime.

S'il glissait, si le pied lui manquait, s'il estimait mal le bond de la bête, il était mort. Nul ne pouvait faire ce qu'il tentait, pas longtemps. La flèche était un handicap minime dans les reins du loup. Géraden esquiva la troisième offensive — se ramassant sur lui-même, il roula hors de portée des mâchoires meurtrières, se releva pour faire face à l'animal qui revenait.

Aveugle, stupide, Térisa s'élança vers la rue pour lui porter secours.

À cet instant, une femme sortit de la maison, blême d'une mortelle terreur. Si effrayée qu'elle contrôlait à peine ses gestes, elle mit une fourche entre les mains de Térisa. Puis elle rentra chez elle, claqua la porte, l'assura avec une barre en fer.

Térisa avait pris la fourche sans réfléchir. Hurlant, telle une folle, pour attirer l'attention du loup, elle quitta le porche et tenta de planter les fourchons dans le flanc de la bête.

Elle la manqua. La créature était trop rapide, trop intelligente pour son assaut maladroit. Quand elle vint sur Térisa, cependant, celle-ci parvint à la garder à distance, presque par accident ; le loup battit en retraite devant les dents de la fourche.

Alors, comme jaillie de nulle part, une canne fendit l'air et s'abattit sur la tête du loup, à la base de son cou.

Poussant un hurlement, la créature tournoya un instant avant de s'élancer vers le Domne.

Géraden cria. Térisa se pétrifia, son arme à la main comme si elle en avait oublié l'existence.

Le Domne ne pouvait ni courir ni se jeter de côté. Sa mauvaise jambe l'immobilisait. Mais il tenait sa deuxième canne, et lorsque le loup l'atteignit, il lui en enfonça l'extrémité dans la gorge.

Simultanément, Géraden avait rejoint Térisa ; d'un seul mouvement il lui arracha la fourche et la planta de toute sa force dans les reins du loup.

Clouée à terre, la bête agonisa un moment, grognant horriblement, éclaboussant de sang les bottes du Domne. Enfin, elle ne bougea plus.

— Merci, Père, articula Géraden, pantelant. Verre et éclats ! vous l'avez échappé belle. Vous ne devriez pas prendre de tels risques.

Le Domne vacilla, incertain sur ses jambes. Il était livide.

— Un jour, fit-il calmement remarquer, tu m'appelleras « Pa », et tu me tutoieras. Je pense que cela ne te déplaira pas.

Géraden secoua la tête, à croire qu'il avait perdu la voix.

Du bout de sa canne, le Domne toucha la dépouille à ses pieds.

— Combien y en a-t-il ?

— Assez pour avoir submergé Tholden, supputa son fils d'une voix rauque.

Térisa eut la furtive conscience qu'elle allait s'évanouir, Géraden se retourna et la prit dans ses bras avant que ses genoux ne se dérobent.

Au moment où le dernier loup tombait de la palissade, une flèche en plein cœur, l'archer qui se tenait sur la plate-forme se mit à hurler « *Tholden !* » d'une voix suraiguë, et Tholden jura car l'autre suffoquait sans parvenir à articuler une syllabe de plus.

La moitié de la meute gisait autour de lui. Les cadavres s'étaient amoncelés, et parmi eux les corps des villageois tombés. Sa hache dégoulinait de sang ; comme ses bras et ses mains maculés de rouge ; le sang gouttait encore de sa barbe et tachait sa chemise. Une lueur de sauvagerie brillait dans ses yeux, qui ne ressemblait point à l'éclat d'intelligence meurtrière dans les prunelles des loups. Combien en avait-il laissés passer ? Il l'ignorait. Comme il ignorait ce que faisaient les habitants de Houseldon pour se défendre. Il comprit seulement que l'archer sur la plate-forme devenait fou de panique.

Il y avait pire. Les loups n'étaient que l'avant-garde.

Se forçant à bouger, il gagna le poste de guet, grimpa l'échelle qui menait à la plate-forme.

Quand il vit ce que l'archer lui désignait par-dessus la palissade, sa première réaction fut presque de la déception.

Oh, *c'est tout ?*

Il regardait un chat à une centaine de mètres.

Juste un chat. Tout seul. Rien d'autre.

La réalité se fraya lentement chemin jusqu'à son cerveau : ce chat était plus grand que lui, au moins aussi grand qu'un cheval, au moins...

Puis il remarqua que l'herbe nouvelle, les feuilles mortes depuis l'automne passé prenaient feu partout où le chat posait les pattes. Il avait déjà tracé derrière lui une traînée fumante qui se perdait dans le lointain, là d'où étaient venus les loups. Et il s'approchait — sans hâte mais sans hésitation —, il avançait, aussi sûr et inévitable qu'un ouragan.

— Tholden, murmura l'archer comme une prière, qu'est-ce que *c'est* ?

Une folie, à n'en pas douter. Qui était-il pour prétendre chausser les bottes de son père et devenir le futur Domne ? Il ne connaissait rien à l'Imagerie. La seule chose valable, le seul accomplissement de son existence, de son point de vue, consistait à reconnaître la meilleure période de l'année, les meilleures conditions pour donner de l'engrais aux abricotiers. Il pouvait aussi se féliciter d'avoir épousé Quiss, ou d'avoir eu cinq enfants ; sa famille lui était source de fierté.

— Combien te reste-t-il de flèches ? demanda-t-il à l'archer.

— Aucune, il faut les récupérer sur les loups.

— Va plutôt chercher des hommes pour apporter l'eau. Si cette chose n'abat pas la palissade, elle y mettra le feu.

L'homme dévala l'échelle. Tholden se tourna vers les autres archers, tourna le dos au chat de feu qui avançait.

— Si vous êtes à court de flèches, dit-il comme s'il parlait à un petit cercle d'amis, et dans une occasion de moindre importance, allez rameuter les hommes dans Houseldon. Nous aurons besoin de renforts contre le feu.

» S'il vous reste des flèches, venez ici.

À une cinquantaine de mètres, le chat de feu traversait un îlot de maïs. Aussitôt, les jeunes plants furent en flammes et réduits en cendres.

La plate-forme trembla tandis que deux archers y montaient pour rejoindre Tholden. Il leur désigna le chat de feu.

— Visez les yeux.

— Cela le tuera ? demanda l'un des hommes d'une voix rauque,

— Qui peut le dire ? Tu as une meilleure idée ?

L'homme secoua la tête. La peur était gravée sur ses traits mais il ne battit pas en retraite.

Les archers ajustèrent ensemble leur flèche sur la corde ; les deux traits partirent en même temps.

Le chat de feu donna un petit coup de tête de côté, négligemment. Les flèches prirent feu et se transformèrent en braises avant que leur pointe n'ait effleuré la fourrure du monstre.

— Il faudrait pourtant une meilleure idée, murmura l'un des deux archers.

Son camarade et lui préparaient leur deuxième trait.

— Géraden ? Où est *Géraden* ? se mit soudain à hurler Tholden comme s'il perdait la tête.

Les premiers porteurs d'eau arrivaient : parmi eux, des hommes qui n'avaient pas rencontré les loups ; d'autres qui avaient compris qu'un danger pire les menaçait ; certains d'entre eux étaient tellement terrifiés que les archers devaient les pousser pour les faire avancer. Personne n'avait vu Géraden. Quelques villageois dévisagèrent Tholden comme s'il parlait une langue étrangère.

— Très bien, gronda-t-il. Nous nous débrouillerons. Ne restez pas plantés là ! hurla-t-il avec une sauvagerie soudaine. Montez donc l'eau sur la banquette !

Galvanisés par le désespoir qui perçait dans sa voix haute, si douce d'ordinaire, les hommes commencèrent à s'affairer.

Les archers avaient vidé leur carquois — sans résultat aucun — et se rangèrent afin de laisser disposer les récipients d'eau derrière le parapet. Le chat de feu était si proche à présent que Tholden avait l'impression de sentir sa chaleur. Ou peut-être n'était-ce que le soleil. Le ciel était clair, lumineux d'un horizon à l'autre ; il commençait à faire chaud. Le sang coulant de son visage tel de la sueur, il aida plusieurs hommes à mettre un tonneau en position.

Juste à temps — tout juste. Le chat atteignait la palissade, s'arrêtait, flairait le bois. Les flammes s'allumèrent aussitôt, croissant vivement d'une petite étincelle à une flambée sauvage. Ceux qui portaient les bacs d'eau eurent les mains roussies. La barbe et les sourcils de Tholden se consumèrent ; il faillit perdre ses yeux.

Puis deux demi-barriques d'eau furent déversées sur le feu ; l'eau étouffa les flammes et la chaleur dans un grondement pareil à une explosion.

Le feu s'était éteint mais la vapeur brûlante chassa les hommes de la plate-forme et du parapet.

Tholden atterrit à terre sur l'épaule et demeura un moment immobile, les yeux dardés sur le ciel, tous ses muscles noués de douleur. Peut-être s'était-il cassé l'épaule. Il lui semblait même qu'il ne respirerait plus jamais. La vapeur se dissipa cependant dans l'atmosphère, dans le bleu parfait, immaculé de l'azur.

Et puis le bois humide se mit à fumer.

Retrouvant sa respiration, Tholden roula sur le flanc et se remit sur pied.

Son épaule était engourdie ; il ne pouvait plus remuer le bras.

De petites flammes jaillirent entre les planches de la palissade. Les liens solides qui les retenaient les unes aux autres se défirent.

Dans un hurlement brûlant, le bois s'enflamma de nouveau, une fournaise.

Tholden et ses hommes reculèrent, atterrés devant cette vision... et le chat de feu traversa le brasier comme si les poutres incendiées n'étaient que brindilles qu'il pouvait piétiner.

— *Tholden !* hurlèrent plusieurs voix.

— À l'aide !

— Dis-nous ce qu'il faut faire !

— Courez, répondit-il dans une toux faible. Courez. Éloignez-vous de là.

Jamais de sa vie il n'avait vu pareil incendie, ni chose si terrifiante que ce chat de feu. La chaleur insupportable lui tirait des larmes des yeux. Houseldon était entièrement construit en bois. Le village entier allait brûler.

Il recula lui aussi, instinctivement, pour se dérober à l'insupportable fournaise. Le chat de feu le suivit à l'amble, d'une allure tranquille, nonchalante, comme si Tholden n'était qu'une souris sans défense et particulièrement appétissante.

Courant tel un fou, il partit vers les maisons.

Le chat trottait sur le bord de la rue. Le feu prit sur la façade d'un grenier ; puis, dans une détonation pareille à un coup de tonnerre, le grain s'enflamma. Une épaisse fumée s'éleva aussitôt dans les airs.

Le négociant qui possédait le grenier vivait dans la demeure mitoyenne. Il était vieux, obèse, et plutôt mal réputé ; mais il sortit de sous son porche pour jeter un plein bac d'eau sur le chat.

L'animal ne remarqua même pas son attaque.

Très vite, le gros marchand prit feu à son tour.

Tholden battait en retraite aussi lentement que possible, drainant la destruction de Houseldon avec lui.

Il ne comprit pas immédiatement ce qui se passait quand le chat, brusquement, émit un feulement de vexation — de douleur ? — et vacilla légèrement. Une petite flamme dansait entre les coussinets de l'une de ses pattes avant. La bête avança la tête pour se lécher, nettoyer ses griffes ; sa queue se balançait, menaçante. Quand il se remit en route, il parut plus agressif, prêt à sauter sur sa victime sans plus de délai.

Tholden était abasourdi : fait incompréhensible, la créature s'était blessée en marchant dans un petit tas de crottes de mouton.

C'en était trop pour le fils aîné du Domne. Il crut réellement devenir fou ; ses yeux parurent lui sortir des orbites ; son visage nu et roussi se crispa dans une lamentation ; son bras inerte battit à son côté.

Prudemment, il fit demi-tour et s'écarta du passage du chat, se dirigeant vers les plus proches maisons, avec la frénésie de celui qui voit tournoyer les vautours au-dessus de sa tête. Ceux qui l'aperçurent se dirent bel et bien qu'il avait perdu l'esprit.

Le chat ne le poursuivit pas. Il était après une autre proie. Incendiant les maisons et les boutiques sur son passage, il continua sa flânerie maligne vers le cœur de Houseldon.

Vers Térisa et Géraden.

Térisa, Géraden et le Domne entendirent les hurlements ; ils virent le feu et la fumée s'élever dans le ciel.

— Verre et éclats ! gronda Géraden, les dents serrées. Qu'est-ce que *c'est* ?

— Ce ne sont plus des loups, j'en ai peur, marmonna le Domne. Même ces loups-là ne portent pas le feu, fit-il en poussant encore de sa canne la dépouille à ses pieds.

L'alarme eut le don d'éclaircir les idées de Térisa.

— Où est Tholden ?

Géraden lui jeta un coup d'œil. Le Domne et lui ne se regardaient pas.

L'un des archers déboula dans la rue et se précipita vers le Domne.

— Seigneur, fit-il à bout de souffle. La palissade est éventrée. Les maisons brûlent.

— Je le vois, rétorqua le Domne. Comment est-ce arrivé ?

— Une créature d'Imagerie. Un chat gros comme un bœuf. Il sème le feu partout. Il vient par ici.

Térisa sentit une main glacée se refermer sur son cœur. Il sème le feu partout...

— Le Gouverneur Lebbick m'a parlé d'une telle créature, fit-elle. Elle a tué bon nombre de ses gardes alors qu'ils tentaient d'attraper le champion du Congrégat.

Le chat de feu avait tué cinquante hommes...

— Erémis n'a pas suffisamment d'hommes, renchérit Géraden. Ou il ne peut en translater assez sans les rendre fous. Il utilise donc l'Imagerie. Pour nous anéantir tous au lieu de nous assassiner individuellement.

Les feux se déclaraient de plus en plus près. Un magasin explosa comme l'incendie se propageait à des tonnelets d'huile. La destruction de Houseldon échappait d'ores et déjà à tout contrôle.

Le Domne regarda son peuple fuir autour de lui. Il en eut la nausée. Cependant, sa voix était calme lorsqu'il parla :

— Tu es le seul Imageur de la famille, Géraden. Dis-nous comment nous défendre.

— Avec des miroirs, aboya le jeune homme. Et nous n'en avons pas.

Il ressemblait à son père à cet instant, tout à la fois endurci, horrifié et malade.

Alors, du coin de l'œil, Térisa aperçut pour la première fois le chat de feu, et recula, involontairement.

— Où est Tholden ? répéta-t-elle.

Elle craignait soudain qu'il ne fût déjà mort.

Tholden courait pour sa vie.

Son épaule n'était pas cassée mais demeurait paralysée. Aussi courait-il tel un bossu, entre les maisons, le long des rues de Houseldon, terrifié.

Il avait oublié les loups. En lui, la désespérance ne laissait plus de place à la conscience d'un autre danger. La porte de l'une des maisons devant laquelle il passa avait été tordue sur ses gonds mais il ne le remarqua pas. Il n'entendit pas les plaintes d'agonie à l'intérieur, ne vit pas la bête se repaître de chair humaine sur le seuil. Il ne vit rien avant que le loup ne lâche l'enfant qu'il était en train de dévorer pour lui sauter à la tête.

Parce que Tholden n'allait point d'un pas droit, la créature manqua sa cible. Mais ses griffes lui labourèrent le dos.

La douleur lui fit reprendre ses esprits. Le loup et lui se firent face, tous deux suspendus dans une attente toute vibrante de violence.

Bavant du sang, le loup s'élança.

Tholden n'avait pas le temps ni d'avoir peur ni de réfléchir. Ni de combattre ce loup d'ailleurs. Au moment où le loup bondissait, il se précipita à sa rencontre, et d'un coup de pied lui enfonça si brutalement la cage thoracique qu'il lui fit éclater le cœur.

Puis il repartit en courant.

Les blessures dans son dos le brûlaient aussi sûrement que des flammes. Criant à l'aide, il se dirigea vers le plus proche tas de fumier qu'entretenait Houseldon pour le soin de ses champs et de ses vergers. Il n'avait pas beaucoup d'avance.

Les gens qui avaient fui dans la rue s'étaient dispersés ; Térisa, Géraden et le Domne voyaient clairement le chat de feu à présent.

Et lui les voyait, c'était évident. Ses yeux se fixèrent sur eux comme s'il reconnaissait enfin sa véritable proie.

Bien sûr, se dit Térisa qui, pétrie de peur et d'impuissance, en était réduite à soliloquer. Erémis ne s'en serait pas remis au hasard pour les tuer. Et peut-être était-il capable de communiquer avec cette chose. Sinon comment la guidait-il ? La créature aurait pu attaquer le champion plutôt que les hommes du Gouverneur. Sans doute lui donnait-il une description de ceux qu'il fallait abattre.

De façon aussi incongrue qu'inutile, elle se demanda quel genre de description comprenait le chat de feu. Erémis lui parlait-il ?

— Térisa, appela Géraden en lui prenant le bras. Térisa, écoute-moi. Si cette créature est après moi, tu peux t'enfuir. Tu dois t'enfuir. Va-t'en d'ici... quitte Houseldon. Pars vers le nord, vers le Termigan. Peut-être aura-t-il un miroir dont tu pourras te servir. Au moins, tu l'avertiras. Il te protégera.

» J'essaierai de te faire gagner autant de temps que possible.

— Merci. J'apprécie beaucoup.

De quoi parlait-elle ? Elle n'en avait pas la moindre idée. Les mots franchissaient ses lèvres sans être passés au préalable par sa conscience.

— Et s'il est après moi ! Comment vas-*tu* t'enfuir ?

— Question passionnante, souligna sèchement le Domne. Nous en discuterons plus tard, si vous voulez bien. Courez, tous les deux. S'il s'attarde à détruire tout Houseldon, vous parviendrez à vous échapper ensemble. J'ai dit : *courez !* se mit-il tout soudain à hurler.

Térisa et Géraden opinèrent du chef.

Aucun d'eux ne bougea.

Elle commençait à sentir la chaleur du feu sur son visage. Le chat n'était plus qu'à un jet de pierre. Il ne se pressait décidément pas... mais il venait droit sur eux. Ses yeux brillaient de malice ; sa queue balayait la poussière.

Térisa, Géraden et le Domne demeuraient les pieds cloués au sol, à croire qu'ils avaient perdu la raison.

Et le chat s'arrêta. Il les observa avec circonspection. Quoi ! Ils avaient l'air de ne pas avoir peur ! Térisa avait l'étrange impression de lire exactement les pensées du chat. Pourquoi restaient-ils plantés là comme si le feu et les crocs ne pouvaient les atteindre ? Avaient-ils une riposte toute prête ? Représentaient-ils un danger ?

Elle devait être devenue folle un tantinet ; quand bien même ses deux compagnons gardaient un esprit à peu près sain. Tandis que le chat les scrutait, elle se mit à agiter la main dans sa direction.

— Allez, file. Va-t'en. On ne te fera pas de mal si tu repars.

Bien. Brillant même. Au lieu de reculer, la créature se ramassa pour bondir.

Tout à coup, Minick arriva près du Domne. Malgré sa hâte, il ne paraissait pas essoufflé — d'ailleurs, il ne paraissait même pas respirer... Il portait un seau en bois dans chacune de ses solides mains brunes.

De l'eau, songea Térisa. Bonne idée. Dommage que ce soit sans effet. Le chat de feu avait dû patauger dans la neige en attaquant les soldats de Lebbick.

Avec précision, comme s'il exécutait à la lettre des instructions élaborées, Minick posa les deux seaux à ses pieds.

Haletant et soufflant, la poitrine prête à exploser, Tholden arriva dans la rue. Il courut quasiment jusqu'au flanc du chat ; la chaleur devait être insupportable.

Il tenait un baquet dans ses bras.

Plein d'eau, celui-ci eût été impossible à soulever, pour n'importe quel homme. Néanmoins, il le portait seul. Arrivé près du chat il le laissa tomber à terre.

Le bruit sourd mais vibrant attira l'attention de la créature. Aussi élégante qu'un chaton, elle fit un bond de côté, tourna la tête vers le bruit suspect.

— Maintenant ! cria Tholden d'une voix rauque.

Et plongeant ses deux mains dans la bassine, il en tira une pleine poignée de crottin de mouton qu'il lança à la tête du chat.

Les rudes boulettes noires atteignirent la bête aux moustaches, à la truffe, à la bouche, aux yeux.

L'atteignirent et s'y attachèrent.

Véritable combustible, elles commencèrent à prendre feu. Or, elles ne tombaient pas comme de l'eau, du bois ou du métal. Elles s'enfonçaient dans la fourrure et la chair de la créature.

Dans un hurlement, le chat roula sur le dos puis commença à se frotter furieusement la figure pour tenter de déloger les brûlantes boulettes. En un instant, ses pattes avant étaient en feu.

Minick fut un peu lent ; même en cas d'urgence, il ne pouvait agir sans sa minutie coutumière. Enfin, pour l'occasion, il fit quand même un effort. Avant que le chat puisse battre en retraite, il s'approcha de lui et lui jeta sur le corps le contenu de son premier seau. Encore du crottin de mouton.

Cette fois, le hurlement de la créature parut jaillir de la moelle même de ses os. Le chat se releva, tourna en rond, fou, puis se roula tant qu'il put dans la poussière.

Mais cinq, six hommes débouchaient à leur tour dans la rue, chargés de seaux, de bassines, de paniers, qu'ils vidèrent sur l'animal en feu. Minick lança le contenu de son second seau au cœur du brasier.

Puis tous les hommes durent s'arrêter, reculer. La bête brûlait trop vivement pour qu'on pût rester dans les parages. Térisa se couvrit le visage de ses mains tant la peau lui chauffait.

Avec un bruit bourdonnant, sifflant, pareil au crépitement d'une viande sur le grill, le chat de feu mourut de façon horrible, incendié par ses propres flammes.

Tholden tituba, tomba sur les genoux ; son visage écorché, roussi, demeurait hébété devant la carcasse embrasée.

Lentement, le Domne traversa le cercle de chaleur jusqu'à son fils aîné. Minick, Géraden et Térisa le suivirent. Ils étaient tout près quand le Domne enlaça le dos sanglant de Tholden.

— Je l'avais dit, murmura le Domne d'une voix

enrouée par la fierté autant que par la peine. Je savais que tu nous sauverais.

Géraden était déjà parti chercher Quiss.

Quiss s'occupa de son époux avec un soin sévère. Pareillement au Domne, ses émotions étaient trop fortes — et trop paradoxales — pour qu'elle pût rester calme devant l'état de son mari.

Debout au milieu de la rue, appuyé sur ses cannes, le Domne rallia les archers et les lança aux trousses des derniers loups.

Gentiment, Minick aida Stead à sortir de la maison. Les deux frères organisèrent ensemble l'évacuation du village.

L'incendie était trop bien installé pour être combattu. Même sans le péril et les dégâts causés par les loups, sans rien d'autre à penser que le sauvetage de leurs demeures, les villageois n'auraient pu avoir raison de ce feu. Mais en vérité, ils se retrouvaient abattus et défaits. Et peut-être y aurait-il une autre attaque... Lorsque Minick suggéra de lutter contre l'incendie, le Domne le lui interdit tout net. Au lieu de se disperser vainement à tenter de sauver Houseldon, chaque homme, femme et enfant en âge de marcher se chargerait d'emporter les vivres, les biens, les chevaux et le bétail, de conduire les bébés et les invalides hors du périmètre de la palissade.

Géraden ignora ce déploiement d'activité. Emmenant Térisa avec lui, il alla dénicher de quoi manger pour deux puis trouva un endroit paisible dans la demeure paternelle où ils purent se restaurer.

Stupéfaite, la jeune femme lui demanda à quoi rimait cette conduite.

— Gagner du temps, murmura-t-il en mordant dans son morceau de poulet. Il faudra manger à un moment ou à un autre. Autant s'en débarrasser tout de suite.

— Que va-t-il se passer ? questionna-t-elle encore.

— Tout le village va monter au Poing Fermé et s'y installer. Avec ce qu'ils emportent, ils n'y arriveront pas avant deux ou trois jours. C'est sans importance, je crois. Si Erémis avait autre chose à lancer contre Houseldon, il l'aurait fait. Le premier danger est passé. Et une fois toute la population nichée dans les grottes, il lui faudra une armée pour les en déloger.

Térisa ne comprenait rien. L'idée lui traversa l'esprit qu'il serait absolument impossible de fabriquer un miroir au Poing Fermé.

— Vous dites « ils ». Ne partez-vous pas avec eux ?

Il secoua la tête et tenta d'atténuer l'éclat fiévreux de ses yeux. Térisa le regardait stupidement. Son foyer était en flammes. Houseldon ne serait bientôt que braises et cendres. Les survivants étaient contraints de partir se terrer dans la montagne. L'un de ses frères avait été gravement blessé. Des gens qu'il connaissait depuis toujours étaient morts. Vraiment, il était curieux de le voir de si bonne humeur.

Certes, il restait endurci et fort, elle le voyait bien, mais la pesante et austère carapace de métal s'en était allée, et l'amertume avec elle. La nuit passée, il s'était souvenu qu'il pouvait rire. Ses yeux brillants promettaient qu'il se le rappellerait encore.

À le regarder, elle sentit s'évanouir la torpeur que trop d'inquiétudes, trop de saccages lui avaient rivée dans le cœur. Souriant presque, comme si elle connaissait la réponse, elle s'enquit :

— Pourquoi non ?

Géraden haussa gaiement les épaules.

— Jusqu'ici j'ai tout regardé à l'envers. Mon penchant ordinaire pour l'erreur. En un sens, ce qui s'est produit aujourd'hui est une bonne nouvelle. Ce qu'a fait Erémis est une bonne nouvelle. Cela signifie qu'il a peur de nous... trop peur pour attendre d'agir intelligemment, en étant certain de nous tuer. Il pense donc que nous pouvons, en ce moment, quelque chose contre lui.

» Sans doute a-t-il raison. Il est trop avisé pour s'effrayer de rien. Il nous suffit donc de découvrir ce dont il a peur.

De façon tout à fait incongrue, tandis que Houseldon brûlait, Térisa renoua avec la joie de la nuit passée.

— Peut-être n'est-il pas prêt, suggéra-t-elle. Peut-être avons-nous le temps d'avertir Orison.

— Tout juste. Et, en chemin, nous préviendrons certains des Seigneurs. Quand ils sauront, peut-être le Fayle et même le Termigan se décideront-ils à agir.

Térisa ne put se retenir. Elle se jeta au cou de Géraden et l'étreignit si fortement qu'elle crut que ses bras allaient se briser.

— Dehors, les tourtereaux, appela Stead depuis le seuil de la pièce. Le feu est déjà de l'autre côté de la rue. La maison va bientôt brûler.

En guise de réponse, Térisa et Géraden éclatèrent de rire.

Ils sortirent main dans la main.

En milieu de matinée, le siège du Domne n'était plus qu'une couche de cendres fumantes.

Depuis sa civière, Tholden regarda les ruines désolées et pleura comme s'il avait échoué.

— Ne sois pas stupide, fils, lui dit le Domne. Tu nous as sauvé la vie à tous. Les maisons se reconstruisent. Tu as sauvé notre *peuple*. J'appelle cela une grande victoire. Nul autre n'y serait parvenu.

— Bien vrai, Pa, renchérit Quiss car son mari était trop bouleversé pour répondre. Il en tombera d'accord avec vous quand il aura pris un peu de repos. S'il admet qu'il en a besoin.

Géraden les embrassa tous trois. Quiss et le Domne embrassèrent Térisa. Puis Térisa et Géraden enfourchèrent leurs montures, la jument baie et l'appaloosa qui les avaient amenés du Poing Fermé.

— À ton tour, Géraden, déclara le Domne devant tous les villageois. Fais que nous puissions être fiers de toi. Agis pour que ce qui est arrivé aujourd'hui n'ait pas été inutile.

Puis il ajouta :

— Et au nom du bon sens, souviens-toi de m'appeler Pa.

Géraden rougit malgré lui. Térisa eut envie de rire.

— N'ayez aucune inquiétude, Pa, dit-elle. Je le lui rappellerai.

Sous les acclamations du peuple de Domne, Térisa et Géraden partirent à cheval au secours de Mordant.

16

Des plans contrecarrés

À l'issue du premier jour du siège — jour qui vit le meurtre de Maître Quillon et la fuite de Térisa —, le Prince Kragen montra ses catapultes pulvérisées à dame Eléga et lui demanda ce qu'elle en pensait.

— Il faut attaquer, répondit-elle. Attaquer et encore attaquer.

Haussant un sourcil, Kragen attendit plus ample explication.

— Je ne suis pas Imageur. Mais chacun sait que l'Imagerie requiert force et concentration. Les translations sont épuisantes. Et en cela, ajouta-t-elle en désignant les catapultes, vous n'avez qu'un seul adversaire. Un seul Maître peut se servir du miroir qui vous nuit. Il doit être las à présent. Peut-être a-t-il déjà épuisé son endurance.

» Si vous continuez à le harceler, il faillira. Alors vous percerez cette brèche et Orison sera à vous.

En dépit de son attitude confiante, de son air assuré, le Prince Kragen ne put gommer de ses traits une expression soucieuse.

— Ma dame, fit-il doucement, sèchement, combien de machines de guerre croyez-vous que je possède ?

Elles sont difficiles à déplacer. Si nous les avions apportées d'Alend, nous serions encore en route — et la victoire de Cadwal ne ferait aucun doute. Nous fûmes contraints de nous servir en Armigite (prononcer ce nom lui écorchait toujours la bouche). Tout me porte à croire que nous serons à cours de catapultes avant que cet Imageur ne soit fatigué.

» Alors, ma dame, conclut-il en lui serrant le bras pour exiger toute son attention, pour lui faire entendre ce qu'il ne pouvait dire, notre premier, notre meilleur atout sera perdu.

— Quelles sont donc vos intentions Seigneur Prince ? le tança Eléga qui semblait se refuser à comprendre. Allez-vous simplement *attendre* ici que le Haut Roi vienne vous écraser ?

Le Prince redressa la tête. Trop de ses hommes la regardaient. Dans un effort de volonté, il effaça tout souci de ses traits et parvint à sourire.

— Mon intention est de faire mon devoir.

S'inclinant pour celer la froide sévérité de son regard, il s'éloigna.

Cette nuit-là, à la faveur de l'obscurité, il dépêcha une escouade de sapeurs pour tenter de déloger les pierres maîtresses du mur fraîchement rebâti.

Nouvel échec. Peu de temps après que les hommes se furent mis au travail, les défenseurs d'Orison firent couler de l'huile bouillante le long de la muraille et y mirent le feu. Les flammes contraignirent les sapeurs à reculer — et produisirent assez de lumière pour les archers de Lebbick. Moins de la moitié de l'escouade en réchappa.

Le lendemain matin, cette mauvaise nouvelle digérée, le Prince Kragen déclara qu'il ne prendrait pas d'autres risques.

Et il ne revint pas sur sa décision. Il se dédia alors à entretenir la confiance de ses troupes, ou à étudier d'éventuelles stratégies avec ses capitaines, ou encore à consulter le Monarque d'Alend. Il ne prit aucun risque, n'encourut donc nulle perte. Il aurait aussi bien pu attendre le Haut Roi Festten pour mettre au point avec lui une stratégie efficace et sans douleur.

Eléga comprit pourquoi il agissait de la sorte. Il le lui expliqua, en public et en privé. Et ses justifications ne manquaient pas de fondement. Quoi qu'il en soit, sa passivité rendait folle la fille de Joyse. Elle devint incapable de lui faire face sous le regard de ses troupes, se montra à peine aimable au lit. Elle voulait de l'*action* — elle voulait que le mur tombe, que la bataille se déroule ; elle voulait que Joyse fût déposé et le Prince Kragen placé sur son trône.

Elle voulait n'avoir pas trahi pour rien son père. Tant que les forces d'Alend se consacreraient à l'exercice ou à l'oisiveté, jouiraient de la douceur soudaine du printemps au lieu de faire plier Orison, ce qu'elle avait fait resterait sans objet.

Elle tenait le compte des jours, presque le compte des heures qu'elle rongeait comme un vieil os. Il était tard au soir du cinquième jour de la passivité de Kragen, le sixième jour du siège, et elle attendait sous sa tente que le Prince en eût fini d'un entretien avec Margonal, lorsqu'une sentinelle vint lui annoncer une visite.

— Pardonnez cette intrusion, ma dame, déclara le soldat, incertain de bien agir. Je ne vous aurais pas dérangée... mais elle est venue droit au poste de garde et a demandé à vous voir. Elle ne portait aucune arme, pas même un couteau. Je lui ai dit que je devais la conduire au Prince, ou à la rigueur au capitaine factionnaire. Elle m'a dit qu'elle ne pensait pas que c'était une bonne idée, qu'il suffisait que je la conduise à vous et que vous décideriez...

— De qui s'agit-il ? s'enquit impatiemment Eléga.

— De votre sœur, à ce qu'il paraît, marmonna la sentinelle.

Il sembla à Eléga que le sang lui désertait le cœur.

— Vous avez bien fait, dit-elle doucement pour ne pas trahir son trouble. Vous pouvez la laisser venir. Je déciderai de son sort après l'avoir entendue.

Le soldat haussa les épaules puis écarta le pan de la tente qui livra passage à Myste.

Les deux sœurs demeurèrent pétrifiées l'une devant l'autre, même quand la sentinelle les eût laissées seules.

Eléga était dans son élément. Elle était drapée dans une robe de gaze légère que le Prince aimait. Les lampes et bougies rehaussaient le lustre de ses courts cheveux blonds, la beauté de son teint pâle, le brillant de ses yeux violets. Par contraste, Myste qui avait besoin du soleil pour être à son avantage, paraissait morne à la lueur des feux, ou trop rêveuse, par son regard lointain, qui donnait l'impression qu'elle s'abîmait dans ses propres pensées pour ne pas s'intéresser à son entourage direct ni aux événements présents. Son épais manteau avait connu des jours difficiles.

Pourtant, Myste avait changé — Eléga le vit sur l'instant. Elle avait une tenue plus droite ; la courbe plus carrée de ses épaules, son menton plus haut, révélaient une femme que ne hantaient plus les doutes. Une cicatrice, pareille à une ancienne brûlure, courait de sa pommette jusqu'à son oreille droite ; et au lieu d'amoindrir sa beauté, cette marque avait accru sa personnalité ; elle était comme l'expression d'une conviction. Pour la première fois de leur vie, la simple présence de Myste provoqua chez Eléga une impression d'infériorité, une érosion de son assurance.

Une vive intuition lui souffla que Myste avait accompli un acte en comparaison duquel ses propres efforts pour peser sur le destin de Mordant paraîtraient médiocres, triviaux.

Myste soutint le long examen de sa sœur. Puis, lentement, elle se mit à sourire.

C'était trop que ce sourire ; un sourire trop semblable à celui de leur père lorsqu'il était encore lui-même ; un sourire pareil à un lever de soleil. Eléga ne put le supporter ; ses yeux s'emplirent de larmes.

— Oh, Myste, souffla-t-elle. J'étais morte de peur quand tu as disparu. Je pensais que tu n'étais plus en vie depuis longtemps.

Submergée par l'émotion, elle ouvrit les bras et étreignit fortement sa cadette.

— Je suis désolée, murmura cette dernière contre son épaule. Je sais que tu as eu peur. Je ne le voulais pas mais je n'ai pas eu d'autre choix.

Maladroitement, Eléga fit un pas en arrière, s'essuya les yeux, se moucha.

— Vilaine fille, fit-elle avec un sourire mutin.

Myste lui rendit son sourire et lui emprunta son mouchoir.

— Te souviens-tu ? murmura Eléga. Je t'appelais ainsi quand nous étions enfants. Lorsque j'avais fait quelque chose d'interdit et que la réprimande menaçait, j'essayais de rejeter la faute sur toi. Même alors que tu marchais à peine, je tentais de faire croire à Mère que tu m'avais entraînée... et je te traitais de « vilaine fille ».

— Non, je ne m'en souviens pas, répondit Myste avec un rire léger. J'étais trop jeune. De toute façon, j'ai peine à croire que tu aies une seule fois voulu te dérober à tes responsabilités. Et aujourd'hui, ajouta-t-elle avec un soupir de bonheur, après toutes ces années, je te donne raison !

— Oui ! acquiesça Eléga qui avait envie à la fois de plaisanter, de rire et de hurler. Voilà qui est bien méprisable.

Elle s'efforçait de mettre un peu d'ordre dans ses idées, ses émotions, de retrouver quelque contrôle.

— Assieds-toi. Prends du vin. Je suis vraiment ravie de te revoir. J'ai été tellement seule...

Elle s'interrompit ; l'apparition inattendue de Myste lui faisait tourner la tête.

— Oh, Myste, *où étais-tu* ?

Une ombre d'embarras passa dans le regard de Myste. Plus que de l'embarras, constata aussitôt Eléga : de la prudence. Son sourire d'ailleurs s'évanouit.

— C'est une longue histoire. Je suis venue te trouver car je dois prendre un certain nombre de décisions. Entre autres, je dois décider si je te révèle ou ne te révèle pas où je suis allée et ce que j'ai fait.

Plus que de la gêne. Plus que de la prudence.

De la méfiance.

Eléga fut à nouveau au bord des larmes.

Cependant, sa propre prudence lui revint. Le camp d'Alend était un lieu dangereux... surtout pour une fille du Roi Joyse qui n'avait pas fait allégeance au Prince Kragen.

— En quoi est-ce difficile ? questionna-t-elle avec précaution. Tu es ma sœur. Pourquoi ne me le dirais-tu pas ?

Au côté de qui es-tu ?

— Merci, j'accepterai un verre de vin, fit Myste, imperturbable.

Elle ôta son manteau, découvrant une veste de cuir usée, des pantalons dans le même état.

— Comme tu le vois, je n'ai pas vécu dans le confort depuis un moment.

Eléga ne put répondre. La question la harcelait, qu'elle brûlait de poser, *Au côté de qui es-tu ?*

— Eléga, soupira Myste. Je ne puis te raconter mon histoire car je ne sais pas ce que tu fais ici. Je ne sais pas pourquoi l'armée d'Alend assiège Orison. Je ne sais pas, poursuivit-elle en refoulant ses larmes, si notre père est encore vivant, ou encore sur son trône. Ou s'il paraît encore fou.

» Je ne puis rien décider de sage sans obtenir réponse à ces questions.

» Je te savais ici, expliqua-t-elle, pour t'avoir vue au côté du Prince Kragen aller parlementer avec le Gouverneur Lebbick, le jour où Orison fut encerclé. Je me trouvais à une distance considérable, admit-elle, mais je fus certaine de t'avoir reconnue. Il me fallut cependant longtemps pour persuader... pour me persuader de t'approcher. Puis-je avoir du vin ? fit-elle, désireuse de soulager la tension d'Eléga.

— Bien sûr.

Secouant sa torpeur, Eléga se dirigea vers la petite table de cuivre où se trouvaient une carafe et deux verres à pied. Malgré l'éventualité d'avoir à expliquer au Prince pourquoi son verre avait été utilisé en son absence, elle emplit de vin les deux verres puis s'assit et invita sa sœur à l'imiter.

Myste prit place en face d'elle. Tandis qu'elle portait le verre à ses lèvres, un nouveau soleil éclaira son regard. Elle eut un sourire de bien-être, les yeux dans le vague.

— C'est bon. J'aimerais pouvoir en emporter une barrique.

Quelques gorgées d'alcool aidèrent Eléga à se recomposer une attitude.

— Ne parle pas déjà de repartir, fit-elle, se dominant mieux. Tu viens à peine d'arriver. Et... précisa-t-elle en décochant son plus beau sourire, tu ne m'as pas encore éclairée sur la raison de ta venue.

Myste but de nouveau puis tint le verre entre ses paumes, plongea les yeux dans ses profondeurs pourpres.

— Je suis venue te demander réponse à mes questions, ainsi serai-je en mesure de prendre des décisions avec l'espoir qu'il en advienne plus de bien que de mal.

— En d'autres termes, répliqua paisiblement Eléga, tu me demandes de te faire confiance pour t'aider à décider si tu dois te fier à moi.

La question ne souffrait plus l'attente :

— Myste, à qui as-tu donné ta foi ? Qui sers-tu aujourd'hui ?

Les yeux de Myste s'assombrirent. Eléga souffrit de cette distance soudaine. Sa sœur était la plus jeune fille du Roi, et d'une certaine façon la moins considérée ; solitaire dans ses rêves romantiques, dans son étrange notion qu'il n'existait point de limites véritables aux existences des hommes et des femmes ordinaires. Seul son père l'avait écoutée autrement qu'avec un gentil mépris ou une moquerie ouverte — et à présent son royaume était en ruine, la faute n'en incombait qu'à lui.

Toutefois Myste était là, plus bardée de son seul courage que du vieux cuir de son habit. Peut-être avait-elle perdu la tête. Comment, sinon, expliquer sa présence, l'évidence avec laquelle elle s'était présentée au camp ennemi pour demander réponse à ses questions ? Même si elle était saine d'esprit, elle était devenue un être qu'Eléga ne savait ni évaluer ni atteindre.

Par ailleurs, quel mal pouvait faire la fille courageuse, un peu folle, d'un roi déchu ? Se pouvait-il qu'elle fût allée déjà jusqu'à Cadwal ? Non. L'armée du Haut Roi était encore trop loin... et les forces du Perdon continuaient à la combattre. Alors, quel mal pouvait-elle faire ? Aucun.

Elle ne fit pas mine de répondre à Eléga. Celle-ci abandonna au bout d'un long silence. Forte d'une sympathie surprenante — et d'une once d'admiration qu'elle ne savait nommer — à l'égard de sa sœur solitaire, elle décida soudain, sans raison, de se plier au jeu. Après tout, elle avait plus d'amour pour le risque que pour la prudence, et l'inaction du Prince Kragen lui émoussait l'esprit.

— Très bien, dit-elle. Pose-moi une question précise.

Une lueur brilla dans le regard de Myste qui, dans un geste inconscient, porta la main à sa joue.

— Encore merci, murmura-t-elle. Tu me rends là un fier service. Père va-t-il bien ? questionna-t-elle aussitôt. Est-il... Est-il toujours en vie ?

— Il se porte comme un charme, d'après ce que je sais, répondit Eléga, la gorge sèche tout à coup. Voilà plusieurs jours que je ne l'ai vu.

Maintenant qu'elle avait accepté l'entretien, elle se rendait compte qu'il lui serait difficile de narrer sa propre histoire. Les postulats de Myste étaient si différents des siens.

— Du moins les émissaires ou messagers tels que le Gouverneur et Maître Quillon parlent sans hésitation en son nom. Il reste le Roi en son château, même si son pouvoir ne s'étend plus à Mordant.

— Je suis heureuse, souffla Myste, pour elle seule. Et Térisa ? Comment va-t-elle ?

— Je crains que dame Térisa ne se soit laissée entraîner par le penchant instinctif de Géraden pour l'erreur, rétorqua Eléga, non sans aspérité.

— Comment cela ? la pressa Myste, inquiète.

Eléga se souvenait du réservoir.

— Elle a appris à commettre les mêmes erreurs que lui.

Myste hocha la tête, bien qu'elle ne comprît pas les paroles de sa sœur — elle n'avait pas envie de poursuivre sur le sujet. Elle réfléchit un moment, choisit ses mots.

— Eléga, *pourquoi* es-tu ici ? Si notre père règne toujours sur Orison, comment en es-tu venue à prendre le parti de l'ennemi ?

Voilà où le précipice se creusait irrémédiablement

entre elles. Si Myste réagissait mal à entendre la vérité, Eléga devrait appeler les gardes et livrer sa sœur au Prince Kragen.

Toujours est-il qu'elle ne recula pas.

— Mauvaise question, Myste, fit-elle sèchement. Tu devrais me demander la raison de la présence du Prince et de ses troupes autour d'Orison. Mes raisons épousent les leurs.

Myste l'observa, intensément.

— Je me doutais de cela. Voilà pourquoi j'avais peur pour Père. J'ai pensé qu'Alend arrivait parce qu'il était mort. Mais loin de moi le désir de te froisser en sautant à des conclusions erronées.

» Quand j'ai quitté Orison, le Prince avait été insulté dans la salle d'audience. Or, le fait qu'il s'attarde au château m'avait fait espérer qu'il ne perdait pas tout espoir de paix.

» Alors pourquoi tente-t-il de détrôner le Roi ?

— Parce que, répondit Eléga, se préparant à la réaction de Myste, je l'ai persuadé d'agir ainsi.

Myste ne réagit pas, en un sens ; elle se pétrifia, pareille à un animal qui se cache. Mais cette attitude lui était tellement étrangère qu'elle parut aussi véhémente qu'un cri. Où avait-elle appris à se contrôler de la sorte ?

— Je fis sa connaissance après l'audience, reprit Eléga, luttant pour se défaire de son attitude défensive. Il m'apprit à le croire quand il affirmait que le désir de paix de Margonal était sincère. Pourtant, Alend se devait de résoudre un dilemme : Cadwal ne voulait point la paix... et le Roi avait, de toute évidence, perdu la force de protéger le Congrégat de la convoitise de Festten. Alend devait agir, afin que le Haut Roi ne fît pas main basse sur l'Imagerie.

» D'abord, j'exigeai du Prince quelque marque de sa bonne foi. Il me fit la promesse, si Orison tombait, de faire du Perdon le Roi de Mordant — qu'Alend n'en tirerait aucun profit si le Congrégat échappait à Cadwal.

» Alors, je le persuadai qu'un siège était son meilleur atout.

— Mais, Eléga, protesta Myste, c'est faux. Père est le seul à avoir pu s'emparer d'Orison. Un siège risque de durer plusieurs saisons. Et le Haut Roi n'attendra certainement pas des mois avant de venir disputer le Congrégat au Monarque d'Alend.

— Non, c'est possible, insista Eléga avant que l'honnêteté ne la force à admettre : Enfin, ce *l'était*. Deux éléments jouaient en notre faveur. D'abord, la brèche mal réparée dans la muraille... nul alors n'avait prévu qu'un Maître trouverait un moyen de la protéger. Ensuite...

Malgré elle, elle faiblit. Voilà où le bât blessait, voilà qui la rendait avide d'action, qui attisait son désir de voir le siège réussir. C'était son œuvre : elle avait convaincu Kragen d'agir de cette façon.

S'il lui tenait rigueur de son échec, il n'en avait rien montré. Peut-être avait-il par avance accepté les risques de ses actes et ne voyait-il pas dans les circonstances malencontreuses sujet à récriminations. Ou peut-être puisait-il un nouvel espoir dans les causes de son actuelle inaction. Dans les deux cas, Eléga se blâmait assez pour eux deux. Sûre d'elle, décidée à sauver son monde, elle avait pris le destin de Mordant entre ses mains.

Et elle l'avait lâché.

— Ensuite ? la pressa Myste.

— Ensuite, reprit-elle d'un ton dur, j'avais promis de lui livrer Orison sans verser de sang, ou très peu.

Myste demeurait parfaitement immobile. Pas un muscle ne bougea sur son visage. Mais l'indignation incendiait ses yeux.

— Comment ?

Les doigts d'Eléga se resserrèrent sur son verre.

— En empoisonnant le réservoir. Non pas pour semer la mort. Mais pour affaiblir les hommes le temps de l'assaut.

— Cela aurait dû suffire, acquiesça Myste en remuant à peine les lèvres, le visage toujours pareil à un masque. Qu'est-ce qui n'a pas marché ?

Délibérément, Eléga se permit d'émettre une obscénité, ce qu'elle savait déplaire fort à sa sœur.

— Géraden et Térisa me surprirent. Ils furent incapables de m'empêcher d'agir... ou de me capturer. Mais ils alertèrent le Gouverneur. Personne ne fut malade car personne ne but l'eau. La défense tint bon... et je fus contrainte de m'enfuir. Cela répond-il à ta question ? conclut-elle, mécontente d'elle-même. Peux-tu mainte nant prendre sagement tes décisions ?

— Ah, Eléga, cela doit être affreux pour toi... tenter de trahir les siens, sa famille, et échouer.

— Il est pire de ne *rien* faire, assura fiévreusement Eléga, de laisser tout ce qui est bien et bon dans ce monde aller à la ruine, quand l'homme qui a tout créé ne se soucie plus de le défendre.

— Peut-être, murmura Myste, toujours immobile, toujours lointaine. Voilà l'une des décisions que je dois prendre.

» Je t'en prie, dis-moi... Pourquoi le Prince n'agit-il pas ? Je n'ai rien vu bouger depuis le premier jour du siège. Il semble attendre que le Haut Roi arrive et le détruise.

Tout à coup, Eléga s'aperçut que le Prince Kragen était en retard. D'ordinaire, il achevait plus tôt son entretien quotidien avec son père et venait la rejoindre sous la tente.

S'il surprenait Myste ici, il n'aurait d'autre choix que de la faire prisonnière, ne pouvant mépriser sa valeur potentielle en tant que fille du Roi Joyse. Or Myste était également la sœur d'Eléga... et Eléga ne savait pas encore quelle serait sa décision. Elle n'était certaine que d'une chose : captive du Prince, Myste ne révélerait aucun de ses secrets.

— Attends-moi ici, murmura-t-elle.

Elle se leva et disparut derrière le rideau de tentures qui masquait l'arrière de la tente. Là, elle donna ses ordres à la jeune fille d'Alend qui lui servait de femme de chambre.

— Vite, enfant. Va trouver le Prince. Il est peut-être encore avec son père, ou en chemin pour venir ici. Qu'il me pardonne, je ne me sens pas bien. Dis-lui qu'une atroce migraine me harcèle... qui ne passera que si je puis dormir. Fais vite.

Elle poussa l'adolescente dans la nuit puis attendit que les battements de son cœur s'apaisent avant de revenir auprès de Myste.

Devant le regard interrogateur de sa sœur, elle lui expliqua ce qu'elle avait fait. Constater que Myste la croyait la soulagea plus qu'il n'était raisonnable. Donc la prudence toute nouvelle de Myste, sa méfiance, connaissaient des limites. Et malgré les actes qu'Eléga avait déjà commis, Myste ne redoutait pas d'être trahie par sa sœur.

Eléga commença sourdement à se demander au côté de qui elle-même se trouvait.

Elle se rassit, versa du vin dans les verres. Myste attendait toujours une explication de l'inaction du Prince. Eléga aspira profondément, car pour la première fois ce qu'elle avait à dire pourrait être interprété comme une évidence de félonie.

— Te souviens-tu du jour où nous avons rencontré Térisa ? Ce jour où le Perdon arriva, tel un ouragan, à Orison, pour exiger une aide, un soutien que le Roi Joyse lui refusa ?

— Oui, fit Myste dont le regard indéchiffrable demeurait fixé sur sa sœur.

— Je crois que je t'ai raconté.

Eléga se rappelait parfaitement la rage du Perdon. *Dites-lui ceci de ma part, ma dame. Je lui enverrai ici chacun de mes hommes qui tombera ou mourra pour s'être battu pour lui malgré son inertie aveugle.*

— Eh bien, il fait ce qu'il avait promis. En petits groupes, en escadrons, les blessés et les morts portés par leurs familles arrivent presque chaque jour du Fief de Perdon, envoyés vers la tranquillité supposée d'Orison... comme un reproche au Roi Joyse.

» Ils sont maintenant les prisonniers d'Alend — quoiqu'il serait plus exact de dire qu'ils sont aux bons soins des médecins de l'armée, et non autorisés à partir. Blessés, harassés, affligés, plusieurs d'entre eux ont encore la volonté de ne pas répondre aux questions.

Myste regardait Eléga et se taisait.

— C'est par eux que nous avons appris que le Haut Roi ne vient pas par ici.

— Non ? murmura Myste, surprise. Non ?

— Du moins, pas directement, continua Eléga. Cela est certain. Les troupes de Festten progressent aussi vite qu'elles le peuvent à travers les collines du Perdon — à travers la résistance du Perdon. Mais les derniers rapports se recoupent pour nous faire savoir que l'armée du Haut Roi ne s'approche pas d'Orison. Voilà pourquoi le Prince Kragen estime pouvoir attendre.

— Alors, où se rend donc le Haut Roi Festten ? questionna Myste qui semblait gagnée par une sorte d'impatience.

— Au sud-ouest. Dans le Fief de Tor. Les survivants du Perdon affirment que l'armée de Cadwal s'est déployée sur la meilleure route en direction de Marshalt, le siège du Tor.

— Mais *pourquoi* ? insista Myste. Pourquoi aller là-bas ? Le Congrégat est *ici*.

Eléga n'en avait pas la moindre idée.

— J'ai entendu dire, avança-t-elle pour éprouver sa sœur, que le Gouverneur soupçonnait le Tor de trahison.

— Le Tor ? C'est ridicule, s'exclama Myste. Et s'il *était* traître, Festten aurait encore moins de raisons d'envahir son Fief. Cela n'a pas de sens. Que fait le Perdon ?

Eléga s'efforçait de conserver sa contenance sévère.

— Il est apparemment plus zélé à servir Mordant que ne le mérite son Roi.

En vérité, la seule pensée du Perdon lui faisait mal, lui donnait envie de hurler d'impuissance.

— Festten, semble se désintéresser d'Orison. Mais au lieu de saisir cette occasion de fuir — soit ici, soit en allant proposer une alliance à l'Armigite, ou une plus solide encore au Fayle — le Perdon déplace ses forces de façon à se trouver toujours sur la route de l'armée de Cadwal. Il a commencé avec à peine trois mille hommes contre vingt mille. Si les rapports sont vrais, il en a moins de deux mille à présent, et les pertes s'accroissent chaque jour. Malgré tout, il continue à lutter, sacrifiant toutes les vies sous ses ordres pour entraver Festten, l'empêcher d'atteindre son but, quel qu'il soit. Il est clair qu'il livre une lutte personnelle contre Cadwal. Si le Roi Joyse ne l'avait depuis longtemps abandonné, il aurait pensé à se préserver — et à soutenir Orison — en venant ici.

» *Cela* répond-il à tes questions ?

Tandis qu'Eléga parlait, l'expression de Myste avait changé. Elle tourna vers le château des yeux emplis de larmes.

— Oh, Père, murmura-t-elle sourdement. Comment as-tu pu arriver à cela ? Comment le supportes-tu ?

Le désir de hurler s'intensifia en Eléga.

— Si oui, fit-elle sèchement, peut-être consentiras-tu à répondre aux miennes. Je t'en ai dit suffisamment pour me faire décapiter si je n'avais la faveur du Prince. J'aimerais que mon risque fût payé de retour.

Soudain, Myste se leva, face à Orison derrière la toile de tente, comme si Eléga n'était pas là.

— Oui. Je peux décider désormais. Merci. Je dois partir.

Sans un regard pour sa sœur, elle se dirigea vers la sortie.

Un instant, Eléga demeura confondue, proie de réactions contradictoires. Elle vibrait de cette offense violente, brûlait à la fois de jeter à bas, sans ménagement, la réticence de Myste et souffrait affreusement de l'imminence de son départ. Elle s'en allait sans s'être fiée, confiée à elle... C'était comme un couteau fiché dans son cœur.

Elle s'apprêtait à appeler un soldat lorsqu'une idée nouvelle la traversa, telle une illumination.

— Père m'a envoyé un message, Myste.

Myste s'arrêta devant la porte, se retourna pour demander, presque malgré elle :

— Lequel ?

— Le Gouverneur Lebbick me l'a fait parvenir. Père aurait dit, « Je suis certain que ma fille a agi pour les meilleures raisons. Ma fierté l'accompagne où qu'elle aille. Pour elle comme pour moi, je souhaite que les meilleures raisons engendrent les plus heureux résultats. »

Myste ferma les yeux. Et les larmes franchirent ses cils, coulèrent sur ses joues ; longtemps, elle ne bougea ni ne parla. Puis elle posa un regard radieux sur sa sœur, souriant comme un nouveau jour.

— Bien sûr, souffla-t-elle. Comment ne l'ai-je pas compris plus tôt ?

Elle revint s'asseoir derechef. Son sourire si beau était poignant au cœur d'Eléga.

— Très bien. Pose-moi une question précise.

Eléga demeura bouche bée, si longtemps que

Myste se mit à rire. Eléga n'y pouvait rien ; elle fut soudainement si pleine de joie, de soulagement, et de confusion, qu'elle joignit son rire à celui de sa sœur.

— Ah, Eléga, fit Myste au bout d'un moment, nous n'avons pas ri ensemble ainsi depuis que nous étions petites filles.

— Pas d'arrogance, enfant, feignit de protester son aînée en se parodiant elle-même. Tu as à peine l'âge d'être appelée une femme.

Myste se reprit a rire de plus belle. Un seul détail de sa physionomie empêchait Eléga de retrouver la fillette romantique et chère, un peu folle, qu'il ne fallait pas prendre au sérieux : la cicatrice sur sa joue.

Cette cicatrice changeait tout, qui rendait impossible le fait d'ignorer ou d'oublier la nouvelle Myste. Cette constatation troubla davantage Eléga.

— Myste, où *étais-tu* ? Où es-tu allée ? *Pourquoi* es-tu partie ? Et ces *vêtements*. Qu'as-tu fait tout ce temps ?

— Eléga, protesta Myste avec humour, je t'ai demandé de me poser une question *précise* !

Mais soudain son rire décrut, mourut.

— Bien, je vais te répondre, convint-elle avec un curieux mélange de tristesse et de fièvre. Si tu reçois mal ce que je vais te dire, de graves ennuis en résulteront pour tout le monde. J'ai quitté Orison pour retrouver le champion du Congrégat.

— Pardon ? s'écria Eléga malgré elle.

La Myste d'autrefois aurait faibli, rougi, ou se serait mise sur la défensive. La nouvelle Myste se contenta de relever légèrement la tête et de répéter :

— J'ai quitté Orison pour retrouver le champion du Congrégat. Térisa m'a aidée, ajouta-t-elle après un silence.

Eléga ne tenait pas à commettre d'impair, aussi dévisagea-t-elle sa cadette en silence.

— Je me suis enfuie par le passage secret de la chambre de Térisa, puis par la brèche qu'il avait ouverte dans le mur. Elle n'était pas encore bien gardée et je pus m'échapper sans être vue. De là, je suivis sa trace dans la neige.

Eléga restait atterrée, attendant que sa sœur prononce une parole sensée.

— Je parvins à le rattraper, poursuivit Myste d'un ton égal. Il était blessé, incapable d'avancer rapidement. Il avait fini par tomber et saignait à mort dans son armure.

» Je le surpris ; il crut qu'il était de nouveau attaqué. Il me tira dessus. Heureusement, il ne me fit pas grand mal, précisa-t-elle en touchant sa joue. Puis il vit que j'étais une femme et baissa son arme. Je pus alors l'approcher.

Eléga battit des cils, s'éclaircit la gorge.

— Reprends du début, invita-t-elle prudemment. Dis-moi pourquoi.

— Pourquoi ? répéta Myste, le regard glissant dans le vague. Pourquoi pas ? J'avais maintes raisons. Il y avait l'étrange déclin de Père, sa velléité destructrice... et notre impuissance, notre inutilité, dont je ne me réjouissais pas plus que toi. Il y avait Térisa, qui faisait face à un monde qu'elle ne connaissait ni ne comprenait avec plus de courage et de ressources que je n'en possédais. Et il y avait l'action malhonnête du Congrégat.

— Malhonnête ? releva Eléga. Les Maîtres essayaient de défendre Mordant. La translation de leur champion était la seule action de leur part qui eût pu nous aider.

— Non, assura Myste. Je ne discuterai pas de la question éthique — s'il est ou non permis d'imposer une translation à un être vivant. Mais les Maîtres ne furent pas honnêtes vis-à-vis d'eux-mêmes. Ils affirment avoir translaté leur champion pour répondre au besoin de Mordant, pour tenter de tirer un espoir de leurs augures, mais quelle réaction espéraient-ils de la part du champion ? Il était blessé — ses hommes et lui se battaient pour leur vie — et il se trouva tout à coup projeté dans un autre monde, expliqua-t-elle avec plus de passion. Que devait-il penser ? Il ne put qu'interpréter ce changement comme une nouvelle attaque de ses ennemis.

» Si les Maîtres avaient été honnêtes, ils seraient convenus que la seule façon de se faire un allié d'un tel champion était de l'approcher pacifiquement, sans le menacer, au lieu de parier sur son instinct de violence.

Eléga jugea l'argument de Myste aussi surprenant que ses précédentes révélations. Ce qu'elle disait semblait absolument clair, parfaitement logique. Elle n'était pas habituée à entendre sa cadette raisonner en de tels termes.

— Je ne l'avais jamais envisagé sous ce jour, admit-elle. Toi si, continua-t-elle d'un ton presque accusateur. Et tu as décidé d'agir.

D'un geste badin, Myste balaya toute allusion à sa bravoure.

— Le Fayle tenta d'avertir Père des intentions du

Congrégat. Quand Père permit, de fait, cette translation, je compris que je finirais par le haïr si je restais là sans rien faire. Et mon cœur se gonfla de joie quand je conçus l'idée d'aider le champion.

— Alors, tu mis tes vêtements les plus chauds, fit sèchement Eléga, et tu partis affronter les rudesses de l'hiver pour le profit d'un guerrier qui risquait de te tuer sur-le-champ. Sans raison réelle, excepté ta compassion.

Un vague sourire passa sur les lèvres de Myste.

— Tu le trouvas, tu l'aidas. Comment est-ce possible ? Y avait-il un homme dans cette armure ?

— Oh, oui. Différent dans certains détails... mais tout à fait comme nous. Pareil à nous pour tout ce qui importe.

Elle rougit, renouvelant la stupeur d'Eléga, et s'empressa de poursuivre :

— Comme Térisa, il parle notre langue — peut-être à cause de la translation. Il s'appelle Darsint. Grâce à ses instructions, je pus lui ôter son armure et soigner ses blessures. Son arme nous fournit aisément du feu et j'avais des vivres.

» Depuis, nous sommes restés ensemble, nous cachant quand nous le pouvions, fuyant quand il le fallait. Les abris comme la nourriture sont faciles à trouver dans les villages abandonnés et dans les fermes...

— Et depuis l'arrivée de l'armée, l'interrompit vivement Eléga, vous nous observez. *Tous les deux* — toi et le champion du Congrégat. Tu as prétendu qu'il t'avait fallu plusieurs jours pour te décider à venir me trouver. Ce n'était pas *toi* que tu devais persuader, c'était *lui*. Tu es son unique connaissance, son guide.

Tout au feu des idées qui se précipitaient dans son cerveau, elle marqua un temps avant d'ajouter :

— Son amante.

L'esprit qui dirige l'arme. Elle continua :

— *Voilà* la décision qu'il te faut prendre. Tu es la compagne de l'homme le plus puissant du royaume. Il t'aime — il est dépendant de toi. Et tu dois décider comment user de son pouvoir.

Ce fut au tour de Myste d'être stupéfaite. Incapable de contenir son espoir soudain, brutal, Eléga se leva pour affronter sa sœur.

— Myste, tu dois nous aider. Toute cette force, cette puissance n'attendent que d'être utilisées. Oh, ma sœur, pourquoi as-tu tardé ? Tu peux conclure ce siège quasiment sans effort. Ne comprends-tu pas ce qu'il faut faire ? Nous devons prendre Orison. Nous devons mettre un terme à la folle résistance du Roi, pour qu'ainsi le combat contre les véritables ennemis de Mordant puisse être livré avec une royauté et un Congrégat intacts, unifiés.

— Non, Eléga, contra Myste qui s'était elle aussi levée. C'est toi qui ne comprends pas. Ma question n'est pas de savoir si je vous aiderai, mais si j'aiderai Orison contre vous.

Sa cicatrice ajoutait à son ardeur, à sa détermination.

— Les troupes d'Alend sont trop nombreuses pour un seul homme, même s'il possède les armes de Darsint. Et sa force d'ailleurs s'épuise avec l'usage. Il emploie le terme « recharger ». Ses armes ne peuvent être « rechargées » dans notre monde. Aussi devons-nous agir avec prudence. Quoi qu'il en soit, j'ai longuement pensé aux dommages qu'il pourrait causer à l'armée d'Alend. Seule ta présence ici m'a retenue — ainsi que l'inaction du Prince Kragen.

Eléga tenta de protester mais elle poursuivit :

— Je dois t'avertir, Eléga. Je sais mieux que jamais que je dois me battre pour Père et pour Mordant. Si tu réclames le feu des armes de Darsint, ce feu pourrait bien être dirigé contre toi.

— Myste, balbutia Eléga, es-tu devenue *folle* ?

— Seulement si la folie consiste à faire confiance à notre père.

— Oui, *c'est* une folie ! Tu l'as dit toi-même... tu as parlé de son « étrange déclin, sa velléité destructrice ». Ne sais-tu plus ce que tu dis ? Tu n'aurais pas quitté Orison pour voler au secours de ce Darsint si tu te *fiais* à notre père.

Tout à coup, l'ardeur de Myste s'atténua d'un sourire à la fois timide et sûr.

— Oui. Et non. J'ai passé des journées à marcher dans la neige. J'ai soigné les blessures d'un guerrier étranger et je l'ai tenu dans mes bras. Et tu m'as fait connaître le message que Père t'a adressé. La peur et l'épuisement enseignent beaucoup de choses. L'amour, aussi. J'ai appris à penser autrement.

» Il est difficile de dire que j'ai confiance en son déclin. Mais j'ai fini par me fier au fait qu'il avait autorisé le Congrégat à effectuer sa translation. J'ai même fini par penser qu'il l'avait fait pour moi — comme il a insulté le Prince pour toi. Ne vois-tu pas qu'il nous a donné le pouvoir d'agir ? Je peux guider les choix de Darsint. Je puis lui demander son aide. Et tu te trouves au lieu d'où tu peux influer sur les actions de toute l'armée d'Alend.

Je suis certain que ma fille Eléga a agi pour les

meilleures raisons. Pour elle, comme pour moi, je souhaite que les meilleures raisons engendrent les meilleurs résultats.

— Eléga, nous faisons ce qu'il voulait que nous fassions. Il avait des projets pour nous. Peut-être même son déclin n'est-il qu'une incitation à nous faire agir.

Eléga se débattait, prisonnière du sourire radieux de sa sœur. Cette interprétation optimiste de la conduite du Roi lui paraissait des plus insensées.

— Myste, tu es folle, murmura-t-elle comme si elle ne se parlait qu'à elle-même. Folle.

Joyse avait repoussé sa propre épouse plutôt que de défendre son royaume. Ou de s'expliquer. Pièce à pièce, il avait sapé les espoirs et la confiance dans le cœur d'Eléga.

— Ne souffres-tu pas de ce qu'il a fait ?

— Bien sûr que si, acquiesça Myste avec un sourire plus profond et plus triste. Je dis simplement qu'il existe une autre façon de le considérer. Nous nous demandons s'il mérite notre foi. Mais nous ne portons pas son fardeau. *Il* est le Roi. Nous devrions plutôt nous demander, je crois, si nous méritons sa foi. Il m'apparaît qu'il s'est efforcé de nous faire comprendre qu'il nous faisait confiance.

» Eléga, ne t'es-tu pas demandée quelle sorte d'homme il est pour placer sa confiance dans les êtres auxquels il a fait le plus de mal ? Car nous serions aujourd'hui en mesure de le détruire. Les armes de Darsint et l'armée du Prince auraient raison de lui. Et notre père nous a poussées dans cette voie.

» Soit sa folie est totale, soit il a un besoin de nous

si désespéré qu'il ne peut dévoiler ses intentions sans en provoquer l'échec ou l'impossibilité.

— Que veux-tu dire ? questionna Eléga, perdue.

— Oh, rien, fit Myste en haussant les épaules. Je me contente d'émettre des hypothèses. Mais suppose, reprit-elle, fixant de nouveau sa sœur, qu'il ait été vital pour Père, pour la défense de Mordant, que tu obtiennes la confiance du Prince. Comment faire naître pareil lien entre deux vieux ennemis mortels ? Toute tentative de ruse ou de tromperie eût immanquablement échoué. Tu n'es — pardonne-moi de le préciser — nullement une menteuse. Tu n'aurais pu conduire le Prince à croire ce que tu n'aurais pas cru toi-même.

— Non, s'énerva Eléga qui pourtant ne niait pas les dires de Myste. Tu supposes trop et trop vite. Pourquoi eût-il été « vital » pour Père que le Prince Kragen m'accorde sa confiance ?

— Eléga, *réfléchis*. Tu as déjà effleuré la réponse. Qu'a donc obtenu Père en refusant des renforts au Perdon ?

— Oui ! Qu'a-t-il *obtenu* ?

— Ou bien considère un autre aspect. Que se serait-il passé quand Cadwal se mit en marche si le Perdon avait eu avec lui plusieurs milliers de soldats ? Comme tu l'as souligné, le Perdon se serait retiré *ici*, pour préserver ses forces et défendre son Roi. Et le Haut Roi Festten n'aurait pas laissé un ennemi d'une telle force se désengager du combat, manœuvrer librement. Il eût été contraint de le suivre.

» En refusant d'aider le Perdon, Père s'est débrouillé pour que les armées de Cadwal ne viennent pas ici directement.

» Ne comprends-tu toujours pas, Elega ?

— Le temps, murmura Eléga qui commençait à entrevoir la vérité. Cadwal n'étant pas encore ici, Alend peut attendre. En refusant de soutenir le Perdon, Père gagnait du temps.

— Oui ! s'exclama Myste.

— Comme il gagnait du temps en nous confortant dans nos positions. Il rendit possible l'inaction du Prince par mon influence. Mais surtout, poursuivit Eléga, convaincue et stupéfaite de l'être, il s'arrangeait de façon à ce que si le Prince attaquait, tu te retrouves à défendre Orison... alors l'assaut d'Alend se verrait contrecarré... et parce que toi et moi sommes sœurs nous trouverions un moyen de réduire la violence à son minimum entre nos deux forces.

— Oui, répéta Myste qui commençait à se détendre.

— Mais *pourquoi* ? s'exclama Eléga qui ne savait plus si elle voulait rire ou pleurer. *Pourquoi* a-t-il besoin de temps ? Que *fait-il* ? Quel est son plan ? Comment peut-il croire que Mordant sera sauvé par les moyens mêmes qu'il a mis en œuvre pour le détruire ?

— Si je le savais, rétorqua Myste avec un doux rire, si j'étais capable de pousser si loin l'intelligence de la spéculation, j'irais le dire moi-même au Prince Kragen.

Eléga se surprit à rire elle aussi.

— Alors nous nous contentons de bavarder ? Tu ne vois aucune raison pour laquelle Père aurait besoin de temps... aucune raison de croire réellement qu'il a besoin de temps... aucune raison d'épouser l'une de tes hypothèses ?

— Aucune, fit gaiement Myste.

— Sauf, murmura Eléga après un silence, que tout se tient trop bien pour être le fait du hasard.

Le sourire de Myste fut alors si radieux que même la brûlure sur sa joue parut un fleuron de sa beauté.

Eléga soupira et, lentement, son allégresse se dissipa.

— Je t'avoue, Myste, que j'aimerais de toute façon que tu dises tout cela au Prince Kragen. Malheureusement, il te ferait prisonnière. Il chercherait à se servir de toi contre Père... ou contre ton champion.

— Darsint viendrait me chercher.

— En causant des ravages dans l'armée, ajouta Eléga. Peut-être en épuisant le pouvoir de ses armes. Et personne n'y gagnerait rien

— Voilà l'argument que j'ai employé pour le persuader de me laisser venir te voir, fit Myste avec l'expression d'une femme qui s'était mise à aimer le danger.

Surprise finale de cette soirée riche en étonnements, Eléga s'aperçut que jamais elle n'avait autant aimé sa sœur qu'à cet instant.

— En ce cas, conclut-elle, il m'incombe de t'aider à quitter le camp avant que le Prince n'apprenne ta visite. Viens, n'oublie pas ton manteau. Prenons quelques outres de ce vin et sortons par-derrière.

Avant de partir, elles s'étreignirent comme si elles se reconnaissaient l'une l'autre pour la première fois.

Le lendemain matin, après avoir entendu les rapports de la nuit, le Prince fit appeler Eléga.

Jamais elle ne l'avait vu dans une telle colère.

— Ma dame, la nuit dernière une femme a pénétré dans le camp. Elle prétendait être votre sœur et fut conduite sous votre tente.

Eléga lui fit face hardiment, cachant sa peur.

— Oui, Seigneur Prince. Ma sœur Myste.

— Celle qui disparut après la translation du champion, déclara le Prince qui ne devait pas en savoir davantage sur la jeune femme. Où est-elle à présent ?

Se souvenant qu'elle faisait une piètre menteuse, Eléga soutint son regard et répondit :

— Nous avons longuement parlé. Puis je l'ai aidée à partir sans alerter les sentinelles.

— La fille du Roi Joyse. L'une des femmes les plus précieuses de Mordant. Vous l'avez « aidée à partir ». Pourquoi ?

Tous les soldats qui se trouvaient à portée d'oreille détournèrent la tête pour ne point risquer de croiser le regard de leur chef.

Eléga fit de son mieux pour imiter le sourire de Myste, ce sourire qui goûtait le danger.

— Venez sous ma tente, Seigneur Prince. J'ai une histoire à vous conter qui vous fera douter de votre raison.

Voilà pourquoi elle l'aimait. En dépit du fait qu'elle était la fille de son ennemi, qu'elle avait trahi son propre père et pouvait donc être capable de trahir n'importe qui, qu'elle avait aidé une autre fille du Roi Joyse à s'échapper, le Prince Kragen l'accompagna sous la tente et écouta son récit.

À peu près à la même heure, Artagel se voyait octroyer la permission de quitter son lit pour la première fois. Son flanc cicatrisait bien et la fièvre l'avait lâché depuis assez longtemps pour que son médecin fût rassuré. De surcroît, il s'était montré, depuis sa folle visite au cachot, un patient modèle. Aussi lui conseilla-t-on de quitter le lit pour un exercice modéré, on insista, *modéré.*

Artagel sourit de l'attitude sévère du médecin. Il sourit à la fille de cuisine édentée qui lui portait ses repas. Il sourit à l'homme de ménage qui balayait sa chambre. Mais il ne tenta point de se lever, de s'habiller et de marcher, avant d'être certain qu'il ne serait pas dérangé.

Il ne voulait aucun témoin lorsqu'il éprouverait sa faiblesse.

Le seul effort pour se vêtir le fit transpirer. Se pencher pour enfiler ses bottes lui fit tourner la tête. Le simple fait de soulever son épée le fit trembler. Au moindre mouvement, sa blessure relançait comme si elle allait se rouvrir.

Méfiant, incertain, il quitta sa chambre — un exercice modéré, *modéré* — et alla trouver le Gouverneur Lebbick.

Il avait de nombreuses raisons de vouloir parler au Gouverneur. Lebbick avait tenté de le voir quelques jours auparavant, et se l'était vu interdire à cause de la fièvre du malade. De plus le Gouverneur était — s'il parvenait à le faire parler — la meilleure source d'informations sur quelques sujets qui préoccupaient Artagel : le siège ; les plans du Roi Joyse ; les projets du Congrégat ; la recherche de Géraden.

Par ses amis soldats qui lui avaient rendu visite lorsqu'il était alité, il savait que le siège n'avait pas progressé depuis le premier jour. Or, cela pouvait tout signifier ; il voulait comprendre exactement. Il était de notoriété publique que Maître Erémis avait trouvé une solution pour l'eau. Artagel avait aussi entendu dire que Maître Quillon était mort, que Maître Barsonage avait repris sa place de médiateur du Congrégat. Il avait appris que Térisa était partie ; il avait même cru comprendre qu'il existait un lien entre la mort de Quillon et la disparition de Térisa. Et une fois, quelqu'un — peut-être le médecin d'Artagel en personne — avait fait allusion à des questions restées sans réponse autour d'Underwell.

La curiosité d'Artagel le poussait donc à aller consulter le Gouverneur. Lebbick et lui étaient de vieux amis, après tout — dans la mesure où il était possible de prêter des amis au Gouverneur. Il avait été le maître d'Artagel et son commandant jusqu'à ce qu'il soit devenu déraisonnable de prétendre enseigner quelque chose au jeune bretteur. À cause de cela, on considérait Artagel — du moins parmi la gent soldatesque — comme le seul homme dans Orison à avoir le droit de questionner le Gouverneur aussi bien que le privilège d'en obtenir des réponses.

De surcroît, Artagel avait deux autres raisons de souhaiter cet entretien avec Lebbick, deux raisons plus irrésistibles que toutes les autres.

D'abord, il avait longuement, consciencieusement réfléchi — ce n'était pas là son activité de prédilection — à son ultime conversation avec Térisa, et les conclusions auxquelles il était parvenu ne lui agréaient pas.

Ensuite, il avait ouï dire, de la bouche de six amis fiables — pas moins — qu'au matin de la disparition de Térisa, le Gouverneur Lebbick en regagnant ses quartiers avait trouvé une femme dans son lit.

La femme de chambre de Térisa, Saddith.

Il l'avait rouée de coups, presque à mort.

Aujourd'hui encore — à quand cela remontait-il, cinq jours ? — le médecin ne garantissait pas qu'elle retrouverait l'usage de ses mains. Quant à son visage... nul ne tenait à décrire à quel point Lebbick l'avait défigurée.

Depuis, le Gouverneur n'avait pas quitté ses appartements. Il supervisait la défense d'Orison grâce à un intermédiaire, un seul homme qu'il avait choisi pour le renseigner et porter ses ordres.

Par une coïncidence étrange qui ne laissait pas de troubler Artagel, l'homme désigné par Lebbick n'était autre que Ribuld, le vétéran au visage couturé qui avait veillé sur Térisa par faveur pour Géraden et perdu son meilleur ami, Argus, au cours de la traque du Prince Kragen.

Pourquoi *Ribuld* entre tous ? Jusqu'à présent le Gouverneur ne l'avait pas placé à un poste de responsabilité. Le soldat aurait même juré que Lebbick ne le remarquait jamais que lorsqu'il commettait une faute.

Malgré l'effort de la marche qui lui faisait ahaner le cœur, malgré la douleur dans tous ses os, Artagel était décidé à voir le Gouverneur Lebbick et à obtenir réponses à ses questions.

Il n'aimait pas se rappeler la rébellion de Térisa. *Avez-vous perdu la tête ? Géraden est votre frère.* Sur le coup, il ne l'avait pas comprise. Certes, il était la proie du délire, ce qu'avait subi Nyle l'avait abattu, déchiré, mais à présent les paroles de Térisa résonnaient en lui comme une accusation.

Parvenu aux quartiers de Lebbick, il fut surpris de

trouver la porte gardée. Jamais, auparavant, le Gouverneur n'avait jugé utile de s'attacher une protection. Artagel alla sans hésiter vers le soldat qu'il connaissait depuis maintes années.

— Refuse-t-il toujours de voir qui que ce soit ?

L'homme acquiesça mais jugea préférable d'ajouter, bien qu'il fût heureux de voir Artagel debout :

— Et je ne crois pas qu'il fera exception pour toi.

Artagel sourit. Une bonne chose que de n'avoir pas pris son épée. Il aurait eu l'air fin de la tirer... et de s'effondrer au sol entraîné par son poids.

— Je veux entrer, fit-il malgré tout, bravache. Tu ne vas quand même pas me barrer le chemin ?

— Ah, parce que tu prétends passer outre ? railla le soldat. Dans ton état ?

Aussitôt, il écarta les mains en un geste d'impuissance.

— Enfin, puisque tu m'y forces... Il faut bien que quelqu'un le ramène à la raison. Autant que ce soit toi. Après ce qu'il a fait à cette femme... S'il ne s'en explique pas bientôt, il se retrouvera dans une sale position. Trop d'esprits oisifs commencent à s'échauffer autour de cette histoire.

» S'il t'assomme, fais-moi signe. Je te reconduirai dans ton lit.

Artagel esquissa une révérence.

— Grand merci. On se sent toujours bien d'avoir un homme comme toi derrière soi.

— Je sais. Derrière toi, et le plus loin possible.

Riant, il ouvrit la porte.

Convaincu qu'il ne tiendrait plus debout bien longtemps, Artagel pénétra dans les appartements du Gouverneur.

La pièce était sombre, poussiéreuse, dépourvue d'ornement — ce qui n'était pas le cas la dernière fois qu'Artagel était venu, peu avant la mort de la femme de Lebbick. Sans sacrifier au luxe, le Gouverneur avait exigé une grande suite pour son épouse et lui ; des années durant, il avait affirmé qu'ils auraient des enfants, refusant de considérer que sa femme ne pouvait enfanter après les sévices qu'elle avait endurés. Et elle avait entretenu cet espoir, tenant leur domicile comme un foyer où les enfants seraient les bienvenus. Mais après sa mort, il avait rendu aux murs, au sol, leur aspect de pierre nue ; il s'était installé un lit dur dans la première pièce et avait scellé les autres portes ; aussi les pièces demeuraient-elles vides malgré la surpopulation d'Orison. Et tout portait à croire qu'il avait négligé l'entretien quotidien de sa chambre depuis la disparition de Térisa. L'unique lampe à la tête de son lit diffusait juste assez de lumière pour révéler la saleté du lieu.

Et la négligence de sa mise : il ne s'était ni rasé, ni lavé, ni changé depuis des jours. Ses yeux étaient rouges de fatigue, de rancune — peut-être de peine — et ses mains demeuraient crispées devant lui comme si elles n'attendaient qu'une épée.

Assis sur son lit, face à Artagel, il se mit à grogner.

— J'étriperai celui qui vous a laissé entrer.

L'air était lourd de crasse, de sueur rance, de relents d'aliments grouillants de vers. Artagel réprima un haut-le-cœur. Transformant sa grimace nauséeuse en sourire, il rétorqua, en prenant une chaise pour s'y asseoir :

— Il faudra que vous m'étripiez d'abord, en ce cas.

Et vous n'oserez pas. Je suis l'homme le plus populaire d'Orison.

— Vomissure de pourceau, gronda Lebbick d'un ton malveillant. Erémis est l'homme le plus populaire d'Orison, déclara-t-il sans quitter son lit. Vous n'êtes qu'un invalide qui a eu de la chance contre Gart.

» C'est sans doute pour cela qu'on vous a envoyé. Ils pensent que je ne lèverai pas la main contre un homme qu'une femme ferait tomber d'une chiquenaude.

— « Ils » ? releva Artagel avec une feinte nonchalance.

— Ils. Le Tor. Le Roi Joyse. La moitié des chiens en rut de ce trou puant. Le bâtard qui vous a fait entrer. Ceux qui pensent qu'Erémis est l'être le plus extraordinaire depuis que Joyse inventa le soleil. Ceux qui pensent qu'il faudrait me châtrer pour avoir donné deux gifles à cette putain fétide. *Ils*.

» Ils veulent que je sorte pour pouvoir me sauter dessus. Ils veulent que vous me fassiez sortir.

Artagel comprit que la partie ne serait pas facile. Il aurait préféré se trouver face au Bras-Vif sans épée. Il eut l'air, curieusement, le plus heureux du monde.

— Désolé. Je déteste vous contredire quand vous êtes de cette humeur, mais je n'ai pas la moindre idée de ce dont vous parlez. Je venais seulement vous dire que Géraden n'a pas tué Nyle.

— *Je sais cela !* hurla Lebbick. Inutile de *me* le dire à *moi* ! Allez le *leur* dire.

— Une minute, pria Artagel, stupéfait. Quoi, vous *savez* ? *Comment* le savez-vous ?

— Je le sais, fit Lebbick en lui jetant un regard

haineux, parce que cette roulure buveuse de pisse était dans mon lit. *Dans mon lit.*

— Attendez, le pria encore Artagel.

Mais Lebbick n'attendit pas.

— Je suis entré, reprit-il, et elle était dans mon *lit*. Nue comme une fiente. Me *souriant*. Les seins frétillants. *Bien sûr* que Géraden n'a pas tué Nyle.

Enfin sa férocité s'apaisa.

— J'aurais cru n'importe qui plutôt que cette femme.

Artagel suspendit sa respiration et se tut.

— Elle m'a forcé à réfléchir, à tout reprendre depuis le début. Mais quand elle se trompa au sujet du passage secret... je fus *certain*. Et puis je la vis s'enfuir, oui... je l'ai *vue*. Avec Quillon. L'ami du Roi Joyse. Ensuite, j'ai trouvé le corps de Quillon. Je l'ai suivie. Elle était avec Gilbur. J'étais *sûr*, encore. Gilbur me *dit* qu'ils étaient complices. Nouvelle certitude. Oui, bien sûr, Géraden avait tué Nyle. Elle avait dû s'enfuir avec Gilbur, non pas avec Quillon. Elle était traître, meurtrière. Cela prouvait la culpabilité de Géraden.

» N'est-ce pas ce qu'*ils* vous ont dit ?

— Non, murmura Artagel. Ils ne m'ont rien dit.

— Cela ne saurait tarder, aboya Lebbick. Donnez-leur le temps. Ils sont en train de parler de moi. Ils chuchotent dans mon dos. Erémis est un héros, continua-t-il avec un sourire sauvage. Tout ce que cette femme a dit de lui n'est que mensonge. Géraden a tué Nyle. Elle l'y a poussé. Elle l'a aidé à s'enfuir. Puis Gilbur l'a aidée à s'évader. Ils ont tué Quillon. Je suis un monstre. Personne ne comprend pourquoi le Roi Joyse ne m'a pas étripé.

» Erémis est un héros.

— J'en doute, répliqua Artagel, cherchant à se cramponner à un semblant de raison. Térisa a dû vous dire que Nyle était en vie. Elle a tenté de me l'expliquer.

» Je ne l'ai pas crue, admit-il, et je me le reproche assez depuis.

D'ordinaire, Artagel n'était pas enclin au remords, mais en l'occurrence, il regrettait profondément ce qu'il avait dit à Térisa. Il aurait dû examiner ce corps de plus près. *Géraden est votre frère. Vous le connaissez depuis toujours.*

— J'ai fini par comprendre ce qui s'était passé. Ils avaient interverti les corps. Underwell et Nyle. Voilà pourquoi ils avaient fait intervenir l'Imagerie, pour que la dépouille soit méconnaissable. Défigurée. Ainsi nous croirions qu'Underwell était Nyle. Géraden n'aurait jamais fait cela. C'est impossible. Je le connais.

Et comme s'ils bavardaient de la pluie et du beau temps, il ajouta :

— Si *lui* ne l'a pas fait, il ne reste qu'Erémis. Nous ne devons accuser personne d'autre.

— *Je sais* cela, souffla Lebbick, le visage crispé par la souffrance. Je le *sais*. Pourquoi croyez-vous que je l'ai frappée si fort ? Pourquoi croyez-vous que je me suis acharné ? Je voulais lui faire dire la vérité.

» Ce fut bien Quillon qui aida la femme à s'évader. C'est la vérité. Il le fit car le Roi Joyse le lui avait demandé. Pour qu'elle m'échappe. Il m'ordonna de faire mon travail puis tenta de me l'enlever. Voilà pourquoi il me laisse seul à présent. Il ne m'a pas fait appeler depuis des jours. Il sait que je me contentais d'exécuter les ordres.

» Il veut me briser. Il veut que je me terre ici jusqu'à y pourrir. Parce qu'il ne me fait plus confiance.

Artagel pressentit brutalement qu'il n'arriverait à rien. Il fut tenté de quitter cette chambre, de mettre le plus de distance possible entre lui et les égarements du Gouverneur. Mais le remords était en lui plus fort que l'alarme. Il avait déjà abandonné Térisa et Géraden. Il essaya une nouvelle approche.

— Il doit malgré tout vous garder sa confiance, assura-t-il avec une sincérité qui sonna un peu faux. Vous êtes toujours à votre poste. Toujours Gouverneur, n'est-ce pas ?

Lebbick hocha la tête comme s'il n'avait pas entendu la question.

— À ce propos, où en sont les hostilités ? J'ai ouï dire que Kragen s'était contenté de nous jeter quelques pierres le premier jour. Est-ce vrai ?

Lebbick hocha la tête.

— Ce fils de putain de Margonal, grogna-t-il, reste assis au-dehors à nous contempler.

— Pourquoi ? Qu'espère-t-il ? Ne craint-il pas Cadwal ?

— Je ne vois que deux explications.

La tension s'amoindrit soudain sur le visage du Gouverneur. Artagel était parvenu à le distraire de ses obsessions.

— Il a dû apprendre que Festten ne viendrait pas... pour une raison que nous ignorons. Et nous n'en savons rien car il n'a pas laissé la nouvelle nous parvenir. Ou alors Alend et Cadwal ont conclu une alliance.

Voilà un progrès. Il restait au Gouverneur Lebbick une once de lucidité.

— Donc, je suppose que Cadwal ne viendra pas, suggéra prudemment Artagel. Si Festten et Margonal s'étaient alliés, Kragen n'eût pas tenté de nous attaquer seul.

— Probablement, convint Lebbick, morose. Et Festten n'aurait pas fait alliance à moins de s'assurer que Margonal ne s'empare pas du Congrégat avant lui.

Artagel hocha la tête.

— À propos du Congrégat... reprit-il à l'issue d'un silence.

— C'était le sujet ? l'interrompit sinistrement Lebbick.

— Pardon ?

— Nous parlions du Congrégat ? Ou s'agit-il encore de l'une de vos indiscrétions ?

— Oui, je suis fureteur, acquiesça Artagel avec un sourire. Et je vous harcèlerai jusqu'à ce que vous aligniez trois phrases qui aient un sens. Si vous ne vous ressaisissez pas, vous *pourrirez* bel et bien.

» À propos du Congrégat, donc, que font-ils depuis la mort de ce pauvre Maître Quillon ?

Le Gouverneur Lebbick scruta son visiteur comme s'il commençait enfin à se demander la raison de sa présence.

— Rien, articula-t-il. Autant que je sache, ils passent leurs journées à se torcher mutuellement le cul. Je veux dire par là, ajouta-t-il avec mépris, qu'ils se creusent les méninges nuit et jour dans l'espoir de découvrir comment Gilbur, Géraden et la femme peuvent utiliser un verre plat sans tourner fous.

» Ce lourdaud aveugle de Barsonage vient d'entrevoir que le Roi Joyse avait raison. Le voilà tout pétri d'importance, de vertu et de noblesse devant le phénomène. Les miroirs ne créent pas leurs propres Images. Les lieux qu'ils montrent sont réels. Aussi n'avons-nous pas le droit de les déposséder de quoi que ce soit ! Tout cela pour vous dire grossièrement qu'ils ne se consacreront pas à notre défense. Ils refusent de toucher aux seules choses susceptibles de nous venir en aide.

» Amusant, fit-il sans aucun humour. Les voilà qui découvrent la pureté au moment où le Roi Joyse l'abandonne. La seule raison pour laquelle nous n'avons pas encore été envahis est que Kragen ne peut utiliser ses catapultes. Quand il a essayé, Havelock les a détruites avec une espèce d'oiseau de fumée tiré de l'un de ses miroirs.

Artagel se vit sur la bonne voie. Le Gouverneur Lebbick commençait à recouvrer son empire. Peut-être le moment était-il venu de risquer...

— C'est mieux, l'encouragea-t-il d'un ton badin. Vous vous débrouillez mieux. Encore une minute et vous serez redevenu tout à fait vous-même. Il reste une chose que j'aimerais comprendre...

» Gouverneur, fit-il après une profonde respiration, au nom du bon sens, quel est le rapport entre Saddith et Nyle ? En quoi la présence de la servante dans votre lit vous prouve-t-elle que Géraden n'a pas tué Nyle ?

Un moment, le Gouverneur parut près d'exploser.

Un muscle tressautait sur sa joue ; son regard se fit rouge, brûlant, qui perçait la pénombre autour de lui.

— Non pas Saddith et Nyle, énonça-t-il d'une voix métallique. Mais Saddith et Erémis. C'est sa putain.

Artagel attendait.

— Il l'a envoyée ici. Voilà pourquoi j'ai essayé de la faire avouer. Pourquoi j'ai continué à la frapper. Pourquoi je ne me suis pas arrêté.

Artagel attendait toujours. Soudain, les yeux du Gouverneur s'emplirent de larmes, qui coulèrent dans sa barbe sale, dessinant des traînées sur la crasse de ses joues.

— Il m'a fait cela. J'étais déjà si près du gouffre. Cette femme tentait de me dire la vérité et je ne savais comment la croire. Et il m'a fait cela. Il a envoyé sa putain pour me porter le coup fatal. Parce que je suis le dernier bastion du Roi Joyse. Même s'il ne me fait plus confiance.

» Maître Erémis le fornicateur, fit-il d'une voix perdue, n'aurait pas envoyé sa putain dans mon lit si ce que disait de lui cette femme n'était pas vrai. Il essayait de me détourner l'esprit.

Non sans difficulté, Artagel réprima un sifflement. Cette fois, le raisonnement du Gouverneur lui paraissait fort compréhensible. Il avait toujours connu les francs appétits de Saddith, mais à cet instant il ne pensait pas à elle. Il songeait que sa présence dans le lit de Lebbick était la pire offense que pouvait infliger Erémis au Gouverneur.

À croire qu'Erémis et le Roi Joyse conspiraient ensemble pour le détruire.

— Cela se tient, fit-il laborieusement. Que vous a dit Térisa, exactement, de notre héros Erémis ?

Le Gouverneur passa les mains sur son visage, se barbouillant de crasse et de pleurs. Il trouva près de lui un vieux chiffon et s'y moucha.

— La même chose que vous. Qu'ils devaient avoir échangé les corps. Que si Underwell voulait réellement la mort de Nyle, il l'aurait provoquée sans courir le risque stupide d'un tel carnage. Mais si Géraden était innocent, Underwell a rapidement dû se rendre compte que Nyle était à peine blessé, ou pas du tout. Aussi fallait-il tuer Underwell. Pour protéger Erémis.

» Nyle est probablement vivant. À moins de n'être plus d'aucune utilité pour Erémis.

» Erémis se dédie tout entier à son action héroïque car ses plans ne sont pas prêts. Cadwal n'est pas prêt à attaquer. C'est évident... puisque l'armée n'est pas *là*. Ou alors il attend un autre événement. Il ne veut pas que Kragen s'empare du Congrégat.

Pourquoi ne l'arrêtez-vous pas, en ce cas ? fut sur le point d'interroger Artagel. Allez donc l'étrangler au lieu de gémir dans votre trou comme un chien battu ! La question n'avait pas franchi ses lèvres qu'il sut à l'avance la réaction de Lebbick. *Ils veulent que je sorte pour pouvoir me sauter dessus. Il veut me briser. Il ne me fait plus confiance.*

Artagel aimait vivre dangereusement mais pas au point de courir le risque de précipiter à nouveau Lebbick dans ses tourments.

Il ne saisissait pas les motifs du Roi Joyse. Au demeurant, cela n'était pas son problème : quelqu'un d'autre se chargerait de le résoudre. Mais Erémis... Artagel savait qu'il s'opposerait au Maître, lui ferait obstacle autant qu'il en serait capable.

Promenant son regard à l'entour, il sauta sur la première idée qui lui traversa Fesprit.

— Vous savez, Gouverneur, votre femme se retournerait dans sa tombe si elle voyait la porcherie où vous vivez.

Il était, sans doute aucun, le seul homme d'Orison qui osât mentionner son épouse devant Lebbick. Or, chance ou intuition, il s'avéra qu'il avait bien parlé. Au lieu de hurler, le Gouverneur s'abîma dans le chagrin.

— Je sais, murmura-t-il. Je vais nettoyer. Je vais trouver le temps, bientôt.

La peine sur ses traits bouleversa Artagel.

— Ne vous en souciez pas, fit-il sur une impulsion soudaine. Partez d'ici. J'ai une chambre supplémentaire. J'ai même un lit de trop. Venez chez moi.

Lebbick le dévisagea, muet. Il était hébété et sa bouche remuait comme si Artagel venait de lui demander de trancher l'unique lien qui lui gardait un semblant d'unité.

— Elle est morte, fit Artagel aussi gentiment que possible. Vous n'y pouvez rien. Elle n'a plus besoin de vous.

» *Nous*, nous avons besoin de vous.

— Nous ? maugréa le Gouverneur. Qui est « nous » ?

— Moi, rétorqua Artagel sans hésiter. Géraden. Térisa. Tous ceux qui pensent que le Roi Joyse vaut qu'on se batte pour essayer de le sauver, même s'il paraît avoir perdu la tête.

Lebbick réfléchit longuement, les yeux hagards dans la pénombre. Il était perdu dans ses souvenirs —

perdu dans son amour, dans d'anciennes violences ; peut-être ne trouverait-il jamais le chemin du retour. Mais ses épaules se redressèrent, il soupira.

— D'accord.

— Bien, soupira à son tour Artagel, qui éprouva un vif frisson de fatigue. Il était temps.

Plus rien ne le soutenait, ni l'attente ni la compassion, alors ses muscles se relâchèrent brutalement, et ses membres semblèrent du caoutchouc, qui refusèrent de le porter.

— Vous pouvez toujours commencer par me donner un coup de main, fit-il à contrecœur. Je crois que j'ai présumé de mes forces.

— Idiot, marmonna Lebbick qui se leva lentement de son lit. Vous êtes censé vous reposer. J'ai vu des bosquets qui avaient plus de bon sens que vous.

— C'est facile, renchérit Artagel qui fit un ultime effort pour ne pas tomber de sa chaise. J'ai vu des bosquets qui avaient plus de bon sens que nous tous.

Il s'interrompit afin de rassembler ses pensées.

— Dites-moi encore une chose. Pourquoi Ribuld ? J'ignorais que vous aviez si bonne opinion de lui.

Avec des gestes presque doux, le Gouverneur Lebbick aida Artagel à se mettre debout puis, le soutenant, se dirigea vers la porte.

— J'ai besoin de quelqu'un à qui faire confiance. Il a de l'affection pour Géraden. Cela me suffit.

— Êtes-vous en si mauvaise passe ? ne put s'empêcher de questionner Artagel. Simplement à cause d'Erémis et de Saddith ?

Le visage de Lebbick se crispa et ses yeux s'emplirent de ténèbres.

— Ce sera à voir.

Sur le chemin de sa chambre, Artagel éprouva le désir douloureux, violent, de revoir Géraden. Il avait besoin que quelqu'un lui dise ce qui se passait.

17

Un vieil allié du Roi

Ce même jour, Térisa et Géraden franchissaient les vallons qui frangeaient le sud-ouest du Fief de Termigan et s'acheminaient vers Sternwall, principale cité du Fief, où siégeait son Seigneur.

La route relativement directe depuis Houseldon, ainsi que l'absence de pluie, exceptionnelle à cette époque de l'année, avaient rendu le voyage aisé, du moins pour Géraden. Il était habitué aux chevaux, aux routes, aux campements de nuit. Et il était devenu sûr de lui. Pour la première fois de sa vie, il savait exactement ce qu'il faisait. Sa hâte d'arriver au but n'était tempérée que par le plaisir qu'il prenait en chemin avec Térisa.

L'empressement de la jeune femme à atteindre Sternwall était d'un tout autre ordre. De façon quasi viscérale, elle avait perdu tout intérêt pour Orison — pour Maître Erémis et le Roi Joyse. Ses préoccupations étaient plus immédiates. Elle souffrait dans chacune de ses articulations, des fibres de son corps, de ce long séjour à cheval. Elle aspirait à un bain chaud, à des draps propres. L'ardeur des élans nocturnes de Géraden sur le sol dur lui valait moult contusions des omoplates jusqu'aux reins. Parfois, elle sentait qu'elle serait capable de tuer pour un oreiller sous ses hanches. Après un jour ou deux en selle, le moindre sursaut de la jument baie lui donnait l'impression que tous ses os s'entrechoquaient. Encore un jour ou deux, et elle retenait à peine des gémissements plaintifs quand Géraden l'étreignait.

Qu'importait, elle se donnait à lui aussi ardemment et aussi souvent que possible. Elle était si pleine d'amour qu'elle parvenait rarement à détacher les yeux de lui, supportait difficilement que leurs peaux s'éloignent. Cela valait quelques bleus.

Elle devait toutefois admettre qu'elle finissait par haïr les chevaux. Géraden lui annonça enfin leur arrivée en vue de Sternwall.

— Oh ! merci ! soupira-t-elle avec une sincérité qui fit rire son compagnon.

» Tu trouves cela drôle, grogna-t-elle. Je n'ai jamais été si malheureuse de ma vie, et cela te fait rire. Je ne sais pas comment je dois le prendre. Si je le savais... je me fâcherais sans doute très fort.

— Sois prudente, ma dame. Je suis d'une nature sensible. Si tu me donnes un prétexte — *n'importe quel prétexte* — je vais devoir m'excuser.

— Merveilleux, gronda-t-elle avec une amertume qui cachait sa joie. La dernière fois que tu t'es excusé, nous ne nous sommes pas endormis avant le milieu de la nuit.

Cela le fit rire à nouveau. Puis il se pencha hors de sa selle et l'embrassa.

— Ah, Térisa, soupira-t-il. Tu me fais du bien. Je n'aurais pas cru que ce fût possible. Après toutes ces années à servir le Congrégat et à échouer, après m'être trompé, avoir retenu Nyle au lieu de m'occuper du Prince Kragen, après avoir gâché notre chance d'arrêter Eléga, après avoir passé pour l'assassin de mon propre frère puis m'être précipité dans un miroir sans savoir ce qu'il en adviendrait...

Énoncée ainsi, la liste des désastres était impressionnante.

— ... Je n'aurais pas cru qu'il fût possible d'être aussi heureux.

— Sommes-nous encore loin ? demanda-t-elle car elle ne savait que dire. J'ai envie d'un lit.

Géraden sourit et lui donna sa meilleure réponse.

C'était leur quatrième jour de route, et depuis qu'ils avaient quitté les ruines fumantes de Houseldon ils n'avaient pas vu le moindre signe d'une guerre en Mordant. Cheminant vers le nord-est, ils avaient traversé la Rivière Vineuse sur son cours est-nord-est vers le Demesne, puis avaient suivi la route en direction du Fief de Termigan.

— Le Termigan nous aidera, avait assuré Géraden, confiant. C'est un vieil allié du Roi. On dit qu'il sauva la vie de Joyse dans la dernière grande bataille contre Alend, voilà trente ans.

Térisa avait acquiescé. Dans son souvenir, le Termigan était effectivement un homme auquel se fier — même s'il posait lui-même les conditions de sa loyauté.

Au nord comme à l'est de Houseldon, le Fief de Domne s'étirait en collines fertiles, difficiles à cultiver mais où croissait une herbe abondante et riche pour les moutons. Au sud et à l'ouest, les montagnes demeuraient visibles mais elles devenaient de plus en plus difficiles à discerner au fil de la route parcourue.

Géraden expliqua à sa compagne que la limite du Domne s'étirait depuis le point extrême est des contreforts des montagnes du nord — un endroit appelé La Bouche Pestil car le fleuve du même nom dévalait de ces contreforts — le long d'une ligne relativement droite jusqu'à un pic de la chaîne sud, pic haut, fort reconnaissable, que l'on avait baptisé, pour une raison inconnue, Kelendumble. Cette frontière séparait le Domne à la fois du Fief de Termigan au nord de la Rivière Vineuse, et du Fief de Tor au sud.

Bien que cette frontière fût purement abstraite, le paysage se modifia une fois que Térisa et Géraden eurent pénétré en Termigan. Il se fit plus encaissé, plus âpre, et la végétation plus rude, comme si elle endurait un climat peu clément.

— La terre est bonne pour la vigne, indiqua Géraden, et pas mauvaise pour le houblon. Mais le maïs ou le blé y poussent mal.

» On fait une plaisanterie dans le Domne, on dit que tous ceux qui vivent ici souffrent de dyspepsie chronique à cause de leur alimentation... et qu'ils se soignent en buvant plus que de raison.

» Cela dit, on raconte aussi par exemple que le Haut Roi Festten ne souffre pas d'autre nectar que le vin de Termigan.

Les collines changèrent, comme la terre, qui se firent plus abruptes, plus désordonnées, taillées par l'érosion plutôt que nées de doux mouvements souterrains. La route commença à se tordre au fond de ravines et de gorges. Le temps, cependant, se mit franchement au printemps. Le soleil était chaud en journée malgré la fraîcheur des nuits et de l'ombre ;

les senteurs de verdure et de fleurs explosaient, rehaussées par l'humidité.

Térisa rêvait d'un bain à en avoir mal.

Elle contraignit sa pensée à voguer vers d'autres eaux. Les gorges, les ravines étaient des lieux idéaux pour tendre des embuscades, mais cela paraissait tellement irréel. Après tout, toutes les forces d'Alend soutenaient le siège d'Orison. Et les troupes de Cadwal se trouvaient à l'autre bout de Mordant, à l'est. Le seul danger plausible était donc l'Imagerie. Or les créatures d'Imagerie n'avaient nul besoin de gorges, de ravines pour favoriser leurs attaques.

Maître Erémis ignorait probablement où ils se trouvaient, raisonna-t-elle. Comment l'aurait-il su, à moins qu'ils ne fussent passés en un lieu que montrait l'un de ses miroirs... et qu'il ait regardé l'Image au cours du bref instant où ils étaient visibles.

Elle ne parvint pas à s'inquiéter d'une telle éventualité. À dire vrai, elle ne se souvint pas du rapport du Termigan sur les troubles qui agitaient son Fief avant que Géraden ne l'ait amenée en vue de la ville de Sternwall, en fin d'après-midi, leur quatrième jour de voyage.

À la vision qui s'offrit à elle, elle se demanda comment elle avait pu oublier.

Des puits de feu dans le sol de Termigan.

Sternwall était une ville fortifiée. À l'intérieur des remparts de granit, les maisons et tous les édifices étaient en pierre. Une demi-douzaine de torrents de lave, tous jaillis de cratères crépitants sur les quelques hauteurs de terrain autour de la cité, coulaient lentement, inexorablement vers les murailles. Erémis avait dit *Des puits de feu sont apparus dans le sol de*

Termigan, presque jusqu'à l'intérieur des fortifications de Sternwall. Il avait dû avoir du mal à réprimer sa gaieté. Nourries par translation, les étranges fosses déversaient leur venin sur la terre qui les séparait de la ville. Térisa ignorait depuis combien de temps le phénomène se produisait mais elle supposa que cela ne durerait plus guère : déjà, la muraille de granit avait commencé à s'effondrer, à glisser, pareille à de la cire fondue, en quatre points différents. Et certaines parties de la façade de granit reflétaient les éclats rouges de ce mal qui approchait, comme si la muraille était enduite de sueur ou de larmes. Les habitants de Sternwall mourraient brûlés. Le ciel rouge-orangé paraissait un affreux présage envoyé par le soleil.

— Verre et éclats ! murmura amèrement Géraden. Oh, Erémis. N'allons pas nous étonner que le Termigan ne se fie point aux Imageurs.

— Je ne comprends pas, fit Térisa, la gorge serrée. Pourquoi ? Je veux dire, pourquoi de cette façon ? Pourquoi cette lave... enfin pourquoi ne pas la translater directement dans la ville et en finir ?

— C'est plus drôle ainsi, grinça Géraden. Non, corrigea-t-il aussitôt. Sternwall lui-même n'est probablement pas dans l'Image. Le miroir dont ils se servent est certainement focalisé sur une hauteur des environs. Ils n'ont pu approcher davantage.

Des gardes effectuaient une ronde autour des remparts en se gardant autant que possible de la chaleur. Térisa vit deux soldats s'arrêter, les désigner ; l'un d'eux quitta le chemin de ronde. Vu les circonstances, Sternwall ne devait guère recevoir de visiteurs. Ravalant le goût de bile qu'elle avait dans la bouche, Térisa fit avancer sa monture.

Sombrement, les deux cavaliers passèrent au large des rivières de feu et se dirigèrent vers la porte de la cité.

Au passage, Térisa entendit bouillonner la lave, grondement presque inaudible qui semblait produire un écho sinistre jusque dans la moelle de ses os ; le cri de la terre qui se voit dévorée.

Aussi doux fût-il, ce bruit la rendit sourde à tout autre. Elle n'entendit point la sonnerie solitaire d'un clairon jaillir des murailles. Elle entendit à peine Géraden :

— Le Termigan nous envoie des hommes. Sans doute préfère-t-il savoir qui nous sommes avant de nous laisser entrer.

Elle aurait dû être prête ; n'était-elle pas près d'une Image ? Elle aurait dû comprendre qu'ils couraient le danger d'être localisés. Malheureusement, elle ne réfléchit pas si clairement, trop bouleversée par le drame de Sternwall.

Ce fut la stupeur totale quand *une sensation de froid, légère comme une plume, et tranchante comme une arête de métal, la toucha droit au ventre.*

La surprise fut peut-être ce qui la sauva. Elle n'eut pas le temps de la frayeur, de la paralysie. Non, elle cria un avertissement et se jeta de côté, se jeta de sa selle, se jeta du chemin.

Les crocs la manquèrent. Ils passèrent si près, néanmoins, qu'ils lui arrachèrent l'épaule de sa chemise.

Elle chuta maladroitement à terre, se tordit le genou, tomba sur le visage. Dans un mouvement désespéré, elle se ramassa, se remit debout...

... juste à temps pour voir une forme noire et

rugueuse, de la taille d'un chiot, se dresser sur ses membres et venir vers elle. Sa mâchoire terrible occupait plus de la moitié de son corps ; et les crocs s'entrechoquaient voracement pour la saisir.

À son cri, Géraden avait tourné bride. Bondissant d'un perchoir invisible, une autre forme noire, ronde, fonça sur lui. De ses quatre membres elle attrapa la tête de l'appaloosa.

Ses mâchoires déchiquetèrent les chairs jusqu'à mettre à nu le crâne du cheval. Géraden tomba durement, il fut un moment étourdi. Avant qu'il puisse se remettre debout, son cheval agonisant, secoué de convulsions, roulait sur ses jambes.

Dans la bouillie de cervelle et d'os, la créature noire commença à se frayer un chemin vers le jeune homme.

Une autre forme sauvage surgit de nulle part... et encore une autre... heurta le sol... s'immobilisa.

L'une alla vers Géraden. La deuxième se rua sur Térisa.

La jeune femme n'eut ni le choix ni le temps : quand la plus proche créature lui bondit dessus, elle plongea, s'effaçant sur le côté. Géraden lui avait donné un couteau — pour cuisiner, avait-il dit, en se moquant d'elle car c'était lui qui préparait tous les repas — alors elle s'en saisit tout en se jetant de côté ; elle tira l'arme de son fourreau et frappa aveuglément.

Son coup ne transperça que le vide. Déséquilibrée, à peine capable de supporter son propre poids avec son genou endolori, elle trébucha en plein sur le passage de la seconde créature qui l'attaquait.

Ses crocs étaient incurvés et pointus, faits pour déchirer. Térisa avait vu dans un miroir une créature pareille à celle-ci arracher le cœur d'un homme. Elle allait la broyer. Et un autre monstre arrivait pour l'assaillir par-derrière.

Géraden avait quelques secondes de plus qu'elle à vivre. La viande rouge de son cheval avait distrait ses deux agresseurs : ils se gavaient férocement. Il était sauf tant que les atroces mâchoires n'auraient pas atteint ses jambes prisonnières.

Il se débattait désespérément pour ouvrir la sacoche de sa selle.

La lame qu'il avait donnée à Térisa n'était rien d'autre qu'un couteau décoré ; un chasseur n'aurait guère pu dépecer qu'un lapin. C'était malgré tout sa seule arme. À l'instant où elle chutait, son bras se lança dans un large arc de cercle.

Et cette fois, le coup porta, atteignit la créature avant que celle-ci ne touche le visage de Térisa. La forme noire tomba sur le côté, éclaboussant tout autour d'elle d'un sang vert.

Térisa tenta de se relever mais son genou se déroba ; elle vacilla avec un cri à l'instant où la deuxième créature bondissait vers son dos.

Les assaillants de Géraden rongeaient l'épaule de l'appaloosa.

De sa plus proche sacoche, le jeune homme tira un sac de farine de maïs et le lança.

Le sac s'ouvrit sous les crocs de la première créature.

Et dans un bruit pareil à la déchirure d'une toile épaisse, la chose éternua.

À l'instar de ses mâchoires et de son appétit, son éternuement était trop gros pour sa charpente. L'élan la fit tomber du corps du cheval ; les membres ramassés autour d'elle, elle roula vers l'arrière.

Un autre éternuement : une nouvelle roulade.

Géraden chercha fiévreusement autre chose à jeter.

Térisa était à terre, incapable de se remettre debout.

L'une des créatures avançait vers elle.

Comme si elle percevait l'impuissance de sa victime, elle ralentit ; ses pas furent presque délicats tandis qu'elle approchait. Sa gigantesque mâchoire s'ouvrit avec une douce gourmandise. Chacun de ses crocs semblait aiguisé pour la chair de Térisa.

Ce fut alors que le carreau d'une arbalète transperça la créature, si rudement qu'elle la fit décoller du sol et voler sur une bonne distance comme si le trait avait été tiré par un géant. Quelques éclaboussures de sang vert aspergèrent Térisa au passage.

Une autre flèche fendit l'air en sifflant pour venir se ficher dans la bête qui se repaissait de la carcasse de l'appaloosa. Sans un bruit, la créature s'immobilisa et mourut, ses crocs crachant un liquide abondant.

L'un des hommes du Termigan écrasa la dernière forme noire et la réduisit en bouillie sous les sabots de son cheval.

Un moment plus tard, trois cavaliers s'arrêtaient devant Térisa et Géraden.

— Par l'excrément de bouc et la fornication, que *sont* ces choses ? gronda l'un d'eux.

Géraden ne parut pas comprendre qu'il avait été secouru ; il continua à fouiller fébrilement sa sacoche à la recherche d'une arme.

— Ce bâtard, soufflait-il les dents serrées. Ce bâtard ! Si j'avais un miroir... Si seulement j'avais un miroir...

Son visage brillait de sueur ou de larmes.

Térisa ne parvenait toujours pas à se relever. Son genou était engourdi, mort. Aidez-moi. Va-t-il bien ? Les avez-vous toutes tuées ? brûlait-elle de demander. Mais son ventre et sa bouche n'émettaient que des haut-le-cœur. Le sang vert poissait sa chevelure et cela *puait*, pareillement à de la charogne. La tête et les épaules du cheval appaloosa avaient été réduites en bouillie, dévorées... comme Underwell et les deux gardes du Gouverneur. Malgré sa nausée, elle ne parvint pas à vomir.

Mordant n'était peut-être pas en guerre, mais elle et Géraden l'étaient bel et bien. Oh, oui.

Les hommes du Termigan mirent pied à terre. Deux libérèrent les jambes de Géraden de la dépouille du cheval ; le troisième mit Térisa debout. C'était de rudes hommes aux bouches sévères et aux yeux rouges : ils avaient trop longtemps regardé s'approcher la destruction brûlante de Sternwall.

— Vous êtes vivants, fit durement l'un d'eux. Nous vous avons sauvés. Qui êtes-vous ? Et que sont ces choses ?

— Imagerie, souffla Géraden qui n'avait d'attention que pour Térisa. D'autres peuvent surgir. Il peut en translater immédiatement. Nous devons partir d'ici.

Les soldats exigeaient des réponses mais ils comprirent néanmoins l'urgence. Un instant, ils se regardèrent. Puis celui qui avait relevé Térisa l'installa sur son cheval.

Les deux autres se mirent en selle sur-le-champ ; l'un prit Géraden derrière lui. Les chevaux galopèrent jusqu'aux portes de la ville, creusant rapidement la distance entre eux et le point de translation.

Térisa serrait toujours son couteau. Sa main comme la lame étaient couvertes du sang vert et fétide.

— Détendez-vous, lui conseilla son cavalier. Notre équilibre sera meilleur.

Elle était incapable de se détendre. La nausée la harcelait.

— Jusqu'où faut-il aller pour être hors de leur portée ? demanda un autre homme à Géraden.

— Rien de sûr, fit le jeune homme. Tout dépend de la taille du miroir, et de la profondeur du champ. Une centaine de mètres devrait suffire, ajouta-t-il un moment plus tard.

— Bien.

Les cavaliers s'arrêtèrent aux portes de Sternwall.

Térisa n'éprouva point au ventre quelque froide et tranchante sensation. Elle n'avait que ce malaise terrible. Aucune autre tache noire ne vint les assaillir.

À défaut de vomir, la jeune femme envisagea l'évanouissement.

Mais elle n'en eut pas l'opportunité. Son cavalier la fit descendre et la suivit. Il la tenait solidement, comme son camarade tint Géraden quand celui-ci descendit de cheval.

Le coucher de soleil éclaboussait la plaine d'une lueur de feu, et la lave rougeoyait. Les lourds madriers de la porte étaient teintés d'écarlate, les édifices striés de traînées rouges. Le visage des hommes, terrible et féroce, annonçait le carnage et le sang.

— Bien, répéta l'un d'eux. Maintenant dites-nous qui vous êtes. Avant que nous refermions cette porte pour vous laisser dehors.

Térisa entendait toujours le bouillonnement profond de la lave. Ce son teignait tout à l'entour, qui rendait les hommes du Termigan mauvais, redoutables et pleins de haine.

— Nous arrivons du Domne, répondit cependant Géraden. Je suis Géraden, fils du Domne. L'un de ses fils. Houseldon a été réduit en cendres.

Les hommes se pétrifièrent à ces nouvelles. Des rumeurs se firent entendre derrière la porte : d'autres hommes arrivaient, des palefreniers pour les chevaux, des marchands, des passants. Tous avaient cette même lueur rouge dans les yeux.

— Dites-nous qui est la femme, reprit l'un des trois cavaliers. Et pourquoi vous avez été attaqués.

Instinctivement, Térisa posa une main sur le bras de Géraden, quêtant protection face à une menace qu'elle ne savait définir.

Il éprouva lui aussi la menace. Les muscles de son bras étaient tendus. Il scruta les visages autour de lui.

— Mon père fut toute sa vie le voisin loyal et bon du Termigan, avança-t-il prudemment. La dernière fois que je vins ici, je dormis sous le toit du Termigan, comme un hôte bienvenu.

Nul n'acquiesça ; pas une paupière ne battit. L'homme qui semblait être le chef des soldats posa une main paresseuse sur son épée.

— Je n'en doute pas, grogna-t-il. Vous serez certainement son invité ce soir. Mais pas avant de m'avoir dit qui est cette femme et pourquoi l'on vous a attaqués.

Le ton de l'homme apaisa Géraden. Il redressa les épaules et parla avec autorité, tel un homme habitué à commander le respect :

— Dame Térisa de Morgan est ArchI-Mage, et le champion annoncé par les augures. C'est pour cette raison que les ennemis de Mordant tentent de...

Il n'alla pas plus loin. Du moins, Térisa ne l'entendit-elle pas. Quelqu'un la frappa à la nuque, si violemment que la terre se déroba sous ses pieds et parut grimper au ciel.

Au moment de perdre conscience, elle comprit que le Termigan était lui aussi en guerre.

Plus tard, ce fut en elle que gronda la guerre, entre sa nuque et le devant de son crâne. Voilà que s'y déroulait un concours de douleurs !

Elle se souvint de Géraden.

Gémissant, elle tenta de sortir du lit.

Mais le moindre mouvement la mettait à l'agonie.

Elle parvint toutefois à s'asseoir, passa ses jambes hors du lit.

Son genou lui envoya un atroce élancement. Elle poussa un cri inarticulé. Elle dut rester un moment assise sans bouger pour rassembler à nouveau quelques forces.

Ses cheveux dégageaient encore les relents nauséabonds du sang vert.

Géraden.

Qui m'a frappée ?

Malgré ses souffrances, elle se força à regarder autour d'elle.

La chambre à coucher était vaste, austère. Bon nombre de chandelles éclairaient les murs de pierre nue, le plafond boisé, les nattes de joncs tissés jetées au sol ; les sièges massifs, si larges qu'ils auraient pu être conçus pour les aisances du Tor ; le bois sombre de la porte. Comparé aux lieux où elle avait passé ses dernières nuits, le lit était d'un luxe inouï.

Elle n'était pas seule.

Un homme était assis à l'autre bout de la chambre, près de la porte. Il portait une tunique et un pantalon brun, de simples bottes ; apparemment, il n'était pas armé. Ses yeux semblaient sans couleur, comme ses cheveux. Les lignes de son visage étaient rudes, taillées à la serpe. Il avait croisé les bras sur sa poitrine, comme prêt à attendre indéfiniment son invitée.

Térisa le reconnut.

Le Termigan. Le Seigneur du Fief.

— Vous surgissez de façon bien inattendue, ma dame, fit-il après l'avoir observée un moment.

Elle le dévisageait elle aussi, s'efforçant de s'éclaircir les idées malgré la tempête de souffrances sous son crâne.

— La dernière fois que je vous vis, vous n'aviez nulle raison d'être là, excepté celle de démontrer que tout allait mal quand le Congrégat tentait d'obéir au Roi Joyse. Nous étions censés croire que vous n'étiez qu'un accident, une bagatelle — seulement une femme. Aujourd'hui, vous voici sur ma terre, et Géraden affirme que vous êtes ArchI-Mage.

» Je vous demande une explication.

Tout dans son attitude suggérait qu'il ne la laisserait point sortir avant d'avoir obtenu satisfaction.

— Où est Géraden ? s'enquit-elle d'une voix rauque.

— Dans la pièce voisine, répondit le Termigan avec

un léger haussement d'épaules. Mes hommes n'eurent pas le cœur de frapper un fils du Domne, aussi n'a-t-il cessé de s'agiter et de hurler depuis que je vous ai séparée de lui. Mais il est enfermé et je déciderai du moment où il pourra vous revoir.

— C'est-à-dire ?

Il haussa de nouveau les épaules. Son regard calme ne quittait pas Térisa.

— Je me déciderai quand je vous aurai entendue.

— Si vos hommes n'ont pas frappé Géraden, fit-elle d'une voix tremblante, pourquoi m'ont-ils frappée ? Agissez-vous toujours de la sorte avec les femmes, ou ai-je joui d'un traitement particulier ? Vous aurais-je offensé ?

Le sarcasme resta sans effet sur le Termigan.

— Mes hommes ignoraient que je vous connaissais, expliqua-t-il d'un ton égal. Ils entendirent seulement Géraden déclarer que vous étiez Imageur. Je n'aime pas les Imageurs, ma dame. Lorsque mon père fut tué dans les guerres et que je devins le Termigan, je me battis des années au côté du Roi Joyse, parce que je n'aime pas les Imageurs. Au cours de ma vie, la plupart des êtres que je jugeais vaillants ou valeureux furent tués par des Imageurs. Ou par des partisans d'Alend. Je n'ai jamais laissé Havelock entrer chez moi, même quand il était sain d'esprit.

» Aujourd'hui, nous sommes la proie de l'Imagerie, Sternwall ne va pas tarder à s'effondrer, et nous sommes impuissants à nous défendre. Mes hommes ont reçu l'ordre de mettre tout Imageur qui se présenterait ici hors d'état de nuire avant de poser des questions.

» Ma dame, comment êtes-vous devenue Imageur ? Ou comment avez-vous convaincu Erémis et

Gilbur que vous n'étiez pas Imageur ? Ou alors, pourquoi nous ont-ils menti à votre sujet ?

Son ton était dur. Oui, le Termigan était bien en guerre.

Le regard de Térisa s'échappa. Elle cherchait à contrôler et sa colère et sa souffrance — et la nausée que lui donnait la puanteur de sa chevelure. *Je n'aime pas les Imageurs.* Ses yeux s'arrêtèrent sur une carafe de vin et deux verres, posés sur une table proche du lit, auprès d'un plateau qui supportait une collation. Prudemment, sans presque bouger la tête et le cou, elle se leva et alla se servir un peu de vin. Hors d'état de nuire... les questions ensuite. En tout cas, son geôlier ne tenait pas à l'affamer. Son bras tremblait mais elle parvint à verser la majorité du vin dans le verre. Puis elle le prit à deux mains pour boire.

Sur le coup, son estomac se souleva, sa tête se mit à cogner mais bientôt elle commença à se sentir mieux.

Alors, elle fit face au Termigan. Il avait en réalité fait prisonnier Géraden. Le jeune homme devait mourir d'inquiétude pour elle. Et lui aussi était Imageur. Que ferait le Termigan s'il l'apprenait ? Il risquait de les garder enfermés jusqu'à la fin de la guerre... jusqu'à ce que Sternwall tombe, et que Mordant soit détruit, que Maître Erémis ait abattu tous ceux qui se seraient dressés en travers de son chemin. La colère lui fournit la force dont elle avait besoin.

— Seigneur, ils nous ont menti à tous deux. Pratiquement tout ce qu'ils nous dirent n'était que mensonge.

— Pourquoi *vous* auraient-ils menti ? questionna le Termigan sans ciller. Vous êtes des *leurs*.

Elle resta muette un instant. Son cerveau demeurait paresseux.

— Non, je ne suis pas des leurs.

» J'ignorais même posséder un talent voilà... cinq jours, calcula-t-elle rapidement. Comment aurais-je pu être leur complice ? Ils ne voulaient pas que je découvre mon don. Voilà pourquoi ils me mentaient, pourquoi ils ont essayé de me tuer. Voilà pourquoi Houseldon a brûlé. Ils tentaient de nous assassiner. Ils estiment que je suis une menace pour eux.

— Quel genre de menace ?

— Je l'ignore, admit-elle amèrement.

Elle aurait souhaité que Géraden fût auprès d'elle ; elle n'aimait pas prendre le risque de répondre seule au Termigan.

— Mais nous essayons de le découvrir. Comme de causer le plus d'embarras possible à Erémis et à Gilbur. C'est la raison pour laquelle nous sommes ici.

— Je commence à vous croire, fit le Termigan en hochant la tête. Ils veulent vous tuer. Vous voulez entraver leurs projets. Je ne vois là qu'une lutte interne entre Imageurs. Nous autres sommes les victimes mais ne sommes pas l'enjeu véritable. L'enjeu est *le pouvoir.*

Il ne l'avait pas comprise. Elle fit l'effort de mieux s'expliquer.

— Ce n'est pas ce que je voulais dire. Nous tentons de défendre Mordant. Le Roi Joyse est la cible d'Erémis et de Gilbur. Géraden et moi sommes secondaires ; nous étions sur leur route, c'est tout. C'est le Roi Joyse qui a besoin de notre aide.

— Bave de pourceau, jura le Termigan sans inflexion particulière.

Térisa chercha à deviner ses pensées derrière son austère visage. Mais il était aussi indéchiffrable qu'un morceau de pierre. Elle se versa un autre verre de vin et retourna s'asseoir sur le lit.

— Vous n'aimez pas les Imageurs. Est-ce tout ?

— Joyse a besoin de mon aide, j'en suis certain, répondit-il, mais non parce que vous me la demandez. Vous ne vous souciez pas de lui. Vous souhaitez seulement que je vous aide contre Erémis et Gilbur. Mais si cela aide le Roi aujourd'hui, cela pourra le détruire demain.

— Votre méfiance tient-elle dans le fait que je suis Imageur ? murmura Térisa. Sans doute. Car tous ceux qui connaissent le Domne ont confiance en ses fils.

— Vous n'aspirez qu'à vous débarrasser de *lui*. Voilà qui fait votre unité. Il est le seul au monde à être parvenu à vous *contrôler*.

Avec le Gouverneur Lebbick, Térisa avait appris à parler durement aux hommes coléreux.

— Je vois, fit-elle. Vous estimez qu'un Imageur ne peut être honnête. Vous pensez que le don — cet accident de naissance — exclut la loyauté. Et la compassion. Et même toute éthique.

Le Termigan ne bougea point, n'éleva ni la tête ni la voix.

— Aucun Imageur n'est loyal, qu'envers lui-même, renchérit-il. C'est la nature même du pouvoir, qui séduit et qui l'exige. Un Imageur ne peut paraître honnête que tant que sa puissance et sa loyauté n'entrent pas en conflit. La seule chose, poursuivit-il en élevant soudain la voix, la *seule* qui nous ait protégés ces dix dernières années était la folie de Havelock. Si Vagel n'avait pas eu raison de son esprit, il se serait débarrassé de Joyse dès le Congrégat constitué. Il aurait établi une tyrannie en Mordant, en comparaison de laquelle les atrocités de Margonal ou de Festten seraient apparues comme des jeux d'enfants.

Sa virulence, non pas de ton mais de conviction, choqua Térisa.

— Vous pensez cela ? Alors que Havelock fut l'ami, le conseiller du Roi pendant — quoi ? — plus de quarante ans ? Alors qu'il perdit la raison pour son Roi ? Qu'aurait-il dû faire pour avoir votre confiance ? Assassiner tous les Imageurs vivants ? Exterminer tous les talents ?

La douleur et l'état nerveux successif à la peur qu'elle avait eue de mourir la rendaient furieuse.

D'un petit geste de la main, le Seigneur balaya sa protestation.

— Ce ne serait pas encore suffisant. L'Imageur qui m'inspirerait confiance serait celui qui se tuerait lui-même.

» Si vous dites vrai — je n'en exclus pas la possibilité — vous ignoriez votre don jusqu'à une date récente. Vous n'avez eu que quelques jours pour en mesurer en vous les conséquences. Je vais vous dire, ma dame, ce qui vous arrivera.

» Votre pouvoir vous apprendra — non, vous *forcera* — à croire que vous êtes plus importante que les autres êtres vivants. Parce que vous pouvez *faire* plus. Si vous êtes assez intelligente, et assez forte, et si personne ne se dresse devant vous, vous serez capable de changer la face du monde. Vous pourrez remodeler Mordant à votre image. Alors pourquoi laisseriez-vous quiconque se dresser sur votre route ?

Comment pourriez-vous admettre le moindre contrôle ?

» Vous ne le pouvez pas, ma dame. Vous découvrirez que vous ne le pouvez pas.

» Et cette découverte faite, vous constaterez que Joyse est votre ennemi. Que *je* suis votre ennemi. Même si vous vous croyez honnête aujourd'hui, et loyale, et fiable, vous finirez par vous apercevoir que vous voulez notre mort à tous. Vous apprendrez qu'il est mieux de translater du feu pour nous brûler vifs dans nos demeures plutôt que de courir le risque de nous trouver en travers de votre chemin.

Térisa n'était plus seulement choquée mais abasourdie. *Pourquoi laisseriez-vous quiconque se dresser sur votre route ?* Le Termigan avait raison ; elle connaissait des Imageurs qui répondaient à ce portrait. Mieux, elle connaissait bien des gens qui, s'ils avaient été Imageurs, se seraient empressés d'y répondre. Son père, entre autres.

Fille de son père, elle devait être comme eux.

— À présent, ma dame, reprit le Termigan d'une voix coupante, dites-moi ce qu'à votre avis je puis faire pour aider mon Roi.

Elle n'eut pas le loisir de répondre. Heureusement, des coups frappés à la porte lui évitèrent de bredouiller lamentablement.

— Entrez, fit le Termigan.

Un soldat pénétra dans la chambre. Son teint était de cendre mais ses yeux conservaient l'éclat rouge de la lave.

— Seigneur, dit-il d'une voix blanche, cela devient pire.

— Pire ? répéta le Termigan sans bouger.

— Ils translatent de plus en plus de lave. On peut la voir qui se déverse dans l'air et qui s'amoncelle autour de nous. Deux des cratères se sont fondus ensemble.

Il hésita avant d'ajouter :

— Une partie de la muraille vient de s'effondrer.

— C'est parce que nous sommes là, fit Térisa, dans un élan presque involontaire. Nous sommes trop dangereux.

Et parce que l'échéance approchait — ce moment où Maître Quillon avait affirmé qu'Erémis serait vulnérable. *Pour qu'il porte ses coups ici.* Le moment que Joyse avait attendu pour répliquer. Si tant est qu'il avait suivi la *stratégie* que lui prêtait Quillon — ou s'il était resté assez conscient de ses devoirs de Roi pour mener ses projets à exécution. Erémis devait tuer ou paralyser les alliés du Roi avant le moment décisif ; Joyse n'aurait ainsi aucun soutien, aucune force pour combattre.

Sans doute — l'idée la rendait malade — Erémis n'aurait-il pas si farouchement tenté de les tuer Géraden et elle si elle n'avait révélé à l'Imageur que le Roi Joyse agissait à dessein, que ses choix étaient délibérés, calculés.

— « Nous » ? releva le Termigan d'une voix sinistre, trop paisible. Un Imageur frais émoulu et un mauvais Aspirant ? Je ne puis le croire.

Térisa n'en supporta pas davantage. Sternwail allait être détruit. Comme Houseldon. À cause d'elle et de Géraden.

— Vous devriez. Il est Imageur, également. Il est plus puissant que moi. Laissez-le fabriquer un miroir et il vous débarrassera de cette lave.

» Erémis veut notre mort. Il ne veut pas nous laisser une chance d'obtenir votre soutien.

Elle ferma les yeux, tentant de soulager son crâne de la lutte prolongée qu'elle avait livrée contre la douleur ; tentant aussi de se convaincre qu'elle ne les avait pas condamnés Géraden et elle à passer le reste de leur courte existence dans les cachots du Termigan.

Elle s'attendit à quelque réaction véhémente de la part du Seigneur. Nullement. Il murmura quelques mots au soldat puis celui-ci quitta la chambre. Le Termigan demeura assis, observant Térisa ; son regard toujours opaque, indéchiffrable, donnait à la jeune femme envie de hurler.

Quelques instants plus tard, le soldat revint et introduisit Géraden dans la pièce. Il repartit derechef.

Géraden regarda sa compagne, le Seigneur qu'il salua par son nom pour unique concession à la politesse, avant de se précipiter vers Térisa.

— Comment te sens-tu ? demanda-t-il à voix basse. Ils t'ont frappée si fort, j'ai cru que tu avais le cou brisé.

Elle se débrouilla pour grimacer un sourire, hocher rapidement la tête. Mettant sa main dans la sienne, elle se leva.

— Le flot de lave augmente, fit-elle d'une voix mesurée, pour ne pas crier. Sans doute à cause de notre présence.

Tout en s'adressant à Géraden, sans lâcher la main du jeune homme, elle faisait face au Termigan. Elle souhaitait de toutes ses forces que le Seigneur n'infligeât aucun mal à son compagnon.

— Et je crois qu'Erémis a peur du Termigan. Il doit

être en mesure de se battre. Je lui ai dit que vous étiez Imageur, conclut-elle à dessein afin que le Seigneur comprenne qu'elle le menaçait.

Et Géraden, sans hésiter, presque avec fièvre, lui emboîta le pas, même s'il ignorait ce qui se jouait à cet instant.

— C'est vrai. Si vous possédez du sable et un four, je puis fabriquer un miroir et retranslater la lave.

Térisa lui pressa la main, retint sa respiration.

Pour la première fois, elle vit réagir le Termigan. Le coin de sa bouche tressauta ; ses sourcils se froncèrent en une ride douloureuse. Il n'était ni furieux ni même dégoûté ; il souffrait.

— Non, fît-il d'une voix rauque. Même si vous dites la vérité. Je refuse. Il ne se fera pas d'Imagerie chez moi.

Sa propre rigueur lui coûtait l'espoir.

Géraden soupira mais n'hésita point.

— Alors, Seigneur, répliqua-t-il, il ne reste qu'une seule chose à faire pour votre peuple : évacuer Sternwall. Rassemblez vos troupes. Allez vous battre pour le Roi Joyse. Avant qu'il ne soit trop tard.

Térisa le trouva merveilleux — merveilleuses la force de sa voix, la conviction avec laquelle il résolvait une question qui la confondait.

Mais le Termigan ne l'entendait pas de cette oreille.

— Évacuer Sternwall ? répéta-t-il avec mépris. Abandonner mon peuple ? Abandonner mon Fief ? *Pour quoi ?* interrogea-t-il, sans élever la voix mais si intensément que cela parut un sanglot dans son cœur.

— Pour Mordant, répondit Géraden. Pour la paix.

Le Termigan se taisant, il poursuivit :

— Orison est assiégé. Le Prince Kragen a rassemblé les troupes d'Alend contre nous — dix mille hommes au moins. Et Cadwal est en marche. L'armée du Haut Roi est encore plus importante... je ne sais combien de temps le Perdon la contiendra. En l'état actuel, le Monarque d'Alend pourrait bien se retrouver dans l'étrange position de défendre Orison contre Cadwal.

» Je ne pense pas que vous puissiez faire quoi que ce soit sur ce terrain. Vous n'avez pas assez d'hommes.

» Mais vous pourriez attaquer directement Erémis.

Il lâcha la main de Térisa pour s'approcher du Seigneur.

— Il est allié au Haut Roi Festten. Mais Cadwal doit combattre Alend et Orison. Donc le lieu où Erémis garde ses miroirs est vulnérable — le lieu d'où il effectue les translations comme celle qui est en train de détruire Sternwall. Cet endroit où lui, Gilbur et Vagel ourdissent leurs complots et façonnent leurs miroirs.

» Vous pourriez l'attaquer là-bas. Dans le Fief de Tor. Chez lui. À Esmerel.

Esmerel ? Térisa fut surprise.

— Et son père ? Et ses frères ? demanda-t-elle, hébétée. Il ne peut pas utiliser Esmerel. Les siens l'auraient depuis longtemps trahi.

Géraden se tourna vers elle, les sourcils froncés.

— Erémis n'a aucune famille. Tous ont péri dans un incendie voilà des années. Certains de ses serviteurs à Orison servaient autrefois son père. Je les ai entendus en parler.

Un autre mensonge, encore une tentative d'Erémis

pour la manipuler. Elle serra les dents. Elle éprouvait soudain le vif désir d'accomplir elle-même ce que proposait Géraden : galoper jusqu'au Fief de Tor, jusqu'à Esmerel, attaquer... en finir avec ce bâtard.

Mais le Termigan ne sauta pas sur la proposition.

— Cela sauverait-il Sternwall ? fit-il d'une voix qui siffla comme un vent d'hiver.

— Probablement non, admit Géraden. Cela prendrait trop longtemps. Sternwall est sans doute condamné... à moins d'un miracle. À moins, sinon, que quelque chose puisse distraire Erémis et Gilbur, les empêche de continuer à translater la lave.

— Donc, je répète, gronda le Termigan. *Pour quoi ?*

— Vous pourriez sauver le Roi Joyse, répondit simplement Géraden.

Le Seigneur réfléchit un moment.

— Parce que vous pensez qu'il y a quelque chose à sauver ? s'enquit-il durement. Le Roi ne serait ni passif ni aliéné ? Vous pensez qu'il a une *raison* de laisser ces Imageurs bouffeurs d'excréments faire ce mal à mon Fief ?

Poussé dans ses retranchements, il perdait son calme, son contrôle inhumain.

— Oui, répondit Térisa qui ne se sentait pas d'endurer le chagrin et la détresse du Seigneur. Même si je n'aime guère cette idée, même si je doute du résultat, *il y a* une raison.

En quelques phrases, elle lui relata ce que Maître Quillon lui avait confié des mobiles du Roi Joyse.

À peine avait-elle terminé que le Seigneur bondit sur ses pieds.

— C'est *tout* ? Il nous tourne le dos, laisse pourrir

son royaume, laisse les Imageurs infliger toutes ces souffrances à son peuple... simplement pour que Mordant soit attaqué, et non Alend ou Cadwal ?

Térisa ne put que hocher la tête devant cette fureur.

Tout à coup, le Termigan éclata d'un rire affreux. Et les chandelles se reflétèrent dans ses yeux comme l'écho des torrents de lave.

— Que c'est brillant ! Détruire ses amis pour sauver ses ennemis !

— Il a en tout cas besoin d'aide, Seigneur, murmura Géraden. Aussi mince soit-elle, l'hypothèse qu'il sache ce qu'il fait est le seul espoir qui nous reste. Vous le soutiendriez en vous attaquant à Esmerel.

Pendant un long moment, le Termigan demeura immobile, et soudain il leva ses poings serrés et hurla :

— *Non !*

» Il a décidé de sacrifier Sternwall sans me consulter ! Qu'il paie lui-même le prix de ses décisions !

Il claqua si violemment la porte en quittant la chambre que des éclats de bois volèrent du chambranle.

Géraden tourna un regard troublé vers Térisa.

— Eh bien, au moins je n'ai pas perdu mon talent prononcé pour l'erreur.

Elle alla à lui et l'étreignit.

— Nous verrons, murmura-t-elle. S'il ne nous fait pas jeter dans la lave, tu auras obtenu de lui plus que moi.

— Parce que, fit Géraden avec un rire sans joie, notre seule survie serait un succès ?

— Attendons et nous verrons, répéta-t-elle, incapable de mieux dire.

Ils attendirent.

Bientôt, un serviteur leur porta de l'eau chaude et ils purent se baigner. Ils se restaurèrent, burent le vin mis à leur disposition, profitèrent du lit, et dormirent même un peu.

Le lendemain matin, un autre domestique leur apporta un petit déjeuner.

Un soldat leur rendit également visite. Avec brusquerie, il leur demanda quels étaient leurs besoins pour se remettre en route.

Ils furent surpris, mais pas au point de ne pouvoir dresser une liste des nécessités du voyage. Le Termigan, malgré sa haine des Imageurs, malgré sa confiance perdue en son Roi, choisissait apparemment de demeurer fidèle à ses anciennes amitiés. Au Domne, entre autres. Pour avoir perdu et leurs chevaux et leurs vivres aux portes de Sternwall, Géraden et Térisa avaient besoin de tout ce que le Seigneur leur concéderait. Aussi Géraden s'entretint-il plusieurs minutes avec le soldat. Le temps qu'ils achèvent leur petit déjeuner, celui-ci revenait les prévenir que leurs chevaux et leurs vivres les attendaient.

En vérité, le Termigan les renvoya mieux équipés qu'ils ne l'étaient en arrivant en son Fief. En sus des montures, il leur fournit une grande quantité de nourriture, des outres de vin, des ustensiles de cuisine, une courte épée pour chacun d'eux, et un couchage qui leur parut d'un grand luxe comparé aux fines couvertures qu'ils avaient emportées de Houseldon. Le

Seigneur leur donna même une carte indiquant la route directe à travers le pays pour arriver au Fief de Fayle et à Romish.

Mais il ne fit rien pour venir en aide au Roi Joyse.

18

Pour recueillir un soutien

D'après la carte, Romish se trouvait à la lisière sud-est du Fief de Fayle, en ses confins limitrophes de l'Armigite et du Termigan.

Térisa et Géraden étaient pressés. D'un certain point de vue, l'attaque contre Sternwall était bon signe, qui impliquait que Maître Erémis attendait encore la maturation de ses plans. Il n'en demeurait pas moins que la situation du Termigan était alarmante. Jusqu'à présent, Houseldon avait brûlé : Sternwall allait s'effondrer dans un cratère de feu ; l'Armigite avait passé un accord avec le Prince Kragen ; le Perdon luttait seul contre toutes les forces du Haut Roi Festten... Qu'adviendrait-il encore ? Au rythme de ces défaites, il n'y aurait bientôt plus rien à sauver en Mordant.

Térisa et Géraden avaient des raisons de se hâter.

Mais les aléas du voyage et de la géographie ne les laissèrent point avancer rapidement.

Ils cheminèrent bon train le premier jour après avoir quitté Sternwall car ils suivaient encore la route qui menait au Demesne et à Orison. Le second jour, ils durent la quitter pour aller plus au nord, tandis que la route continuait à courir vers l'est. Et cette région du Termigan était la plus accidentée que Térisa ait jamais vue en Mordant.

— Dommage que nous ne soyons pas en Armigite, haleta Géraden en tirant le long de la pente raide et interminable d'une colline son cheval gris, efflanqué, à la tête en forme de maillet. L'Armigite au printemps est superbe. On dit que la terre y est si bonne qu'il suffit de jeter quelques poignées de graines pour voir monter très vite les plants de vignes jusqu'à ses hanches. Les premiers foins ont déjà dû pousser — cela sent si bon, si frais, qu'on voudrait se mettre à danser. Et les femmes... ajouta-t-il en souriant avec espièglerie à Térisa, leur travail est si facile qu'elles n'ont en vérité rien de mieux à faire que de rester assises et devenir superbes.

Térisa rit doucement. À cet instant, il ne lui aurait pas déplu de se trouver en Armigite, de confier sa beauté à une douce oisiveté. Autant qu'elle le sache, il n'existait qu'une seule chose pire que de monter à cheval, c'était d'essayer de tirer ce même cheval, soudain récalcitrant, jusqu'au sommet d'une colline, à la force du poignet et avec un genou douloureux. De façon générale elle était satisfaite du pas paisible du cheval hongre rouan que lui avait fourni le Termigan. Mais en l'occurrence elle l'aurait précipité avec joie dans l'un des puits de feu d'Erémis.

Quoi qu'il en soit, elle eut la sagesse de ne pas suggérer d'oublier le Fayle et de rejoindre la route pour filer sur Orison. Le Fayle était le dernier Seigneur susceptible d'apporter son soutien au Roi.

Et la Reine Madin vivait sur les terres de son père,

à Romish. Myste avait parlé d'un manoir à proximité de la ville.

Térisa avait la conviction profonde — même si elle était déraisonnable — que la Reine Madin avait le droit de savoir ce que faisait son époux. Sinon elle risquait d'aller à la tombe en croyant que le Roi Joyse avait perdu tout intérêt pour la vie et pour Mordant, et qu'il avait renoncé à son amour pour elle.

Cette pensée reflétait bien l'humeur de Térisa : l'âme remuée par le danger qui pesait sur Sternwall, ses réflexions troublées par les sombres actions de Maître Erémis, et le cœur cependant tout plein de son amour pour Géraden, elle considérait les sentiments de la Reine Madin comme aussi importants que la quête d'un soutien pour le Roi Joyse.

Aussi elle hala courageusement sa monture jusqu'à la crête des collines, redescendit avec précaution dans les gorges abruptes, trotta maladroitement sur les terres plates, non pas sans quelques plaintes mais sans apitoiement outrancier sur son sort.

Le Fief de Termigan n'était guère peuplé, lui dit Géraden ; et la plupart des villes et villages se trouvaient concentrés autour de la Rivière Vineuse, loin du fleuve Pestil et d'Alend. À l'issue du deuxième jour de route, les deux cavaliers purent se croire absolument seuls sur cette terre rude. Térisa commença à penser que le Termigan avait d'ores et déjà perdu tout ce qui aurait valu qu'il se batte.

Durant trois jours, de sombres nuages obscurcirent le ciel, menaçants de pluie. L'eau et la boue auraient couronné les plaisirs du voyage ! Térisa cependant espérait la pluie ; Orison devait toujours avoir besoin d'eau, et la boue rendrait plus difficile la progression des armées.

Mais en dépit de leur noirceur, les nuages ne lâchèrent que de rares averses avant de s'éloigner. Le temps lui-même semblait servir les intérêts de Maître Erémis.

Comme les cieux s'éclaircissaient, le terrain s'adoucit à son tour. Les arbres se firent plus nombreux : bientôt les taillis dispersés et maladifs du reste du Termigan furent remplacés par des sureaux, des platanes, des frênes et des acacias.

— Nous approchons, commenta Géraden. Le Fayle est renommé pour ses bois.

» C'est d'ailleurs la raison pour laquelle Alend attaquait autrefois plutôt par le Termigan ou l'Armigite. Aussi pourquoi le Fayle fut le deuxième à se rallier à Joyse après le Tor. On se ferait vieux avant de terminer une campagne militaire à travers les forêts du Fayle. Ce Fief peut se targuer d'une plus forte tradition de résistance — plus exactement, de résistance efficace — que le reste de Mordant.

» Ce qui explique sans doute, conclut-il avec humour, d'où le Fayle tire sa fidélité, et la Reine Madin, son entêtement.

Térisa songea qu'elle mourrait heureuse si elle ne revoyait, de sa vie, une colline couverte d'ajoncs et d'orties.

— Sommes-nous encore loin ?

Géraden consulta la carte.

— Deux jours, avec de la chance. Il est facile de se perdre dans les forêts. Et je ne suis encore jamais venu dans le Fayle. Batten en Armigite est l'agglomération la plus proche de Romish que je connaisse.

» Néanmoins, nous devrions commencer à rencontrer âme qui vive. D'après la carte, nous devons traverser plusieurs villages. Quelques-uns sont en vérité encore sur les terres de Termigan mais, géographiquement, nous sommes d'ores et déjà dans le Fayle.

Forte de cette affirmation, Térisa scruta le plus loin possible devant elle — et s'arrêta sur ce qui semblait une salissure sur l'horizon. Elle plissa les yeux. Géraden suivit son regard.

— Que vois-tu ?

— Je ne sais pas. De la fumée ?

Le jeune homme finit par secouer la tête.

— Je ne peux pas dire.

Les mots étaient inutiles ; ils avaient à l'esprit les mêmes souvenirs. Après avoir étudié la carte, Géraden ajouta :

— Il doit s'agir du premier village, Aperyte. À moins que je ne me trompe sur notre position. C'est peut-être la fumée d'une forge...

— Nous le saurons bientôt, murmura Térisa.

D'un geste, Géraden vérifia que son épée glissait dans son fourreau et, assurant sa prise sur les rênes, partit au petit galop. Le rouan suivit le cheval gris pommelé. Térisa commençait à mieux savoir le mener.

La terre entre les arbres était couverte d'herbe épaisse et de fougères. Le crépuscule s'annonçait déjà dans la brise mais Térisa n'y prit garde ; elle tenait les yeux fixés devant elle, essayant d'apercevoir leur but entre les larges troncs d'arbres. Les acacias explosaient de leurs fleurs jaune soleil qui formaient de lumineux nuages semblables au mimosa. Mais Térisa avait vu brûler Houseldon et l'heure n'était pas pour elle aux émerveillements bucoliques.

La distance était plus longue qu'elle ne s'y était attendue. Elle commença à penser que la tache à l'horizon n'était peut-être due qu'à un effet d'optique, à un jeu de lumière.

Et soudain, ils furent sortis de la forêt.

Un corral occupait la majeure partie de la clairière, délimité par une clôture de bois. Sans être immense, l'enclos était assez vaste pour tenir dix ou quinze chevaux. Oui, des chevaux ; Térisa n'en doutait pas, elle qui avait finalement gagné ses palmes d'experte en matière chevaline... Le pré avait été plein de chevaux.

Récemment.

Mais plus à présent.

— C'est bizarre, fit Géraden qui s'était arrêté.

— Quoi donc ?

— La barrière est fermée.

Il avait raison ; et elle n'était pas simplement repoussée mais solidement ficelée.

— Pourquoi ? murmura-t-il. Pourquoi sortir toutes les bêtes et attacher la porte ?

— Pourquoi pas ? répliqua Térisa, parlant plus bas.

— C'est superflu. Viens, ajouta-t-il en mettant pied à terre. Allons voir au-delà.

Une fois Térisa descendue, il rebroussa un peu chemin vers le bois pour laisser les rênes des montures nouées au tronc d'un arbre, hors de vue de la clairière. Mais il ne desserra pas les sangles de la sellerie.

Prenant la main de Térisa, il s'approcha calmement du village. Il avait le pied sûr, le pas régulier quand la jeune femme trébuchait dans les broussailles sans regarder où elle mettait les pieds, toute son attention tournée vers le bourg. Un moment, elle ne comprit pas où il allait puis elle s'aperçut qu'il suivait des traces sur la terre — traces d'êtres humains et de bêtes.

Il la conduisit ainsi jusqu'à une sorte de cabane faite de torchis et de branchages. C'était en vérité à peine plus qu'un simple abri ou une remise pour la paille des chevaux.

Derrière, commençait le village.

Au premier coup d'œil, Térisa compta une douzaine de huttes, toutes de torchis et branchages, avec des toits qui semblaient faits de fagots de feuilles de bananiers. Au milieu se dressait une sorte de halle ouverte à tous les vents. L'espace que l'on devinait derrière les premières maisons donnait à croire que l'agglomération s'étirait au-delà de cette lisière.

Plus loin parmi les maisons s'élevait une fine volute de fumée sale.

Il régnait dans le village un silence dérangeant. Personne ne s'y interpellait. Nul être humain n'était visible. Ni chiens. Ni poulets grattant la poussière. Ni enfants pleurant ou jouant. La brise poussait quelques rouleaux de poussière sur la terre dure entre les cabanes mais cela ne produisait pas un son.

— Oh, merde, jura curieusement Géraden, les dents serrées.

— Peut-être sont-ils tous au travail, risqua Térisa. Dans les champs ou ailleurs...

— Un village n'est jamais vide. Pas ainsi.

— Une évacuation ? Le Fayle les aura fait partir.

— Je préfère cette hypothèse, acquiesça-t-il après réflexion. Allons nous en assurer.

Ils traversèrent le village.

Les habitants étaient bel et bien partis.

Mais aussi les animaux, la volaille ; les bêtes de somme et les chiens. Térisa eut l'impression que même la vermine avait disparu.

Les ombres s'allongeaient sur la terre nue. Le crépuscule semblait se nicher dans les huttes et couler sur les seuils déserts, par les fenêtres d'où nul œil n'épiait. La brise apportait l'odeur de quelque chose de froid, décomposé peut-être.

Térisa craignit de demander à son compagnon s'il reconnaissait cette odeur.

Le village possédait bien une forge mais elle était froide. La fumée ne venait pas de là.

Bientôt, les visiteurs en découvrirent la source. À la lisière nord du village, trois huttes rapprochées les unes des autres étaient en feu.

Elles brûlaient depuis quelque temps, et déjà n'étaient presque que cendres. Seule la charpente sommaire, au bois noirci, restait debout. De petites flammes léchaient avidement les reliquats du toit effondré ; la fumée qui s'en échappait avait une senteur âcre.

Les trois maisons étaient pleines de corps.

Térisa eut des haut-le-cœur en reconnaissant la forme de bras carbonisés, de jambes, de crânes arrondis sous la couche de cendres.

— Sont-ils tous là ? balbutia-t-elle. *Tous ?*

— Non, lui répondit Géraden qui avait du mal à respirer. Quelques familles. Sans doute ceux qui n'ont pas réussi à s'enfuir.

— Ou alors ce sont ceux qui ont réussi, suggéra-t-elle, harcelée par l'étrange parfum de la brise qui n'avait rien à voir avec le bois d'acacia brûlé ou les corps carbonisés.

Géraden lui jeta un regard cinglant.

Alors elle entendit un bruit faible, comme un bruissement — des pieds nus foulant la poussière d'un pas précipité. Elle regarda autour d'elle ; dans le coin de son champ de vision, elle crut discerner un mouvement furtif dans l'ombre du soir, qui s'évanouit. Elle ne fut pas certaine d'avoir bien vu.

Un frisson lui parcourut le dos tandis que lui revenaient les paroles de Maître Erémis aux Seigneurs assemblés. *Tout Mordant déjà est assailli. D'étranges loups ont déchiqueté le fils du Tor. Des bandes de lézards voraces saccagent les greniers du Demesne. Des puits de feu sont apparus dans le sol de Termigan.*

Ce n'était pas tout. À présent, elle s'en souvenait précisément... *Des goules harcèlent les villages du Fayle.*

— Géraden, appela-t-elle d'une voix à peine audible. Allons-nous-en d'ici.

Il scrutait toujours la pénombre des huttes ; il n'avait pas entendu ce qu'elle avait entendu. Cependant, il acquiesça.

Sans raison apparente, il tira son épée en retournant vers les chevaux. Sans raison ? Térisa l'espérait. En tout cas, elle était heureuse qu'il fût armé, et déterminé, malgré son manque d'expérience. Elle resta tout près de lui tandis qu'ils retraversaient le village et longeaient le corral.

Leurs bottes produisaient trop de bruit sur la terre dure, elle n'aurait pu entendre le frôlement sourd d'une course dans la poussière. Deux fois pourtant elle pensa distinguer un mouvement au cœur de l'ombre, au fond d'une hutte, comme si l'obscurité se mettait à vivre.

Elle fut terriblement soulagée de retrouver les chevaux à leur place — et de les retrouver vivants. Les deux bêtes étaient nerveuses. Le cheval pommelé secouait la tête ; le rouan roulait des yeux pleins d'inquiétude. Peut-être humaient-ils cette même odeur qui avait mis Térisa mal à l'aise. Ils se montrèrent tous deux rétifs jusqu'à ce qu'on les libère de l'arbre.

Pour ne pas alimenter les craintes des bêtes — ni sa propre détresse — Géraden entraîna Térisa dans un long détour au large du village désert avant de retrouver la route indiquée sur la carte du Termigan.

Jusqu'à ce que la nuit les contraignît à s'arrêter, ils mirent le plus de distance possible entre eux et Aperyte. Térisa aurait préféré continuer mais il devenait difficile de trouver le chemin dans l'obscurité. Une lampe-torche eût été la bienvenue, songea-t-elle. Une *puissante* lampe-torche. Sûr. Et tant qu'elle y était, pourquoi pas une voiture blindée ? Et même un avion, histoire de lâcher quelques bombes stratégiques sur Esmerel ? Sur les armées du Haut Roi Festten ?

Tout ce dont Géraden avait besoin se résumait à un miroir.

Il arriverait à tout, s'il pouvait fabriquer son verre — un miroir pareil à celui qui avait mené Térisa en ce monde.

Sûr.

Lorsqu'ils installèrent leur campement, la jeune femme aida Géraden à faire le plus grand feu possible. Elle alla chercher du bois aussi loin qu'elle l'osait.

— J'ignore ce qui m'a fait penser cela, dit-elle, morose, tandis qu'ils dînaient.

Géraden lui jeta un regard.

— Tu as dit qu'il s'agissait de ceux qui n'avaient pas réussi à s'enfuir ; j'ai dit que c'était au contraire ceux qui avaient réussi. Et je ne sais pas pourquoi.

Il tenta de lui sourire.

— Espérons que ce n'est là qu'un effet de ton imagination morbide.

Les reflets du feu sur son visage rappelaient à Térisa leur séjour en Termigan. Elle ne put lui rendre son sourire malgré son envie d'exorciser les images qui la hantaient.

— Pourquoi tout ce qui vient par translation est-il si destructeur ? demanda-t-elle. Pourquoi est-il si facile de trouver ces choses redoutables dans les miroirs ? L'univers n'est-il que cruauté, malignité ?

— J'espère que non.

Dans un effort pour la rassurer, il sourit de nouveau, mais son sourire était lugubre. Alors il tenta de mieux lui répondre.

— Il est probablement vrai que chaque monde à ses prédateurs. Mais même si un monde ne subit aucune violence, il demeure possible que ses créatures, ou ses puissances, une fois translatées se déchaînent, détruisent, puisqu'elles ont été arrachées à leur milieu naturel. Un cratère de feu n'est pas nuisible en soi — tant qu'on le laisse à sa place. Le véritable destructeur est l'homme qui le translate.

» Dirais-tu qu'un renard est destructeur ? Pourquoi pas ? Il chasse la volaille et les humains ont besoin de la volaille. Pourtant, il est à sa place, il n'est pas nuisible.

» Le chat qui a incendié Houseldon est peut-être l'équivalent du renard dans son propre monde. Il pourrait être n'importe quoi. Peut-être même est-il un bienfaiteur, un être qui dispense la charité.

Un moment, Térisa envisagea sérieusement cette idée. Oui, un bienfaiteur, quelqu'un qui dirigerait un asile pour les indigents, par exemple. Mais l'image du Révérend Thatcher mettant le feu aux villes la frappa soudain. Métaphoriquement, enflammer des villes entières l'aurait sans doute satisfait, mais en pratique...

Elle eut un sourire involontaire. Et quand Géraden se mit à rouler des yeux, elle se prit à rire.

Elle se sentait folle, un peu — comme si elle perdait la tête. Mais le rire avait bien des vertus pour alléger l'esprit et l'âme.

Cependant, Térisa ne dormit guère cette nuit-là. Elle guettait l'inquiétude des chevaux — elle guettait une odeur acre, décomposée, froide. Et Géraden se mit de surcroît à ronfler bruyamment. Lorsqu'elle l'éveilla à l'aube grise pour qu'ils reprennent leur route, elle se sentait engourdie par le froid et par une sorte de stupidité vague, comme si les questions qui s'agitaient sous son crâne tournaient à l'aigre, au rance.

La journée commença bien. L'air était clair, frais, et les chevaux suivaient des chemins plus faciles où se mêlaient les traces de maints passages. Avant midi, ils arrivèrent dans un village normal.

À peu près normal. Car l'alarme, l'anxiété l'avaient déjà envahi. Quand les habitants eurent connaissance de ce que les voyageurs avaient découvert à Aperyte, ils se répandirent en murmures inquiets, scrutèrent les bois environnants et commencèrent à envisager le départ.

— Les goules, dit une femme, confirmant les suppositions de Térisa. N' sais quel nom leur donner. En ai jamais vu, mais le Seigneur a envoyé des hommes pour nous mettre en garde. Z'attaquent au crépuscule ou à l'aube. De p'tites créatures, presque comme des enfants. Verdâtres et qui sentent fort.

» Mangent n'importe quelle chair. Laissent pas même la graisse ni les os. C'est c'qu'ont dit les hommes du Seigneur.

Géraden fronça douloureusement les sourcils,

— Voilà pourquoi la barrière était fermée, murmura- t-il. Les chevaux ne sont jamais sortis. Ils ont été dévorés sur place, dans l'enclos.

Ceux qui ont réussi à s'enfuir. Ils s'étaient réfugiés dans leurs maisons, s'y étaient barricadés d'une façon ou d'une autre. Et là, on les avait brûlés vifs.

Erémis.

Térisa commençait à comprendre pourquoi Joyse avait lutté vingt ans durant afin de priver Alend et Cadwall des Imageurs et de créer le Congrégat. Il voulait prévenir la translation de créatures comme les goules dans Mordant. Elle éprouvait autant de nausée que de colère.

— Qu'allez-vous faire ? demanda-t-elle à l'un des villageois.

— Ce que les hommes du Seigneur nous ont dit.

Si nous entendions parler de goules, nous rendre à Romish aussi vite que possible.

— *Bien*, commenta vivement Géraden.

Térisa et lui poursuivirent leur route. La jeune femme ne se départissait pas du pressentiment terrible que les événements allaient s'aggraver avant la fin du jour, quand bien même ils avaient trouvé saufs tous ces villageois. Combien de goules Erémis avait-il translaté dans le Fief de Fayle ? Quelle partie des troupes potentielles du Seigneur avait-elle déjà été dévorée ?

Comment pourrait-il en même temps aider le Roi Joyse et défendre son peuple ?

Elle s'essaya à répéter *oh, merde* pour elle-même jusqu'à ce que cela lui devienne presque naturel.

— À l'allure où nous avançons, annonça Géraden qui venait de consulter la carte, nous devrions atteindre un autre village au coucher du soleil. Un village appelé Naybel.

Oh, merde.

Peut-être ferions-nous mieux d'en rester éloignés. Peut-être que ces créatures nous suivent.

— Oui, *tu as* une imagination morbide, fit son compagnon en la regardant. Si nous sommes suivis, il nous faut justement prévenir le village. Nous ne pouvons pas conduire les goules dans notre sillage et espérer qu'elles dédaigneront de s'intéresser à Naybel.

C'était décidément la chute libre.

L'après-midi s'étira, lent et douloureux comme une rage de dents. Finalement, Térisa admit qu'il existait des choses pires qu'une journée à cheval. Elle n'arrivait point à extirper cette *odeur* de son esprit...

Sans s'être concertés, les deux cavaliers commencèrent à presser leurs montures. Ils tenaient à atteindre Naybel avant le crépuscule.

À ce rythme accéléré, ils arrivèrent en effet dans le village au moment où le soleil déclinait vers l'horizon.

Tacite avait également été leur décision de galoper droit jusqu'au cœur de l'agglomération tant leur hâte de mettre en garde les habitants prédominait sur toute autre considération. Aussi dépassèrent-ils les premières huttes avant même de constater que Naybel était aussi désert qu'Aperyte.

Géraden fit ralentir son cheval pommelé. La bête levait et baissait fiévreusement la tête, secouant l'emprise des rênes. Le hongre gardait les oreilles couchées en arrière. Quand le rideau d'arbres laissa percer les derniers rayons du soleil, les ombres se découpèrent aussi effilées que des lames.

— Géraden, murmura Térisa, nous arrivons trop tard. *Partons* d'ici.

Géraden hésita, regarda à l'entour... et perdit le contrôle de sa monture. Le cheval gris prit le mors aux dents et s'emballa.

Térisa ne put empêcher son propre cheval de suivre.

Presque aussitôt, elle entendit le cri d'un porc. Géraden faillit tomber de sa selle comme sa monture faisait un écart pour éviter l'énorme cochon. Le cheval pommelé traversa ensuite une troupe de volailles caquetantes. Térisa suivit dans les plumes et les ombres.

Vers le cœur du village.

Pareillement à Aperyte, Naybel avait en son centre une halle ouverte.

En son milieu se tenait un groupe d'hommes, six ou huit. Chaussés de lourdes bottes, vêtus de bustiers en cuir, ils étaient armés d'épées, de piques, d'arcs.

Dès qu'ils aperçurent les deux cavaliers, ils se mirent à hurler en agitant sauvagement les bras.

— Idiots !

— Fornication !

— Passez votre chemin !

— Arrêtez !

Plusieurs voulaient apparemment faire fuir les chevaux mais, heureusement, l'un d'entre eux ne l'entendait pas ainsi. À moins qu'il n'ait compris que le pommelé s'était emballé. Avec l'aisance d'un maquignon expérimenté, il sauta à la tête du cheval et se saisit des rênes. La bête s'immobilisa si brusquement que Géraden faillit être éjecté de la selle.

Plus pour éviter de heurter son semblable que sur l'injonction de sa cavalière, le hongre s'arrêta lui aussi.

— Imbéciles ! cria un homme. Vous allez vous faire tuer.

Térisa essaya de se tenir bien droite mais tout le village tournoyait devant ses yeux. Une ombre étroite coupait en deux la tête de sa monture, qui happait et recrachait les hommes réunis sous la halle, et leurs armes, dont les dernières lueurs du soleil se ressaisissaient dans des spasmes étincelants. Géraden avait failli entrer en collision avec un cochon. Et les poulets. Naybel n'était pas désert, pas comme Aperyte.

Alors que... ?

Oui, elle sentait encore ce parfum froid, l'odeur de quelque chose qui a commencé à se décomposer ; quelque chose comme l'exhalaison d'une sépulture négligée.

D'une hutte au-delà de la halle sortit un petit garçon. Elle *crut* qu'il s'agissait d'un petit garçon, nu, curieusement. Un sourire grimaçant fendit son visage, découvrant un large vide. Il ne quitta pas l'ombre, aussi Térisa mit-elle un moment à s'apercevoir qu'il tenait un poulet dans ses mains.

Le poulet fondait. Il s'affaissait entre les doigts de l'enfant comme de la cire chaude. Mais rien ne tomba à terre. Non, au fur et à mesure qu'il coulait, il était absorbé par la chair de l'enfant.

À présent, Térisa distinguait l'humeur visqueuse qui couvrait le corps de l'enfant. Peut-être l'ombre et la lumière lui jouaient-elles des tours. Il lui sembla que ce corps était *vert*...

Un cri terrible jaillit parmi les hommes. Deux d'entre eux levaient déjà leur arc, préparaient leur flèche. Les deux traits simultanés jetèrent l'enfant dans la poussière, le clouant au sol.

Térisa entendit distinctement un petit bruit d'explosion, le son d'une rupture, un bref gémissement qui fendit l'air.

Aussitôt, trois autres enfants verts apparurent dans l'ombre derrière le petit garçon. Ils sourirent en commençant de s'en repaître.

Quelque part, invisible, le porc se mit à hurler — un cri d'agonie. Le cheval hongre en profita pour désarçonner Térisa. Avec un hennissement de terreur, il partit au galop dans le village.

Térisa atterrit lourdement à terre, le souffle coupé.

Elle entendit vaguement Géraden crier son nom mais le choc l'avait étourdie. Un rayon de soleil tomba sur son visage : elle leva les yeux et vit l'une des goules, debout dans l'ombre, à quatre ou cinq pas d'elle, pas davantage. Elle *sentait* l'enfant...

À dire vrai, l'odeur n'était pas particulièrement forte. Mais insidieuse, rendue plus nauséabonde par sa subtilité même, plus prégnante que ne l'eût été une franche puanteur. Respirant l'atroce parfum, regardant la petite fille qui lui souriait comme si elle était un plat de choix, Térisa en conclut que l'humeur visqueuse sur le corps des goules était un acide. Il amollissait la chair des victimes pour la transformer en une sorte de suif que buvaient les pores de la goule. Et cet acide pouvait probablement mettre le feu au bois lorsqu'une proie se barricadait dans sa hutte.

La goule était si affamée qu'elle se risqua dans la lumière pour s'approcher de Térisa.

Géraden bondit alors sur elle et lui trancha la tête d'un coup d'épée.

Le petit bruit d'explosion, le son de rupture ; un cri haut perché, mais faible.

Deux, trois, non : six autres goules surgirent pour se repaître du corps de leur pareille.

Autour de la halle, la bataille faisait rage. La lutte paraissait inégale car les hommes avaient assez facilement raison des créatures. Épées, piques, flèches, même les pierres — toutes les armes étaient bonnes. Haletants, grondants, les soldats tranchaient, découpaient ou transperçaient les goules le plus rapidement possible. Elles n'étaient que des enfants, aussi facile à tuer que des enfants.

Mais elles étaient si nombreuses..

Enfin, pas exactement. La réalité était plus complexe. Dès que l'une se trouvait rassasiée, elle se séparait en deux, devenait deux. Et chaque corps tombé fournissait une pâture pour permettre à trois ou quatre goules de se multiplier.

Et à chaque plainte de mort, d'autres créatures sortaient de l'ombre.

De surcroît, les armes humaines s'affaiblissaient. Chaque flèche qui touchait sa cible prenait feu, chaque lame qui tranchait la chair verte et acide s'émoussait ; chaque pique qui transperçait un corps perdait sa tête.

Géraden tenta d'entraîner Térisa vers la halle, au centre de la bataille, là où les combattants faisaient cercle en se tournant le dos. Térisa voulut aider son compagnon mais elle restait sans force, comme si, suite à la chute, ses membres refusaient d'obéir à son cerveau. L'eau, eut-elle envie de dire. Essayez l'eau. Peut-être l'acide pouvait-il se diluer. Mais ses lèvres ne laissèrent échapper que d'avides aspirations d'air.

Et l'air était plein de cris, plein de morts ; de pourriture ; d'hommes se battant et jurant pour leur vie ; pénombre du couchant.

Alors, soudain, Térisa entendit le son d'une trompette, et ses poumons furent de nouveau libres.

Ce chant haut, pénétrant, parut tout métamorphoser.

À ce signal, vingt ou trente cavaliers chargèrent dans le village.

Ils savaient ce qu'ils avaient à faire : ils ne se risquaient pas à piétiner les goules sous les fers de leurs chevaux. Ils portaient tous des torches, des lanternes, des fagots embrasés, même des lampes à huile. Aussi fut-ce une cohorte de lumière et de gloire qui pénétra dans Naybel.

Térisa reconnut le Fayle parmi les cavaliers. Elle le reconnut à son âge, à sa maigreur, à ses longues joues creuses.

La lumière parut atteindre les goules plus sûrement que la mort, elle les paralysa. Les créatures perdirent leur sourire, leur appétit, leur mouvement. À ne pouvoir bouger ni se nourrir les unes des autres, elles perdaient leur capacité à se multiplier.

Le Fayle et ses hommes savaient d'évidence que cela se produirait. Ils poussèrent leur avantage.

Avec une application sinistre, comme s'ils ne pouvaient accepter en eux-mêmes de mettre en pièces ces créatures qui ressemblaient tant à des enfants, ils se livrèrent au carnage nécessaire.

Ils utilisèrent des pinces en fer pour ramasser les corps démenbrés et les faire brûler. Bientôt, la hauteur du bûcher près de la halle fut telle que les flammes parurent lécher les cieux obscurs. Les ultimes lueurs du jour évanouies, ne resta que le brasier comme lumière dans le village.

Le feu et la fumée âcre absorbèrent lentement l'odeur froide de pourriture. Une rafale de vent envoya de la fumée dans les yeux de Térisa ; elle eut l'air d'être en larmes. Mais elle respirait à présent et ses membres recommençaient à lui obéir. Voilà donc, songea-t-elle pour distraire ses pensées du carnage, voilà donc pourquoi les corps dans les huttes brûlées d'Aperyte n'avaient pas été mangés quand tout autre « comestible » avait été dévoré ; une fois que l'acide eut mis le feu aux maisons, les goules avaient dû fuir l'incendie.

Au bout d'une minute ou deux, elle se rendit compte que Géraden la tenait dans ses bras. Il avait reçu comme elle l'âcre fumée dans les yeux ; comme elle il paraissait pleurer. L'éclat du bûcher des enfants se reflétait dans ses yeux.

Térisa le serra contre elle, l'étreignit de toute sa force. Elle se demandait quelles autres horreurs elle serait capable d'endurer.

— Je ne raconterai jamais cela à Quiss, murmura Géraden. Jamais de ma vie.

Térisa toussa, s'éclaircit la gorge. Elle se souvenait que Géraden l'avait gardée saine d'esprit sous les décombres de la salle du Congrégat et voulut lui rendre la pareille.

— Une idée sage. Si je n'en avais pas été témoin moi-même, je n'aurais pas voulu que tu m'en parles.

— Si je mets la main sur Erémis, reprit le jeune homme du même ton, je jure de le tuer.

— Seulement si tu l'attrapes avant moi.

Géraden la dévisagea à travers la poussière et les éclats du feu, parvint à lui sourire, furtivement.

— S'il se doutait de la violence de notre colère contre lui, il en aurait des sueurs froides.

Térisa parvint à lui rendre son sourire.

— Avant de te connaître, murmura-t-elle, je n'aurais jamais cru que je puisse un jour faire trembler mes ennemis.

— Vos ennemis, ma dame ? répéta Géraden en la serrant dans ses bras. Tu me fais bien trembler, moi.

Quand le Fayle vint à eux, Térisa fut capable de lui faire face.

Il descendit prudemment de cheval et s'inclina devant elle avec la raideur propre au vieillard.

— Ma dame, fit-il de sa voix qui craquait comme des feuilles sèches, vous m'étonnez. Quand nous nous rencontrâmes, je crus que Maître Erémis était la source de ma surprise mais je m'aperçois que je me trompais. La surprise devait venir de vous.

» Nous avions tendu ce piège aux goules, ma dame. Mon intention n'était nullement de vous y prendre... de vous faire courir un danger.

— Bien sûr, Seigneur Fayle.

Elle hésita à lui faire une révérence, y renonça.

— Nous étions seulement... Seigneur, voici Géraden.

— Le fils du Domne, murmura le vieil homme en regardant Géraden. Le translateur de dame Térisa de Morgan. Personnage primordial dans l'augure du Congrégat quant au péril de Mordant. Soyez le bienvenu dans le Fief de Fayle.

Géraden s'inclina devant lui. Térisa se demandait si le jeune homme et elle-même seraient encore les bienvenus quand le Seigneur viendrait à apprendre leurs talents. Elle n'eut pas le loisir de le vérifier, le Fayle poursuivait :

— Partons d'ici. Notre camp n'est guère éloigné. Nous pourrons vous offrir des mets chauds et un lit. Si vous consentez à m'accompagner, j'écouterai votre histoire dans de plus paisibles conditions.

» Au matin, les villageois entreprendront de nettoyer les lieux ; mes hommes et moi-même repartirons tenter cette même tactique ailleurs. Vous serez les bienvenus à nos côtés, si vous le souhaitez.

— Merci, Seigneur, répondit vivement Géraden.

Nous serons heureux de venir avec vous, ce soir tout au moins. Nous avons beaucoup à vous dire.

— Je n'en doute pas, acquiesça le Fayle. Peut-être saurez-vous me dire si Maître Erémis est honnête... et si j'ai eu tort de révéler ses intentions au Gouverneur Lebbick. Venez.

Il se remit en selle comme si tout son corps était perclus de douleurs. Sans doute était-il trop vieux pour les batailles, songea Térisa. Que faisait-il là ?

Elle se demanda aussi ce qu'il faudrait lui révéler ou lui taire. Géraden et elle avaient frôlé la catastrophe en se découvrant trop devant le Termigan.

Un homme lui rapporta alors le cheval hongre qu'il avait trouvé dans les bois. Et bientôt, elle chevaucha avec Géraden parmi les compagnons du Fayle, en direction de son campement.

Rassérénant et pacifique, trop bref aussi, lui parut le voyage après la violence et la peur de la bataille. L'on arriva dans une clairière au centre de laquelle crépitait un bon feu. Autour, parmi les chariots de vivres, les couchages disposés à terre, s'affairaient des serviteurs. D'autres hommes étaient présents, et beaucoup de chevaux. Quelques habitants de Naybel qui avaient trouvé refuge dans les bois venaient s'enquérir du sort de leur village. Un domestique apporta du vin chaud au Fayle et s'empressa d'aller en chercher d'autre pour les hôtes inattendus. La façon dont les hommes la dévisageaient rappela à Térisa qu'elle n'avait pas pris de bain depuis des jours. Ses cheveux devaient ressembler à des queues de rat, et ses vêtements étaient sales. Pour l'heure, elle n'y pouvait rien.

L'on apporta un siège au Fayle qui s'installa le plus près possible du feu, comme s'il avait froid. Presque aussitôt, deux autres tabourets apparurent pour Térisa et Géraden. Ils s'assirent, acceptèrent les timbales de vin chaud. Térisa en but une gorgée et oublia que trente personnes au moins la scrutaient. Parfumé à l'orange et à la cannelle, le vin était doux à sa gorge ; il chassait l'odeur des goules. Elle aurait aimé le savourer, savourer l'oubli et la détente qu'il pouvait lui donner, mais Géraden avait hâte de parler :

— Seigneur Fayle, nous avons fait une longue route pour venir vous aviser que Maître Erémis n'est point honnête. C'est lui qui translate ces goules dans votre Fief — avec Maître Gilbur, et l'ArchI-Mage Vagel, probablement.

» Nous sommes venus vous dire que le Roi Joyse a besoin d'aide. S'il ne l'obtient, Maître Erémis peut le détruire.

Par la force de l'habitude, le Fayle restait raide sur son siège. Le bleu ardent de ses iris accentuait la précision de son regard. Térisa songea qu'il n'aurait jamais pu jouer le même rôle que Joyse. Quiconque croisait ses yeux ne pouvait douter qu'il savait ce qu'il faisait, ne pouvait imaginer qu'il fût faible ou sénile.

— Il m'est réconfortant d'apprendre que Maître Erémis méritait d'être mis en échec, murmura-t-il sèchement. Nous en discuterons plus tard. Pour l'heure, sa trahison m'explique mal pourquoi je vous ai trouvés au milieu d'un piège que je tendais aux goules.

— Si, elle l'explique, Seigneur, assura Géraden. Le reste n'est que détails.

Pour des raisons que Térisa comprenait fort bien, il avançait prudemment.

— Nous arrivons de Sternwall. Le Termigan ne fut pas spécialement heureux de nous voir.

» Comme le vôtre, son Fief souffre gravement des translations d'Erémis. Nous lui avons parlé comme à vous pour lui faire comprendre que Joyse a besoin d'aide. Il n'a guère paru s'en soucier. J'estime que nous fûmes heureux qu'il nous laisse partir.

» Seigneur, je refuse que cela se reproduise. Dame Térisa et moi allons nous battre pour le Roi. Quand bien même nous devrions nous battre seuls, nous le ferons. Si vous vous dressez en travers de notre route, nous devrons également nous opposer à vous. Je préférerais me trancher les deux mains.

Tous les hommes du camp écoutaient. Certains feignaient de s'occuper de leurs armes ou de leur couchage, mais ils écoutaient. Un silence se fit dans la troupe, que n'atténuait que l'agitation des chevaux.

Le Fayle darda son regard calme sur Géraden.

— Il aura fallu que vos paroles déplaisent fort au Termigan.

Géraden acquiesça.

— Que lui avez-vous dit qu'il ne souhaitait pas entendre ? Pourquoi un allié fiable et loyal du Roi se sera-t-il méfié de vous ?

Géraden quêta un accord de Térisa. Et parce que les yeux du Seigneur étaient si franchement bleus, si précis, elle accepta de courir le risque :

— Nous lui avons dit la vérité, répondit alors Géraden. Nous sommes tous deux devenus Imageurs. Térisa est un ArchI-Mage. L'invasion des goules a dû empirer, n'est-ce pas ? Et ce, très récemment ?

Ce fut au tour du Seigneur d'acquiescer.

— C'est à cause de nous. Erémis savait que nous

viendrions ici. Du moins, l'a-t-il supposé. Nous étions d'abord à Houseldon. Puis nous sommes allés à Sternwall. Où aurions-nous pu nous rendre ensuite ?

» Il veut nous tuer avant que nous ayons trouvé le moyen de lui nuire.

— Et avez-vous trouvé ce moyen ? s'enquit sèchement le Fayle.

— Nous avons essayé. Voilà pourquoi nous étions à Sternwall — et pourquoi nous sommes ici aujourd'hui. Nous avons essayé de recueillir un soutien pour le Roi. À défaut de renforts, conclut Géraden en aspirant profondément, nous cherchons celui qui m'aidera à fabriquer un miroir.

— Vous n'avez pas de verre ? questionna le Fayle.

Géraden redressa les épaules et, dans sa voix, Térisa crut entendre vibrer une force, une étrange menace :

— Seigneur, bien des choses seraient différentes si nous possédions seulement un petit miroir. D'abord, nous vous aurions aidé à lutter contre les goules. Voilà à quoi notre talent est bon, affirma-t-il, les dents serrées.

La menace disparut de son ton.

— Malheureusement, nous sommes impuissants. Jusqu'à présent.

Le Fayle dévisagea Térisa et Géraden un moment. Il se détourna pour commander de la nourriture et plus de vin.

— Peut-être devriez-vous me raconter votre histoire, suggéra-t-il enfin. Tandis que nous dînons.

Géraden regarda de nouveau Térisa, qui acquiesça sans hésitation. Elle se souvenait de la façon dont le vieux Seigneur avait quitté la réunion arrangée par

Maître Erémis. *La Reine Madin est une femme extraordinaire*, avait-il déclaré, d'un ton où l'excuse se mêlait à quelque chose d'un peu irrationnel. *Et quel que soit mon choix, j'aurai à me justifier auprès d'elle.* Ses épaules décharnées, sa tête allongée auraient dû lui donner un air ridicule tandis qu'il se soustrayait aux intrigues d'Erémis. Il n'en avait rien été. Sa parfaite et franche loyauté l'avait rendu admirable.

Pour l'heure, Térisa ne savait qu'attendre du vieux Seigneur mais elle désirait se fier à lui.

Géraden éprouvait apparemment le même sentiment. Une fois adoptée la décision de parler franchement, il se montra plus détendu.

Néanmoins, il n'essaya pas de tout inclure dans son récit. Il espérait encore une réponse du Fayle. Aussi se limita-t-il à narrer à grands traits ce que Térisa et lui avaient appris, ce qu'ils avaient fait. Le Fayle tressaillit en entendant ce qui s'était passé à Houseldon, ce qu'il était en train d'advenir de Sternwall ; mais Géraden continua. Cela ne l'empêcha pas, à chaque fois que le vieil homme le questionna, de répondre avec plus amples détails.

Maintenant, la plupart des hommes écoutaient ouvertement. Leurs mains se crispaient sur leurs armes, sous le coup de la colère ou de la peur.

Térisa but et mangea tandis que Géraden et le Fayle s'entretenaient. Un rapide calcul à rebours lui révéla que treize jours s'étaient écoulés, *treize*, depuis sa translation hors d'Orison. En treize jours, tout avait pu arriver, absolument tout. Le Prince Kragen pouvait s'être emparé du château — et du Congrégat. Le Haut Roi Festten pouvait s'être emparé du château, du Congrégat *et* du Prince Kragen. Mais aussi, le Gouverneur Lebbick pouvait avoir planté un couteau dans le dos de Maître Erémis.

— Le problème, dit-elle quand Géraden se fut tu, est que nous sommes trop longtemps restés loin d'Orison. Treize jours pour moi, quatorze pour Géraden.

Tous les regards convergèrent vers elle, qui l'intimidèrent.

— Nous n'avons aucun moyen de savoir ce qui s'est passé dans ce laps de temps.

— Peut-être, murmura le Fayle, l'étrange *stratégie* du Roi a-t-elle porté ses fruits. Peut-être Joyse est-il d'ores et déjà victorieux. Peut-être a-t-il été vaincu, tué.

— Nous n'en savons rien, acquiesça-t-elle. Nous savons seulement que lorsque nous sommes partis, Erémis s'échinait à se fabriquer une façade d'innocence. Or, depuis, il s'est efforcé de nous tuer. Il nous craint donc encore. Cela n'est guère probant, conclut-elle dans un haussement d'épaules, mais tant qu'il aura peur de nous il restera un espoir.

— Voilà autre chose que nous pourrions obtenir avec un miroir, renchérit Géraden. Une Image d'Orison. Nous saurions ce qui s'y passe.

Le Fayle scruta le jeune homme, puis Térisa. Au bout d'un moment, il serra ses deux mains l'une contre l'autre, geste discret mais tout empreint de résignation.

— Je n'ai pas de miroir, et nul moyen d'en produire. Je n'ai pas d'Imageurs ici... qu'aurais-je fait de tels objets ? Tout ce que nous avons trouvé dans le

Fief de Fayle qui avait trait à l'Imagerie, je l'ai remis au Roi Joyse et à l'Adepte Havelock.

Lentement, son regard se déporta vers le feu.

— Sans Imageurs, mon Fief est sans défense contre ces goules. Vous avez quitté Orison depuis treize ou quatorze jours. Je ne suis pas retourné à Romish depuis que je suis rentré d'Orison. Je suis resté à cheval, à courir les villages de mon Fief... à combattre...

Jamais Térisa ne lui avait vu l'air si vieux.

— Je ne puis sortir victorieux de cette lutte. Je finirai par la perdre. Vous avez vu que j'ai échoué à Aperyte. Ce n'est qu'un village parmi d'autres qui sont morts...

Il ne regardait point ses hommes ; ses hommes ne le regardaient pas, et se taisaient.

— Ces goules sont trop nombreuses. J'ai eu du mal à réunir et à entraîner quatre troupes comme celle-ci. Je vais perdre.

— Alors, Seigneur, déclara Géraden avec une douceur où perçait une once d'autorité, vous devez vous battre autrement. Rassemblez vos hommes et partez attaquer Erémis à Esmerel. Tant qu'il reste un peu d'espoir.

Le vieux Seigneur garda le regard fixé sur le feu. Sa posture droite, raide, ne se modifia point, ne faiblit pas, mais ses mains s'abandonnèrent entre ses genoux, comme inutiles.

— Non, murmura-t-il après un long silence.

— Seigneur...

— Non, répéta le Fayle. Joyse est mon Roi... et l'époux de ma fille. Je l'aime. Je ne comprends pas sa *stratégie*. Elle me déplaît. Et pourtant, je lui garde mon attachement.

» Mais il n'a *jamais*... poursuivit-il en serrant convulsivement le poing... durant toutes ces années de guerre contre Cadwal, Alend et l'Imagerie, il n'a *jamais* requis l'aide d'un Seigneur lorsque le Fief de ce Seigneur était la proie d'attaques. Il vint à *moi*, libéra *mon* peuple. Il ne me demanda aucune aide avant que mon Fief ne soit sauf, en sécurité. Il ne me demandera rien aujourd'hui. Il ne souhaite pas me briser le cœur.

— Seigneur... tenta encore Géraden.

— Non, insista le Fayle, sans colère, mais avec une infinie tristesse. Ce soir nous avons sauvé Naybel. Vous en fûtes les témoins. Demain... ou dans cinq jours... ou dans *cinquante* jours... nous tendrons une autre embuscade, qui réussira. Les gens vivront, qui mourraient si je les laissais à la merci de ces goules.

» M'entendez-vous, Géraden ? Votre père a-t-il abandonné son Fief ? Et le Termigan ?

» Je ne laisserai pas mon peuple mourir sans défense.

— Je comprends, Seigneur, fit Géraden d'une voix aussi triste que celle du Fayle mais dépourvue d'amertume. Qu'importe la situation désespérée du Roi Joyse. Il ne voudrait pas que vous abandonniez votre propre Fief. Il n'a pas créé Mordant et le Congrégat par désespoir. Il les a créés car il partageait la même foi que vous, les mêmes valeurs.

Le Fayle continua à contempler le feu, hocha la tête.

— Merci, souffla-t-il d'une voix pareille à une brise d'hiver.

Géraden hésita puis s'aventura :

— Malheureusement, cela ne modifie pas notre problème. Comment pouvez-vous nous aider, Térisa et moi ?

Le visage que le vieux Seigneur tourna vers eux parut un instant coléreux à Térisa puis elle y distingua l'ombre d'un sourire.

— C'est exact, Géraden. Mon obstination ne vous aide pas. Vous et dame Térisa êtes Imageurs, et le mal que cause l'Imagerie doit être affronté, guéri par des Imageurs. C'est un peu votre « Fief ».

» Je vous donnerai des vivres, une carte. Et deux hommes pour vous escorter aussi loin que vous le voudrez, jusqu'à Orison, ou jusqu'à Esmerel. Ils ne vous seront d'aucun secours face aux Imageurs, mais ils sauront manier l'épée au long de votre route, si besoin est.

— Peuvent-ils nous conduire auprès de la Reine ? interrogea vivement Térisa.

Géraden fut surpris ; la Reine n'occupait pas une grande place dans ses pensées. Le Fayle haussa un sourcil étonné et son sourire fut entier cette fois.

— Voilà une bonne idée, ma dame, murmura-t-il. Mes hommes vous mèneront à elle. Elle a le droit de connaître les actes et les motivations de son époux. Car, ajouta-t-il sans plus sourire, elle a profondément souffert de sa *stratégie*. Et il n'est pas impossible qu'elle veuille agir.

— Merci, souffla Térisa.

La violence de son soulagement l'étonna elle-même. Elle savait depuis longtemps vouloir rencontrer la Reine mais elle n'avait pas mesuré combien il lui importait de ne pas repartir avant de s'être entretenue avec Madin.

Géraden la dévisagea mais ne dit mot. Il aurait pu protester contre le délai inutile, la perte de temps, faire valoir l'urgence d'atteindre Orison. Mais sa foi instinctive envers Térisa demeurait intacte. Il écarta la question et se mit à manger.

Plus avant dans la nuit, pourtant, tandis que les deux jeunes gens étaient couchés ensemble, à quelque distance des hommes du Fayle, il revint sur le sujet :

— J'ignorais que tu voulais rencontrer la Reine Madin. Ou alors est-ce Torrent qui t'intéresse ?

Térisa ne répondit pas directement, réfléchit un moment.

— Te souviens-tu de ce que le Gouverneur dit à Eléga, ce message que le Roi Joyse lui avait fait porter ? « Je suis certain que ma fille Eléga a agi pour les meilleures raisons. Ma fierté l'accompagne où qu'elle aille. Pour elle comme pour moi, je souhaite que les meilleures raisons engendrent les plus heureux résultats. »

— Oui, fit Géraden. Je n'y comprends goutte car cela ne cadre pas avec ce que t'a dit Maître Quillon.

— Attends. Te rappelles-tu encore la conversation que j'eus avec l'Adepte Havelock tandis qu'Artagel et toi étiez de l'autre côté du pilier... après qu'il nous avait sauvés des insectes ?

Géraden hocha la tête.

— Il parla de Myste et du champion du Congrégat. Il avait appelé un augure pour le Roi Joyse et l'une des Images montrait Myste avec le champion.

Géraden ne l'interrompit pas.

— Je me suis toujours demandé pourquoi il nous avait dit cela. Comme je me suis demandé pourquoi le Roi Joyse avait été si bouleversé quand je lui avais menti au sujet de Myste, lorsque j'avais prétendu qu'elle était allée rejoindre sa mère. Et pourquoi il était tellement soulagé d'apprendre qu'en réalité j'avais aidé sa fille à partir sur les traces du champion.

La patience de Géraden avait des limites.

— Vas-tu me dire ce que tu penses ?

— Je crois... Je crois qu'il y a plus dans les plans du Roi Joyse que ce que Maître Quillon a bien voulu en révéler. Je crois que ses filles y tiennent une place importante... toute sa famille y tient une place importante. Je pense qu'il voulait qu'Eléga s'allie au Prince Kragen. Je pense qu'il voulait que Myste suive le champion.

— Et tu penses qu'il attend que nous parlions à la Reine Madin et à Torrent ? N'exagères-tu pas un peu ? Après tout, il ignorait si toi ou moi possédions quelque don. Il n'avait aucun moyen de prédire notre périple jusqu'ici.

C'était vrai. Et tout en devenait plus dangereux, plus risqué. Quoi qu'il en soit, Térisa s'entêta.

— *Je* veux parler à la Reine Madin et à Torrent. À titre de précaution. Il avait raison de penser que nous devions posséder un don.

Dans l'obscurité, elle devina le sourire de Géraden.

— Ma dame, vous possédez un esprit remarquablement subtil. Ou malade... j'hésite entre les deux.

Elle glissa une main sous son pourpoint et lui agaça sans ménagement les côtes, jusqu'à ce qu'il s'excuse.

Puis elle le pinça de plus belle pour l'avoir fait.

À cause de la proximité de la troupe nombreuse, Térisa et Géraden dormirent plus qu'à l'ordinaire. Et le lendemain, deux des hommes du Fayle les guidèrent jusqu'à Romish.

La demeure seigneuriale se trouvait dans une plaine fertile étonnamment dépourvue d'arbres. Sur un mile ou deux la terre avait été défrichée pour que s'y déploient les champs qui nourrissaient la cité. Mais Térisa ne vit de Romish que les terrassements, les fortifications en terre qui la cernaient. Comme l'avait dit Myste, la Reine Madin et Torrent demeuraient dans un manoir hors la ville.

Le château avait nom Vale House ; un prince de Cadwal l'avait autrefois fait ériger pour y abriter ses parents pauvres alors que lui gouvernait le Fayle. Il se dressait dans un repli de douces collines à peut-être un demi-mile en amont de la petite Rivière Kolte qui approvisionnait en eau Romish ainsi que les champs. Pour ce qui était de la défense — Térisa se surprit à considérer la question — Vale House laissait beaucoup à désirer : un cavalier aurait pu s'en approcher au grand jour jusqu'à une vingtaine de mètres avant d'être remarqué. Cela dit, la demeure en elle-même était solide, toute en pierre — une bonne défense contre les goules — et la boiserie des portes était efficacement consolidée par du fer.

À travers la plaine baignée de crépuscule les deux hommes du Fayle conduisirent les jeunes gens jusqu'à Vale House. Ils mirent pied à terre devant les hautes portes du manoir. Les soldats demandèrent alors des torches aux serviteurs qui venaient à leur rencontre, des palefreniers pour les chevaux, et que l'on prévienne la Reine Madin. Les fenêtres du castelet s'illuminèrent comme on allumait derrière elles une multitude de bougies, de lanternes. Et quand, très vite, une femme se montra en haut des marches, ce fut dans un halo de lumière digne d'une royale souveraine du monde.

Les hommes du Fayle s'inclinèrent et reculèrent d'un pas.

Géraden fit la révérence à son tour, si bas qu'il en faillit choir.

— Dame Reine, fit-il d'une voix émue, il est doux à mon cœur de vous revoir.

— Géraden, répondit Madin d'un ton paisible, voilà une surprise. Une bonne surprise... pour l'instant, précisa-t-elle sans dureté aucune, mais du ton de celle qui sait vite comprendre et décider. Je suis heureuse de retrouver un visage amical d'Orison. Et je serai heureuse d'ouïr vos nouvelles, quelles qu'elles soient. Mais si ce vieux fou de Joyse vous envoie ici pour plaider sa cause, ajouta-t-elle, oubliez votre mission et passez votre chemin. Je ne vous recevrai point.

— Dame Reine, répéta Géraden, s'inclinant cette fois pour dissimuler un sourire, je vous présente dame Térisa de Morgan.

— Ah, dame Térisa, fit la Reine. Mon père a parlé de vous à son retour d'Orison.

À cause du contre-jour provoqué par le crépuscule et la demeure illuminée, Térisa ne distinguait pas les traits de la souveraine.

— Ma dame... Géraden... soyez les bienvenus à Vale House. Entrez, je vous prie.

Elle se détourna et rentra dans la lumière.

Géraden toucha l'épaule de Térisa, l'entraînant vers les marches et le porche. Un instant, la jeune femme se laissa envahir par la conviction fulgurante d'avoir fait le bon choix en venant ici. La joie sur les traits radieux de Géraden le lui disait, et la grandeur dont il semblait doté, et l'ardeur de son regard. Il aurait pu paraître ainsi devant son Roi, si celui-ci n'avait été si studieusement occupé à briser sa loyauté.

Elle glissa son bras sous le sien et le pressa contre elle pour passer avec lui la porte de Vale House.

Ils suivirent la Reine et un serviteur le long du vaste couloir décoré de tapisseries et de portraits, sur lequel donnaient plusieurs portes, et qui se terminait par un large escalier. La Reine Madin ouvrit une porte sur sa gauche ; le domestique la tint pour les hôtes qui pénétrèrent alors dans une sorte de grand salon. Une cheminée où crépitait un bon feu occupait presque tout le mur du fond ; deux divans profonds et quatre ou cinq fauteuils somptueux étaient disposés en demi-cercle devant l'âtre, le dos tourné aux trois autres murs lambrissés. La Reine demanda au serviteur de chercher du vin puis pria ses invités de s'asseoir ; elle, demeura debout près du manteau de la cheminée.

Ni Térisa ni Géraden ne s'assirent. Géraden, par politesse, Térisa par distraction. Elle pouvait enfin dévisager la souveraine.

Jusqu'à cet instant, elle n'avait pas douté que la Reine lui rappellerait Eléga. Myste évoquait davantage son père ; son rire si pareil au sourire du Roi abolissait les dissemblances de moindre importance. Et à cause de ce contraste si prononcé entre les deux sœurs, Térisa s'était attendue à retrouver tout Eléga dans la Reine Madin.

Or, à la lumière du feu, des nombreux chandeliers, des lampes, elle découvrait qu'elle s'était trompée. Il lui apparut que toutes deux, Eléga comme Myste, ressemblaient en fait à leur père. Madin restait une femme radieuse, en dépit du passage du temps ; son regard était fort, et les années n'avaient pas privé ses manières de leur fermeté légendaire. Mais ses traits étaient tout à la fois trop émoussés et trop francs pour se faire le modèle des visages de Myste et d'Eléga.

Mais ce qui paralysa Térisa ne résidait point dans l'apparence de la souveraine mais dans son port : elle se tenait comme doit se tenir une reine, comme si non seulement son autorité mais le sage usage qu'elle en faisait lui étaient si naturels qu'ils ne pouvaient être mis en doute. Elle était bien la fille du Fayle, par plus d'un aspect, jusqu'à ce chagrin latent qui ne se lassait point de miner le vieux Seigneur. Cependant, peut-être grâce à une charpente plus solide, il émanait d'elle plus de personnalité, plus de capacité et plus de volonté à faire agir les êtres selon ses désirs.

L'échec qu'elle avait essuyé en tentant d'arracher Joyse à sa passivité, de faire renaître le grand souverain de Mordant devait lui être une blessure plus vive, plus humiliante que tout ce qu'elle avait enduré dans sa vie.

Or, elle n'affichait aucun apitoiement sur elle-même, pas même de peine. Elle détaillait ses deux hôtes d'un regard perçant. Et elle parut considérer Géraden avec un intérêt tout particulier, comme s'il l'intriguait plus que Térisa qui était venue d'un autre monde. Elle ne tarda pas à le confirmer.

— Géraden, vous avez changé.

Nullement, songea Térisa qui l'avait vu revenir du désespoir pour renouer avec l'essence de son être.

Puis elle réfléchit. En vérité, il avait changé. Il avait tout simplement perdu sa maladresse, son regard de chiot joueur, l'impression qu'il avait longtemps donnée d'être un petit garçon caché dans le corps d'un homme.

Comme pour accentuer la métamorphose, il sourit sans embarras à sa Reine.

— Grâce à l'influence de Térisa, dame Reine. Elle m'a contraint à cesser de m'excuser à tout propos.

— Non, le contredit la souveraine. La différence est que vous êtes en paix avec vous-même, affirma-t-elle certaine de son jugement. Vous êtes devenu Imageur.

Il eut un geste presque dépréciateur pour lui-même mais soutint le regard de Madin.

— J'ignorais que cela se voyait.

— Oh, si, Géraden, cela se voit. Plus personne aujourd'hui ne vous prendrait pour l'éternel Aspirant gauche qui a si longtemps servi le Congrégat.

» Quant à vous, ma dame, poursuivit-elle en se tournant vers Térisa, je vous devine moins bien. Sans doute celez-vous mieux les surprises que vous me réservez. Vous avez tous deux beaucoup à me dire.

— En effet, dame Reine, répondit Géraden. Mais donnez-nous d'abord de vos nouvelles. Ainsi que des nouvelles de Torrent.

La Reine secoua la tête.

— Ce que j'ai à dire de moi-même dépendra entièrement du fait que je sache si vous êtes ou non envoyés par ce vieux gâteux de Roi. Vous ne m'avez pas répondu tout à l'heure.

— Le Roi Joyse ne nous a pas dépêchés en ambassadeurs, répliqua Géraden d'un ton égal. Il serait d'ailleurs *étonné* de nous savoir ici.

La Reine Madin reçut cette assertion comme une blessure profonde qu'elle n'avait pas l'intention de montrer, et sa voix se dota d'une dureté involontaire :

— En ce cas, Géraden... Torrent et moi-même nous portons bien. Mais pas aussi bien que si nous étions avec toute notre famille. Nous payons cher les aberrations du Roi.

» Allez-vous rester debout ? Voici justement le vin, fit-elle en voyant revenir le serviteur avec un plateau d'argent. Et Torrent ne va certainement pas tarder à nous rejoindre.

Effectivement, la porte se rouvrit bientôt.

Térisa tourna la tête pour voir la deuxième fille du Roi Joyse et de la Reine Madin s'approcher du feu.

Le maintien de Torrent, ses yeux baissés, et sa robe modeste, produisaient deux impressions simultanées : d'abord, sa timidité faisait, par contraste, paraître Myste et Eléga comme deux extraverties ; et ensuite, malgré cette timidité, l'on retrouvait en elle l'image exacte de sa mère. Elle aurait pu être l'ombre de la Reine Madin, son reflet. Seules l'attitude décidée, l'assurance de la Reine lui manquaient.

— Torrent, voici Géraden et dame Térisa de Morgan. Ils nous portent beaucoup de nouvelles. Térisa a accompli ce que tous les Maîtres du Congrégat ensemble n'étaient pas parvenus à faire : elle a fait de Géraden un Imageur.

Torrent s'arrêta au milieu des sièges. Le regard qui se révéla entre ses cils légèrement levés était si hésitant et si plein d'émerveillement que Térisa en rougit.

— En l'occurrence, murmura Géraden avec humour — peut-être pour Torrent, peut-être pour Térisa —, je ne crois pas que ce soit un grand bienfait. Jusqu'à présent, tout ce que j'ai tiré de ce changement est que l'on veut ma mort.

» Dame Torrent, continua-t-il, je suis heureux de vous voir. Quand vous et la Reine avez quitté Orison, je ne croyais pas avoir de nouveau ce privilège.

— Oh, « privilège », Géraden, protesta la jeune fille, confuse malgré la pâleur de ses joues. Vous vous moquez.

Sans lui laisser le temps de protester, elle se tourna bravement vers Térisa.

— Je suis certaine que Mère vous a souhaité la bienvenue, ma dame, mais permettez-moi de joindre mes vœux aux siens. Grand-père — le Fayle — nous a dit tout ce qu'il savait de vous, mais il ne nous a, de ce fait, rendues que plus curieuses. Je crains que nous ne vous lassions de questions.

— Je vous en prie, répondit Térisa qui se surprit à rougir. Appelez-moi Térisa. Myste et Eléga me nomment ainsi.

Elle avait trouvé le moyen de mettre Torrent à l'aise. La jeune fille sourit et parut un peu plus sûre d'elle.

— Vous les connaissez donc ? Bien sûr, puisque vous étiez à Orison. Êtes-vous amies ? Comment vont-elles ?

Après une hésitation, un bref regard vers sa mère, elle ajouta :

— Et Père ? Comment est-il ?

— Torrent, intervint la Reine avec gentillesse et fermeté tout à la fois, asseyons-nous toutes deux.

Sinon, Géraden et dame Térisa resteront debout toute la nuit.

Avec la convaincante apparence d'une femme dépourvue de volonté propre, Torrent prit immédiatement place sur le siège le plus proche.

La Reine Madin s'installa près du feu. Géraden et Térisa s'assirent d'eux-mêmes sur un divan entre leurs deux hôtesses. Le serviteur leur porta promptement des verres de vin sur le plateau puis déposa celui-ci près de Torrent avant de s'éclipser.

— Vous êtes fatigués par votre voyage, fit Madin après avoir bu une gorgée de vin. Vous pourrez prendre un bain et vous restaurer très bientôt. Et vous vous reposerez autant que vous pouvez vous le permettre. Mais comprenez que nous sommes avides de nouvelles. Ici, à Vale House, nous ne recevons même pas les rumeurs de Romish, autant vous dire que les vérités d'Orison nous sont inaccessibles. Comment vont Eléga et Myste ? Comment va le Roi ? ajouta-t-elle d'une voix plus rauque.

Géraden hésitait à présent ; la métamorphose tout à l'heure soulignée par la Reine sembla l'abandonner un instant. Térisa le comprenait. Son propre cœur était lourd soudain des souffrances, présentes ou à venir, qu'elle percevait autour d'elle. Il se pouvait que la Reine et Torrent accueillent avec joie les nouvelles de leur époux et père ; cela se pouvait mais c'était peu probable.

— C'est délicat, commença prudemment Géraden. Je puis difficilement vous dire une chose sans vous dire tout... et je ne sais par où commencer. Je ne trouve pas le moyen de ne point rendre tout cela fort douloureux.

Torrent contemplait ses mains mais Térisa vit qu'elle respirait profondément pour s'apaiser. La Reine Madin, quant à elle, accueillit sans ciller l'incertitude de Géraden.

— Dites-nous la vérité, suggéra-t-elle brutalement. Les spéculations sont plus douloureuses que n'importe quelle nouvelle.

Géraden hésitait toujours.

Aussi fut-ce Térisa qui prit le relais, car elle savait l'ignorance pire que la connaissance.

— Le Roi sait ce qu'il fait, déclara-t-elle. Il agit à dessein.

Torrent ne releva pas les yeux mais parut se figer sur son siège.

— À dessein, répéta la Reine. Voilà, ma dame, qui appelle une explication,

— C'est vrai, renchérit Géraden. Térisa en sait plus sur le Roi, ses raisons, ses intentions, que quiconque. Elle a eu plusieurs conversations avec lui... il a accepté de répondre à certaines de ses questions. Il s'est écarté de sa ligne de conduite pour lui donner quelques explications. Sans doute parce qu'elle était venue à Orison de façon si étrange. Par une translation impossible — du moins la jugeait-on impossible avant que je m'aperçoive que je pouvais la provoquer à mon gré. À l'évidence, Térisa en était devenue importante. Elle faisait partie de l'augure du Congrégat. Nous ignorions quel était son don mais il était évident qu'elle possédait un pouvoir sans précédent.

Il s'interrompit brusquement, reprit :

— Aux dernières nouvelles, Eléga se portait bien. Nous ne savons rien de Myste.

— Il s'agit d'un piège, dame Reine, essaya d'expliquer Térisa. Le Roi tend un piège destiné à ses ennemis, aux ennemis de Mordant. Il les savait terriblement puissants et ignorait qui ils étaient. Aussi, redoutait-il leur force croissante, et craignait-il de les voir vaincre Alend ou Cadwal, ou les deux, et de se retrouver seul face à ce pouvoir décuplé, de plus en plus fort, trop fort pour lui, trop fort pour quiconque. Il avait peur de perdre tout, s'il ne les découvrait, s'il ne les arrêtait.

— Évidemment, commenta sèchement la Reine. N'importe quel fou sait cela.

— Alors, il feignit de s'affaiblir.

La Reine Madin dévisagea la jeune femme.

— Je ne vous crois pas. C'est ridicule ! À quoi la faiblesse est-elle bonne ? Est-elle une arme contre les Imageurs, contre les armées ?

Elle aurait protesté davantage si Géraden n'était intervenu, la faisant taire d'un geste tout empreint d'autorité.

— Écoutez-nous, dame Reine, souffla-t-il doucement. Je vous supplie de nous écouter.

— Je suis désolée, murmura Térisa. C'est la vérité.

» Il paralysa sa propre force. Il rendit tout acte effectif impossible au Congrégat. Il brida le Gouverneur. Il abandonna le Perdon sans renforts. Il insulta le Prince Kragen — le Fayle vous l'aura certainement dit. Il s'appliqua à se faire passer pour fou. Il... Il fit de son mieux pour éloigner les siens. Il se débrouilla pour punir les êtres comme Géraden de leur loyauté.

Elle aurait dû mentionner le fils du Tor mais elle n'en eut pas le cœur.

La Reine demeura immobile, sans afficher d'autre

réaction qu'une subtile rougeur sur ses joues. Torrent respirait si difficilement qu'elle semblait haletante.

— Dame Reine, il se transforma lui-même en *cible*. Ainsi ses ennemis se tourneraient-ils *contre lui* au lieu de happer progressivement Alend puis Cadwal puis Mordant, jusqu'à devenir trop puissants pour être vaincus. C'était une ruse, une mystification pour amener ses ennemis à tenter de le détruire avant que d'être invincibles.

Le Domne en avait parlé. Le Roi Joyse voulait sauver le monde. Il se permettait de blesser ceux qu'il aimait car sauver le monde était plus important que toute autre chose.

C'était un terrible fardeau à porter.

Quand bien même cela n'était pas non plus facile pour ceux qu'il aimait.

Brusquement, la Reine se leva.

— Pourquoi ? questionna-t-elle d'un ton qui donna envie à Térisa de se cacher sous le divan. Si cela est vrai, pourquoi ne m'a-t-il rien dit ?

Elle ne criait pas mais c'était encore pire.

— Ne me faisait-il pas confiance ? Croyait-il que je ne comprendrais pas ? Que je *n'approuverais* pas ?

Géraden se leva à son tour pour lui faire face.

— Dame Reine, s'enquit-il doucement, qu'auriez-vous fait s'il vous l'avait dit ?

— Je ne serais pas *venue* ici. Je serais restée à ses côtés au lieu de donner à penser à tout le monde que je n'avais plus d'amour pour lui ni pour ses idéaux ni pour le royaume.

Géraden posa sur Térisa un regard douloureux, tout empli de peine. Elle se leva à son tour mais ce fut lui qui poursuivit :

— Voilà l'explication, dame Reine. Vous seriez restée à ses côtés. Et lors, vous voyant prendre ce parti, nul n'aurait cru à son affaiblissement. Ou alors, l'on aurait su que vous étiez là pour prendre les décisions à sa place, vous, Reine Madin, fille du Fayle, la femme la plus extraordinaire d'Orison. Son piège eût été vain. Nul n'y fût tombé.

» Et s'il vous avait demandé de partir ? continua Géraden. S'il vous avait exposé ses plans et vous avait priée de coopérer en l'abandonnant ? L'auriez-vous admis ? Seriez-vous demeurée ici... quoi ? deux ans maintenant ?... en sachant qu'il risquait sa vie et tout ce en quoi vous croyiez tous deux ?

Il parlait vrai, aussi blessantes que fussent ses paroles. Mais Térisa qui l'écoutait savait que cela devait être dit et lui était reconnaissante de n'avoir pas eu, elle-même, à prononcer ces mots.

La Reine Madin souffrait, l'on ne pouvait s'y tromper. Elle venait de recevoir un coup terrible.

— Dame Reine, reprit Géraden d'une voix lourde de regret, si cette stratégie doit réussir — si cette chance existe de sauver Mordant — que vouliez-vous qu'il fît ?

— Oh, Père, s'exclama Torrent, prise d'une telle détresse qu'elle regarda Géraden sans timidité, sans retenue, qu'ai-je fait ? J'aurais dû rester auprès de toi. Comme Myste et Eléga.

— Non, Torrent.

La Reine parlait, oublieuse des larmes qui trempaient ses joues, de l'étau de douleur qui l'étreignait.

— Nous lui aurions brisé le cœur. Il lui fut difficile de nous éloigner. Il lui eût été plus terrible d'échouer... et de perdre ainsi sa chance de sauver son royaume.

— Mais il a enduré tant de souffrances... et nous l'avons laissé les porter seul. Je l'ai abandonné. Il ne souhaitait pas nous faire du mal. Son cœur est d'ores et déjà brisé... sinon aurait-il pris ce parti désespéré... ?

Assise, Torrent semblait toute petite et impuissante, trop petite pour comprendre ou pour se laisser consoler. En dépit de sa propre peine, la Reine chercha pourtant à la réconforter :

— Chut, enfant. Ne te hâte pas de le doter du désespoir. Ton père a toujours pris des risques. N'envisageons pas le pire avant qu'il n'advienne.

Puis elle essuya ses yeux et se tourna franchement vers Térisa et Géraden.

— Maintenant, déclara-t-elle, presque avec férocité, vous devez me dire quelle fut l'issue de la feinte faiblesse du Roi.

Géraden hocha la tête. Térisa murmura un petit « oui ».

Par morceaux décousus, à coups d'aller et retour au fur et à mesure que les détails leur revenaient, que les développements s'imposaient, ils narrèrent leur histoire avec autant de cohérence qu'ils le purent.

Et tandis que se déroulait leur récit, la Reine sous leurs yeux devint une autre femme. Elle parut puiser ce qui devait la soutenir dans les événements qu'ils lui décrivirent, les implications qu'ils mirent en lumière. Elle avait su, bien sûr, le désastre causé par le champion du Congrégat, comme l'étrange tentative de Maître Erémis d'allier les Seigneurs des Fiefs avec le Prince Kragen et le Congrégat, ce rappel ne lui causa aucun effet. Mais la présence — et la liberté de mouvement — du Bras-Vif du Haut Roi dans Orison lui fit redresser les épaules, comme d'ouïr le traitement que le Roi Joyse avait infligé au Perdon et au Prince Kragen. La folle et vaillante quête de Myste sur les traces du champion lui fit briller les yeux. Et les intrigues ourdies par Eléga, avec Nyle et le Prince, pour trahir Mordant — complots que Géraden exposa laborieusement tant la révélation de ces faits lui paraissait blessante —, parurent redonner une couleur de jeunesse aux joues de la Reine.

— Courageuse Eléga, murmura-t-elle, comme si elle eût fait la même chose à la place de sa fille.

Mais quand elle entendit qu'Orison était assiégé, elle interrogea, avec une raideur martiale :

— Mais alors que faites-vous *ici* ? Pourquoi n'êtes-vous pas *là-bas* à vous battre pour le Roi Joyse et pour Mordant ?

— Dame Reine, répliqua Géraden, nous avons encore beaucoup à vous dire.

La Reine marqua une pause, non parce qu'elle hésitait mais simplement pour laisser s'assembler toutes les forces qui couvaient en elle.

— Attendons un peu, déclara-t-elle de façon surprenante. Jusqu'au dîner peut-être. Je n'ai pas le temps maintenant.

Et aussitôt elle frappa deux fois dans ses mains pour appeler un serviteur.

Celui qui avait servi le vin apparut à la porte.

— S'il vous plaît, conduisez Géraden et dame Térisa à leurs chambres. Préparez-leur un bain et des vêtements propres. Nous dînerons dans une heure. En attendant, amenez-moi les hommes du Fayle.

» Viens, Torrent. Nous avons fort à faire.

Comme le domestique s'inclinait, Madin gagna la porte du pas d'une reine qu'aurait suivie toute une procession.

Torrent bondit sur ses pieds et se pressa après sa mère.

Géraden échangea un regard interloqué avec sa compagne puis trouva la témérité de s'enquérir :

— Dame Reine, qu'allez-vous faire ?

— « Faire » ? répéta Madin depuis le seuil. Mon époux et ma demeure sont assiégés. L'une de mes filles s'est alliée avec Alend. Une autre — si elle vit encore — court les routes, telle une folle, derrière un champion venu d'un autre monde. Je ne resterai pas en dehors de tels événements. Je pars pour Orison.

» J'ai l'intention d'y être dans trois jours.

Elle quitta la pièce avec, sur ses talons, une Torrent bouche bée.

Un long moment, Térisa et Géraden restèrent pétrifiés, comme s'ils attendaient que le plafond s'écroule sur leurs têtes.

— Au moins, souffla enfin Térisa pour secouer sa torpeur, elle nous laisse le temps d'un bain et d'un repas.

— J'aurais dû prévoir cela, fit Géraden. Je la connais depuis assez longtemps.

» À dire vrai, conclut-il dans un geste défaitiste, je l'ai toujours bien aimée.

Térisa fut sourdement troublée de songer alors à sa propre mère, qui n'avait en rien ressemblé à la Reine Madin. Et elle, Térisa, aurait si aisément pu se modeler à l'image de sa génitrice : passive et falote, toute passion endiguée, cachée. Si Géraden n'était venu...

Glissant son bras sous le sien, comme une promesse, elle l'accompagna hors du salon.

Le dîner autour de la longue table dans la solennelle salle à manger de Vale House s'avéra être une curieuse expérience.

L'abondance de bougies faisait briller ornements et lambris. Le tapis était épais, et moelleux les coussins sur les chaises. Térisa et Géraden n'avaient pas absorbé depuis longtemps d'aussi savoureux mets ; et le vin était quasiment d'égale qualité. Quant au fait pour les invités d'être nettoyés de la tête aux pieds, d'être vêtus de vêtements propres, de sourire à la perspective d'un lit douillet et frais, ce leur était un luxe presque indécent.

Torrent se montra fascinée par la personnalité de Térisa aussi bien que par l'histoire de Géraden. Avant d'avoir terminé sa soupe, elle était si captivée par ce qu'elle entendait qu'elle en oublia sa timidité. Elle fut indignée des manipulations de Maître Erémis, horrifiée par le meurtre de Maître Quillon. Les sauvetages successifs de Térisa face aux coups de Gart l'alarmèrent rétrospectivement. Et si elle eut de la peine pour le Gouverneur Lebbick, elle ne put refréner un tremblement à l'écoute de ce qu'il avait fait subir à la jeune femme. Les blessures d'Artagel et le malheur de Nyle la touchèrent au cœur. La révélation du don de ses hôtes l'émerveilla. Elle ouït la destruction de Houseldon et l'imminence de l'effondrement de Sternwall les lèvres entrouvertes et les joues brûlantes.

Sans le vouloir, sans le savoir, elle rendit le dîner aussi plaisant que possible à ses convives.

Ce fut la Reine Madin qui lui donna un aspect bien étrange. Elle ne parut pas entendre un mot de ce que disaient Térisa et Géraden.

Non qu'elle fût distraite ou confuse ; elle était tout bonnement absente. Son esprit volait ailleurs avec une telle ardeur qu'elle n'avait plus aucune attention à accorder à des détails tels que la fausseté d'Erémis ou les détresses successives du Gouverneur Lebbick.

De par cette atmosphère, Térisa comme Géraden furent incapables de se détendre. Térisa se surprit à songer que la Reine était peut-être trop âgée pour se lancer dans un périlleux périple vers Orison ; aussi résolut-elle de parler à Torrent à l'issue du repas, dans l'espoir de convaincre la fille de dissuader la mère de se lancer dans cette aventure.

Cela ne devait pas se passer ainsi. Le dîner achevé, la Reine emmena Torrent avec elle. Au lieu d'un bonsoir formel, elle avisa ses hôtes que les hommes qui les avaient conduits à Vale House s'occupaient de trouver des chevaux de relais à Romish.

— Ainsi, n'aurons-nous pas besoin de nous arrêter trop souvent en route. Nous partirons dès que la lumière du jour effleurera le pied des montagnes.

Térisa regagna sa chambre avec Géraden, troublée que leur visite à la Reine n'eût pas engendré ce qu'elle en attendait. Même si elle ne savait précisément ce qu'elle avait espéré.

— Est-ce une bonne idée ? demanda-t-elle à son compagnon lorsqu'ils furent seuls.

— Quoi donc ? fit-il avec une feinte ingénuité. De gagner Orison en trois jours seulement ?

Térisa dut le frapper pour exiger son attention.

— Bien sûr, idiot ! N'est-elle pas trop âgée pour se lancer dans cette course ?

— *Tu* le lui diras... si tu en as le courage. Non, ce n'est pas le voyage qui m'inquiète, reprit-il, sérieux cette fois. Qu'elle soit ou non capable d'y parvenir. Nous n'y pouvons rien. C'est le siège qui me soucie. Le Prince Kragen et ses dix mille hommes. Ou, pire encore, le Haut Roi Festten avec deux fois plus de soldats.

» Comment espère-t-elle arriver jusqu'à Orison ? Si l'on suppose que le château n'a pas encore été investi... Quand ils sauront qui elle est, les ennemis ne lui feront pas une allée d'honneur jusqu'aux portes d'Orison. Elle est l'otage idéal. Le Roi Joyse a pu renvoyer le Perdon, il a pu ravaler sa bile après ce qui est arrivé au fils du Tor, il a même pu laisser partir Myste et Eléga... mais il ne restera pas tranquillement à sa place si jamais le Haut Roi Festten menace son épouse.

» Elle représente la seule arme dont Alend ou Cadwal auraient besoin pour le vaincre.

À cette idée, le ventre de Térisa se serra.

— Parfait, murmura-t-elle. Je suis ravie que tu me dises cela.

— Dors bien.

Avec un sourire malicieux, Géraden lui tourna le dos dans le lit.

Elle dut le battre à nouveau pour qu'il revienne à elle.

Pour une multitude de raisons, ils ne dormirent guère ni l'un ni l'autre. Bien avant l'aube, ils étaient debout, habillés, et allèrent prêter la main aux préparatifs du voyage.

Au-delà de la protection des murs du manoir, l'air était plus frais qu'il ne l'avait été depuis plusieurs jours. Et malgré la teinte grisâtre d'avant l'apparition du soleil, l'atmosphère était d'une telle clarté, la visibilité d'une telle précision que Térisa frissonna. Elle serra autour de ses épaules le court manteau que lui avait donné le Termigan et essaya d'oublier combien elle était fatiguée.

Le plancher du porche craqua sous ses pieds.

Depuis Vale House, les collines qui enserraient la Rivière Kolte paraissaient plus importantes que la veille au soir, qui dressaient dans l'aube leur sombre silhouette. Le monde s'étirait au-delà d'elles, complètement caché. Térisa se souvint combien Vale House semblait facile à prendre.

Mais l'heure n'était pas aux pièges, aux embuscades, se raisonna-t-elle. Même les scélérats et les traîtres dormaient à cette heure. Et les deux hommes du Fayle étaient déjà revenus de Romish, avec un palefrenier pour prendre soin des chevaux, ainsi qu'un serviteur qui veillerait aux besoins de la Reine et de sa fille. Quant aux chevaux...

Il y en avait bien seize ou dix-sept, qui occupaient le terrain en creux entre le manoir et la rivière. Les montures de Térisa et de Géraden, celles des quatre hommes et des deux femmes, un animal pour porter les vivres. Et un autre cheval pour chacun, afin que les bêtes se reposent de leur charge quand la Reine continuerait à faire aller grand train son équipage.

Les chevaux frappaient le sol de leurs fers, secouaient leur crinière ; deux ou trois hennissaient doucement. Leur sellerie cliquetait, produisant un son qu'amortissait le cuir. Le garçon d'écurie s'affairait au milieu d'eux, ajustant les selles et serrant les sangles de ceux qui seraient montés les premiers. Le serviteur s'occupait de vérifier les vivres et le matériel nécessaires au voyage.

Parce qu'elle avait froid et souhaitait s'activer, Térisa demanda à Géraden :

— Crois-tu que nous devrions tenter de la dissuader ?

Géraden haussa les épaules. Le jour gris dissimulait légèrement ses traits.

— J'essaierai. Mais n'espère pas trop.

Au-dessus des collines, le ciel prit une teinte de perle mais sans l'aspect lisse et doux de la nacre. Il demeurait profond, impénétrable. L'approche du soleil rendit les collines plus noires encore, comme si elles se resserraient autour de la rivière et de Vale House, les enserraient. Même si le reflet du cours d'eau dans l'air piquant du matin faisait jaillir de furtifs éclats argentés sur les courbes des rondeurs pentues.

Térisa continuait à frissonner.

Au bout d'un moment, la Reine Madin apparut sous le porche, Torrent à son côté. La lumière croissait : Térisa vit que les deux femmes étaient enveloppées de chauds manteaux, bottées jusqu'aux genoux, et la tête entourée d'une écharpe pour retenir leurs cheveux dans la course à cheval.

— Sommes-nous prêts ? demanda la Reine à qui pourrait lui répondre. Pouvons-nous partir ?

— Dans un moment, dame Reine, répondit le palefrenier qui vérifiait les fers des chevaux.

Géraden s'éclaircit la gorge.

— Dame Reine, êtes-vous certaine d'agir avec sagesse ? J'ai quelques inquiétudes.

La Reine ne le regarda pas ; elle gardait les yeux fixés sur la découpe lointaine des collines.

— Géraden, vous me sous-estimez si vous pensez que vos « inquiétudes » sauront se dresser entre mon époux et moi.

— Peut-être est-ce vous *qui* me sous-estimez, dame Reine, répondit-il d'un ton quelque peu tranchant. Vous ignorez de quelle nature sont mes doutes.

— Vraiment ? rétorqua-t-elle, toujours sans le regarder. Vous craignez que je sois prise en otage par les forces qui assiègent Orison.

— Oui.

— Votre souci est fondé. Mais je n'ai pas l'intention de permettre à Alend ou à Cadwal de se servir de moi contre le Roi.

Elle marqua un temps avant d'ajouter :

— Il vous reviendra de m'aider à écarter ce danger.

— Bien, dame Reine, acquiesça sombrement Géraden.

Térisa posa une main sur le bras de son compagnon et le serra légèrement.

Le garçon d'écurie éleva la voix par-dessus les rumeurs chevalines pour donner le signal du départ.

— Un instant, s'exclama soudain Torrent. J'ai oublié quelque chose.

Sans laisser à quiconque le temps de réagir, elle disparut dans le manoir.

La visibilité, la clarté parfaites du paysage ne laissaient pas de troubler Térisa. La découpe de chaque colline au-delà de la rivière se détachait avec presque trop de relief. Une impatience agitait tout et tous, les bêtes, la Reine, même Géraden qui semblait gagné par une frénésie encore sourde. Le garçon d'écurie et le serviteur attendaient. Les hommes du Fayle amenaient les montures vers le porche pour aider la Reine à se mettre en selle.

Ce fut alors qu'*une sensation de froid, légère comme une plume, et tranchante comme une arête de métal, la toucha droit au ventre.*

— *Géraden !* cria-t-elle, dans un désespoir aussi violent que soudain. Une translation se prépare !

Dans un même élan, une seule volonté, les deux jeunes gens saisirent les bras de la Reine Madin et lui firent dévaler les marches du porche, courir au milieu des chevaux.

Térisa eut le temps d'entendre un homme jurer comme si une bête lui avait donné un coup de sabot. Elle nota la stupeur de la Reine, sa propre promptitude. Elle sentit plus qu'elle ne vit les chevaux attachés resserrer leurs corps chauds et lourds autour d'elle, se réfugier flanc contre flanc, broncher, se faire les proies de la panique.

Et puis elle se tourna à temps pour voir le ciel vide cracher une chute de pierre sur le toit de Vale House.

Éboulement aussi formidable qu'une avalanche. Quelques rocs lourds, énormes, atteignirent la cible, suivis, dans un bruit déchirant de tonnerre, par le flanc d'une montagne qui dévalait,

Nul édifice n'aurait résisté. Les greniers de Vale House s'effondrèrent jusqu'à l'étage des chambres.

— Torrent ! hurla la Reine. *Torrent !*

Elle lutta pour libérer ses bras de l'emprise de

Térisa et Géraden, pour tenter de courir vers le manoir, mais les jeunes gens ne la laissèrent pas faire.

Un cheval effrayé les heurta tous de son arrière· train et leur fit perdre l'équilibre.

La chute de pierres continuait et le fracas terrible donnait à penser que les collines elles-mêmes se mettaient à trembler et allaient voler en éclats. Le premier étage du manoir tint bon jusqu'à ce que le poids fût trop lourd. Alors, pan après pan, pièce après pièce, il s'écrasa sur le rez-de-chaussée.

Rebondissant comme des balles, les rocs énormes jaillirent du désastre et retombèrent dans le gouffre creusé par les ruines. Un cheval poussa un affreux hennissement ; d'autres renâclèrent, s'agitant en des cercles fous. Attachés, ils n'avaient aucun moyen de fuir. Derrière Térisa, le garçon d'écurie reçut un coup de sabot mortel. Elle ne compta pas les pierres qui la manquaient. L'avalanche et les chevaux affolés faisaient un tel vacarme qu'elle n'entendait ni les roches plonger dans la rivière, ni les cris ni les ordres ni les avertissements.

Progressivement, l'avalanche s'amenuisa. Les rocs monstrueux devinrent des pierres de plus en plus petites, presque du gravier, presque de la poudre.

Térisa garda les yeux écarquillés dans le tonnerre qui s'éloignait et les lourds nuages de poussière qui salissaient l'aurore.

Son immobilité hébétée faillit lui coûter la vie.

Des hommes à cheval étaient apparus au milieu du chaos, une demi-douzaine au moins. Ils précipitèrent leurs montures vers les chevaux attachés.

L'un d'eux assomma Géraden, qui, de ce fait, ne

les vit même pas. Un autre coinça Térisa au sein du piétinement frénétique des sabots des bêtes.

Et pourtant, tout en se protégeant la tête, en se roulant en boule pour se garder, elle eut le temps de voir trois des hommes mettre pied à terre et s'emparer de la Reine.

Elle eut le temps de voir qu'ils étaient armés et portaient l'armure qu'elle avait vue sur les hommes du Prince Kragen.

Des soldats d'Alend.

Ensuite, les sabots furieux l'assaillirent de tous côtés, levèrent autour d'elle une poussière épaisse ; elle ne put que se recroqueviller davantage et fermer les yeux en attendant que les bêtes la tuent ou s'éloignent.

Elles s'éloignèrent. Géraden s'était remis debout ; il hurla contre les chevaux, les contraignit à reculer. Enfin, il atteignit Térisa et la releva.

— La Reine ? questionna-t-il, haletant. Où est la Reine ?

En même temps, la voix d'une femme hurlait :

— Mère ? Mère !

Stupéfaite, Térisa se retourna, entraîna Géraden avec elle.

Torrent se tenait au milieu des ruines du porche, les bras droits, rigides sur ses flancs, un couteau dans l'un de ses poings refermés. Elle ne regardait ni le gouffre béant des ruines de Vale House, ni les chevaux, ni Térisa et Géraden ; son visage était levé vers le ciel.

— *Mère !*

Térisa essaya de s'arracher à l'agitation des chevaux pour atteindre Torrent avant que celle-ci ne devienne folle. Géraden avec elle, elle franchit l'amas de ruines, les poutres effondrées jusqu'à l'ancien porche.

— Elle n'a pas été tuée ! cria-t-elle. Ils l'ont emmenée ! Ils l'ont enlevée !

Maître Erémis avait tendu un autre de ses pièges imparables. Mais ce dernier changeait tout. Alend ! Il était donc allié avec Alend ? Aussi bien qu'avec Gart et le Haut Roi ? Mais que se passait-il *en vérité* ?

Aux cris de Térisa, Torrent finit par baisser la tête et par poser des yeux hagards sur la jeune femme.

— Comment ?

— Comment ? répéta Géraden. Enlevée !

— Des soldats sont venus, expliqua Térisa qui entendait encore le tonnerre gronder en écho jusqu'au fond d'elle-même. Des soldats d'Alend. Ils l'ont prise. Voilà la raison de l'avalanche. C'était leur chance de s'emparer de la Reine.

— Des soldats d'*Alend* ? répéta encore Géraden.

Sur ce, il lâcha une série d'obscénités que Térisa n'avait jamais entendues dans sa bouche.

— Pourquoi ? souffla Torrent d'une voix brisée.

— Parce que le Roi Joyse fera tout pour la sauver, répondit Géraden d'un ton âpre. Il donnera Orison et le Congrégat et chacun d'entre nous pour la sauver.

Lentement, Torrent leva le couteau qu'elle tenait en main. Térisa s'étonna de ne point la voir pleurer.

— C'est de ma faute, murmurait la fille de la Reine. Je voulais emporter un couteau. Ainsi j'aurais pu nous défendre. Eléga y aurait pensé plus tôt. Myste aussi. Moi j'avais oublié. J'ai couru dans la cuisine.

Elle tournait et retournait la lame comme si l'idée l'effleurait de s'en frapper.

— Si j'avais été avec elle... si je n'avais pas oublié... j'aurais pu la sauver. J'aurais essayé de la sauver.

Térisa n'eut plus aucun doute : Torrent perdait la tête.

Si elle s'était rendue dans sa chambre, comme sa mère avait dû le penser, au lieu de courir aux cuisines, elle serait morte immédiatement.

— Non ! protesta Térisa avec une conviction qui combattait l'horreur croissante en elle. Aucun d'entre nous n'aurait pu la sauver. Ils nous ont pris par surprise. Les chevaux étaient paniqués. Les hommes...

Brusquement, elle se retourna pour voir ce qu'il était advenu du palefrenier, du serviteur, des hommes du Fayle.

Le jour était plus franc à présent, guère coloré mais lumineux.

Le sabot d'un cheval avait fracassé le crâne du garçon d'écurie qui gisait dans la poussière. L'un des hommes du Fayle gardait la main serrée sur la blessure béante qui lui avait déchiré l'épaule gauche ; l'autre avait été écrasé. Des chevaux morts ou agonisants gisaient partout, certains tremblaient encore. Dix bêtes peut-être restaient en vie, mais la moitié au moins avaient été blessées.

Au milieu du carnage, le serviteur de la Reine Madin était agenouillé auprès de sa monture et s'épanchait en lamentations.

Réprimant une nausée, Térisa revint à Torrent.

— Aucun d'entre nous n'aurait pu la sauver, répéta-t-elle durement.

— Alors, fit Torrent, nous devons la secourir.

Sa voix tremblait mais elle se redressa, devenue une autre femme.

Térisa la dévisagea, bouleversée de reconnaître le Roi Joyse dans les yeux de Torrent.

— Comment ? fit Géraden qui s'efforçait d'adopter un ton calme, raisonnable. Nous n'avons aucune arme... et nous n'en trouverons pas assez ici. Le temps que nous atteignions Romish, ils seront loin déjà. Ils auront eu tout le loisir de nous distancer.

— Non, pas Romish, décréta Torrent. Vous devez quérir de l'aide à Orison.

Géraden et Térisa demeurèrent bouche bée face à elle.

— Ils ne me distanceront pas, moi. Je les suivrai à la trace et laisserai une piste à mon tour. Je suis impuissante pour toute autre chose, mais cela je puis le faire.

Elle désigna l'homme à l'épaule blessée.

— Il ira chercher de l'aide pour moi à Romish. Mais vous devez galoper vers Orison et prévenir Père.

Elle était devenue folle, aucun doute là-dessus. D'ailleurs, elle réprimait à peine une hystérie croissante.

— Ne comprenez-vous pas ? C'est son seul espoir !

Ses deux interlocuteurs ouvrirent la bouche, la refermèrent, retinrent leur souffle...

— Elle a raison ! s'exclama soudain Géraden en entraînant Térisa vers les chevaux. Dépêchons-nous ! Il faut filer d'ici !

Térisa se pétrifia. Filer d'ici. Bien sûr. Comment n'y ai-je pas pensé ? Il est logique de traverser la moitié de Mordant jusqu'à Orison tandis que Torrent part à la poursuite des soldats d'Alend et de sa mère *seule*. Tu as fait cela, déjà ? L'as-tu oublié ? Tu as envoyé Argus sur les traces du Prince Kragen. Il en est mort. Et arrêter Nyle ne nous occasionna pas grand bien.

— *Térisa*, la pressait Géraden, exigeant. Je te le dis, elle a *raison*. C'est le seul espoir du Roi.

— Hein ? balbutia-t-elle d'une voix éraillée. Peux-tu m'expliquer ?

C'était la seconde fois qu'une avalanche de pierres lui tombait dessus. Elle en restait tout engourdie.

Géraden fit l'un de ses sublimes et généreux efforts pour ne pas s'emporter.

— Son seul espoir est d'apprendre ce qui est arrivé à la Reine avant que ceux qui l'ont enlevée sachent qu'il est au courant, énonça-t-il. Avant qu'eux-mêmes ne l'en avisent. Avant qu'ils tentent de se servir d'elle contre lui. Dans ce laps de temps — si nous pouvons lui donner ce temps... entre l'instant où il l'apprendra et le moment où les autres sauront qu'il sait — il pourra agir. Il pourra sauver la Reine. Ou se sauver lui-même.

— Oui, acquiesça Torrent. C'est tout ce que je puis faire.

Brusquement, elle quitta les ruines du porche et se dirigea vers les chevaux, son couteau toujours en main.

Avec une autorité pareille à celle de sa mère, elle donna ses ordres à l'homme blessé :

— Prenez un cheval. Gagnez Romish. L'on vous soignera là-bas. Dites-leur ce qui s'est passé. Dites-leur que je demande de l'aide. Je laisserai une piste derrière moi.

Puis sa voix s'adoucit.

— Vous êtes gravement blessé, je le sais. Je ne puis

rien faire pour vous. Je dois essayer de sauver la Reine... et le royaume de mon père.

Comme si elle était coutumière des grandes décisions — sans parler des chevaux — elle choisit une monture, la détacha et se hissa sur la selle.

Si cela n'avait tenu qu'à elle, Térisa l'aurait empêchée de partir, mais la conviction de Géraden la troublait.

— Géraden, murmura-t-elle d'une voix suppliante. Géraden...

— Elle a raison, Térisa, affirma-t-il d'un ton qui rendait vaine toute discussion. J'ai la certitude qu'elle a raison.

Torrent leur cria un adieu enthousiaste.

— Sauvez le Roi. Et ensemble nous secourrons la Reine Madin.

Géraden s'inclina devant la princesse.

— Au revoir, dame Torrent. Cette histoire emplira le Roi Joyse de fierté, quelle qu'en soit l'issue. Et Myste comme Eléga seront très *impressionnées*, ajouta-t-il.

Cette assurance arracha presque un sourire à Torrent.

Seule, elle quitta le vallon sur la trace des ravisseurs de la Reine Madin.

Térisa fit un garrot de fortune à l'épaule de l'homme blessé. Grinçant des dents, Géraden arracha le serviteur larmoyant à ses jérémiades et lui ordonna de veiller à ce que l'homme du Fayle atteignît Romish.

Ensuite, les jeunes gens choisirent deux des meilleurs chevaux, chargèrent leur paquetage sur un troisième, et partirent vers le Demesne, vers Orison.

1. Un dégel précoce 9
2. Déchirements familiaux 46
3. Une intrigue enfin démasquée 97
4. Où il est question d'être assiégé 127
5. Le désastre se précise 165
6. Le début de la fin 198
7. Maître Erémis devient sérieux 235
8. Fratricide 281
9. Le Prince installe le siège 287
10. Rude journée 311
11. Térisa reçoit des visiteurs 345
12. Des choix singuliers 375
13. Saute-contre 397
14. L'avantage des fils 432
15. La paix à Houseldon 487
16. Des plans contrecarrés 546
17. Un vieil allié du Roi 591
18. Pour recueillir un soutien 620

DU MÊME AUTEUR

Aux Éditions Gallimard

LE MIROIR DE SES RÊVES (Folio Science-Fiction n° 203)

LE FEU DE SES PASSIONS (à paraître en mai 2005)